Friederike von Buchner

Toni Der Hüttenwirt

6 Romane in einem Band

Weltbild

Besuchen Sie uns im Internet:
www.weltbild.de

Genehmigte Lizenzausgabe für Verlagsgruppe Weltbild GmbH,
Steinerne Furt, 86167 Augsburg

Umschlaggestaltung: Atelier Seidel, Teising
Umschlagmotiv: Mauritius Images
(© Sammy Hart / © Wolfgang Ehn)
Gesamtherstellung: CPI Moravia Books s.r.o.,
Brnenská 1024, CZ-69123 Pohorelice
Printed in Czech Republic
ISBN 978-3-8289-8844-6

2009 2008 2007
Die letzte Jahreszahl gibt die aktuelle Lizenzausgabe an.

Inhalt

Urlaub wider Willen

Wie Anna in die Berge kam

Die beiden Freundinnen fielen sich in die Arme.

»Schön, dich endlich mal wieder bei mir zu haben, Dorothea! Du bist spät dran. Hatte der Zug mal wieder Verspätung? Komm rein! Kannst deine Koffer hier im Flur abstellen. Ich lege nur noch den Kleinen in sein Bettchen, dann bin ich gleich bei dir!«

Dorothea stellte ihren Koffer ab und schlich hinter Sue auf leisen Sohlen ins Kinderzimmer. Sie beobachtete ihre Freundin, wie sie ihr Baby in die Wiege bettete. Sue ist zu beneiden. Sie hat einen Mann und ein Kind, dachte Dorothea.

Sanft schob Sue die Freundin aus dem Kinderzimmer und lehnte die Tür an.

»Ich hätte dich gerne abgeholt, aber zu dieser Zeit ist Bettzeit für meinen kleinen Sonnenschein. Mutterpflichten gehen vor! Er schläft schlecht ein. Am besten schläft er auf meinem Arm ein. Das ist doch auch nur natürlich, denke ich.«

»Die Mutterpflichten müssen schon sein. Siehst großartig aus, Sue.«

»Danke, ich fühle mich auch großartig. Bin rundherum glücklich und zufrieden. Mein Mann ist ein Schatz und der Kleine ein richtiger Sonnenschein. Doch jetzt sag mal, wie geht es dir?«

Sie setzten sich ins Wohnzimmer. Sue hatte Tee bereitgestellt und goß ein.

»Eigentlich gut! Nein, das wäre gelogen, jedenfalls im Augenblick. Ich Dussel, ich ewige Schusselline, ich habe mein Notizbuch wohl im Zug liegenlassen. Deshalb komme ich auch so spät. Ich war gleich auf dem Fundbüro.«

»Und?«

»Hoffnung konnten die mir wenig machen. Sie wollen mich informieren. Ich habe auch deine Adresse und Telefonnummer angegeben. Ich hoffe, daß du damit einverstanden bist. In diesem Notizbuch stehen alle meine Termine und alle Adressen. Es ist eine einzige Katastrophe, Sue. Da ist meine Zukunft drin. Davon hängt meine Karriere, mein Leben ab.«

Das Telefon läutete. Sue nahm ab und meldete sich. Sie lauschte.

»Oh, das ist aber schön! Warten Sie, ich gebe den Hörer an Frau Zwirner weiter.«

Sue hielt Dorothea den Hörer zu und flüsterte:

»Für dich! Es wurde gefunden.«

Dorothea riß Sue den Hörer aus der Hand. Sue beobachtete sie, wie sie mit dem Mann am anderen Ende sprach. Sue wurde nicht schlau aus dem, was Dorothea sprach. Merkwürdig war auch, daß sie dabei dunkelrot im Gesicht wurde und stotterte. Sie ging zur Bar und holte für Dorothea einen Enzian. Sie hatte das Gefühl, als benötige die Freundin jetzt eine Stärkung. Dorothea schwankte zur Couch und ließ sich in die Polster fallen. Wortlos nahm sie das Glas entgegen und trank.

In Sue stieg allmählich der Verdacht auf, daß der Verlust des Notizbuches die Freundin nicht so aus der Fassung gebracht hatte, sondern ein männliches Wesen.

»Wer ist ER? Also, das Fundbüro ist er schon mal nicht. Soweit konnte ich folgen.«

Dorothea rekelte sich träumerisch auf der Couch.

»Er sieht phantastisch aus. Er ist groß. Er hat breite Schultern und kräftige Arme und Hände. Er hat schwarze, etwas lockige Haare und große, wirklich große, grüne Augen. Augen wie Edelsteine, so strahlend und rein. Er hat lustige Grübchen in den Wangen, wenn er lacht. Du hättest ihn sehen sollen. Er saß im Zug. Er saß die ganze Strecke von Hamburg bis Frankfurt mir genau gegenüber.«

»Hast du mit ihm gesprochen?«

»Wo denkst du hin? Ich habe ihn heimlich in der Spiegelung der Fensterscheibe beobachtet.«

Bei diesem Geständnis färbten sich ihre Wangen rot.

»Hmm! Ich würde sagen, daß du in ihn verliebt bist!«

»Mußt du immer so direkt sein?«

»Dorothea Annabelle!« Wenn die Freundin sie mit beiden Vornamen ansprach, dann wurde es ernst, erinnerte sich Dorothea. »Tatsachen kann man nicht verschweigen. Du zeigst die klassischen Anzeichen von Verliebtheit. Und er hat dein Dings gefunden. Bringt er es dir?« Dorothea nickte. Sue ergänzte. »Hoffentlich gibt er seine Adresse an, sonst ist er schneller aus deinem Leben verschwunden, als er in dein Leben kam. Dorothea Annabelle! Ich habe darauf gewartet, daß es bei dir mal so richtig peng macht!«

»Ich gebe zu, daß mir der Typ gefällt. Aber er paßt nicht zu mir!«

»Ah, also hast du dir auch schon Gedanken gemacht. Warum soll er nicht passen? Hör mal, das ist völliger Unsinn. Wenn sich zwei Menschen ineinander verlieben, dann passen sie auch zusammen. Das hat die Natur einmal so vorgesehen. Du liebst ihn, er liebt dich! Eins und eins macht zwei! Zwei, das ist ein Paar! Fertig!«

»Woher willst du wissen, daß er in mich verliebt ist?«

»Stell dich nicht dumm. Er hätte weiterfahren können. Statt dessen hat er seine Reise unterbrochen. Warum denkst du, daß er nicht zu dir paßt?«

»Sue, ich lebe in einer Großstadt. Ich bin eine erfolgreiche Bankerin. Ich kann ihn mir nicht an meiner Seite vorstellen. Er kommt sicherlich aus einer ganz anderen Welt. Er trug eine braune Wildlederhose und so ein Lodenoberteil. Ich glaube, da sagt man Janker dazu. Er hatte einen Filzhut auf dem Hutbrett liegen. Statt eines Koffers hatte er einen Rucksack, aber keinen modernen. Der Rucksack war aus graugrünem Stoff mit Ledereinfassungen an den Kanten. Eben so ein Ding, wie man es aus der Serie Heidi kennt.«

»Donnerwetter! Du hast ihn dir ja genau angesehen.«

»Ich denke, er lebt in den Bergen. Er spricht auch so. Als der Schaffner kam, wechselte er ein paar Worte mit ihm. Er hatte eine Rückfahrkarte. Also lebt er in den Bergen. So ein Mann geht bestimmt nicht in die Großstadt – und ich kann nicht in die Berge. Berge sind außerdem nicht mein Ding. Also werde ich den Typ vergessen! Fertig! Basta!«

»Nein, das wirst du nicht, Dorothea! Du kannst ihn nicht vergessen, weil du außer deinem Notizbuch noch etwas anderes verloren hast. Du hast dein Herz verloren, Dorothea! Das Notizbuch bekommst du zurück. Dein Herz hat er weiterhin! Gibst du es zu? Du belügst dich selbst! Ich habe deinen Blick gesehen, vorhin im Kinderzimmer. Auch du hast die Sehnsucht nach Mann und Kind, nach Zweisamkeit und Familienglück.«

»Sue, dir kann ich nichts vormachen. Vorhin war ich sogar ein bißchen neidisch auf dich.« Dorothea sah zerknirscht aus. »Aber was soll ich machen? Unser Leben ist so verschieden. Warum muß ich mich ausgerechnet in einen Naturburschen verlieben? Er ist so ein toller Kerl. Ja, es stimmt, Sue! Ich habe mein Herz verloren! Ich komme mir etwas albern vor.«

Dorothea wollte nicht mehr über das Thema sprechen. So fragte sie:

»Wo ist dein Mann, Sue?«

»Der ist mit Freunden auf ein Bierchen. Er meinte, daß wir deinen ersten Abend für uns alleine haben sollten. Er wäre sich doch nur wie das fünfte Rad am Wagen vorgekommen. Doch du lenkst vom Thema ab, Dorothea. Zurück zum Retter deines Notizbuches ...«

Es läutete. Sie rannten sofort zur Tür.

Draußen stand ein Fahrradkurier.

»Eine Eilzustellung für eine Frau Dorothea Annabelle Zwirner, zur Zeit bei Familie Haak.«

»Es ist noch alles drin«, bemerkte Dorothea und griff dann zu dem beiliegenden Brief.

Da stand in markanter Handschrift:

Liebe Dorothea Annabelle Zwirner, Sie haben Ihr Notizbuch im Abteil liegenlassen. Ich bin Ihnen noch nachgerannt, doch ich habe Sie leider zwischen den vielen Reisenden nicht mehr gesehen. Ihr Name und Ihre Anschrift standen drin. Ich rief in Hamburg an. Eine wohl ältere Dame mit freundlicher Stimme gab mir die Telefonnummer und Anschrift Ihrer Freundin. Ich hatte noch die Hoffnung, Sie vielleicht auf dem Fundbüro zu treffen. Leider waren Sie schon fort. Der Bahnbedienstete ließ mich aber telefonieren. Damit Sie Ihr Eigentum schnell erhalten, lasse ich es Ihnen mit einem Fahrradkurier bringen. Leider konnte ich nicht selbst der Bote sein, da ich den nächsten Zug nehmen muß! Ich freue mich, daß ich es war, der Ihr Notizbuch finden durfte. Alles Gute für den Urlaub bei Ihrer Freundin.

Antonius Baumberger.

Dorothea hatte den Brief laut vorgelesen. Sue nahm ihn ihr aus der Hand und zitierte.

»Leider konnte ich nicht selbst der Bote sein … Und als Satzzeichen dahinter ein Ausrufezeichen! Oh, oh! Dorothea, Dorothea!«

»Das hat gar nichts zu sagen, Sue.« Dorothea ging in Abwehrstellung.

»Das hat eine Menge zu sagen, meine Liebe. Er hätte das nicht schreiben müssen. Er hätte nicht bei dir daheim anrufen müssen. Er hätte dein Notizbuch auch einfach im Fundbüro abgeben können. Das hätte nicht einmal hier sein müssen. Er hätte es auch in München oder sonst irgendwo tun können.«

Sue schaute Dorothea eindringlich an.

»Dorothea Annabelle! Dieser Mann ist entweder das einzige Weltexemplar an ausgesprochener Höflichkeit und ein Kavalier wie aus einem Märchen oder er ist auch verliebt in dich. Wahrscheinlich trifft beides zu.«

Dorothea sagte träumerisch:

»Antonius Baumberger, ein schöner Name. Der paßt zu ihm. Und Baumberger, das paßt auch. Er ist stark wie ein Baum und lebt auf den Bergen.«

»In den Bergen, Dorothea! Man sagt, die Leute dort leben in den Bergen. Sie steigen auf die Berge. Auf den Bergen kann niemand leben.«

»Schon gut, ich bin keine solche Alpenspezialistin wie du. Du bekommst ja schon leuchtende Augen, wenn du das Wort Berge nur hörst. Ich frage dich ernstlich, was findest du an den Bergen? Sie sind hoch und stehen im Weg rum. Man braucht endlose Serpentinenstraßen, um drüberzukommen oder kilometerlange Tunnel. Und gefährlich sollen sie auch sein.«

»So kann nur jemand reden, der die Berge noch nie erlebt hat. Ich spreche nicht, von nicht gesehen. Das ist etwas anderes. Die Berge muß man erleben. Das kann man schlecht beschreiben. Man muß sie ansehen mit ihren schneebedeckten Gipfeln – erleben, wie die Sonne über ihnen aufgeht – erleben mit allen Sinnen, wie die Abendsonne die Gipfel in flammendes Licht taucht. Klar sind sie gewaltig und groß. Ich würde von majestätisch und erhaben sprechen. Sie sind würdevoll und ewig. Die Aussicht! Unter dem Gipfelkreuz zu sitzen, ist ein ganz besonderes Erlebnis! Worte beschreiben das nur unzulänglich. Das innere Gefühl mußt du erlebt haben, Dorothea. Man ist gleichzeitig der Erde und dem Himmel so nahe!«

»Ich fliege öfter nach Rom, Turin und Mailand. Bei klarem Wetter kann ich dann vom Flugzeug aus die Berge sehen. Zugegeben, im Sonnenschein sind sie ganz schön.«

»Dorothea, das ist nicht dasselbe.«

»Schau mal, Sue! Nehmen wir mal an, daß dieser Antonius Baumberger genauso fühlt, dann ist er unmöglich der Richtige für mich. Ich kann nicht umziehen in die Berge. Was soll ich dort machen? Außerdem kann ich mir nicht vorstellen, daß mir die Berge gefallen. Er wird sich bei mir nicht wohl fühlen. Da, wo ich wohne, ist die Landschaft ziemlich flach. Eine Wochenendbeziehung will ich nicht führen.«

»Du hast Vorurteile, Dorothea. Du bist nie in den Bergen gewesen. Fahre mal hin und schaue dich um.«

»Das tue ich mir nicht an.« Dorothea gähnte. »Deine Begeisterung werde ich nie teilen, niemals. Du bist meine beste Freundin. Aber bei allem, was mit Bergen zu tun hat, hast du bei mir keine Chance.«

Sue schaute auf die Uhr und lachte.

»Ist schon spät. Ich zeige dir oben das Gästezimmer. In einer Berghütte gibt es unter dem Dach ein Matratzenlager. Der ganze Raum ist mit Polstern und Matratzen ausgelegt. Da legen sich die Bergwanderer einfach nebeneinander hin, schön aufgereiht, Schlafsack an Schlafsack. Und so haben wir unser Gästezimmer auch eingerichtet. Komm, ich zeige es dir. Du hast den ganzen Hüttenboden allein für dich. Einmal kamen alle ehemaligen Klassenkameraden meines Mannes. Zwanzig Leute haben da oben gepennt. Das war ein tolles Wochenende. Wir haben richtigen Hüttenzauber gemacht. Bin gespannt, wie du schlafen wirst. Kannst es ja als Übung betrachten!«

Sue führte Dorothea über die Dachstiege hinauf. Sie knipste das Licht an. Die Schrägen waren mit Holz verschalt. Überall hingen große Poster mit Bergmotiven. Der ganze Raum war mit Matratzen ausgelegt.

»Ich habe dir es etwas komfortabler gemacht, Dorothea.«

Sue wies auf ein Lager mit einem dicken Kissen und einem Federbett. Die Bezüge bestanden aus kariertem Stoff, blauweiß.

Bald lag Dorothea in den Federn. Das große Giebelfenster stand offen. Von draußen wehte der kühle Nachtwind herein. Dorotheas Gedanken kreisten um Antonius Baumberger.

Sie konnte nicht einschlafen. Sie war müde. Gleichzeitig unruhig und auf eine seltsame Weise munter. Wenn sie die Augen schloß, sah sie ihn vor sich. Jetzt hatte er einen Namen, Antonius Baumberger. Welch ein Mann, seufzte Dorothea. Wie anders war er als die männlichen Wesen, die sie kannte. War es vielleicht nur das Exotische, das sie so für ihn einnahm. Dann ertappte sich Dorothea dabei, wie sie ihn mit Dirk verglich. In Gedanken stellte sie die beiden nebeneinander. Dirk, der Karrieremensch, der immer makellos angezogen war. In seinen dunkelblauen oder schwarzen Nadelstreifenanzügen sah er um Jahre älter aus als er war. Seine Mimik und Gestik waren immer angemessen. Er verhielt sich kontrolliert in jeder Situation. Er sprach immer in einer nüchternen, abgehobenen Art. Jetzt erinnerte sich Dorothea an seinen Abschiedssatz auf dem Bahnsteig. Er wollte mit ihr über ihre Zukunft sprechen. Das hatte er so nüchtern vorgetragen, als wäre es ein Tagungspunkt auf einer Vorstandsversammlung. So hatte sie es auch aufgenommen. Ja, man würde darüber sprechen. Ein Termin für ihren Kalender, nicht mehr.

Wie hatten sie dagegen die recht belanglosen Sätze von diesem Antonius Baumberger aufgewühlt! Dabei hatte er ihr nur angeboten, ihre Reisetasche zu tragen. Verglich Dorothea die beiden, dann erschien ihr Dirk langweilig und freudlos. Er war eine blasse Erscheinung gegenüber Antonius Baumberger. Noch immer wollte sich Dorothea nicht auf ihre Gefühle einlassen. Sie suchte nach tausend Gründen und Entschuldigungen, warum sich Antonius Baumberger in ihrem Herzen breitgemacht hatte. Dabei sollte es doch Dirk gehören, oder?

So ging das Stunden. Dorothea wälzte sich lange hin und her, bis sie endlich einschlief. Aber auch im Traum ließ Antonius Baumberger ihr Herz nicht los ...

*

Es war später Vormittag, als Dorothea aufwachte. Sie rekelte sich in den Federn und schaute sich um. Der Raum mit den vielen Matratzen vermittelte ihr ein Gefühl der Wärme und Geborgenheit.

Dorothea ging ins Bad. Als sie unter der kalten Dusche stand, mußte sie plötzlich an einen Wasserfall im Gebirge denken. Sie fragte sich, ob das Wasser wirklich so klar und rein und kalt ist. Selbst beim Zähneputzen dachte sie an die Berge. Genauer gesagt, sie fragte sich, was Antonius Baumberger dort machte, wie er lebte. Sie überlegte. Bergsteiger war er sicherlich. Vielleicht war er auch bei der Bergwacht. Ich bin verrückt, dachte Dorothea, daß ich meine Gedanken nicht im Griff habe.

Ein wenig später betrat Dorothea die Küche. Ihre Freundin Sue saß am Küchentisch und stillte ihren kleinen Sohn.

»Na, wie hast du geschlafen?«

»Als ich endlich eingeschlafen war, tief und fest. Und du? Schläft der Kleine durch?«

»Nein, ich stille ihn kurz nach Mitternacht und dann so wieder um fünf Uhr.«

»Da mußt du doch total müde sein.«

»Nein, ich schlafe dann morgens auch so lange, wie er schläft.«

Der Säugling hatte getrunken. Sue ließ ihn jetzt ein Bäuerchen machen. Dann legte sie ihn in das Kinderbettchen und ließ die Tür offen.

»So, jetzt gibt es Kaffee und ein richtiges Frühstück, etwas Deftiges, so wie in den Bergen.«

»Ein Kaffee, schwarz, ohne Zucker und eine Scheibe Toast mit Diätmargarine genügen mir.«

»Davon kann doch niemand existieren! Ruhe jetzt, du ißt jetzt Eier mit Speck. Du brauchst eine kräftige Unterlage für den heutigen Tag. Sonst kippst du mir am Ende doch um!«

»Was hast du mit mir vor?Auf hohe Berge kannst du mich nicht schleppen. Die Alpen sind weit weg.«

Sue schmunzelte.

»Nicht mehr lange!«

»Was heißt das?«

»Erst essen, dann fragen!«

Dorothea wußte noch aus ihrer Schulzeit, wie stur die Freundin sein konnte. Wenn Sue sich etwas in den Kopf gesetzt hatte, dann war daran nichts zu ändern. Also fügte sie sich.

»Die Eier mit Speck sind wirklich lecker. So, meine liebe Sue! Ich war ein braves Mädchen. Jetzt will ich wissen, wie du meinen Urlaub verplant hast.«

»Das wird eine Überraschung! Ich habe alles mit meinem Mann besprochen. Er muß ein paar Tage auf Geschäftsreise. Irgend etwas mit einer Talsperre.«

»Mir kommt da ein schrecklicher Gedanke, Sue. Du willst mich doch nicht in die Berge entführen?«

»Ich habe alles schon klargemacht. Wir fahren zusammen in die Berge. Ich liefere dich in einer Pension ab, dann fahre ich weiter und treffe mich mit meinem Mann. In fünf Tagen hole ich dich ab, auf dem Rückweg.«

»Nie und nimmer fahre ich in die Berge!«

»Doch, meine gute Dorothea Annabelle! Wir hatten ein Abkommen. Du kommst, und ich mache die Pläne, was wir so treiben.«

»Aber doch keine Berge. Du weißt doch, daß ich nichts für die Berge übrig habe.«

Sue war schon immer die Anführerin gewesen. Dorothea war nie gegen sie angekommen.

»Und was ist mit dem Baby? Das kannst du doch nicht mit in die Berge nehmen?«

»Ich stille noch voll, also ist für seine Verpflegung auch gesorgt. Sollte die Milch weniger werden, dann bekomme ich in den Bergen bestimmt Ziegenmilch für den Kleinen zum Zufüttern.«

Sprachlos schaute Dorothea Sue mit großen Augen an.

»Schau nicht so! Du wolltest doch drei Wochen Urlaub machen. Jetzt verbringst du ein paar Tage in der Pension in den Bergen und dann sehen wir weiter.«

»Und warum quartierst du mich da alleine ein?«

»Es war sehr schwierig, mit dem Zimmer. Das ist eine schöne Gegend. Einen Bergsee gibt es da auch. Also kannst du auch am Wasser sein, wenn du nicht auf die Berge willst.«

»Will ich sicherlich nicht! Bewahre!«

Dorothea überlegte kurz, dann sprach sie Sue an:

»Ich kann doch hier bleiben und das Haus hüten. Das ist doch eine gute Idee.«

»Nein! Nein, Dorothea Annabelle! Du kommst mit! Dich mußte ich schon immer zu deinem Glück zwingen. Also gleich geht es los. Meine Sachen und die Babysachen sind schon im Kombi. Pack dir ein paar Hosen, Blusen und Pullis ein – und vor allem – flache Schuhe. Den Rest kannst du hierlassen.«

»Flache Schuhe?«

»Sag bloß, daß du keine flachen Schuhe dabeihast!«

»Ich habe elegante Sachen eingepackt und Abendkleider zum Ausgehen. Ich dachte mir, daß wir uns ins Nachtleben stürzen, Sue, wie in alten Zeiten, und uns vergnügen.«

»Das können wir danach immer noch machen. Wir müssen uns auf den Weg machen. Vor uns liegen mindestens zehn Stunden Fahrzeit.«

»Du bist verrückt, Sue!«

»Nein, nur praktisch veranlagt! Du wirst mir noch dankbar sein. Ich ziehe jetzt den Kleinen an und warte im Auto. Beeile dich! Die Haustür kannst du zumachen. Meine Schwiegermutter kommt und schaut nach dem Haus. Sie hat einen Schlüssel.«

Dorothea fügte sich. Was hätte sie auch sonst tun sollen.

*

Die Fahrt verlief gut. Sie wechselten sich beim Fahren ab. Wenn Dorothea fuhr, saß Sue auf dem Rücksitz und stillte ihren Sohn.

Für das letzte Teilstück saß Sue am Steuer. Sie kannte sich in den Bergen gut aus und fand zielsicher den Weg in das kleine Dorf am Bergsee.

»So, meine liebe Dorothea, da wären wir!«

Sie stiegen aus. Während Dorothea am Auto stand und sich umsah, holte Sue ihre Reistasche aus dem Kofferraum.

»Ich wünsche dir von Herzen alles Gute. Den Weg hinein findest du sicher allein. Die warten schon auf dich. Bist ja angemeldet. Für dich ist ein besonders schönes Zimmer reserviert mit Aussicht auf die Berge.«

Sue umarmte die Freundin. Stieg dann sofort wieder ins Auto.

»Du kommst nicht einen Augenblick mit mir rein?«

»Das würde ich liebend gern. Aber die Sonne steht schon tief über den Bergen. Bald wird es dunkel sein. Vielleicht wird es auch neblig. Ich muß noch eine Stunde fahren. Mein Mann wartet schon. Ich besuche dich aber in den Tagen und rufe dich an. Mach's gut.«

Sue startete den Motor und fuhr schnell los. Sie streckte noch ihre Hand durch das offene Fenster und winkte Dorothea zu.

Diese schaute dem Auto nach, bis die Rücklichter nicht mehr zu sehen waren.

Da stand Dorothea nun ganz alleine in der Wildnis. So kam es ihr vor. Entlang der Dorfstraße reihten sich in Abständen Bauernhäuser mit großen und tief heruntergezogenen Dächern. An den Balkonen und vor den Fenstern hingen Blumenkästen mit Geranien. Aus der Pension hinter ihr drangen Stimmen. Durch die kleinen Fenster konnte sie sehen, daß es einen Gastraum gab. Vorsichtig schaute Dorothea durch die Scheibe. Um einen runden Tisch in der Ecke saßen alte Männer. Sie rauchten Pfeifen, die in ihren Mundwinkeln hingen, und spielten Karten.

An mehreren Tischen saßen vereinzelt Gäste und verzehrten ihr Abendessen. Ein älterer Mann, offensichtlich der Wirt, brachte Bier zum Stammtisch. Hinter dem Tresen trocknete eine freundlich aussehende Frau Gläser ab. Dorothea konnte den Blick kaum von ihrem Gesicht nehmen. Sie hatte viele Falten und sah trotzdem so ungeheuer jung und fröhlich aus. Ihr weißes Haar hatte sie in Zopfkränzen um den Kopf gewunden. Sie trug ein einfaches Dirndl mit einer Schürze. Auch die anderen Gäste waren ländlich gekleidet.

Dorothea kam sich in ihren engen weißen Caprihosen und dem knappen blauen Pulli mit dem tiefen Ausschnitt seltsam vor. So konnte sie da nicht reingehen. Sie wühlte aus der Reisetasche ihren Seemannspullover hervor und zog ihn über. Es half nichts, sie mußte da rein. Warum mache ich mir so viel Gedanken? Ich stelle mich wirklich blöd an, dachte Dorothea. Da bin ich schon in Fünfsternehotels abgestiegen, aber jetzt habe ich Hemmungen, dieses Wirtshaus mit der Pension zu betreten.

Ein kühler Wind wehte von den Bergen herunter und erinnerte sie daran, daß sie nicht länger draußen stehen sollte. Ihre Füße steckten in Sandaletten, doch dicke Socken und flache Schuhe wären ihr lieber gewesen. Sie erinnerte sich an Sues Worte.

Dorothea straffte den Rücken und betrat den Schankraum.

»Guten Abend!«

Die Männer am Stammtisch drehten die Köpfe nach ihr um und schauten sie genau an. Dorothea fühlte sich so, als würde sie mit den Augen ausgezogen. Dann lachten sie und sagten etwas, was Dorothea nicht verstand. Sie ging zum Tresen.

»Nochmals guten Abend! Eine Frau Haak hat für mich hier ein Zimmer reservieren lassen. Mein Name ist Dorothea Zwirner.«

»Mei, du bist das Madl! Grüß Gott! Das habe ich mir beinah schon gedacht, als du zur Tür reingekommen bist!«

Die ältere Dame streckte ihr die Hand entgegen.

»So, so! Du bist also das Dorle. Oder wirst Thea gerufen? Wir haben schon auf dich gewartet!«

Dorothea verschlug es die Sprache. Die ältere Frau sah ihre Verwunderung und lächelte gütig.

»Ich bin die Meta und das ist mein Mann, der Xaver.«

Der Wirt kam auf Dorothea zu und drückte ihr die Hand. Seine Hände waren rauh und sein Händedruck kräftig.

»Meta, zeigst du dem Madl sein Zimmer? Der Bub kann die Tasche dann raufbringen. Ich gehe mal in die Küche und mach dem Madl ein kräftiges Abendessen.«

»Ja mach das, Xaver. Und mach eine ordentliche Portion Rösti, hörst du?«

»Ja, Frau! Ich weiß schon.«

Ein paar Meter vom Tresen entfernt führte eine Holztreppe nach oben. Meta, die Wirtin, ging voraus und winkte. Dorothea sollte ihr folgen. Sie wollte ihre Reisetasche mitnehmen, doch der Wirt nahm sie ihr aus der Hand.

»Nix da! Die bringt dir der Bub rauf, später! Der freut sich schon darauf. Hat den ganzen Tag schon auf dich gewartet. Ganz aufgeregt war der Kerl, wie ein unreifer Schulabgänger. Dabei ist er doch ein stattliches Mannsbild.«

Dorothea beschlich ein ungeheurer Verdacht. Das Blut stieg ihr in den Kopf. Schnell wendete sie sich ab und folgte Meta die Treppe hinauf. Der Wirt hatte doch auch diese seltenen strahlend grünen Augen, oder? Sofort versuchte sich Dorothea einzureden, daß es in den Bergen vielleicht viele Leute gibt mit grünen Augen. Doch das hielt sie im gleichen Augenblick für wenig wahrscheinlich. In Dorotheas Kopf drehte sich alles. Sie mußte sich am Geländer festhalten, als sie die Stiege hinaufging, die unters Dach führte. Und das lag nicht daran, daß die Treppenstufen ausgetreten oder die Stiege zu steil war. Dorothea hatte vielmehr das Gefühl, als würden ihr jeden Augenblick die Beine versagen. Ihr Herz klopfte. Sie erinnerte sich, wie merkwürdig schnell sich ihre Freundin Sue von ihr verabschiedet hatte. Dabei wäre es sicherlich nicht auf fünf Minuten angekommen. Dorothea erinnerte sich jetzt an die vielen Streiche, die Sue ihr schon gespielt hatte. Sie war immer wieder auf ihre Bauernschläue reingefallen. Rückblickend hatte sie ihr immer verziehen. Doch wenn es so war, wie Dorothea vermutete, dann war Sue dieses Mal zu weit gegangen.

»So, das ist dein Zimmer! Es ist eigentlich kein richtiges Gästezimmer. Da war keins mehr frei. Das Zimmer gehörte meiner Tochter. Jetzt ist sie schon lange verheiratet und lebt in der Stadt. Und für jemanden, wie du es bist, da freuen wir uns, wenn es dir gefällt. Fließend Wasser hat es nicht. Aber da in dem großen Blechkrug ist Wasser, und die Schüssel steht daneben. Das Gästeklo ist unten, hinten am Gang, wo die Gästezimmer sind. Da mußt du aber nicht hingehen. Kannst unsers benutzen. Die Wohnungstür ist immer offen.«

»Da... da... danke!« stotterte Dorothea und setzte sich auf das Bett.

Schmunzelnd ging Meta hinaus und schloß leise die Tür. Dorothea hörte am Geräusch ihrer Schritte, wie sie sich entfernte und die Stiege hinabging.

Dorothea schaute sich um. Das kleine Dachzimmer war niedrig. Wenn sie den Arm ausstreckte, konnte sie die Holzbalken erreichen. Alle Wände waren aus Holz, welches im Laufe der Zeit eine dunkele Farbe angenommen hatte und matt glänzte. Alle Möbel waren bemalt, das Bauernbrett, der Nachtkasten daneben, die beiden Stühle an dem kleinen Tisch vor dem Fenster und die Kommode mit den drei Schubfächern. Auf ihr standen der Wasserkrug und die Schüssel. An der Wand hing ein Spiegel in einem breiten Holzrahmen. Dieser war auch bemalt. Die Lampe an der Decke hatte einen milchigweißen Lampenschirm aus Porzellan, ebenso wie die Lampe auf dem Nachttisch. In einer Ecke des Zimmers hing ein Kruzifix, an dem ein kleiner trockener Zweig steckte. Dorothea war nicht sehr religiös, aber in ihrer Situation konnte sie doch wirklich jeden Beistand gebrauchen, fand sie.

Dorothea fuhr mit der Hand über die Türen des Schrankes. Sicherlich hatte sie einmal jemand von Hand bemalt. Das mußte vor langer, langer Zeit geschehen sein.

Dann hörte sie Schritte. Es mußten Männerschritte sein. Dorotheas Herz klopfte wild. Sofort war sie bei der Tür. Sie wollte abschließen, aber der Schlüssel steckte von außen in dem alten Kastenschloß. Zum Glück ließ sich der Riegel vorschieben. Dorotheka hielt ihre Hände vor die Brust, so als wollte sie ihr Herz festhalten. Es klopfte. Sie antwortete nicht. Es klopfte noch einmal. Dorothea verspürte einen Kloß im Hals. Sie antwortete nicht.

»Dann stell ich die Reisetasche einfach hier ab, vor die Tür. Und die Mutter läßt dir sagen, daß das Essen nun fertig ist. Wenn die Vesper nicht kalt werden soll oder anbrennen, dann mußt jetzt schon runterkommen. Hörst!«

Das war seine Stimme. Dorothea nickte hinter der Tür, wagte aber nichts zu sagen.

Lachen drang durch die Tür.

»Komm schon, Dorothea. Wirst sehen, ich tu dir auch nichts. Ich gebe ja zu, daß die Susanne und ich uns einen Spaß mit dir gemacht haben. Aber es war ganz allein die Idee von der Susanne.«

Dorothea schob den Riegel zurück und öffnete langsam die Tür.

Er stand genau vor ihr. Oh, wie ihr Herz klopfte! Er lächelte sie an. Dabei zeigten sich wieder die Grübchen auf seinen Wangen.

»Willkommen! Schön, daß du da bist! Wünsche dir angenehme und erholsame Tage.«

Verlegen rieb er die Hände.

»Ja, und da ist deine Tasche. Und die Susanne, also die Sue, wie du sie nennen tust, die hat gesagt, daß du Schuhe brauchen tust, flache. Dort im Schrank stehen noch Schuhe von meiner Schwester. Vielleicht passen sie dir. Dann kannst du sie nehmen, bis ... Also, das war es dann und kommst bald.«

Statt ihn zu begrüßen, flüsterte Dorothea nur:

»Sind noch viele Leute da?«

»Nein! Die Stammtischbrüder sind heim. Hier in den Bergen geht man früh schlafen, weil man auch mit den Hühnern aufstehen muß. Und die Gäste sind auch schon auf den Zimmern. Wir sind also ganz unter uns. Ist dir das recht so?«

Dorothea nickte. Langsam fand sie ihre Sprache wieder.

»Wann habt ihr beide das ausgeheckt?«

Verlegen fuhr sich Antonius durch sein lockiges Haar.

»Mei, das war heute morgen. Ich habe angerufen, weil ich wissen wollte, ob du dein Notizbuch bekommen hast.«

»Habe ich! Vielen Dank!«

»Ach, das war eine Kleinigkeit. Habe es gern getan. Ich wollte natürlich wissen, ob du es auch wirklich gekriegt hast. Und da haben die Susanne, also die Sue, und ich am Telefon lange miteinander geredet.«

Dorothea wurde rot. Schnell bückte sie sich und griff nach ihrer Reisetasche.

»Ja, und die Sue, also die Susanne, meinte, daß du noch nie

die Berge gesehen hättest. Also, die Berge gesehen, in Wirklichkeit, nicht nur vom Flugzeug aus. Deine Freundin ist ganz vernarrt in die Berge. Sie wollte halt, daß du die Berge auch mal kennenlernen tust. Den Gefallen wollte ich dann deiner Freundin tun. Dann haben wir es eben so gemacht, wie wir es gemacht haben.«

Für einen kurzen Moment schaute er auf den Boden. Dann sagte er leise:

»Ja, und ich hab auch nichts dagegen gehabt, dich wiederzusehen. Freue mich ordentlich, daß du da bist. Wenn du willst, zeige ich dir morgen die Berge. Eine leichte Bergwanderung, denke ich, wäre das Richtige. Willst?«

»Mal sehen! Ich weiß nicht. Ich denke eher nicht. Mache dir also bitte keine große Hoffnungen. Berge sind nicht mein Ding. Ich bin nur hier, weil ich meiner Freundin den Spaß nicht verderben wollte. Ich mag die Berge nicht und daran wird sich auch nichts ändern, denke ich.«

Dorothea nahm ihre Tasche und stellte sie auf das Bett. Sie begann mit dem Auspacken. Sie hoffte, daß Antonius das Signal verstehen würde. Er sollte gehen. Das Gespräch war zu Ende.

»Ja, was ist jetzt? Kommst du nun mit zum Essen oder nicht? Willst erst noch auspacken?«

Dorothea drehte sich um. Da stand er lässig im Türrahmen, die Hände in den Taschen.

»Kannst schon gehen! Ich komme gleich nach, Antonius.«

Zum ersten Mal hatte sie ihn mit Namen angesprochen.

»Gut! Aber keiner sagt Antonius zu mir hier bei uns. Hier bin ich der Toni oder einfach der Baumberger.«

Dorothea nickte.

»Und du, wie ist das bei dir? Die Susanne, da sagst du Sue. Wie ruft man dich?«

»Dorothea! Immer nur Dorothea.«

»Mm! Bei uns ist das ein bisserl anders mit den Namen.

Wenn's ein langer Name ist, dann wird der abgekürzt. Dorothea, da kann man Dorle nehmen oder Thea oder auch Dora. Na ja, das kommt auch noch, wirst schon sehen.«

Dorothea wußte nicht, was sie sagen sollte. Er nahm sie ganz gefangen. Die Selbstverständlichkeit, wie er mit ihr sprach, war für sie etwas ganz Neues. Die Schlichtheit, diese Ehrlichkeit ohne Taktik, verblüffte sie. Noch niemals war ein Mann ihr gegenüber so aufgetreten.

»Dann geh jetzt, Toni! Ich komme gleich.«

Langsam schloß Dorothea die Tür und schob sofort wieder den Riegel vor. Sie hielt ihr Ohr ans Türblatt und lauschte. Antonius stand noch einige Augenblicke vor der Tür, dann ging er hinunter.

Dorothea sank auf das Bett. In ihrem Kopf drehte sich alles.

Was hatte Sue ihm erzählt? Wie konnte sie nur auf so ein Komplott hereinfallen? Aber nun war es zu spät, um sich auf und davon zu machen. Bis morgen mußte sie schon durchhalten. Dann konnte sie vielleicht einen Bus finden, der sie in die nächste Stadt bringen würde. Von dort käme sie sicherlich wieder in die Zivilisation zurück, dachte Dorothea. Doch gleichzeitig war sie froh, daß sie hier war. Sie kühlte ihr Gesicht mit Wasser und zog sich um. Die Schuhe im Schrank paßten. Das war gut. Dorothea betrachtete sich im Spiegel. In den dunkelblauen Hosen und dem hellblauen Pullover sah sie gut aus. Ihren Seemannspullover band sie um die Schultern.

Sie setzte sich noch einmal für einen kurzen Augenblick auf das Bett und versuchte, ihre Gedanken zu ordnen. Schließlich sagte sie sich, daß sie Urlaub hatte. Sie würde auch bleiben können, ein paar Tage mit Antonius verbringen. Ja, vielleicht könnte er ihr sogar die Berge zeigen. Dann würde sie wieder abreisen, in der Gewißheit, daß ihre beiden Leben zu unterschiedlich sind. Das würde dann bestimmt auch Sue einsehen. Im Grunde war sie ihrer Freundin nicht mehr ganz so gram, daß diese die Begegnung mit Antonius eingefädelt hatte. Trotzdem wollte sie ein ernstes Wort mit ihr reden.

*

Dann ging Dorothea hinunter. Wie Antonius gesagt hatte, waren keine Gäste mehr da. Xaver schloß gerade die Tür ab. Den Schlüssel ließ er innen stecken. Nur über einem Tisch brannte noch Licht.

»Toni, ich gehe dann rauf. Du kümmerst dich um das Madl, nicht wahr?«

»Ja, Vater! Das tue ich! Gute Nacht.«

Verlegen stand Dorothea am Fuße der Treppe.

»Gute Nacht, Herr Baumberger, Ihnen und auch Ihrer Frau!«

Der Wirt lachte.

»Gute Nacht, Madl. Und das mit dem ›Herr Baumberger‹, das kannst dir sparen. Ich bin der Xaver oder einfach der Baumberger. Aber das wirst du schon noch lernen, wie das hier so in den Bergen ist.«

Er ging an ihr vorbei die Treppe hinauf. Antonius kam aus der Küche, deren Tür hinter dem Tresen war. Er stellte eine große Eisenpfanne auf dem Tresen ab und holte dann noch eine Schüssel mit Salat.

»Komm, setz dich hin, Dorothea!«

Er trug die Pfanne zum Tisch und stellte den Salat daneben. Er brachte ihr ein Glas Bier. Sein Bier stand schon auf dem Tisch. In der anderen Hand trug er zwei Gabeln und eine Serviette.

»Dann wünsche ich dir guten Appetit!«

»Danke! Sieht ja lecker aus. Was ist das?«

»Nennt sich Bergpfanne! Ist ein altes Rezept von der Urgroßmutter. Da ist so alles drin, was groß und stark macht, Kartoffeln, verschiedene kleingewürfelte Wurstsorten, Schinken, Speck, Zwiebeln, und echte Bergkräuter. Dazu gibt es frischen

Salat, hier sagt man Grünzeug dazu. Das ist besonderes Grünzeug. Das Kraut stammt nicht aus dem Supermarkt, das ist aus unserem Garten. Und die Kräuter auch.«

»Da hat deine Mutter aber viel Arbeit, wenn sie das alles anpflanzt, bei den vielen Essen, die hier so verzehrt werden.«

Antonius lachte.

»Darfst nicht glauben, daß alle Gäste solche Delikatessen vorgesetzt kriegen. Nein, nein!« Er schmunzelte. »Grünzeug aus Mutters Garten, das bekommen nur besondere, äh, ich meine ganz spezielle Gäste, sozusagen. Verstehst?«

Dorothea errötete.

»Daraus soll ich schließen, daß ich zu dieser besonderen oder speziellen Sorte von Gästen gehöre?«

»Genau! So ist es! Aber jetzt mußt du auch essen. Auch ich habe Hunger. Ich habe gewartet, weil ich mit dir essen wollte. Greif jetzt zu.«

Er blickte in ihre erstaunten Augen.

»Ah, jetzt verstehe ich. Du vermißt die Teller. Teller gibt es nur für andere Gäste.«

»Für die nicht besonderen oder nicht speziellen!«

»Genau! Richtig zünftig essen wir gemeinsam aus der Pfanne. Du auf der einen Seite und ich auf der anderen. Aber wenn du das nicht magst, dann hole ich dir auch einen Teller.«

Dorothea wußte nicht, was sie darauf sagen sollte. Sie drehte ihre Gabel in der Hand.

»Na, vielleicht ist das alles etwas viel für dich. Ich will ja nicht riskieren, daß du einen Kulturschock bekommst.«

Antonius Baumberger stand auf und holte zwei große Teller und für Dorothea auch ein Messer. Er gab ihr eine Portion Bergpfanne darauf und Salat.

Sie aßen also von den Tellern.

»Schmeckt sehr gut! Wirklich lecker!«

»Freut mich! Hab auch nichts anderes erwartet«, bemerkte er sachlich.

»Ich bin etwas neugierig, Toni. Das kannst du sicher verstehen. Wie kam es denn, daß ihr beide, also du und Sue, den Plan ausgeheckt habt, mich in die Berge zu transportieren?«

»Jetzt wird erst mal gegessen. Bei uns hier wird nur gegessen, wenn gegessen wird. Da, wo du herkommst, da mag das anders sein. Da wird geredet und geredet und das Essen ist nur Kulisse. So ist das bei uns nicht. Aber das wirst du auch noch lernen.«

Er hatte nicht von seinem Teller aufgeschaut. Dorothea aß weiter und wagte keine weiteren Fragen zu stellen. Sie sah ein, daß sie hier mit den Umgangsformen, die sie beherrschte, wenig anfangen konnte. Das konnte ja noch heiter werden. Sie war am meisten verblüfft über die direkte Art, wie hier offensichtlich alles sofort ausgesprochen wurde. Sie mußte schmunzeln, wenn sie daran dachte, wie in ihrem Bekanntenkreis ein solches Gespräch abgelaufen wäre. Da hätte man gesagt, darüber können wir uns gern nach dem Essen austauschen oder wir sollten jetzt dem Koch die Ehre erweisen, daß wir nichts anderes tun als seine Zubereitung genießen. Hier hieß die Regel einfach, jetzt wird gegessen und sonst nichts. Ganz allmählich verstand sie, warum sich ihre Freundin Sue in den Bergen so wohl fühlte. Es waren sicher nicht nur die Berge, die Sue beeindruckten. Sue hatte auch so eine direkte Art. Deshalb fühlte sie sich hier sicher so heimisch.

Dann waren sie mit dem Essen fertig. Antonius räumte den Tisch ab. Er brachte einen Schnaps.

»Wohl bekomm's!«

»Zum Wohl!« sagte Dorothea und trank aus.

Sie mußte husten.

»Ist ein bißchen streng, beim ersten Mal. Aber daran gewöhnst du dich auch schon noch.«

Er schaute sie an mit seinen großen grünen Augen. Ja, sie erinnerten an kostbare leuchtende Edelsteine.

»Hast mich da vorhin etwas gefragt. Na, dazu gibt es nicht

viel zu sagen. Die Sue hat mich nach den Bergen gefragt. Dann waren wir uns schnell einig, wie schön die Landschaft und die Berge hier sind. Dann hat sie mir erzählt, daß du noch nie in den Bergen gewesen bist. Das tat der Sue sehr leid. Weil sie halt meint, daß dir da etwas verloren geht.« Er lachte. »Die Sue meinte, daß man dich knebeln und binden müßte und auf den Berg schleppen. Sie kennt dich und meint, man müßte dich immer zu deinem Glück zwingen. Na, dann haben wir noch über das Baby geredet, den kleinen Peter und ihren Mann, den Sven. Der ist ja gerade ganz in der Nähe, bei dem Stausee. Da habe ich ihr den Vorschlag gemacht, sie könnte doch den Sven besuchen. Ja, und auf dem Weg dorthin, dich hier abliefern. Ich würde dir dann die Berge schon nahebringen. Es war eigentlich im Scherz gemeint, doch die Sue, die ist da voll drauf eingestiegen.«

Er grinste verlegen.

»Na, und ich hab auch nichts dagegen gehabt, dich wiederzusehen. So, jetzt weißt alles. Genauso so war es! Jetzt bist du an der Reihe. Jetzt mußt du erzählen.«

Er trank einen Schluck Bier.

»Was soll ich erzählen?«

»Na, wer du so bist, was du machst und warum du noch nie in den Bergen gewesen bist!«

Dorothea hatte das Gefühl, daß es ein Verhör war. Doch sie hatte in der kurzen Zeit seit ihrer Ankunft schon gelernt, daß die Leute hier sehr direkt sind. Sie atmete tief durch.

»Also ich heiße Dorothea Zwirner, eigentlich Dorothea Annabelle Zwirner.«

»Aha! Annabelle! Stimmt, das habe ich auch in deinem Notizbuch gelesen. Das ist schön, dann sag ich jetzt einfach Anna zu dir. Das ist kurz und geht gut über die Lippen. Es ist doch recht so? Eine Dorle und eine Thea, die haben wir schon im Dorf. Wenn wir dich Anna rufen, da kann's auch keine Verwechslungen geben. Jetzt kannst weiterreden!«

Dorothea konnte ihm nur zunicken. Er hatte sie mal wieder sprachlos gemacht. Sie räusperte sich.

»Ich habe ein Studium der Wirtschaft gemacht und arbeite jetzt bei einer Bank in Hamburg, Abteilung Anlagengeschäft in bezug auf Aktien.«

»Aha! Dann legst du also das Geld der großen Leute an. Wir hier sind nur kleine Leute. Wir haben unser Auskommen und auch was im Sparstrumpf. Wir halten das Geld zusammen und lassen die Finger von den Aktien. In meinen Augen ist das mit den Aktien auch riskant. Wir hier gehen lieber auf Nummer Sicher. Schau, wenn wir in die Berge gehen, dann würden wir bei Tauwetter niemals über ein Schneebrett gehen, da kann leicht ein Unglück geschehen. Es kann sein, es kann aber auch nicht sein. Das ist wie bei den Aktien. Sie können steigen oder fallen. Und riechen kann man das nicht. Bei den Bergen und der Natur, da kann man vieles riechen, verstehst?«

Dorothea lächelte hilflos.

»Ah! Dann werde ich dir das mal erklären. Wenn man hier in den Bergen aufgewachsen ist, dann kann man riechen, wenn es bald schneit oder taut, wenn das Wetter sich ändert, ein Sturm kommt, es Nebel gibt, Frost sich ansagt. Wenn du länger hier bist, wirst du das schon auch noch lernen.«

Aber ich will doch gar nicht länger hier bleiben, dachte Dorothea, die beschlossen hatte, für die Zeit ihres Aufenthaltes, sich Anna zu nennen. Der tut ja so, als sei ich für den Rest meines Lebens hier abgestiegen. Was sich der Kerl nur dabei denkt! Und sein Vater hat auch so eine Bemerkung gemacht. Dann die besondere Kammer der Tochter. Da muß Sue doch mehr geplaudert haben. O Gott, wenn sie das wirklich getan hat, dann weiß er am Ende, daß ich ihn nett finde, daß ich mich in ihn verliebt habe. Verliebt habe, jedenfalls nach Sues Überzeugung. Anna schaute ihn an. Ihr Herz schlug schneller. Sie konnte sich seiner männlichen Ausstrahlung kaum noch widersetzen. Er war wirklich ein echter Mannskerl.

»Ja, die Welt ist halt ganz verschieden. Ob die Aktien fallen oder steigen, kann ich auch riechen. Besser gesagt, das mache ich durch Analysen und Vergleiche. Das ist etwas Konkretes.«

»Das Gefühl für die Berge ist für mich genauso eine Tatsache. Na, das wirst du auch noch lernen.«

Dieser Nachsatz regte Anna auf.

»Was soll das? Das wirst du auch noch lernen? Ich will gar nichts lernen. Du und Sue – ihr habt euch einen Scherz erlaubt. Gut, jetzt sehe ich mal die Berge. Aber mehr nicht. In fünf Tagen holt mich Sue wieder hier ab, dann ist es vorbei. Für fünf Tage brauche ich nichts zu lernen.«

»Ganz wie du meinen tust. Ich denke da ein bisserl anders.«

»So, und wie denkst du so?« Ihre Stimme klang herausfordernd.

»Ich weiß, daß die Berge niemand mehr loslassen, der sie einmal gesehen hat. Dir wird es nicht anders gehen, Anna! Die Berge, das ist Natur. Nirgends bist du der Natur so nah. Hier hast du alles zusammen, die hohen Berge mit den Gletschern und steilen nackten Felswänden. Du hast karges Land und saftige Almweiden. Du hast den wunderschönen Bergwald, wo nur das Rauschen der Gipfel und die Stimmen der Tiere die Stille ausfüllt. Du hast klare Bergbäche und tiefe Bergseen. Du hast die Tiere der Berge, die Rehe und Hirsche, die Gemsen und Vögel. Du hast hier alle Schönheiten auf einem Fleck. Das hat noch jeden verzaubert. Du wirst dem Zauber der Berge auch erliegen, Anna!«

Sie schaute ihm in die Augen und lachte, deinem Zauber bin ich eigentlich schon erlegen. Aber du unterschätzt mich, mein Guter. Ich behalte immer einen kühlen Kopf. Das Ganze ist hier nur ein großer Spaß für mich, mehr nicht. Und ich werde in den fünf Tagen herausfinden, daß deine Welt und meine Welt nicht zusammenpassen. Dann werde ich geheilt sein von der Liebe zu einem Naturburschen. Ich kann meine Ablehnung gegenüber Sue dann auch begründen.

»Wir werden sehen, Toni! Jetzt ist es schon spät! Ich gehe schlafen. Gute Nacht!«

Sie stand auf und ging schnell die Treppe hinauf. Antonius blieb noch sitzen und trank sein Bier aus. Er dachte nach und seine Gedanken kreisten nur um sie. Als er ausgetrunken hatte, spülte er die Biergläser, machte das Licht aus und ging hinauf.

Seine Eltern saßen in der großen Wohnküche am Tisch auf der Eckbank. Sein Vater saß an der Stirnseite und las das Gemeindeblatt, seine Mutter am langen Ende und strickte Strümpfe. Sie schauten auf. Antonius setzte sich auf einen Stuhl und streckte die Beine weit von sich. Die Hände vergrub er in den Hosentaschen.

»So, das ist sie also! Die Frau, wegen der du später gekommen bist«, stellte Xaver fest und gab gleich sein Urteil ab. »Fesch ist sie schon. Was wahr ist, das muß auch wahr bleiben. Kann schon verstehen, daß du dich in die verguckt hast. Aber ein bissel anders ist sie schon als die Mädels hier. Ich habe ja immer gedacht, daß das mal was wird mit dir und der Thea, der Tochter vom Hubert. Doch jetzt scheint es dich ja mächtig erwischt zu haben.«

Antonius versuchte, gleichgültig auszusehen.

»Thea und ich sind gute Freunde. Ich denke, zu einer festen Bindung gehört mehr dazu.«

»Das ist nicht immer richtig, Toni«, sagte seine Mutter, ohne von ihrem Strickzeug aufzusehen. »Die Liebe kann schnell verfliegen. Danach muß man eine gemeinsame Grundlage haben, sonst bricht alles zusammen.«

»Dann hast du was gegen die Anna?«

»Anna?«

»Ja, mit zweitem Vornamen heißt sie Annabelle. Ich nenn sie Anna. Da kann es auch keine Verwechslung geben mit der Thea, der Tochter vom Hubert und der Dorle, der Tochter vom Alfons.«

»Ich sehe, daß du alles durchdacht hast, Bub.«

»Wenn sich das alles so einfach durchdenken lassen würde. Wird nicht einfach mit ihr werden, das weiß ich schon. Wenn die Anna ein Madl von hier wäre, wäre es einfacher. Da könnt ich sie fragen und mit ihr einfach reden. Aber sie ist keine von hier.«

»Richtig, Bub! Und sie wird immer eine Zugereiste bleiben, daran mußt denken. Es ist nicht einfach, wenn du dir eine Frau importierst, sozusagen«, gab sein Vater zu bedenken. »Gut ist es auf der einen Seite schon, dann kommt mal frisches Blut hier ins Tal. Auf der anderen Seite fehlen ihr die Wurzeln.«

»Mach dem Bub keine Angst, Xaver.« Antonius' Mutter ließ das Strickzeug sinken. »Es war halt Schicksal, daß unser Bub ihr begegnet ist. Daran kannst weder du, noch ich was ändern. Alt genug zum Heiraten ist unser Toni eh. Die anderen Burschen in seinem Alter sind alle verheiratet und haben auch schon Kinder. Ich habe immer gedacht, daß es Zeit wird mit ihm. Und wenn es dann so sein soll, dann ist es so. Es ist halt Schicksal oder Gottes Wille, wie du es auch nennen willst. Meinen Segen hast du, Toni. Das will ich dir nur gesagt haben. Sie ist ein liebes Madl. Hat das Herz bestimmt auf dem richtigen Fleck. Als Mutter spürt man so etwas.«

»Danke, Mutter! Aber so weit ist es wirklich noch lang nicht! Auch wenn ihre beste Freundin wohl angedeutet hat, daß sich die Anna in mich verguckt hat. Sie kommt aus einer ganz anderen Welt. Sie wird sich entscheiden müssen. Eine Frau sollte dort leben, wo ihr Mann leben will oder kann.«

»Recht so, mein Bub! So war es seit alters her. Ich freue mich, daß du auch so denkst.«

»Hast du was anderes erwartet, Vater?«

Statt dessen antwortete ihm seine Mutter:

»Ja, wir haben uns halt Gedanken gemacht. Das darf man doch wohl noch. Jetzt ist dein Vater erleichtert. Es wäre ja auch möglich gewesen, daß du mit ihr fortgehen tust.«

»Nein, nie und nimmer! Das würde mir das Herz brechen. Ich gehöre hierher. Was soll denn aus all dem werden, wenn ich geh? Schon immer haben die Baumbergers den Wald bewirtschaftet und das Gasthaus. Daran wird sich nichts ändern. Ich werde mit der Tradition nicht brechen. Darauf habt ihr mein Wort.«

»Dann wird es wirklich nicht einfach für dich sein, Bub. Da wohnen zwei Seelen in deiner Brust. Dieses Madl aus dem hohen Norden und die Liebe zu deiner Heimat. Wie heißt es so schön, niemand kann zwei Herren dienen.«

»Ja, Mutter, das stimmt.«

»Dann mußt du sie halt für die Berge begeistern, daß sie hier bleiben will. Ihre Freundin stammt doch auch aus dem Norden und die scheint ja richtig in die Berge vernarrt zu sein.«

Antonius lachte.

»Du hast gut reden, Vater. Ich wollt sie einladen, für eine Bergwanderung, morgen. Sie weiß nicht, ob sie will.«

Jetzt waren die Eltern doch erstaunt.

»Ja, so ist es! Sie ist etwas eigen!«

Sie schwiegen eine Weile, dann stand Antonius auf.

»Gute Nacht! Schauen wir mal, was die nächsten Tage so bringen.«

Seine Eltern wünschten ihm auch einen erholsamen Schlaf. Sie warteten, bis er draußen war.

»Der Bub wird es nicht leicht haben, Meta!«

»Nein, Xaver! Das wird er nicht. Aber da können wir nichts machen. Er ist alt genug. Und wenn der liebe Herrgott die beiden schon in einem Zugabteil zusammengebracht hat, dann wird es auch weitergehen. Da bin ich mir gewiß.«

Meta steckte die Stricknadeln in das Teil und legte es zur Seite.

»Ich werde morgen früh in die Frühmesse gehen und eine dicke Kerze anzünden.«

»Ja, tue das, Meta.«
Dann gingen sie auch schlafen.

*

Bald schliefen alle im Haus, außer Dorothea, die sich jetzt Anna nannte. Sie saß in der Dunkelheit am offenen Dachfenster und schaute in den Sternenhimmel. Es war klar. Der Mond schien und die steilen Berge ringsum konnte Anna mehr ahnen als sehen. Sie genoß die Stille. Ein leichter milder Wind wehte einen Duft über das Tal. Die junge Frau versuchte zu erraten, um was es sich dabei handeln könnte. Sie konnte den Geruch aber nicht zuordnen. War das so ein Duft der Natur, der etwas ankündigte? So wie Antonius es beschrieben hatte. Es wurde zunehmend kühler und windiger. Ganz schnell zogen sich über dem Tal ein paar Wolken zusammen. Ein kurzer und heftiger Regen ging hernieder.

Anna blieb am offenen Fenster und atmete den Geruch des Regens ein. Er roch anders als daheim. Als die Glocke der Kirchturmuhr Mitternacht schlug, legte sie sich ins Bett und fiel sofort in einen tiefen und traumlosen Schlaf.

*

Als sie erwachte, schaute sie verwundert auf ihre Uhr. Es war noch sehr früh. Noch nicht einmal sechs Uhr. Irgendwo krähte ein Hahn. Geräusche, die sich nach einem Pferdefuhrwerk anhörten, drangen durch das Fenster. Anna stand auf und schaute hinaus. Vor dem Haus hielt ein kleines Fuhrwerk mit zwei Pferden. Meta stand dabei und redete mit einem älteren Mann. Dann fuhr er weiter und Meta ging ins Haus. Anna kroch wieder ins Bett. Aber sie konnte nicht mehr einschlafen. Sie fühlte sich ausgeruht und frisch wie noch niemals zuvor. Sie war so voller Kraft und Lebensfreude. So stand sie auf und wusch sich, zog sich an und ging hinunter in die Gaststube. Dort war schon Betrieb. Meta, Xaver und auch Toni hatten alle Hände voll zu tun. Alle Tische waren besetzt. Die Gäste wollten ihr Frühstück haben. Sie begrüßten Anna nur mit einem Kopfnicken. Zuerst stand die junge Frau etwas hilflos neben dem Tresen, dann lief sie Meta einfach in die Küche nach.

»Was kann ich helfen?«

Als wäre das ganz selbstverständlich, sagte Meta:

»Es muß noch mehr Kaffee aufgebrüht werden. Du kannst die Brotscheiben aufschneiden und auf die Eier aufpassen.«

Sie reichte Anna eine Dirndlschürze. Anna zog sie an und krempelte die Ärmel ihres eleganten hellen Pullovers aus einem Seidewollgemisch nach oben. Sie packte an. Das Kaffeeaufbrühen machte keine Schwierigkeiten. Mit den Eiern kam sie auch klar. Allerdings war das Brot schneiden eine schwierige Aufgabe, so ohne elektrische Brotschneidemaschine. Wortlos nahm Meta ihr das Messer aus der Hand.

»Schau! Immer ganz gerade halten und gleichmäßig durchziehen. Dann gelingt das schon. Machst es doch ganz gut.«

Anna errötete und versuchte es. Nach mehreren Scheiben gelang es ihr schon besser. Die Brotscheiben waren zwar noch immer nicht gleichmäßig dick, aber das schien Meta nicht zu stören.

»Schau, Madl, das wird schon. Es sind so richtig deftige Kanten. Das mögen die Leute. Wenn du besser dickere Scheiben schneiden kannst, dann mache sie dicker.«

Nachdem Anna fünf große Laib Brot aufgeschnitten hatte, taten ihr der Arm und das Handgelenk weh. Sie war aber sehr stolz auf ihre Leistung. Meta gab ihr weitere Anweisungen, so als gehöre sie immer dazu. Gleichzeitig zeigte sie Geduld und Güte. Anna wurde es so richtig warm ums Herz.

Nach einer Stunde war der Sturm vorbei. Die Gaststube war leer. Toni und Xaver räumten die Tische ab. Anna und Meta spülten. Dann frühstückten sie gemeinsam. Sie saßen in der Küche der Gaststube. Jeder hatte einen großen Becher süßen Milchkaffee vor sich stehen. Meta gab noch guten Rahm in Annas Kaffee. Auf dem Tisch standen Brot und Butter und in der Mitte eine riesige schwarze Eisenpfanne. Darin waren Rühreier mit Speck. Wieder gab es keine Teller. Antonius wollte aufstehen und Anna einen Teller holen. Doch diese ging mit ihrer Gabel in die Pfanne und begann zu essen. Als Antonius' Augen das sahen, leuchteten sie noch mehr.

Während des Frühstücks wurde nicht gesprochen. Danach sagte Antonius:

»Anna, ich weiß, daß die Berge, Bergwanderungen nicht zu deiner Leidenschaft gehören. Doch bist du schon mal da und vielleicht willst du dir unsere herrlichen Berge doch erobern. Ich muß rauf auf die Alm, zum Wenzel und seiner Frau Hilda. Der Bello ist oben bei ihnen. Wie du weißt, war ich verreist. Da habe ich Bello oben gelassen auf der Alm, bei den beiden. Hier ist es zu eng für ihn. Die Eltern haben auch keine Zeit, sich um ihn zu kümmern. Da oben hat er seinen Auslauf. Willst nicht doch mitkommen?«

»Bello? Ich vermute, das ist ein Hund. Der Name klingt so nach Hund.«

»Ja, Bello ist ein Hund. Ein Riesenvieh von Hund. Ein Rüde! Ein echter Neufundländer. Fast zwei Jahre alt.«

Annas Gesichtszüge veränderten sich nun schlagartig. Sie sprang vom Stuhl auf und trat entschlossen vor ihn hin.

»Oh! Schön! Großartig! Ich komme mit! Dann gehen wir? Gleich?«

Antonius und auch seine Eltern waren völlig verblüfft. Toni wollte sichergehen, daß er Anna auch richtig verstanden hatte.

»Du, da geht es rauf. Der Bello ist ganz oben auf der Sommeralm. Das ist eine richtig kleine Bergwanderung. Bist du dir da sicher?«

»Ja, ja! Los, komm!«

Antonius war völlig überrascht. Das kam bei ihm selten vor. Er schaute nur in ihre Augen und sah da ein Feuer, das er sich nicht erklären konnte. Wo kam diese plötzliche Begeisterung her?

»Was schaust du mich so an, Toni? Willst, daß ich mitkomme oder war das nur eine höfliche Frage, der Form halber? In Wirklichkeit hast du nicht damit gerechnet, daß ich ja sage.«

»Nun, ich dachte, daß du und die Berge ... na ja! Ich hatte dich gestern schon gefragt und den Eindruck gewonnen, daß Bergtouren und Berge nicht dein Ding sind. Das hat Sue ja auch gesagt. Da darf ich doch etwas verwundert sein, wenn du jetzt eine gewisse Begeisterung an den Tag legst.«

»Falsch, Antonius Baumberger! Falsch! So war das nicht!«

»Nicht?« fragte Xaver, der ebenfalls sehr erstaunt war.

»Nein, Herr Baumberger, äh ich meine, nein, Baumberger!« Anne bemühte sich, sich den örtlichen Sprachgepflogenheiten anzupassen. »Ihr, nein – dein Sohn, ich will sagen, Bub, also der hat gefragt, ob er mir die Berge zeigen kann. Er hat nicht gesagt, daß es einen Neufundländer gibt, der Bello heißt.«

Xaver Baumberger trank schnell noch einen Schluck Kaffee, um seine Überraschung zu verbergen.

»Also, Toni, wenn das so war, dann hat Dorothea, ich meine Anna recht. Die Runde hast du verloren.« Dann wandte sich Xaver an Anna. »Du magst Neufundländer?«

Annas Augen leuchteten.

»Ich liebe Neufundländer über alles. Eigentlich mag ich alles, was Tier ist und vier Beine hat. Meine Großeltern hatten einen Bauernhof in Niedersachsen. Da war ich als Kind am liebsten. Sie hatten auch Neufundländer. Die haben sie sogar gezüchtet. Das sind prima Hunde. Sie sind groß und kräftig, dabei gutmütig und folgsam. Sie haben ein dickes robustes Fell, wie Teddybären. Und sie können kleine Wagen ziehen.«

»Das weißt du?« Antonius staunte immer mehr.

»Denkst du, ich kenn' mich nur in Aktien aus, Toni?«

»Zweite Runde geht ebenfalls an Anna!« stellte Xaver schmunzelnd fest.

Xaver gefiel die junge Frau immer mehr. Sie schien doch eine gewisse Bodenständigkeit zu haben und wußte, was sie wollte. Sie konnte blitzschnell eine Entscheidung treffen und war dann auch wild entschlossen, dies sofort anzugehen. Darin war sie anders als viele Frauen. Das imponierte dem alten Xaver sehr. Darüber hinaus amüsierte er sich darüber, wie Anna seinen Sohn aus der Fassung gebracht hatte. Das hatte er schon lange nicht mehr erlebt, daß der selbstsichere und in sich ruhende Antonius so sprachlos war.

»Ich habe als Kind selbst einen Neufundländer trainiert, daß man ihn vor den kleinen Karren spannen konnte. Er hieß Teddy. Da sind wir Kinder mit herumgefahren. Kannst ja Sue fragen, wenn du es mir nicht glauben willst.«

»Do... do... doch, ich glaube dir, Anna!«

Verlegen fuhr sich Antonius durch sein schwarzes lockiges Haar.

»Wie lange braucht man dazu, bis der Hund das kann?«

»Das kommt auf den Hund an, Toni! Ein paar Tage, ein paar Wochen. Es kommt halt darauf an, wie man es macht. Ich meine, man muß ein Spiel daraus machen. Der Hund wird das mögen. Wichtig ist, daß der Hund langsam an das Geschirr gewöhnt wird. Wie ist es? Klingt, als wolltest du Bello trainieren?«

»Ja! Deshalb war ich eine Woche in Norwegen. Da habe ich einen Kurs gemacht, wie man mit Huskies fährt.«

»Neufundländer sind andere Hunde, eine ganz andere Rasse. Das Geld hättest du dir sparen können. Das was du da gelernt hast, kannst du bestimmt nur für Huskies verwenden.«

»Ich hatte aber keine Angaben, wo man mit Neufundländern trainieren kann und das lernen kann, wie man sie abrichtet«, brachte Toni zu seiner Entschuldigung etwas hilflos vor.

Xaver grinste und wechselte vielsagende Blicke mit seiner Frau.

»Also,Toni, wenn du willst, schaue ich mir deinen Bello gern mal an. Ich kann dir dann schon sagen, ob er sich dafür eignet und wie lange es dauert, bis er alles gelernt hat. Voraussetzung ist natürlich, daß du mir vertraust. Besser gesagt, daß du mir das zutraust. Vielleicht hast du ja irgendwelche Vorbehalte Frauen gegenüber?« fügte Anna spitzbübisch hinzu. »So gut kenne ich dich noch nicht, daß ich weiß, wie du als Bergler zu tüchtigen Frauen stehst. Man sagt ja ganz im allgemeinen, daß auf dem Land die Frauen den drei großen Ks zuzuordnen sind, Küche, Kinder, Kirche. Wenn du so denkst, dann sage ich dir gleich, daß du dann in den nächsten Tagen vielleicht noch einige Überraschungen erleben kannst. Das soll keine Drohung sein, nur eine Ankündigung, eine kleine Warnung.«

Antonius glaubte, seinen Ohren nicht zu trauen. Verlegen fuhr er sich wieder durch das Haar. Das war eine Frau, wie er sie noch nie gesehen hatte, schön, voller Leidenschaft und doch wohl bodenständig.

Anna fuhr fort:

»Du sagtest gestern, daß ich einiges schon noch lernen würde, wie das hier in den Bergen so ist. Ich habe darüber nachgedacht. Das ist gut so. Wenn ich schon einmal ein paar Tage hier bin, dann will ich möglichst viel erfahren. So eine Chance bekomme ich vielleicht so schnell nicht wieder. Aber ich gebe dir auch eine Retourkutsche. Da, wo ich herkomme, da gibt es mehr für Frauen als die Aufgaben der drei großen Ks.« Und mit einem nicht zu übersehenden Schmunzeln fuhr sie fort: »Das heißt, daß du auch einiges lernen kannst. Also reden wir Klartext. Das tut ihr doch hier! Ihr sprecht die Sachen direkt an. Ich biete dir an, mir deinen Bello anzuschauen. Wenn ich denke, daß er sich dazu eignet, dir zu helfen. Aber ich dulde keine Einmischung, keine Diskussion. In der Sache bin ich die

Expertin. Du mußt also die Entscheidung treffen, ob du dich als Mann mir da unterordnen kannst.«

Toni griff nach einem Stuhl. Er mußte sich setzen.

»Ah, ich sehe, meine Worte haben eine gewisse Wirkung auf dich. Ich will dich nicht drängen, Toni. Es ist nur ein Angebot. Ich bin dir nicht böse, wenn du jetzt gleich sagst, daß das ein zu großer Schritt für dich ist. Dann komme ich trotzdem mit dir auf die Alm. Im Grunde geht es darum, ob du mir Vertrauen schenken willst. Hast du Zutrauen zu mir?«

Einige Sekunden vergingen. Ohne daß Antonius ihrem Blick auswich, sagte er fast tonlos:

»Doch, doch!«

Anna strahlte.

»Fein, dann wäre das ja alles geregelt. Es kann losgehen. Ich hole mir noch schnell meine Jacke. Dann bin ich gleich wieder bei dir.«

Sie rannte hinauf in ihr Gästezimmmer. Antonius wich den Blicken seiner Eltern aus und ging hinaus.

»Jetzt haben die beiden endlich ein gemeinsames Interesse. Deine Kerze scheint ja prompt zu wirken, Meta.«

Meta lächelte still und begann, Kartoffeln zu schälen für das Mittagessen.

Xaver Baumberger stand am Fenster und sah den beiden nach, wie sie den Pfad hinter dem Haus hinaufgingen, der zur Sommeralm führte. Sie sind ein schönes Paar, dachte er. Gern hätte er gewußt, was die beiden sprachen. Er konnte nur sehen, daß Anna redete und dabei sehr gestikulierte. Dann und wann blieben sie stehen. Immer wieder fuhr sich sein Sohn durch die Haare, ein untrügliches Zeichen von Verlegenheit.

Der Pfad führte steil hinauf. Weiter oben kam eine Felsformation, nur ein paar Meter. Wie würden die beiden den Teil des Weges bewältigen? Xaver holte das Fernglas und stellte sich wieder ans Fenster.

»Sie sind jetzt in der Kurzensteig, Meta.«

Kurzensteig, so hieß diese kleine Strecke seit alters her.

»Und, was tun sie, Xaver?« fragte Meta und schälte weiter in aller Ruhe ihre Kartoffeln.

»Komm her und sieh selbst!«

Meta nahm das Fernglas und schaute hindurch.

»War doch gut, daß ich eine extra große Kerze der Mutter Gottes gestiftet habe.«

Hand in Hand bewältigten die beiden die Strecke zwischen den Felsen. Antonius ging voraus und zog Anna hinterher. Dann waren sie oben angekommen. Sie standen eine Weile nebeneinander. Er hielt noch immer ihre Hand. Jetzt sprach er. Antonius zeigte mit der Hand über die Landschaft. Er erklärte ihr wohl die Gegend. Dann gingen sie weiter. Der Pfad wurde breiter. Jetzt trennten sich ihre Hände wieder.

»Na ja, kann es kaum abwarten, bis sie wieder zurück sind, Meta.«

»Du scheinst ja selbst ganz vernarrt in die Anna zu sein, Xaver!«

»Sie ist schon ein fesches Madl. Aber mußt nicht eifersüchtig sein. Und ein Temperament hat die! Die scheint weder Tod noch Teufel zu fürchten, wie die auf eine Sache losgeht. Unserem Bub scheint das zu gefallen.«

»Ja, warten wir es ab. Am Ende der Woche wissen wir mehr.«

Beide versuchten den ganzen Tag über, ihre Ungeduld und Neugierde zu zügeln. Ganz gelang ihnen das nicht. Sie sahen öfter mit dem Fernglas aus dem Fenster.

*

Die Spannung, die Anna empfand, hatte mit jedem Schritt nachgelassen. Im stillen hatte sie auch ihrer Freundin Sue die kleine Komödie verziehen. Sie war ihr sogar von ganzem Herzen dankbar, daß sie sie mit ihrem Traummann zusammengebracht hatte und in die Berge. Für ein paar Tage würde sie Anna sein, eine junge Frau, die sich ohne Hemmungen und Vorurteile auf ein Abenteuer einläßt. Die Tage wollte sie genießen und für immer in ihrem Herzen bewahren.

Der Weg auf die Alm war streckenweise steil. Anna, die wenig Sport trieb, merkte bald, daß man für die Berge Kraft brauchte.

»Anstrengend, Anna?« Seine Stimme klang weich und liebevoll.

»Es geht noch. Bin eben mehr eine Flachlandindianerin!«

Sie lachten beide.

»Wir können einen Augenblick rasten, wenn du magst. Ob wir jetzt zehn Minuten früher oder später ankommen, das spielt keine Rolle.«

»Das finde ich fein, ich meine, wie ihr hier in den Bergen die Dinge angeht. Ich habe dich und deine Eltern heute morgen beobachtet. Die Gaststube war voller Leute, die alle ganz schnell ihr Frühstück haben wollten, und trotzdem machtet ihr ohne Hektik eine Sache nach der anderen. Alles war so wohlgeordnet. Dann fand deine Mutter noch Zeit, mir zu zeigen, wie man Brot schneidet. Sie akzeptierte, daß meine Scheiben sehr unterschiedlich waren. Sie hat sie raus auf die Tische gestellt, so als wären alle in Ordnung. Es war einfach wunderbar, diese stille Anerkennung.«

Anna lächelte ihn an.

»Das tat dir gut, wie?«

»Ja!« Sie lachte. »Ich will es mal so sagen, in der Welt der Dorothea Zwirner, da muß alles perfekt sein. Der kleinste Fehler ist eine Katastrophe. Verstehst du, was ich meine? Alles ist so hektisch und unruhig. Aus der kleinsten Kleinigkeit wird eine große Sache gemacht. Deshalb habe ich das so genossen.«

»Ich kann nur erahnen, wie du das meinst. Weißt du, die

Berge hier, die sind ewig. So sagt man. Sie waren immer da und werden immer da sein. Sie spenden Ruhe. In ihrer Nähe sind die Leute gelassener. Die Natur hat ihre eigenen Gesetze. Der Mensch ist nur ein kleines Ding, ein winziger Teil innerhalb der Schöpfung Gottes. Über viele Jahrhunderte haben die Menschen hier in den Bergen gelernt, in Einklang mit der Natur zu leben. Deshalb will ich auch niemals von hier fort, niemals.«

Anna blieb kurz stehen und schaute auf den Boden. Sie durchquerten gerade einen Tannenwald. Sie bückte sich und hob einen Tannenzapfen auf.

»Du würdest wirklich niemals woanders hingehen?«

»Nein! Ich habe Freunde, die aus den Bergen fortgezogen sind. Ich habe sie auch schon besucht. Alle haben Heimweh. Weißt du, es ist nicht nur Heimweh nach der Familie, dem Dorf, den Bergen. Das geht viel, viel tiefer.«

Am Wegesrand stand eine Holzbank. Sie setzten sich. Anna schaute sich um. Von hieraus konnte man schon weit über das Tal sehen.

»Wir sind schon ziemlich hoch, wie?«

»Ja, so ungefähr fünfhundert Meter haben wir schon geschafft. Es ist jetzt nicht mehr weit. Nach der nächsten Kurve kannst du die Alm schon sehen.«

Anna saß ganz still da. Ihre Hände ruhten in ihrem Schoß. Sie hatte kein Bedürfnis zu sprechen. Sie schaute nur und atmete die klare Luft, genoß die Stille. Dabei merkte sie, wie ein tiefer Friede in ihre Seele einzog. Antonius beobachtete sie.

»Es ist schön hier. Ganz allmählich verstehe ich, was Sue mir immer beschrieben hat. Hier steht die Zeit still. Alles, was wichtig erscheint, tritt in den Hintergrund. Es ist so friedlich.«

»Hier steht die Zeit still, das hast du schön gesagt.« Antonius streckte den Arm vor. »Schau, ich trage auch keine Uhr. Die brauche ich hier nicht. Die Sonnenstrahlen, wie sie auf die Felswände und Gipfel fallen und die Schatten aus den Tälern vertreiben, daran lese ich die Zeit ab. Die Glocken der Kirche läuten den Mittag ein und rufen am Ende des Tages zur Vesper.«

Anna rieb sich die Augen.

»Was hast du? Blendet dich die Sonne?«

»Das Licht hier in den Bergen ist auch anders. So hell, irgendwie rein, unverfälscht.«

Antonius hielt ihr seine Sonnenbrille hin, die er in der kleinen Brusttasche seines Hemdes hatte.

»Nein, danke! Ich will das Licht sehen und fühlen.« Sie lachte. »Wie kann ich es dir beschreiben, Toni? Es fällt mir schwer, dafür die richtigen Worte zu finden. Es ist alles so festlich, so hell und klar, so voller strahlendem reinem Licht. Dabei ist es die gleiche Sonne, die überall scheint. Doch hier leuchtet sie anders, sie strahlt.« Anna wirkte hilflos.

»Ich verstehe dich! So geht es vielen Menschen, wenn sie zum ersten Mal in den Bergen sind.«

»Toni, ich fühle mich auch ganz anders. Ich bin ein ganz anderer Mensch. Irgend etwas passiert hier mit mir. Wie kann ich dir das beschreiben?«

»Das mußt du nicht. Ich verstehe dich! Laß es einfach zu. Freue dich darüber. Das ist es, was viele Menschen immer und immer wieder in die Berge zieht. Hier sind sie eins mit der Natur und kommen auch mit sich ins reine.«

»Wie meinst du das?«

»Weißt du, das ist eigentlich ganz einfach. Wenn ich ein Problem habe, das mich bedrückt, dann gehe ich in die Berge. Ich mache eine schöne Bergwanderung, ganz alleine. Manchmal verabrede ich mich auch mit Freunden, alle gute Bergsteiger. Dann erklimmen wir einen Gipfel. Wenn ich dann zurückkomme, dann weiß ich, was ich tun muß, ohne daß ich viel nachgedacht habe. Die Berge gaben mir Ruhe. Sie schenkten meiner aufgewühlten Seele Frieden und mein Herz weiß, was es tun muß.«

Anna schaute ihn überrascht an.

»Das kann ich langsam nachvollziehen, mit der Ruhe und so. Aber ich kann mir schlecht vorstellen, daß du mit Problemen belastet bist.«

»Probleme sind es eigentlich nicht. Aber es gibt immer mal wieder Fragen, die sich nicht so einfach beantworten lassen. Es ist, wie wenn man einen Berg besteigen will. Es gibt immer verschiedene Routen, das Gipfelkreuz zu erreichen. Jeder Weg hat seine Gefahren und Risiken, seine schönen Strecken und seine gefährlichen Abschnitte. Da muß man abwägen. Im Leben ist es doch genauso. Immer wieder kommt man an eine Wegkreuzung. Welcher Weg ist der richtige? Oft ist es nicht überschaubar. Der Verstand sagt, tue es nicht und das Herz sagt mach's.«

Anna schaute ihm tief in die Augen.

»Du denkst jetzt an etwas Bestimmtes?«

»Ja! Ich wußte nicht mehr weiter. Da bin ich in die Berge. Ich bin einfach mit meiner Wanderausrüstung losgezogen, eigentlich ziellos. Doch die Berge haben mich geführt, sage ich heute.«

»Und? Fandest du einen Weg? Weißt du, welche Richtung du gehen willst?«

»Ungefähr! Noch ist nichts entschieden. Aber es ist Frieden eingekehrt in mein Herz.«

»Wenn du willst, kannst du es mir erzählen.«

Antonius fing gleich an:

»Weißt du, daß mein Vater und meine Mutter die Pension und das Gasthaus haben. Das gibt es alles schon lange, sehr lange. Es wurde immer vom Vater auf den Sohn vererbt. So soll es auch bleiben. Nur die Zeiten haben sich geändert. Man lebt heute anders als vor hundert Jahren. Damals war es so, daß der Sohn bis zum Tode seines Vaters bei ihm gedient hat, wie ein Knecht. Die Väter hatten das Sagen. Das war auch gut so. Doch heute braucht man ein anderes Einkommen. So eine Pension wirft nicht genug ab für zwei Familien – und ich muß auch mal an die Zukunft denken. Da habe ich meinem Vater vorgeschlagen, daß er mich zum Teilhaber macht. Wir hätten dann einen großen Anbau gemacht und so mehr Zimmer vermieten können. Auch die Gaststube hätten wir vergrößert. Doch Vater wollte nicht. Er und Mutter sind zufrieden mit dem, wie es ist. Sie machen alles alleine. Sie wollen keine fremden Leute, die helfen. Mehr Geld und Umsatz reizt sie nicht. Ich war etwas enttäuscht. Es fiel mir schwer, die Entscheidung meines Vaters anzuerkennen. Wir hatten damals einen richtigen Streit. Das war im letzten Frühjahr. Weißt du, wir Bergler, wie du uns nennst, können auch echte Sturköpfe sein. Jedenfalls nahm mich meine Mutter zur Seite und sagte, ich solle doch ein paar Tage wandern gehen. Auf diese Idee hätte ich auch alleine kommen können. So zog ich los.«

Antonius lächelte sie an.

»Und dann? Was war dann?«

»Ich habe die Lösung gefunden. Na, das ist vielleicht übertrieben. Aber zumindest die Richtung. Das habe ich dann mit meinem Vater ausführlich besprochen. Jetzt verstehen wir uns wieder gut. Er meint, ich sollte das ruhig probieren. Wenn ich es nicht versuchen würde, dann würde ich immer davon träumen und um die verschenkte Möglichkeit trauern.«

»Klingt geheimnisvoll. Du willst mir nicht genau erzählen, um was es sich dabei handelt?«

Antonius schwieg eine Weile.

»Kann ja nix schaden, wenn ich es dir erzähle. Oberhalb der Alm, dort, wo wir hingehen, wo der Bello jetzt ist, da gibt es eine alte Berghütte. Sie liegt sehr einsam. Die Berghütte ist sehr verfallen. Denn da hinauf gibt es keine Straße. Es wird auch niemals eine geben. Sie ist also nur zu Fuß erreichbar. Die würde ich gern pachten und ausbauen und über den Sommer dort Hüttenwirt sein.«

»Ah, dann soll dir Bello mit dem Wägelchen helfen, die Sachen raufbringen?«

»Genauso ist es gedacht. Ich dachte, daß ich erst mal sehe, ob der Bello das schafft, dann plane ich weiter.«

Anna schaute Toni von der Seite scheu an.

»Wäre es sehr unverschämt, dich zu bitten, mir die alte Berghütte zu zeigen?«

»Nein! Das mache ich gerne!« rief er begeistert aus und bremste sich gleich wieder. »Du interessierst dich wirklich dafür?«

»Klar! Außerdem muß ich doch den Weg kennen, wenn ich Bello abrichten will.«

»Mmm! Ist eigentlich logisch! Verständlich!«

Antonius fuhr sich mit der Hand durch seine schwarzen Locken. Anna sah ihm die Freude an. Er war glücklich, daß sie sich dafür interessierte.

»Außerdem hast du mir doch versprochen, daß ich noch eine Menge lernen und mich an vieles gewöhnen würde. Ich sage also, laß es uns angehen. Wie wäre es, gehen wir jetzt weiter?«

Er schlug sich mit den flachen Händen auf die Oberschenkel.

»Gut, gehen wir es an! In einer guten Stunde sind wir auf der Alm. Dann nehmen wir Bello und gehen weiter zur alten Berghütte. Das ist dann noch einmal eine Stunde.«

Sie standen auf und gingen nebeneinander den Pfad entlang. Sie sprachen wenig miteinander. Antonius zeigte nur auf die verschiedenen Gipfel und nannte ihr die Namen. Ansonsten war er in Gedanken. Immer sah er sie an. Sie erkannte, daß sie einen festen Platz in seinen Überlegungen hatte.

Ich muß mich zurückhalten. Er liebt mich, dachte sie. Er will diese Berghütte pachten. Dazu braucht er eine Frau, die das auch will. Der Gedanke macht mir Angst. Ich darf mich dafür nicht zu sehr begeistern. Ich will ihn am Ende nicht enttäuschen. Mein Leben ist ganz woanders. Ich bin keine Berglerin, ich bin eine Flachlandindianerin. Sie kam sich vor, als liefe sie über einen Berggrat. Rechts und links ging es steil hinab. Sie wußte, daß sie nicht mehr lange so weitergehen konnte. Sie mußte sich entscheiden, auf welcher Seite sie sich abseilen wollte.

*

Dann kam die Alm in Sichtweite. Bello hatte Toni entdeckt und kam angerannt, daß seine Haare im Wind flogen.

»Anna, ich muß jetzt mal kurz den Arm um dich legen. Du hast hoffentlich keine Einwände. Der Bello muß ja gleich wissen, daß du zu mir gehörst, damit er dir auch folgt und dich als Chefin ansieht.«

Ohne Annas Antwort abzuwarten, legte er seinen Arm um ihre Schultern und zog sie dicht an sich. Anna errötete. Ihr Herz klopfte schnell. Seine körperliche Nähe löste eine Welle des Gefühls aus, die ihren ganzen Körper durchdrang.

Bello sprang zuerst an Toni hoch und dann legte er die Pfoten auf Annas Schultern.

»Bello, das ist Anna! Die wirst du jetzt öfters sehen. Bist bitte recht lieb und nett zu ihr.«

Anna schmunzelte und streichelte den Hund. Bello ließ von ihr ab und umrundete die beiden, als sie weitergingen. Toni hatte seinen Arm nicht fortgenommen. Anna gab auch nicht zu verstehen, daß ihr das unangenehm war.

Dann waren sie bei der Almhütte angekommen.

»Grüß Gott, Wenzel! Grüß Gott, Hilda.«

»Ja, mei, Bub! Bist schon wieder zurück. Und wen bringst du denn da mit? Ein fesches Madl. Findet man so was in Norwegen bei den Huskies?«

»So etwas findet man im Zug. Wenzel!«

Es lag Stolz in seiner Stimme. Die beiden gaben Anna die Hand.

»Ich bin der Wenzel Oberländer und des ist mei Frau, die Hilda. Und wie heißt du, Madl?«

»Ich heiße … gerufen werde ich Anna!«

»Dann setzt euch mal hin. Ihr werdet durstig sein vom Weg und hungrig! Die Hilda bringt euch gleich eine Brotzeit.«

»Danke, Wenzel! Das ist nett! Aber wir wollen noch weiter. Hilda kann uns vielleicht was einpacken. Einen Schluck Wasser trinken wir aber.«

Erst als Wenzel mit zwei Bechern und dem Krug kam, ließ Antonius Anna los.

Sie standen bei dem Tisch vor der Almhütte und tranken.

»Das Wasser schmeckt gut!« Anna trank den Becher ganz aus. Wenzel schenkte ihr nach.

»Ja, das ist unser gutes Wasser, hier oben, direkt aus dem Bergbach.«

Anna gab keine Antwort. Sie trank den Becher wieder leer.

»Du mußt dem Madl die Quelle zeigen, Toni. Na, ich denke mir, daß du rauf zur alten Berghütte willst, da kommt ihr ohnehin vorbei.«

Hilda brachte Brot, Schinken, Käse und noch anderes. Sie legte alles auf den Tisch. Dann packte sie die Sachen in zwei Rucksäcke und gab sie Anna und Antonius. Außen an den Rucksäcken baumelten zwei Henkelbecher aus Blech.

»So, da ist alles drin. Damit könnt ihr in den Bergen ein paar Tage überleben«, sagte Wenzel und blinzelte Antonius zu.

»Steck deine Nase nicht in Dinge, die dich nichts angehen, Wenzel!«

Hilda warf ihrem Mann einen strengen Blick zu. Dieser war sehr verlegen.

»Hilda, mußt mich net schimpfen. Es kann doch ein Wettersturz kommen, weißt selbst, wie schnell das gehen kann. Da ist es immer gut, wenn man ein bißchen mehr dabei hat.«

»Ja, ja. Das weiß ich. Und ich weiß auch, was sonst noch so in deinem Kopf vor sich geht.«

Wenzel tat, als habe er die Bemerkung von Hilda nicht gehört.

»Hast auch was für den Bello eingepackt?«

»Ja, Wenzel! Ja! Unten in jedem Rucksack liegen ein paar Würste für den Bello. Der wird auch nicht verhungern.«

»Wir wollen eigentlich heute abend wieder da sein. Aber der Wenzel hat schon recht. Im Gebirge kann es schnell gehen.«

Antonius schaute sich um. Wenzel zeigte mit der Hand hinüber zu den Gipfeln im Westen.

»Meinst, da braut sich was zusammen?«

»Möglich! Aber das kann noch dauern. Riechen kann ich noch nichts.«

»Ich auch nicht, Wenzel. Bis heute abend wird es bestimmt noch halten.«

Die Blicke der Männer trafen sich. Sie nickten sich zu.

»Dann gehen wir jetzt! Grüßt euch Gott zusammen, Wenzel und Hilda!«

»Nehmt euch unser Grüß Gott und Segenswunsch mit«, sagte Hilda und wischte sich die Hände an der Schürze ab, bevor sie Anna die Hand gab.

»Bist ein bisserl leicht angezogen, Madl. Oben kann's ganz schön frisch sein. Wart, ich gebe dir was mit.«

Gleich darauf brachte Hilda eine dicke Jacke und ein Kopftuch. »Mußt besser sorgen für das Madl, Antonius!« tadelte Hilda und sah Antonius strafend an.

Wenzel reichte Antonius die Hundeleine. Er gab sie gleich an Anna weiter.

»Ja, dann gehen wir mal.« Antonius berührte leicht Annas Rücken mit der Hand.

Dann liefen sie los in Richtung Berghütte.

»Lustig, die beiden, Antonius. Die tragen ihr Herz auf der Zunge, würde ich sagen.«

»Ja, ich hoffe, es war dir nicht peinlich.«

»Nein! Und dir?« Anna warf ihm einen Seitenblick zu.

»Nein.«

»Na, dann ist es ja gut. Außerdem kann ich mich ja wehren, wenn mir etwas nicht paßt.«

»Die haben den Eindruck ...« Er brach den Satz ab und setzte dann neu an. »Die denken vielleicht, daß du und ich, na, du weißt schon.«

»Na, laß sie denken, Toni. Darin sind die Menschen überall gleich. Das Leben auf so einer Alm wird doch etwas einsam sein. Jetzt haben die beiden Gesprächsstoff für den ganzen Tag.«

»Ja, das haben sie bestimmt.«

Der Weg wurde wieder steiler und mühsamer. Antonius nahm Anna den Rucksack ab. Stellenweise reichte er ihr die freie Hand. Der Weg führte durch einen Wald. Dann wurde der Bewuchs immer weniger. Anna war froh, daß sie von Hilda die Jacke und das Kopftuch bekommen hatte. Hier wehte ein frischer Wind.

»Schau dort! Da ist die Hütte!« rief Antonius laut gegen den Wind. Anne nickte nur. Sie mußte aufpassen, wo sie hintrat. Sie überquerten ein großes Feld mit losem Geröll. Anna streckte die Hand nach Antonius aus.

Er hatte richtige feste Wanderschuhe an. Die Schuhe, die eigentlich seiner Schwester gehörten, waren leichter. Es waren zwar auch feste Sportschuhe, aber keine Bergschuhe.

Dann hatten sie es geschafft. Müde und erschöpft lehnte sich Anna gegen die Außenwand der Berghütte und schloß die Augen. Sie hörte, wie Antonius rund herum die Holzläden aufmachte und fest verriegelte, daß der Wind sie nicht zuschlagen konnte. Dann schloß er die Tür auf.

»Kannst reinkommen!«

Anna blieb im Türrahmen stehen und schaute sich um. Vor ihr lag ein großer Raum. Die Wände waren mit Holz verkleidet. Entlang der Außenwand verlief innen eine breite Sitzbank. Weiter hinten war eine Art Tresen, dahinter gab es einen Durchgang, wohl zu einem Raum, der eine Art Küche war. Der Blickfang in dem Raum war aber der große offene Kamin. Daneben waren große Holzscheite und Anmachholz aufgestapelt. Vor dem Kamin standen drei Kisten. Sonst war der Raum fast leer, bis auf einen zerbrochenen Tisch und Stühle. Hinten in der Ecke führte eine Holztreppe nach oben. Überall an den Wänden gab es schmiedeeiserne Haken, die sehr stabil aussahen. An zwei Haken hing Antonius die Rucksäcke auf.

»Und was sagst du?« fragte er knapp und direkt, so wie es seine Art war.

»Das Ding liegt nach meiner Meinung am Ende der Welt. Ich hatte noch nie eine Hütte gesehen. Ich habe sie mir viel kleiner vorgestellt, viel kleiner.«

Antonius zündete Holz im Kamin an. Bald verbreitete sich eine angenehme Wärme. Er wischte die Kisten mit der Hand ab. Auf die mittlere legte er das Brot, den Schinken, den Käse und sein Schweizer Taschenmesser.

»Nimm Platz! Gleich gibt es eine zünftige Brotzeit. Du hast sie dir redlich verdient. Bist tapfer gewesen. Hast schön mitgehalten.«

»Was hätte ich machen sollen?«

Antonius lachte herzlich.

»Dann kann ich dir Geschichten erzählen. Ich führe oft Touristen durch die Berge, so ein- bis zweimal in der Woche, gelegentlich auch öfter. Das sind meist Gäste, die daheim in unserem Gasthaus Quartier haben. Die fangen dann bald an, ganz schön zu jammern. Also wirklich, da könnte ich dir Geschichten erzählen. Es gibt Leute, die können ihre Kräfte nicht einschätzen und überschätzen sich. So eine Bergwanderung ist kein Spaziergang durch einen Stadtpark.«

»Nein, eine Bergwanderung ist wirklich kein Spaziergang, das kann ich dir bestätigen. Aber die Berge hier oben entschädigen doch jeden für die Mühsal. Ich bin froh, daß ich mich entschlossen habe, mit dir da heraufzugehen.«

Antonius lächelte glücklich.

»Ich geh jetzt und hole Wasser am Bach.«

»Wo ist hier ein Bach? Ich habe keinen gesehen.«

»Weiter oben, so in dreihundert Meter Entfernung. Es gibt eine Sperre. Wenn man sie herunterdrückte, dann floß früher das Wasser hinter der Hütte vorbei. Dort gibt es ein kleines Mühlrad. Das machte dann Strom für die Lampen. Ich weiß allerdings nicht, ob die Technik heute noch funktioniert.«

»Da kannst du auch mal Sues Mann fragen, der ist Ingenieur. Überhaupt sollten wir Sue das zeigen.«

»Sue ist nicht so wichtig. Ich wollte es erst mal dir zeigen.«

Antonius ging hinaus. Währenddessen betrachtete Anna die dunklen Holzbalken an der Decke. Das ist alles sehr, sehr alt. Dann entdeckte sie, daß in der steinernen Einfassung über dem Kamin verschiedene Jahreszahlen eingemeißelt waren. Sie stand auf und besah sich diese genauer.

Antonius kam mit dem Wasser zurück. Er stellte den Krug ab und trat neben Anna.

»Der Platz für die Hütte geht viele Jahrhunderte zurück, vielleicht bis in die Römerzeit. Die Menschen, die in den Süden oder in den Norden wollten, und wenig Gepäck hatten, gingen hier über den Paß. Das war eine Abkürzung. Es gab sicherlich viele Pilger, die auf dem Weg nach Rom waren oder auf dem Heimweg. Die Berghütte war aber immer nur im Sommer besetzt, so von Ende April bis in den September hinein. Im Winter war hier niemand. Es kam oft vor, daß sie von Lawinen beschädigt wurde. Einige Male war sie sogar vollständig zerstört worden. Sie wurde immer wieder aufgebaut und immer ein bißchen größer. Jedes Mal wurde dann in den Stein am Kamin eine neue Jahreszahl eingemeißelt.«

»Und warum ist jetzt niemand hier? Warum wird sie nicht mehr benutzt?«

»Der letzte Hüttenwirt war zu alt geworden. Und einen neuen hat die Gemeinde nicht gefunden. Alle, die sich die Hütte angesehen hatten, meinten sehr schön, aber da gibt es keine Straße. Weißt, Anna, heute wollen viele Touristen auf den Berg fahren. Viele denken, man braucht Luxus, um die Wanderer zu bewirten. Ich möchte das ganz anders machen.«

»Und wie?«

Antonius hatte Brot geschnitten und reichte Anna ein Stück, dazu eine Scheibe Schinken und Käse.

»Ich würde alles so lassen, wie es ist, wie es immer war. Aus Ehrfurcht vor der Tradition, vor der jahrhundertelangen Vergangenheit. Ich will keine Straße. Und wenn die Anlage mit dem Strom nicht mehr funktioniert, dann nehme ich Lampen mit Öl und Spiritus. Hier in der großen Stube gibt der Kamin auch viel Licht. Wenn die Wanderer kommen, sind sie müde. Sie wollen ein einfaches Mahl. Dann legen sie sich schlafen.«

»Oben auf den Hüttenboden!«

»Genau! Woher weißt du das?«

»Sue hat einen Hüttenboden eingerichtet, in ihrem Haus in Frankfurt.«

»Deine Freundin scheint ja eine echte Bergverrückte zu sein!«

»Ja, das ist sie. Und ich bin froh darüber. Wäre sie es nicht, dann wäre ich jetzt nicht hier.«

»Stimmt! Willst den Hüttenboden sehen?«

»Gern.«

»Gut, dann laß mich aber vorgehen! Oben ist es dunkel. Ich mache erst Licht.«

Anna stieg hinter Antonius nach oben. Oben an der Treppe stand eine Sturmlaterne. Er zündete sie an.

»Das kommt mir ja noch viel größer als unten vor.«

»Das ist es auch. Komm, ich zeige dir, warum das so ist.«

Antonius löschte sorgfältig die Lampe und stieg vor Anna die Treppe hinunter. Unten wartete er auf sie und hob sie einfach die letzten steilen Stufen herab. Er nahm sie bei der Hand und führte sie durch den Durchgang hinter dem Tresen. Von dort aus kam man in ein kleines Zimmer mit zwei Fenstern.

Dahinter lagen dann noch drei kleine Kammern mit jeweils einem Fenster.

»Hier hatte der alte Hüttenwirt gewohnt mit seiner Familie, im Sommer. Später dann lebte er nur noch mit seiner Frau hier. Dann ist sie gestorben, und er hat es alleine nicht mehr machen wollen. Ja, das war vor zehn oder fünfzehn Jahren.«

Antonius biß ins Brot. Er kaute langsam und genußvoll. Dann erzählte er weiter.

»Der alte Hüttenwirt, den kenn ich gut. Das ist der Alois. Aber alle sagen Hüttenwirt zu ihm. Jetzt ist er schon fast neunzig Jahre. Er lebt unten im Dorf. Er ist immer noch sehr rüstig. Ich mag den alten Mann gut leiden. Schon als junger Bub wanderte ich oft hier herauf und habe ihn besucht. Ich brachte ihm die Post und erledigte auch Besorgungen für ihn. Er erzählte mir dafür schöne Geschichten über die Natur und die Berge. Ich habe viel von ihm gelernt.«

Antonius legte noch ein dickes Scheit Holz ins Feuer.

»Er hatte zwei Söhne. Keiner wollte in seine Fußstapfen treten.«

»Warum?«

»Es war ihnen zu mühsam, vielleicht? Sie gehören auch zu denjenigen, die dafür sind, daß eine Straße heraufgebaut wird. Darüber ist es fast zum Bruch gekommen zwischen dem Alten und seinen Buben.«

»Und du bist auch gegen eine Straße?«

»Ja! Ich bin keiner von den Ökoheinis, das darfst du nicht denken. Aber so wie ich die Hütte bewirtschaften will, da braucht man keine Straße. Es soll wirklich eine bewirtschaftete Berghütte sein, nur für Wanderer. Eine Berghütte im alten Stil. Die Sachen muß man halt raufschleppen. Milch, Käse, Eier kann man beim Wenzel und der Hilda holen.«

»Ich verstehe, und dafür willst du den Bello trainieren.«

»Richtig! Wir haben die Abkürzung genommen zur Alm. Es gibt auch einen Weg, der auf die Almen führt. Der windet sich hinten hoch, ich zeig dir das mal. Da kann Bello bequem einen Wagen ziehen. Ich werde den Pfad ausbessern und hier übers Geröllfeld flache Steine legen – oder ich baue einen Steg aus breiten Holzdielen.«

Anna sah, wie seine Augen leuchteten, wenn er davon sprach.

»Wenn die Hütte im Winter geschlossen ist, dann wird doch sicherlich alles sehr feucht hier.«

»Ganz so feucht wird es nicht. Die Luft hier oben ist sehr trocken und kalt. Früher war der Hüttenboden mit Heu oder Stroh ausgelegt. Da nehme ich heute Isoliermatten aus Kunstfaser. Die sind weich, wärmen, und die Witterung kann ihnen nichts anhaben. Da werde ich es leichter haben als der alte Hüttenwirt.«

»Du freust dich darauf, Antonius!«

»Ja, ich freue mich darauf. Schön wäre es halt, wenn ich noch jemanden finden würde, der mitmacht.«

»Warum?«

»Dann könnte ich noch Bergwanderungen organisieren. Während ich unterwegs bin, wäre dann immer jemand in der Hütte. Da gibt es viel zu tun. Das Feuer im Kamin muß brennen. Das Essen muß gekocht werden. Viel Auswahl wird es nicht geben. Ich dachte so an Eintöpfe, Rösti mit Beilage, Käsefondue mit Brot, Käse. Dann muß immer heißer Kaffee da sein und ein Vorrat an Schnaps, den braucht man auch. Das Brot muß man selbst backen, wie auf der Alm.«

»Dazu muß Mehl und Zucker raufgeschafft werden und Kartoffeln und auch Salz und Kaffee.«

»Ja, und noch eine ganze Menge anderer Sachen. Ich habe mir eine Liste gemacht. Der alte Hüttenwirt, der Alois, der hat mir dabei geholfen. Zu Beginn und am Ende der Saison, da ist es natürlich besonders viel Arbeit. Aber das nehme ich gerne in Kauf. Hier kann ich mein eigener Herr sein. Bin mitten in den Bergen. Und im Winter bin ich dann unten bei den Eltern.«

»Und das willst du ein ganzes Leben so machen, wie der alte Hüttenwirt?«

Antonius schüttelte den Kopf.

»Schön wäre es. Aber das geht nicht. Vielleicht die nächsten zehn oder fünfzehn Jahre. Irgendwann muß ich den Eltern helfen und den Gasthof übernehmen. Aber bis dorthin will ich jeden Sommer hier oben sein.«

»Und die Leute bezahlen für das Essen, die Getränke und die Lagerstatt.«

»Ja, das tun sie. Reich werde ich die ersten Jahre bestimmt nicht davon. Die Hütte war jetzt lange leer. Es muß sich erst wieder rumsprechen.«

»Verständlich!«

Anna dachte nach.

»Wann willst du denn anfangen?«

»Geträumt habe ich davon, daß ich schon diesen Sommer anfangen kann.«

»Warum tust du es dann nicht?«

»Weil ich noch keinen endgültigen Pachtvertrag habe.«

Verwundert schüttelte Anna den Kopf.

»Das verstehe ich nicht.«

Antonius holte den Flachmann aus seiner Jackentasche und hielt ihn Anna hin.

»Danke!«

Sie reichte ihm die Flasche zurück.

»Mußtest gar nicht mehr husten!«

»Nein, du siehst, ich lerne schnell. Doch lenk nicht ab.«

Antonius wollte nicht so richtig mit der Sache rausrücken. Anna sah, daß ihn das aber sehr bedrückte.

»Na, wenn ich diese Berghütte nicht kriegen kann, dann such ich mir halt eine andere. Aber mein Herz hängt mal hier dran.«

»Wegen der schönen Erinnerungen und weil du den alten Alois so magst.«

»Ja! Aber dieser Schuft, der hat den ganzen Gemeinderat aufgemischt!«

Anna verstand gar nichts. Sie war zwar noch nicht einmal vierundzwanzig Stunden hier, aber sie hatte schon viel gelernt. Hier geht man die Sache direkt an. Also schaute sie Antonius streng an und sagte:

»Also, im Augenblick schaust du in meinen Augen nicht wie ein gestandenes Mannsbild aus. Daß du ein gestandenes Mannsbild bist, das hat mir dein Vater gleich gestern gesagt. Im Augenblick gackerst du herum wie ein müdes Huhn, das nicht weiß, ob es noch ein Ei legen soll oder nicht.«

Antonius schaute sie erstaunt an und lachte dann.

»Hast schon recht. Aber unter der harten Schale, da gibt es auch einen weichen Kern.«

»Das ist mir nicht verborgen geblieben, Antonius Baumberger!«

»Los jetzt! Wer ist dieser Schuft, der dir die schöne Berghütte mißgönnt und deinem Glück im Weg steht?«

»Dieser Schuft, das ist der Rupert Schwarzer. Du, das ist, wie man hier sagt, ein großer Großkopfeter, der hat Geld, viel Geld. Hat überall seine Finger drin. Mischt überall mit. Vor ein paar Jahren ist er hier aufgetaucht. Er hat einen alten Hof gekauft und schön umgebaut. Den hat er vermietet an jemanden, der bei ihm arbeitet. Das war schon vor zehn Jahren. Das ist quasi ein Strohmann hier im Ort, der ist auch im Gemeinderat. Der Schwarzer erfährt so alles. Auf diese Hütte ist er schon lange scharf. Der Schwarzer hat viele Grundstücke in den Bergen gekauft. Nicht bei uns hier, aber hier in den Alpen. Da baut er dann Hotels und Skilifte, legt Pisten an und baut ganze Feriensiedlungen. Nur bei uns im Tal geht das nicht so einfach, weil das hier Naturschutzgebiet ist. Hier kann kein Hotel gebaut werden. Das einzige, was es hier gibt, ist diese Berghütte. Keiner weiß genau, was er vorhat und welches As er noch im Ärmel hat. Scheint auch gute Verbindungen zur Politik zu haben, auf höherer Ebene. Als sich im Frühjahr herumgesprochen hat, daß ich Interesse daran habe, hatte er plötzlich auch Interesse. Er war sogar mal hier mit einigen Leuten. Du, Anna, der ist mit einem Hubschrauber hier heraufgeflogen. Ja, gell, da schaust du auch und machst große Augen. Ja, so war es. Seither legt ein Strohmann im Gemeinderat ständig neue Aufträge vor. Jetzt hat er sogar eine uralte Verordnung von damals ausgegraben. Vielleicht ist diese Verordnung von vor zweihundert Jahren oder so. Ich weiß das nicht so genau. Jedenfalls steht da drin, daß eine Berghütte bevorzugt von einem Ehepaar zu betreiben sei. Ich bin Junggeselle. Der Gemeinderat hat beschlossen, daß es nicht unbedingt ein Ehepaar sein muß. Es müssen aber mehrere Leute sein.«

»Mehrere? Das sind wie viele?«

»Mindestens zwei!«

»Warum?«

»Das ist leicht zu erklären. Es kann vorkommen, und das hat es schon gegeben, daß ein Hüttenwirt auch Bergsteiger oder Wanderer retten mußte. Da war es eben gut, wenn zwei Leute auf der Hütte waren, besonders, wenn es keine Straße gibt. Dann muß man den Verletzten ein Stück ins Tal tragen. Also, wenn du mich fragen tust, ist das in der modernen Zeit Unsinn, großer zum Himmel schreiender Unsinn.«Antonius ereiferte sich richtig. »Als der Alois allein hier oben war, da ging das doch auch. Und heute mit Handy ist doch alles kein Problem mehr.«

»So sehe ich das auch. Das müßte dem Gemeinderat doch einleuchten.«

»Einigen, nicht allen. Da sitzen halt ein paar Gemeindekräfte drin, die mit dem Schwarzer gern Geschäfte machen, der Sägewerkbesitzer zum Beispiel und noch einige andere falsche Kröten. Verstehst?«

»Ich verstehe! Und da kann man nichts machen?«

»Schwerlich! Der alte Lois hat die Hütte, die gehörte seit

dreihundert Jahren seiner Familie, nach seinem Tod der Gemeinde vermacht.«

»Weil seine Kinder nicht weitermachen wollten!«

»Du siehst das genau richtig. So muß die Gemeinde dafür sorgen, daß das Dach dicht ist und die Hütte erhalten bleibt.«

»Kann der Alois diese Schenkung nicht wieder rückgängig machen?«

Antonius lachte bitter.

»Sicherlich wird es da einen Weg geben. Da muß der alte Alois der Gemeinde aber alle Unkosten ersetzen, die sie in den letzten Jahren hatte.«

»Ah, mir dämmert es langsam. Und der alte Alois hat nicht soviel Geld.«

»Richtig. Das hat er schon probiert. Mir hat es fast das Herz gebrochen, den alten Mann weinen zu sehen.«

»Hast nicht so viel Geld, um die Hütte zu kaufen?«

»Ich habe nicht ganz so viel. Mein Vater würde mir helfen und einen Kredit auf den Gasthof nehmen. Aber die Bank gibt dem Vater keinen Kredit, und für die Berghütte hier bekomme ich erst recht keinen. Diese Bankleute sind in meinen Augen Teufelsbrut.«

Erst als er den Satz ausgesprochen hatte, erinnerte sich Antonius, daß Anna auch bei einer Bank arbeitete.

»Entschuldige, damit habe ich nicht dich gemeint.«

»Schon gut. Wo hast du überall gefragt?«

»Frage mich nicht. Überall! Die wollen so einen Wisch, wie die Hütte dann läuft und wieviel Geld damit man verdienen kann. Ich will dich nicht beleidigen und deine Zunft. Aber in meinen Augen sind solche Prognosen, wie sie das nennen, oder Geschäftspläne nicht einmal das Papier wert, auf dem sie aufgeschrieben sind. Weißt, unten im Dorf gibt es die Ella. Das ist eine alte Frau, die versteht viel von Heilkräutern und man sagt, daß sie auch in die Zukunft blicken kann. Sie legt Karten und soll auch aus dem Kaffeesatz lesen. Vielleicht sind der Ella ihre

Vorhersagen besser, als diese Bankpapiere, die ich mir anfertigen lassen soll. Eine Bank wollte mir das Geld geben. Doch dann habe ich herausgefunden, daß der Schwarzer die gut kennt. Dann habe ich die Finger davon gelassen.«

»Das war gut!«

»Weißt du, das ist so. Der Gemeinderat verschiebt die Entscheidung über den Pachtvertrag immer wieder hinaus. Ich habe die Hütte jetzt für einen Sommer gemietet. Ich darf sie aber nicht bewirtschaften. Die wollen mich weich kriegen. Es geht ja nicht nur um die Hütte. Da ist ja auch noch das Grundstück drum herum. Das ist es, was sie sich vergolden lassen. Die Hütte würden sie mir billig geben. Dann würde der Schwarzer das Grundstück drum herum kaufen. Er müßte mir nur Wegerecht geben.«

»Doch du kannst auf dieser Basis keine Berghütte betreiben.«

»Ich sehe, daß du mich verstehst.«

»Ja, Antonius! Und ich sehe, wie sehr dein Herz daran hängt.«

»Ich war ziemlich verzweifelt. Da dachte ich, ich gehe ganz fort. Weit weg ins Ausland. Ich hatte einmal eine Wandergruppe aus Norwegen geführt. Da waren auch ein paar junge Leute dabei, echte Bergsteiger. Gute Leute! So in meinem Alter. Wir waren zusammen in der Wand und mußten sogar mal in einem Sturm am Berg biwakieren. Das schweißt zusammen. Wir sind gute Freunde geworden. Die habe ich besucht. Deshalb war ich in Norwegen. Die haben eine Schule für Schlittenhunde, züchten Huskies und fahren überall in der Welt Rennen. Bei denen wollte ich arbeiten. Ich wollte fort, bis meine Eltern alt genug wären, und ich den Gasthof übernehmen würde. Doch daraus wurde nichts.«

»Warum? Waren es doch keine Freunde?«

»Freunde sind es schon! Ich hätte auch bleiben können.« Verlegen fuhr sich Antonius wieder durch die Haare. »Doch schon nach zwei Tagen bekam ich Heimweh. Da gibt es auch Berge und Wälder und Seen und Schnee. Die Menschen sind nett. Aber es ist eben die Fremde. Es ist keine Heimat.«

Anna hatte Mitleid. Sie stand auf und trat neben ihm. Vorsichtig legte sie ihm die Hand auf die Schulter.

»Gib nicht auf, Antonius. Gib nicht auf! Dein Heimweh war gut. Mußt dich deswegen nicht schämen. Dein Gefühl hat dich wieder hierher in die wunderschönen Berge gebracht. Deine Liebe gilt den Bergen, der Natur. Ich danke dir, daß du mit mir darüber gesprochen hast. Danke für dein Vertrauen.«

Antonius stand auf und schloß Anna in die Arme. Sie hielten sich ganz fest, wie zwei gute Freunde, die Leid teilten. Annas Herz war wund. Ich muß ihm helfen. Irgendwie muß man ihm doch helfen können. Anna spürte, wie sein Herz schnell schlug.

Keiner sagte ein Wort. Sie standen einfach da und hielten sich gegenseitig fest, gegen den bösen Schwarzer und den Rest der Welt.

Dann fing Bello, der die ganze Zeit vor dem Kamin gelegen hat, an zu bellen.

Sie lachten.

»Dich hatten wir ja ganz vergessen, mein guter Bello.«

Anna kraulte ihm das dichte Fell.

»Kannst du schon etwas sagen, Anna? Du hast den Bello doch beobachtet auf dem Weg hierher.«

»Ich denke, daß man es probieren sollte. Er braucht ein Geschirr. Daran muß er sich gewöhnen und man könnte ihn auch an Packtaschen gewöhnen.«

»Ja, das ist auch eine gute Idee. Wir werden in die Stadt fahren und die Sachen kaufen, gleich morgen. Dazu nehmen wir Bello mit.«

»Das wird nicht nötig sein. Laß ihn ruhig auf der Alm bei der Hilda und dem Wenzel. Deine Mutter hat bestimmt alte Bettlaken. Daraus mache ich ein Muster. Solche Leinenstreifen sind sehr stabil. In die Stadt können wir immer noch fahren. Wir machen das erst einmal so. Laß mich nur machen.«

»Ganz wie du willst, Anna!«

»Antonius, ich denke wir sollten aufbrechen und zurückgehen. Der Abstieg geht bestimmt schneller. Ich würde auch gern noch bleiben. Doch wenn ich morgen mit Bello zu trainieren anfangen will, dann muß ich noch Vorbereitungen treffen.«

»Dir gefällt es hier also auch gut?«

»O ja! Mir gefällt es wirklich auch so gut, daß ich am liebsten die Tage hier verbringen möchte, weit weg von jeder Zivilisation.«

Antonius lächelte sie an. Verlegen fuhr er sich mit der Hand durch sein Haar. Anna kannte diese Geste jetzt schon genau und fand sie irgendwie rührend.

»Mmm! Also! Ich meine! Man könnte! Es würde auch gehen! Was meinst du dazu, Anna?«

Anna lachte herzlich.

»Jetzt zögerst du wieder, Toni! Was willst du sagen?«

Anna ahnte zwar, was ihm auf den Lippen lag. Doch sie wollte es nicht aussprechen.

»Mei, ich dachte. Nun, es ist doch Blödsinn, jeden Tag auf die Alm zu laufen, um mit Bello zu trainieren. Ich habe die Hütte für mich diesen Sommer gemietet. Wie wäre es, wenn wir die Tage hier verbringen würden?«

»Weil es praktischer ist, als jeden Tag auf die Alm zu gehen?«

»Ja, Anna! Wir gehen jetzt noch mal runter. Du und ich bereiten alles vor. Wir packen ein, was wir brauchen. Wenzel und Hilda können uns auch vieles geben. Kannst du dir vorstellen, die nächsten Tage zusammen mit mir hier in der Hütte zu verbringen?«

»Und mit Bello?«

»Natürlich, und mit Bello!«

Annas Herz klopfte. Sie nahm alle Kraft zusammen, um sich ihre Freude nicht anmerken zu lassen.

»Doch, das kann ich mir schon vorstellen, gut sogar. Dann lerne ich auch mal ein richtiges Berghüttenleben kennen.«

»So ganz wird es nicht werden, aber zum Teil schon.«

Sie fütterten einige Wurststücke an Bello. Dann deponierten sie die restlichen Sachen in der Küche. Es wäre ja Unsinn gewesen, die Lebensmittel mit zurückzunehmen, wo sie doch am nächsten Tag wiederkommen würden.

Während Antonius um die Hütte ging und die Fensterläden schloß, schaute sich Anna noch einmal um.

Was ist mit mir geschehen, fragte sie sich. Sie fühlte sich so glücklich und frei. Sie war innerlich ruhig und ausgeglichen.

»Gehen wir dann? Kommst?«

Anna band das Kopftuch um und trat hinaus. Antonius schloß die Tür ab. Er bot ihr seine Hand an. Sie schaute ihm in die Augen und ergriff sie. Hand in Hand gingen sie zurück zur Alm.

Während des ganzen Weges sprachen sie wenig. Jeder machte sich so seine Gedanken. Immer wieder wechselten sie vorsichtige Blicke. Wenn sie etwas sagten, dann betraf es Bello. Sie riefen ihn herbei, wenn er zu weit vorausgelaufen war oder zu weit hinter ihnen hertrottete.

*

Als Wenzel und Hilda die beiden Hand in Hand kommen sah, sagte Hilda zu ihrem Mann:

»Wenzel, halt dich zurück! Am besten, du gehst Holz hacken und überläßt die beiden mir. Das Madl ist net von hier, das weißt du. Da kannst du nicht einfach so daherreden.«

Wenzel zündete sich seine Pfeife an und ging hinter die Almhütte. Er wollte mit seiner Frau keinen Streit haben. Hilda brachte es fertig, tagelang kein Wort mit ihm zu sprechen. Dann war es auf der Alm noch einsamer.

»Na, ihr beiden? Schon zurück? Seid früh dran!«

»Ja, Hilda! Der Anna hat's gut gefallen. Wir werden morgen wieder raufgehen und dann ein paar Tage bleiben. Die Anna versteht viel von Hunden. Sie will den Bello trainieren. Dazu muß sie sowieso hier oben sein.«

»Dann wäre es Unsinn, jeden Tag sich die Müh mit dem Aufstieg zu machen«, bemerkte Hilda sachlich.

Antonius gab ihr die leeren Rucksäcke.

»Ah, du hast die Sachen schon in der Berghütte gelassen.«

»Ja, ja! Es gibt morgen noch viel zu schleppen. Ist ja nicht allzuviel drin. Ich habe da zwar schon ein paarmal übernachtet, aber da war ich alleine. Als Mann brauchte ich nicht viel. Aber die Anna soll's ein bisserl besser haben.«

»Recht so! Mußt das Zeug aber nicht von euch daheim raufbringen. Ich werde dir was zusammenstellen. Wenn du willst, dann können der Wenzel und ich die Sachen teilweise heute noch raufbringen. Mußt mir nur den Schlüssel geben. Wir melken dann ein bissel früher. Es ist dann noch lang genug hell. Und wenn nicht, da übernachten wir in der Hütte und steigen morgen in Allerherrgottsfrüh ab.«

Antonius nickte und reichte Hilda den Schlüssel.

»Danke, Hilda!«

»Nix zu danken! Weiß doch, daß du das gleiche für uns machen würdest. Also, um Küchenzeug und Bettkram und Essen, da mußt dich nicht sorgen, Toni. Sorg du dafür, daß das Madl zünftig gekleidet ist. Du weißt ja, wie das ist mit dem Wetter im Gebirge. Schau, die Wolken kommen näher. Ich denk, daß es doch noch einen Schauer geben kann, wenn nicht heute abend, dann die Nacht.«

»Den Bello lassen wir hier. Bello, sitz!«

Doch Bello hörte nicht auf Antonius. Der ging zu Anna und rieb sich an ihrem Bein. Dann setzte er sich neben sie hin und schaute sie treu an.

»Du, Antonius, der will mit.«

»Mit dir mit!« sagte Antonius. »Mach, wie du denkst. Solang' du da bist, hast du das Sagen in puncto Hund. Das habe ich dir versprochen.«

»Ja, dann gehen wir! Bis morgen, Hilda! Grüß mir den Wenzel. Und danke!«

»Grüß Gott, Toni, und sag auch deinen Eltern ein schönes Grüß Gott von uns.«

Anna verabschiedete sich auch von Hilda. Dann rief sie den Hund und sie gingen weiter. Für den Heimweg hatte Antonius den bequemeren Weg gewählt.

»Sagst nichts, Anna? Ist was mit dir?«

»Ich denke nach! Nein, eigentlich denke ich nicht nach. Ich versuche alles hinter mir zu lassen, damit die Kraft der Berge auch auf meine Seele wirken kann. Ich habe viel erlebt, Antonius. Sehr, sehr viel erlebt, seit gestern.«

Anna schaute auf ihre Armbanduhr.

»Gestern um diese Zeit saß ich noch im Auto und haderte mit Sues verrückter Idee. Na ja, das war eigentlich mein anderes Ich. Das war die Dorothea, die ehrgeizige Bankangestellte aus dem hohen Norden, die Flachlandindianerin. Jetzt geht neben dir die Anna, das ist mein neues Ich. Da habe ich eben viele Fragen. Die Anna hat Fragen und die Dorothea hat Fragen. Nun, du hast gesagt, daß man in die Berge gehen soll, wenn man Fragen hat, da würde man die Antworten ins Herz gelegt bekommen.«

»Ja, so ist das! Doch wie ist es bei dir? Hast du dann auch zwei Herzen? Das Herz der Dorothea und das andere Herz schlägt für die Anna!«

»Ist schon ein bisserl so! Die beiden muß ich unter einen Hut bekommen.« Anna seufzte tief. »Ach, Antonius! Ich hätte nie gedacht, daß die Berge so schön sein können. Sie haben mich gefangen und halten alle meine Herzen fest. Doch auch ich habe eine Heimat. Verstehst du?«

Er blieb stehen und schaute ihr in die Augen. Und sie sah in seinen grünen Augen die Freude, daß sie die Berge liebte. Sie sah aber auch die Fragen, die er nicht zu stellen wagte. Und sie war froh, daß er sie nicht fragte, denn sie hatte für sich selbst noch keine Antwort gefunden.

»Anna, hier in den Bergen sagt man seit alters her, wofür dein Herz schlägt, da ist deine Heimat.«

Ganz leise wiederholte Anna:

»Wofür dein Herz schlägt, da ist deine Heimat.«

Sie wußte längst, wofür ihr Herz schlägt. Es schlug für die Berge, die wunderschöne Natur, für die Gipfel, die sie gesehen hatte, für die Berghütte und für Antonius. In allerersterster Linie für ihn. Wo er ist, da wollte sie auch sein. Dieser Wunsch, diese Sehnsucht erfüllte ihr Herz.

Anna wandte sich ab und schaute über das Tal und weit in die Ferne. Was ist, wenn er mich jetzt fragt?Warum fragt er nicht? Er braucht doch nur zu fragen? Seine Augen sagen doch so viel. Die Gedanken hämmerten in ihrem Kopf. Ihr Herz klopfte. Doch dann erinnerte sie sich plötzlich, daß die Leute hier in den Bergen alles in Ruhe angingen. Sie ließen sich Zeit. Die Natur hatte ihren eigenen Rhythmus. Der Mensch mußte sich unterordnen, dann konnte ihm nichts geschehen. Das Gras auf den Almen brauchte seine Zeit zum Wachsen. Man konnte das nicht beschleunigen. Für jedes Ding gab es die rechte Hand und das rechte Maß.

Anna schaute auf ihre Armbanduhr, ein schickes Modell einer teuren Schweizer Uhrenmarke. Sie nahm sie ab und steckte sie in ihre Hosentasche.

»Was tust du da, Anna?«

»Ich habe meine Uhr ausgezogen. Ich brauche sie nicht mehr. Du trägst doch auch keine Uhr.«

Antonius lächelte sie an. In diesem Augenblick fingen die Glocken der Dorfkirche an zu läuten. Der Wind trug die Töne durch das Tal. Anna setzte sich ins Gras und lauschte.

»Willst nicht weitergehen?«

»Laß mich einen Augenblick, Antonius. Ich will den Glokken zuhören. Verstehst?«

»Anna, es wird dir guttun, einen Augenblick alleine zu sein. Es ist nicht mehr weit bis ins Dorf. Du kannst den Weg nicht verfehlen. Ich gehe schon mal vor. Bello ist ja bei dir. Du kannst dich nicht verlaufen. Bleibe hier ein bisserl sitzen.«

»Danke, Antonius! Ich komme dann später.«

Zum Abschied legte Antonius ihr kurz die Hand auf die Schulter. Dann ging er weiter. Bello legte sich neben Anna ins Gras.

Ihr Herz klopfte. Anna zog die Beine an und schlang die Arme um die Knie. Sie legte ihr Kinn darauf und schaute vor sich hin. Da unten sah sie die wenigen Häuser des Dorfes, die sich entlang der Dorfstraße aufreihten. Einige Höfe lagen abseits an den Hängen. Sie schaute hinüber auf die andere Talseite, wo der Tannenwald sich den Hang hinaufzog. Ihre Augen glitten hinauf zu den Almen und weiter hinauf, dort wo nur noch Moose und Flechten wuchsen und die Gemsen ihr Revier hatten. Sie betrachtete die Steilhänge und Bergpässe mit ihrem Schnee. Die Gipfel lagen teilweise in den Wolken. Die Schläge wurden langsamer und hörten dann ganz auf. Jetzt war es ganz still.

Anna stand auf und ging weiter in Richtung Dorf. Bello lief nicht voraus, sondern begleitete sie bei Fuß. Etwas weiter stand eine Bank. Sie setzte sich darauf und vergrub die Hände in ihre Hosentaschen. Ach, da war ja auch ihr Handy. Sie hatte es ausgeschaltet. Anna sah kurz nach, ob Nachrichten gespeichert waren. Ja, ihre Freundin Sue hatte wohl mehrmals angerufen und bat um Rückruf.

»Dorothea ist nicht da«, sagte sie leise vor sich hin. »Und Anna hat keine Lust dich anzurufen.«

Sie steckte ihr Handy wieder ein. Entspannt streckte sie die Beine von sich und legte die Arme rechts und links auf die

Rückenlehne. Sie hätte die Welt umarmen können. Anna schloß die Augen. Sie ließ die Stunden seit ihrer Ankunft noch einmal in Gedanken vorbeiziehen.

»Grüß Gott, junge Frau!« riß sie eine Stimme aus ihren Träumereien. Anna riß die Augen auf und blinzelte gegen die Abendsonne. Schützend hielt sie die Hand über die Augen. Vor ihr stand ein alter Mann. Er ging gebeugt und stützte sich auf einen Stock.

»Du bist die Anna, denk ich mir. Ich setz' mich einen Augenblick zu dir, wenn es dir recht ist?«

Anna rückte zur Seite.

»Bitte schön! Doch woher kennen Sie mich, meinen Namen?«

Der alte Mann lächelte sie an. Sein Gesicht war voller Falten, strahlte Heiterkeit aus und Güte.

»Ja, ja! Das fragst du dich jetzt!«

Er zündete seine Pfeife an, die in seinem Mundwinkel hing.

»Ich bin der Alois. Der Hüttenwirt bin ich gewesen.«

»Grüß Gott!«

»Ich habe den Toni getroffen. Der sagte, daß du hier bist. Mei, da dachte ich mir, ich schau mal nach dem Madl.«

»Sehr freundlich von Ihnen! Der Toni hat mir heute von Ihnen erzählt.«

»So, hat er das? Hoffentlich nur Gutes?«

»Was soll er denn Schlechtes gesagt haben?« fragte Anna etwas verwundert.

»Nun, daß ich einmal aus Sturheit einen großen Fehler gemacht habe. Verletzter Stolz ist kein guter Ratgeber und wenn dann noch Sturheit dazukommt, dann wird es schlimm. Habe damals aus Wut gehandelt, wie ein junger Hitzkopf. Jetzt muß ich mit dem Schmerz leben. Kleine Sünden bestraft der Herrgott sofort, bei großen dauert es etwas länger.«

Er zog an seiner Pfeife.

»Jetzt muß ich mich damit abfinden.«

»Sie sprechen von der Berghütte.«

»Ja, so ist das. Dabei tut es mir auch um Toni leid. Der Xaver ist zu beneiden um so einen Buben. Meine zwei sind nicht so brav, naturverbunden und gottesfürchtig.«

Er zog wieder an seiner Pfeife.

»Es gibt noch eine andere Regel, Herr Alois!«

»Einfach Alois! Wie man es hier so hält unter Freunden.«

»Gut, Alois! Es gibt da noch einen anderen Spruch, Alois. Der heißt: Wenn dir jemand die Tür vor der Nase zumacht, dann öffnet der Herrgott dir ein Fenster.«

»Alle Fenster sind auf, doch es reicht nicht, um genügend Licht reinzubringen.« Seine Stimme klang traurig.

Anna war voller Mitleid mit dem alten Mann. Der schien ihre Gefühle erraten zu haben.

»Mußt dir wegen meiner Sorgen keinen Kopf machen und wegen dem Antonius auch nicht. Der wird dann einen anderen Weg gehen.«

»Ach, vielleicht kann man den Herrgott überreden, die Wand durchzubrechen für noch weitere Fenster.«

Anna lachte Alois an, der auch lachen mußte.

»Gebe die heilige Maria, daß dein Vorschlag da oben Gehör findet. Bist ein gutes Madl, Anna!«

Der alte Hüttenwirt stand auf. Er lächelte ihr zu und ging langsam zurück. Anna blieb sitzen und schaute ihm nach.

»Wir müssen etwas tun, Bello! Hast du keine Idee?«

Bello sprang auf die Bank und legte sich hin, den Kopf auf ihrem Schoß. So saß sie ein Weile da und streichelte den Hund.

Sie dachte an Antonius, die Berghütte, den alten Alois, der extra wegen ihr gekommen war. Sie dachte an Sue, an ihre Großmutter in Hamburg und an ihre Freunde und Bekannten dort.

Plötzlich dachte sie wieder an die Glocken, die so schön zur

Abendvesper geläutet hatten. Vielleicht war das eine Möglichkeit. Anna stand auf und ging los in Richtung Dorf. Nein, sie ging nicht. Sie lief, sie rannte, so schnell sie ihre Füße trugen. Atemlos kam sie bei der Kirche an. Der Pfarrer war gerade dabei, die Kirchentür abzuschließen.

»Junge Frau, so atemlos? Ist etwas passiert?«

»Ja, nein, nein!« Sie keuchte. »Kann ich mit Ihnen reden?«

»Mit mir kann man immer reden, Tochter! Wollen wir in die Kirche gehen? Willst beichten?«

Anna schüttelte heftig den Kopf.

»Ich bin nicht katholisch, das sage ich Ihnen gleich. Kann ich trotzdem mit Ihnen reden?«

Der Geistliche lächelte.

»Wenn ein Menschenskind in Not ist, dann soll man keine Unterschiede machen. Es gibt nur einen Gott da oben.«

»Gut! Danke! Also, in Not bin ich nicht. Oder doch! Das weiß ich nicht so genau, noch nicht. Doch es gibt hier zwei Leute, die in Not sind. Denen können Sie helfen.«

Sie schaute ihm eindringlich in die Augen.

»Glauben Sie an Vorsehung, Herr Pfarrer?«

»Wir sind alle in Gottes Hand.«

»Gut, jedenfalls ist das eine sehr verdrehte Geschichte. Ich meine die Fahrt im Zug und daß ich mein Notizbuch verloren habe und er es gefunden hat und dann mit Sue telefoniert hat und ich jetzt hier bin und ich kann helfen, aber ich weiß, daß ich dazu selbst Hilfe brauche. Ich bin mir ganz sicher, daß ich helfen kann. Aber ich weiß auch ganz genau, daß es besser ist, wenn das erst mal niemand erfährt. Bitte, Herr Pfarrer, Sie müssen mir helfen. Wenn man Ihnen etwas anvertraut, dann sagen Sie das doch niemanden?«

»Nein, das fällt dann unter das Beichtgeheimnis.«

»Und wenn ich Ihnen etwas geben würde, um anderen zu helfen. Könnte geholfen werden, ohne daß jemand davon erfährt?«

»Dazu müßte ich schon mehr wissen. Aber im Prinzip ist das so!«

Der Pfarrer schloß die Kirchentür wieder auf. Anna trat ein. Sie nahm Bello einfach mit und sagte ihm, daß er sich gleich hinter der Tür hinlegen sollte. Der Pfarrer schaute etwas verwundert.

»Der Bello spielt auch eine wichtige Rolle. Wenn es Bello nicht gäbe, dann wäre ich mit Sicherheit jetzt nicht hier, sondern würde im Zug nach Hamburg sitzen.«

Der Pfarrer schloß die Kirchentür ab.

»Nun, was soll's? Auf Geheiß Gottes nahm sich Noah der Tiere an und rettete sie vor der Sintflut und der heilige Franz von Assisi predigte den Tieren.«

Er bekreuzigte sich und winkte Anna heran. Sie setzten sich in eine Bank.

Dann fing Anna leise an zu sprechen. Sie erzählte dem Gottesmann alles, alles, was sie erlebt hatte seit der Abreise aus Hamburg, bis zu der Minute, da sie ihn vor der Kirche getroffen hatte. Sie erzählte ihm auch von ihren Gefühlen und ihren Wünschen und Sehnsüchten.

»Das war eine interessante Geschichte, Anna! Und was willst du jetzt weiter tun?«

Obwohl sie ganz alleine in der Kirche waren, flüsterte Anna. Mit leuchtenden Augen schüttete sie ihm weiter ihr Herz aus.

Ungläubig schaute sie der Geistliche an.

»Das willst du wirklich tun?«

»Ja! Fragen Sie mich bitte nicht warum, wieso, weshalb! Ich will es so machen!« Anna legte die Hände vor ihre Brust und sagte: »Da ist ein Gefühl, daß ich es machen soll, genauso! Bitte helfen Sie mir, Herr Pfarrer!«

Statt einer Antwort, stand der Geistliche auf. Anna sah ihm nach, wie er würdevoll in dem langen schwarzen Gewand den Mittelgang entlang schritt. Dann kniete er vor dem Altar nieder. Er betet wohl, dachte Anna und senkte auch die Augen.

Als er wieder aufstand und auf sie zukam, lächelte er.

»Vielleicht hat dich wirklich der Himmel geschickt. Gut, ich werde dir helfen. Du kannst dich auf mich verlassen.«

Anna traten vor Freude und Erleichterung die Tränen in die Augen. Dann besprachen sie Einzelheiten.

Anna ging zurück zum Gasthof. Die Gaststube war voller Leute.

Sie grüßte und redete nur kurz mit Meta.

»Meta, ich bin sehr müde. Ich gehe gleich auf mein Zimmer.«

»Mei, das verstehe ich doch. Der Toni hat uns schon alles erzählt. Das war ja eine große Tour heute. Ich habe dir eine Brotzeit auf das Zimmer gestellt. Und ein paar Bettlaken habe ich auch hingelegt. Der Toni hat gesagt, daß du die brauchen tust.«

»Ja, so ist es. Ich nehme Bello mit rauf. Wo ist Toni?«

»Der besucht einen Freund. Soll ich ihm was bestellen, wenn er kommt?«

»Sag ihm nur, daß ich müde und glücklich bin. Daß es ein besonders schöner Tag war und ich ihm herzlich danke sage. Und kannst du mich morgen früh wecken, ganz früh? Ich will den ersten Bus nehmen in die Stadt!« Sie schaute Meta eindringlich dabei an. »Ich will allein fahren. Ich muß mir ein paar Anziehsachen kaufen für die Berge. Da will ich den Antonius nicht dabei haben.«

»Oh, das kann ich gut verstehen. Beim Kleiderkauf, da stören die Mannsbilder nur!« Meta blinzelte ihr zu.

»Zu Mittag bin ich wieder da.«

Meta griff in ihre Dirndltasche.

»Hier sind meine Autoschlüssel. Das Auto steht im Schuppen. Kannst es haben! Ich weiß, daß du nicht rasen tust.«

»Danke, Meta! Das macht die Sache einfacher.«

»Die Sue hat angerufen. Die hat sich Sorgen gemacht, weil du nicht ans Handy gegangen bist. Ich habe ihr gesagt, du wärst mit dem Toni unterwegs. Da meinte sie, dann tät sie dich nicht mehr stören. Sollst sie anrufen, wenn dir danach wär.«

Anna nickte nur. Ihr war wirklich nicht danach, jetzt mit Sue zu reden. Nein, alles, was sie sich vorgenommen hatte, wollte sie alleine durchziehen. Sie wollte auch mit Sue nicht über ihre Gefühle sprechen.

Anna ging hinauf in ihr Zimmer. Bello folgte ihr und legte sich gleich vor ihr Bett.

*

Obwohl Anna so müde gewesen war, wurde sie beim ersten Hahnenschrei wach. Schnell machte sie sich frisch und schminkte sich, wie sie es in Hamburg auch immer tat. Sie war froh, daß sie doch ein elegantes Kleid eingepackt hatte. Als sie fertig war und sich im Spiegel betrachtete, sagte sie zu Bello:

»Wenn man mich so sieht, denkt man nicht, daß ich gestern oben auf der Hütte war.«

Sie schlüpfte aus ihren Schuhen mit den hohen Absätzen, nahm ihre Handtasche unter den Arm und stieg die steile Treppe hinunter.

»Guten Morgen, Anna! Ich wollte dich gerade wecken!«

»Guten Morgen, Meta!«

Meta griff in einen kleinen Schrank, der im Treppenhaus stand, und reichte Anna ein paar Hausschuhe.

»Die sind besser, als deine hochhackigen. Gut, daß du sie ausgezogen hast. Die Stiege ist sehr steil, am Ende hättest du dir noch die Haxen gebrochen.«

Die beiden Frauen gingen in die Küche hinter der Gaststube.

Meta hatte wohl mit dem Frühstück auf sie gewartet. Es standen nämlich zwei Becher mit Kaffee auf dem Tisch.

»Was magst essen, Anna? Willst Eier mit Speck?«

»Nein, danke, so früh kann ich noch nichts essen. Kaffee, das ist genug.«

Meta schnitt eine Scheibe Brot ab und beschmierte sie mit Butter und Marmelade.

»Die Marmelade ist selbst gekocht!«

Da konnte Anna nicht ablehnen und aß das Brot.

»Wo ist Toni? Ist der noch nicht auf?«

»Nein, der Xaver und der Toni, die stehen immer etwas später auf als ich. Das ist auch gut so, dann habe ich wenigstens morgens etwas Zeit für mich alleine. Und der Toni, der wird heute bestimmt noch später aufstehen.« Dann fügte sie leise hinzu: »Der kam sehr spät heim, heute nacht. Und ein bisserl mehr getrunken hatte er auch. Ich glaube, er und seine Freunde, die haben einen zünftigen Burschenabend gemacht. Na ja, das muß ja auch mal sein, unter den jungen Kerlen. Aber bis du mittags aus der Stadt kommen tust, da ist er bestimmt auf.«

Bello, der hinausgelaufen war, kam durch die offene Küchentür herein, die zum Hof führte. Meta fütterte ihn. Anna trank ihren Kaffee aus. Dann stand sie auf. Meta ging noch mit bis zum Auto.

In der Stadt suchte Anna zuerst die Bank auf. Sie war die erste Kundin. Weil es eine Filiale der Bank war, für die sie auch in Hamburg arbeitete, ging alles ganz schnell. Sie hatte eine ihrer Visitenkarten vorgezeigt.

Dann ging sie einkaufen. Zuerst steuerte sie einen kleinen Laden an, der alpine Wanderausrüstungen verkaufte. Sie wurde von einem jungen Mann bedient, dann kam eine ältere Dame dazu. Diese nahm sich Anna an. Sie wußte genau, was Anna als Frau brauchte. Anna erstand lange Hosen, Flanellblusen, Pullover, Westen, Kniebundhosen, Kniestrümpfe aus Wolle, Mützen, Schals, Handschuhe, eine Jacke gegen Regen, ein bodenlanges Cape aus Loden und viele andere Sachen. Es gab auch Schuhe. Anna kaufte gleich fünf Paar.

Anna erstand auch einige Fachbücher über Bergwandern und Bergsteigen. Sie brachte alles zum Auto. Die lederne Kniebundhose behielt sie an. Dazu wählte sie eine rotkarierte Bluse und eine dunkelgrüne Wanderjacke. Sie trug rote Kniestrümpfe und ein Paar der neuen hellbraunen Wanderschuhe mit den roten Schnürbändern.

»Siehst wirklich fesch aus, Madl«, sagte die ältere Dame im Laden.

Bepackt mit den vielen Tüten und Beuteln mit den Schuhkartons machte sich Anna auf zum Auto. Der Kofferraum von Metas kleinem Wagen wurde randvoll. Anna machte noch einen Stadtbummel. Dabei betrachtete sie immer wieder ihr Spiegelbild in den Schaufensterscheiben. Vor einem Geschäft blieb sie stehen. In dem Schaufenster waren schöne Dirndl ausgestellt. Anna gefielen sie gut. Welches würde ihr besser stehen? Sie überlegte. Dann kam sie zu dem Entschluß, daß sie kein Dirndl brauchte. Was sollte sie auf der Berghütte mit einem Dirndl anfangen? Sie ging weiter. Nach einigen Metern kehrte sie um und betrat das Geschäft.

Die Verkäuferin war freundlich.

»Also, ich möchte ein Kleid. So ein Kleid im ländlichen Stil. Aber es soll keinen so weiten Ausschnitt haben. Der Rock und die Schürze, die sollten schon ganz lang sein und lange Ärmel, die wären auch gut. Haben Sie so etwas? Die Dirndl im Schaufenster gefallen mir sehr gut, aber für meinen Zweck, da passen sie nicht.«

Etwas hilflos stand sie in dem Geschäft.

»Zu welchem Anlaß wollen Sie das Dirndl denn tragen?«

»Also, auf einer Berghütte: Vielleicht werde ich da leben. Es wäre auch nicht schlecht, wenn es aus einem Stoff wäre, den ich waschen könnte. Kann gut sein, daß ich für ein paar Monate nicht runterkomm' ins Tal.«

Die Worte waren aus Annas Mund nur so hervorgesprudelt. Sie hörte sich dabei selbst zu und erkannte, daß sie im Grunde eine Entscheidung getroffen hatte. Sie könnte sich auch ein Leben oben auf der Berghütte vorstellen, natürlich an seiner Seite. Ob es dazu kommen würde, das wußte sie nicht. Aber ihr Herz hatte ihr die Richtung gezeigt. Offen für ein neues Leben, wollte sie vorbereitet sein.

»Da haben wir genau das richtige Kleid. Sehen Sie hier bitte! Das ist aus angerauhter Baumwolle, hochgeschlossen. Hat vorne diese schöne Knopfleiste mit den kleinen Silberknöpfchen. Die gleichen Knöpfchen finden Sie auch an den Ärmeln. Am Oberarm sind die Ärmel weiter, bauschen sich etwas. Am Unterarm liegen sie enger an, das ist sehr vorteilhaft. Das Kleid wird ganz durchgeknöpft. Dazu gibt es zwei einfarbige Schürzen in verschiedenen Farben.«

Die Verkäuferin zeigte ihr das Modell in Rot, Blau, Grün und Gelb. Der Stoff war gemustert. Als Motiv waren kleine Blumensträuße aufgedruckt.

Die Verkäuferin holte aus einer anderen Vitrine weiße Baumwollunterröcke mit vielen Volants und Spitzen.

»Besonders gut sehen die Dirndl aus, wenn so ein Unterkleid drunter ist. Die Länge ist so gehalten, daß die weißen Spitzen mit den kleinen Mausezähnchen unter dem Saum des Kleides herausblitzen.«

Anna befühlte die Spitzen und hielt einen der Unterröcke vor ihren Körper.

»Die Dirndl sind nicht bodenlang, nur knöchellang. Damit die Spitzen gut zur Geltung kommen. Dazu empfehlen wir Baumwollstrümpfe mit dezentem Lochmuster und Schuhe mit einem niedrigeren Absatz aus Wildleder. Hier würde ich schwarze oder dunkelblaue Schuhe empfehlen.«

Die Verkäuferin stellte zwei Modelle auf die Ladentheke. Beide hatten silberne Schnallen als Verzierungen, in denen sich die Verzierungen der Knöpfe wiederholte. Anna stellte sich vor, wie sie darin Antonius gegenübertreten würde.

»Ich werde das blaue Dirndl probieren, mit diesem Unterrock und den blauen Wildlederschuhen. Jetzt brauche ich nur noch Strümpfe.«

Die Verkäuferin stellte einen kleinen Korb vor Anna hin.

»Das sind unsere Musterstrümpfe.«

Anna besah sich jedes einzelne Paar. Sie waren aus ganz feiner Baumwolle und hatten verschiedene Muster. Schließlich entschied sie sich für eine Sorte.

Als Anna aus der Umkleidekabine kam und sich in dem großen Spiegel betrachtete, erkannte sie sich selbst kaum wieder. Die Verkäuferin legte ihr noch ein großes Schultertuch aus dünner Wolle um die Schultern.

Lange stand sie so vor dem Spiegel und betrachtete sich. Sie drehte sich hin und her, ließ den Stoff des langen Rockes schwingen. Die Verkäuferin zeigte ihr, wie sie durch das Umlegen des Schultertuches auf ganz verschiedene Weise ihr Aussehen noch besser ins Licht rücken konnte.

Anna kaufte das blaue Dirndl und auch das grüne, denn sie glaubte, herausgefunden zu haben, daß Antonius die Farbe Grün gefiel. Außerdem paßte die Farbe des Kleides zu Tonis grünen Augen. Dazu erstand sie passende Schultertücher aus feinster Wolle. Anna verließ den Laden nicht ohne die passenden Schuhe.

Glücklich und beschwingt machte sie sich auf den Heimweg.

Vor dem Gasthof drängte sich eine Gruppe junger Bergwanderer, alle so Mitte zwanzig. Meta stand dabei und sprach mit ihnen. Als Anna ausstieg in ihren körperbetonenden Kniebundhosen, pfiffen einige vor Bewunderung.

»Also, wenn es hier so fesche Madeln gibt, dann bleibe ich länger!« bemerkte einer der Burschen laut mit Blick auf das Nummernschild von Metas Auto.

»He, Madl, was muß ich machen, daß du mit mir am Wochenende tanzen gehst?«

Anna bemühte sich, wie eine Einheimische zu sprechen.

»Ich suche mir aus, mit wem ich geh. Und wenn ich dich so betracht, dann bist mir ein rechtes Würstel aus der Stadt. Wir Madln aus den Bergen vergucken uns nur in echte Mannsbilder, du Milchbubengesicht.«

Das saß. Die jungen Burschen lachten ihren Kameraden aus. Dieser errötete vor Verlegenheit.

»Ja, bei den Einheimischen hier, da mußt du aufpassen, Dirk.«

»Ich habe es doch nicht so gemeint. Ihr wißt doch, meine große Klappe.«

Anna setzte noch eins drauf.

»Hier reden Männer nur, wenn sie wirklich was zu sagen haben. Auf Schwätzer fallen wir nicht rein, nicht wahr, Meta?«

Meta, die erstaunt dabeigestanden hatte, pflichtete Anna zu.

»Hast alles eingekauft, Anna?«

»Ja, ich habe richtig zugeschlagen. Alles richtig zünftige Sachen für die Berge und warmes Zeug. Auf der Berghütte wird es kalt werden.« Anne öffnete den Kofferraum. »Schau!«

Meta schlug die Hände zusammen.

»Mei, Anna! Das ist ja ein ganzer Haufen Zeug. Wie willst du das alles auf die Hütte raufbringen? Da mußt du dich schön abschleppen.«

Darüber hatte sich Anna wirklich noch gar keine Gedanken gemacht. Meta half ihr, die Sachen ins Haus zu tragen.

»Ich gehe mit der Anna hinauf, Xaver!« rief sie ihrem Mann zu, der in der Gaststube alle Hände voll zu tun hatte.

Xaver grinste nur, als er all die Tüten und Pakete sah.

Während Anna auspackte, sagte sie:

»Ich habe den Toni gar nicht gesehen.«

»Der ist schon hoch zur Berghütte! Er ist doch rechtzeitig aufgestanden und gleich losgegangen. Den Bello hat er mitgenommen. Er will ein paar Sachen schon raufbringen. Saubermachen will er auch. Mei, er will es halt ein bisserl schön machen. Damit es dir die paar Tage da oben gefällt.«

»Ich denke, daß es mir in jedem Fall gefällt.«

Dann bewunderte Meta die Sachen, die Anna sich gekauft hatte.

»So viel Zeug! Man könnte ja denken, daß du länger bleiben willst.«

Anna nahm Meta bei den Händen und zog sie neben sich auf das Bett.

»Meta, hör mal! Ich muß dir jetzt was sagen, und ich will dich auch was fragen.«

»Rede, Kind!«

»Mir gefällt es hier in den Bergen gut. Die Sue hat es ja immer schon gesagt, daß es hier so schön ist. Nur vorstellen konnte ich es mir nicht. Ich würde gern öfter kommen. Damit ich nicht so viel Gepäck habe, würde ich die Sachen alle gerne hierlassen. Ich weiß ja nicht, wie oft deine Tochter zu Besuch kommt. Ist es möglich, daß ich dieses Zimmer miete?«

Meta legte den Arm um Anna.

»Mieten kannst du das Zimmer nicht, es ist ja kein Gästezimmer. Aber der Schrank ist fast leer. Die paar alten Sachen nehme ich gleich raus. Dann kannst du alles reintun. Und wenn du kommst, dann bist du mir herzlich willkommen. Ich mag dich, Anna. Komme nur recht oft. Ich bin eben immer alleine mit den beiden Mannsbildern, meinem Mann und dem Toni. Ich habe gern mal wieder jemand um mich rum, mit dem ich reden kann, so von Frau zu Frau! Ich mag dich, Anna! Das sollst du wissen, was auch immer geschieht. Verstehst, was ich meine, auch wenn ich es nicht ausspreche?«

Anna sah Meta an und nickte.

»Ich mag dich auch, Meta! Weißt du, ich habe keine Eltern. Die sind bei einem Autounfall ums Leben gekommen. Aufgewachsen bin ich bei meiner Großmutter und deren Schwester. Ich war sehr behütet.«

»Das kann ich verstehen.«

»Sue wollte mich schon immer mal mit in die Berge nehmen. Schon während der gemeinsamen Schulzeit ist Sue immer in die Berge gefahren. Aber meine Großmutter wollte das nicht. Ich durfte immer nur ans Meer fahren. Meine Eltern sind bei einem Autounfall auf einer Paßstraße verunglückt. Die Bremsen haben versagt, und sie sind in eine Schlucht gestürzt. So habe ich gelernt, daß Berge etwas ganz Schlimmes sind. Jetzt habe ich zum ersten Mal die Berge erlebt und ihre Schönheit entdeckt. Großmutter denkt, ich sei in Frankfurt bei Susanne. Ich weiß nicht, wie ich ihr das sagen soll. Die Sachen kann ich unmöglich mit nach Hamburg nehmen.«

Meta nahm Anna in den Arm.

»Lebst du bei der Großmutter, die die Neufundländer hatte?«

»Nein, diese Großmutter ist die Mutter meiner Mutter. Die Großmutter in Hamburg, das ist die Großmutter meines Vaters.«

»Hatte dein Vater noch Geschwister?«

»Ja, einen Bruder. Mein Onkel ist verheiratet und wohnt ganz in der Nähe. Er hat auf dem Grundstück gebaut.«

»Das ist gut.«

»Warum?«

»Na, weil dann deine Großmutter nicht so alleine ist, wenn du uns jetzt öfters besuchst. Ich denke nämlich, daß du oft bei uns sein wirst. Ich freue mich drauf und Xaver freut sich auch. Und über den Toni, da müssen wir beide doch net lang reden, nicht wahr?«

»Nein, darüber müssen wir nicht reden, Meta!«

»So, jetzt muß ich wieder runter, der arme Xaver macht drunten die ganze Arbeit alleine.«

»Ich packe die Sachen zusammen in den neuen Rucksack, dann komme ich und helfe dir, Meta!«

»Ist schon gut, Anna! Laß dir Zeit!«

Meta ging hinaus. Anna blieb auf dem Bett sitzen und spielte mit den langen Fransen des Umschlagtuches. Sie überdachte das Gespräch mit Meta. Wie geschickt sie sich ausgedrückt hatte. Wie viel sie ihr gesagt hatte, ohne vorzugreifen. Meta hatte ihr eine Brücke gebaut zwischen ihren beiden Leben. Wann immer sie Zeit hatte, konnte sie kommen. Anna erinnerte sich an einen alten deutschen Schlager, den ihre Großmutter so mochte. Ich hab' noch einen Koffer in Berlin. Jetzt hab' ich einen Rucksack in den Bergen, dachte Anna.

Sie sortierte, was sie gleich mit auf die Berghütte nehmen und was sie in den Schrank geben wollte. Bald war der Rucksack gepackt.

Anna ging hinunter, band sich eine Schürze um und half Meta in der Küche. Die beiden Frauen arbeiteten Hand in Hand, ohne viel Worte. Wenn Anna etwas nicht wußte oder falsch machte, dann fand Meta die Ruhe und die Zeit, ihr es zu zeigen. Zwischen der Arbeit sahen sie sich öfters an. Sie waren Freundinnen geworden.

*

Es war Nachmittag, als Toni kam. Er staunte, als er Anna in der Wanderkleidung sah.

»Fesch schaust aus, Anna! Ganz fesch! Jetzt schaust schon beinah aus wie eine, die ihr Herz an die Berge verloren hat.«

Anna wurde rot. Vor Verlegenheit vergrub sie die Hände in den Hosentaschen ihrer Kniebundhose.

»Danke für das Kompliment. Doch wir sollten nicht rumstehen und reden. Wir sollten los.«

Sie zog ihren Rucksack auf und zog den Beckengurt fest.

»Was hast du da alles drin, Anna?« fragte Toni erstaunt.

»Bub, stelle keine so dummen Fragen«, ermahnte ihn seine Mutter. »Wirst schon sehen, was da drin ist, wenn's Madl auspackt.«

Antonius zog auch seinen Rucksack auf, der in der Ecke stand. Er hatte zwei große Rucksäcke gepackt am Morgen. Einen hatte er schon hinaufgetragen. Das war der zweite.

Sie verabschiedeten sich und gingen hinaus. Draußen vor dem Gasthaus stand ein kleiner Wagen mit einem Pferd.

»Das ist das Milchfuhrwerk. Abends fährt es bestimmte Punkte an auf den Almen. Dort stellt der Senner die Milchkannen ab. Ich habe mit dem Gustl geredet. Er überläßt uns das Fuhrwerk bis zur Sommeralm vom Wenzel und der Hilda. Bis dahin können wir fahren. Er läuft dann später rauf und holt sich das Fuhrwerk.«

Antonius warf seinen Rucksack zu den leeren Milchkannen auf den flachen Wagen. Anna machte es ebenso. Dann setzte sie sich neben ihn auf den Kutschbock. Sie fuhren los. Dann gab Toni Anna die Zügel in die Hand.

»Nur festhalten, das Pferd kennt den Weg von alleine.«

*

Während Anna und Antonius die Landstraße hinauffuhren, die sich in Serpentinen den Hang hinaufschraubte, ging Pfarrer Heiner Zandler im Mittelschiff seiner Kirche auf und ab. Er wartete. Er war verabredet. Der Besucher, den er extra bestellt hatte, verspätete sich offensichtlich. Pfarrer Zandler wurde nervös. Er kniete vor dem Bild der Mutter Gottes und zündete eine Kerze an.

Die Kirchentür quietschte. Er hörte Schritte. Das war er.

Der Geistliche schickte noch ein inniges Stoßgebet zur Mutter Gottes um Beistand bei seinem Vorhaben und bat sie schon im Vorfeld um Nachsehen. Der Pfarrer war sich bewußt, daß er die eine oder andere kleine Sünde begehen mußte, wollte er sein Versprechen halten und den Betroffenen helfen. Ganz wohl war ihm dabei nicht. Aber es war für einen guten Zweck. Außerdem erhoffte er damit auch etwas für sich selbst. Vielleicht würde dann in einiger Zeit wieder mehr Ruhe und Frieden in seiner Gemeinde einkehren. Der Pfarrer bekreuzigte sich.

Sein Gast hatte sich auf eine Kirchenbank gesetzt. Er trat zu ihm.

»Grüß Gott, Heiner!«

»Gott zum Gruß, Fritz!«

Die beiden Männer, die sich seit Kindertagen kannten, schüttelten sich die Hände.

»Was gibt es, Heiner? War ein bisserl überrascht, als deine Haushälterin kam und mir gesagt hat, daß du mich unbedingt sehen willst, noch heute.«

»Ja, mein guter Fritz! Du hast schon lange nicht mehr gebeichtet. Da habe ich gedacht, daß es mal wieder Zeit ist für dich.«

»Ach komm, das kann doch nicht dein Ernst sein. Du bestellst mich deswegen ein! Ich sollte eigentlich in meiner Amtsstube sitzen. Hab viel zu tun.«

Er wandte sich um und wollte zur Tür. Der Pfarrer ging an ihm vorbei und schloß vor seinen Augen die Kirchentür von innen ab. Den Schlüssel ließ er im Schloß stecken.

»Komm mit!« sagte er streng und hielt ihm die Tür zum Beichtstuhl auf.

»Du bist ein sturer Bock, Heiner!«

»Ja, das stimmt! Diese Sünde erlasse ich dir sofort, im Namen des Herrn. Es ist zwar nicht nett, einen Diener Gottes als sturen Bock zu titulieren. Doch als Sünde kann ich das eigentlich auch nicht ansehen, denn es stimmt. Also rein mit dir!«

Zähneknirschend nahm Fritz im Beichtstuhl Platz. Die Prozedur nahm seinen Verlauf. Da Fritz wirklich schon lange nicht mehr zur Beichte war, dauerte es ziemlich lange, bis er alles gestanden hatte.

»War das alles, mein Sohn?« fragte der Pfarrer immer wieder und half auch mit gezielten Fragen nach.

Dann war die Beichte zu Ende und Fritz lauschte, welche Sühne er auferlegt bekommen würde.

»Ja, mein guter Fritz! Der Himmel verlangt eine ganz besondere Sühne von dir. Ich weiß, daß es im Gemeinderat ein Patt gibt in der Angelegenheit wegen der Berghütte vom Alois. Entscheidend ist deine Stimme. Ich erwarte von dir, daß du dich auf die andere Seite schlägst!«

»Jetzt bist verrückt geworden, Heiner!« brüllte Fritz.

»Mäßige dich, Fritz! Du bist immer noch im Beichtstuhl!«

»Aber nicht mehr lang!« Er wollte den Beichtstuhl verlassen.

»Ruhig! Hiergeblieben! Jetzt hörst du genau zu, Fritz. Der Alois bekommt seine Hütte zurück mit dem ganzen Grundstück, so wie es im Schenkungsvertrag steht.«

Fritz Fellbacher lachte. »Da muß der Alois zahlen, und das kann er nicht. Auch wenn er sich mit dem Baumberger zusammentut, reichen tut das Geld dann immer noch nicht. Und einen Bankkredit bekommt keiner von beiden und der Vater vom jungen Baumberger auch nicht.«

»Fritz, unterlasse es, daß sich die Gemeinde aus Habgier und Gewinnsucht bereichert. Du durftest deine politischen Spielchen immer machen, da habe ich mich rausgehalten. Aber in der Sache Berghütte ist Schluß damit.«

»Heißt das, daß du dich da jetzt einmischen tust? Du, wir hatten doch immer ein Abkommen. Du sorgst für das seelische Wohl, und ich kümmere mich um die irdischen Belange. So wollen wir es denn dann auch halten.«

»Fritz, das würde ich gerne tun. Du hast deine Vorgesetzten

und ich auch. Ich kann dir nur sagen, daß ich den Eindruck habe, daß an höchster Stelle die Entscheidung gefallen ist, daß die Sache so geregelt werden soll, daß der Alois die Berghütte mit allem wiederbekommt. Selbstverständlich bekommt die Gemeinde alle Auslagen erstattet. An höchster Stelle kommt es dabei auch nicht auf ein paar Euro mehr an. Aber es muß im vernünftigen Rahmen bleiben und schnell gehen.«

»So, an höchster Stelle! Was du nicht sagst?«

»Ja, so ist es, ich bin beauftragt, dir zu sagen, daß der Differenzbetrag auf einem Kirchenkonto liegt. Ich bin berechtigt, die Sache abzuwickeln und mir wird dabei auch auf die Finger geschaut, genau wie dir. Sicherlich wird es zu deinem persönlichen Wohlergehen beitragen, wenn du dem innigen Wunsch der höheren Stelle nachkommst.«

»Auwei! Das ist vielleicht ein Ding! Der Schwarzer und noch einige, die werden mich zerfleischen.«

»Laß die nur reden! Du wirst die Sache bei der nächsten Sitzung auf die Tagesordnung setzen. Wann ist die?«

»Heute abend schon!«

»Gut! Dann kannst du das ja heute noch regeln. Alois ist ein alter Mann, ich will nicht haben, daß ihm etwas passiert. Ich wickle das ab. Gleich nach der Sitzung kommst du zu mir ins Pfarrhaus. Ich laß die Tür auf.«

»Das kann spät werden.«

»Das weiß ich. Deshalb lasse ich die Tür auf.«

»Oh, Heiner! Ich wollte, ich hätte die Sitzung schon hinter mir.«

»Hör auf zu jammern. Da mußt du deine Autorität in die Waagschale werfen. Du hast die Kirche in deinem Rücken, da kann gar nichts passieren. Gut reden konntest du schon immer.«

»Weiß der Alois es schon und der Baumberger?«

»Das brauchst nicht zu wissen, Fritz. Die Kirche will das so haben und da machst du das so. Oder willst du da in Ungnade fallen? Ich habe meine Anweisungen. Glaubst du denn, mir ist es immer möglich zu hinterfragen, warum etwas so ist? Gewundert habe ich mich schon.«

Dem Pfarrer standen Schweißperlen auf der Stirn. Ihm war ganz und gar nicht wohl dabei.

Ein tiefer Seufzer drang durch das Gitter.

»Gut, Heiner! Wenn du meinst, daß das so richtig ist, dann machen wir es so.«

Der Geistliche entließ den Bürgermeister.

»Die Absolution erteile ich dir dann heute nacht. Kannst gehen. Der Schlüssel steckt von innen.«

Erst als der Pfarrer hörte, wie die Kirchentür ins Schloß fiel, verließ er den Beichtstuhl. Er fühlte sich nicht gut und zitterte leicht. Er dachte nach. Gelogen hatte er nicht. Es gab ein Interesse an höherer Stelle. Fritz würde sicherlich denken, daß dies der Bischof sei. Er hatte ja nicht gesagt, daß es so war. Mit höherer Stelle hatte er den Allmächtigen gemeint, denn er hatte diese junge Frau zu ihm geschickt.

*

Antonius und Anna waren der Straße gefolgt und dann in den Feldweg abgebogen, der zur Alm führte. Sie stellten den Wagen ab. Antonius schirrte das Pferd aus. Sie begrüßten Wenzel und Hilda kurz, dann machten sie sich auf den Weg. Die Rucksäkke luden sie auf einen kleinen Handkarren, den sie gemeinsam zogen. Den Karren mußten sie ohnehin mitnehmen, weil Anna ja mit Bello üben wollte. Sie ließen sich Zeit. Anna kam in den robusten Wanderschuhen besser voran.

Dann waren sie bei der Berghütte. Die Fensterläden waren offen.

»Da hängen ja kleine Scheibengardinen an den Fenstern, Toni!«

»Ja, die sind noch von Alois seiner Frau. Die Hilda hat die Hütte saubergemacht und noch Verschiedenes gefunden.«

Antonius machte die Tür auf. Anna trat ein. Sie staunte. Die Berghütte war sauber und warm. Im Kamin brannte ein Feuer. Davor standen ein Tisch und zwei Stühle. Auf dem Tisch lag eine Tischdecke aus weißem Leinen mit Stickerei. Es gab sogar Kissen auf den Stühlen. Auch in der Küche war alles sauber. In den Regalen standen Geschirr und viele Lebensmittel. Von der Decke herab hingen Schinken und Würste. Zwei große Laibe Brot lagen auf dem Küchentisch.

»Komm weiter!« sagte Antonius.

Er machte die Tür zu dem Zimmer auf, das Alois einst als gute Stube gedient hatte. Auch diese war sauber. Antonius öffnete die Tür zu der größten Kammer. Das Bett in der Nische war bezogen. Es roch nach Heu und Stroh. Auf dem Boden lag eine kleine Matte. Auf dem kleinen Tischchen neben dem Bett stand eine Spirituslampe mit einem bunten Glasschirm.

»Die Lampe hat dir Hilda geliehen. Daß du es etwas gemütlich hast.«

»Dann sind die Blumen auf der Fensterbank auch von Hilda?«

»Nein, die habe ich dir gepflückt.«

»Danke, Toni! Wie lieb von dir.«

»Hier in den Schrank kannst du deine Sachen tun!«

»Fein, das mache ich dann sofort. Danach will ich mit Bello etwas üben.«

»Ganz wie du willst. Kann ich dir dabei etwas helfen?«

»Nein! Ich komme schon gut klar.«

»Dann gehe ich Holz hacken. Hinter der Hütte liegt Holz.«

Anna wollte die Zeit bis zum Abend noch nutzen. Es klappte ganz gut. Sie hatte aus breiten, mehrfach doppelt gelegten Leinenstreifen ein Geschirr geknotet. Sie zog es Bello über und führte ihn herum. Dann band sie an die langen Enden einige Holzstücke und führte Bello wieder herum. Der Hund wußte zu Beginn nicht, was das alles zu bedeuten hatte, aber fügte sich ganz gut. Anna belohnte ihn immer wieder mit leckeren Hundekuchen, die sie mitgebracht hatte. Bis zum Einbruch der Dämmerung übte sie so mit ihm. Sie zog ihm das provisorische Geschirr an, machte Übungen mit ihm und zog es wieder aus. Dann wartete sie eine Weile und begann von vorne. Bello schien es Spaß zu machen. Er war ein kluger Hund und begriff schnell, was Anna von ihm wollte.

Antonius hatte die auf Stermaß geschnittene Stämme durchgesägt und auch einige der Holzstücke zu Anmachholz kleingehackt. Als er damit fertig war, war er ins Haus gegangen. Anna wußte nicht, was er dort machte. Sie war überrascht, als sie eintrat.

»Oh, Toni, das riecht gut. Was ist das?«

»Ich habe uns Abendessen gemacht! Einen schönen Eintopf, wie ich ihn später auf der Hütte anbieten will.«

»Du kannst ja richtig kochen.«

»Nun, ganz so ist es nicht. Aber als Hüttenwirt muß man schon die eine oder andere Mahlzeit zubereiten können.«

»Fein, dann können wir ja bald essen.«

»Ein bisserl muß er noch köcheln. Aber net mehr lang.«

»Fein, dann mache ich mich derweilen frisch und ziehe mich um. Bellos Fell war noch ziemlich naß, von seinem Ausflug in den Gebirgsbach.«

Anna zeigte auf ihre Hosen. Toni nickte. Er eilte zu Annas Kammer und holte den großen Krug. Dahinein schüttete er kaltes Wasser. Die große Waschschüssel füllte er mit heißem Wasser, das er in einem offenen Kessel über dem Kaminfeuer erhitzt hatte. Anna war gerührt über so viel Fürsorge.

Sie verschwand.

Toni war nicht in der Küche, als sie zurückkam. Der Tisch war gedeckt. Es brannte eine Kerze. Anna hörte nun die Tür gehen. Toni war draußen gewesen.

»Ich habe die Läden zugemacht. Es wird Nacht.«

Als er die Küche betrat, blieb er wie angewurzelt stehen. Er starrte sie nur an. Anna drehte sich vor ihm im Kreis.

»Gefällt dir mein Dirndl?«

»Fesch siehst aus! Wirklich fesch! Die Mutter wird Augen machen, wenn sie dich so sieht.«

Er war verlegen, und fuhr sich mit beiden Händen durch das Haar. – »Freut mich, wenn es dir gefällt. Dann laß uns essen.«

Anna übernahm die Rolle der Hausfrau. Sie nahm den Eintopf vom Herd und stellte den Topf auf den Tisch. Sie füllte den Eintopf in zwei tiefe Teller, die eher wie Schüsseln aussahen. Sie reichte Toni den Brotkorb. Ohne daß er die Augen von ihr abwendete, tastete er nach einer Scheibe. Dann fingen sie an zu essen. Anna bemühte sich, sich ihre Freude nicht anmerken zu lassen. Aber Toni sah nur sie an.

»Hast du das Dirndl extra für die Hütte gekauft?«

»Toni, du hast doch gesagt, daß man nicht reden soll, wenn man essen tut. Also halte dich daran! Oder willst du plötzlich die Traditionen ändern und modern werden? Dann mußt dich in einen Nadelstreifenanzug stecken und mit mir nach Hamburg kommen. Wir waren uns doch einig oder?«

Toni verschluckte sich fast. Er lief rot an. Anna tat, als sähe sie das nicht. So aßen sie schweigend weiter.

Nach dem Essen schickte Anna Toni noch einmal mit dem Hund raus. Währenddessen spülte sie das Geschirr und schaffte in wenigen Handgriffen Ordnung in der Küche. Sie kochte Tee und stellte die Metallkanne in die Glut des Kaminfeuers im großen Raum.

Als Toni mit Bello kam, saß Anna im Schein des Feuers beim Kamin.

Toni setzte sich zu ihr. Er schenkte sich Tee ein.

»Dein Eintopf war wirklich gut«, begann Anna das Gespräch. »Wirklich gut! Morgen koche ich! Wir wechseln uns ab, einverstanden?«

»Einverstanden.«

»Wie verbringt man die Abende in einer Berghütte?« fragte Anna.

»Die Leute sind meistens sehr müde und gehen nach dem Essen zu Bett, rauf aufs Matratzenlager. Oder sie sitzen zusammen und erzählen. Abende in einer Berghütte können sehr schön sein. So, wie wir jetzt hier sitzen.«

»Ja, das kann ich mir vorstellen.«

Toni legte noch einige große Holzscheite in den Kamin.

»Erzähle mir von Hamburg!« forderte er sie auf.

»Da gibt es nicht viel zu erzählen. Außerdem will ich davon nicht sprechen. Wenn du wissen willst, wie es da ist, dann mußt du mich besuchen kommen. Ich bin nicht lange hier, also erzähle du mir etwas über die Berge und das Leben hier. Ich will alles wissen.«

»Alles?«

»Ja!«

»Dafür reichen die paar Tage nicht aus!« Toni steckte sich seine Pfeife an und fragte, ohne sie anzusehen: »Und du kannst nicht länger bleiben? Ich meine, die Tage reichen vielleicht nicht aus, um Bello zu trainieren. Was meinst du?«

Anna kannte Toni jetzt schon ganz gut. Eigentlich wollte er etwas anderes sagen. Doch das war ihm zu direkt. Deshalb sprach Anna es aus:

»Ich nehme an, daß du mich gerade eingeladen hast, länger zu bleiben. Müßte es nicht heißen, Anna, ich lade dich ein, länger zu bleiben?«

»Mei, genau das habe ich doch gesagt, oder?«

Anna lächelte ihn an.

»Ja, das hast du gesagt, auf deine Weise.«

Toni lehnte sich entspannt zurück und streckte die Beine aus.

»Und was sagst du dazu?«

»Ja, daran habe ich auch schon gedacht.«

»Das heißt, daß es dir gefällt bei mir, äh, ich meine die Berge, die Natur und so!«

»Ja, die Berge und die Natur und so«, und leise fügte sie hinzu. »Und so weiter und so weiter.«

»Dann hast du dein Herz an die Berge verloren, Anna.«

»Ja, ich gestehe. Ich habe mein Herz verloren.«

Antonius lachte.

»Welches Herz ist es? Das Herz der Dorothea oder das Herz der Anna?«

»Beide, Toni! Dorothea Annabelle Zwirner ist total vernarrt in die Berge.« Und noch mehr, fügte sie im stillen dazu.

Antonius Baumberger trat hinter sie. Dabei mußte er aufpassen, daß er nicht auf Bello trat, der es sich vor dem Kamin bequem gemacht hatte.

Behutsam nahm Toni Anna bei den Schultern und drehte sie zu sich.

»Heißt das, daß du dir vorstellen kannst, die nächsten drei Wochen mit mir hier auf der Hütte zu verbringen? Eh, ich mein' den Rest deines Urlaubs?«

Anna bemerkte, daß seine Stimme vor Freude und Erwartung bebte. Sie sah in seine grünen Augen und las darin alles, was sie lesen wollte und wovon ihr Herz geträumt hatte.

»Ja, das kann ich mir schon vorstellen!« sagte sie und versuchte dabei, ihrer Stimme einen ganz beiläufigen Klang zu geben.

Das gelang ihr aber nicht. Ihre Herzen schlugen in diesem Augenblick im Gleichklang. Hätte man den Klang hören können, dann wäre er so laut gewesen, daß die Berge ringsum im Widerhall erzittert wären. Antonius strahlte. Noch immer etwas zurückhaltend, sagte er:

»Mei, da wird sich die Sue aber wundern. Du, Anna, die wird dir das net glauben, daß du das freiwillig tust. Die wird denken, daß dich die alte Kräuterhex', die Ella, verhext hat.«

Anna errötete.

»Die Ella hat mich nicht verhext. Verhext bin ich aber schon, ich gebe es zu! Die Berge haben ihren ganz eigenen Zauber. Dem kann sich niemand entziehen.«

»Ja, ja, so ist das«, sagte Antonius. »Ich bin glücklich, daß es dir hier gefällt, Anna! Ich freue mich auf die schöne Zeit mit dir, auch wenn es nur die paar Wochen sind.«

Ein Schatten der Wehmut huschte über seine Gesichtszüge. Er räusperte sich. Anna sah, daß er jetzt allen Mut zusammennahm. Das Herz stand ihr vor Erwartung fast still. Dann sagte Antonius auf seine Art:

»Weißt, Anna, ich mag dich eben! Ich mag dich wirklich!«

Es war wie eine Erlösung. Anna lachte glücklich. Sie wußte, wie er das meinte, fragte aber dann:

»Was willst damit sagen, Toni?«

»Mei, daß ich di mag! Mei, ich mag dich von Herzen.«

»Sagt man so, hier in den Bergen?«

»Ja, das tut man.«

Und dann endlich, endlich zog er sie an sich. Er nahm sie in seine starken Arme und küßte sie. Voller Leidenschaft schlang sie ihre Arme um seinen Hals und erwiderte seinen Kuß voller Zärtlichkeit, erst scheu und zurückhaltend, dann stürmisch. Eng aneinander gedrückt tauschten sie Küsse voller Leidenschaft und Hingabe.

Bello setzte sich auf und betrachtete die beiden verwundert. Dabei legte er den Kopf mal auf die eine Seite, dann auf die andere. Sein Schwanz wedelte dabei über den Boden.

Zwischen vielen Küssen fragte Anna:

»Toni, wenn du sagst, du magst mich, heißt das, daß du mich liebst?«

Er lachte auf.

»Meine liebe Anna! Ich mag dich, das heißt in den Bergen, ich liebe dich!«

»Dann sag es auch!«

Zärtlich flüsterte Antonius Baumberger ihr ins Ohr:

»Anna, ich liebe dich!«

Sie barg ihren Kopf an seiner Brust, und er hielt sie mit seinen starken Armen fest.

»Ja, Toni! Jetzt weiß ich es!« Sie drückte sich fest an ihn und sagte leise, voller Zärtlichkeit und Hingabe:

»Antonius, ich mag dich auch!« Ihre Lippen berührten sich zu einem Kuß, wie sich nur Lippen berühren, wenn zwei verliebte Herzen sich endlich ihre Liebe gestanden haben.

Bello bellte jetzt laut auf. Die beiden mußten lachen. Antonius und Anna beugten sich zu ihm hinunter und kraulten sein Fell. Er wedelte freudig mit dem Schwanz und streckte sich der Länge nach vor dem Kamin aus.

»Er scheint gegen die Busserl und daß wir uns mögen, nichts einzuwenden zu haben.«

»Nein, Anna, das hat er nicht. Und jetzt schon gehört Bello mehr zu dir als zu mir. Gestern, erinnere dich, da wollte er nicht auf der Sommeralm bleiben. Er wollte mit. Und er wollte mir sagen, daß du in Ordnung bist. Ja, Anna, du bist ein Madl, wie mir bisher noch keines übern Weg gelaufen ist.«

Anna zog ihr Tuch enger um die Schultern und setzte sich. Antonius legte Holz aufs Kaminfeuer.

»Gab's keine fesche Madln hier in den Bergen? Mußte ich Flachlandindianerin erst kommen?«

Antonius wurde verlegen und warf ihr einen scheuen Blick zu.

»Madln gibt's hier auch, mehr als genug. Fesch sind sie auch. Aber keine war so wie du. Da ist mein Herz halt nicht angesprungen. Verstehst?«

Anna lachte.

»Sue hat gesagt, daß es peng gemacht hat bei mir, als ich dich im Zug gesehen hab'.«

»Recht hat sie, deine Freundin«, und gleich fügte er hinzu: »Dann stimmt es also, daß ich dir gleich net ganz unsympathisch war?«

»Nein, das bist du mir nicht gewesen, Toni. Im Gegenteil, ich mochte dich sofort.«

»Mei, da bin ich aber froh!«

Verlegen strich sich Antonius Baumberger durch die Haare. Dann zündete er seine Pfeife an.

»Ich muß dir da nämlich noch was sagen, Anna!«

Er machte es spannend, indem er zwischen den einzelnen Sätzen immer wieder an seiner Pfeife zog, die mächtig qualmte.

»Also, leicht fällt mir das nicht, dir das zu sagen. Aber sein muß es.«

Anna verkrampfte ihre Hände über der Schürze ihres Dirndl. Was würde er sagen?

»Ich will nur haben, daß du eben alles weißt. Hörst?«

Und wieder rauchte er.

»Nun sage es schon.«

»Also, du hast dein Notizbuch mit deinem Kalender gar nicht im Zug verloren. Du hattest es auf deine Tasche gelegt. Da ist es runtergerutscht, und da hab ich ihm mit dem Fuß einen kleinen Schubs gegeben und es dann an mich genommen.« Toni errötete. »Ich wollt' dich halt wiedersehen und hab gehofft, daß ich darin deine Adresse oder etwas finden tu, was mich dann zu dir führt.«

Es war ganz still in der Berghütte.

»So, jetzt weißt du es, Anna! Bist mir jetzt bös?«

»Dummer Bub! Wie kannst du das denken? Mir hast du auch gleich gefallen. Ich habe dich die ganze Zeit in der Fensterscheibe beobachtet.«

»Am liebsten hätte ich dich gleich angesprochen. Aber ich

habe mir halt gedacht, daß es für so eine Flachlandindianerin nicht richtig ist. Hier in den Bergen, da kann es schon vorkommen, daß ein Bursche mal gleich mit der Tür ins Haus fällt, wenn er jemand mag.«

Toni rückte seinen Stuhl neben den von Anna und legte den Arm um ihre Schultern. Sie schauten ins Kaminfeuer.

»Wir werden uns die Zeit hier richtig schön machen, Anna. Und wenn du willst, dann zeige ich dir alles in den Bergen.«

»Ich will, Toni! Die Berge sind wirklich schön und einmalig. Jetzt kann ich Sue verstehen, daß sie es immer in die Berge zieht. Sue hatte ja auch Glück. Ihr Mann ist ja Ingenieur und arbeitet viel in den Bergen, im Tunnelbau und Staudammbau. Er teilt ihre Begeisterung. Sie begleitet ihn oft, wie jetzt auch wieder.«

Antonius Baumberger räusperte sich. Seine Pfeife qualmte wieder. Anna erkannte, daß ihn etwas bewegte. Schließlich sagte er:

»Bei uns ist das nicht so einfach. Du bist eben eine Aktientante, und ich will als Hüttenwirt mein Brot verdienen. Das kann schon ein bisserl kompliziert werden mit uns zwei. Aber ob das mit der Hütte überhaupt klappt, das steht noch in den Sternen.«

Anna wollte etwas sagen, aber Antonius legte ihr den Finger auf den Mund:

»Schatz, mußt noch lernen, wie das hier ist in den Bergen, wenn der Mann was Bedeutendes sagen will. Da darfst du mich nicht unterbrechen.« Er atmete tief durch. »Also, ich habe mir gedacht, daß ich die Hütte, wenn ich sie dann kriegen tue, ja eigentlich nur im Sommer bewirtschafte.«

»Ich denke, daß man Hütten auch im Winter bewirtschaften kann!« redete Anna dazwischen und erntete einen strafenden Blick von Antonius Baumberger.

»Mit dem Winter kommen die Skifahrer und neuerdings gibt es immer mehr Schneewanderer. Ein Geschäft könnte das schon sein mit denen. Aber ich hab mir denkt, daß ich das nicht machen will. Ich mach die Hütten nur im Sommer. Im Winter leb ich dann als Bergler bei meiner Flachlandindianerin in Hamburg.«

»Das würdest du für mich machen?«

»Glaubst du denn, ich will dich nur im Urlaub sehen? Aber wie gesagt, noch weiß ich ja nicht, ob ich die Hütte überhaupt dauerhaft pachten kann. Von der Gemeinde kann ich sie nicht bekommen. Da hat der Dreckskerl von Schwarzer seine Finger drin. Ich könnte sie nur von Alois bekommen, pachten oder sogar kaufen! Aber das ist nur möglich, wenn der die Hütte wieder von der Gemeinde zurückbekommt. Aber wie du weißt, hat da der Schwarzer auch seine Finger drin.«

Antonius seufzte wieder.

»Weißt, Anna, hier in den Bergen lernt man mit den Tatsachen umzugehen. Wenn man zu schwach ist, dann kann man den Gipfel nicht erreichen. Es wäre auch Unsinn, bei einem drohenden Wettersturz aufzusteigen. Nur Hitzköpfe würden so etwas wagen. Der Xaver, mein Vater, hat gesagt, daß ich es probieren soll. Das habe ich getan. Wenn es nicht klappt, dann habe ich es wenigstens versucht. Dann hat es der Herrgott nicht gewollt, daß es so kommt. Da füge ich mich.«

Anna streichelte ihm die Wange.

»Toni, ich kann reiten und habe auch einmal Dressur geritten. Unter den Dressurreitern gibt es einen Spruch. Wenn du auf eine Hürde zureitest, dann wirf zuerst dein Herz hinüber, das Pferd springt nach.«

»Ein schöner Satz.«

»Ein wahrer Satz! Wirst es schon sehen. Doch nun erzähle mir ganz genau, wie du dir das so denkst. Wie würdest du alles einrichten und wie würdest du die Berghütte bewirtschaften?«

»Also, wenn ich die Hütte hätte, dann brauch ich einen Namen. Ich habe mir viele Namen überlegt. Aber vielleicht könnte ich sie Annas Hütte nennen?«

»Darüber sprechen wir noch. Sie könnte auch heißen, Tonis Bergquartier!«

Dann erzählte Toni alles, was er sich so ausgedacht hatte. Aus seinem Rucksack holte er ein kleines Notizbuch. Darin hatte er alles aufgeschrieben und auch Zeichnungen gemacht. Seite für Seite blätterten sie durch. Anna stellte immer wieder Fragen, und Toni beantwortete sie mit viel Geduld.

Ihr wurde klar, wie wenig sie über die Berge und über das Leben in dieser schönen Bergwelt wußte. Aber sie vertraute der Liebe, sie vertraute Toni.

Es war schon lange nach Mitternacht, als sie schlafen gingen.

*

Im Rathaus traf sich der Gemeinderat. Der Bürgermeister saß am Kopfende des Tisches. Er wirkte nach außen gelassen. In Wirklichkeit stand ihm der Angstschweiß im Nacken. Hatte er doch dem Pfarrer im Beichtstuhl versprochen, die Angelegenheit mit Alois' Berghütte auf die Tagesordnung zu setzen.

Die Sitzung nahm ihren Lauf. Eine feste Ordnung über Ablauf und Abstimmungen gab es nicht. Die Männer kannten sich alle gut. Die Partei des Bürgermeisters hatte mit einer Stimme die Mehrheit im Gemeinderat. Es war ein offenes Geheimnis, daß der Bürgermeister gelegentlich auch mal für die Opposition stimmte, wenn es seinen Interessen entsprach und seine Parteifreunde ihn geärgert hatten. Das tat er seit dem Augenblick, als er bemerkt hatte, daß Franz Huber an seinem Bürgermeisterstuhl zu sägen versuchte. Franz Huber war der Strohmann von Rupert Schwarzer, der alles zu kontrollieren versuchte. Fast in jeder Gemeinde, und damit auch in jedem Gemeinderat, hatte er seinen Mann. In zwei Orten waren diese sogar durch einen Mißtrauensantrag Bürgermeister geworden.

Es gab Verschiedenes zu besprechen und zu entscheiden. Da

redeten sie sich die Köpfe heiß über die Wandfarbe im Kindergarten und die Ausbesserung einiger Waldwege im Gemeindewald. Schließlich kam es wie es immer kam. Sie stritten sich mächtig, jeder gegen jeden, die eine Gruppe gegen die andere, doch am Schluß einigten sie sich auf einen Kompromiß. Die einen gaben in ihrer Angelegenheit nach, dafür zeigte sich die Gegenpartei in einem anderen Punkt nachgiebig.

»Dann wären wir durch für heute, Bürgermeister!« bemerkte der Sägewerkbesitzer. »Sind früh dran, heute! Gehen wir noch ins Wirtshaus und genehmigen uns ein paar Maß Bier! Ich lade euch ein!«

»Nix da, Weißgerber!« sagte Fritz Fellbacher. »Die Sitzung ist noch net zu Ende. Ich habe noch nicht Schluß gemacht. Meinst's zwar gut, Albert, mit der Einladung zum Bier. Aber das kann auch noch einen Augenblick warten. Ich habe noch etwas, worüber wir abstimmen müssen. Ich will den Antrag vom alten Alois auf Rückübertragung seiner Berghütte endlich von meinem Schreibtisch haben. Jedesmal, wenn er mich sieht, redet er davon. Ganz allmählich wiegelt er die Leute gegen mich auf. Da habe ich mir gedacht, daß wir jetzt abstimmen tun. Damit ist die Sache vom Tisch. Basta!« Der Bürgermeister schlug mit der Hand auf den Tisch. »Einverstanden?«

Gemurmel in der Runde. Franz Huber, Schwarzers Strohmann, meldete sich.

»Gut so! Es wird auch Zeit! Ruppert macht mir auch Druck. Er hat schon viel investiert und will endlich Nägel mit Köpfen machen. Also, Fritz, wie lautet der Antrag, den du zur Abstimmung bringen willst? Diesmal wird dir sogar die Opposition zustimmen.«

Fritz Fellbacher blätterte in seinen Unterlagen.

»Also es geht darum, daß der Alois seine Hütte wiederhaben will. Im Vertrag, den er damals mit der Gemeinde gemacht hat, da steht drin, daß er die Hütte wiederhaben kann, wenn er uns die Auslagen ersetzt. Das Geld hat der Alois nicht, darüber sind wir alle einig. Außerdem, wenn wir dagegen abstimmen und den Betrag etwas höher ansetzen als wir Auslagen hatten, dann gehen wir kein Risiko ein. Hier ist die Aufstellung!«

Der Bürgermeister ließ ein Schriftstück kreisen, auf dem die Auslagen der Gemeinde für die Hütte aufgelistet waren.

»Wir sollten die Beträge höher ansetzen«, bemerkte Franz Huber.

»Das ist doch Unsinn. In den Papieren steht drin, daß der Alois die Hütte haben kann, wenn die Gemeinde zustimmt und er das Geld aufbringen kann. Du und ich wissen, daß der Alois die Summe nicht hat. Deshalb ist es egal, wie hoch wir sie ansetzen, und Geld von der Bank kriegt er keines. Was soll das Theater? Wir sind uns einig.«

Alle nickten dem Sägewerkbesitzer zu. Der Bürgermeister räusperte sich.

»So, Freunde, ich habe mir gedacht, daß wir geheim abstimmen, so daß der Alois uns auch wirklich keinen Strich draus drehen kann. So ist es doch?«

Es entstand Unruhe. Keiner wollte dem zustimmen. Warum? Waren sie sich doch bereits einig. Doch Fritz Fellbacher bestand darauf. Zähneknirschend stimmten sie zu.

Es wurde also geheim abgestimmt. Die Gemeindesekretärin vermerkte alles für das spätere Protokoll. Dann kam es zur Abstimmung und danach zur Auszählung der Stimmen.

Zur Überraschung aller fiel das Ergebnis nicht wie erwartet aus. Es ergab sich eine Mehrheit, die sich dafür aussprach, dem Alois die Hütte zurückzuübertragen. Alois sollte nur die wirklich geleisteten Auslagen erstatten.

»Was soll das?« donnerte Franz Huber. »Ich dachte, wir wären uns alle einig gewesen.«

»Sind wir doch auch, Franz!« versuchte der Bürgermeister zu beruhigen. »Beruhige dich!«

»Ich beruhige mich nicht, weil ich mich nicht beruhigen will. Das ist doch ein ausgemachtes Komplott. Erst feilschst du um die Summe, daß sie so niedrig angesetzt wird. Dann stimmt eine Mehrheit dafür, daß der Alois die Hütte bekommen kann. Da steckt doch eine ausgemachte Intrige dahinter. Das ist alles dein Werk, Fritz Fellbacher.«

Der Bürgermeister gab sich ruhig. Der Direktor der kleinen Bankfiliale im Dorf saß ebenfalls im Gemeinderat. Auch er versuchte Franz Huber zu beruhigen.

»Der Alois hat nicht so viel. Einen Kredit bekommt er nicht. Die Kreditwünsche vom Baumberger sind doch auch schon abgelehnt worden. Es besteht also keine Gefahr. Wir müssen nur die Frist von zehn Tagen einhalten. Kann der Alois nicht in der Zeit bezahlen, dann ist es vorbei und wir können mit der Berghütte machen was wir wollen.«

»Aber wenn er zahlen kann, dann gibt es Ärger, das verspreche ich dir, Fritz! Der Schwarzer, und auch wir, wir lassen uns das nicht gefallen.«

»Ruhe jetzt!« Der Bürgermeister sprang von seinem Stuhl auf, daß dieser hinter ihm umfiel. Er schlug mehrmals mit der Faust auf den Tisch und schrie Franz Huber an.

»Deine Drohungen können mich nicht einschüchtern. Paß auf, was du sagen tust! Das war eine geheime Abstimmung! Alles, was du sagst, kommt ins Protokoll! Und jetzt will ich meine Ruhe haben. Die Sitzung ist geschlossen.«

Fritz Fellbacher klappte seine Akten zu.

»Albert, gilt deine Einladung noch?«

»Mei, sicherlich, Fritz!«

»Dann geht schon mal vor. Ich komme gleich nach!«

Der Bürgermeister wartete, bis seine Sekretärin ihm die Notizen ausgehändigt hatte und schloß alles in seinen Safe ein. Er wollte auf Nummer Sicher gehen. Normalerweise tippte sie den Text am nächsten Tag ab. Bis dorthin hatte sie die Unterlagen auf ihrem Schreibtisch. Doch Fritz Fellbacher hatte ein sonderbares Gefühl.

Wie versprochen stattete der Bürgermeister dem Pfarrer einen Kurzbesuch ab. Er blieb nicht einmal eine Minute und unterhielt sich auch nur kurz mit dem Geistlichen an der Haustür, dann ging er ins Wirtshaus.

Franz Huber schimpfte den ganzen Abend und brachte das Gespräch immer wieder auf die Abstimmung. Die anderen Dörfler, die ihr Bier tranken, erfuhren so, was geschehen war.

Es gab lebhafte Diskussionen. Dann kam auch der Pfarrer ins Wirtshaus.

Er tat, als wüßte er nichts.

»Das ist schön für den alten Alois. Da geht für ihn ja noch ein Herzenswunsch in Erfüllung. Er hatte schon gedacht, daß unser Herrgott ihn vorher zu sich ruft.«

»Ja, das hat der Schwarzer die letzten Jahre auch gedacht«, rief ein Dörfler durch die Wirtsstube.

»Das Geld wird er aber nicht zusammenkriegen! Niemals!« lallte Huber, der dem Bier schon reichlich zugesprochen hatte.

Pfarrer Zandler fand, daß jetzt der geeignete Augenblick war, eine Anmerkung zu machen.

»Huber, darauf würde ich nicht hoffen! Vielleicht weiß ich als Geistlicher mehr als dein Schwarzer und alle Banker zusammen.«

»Was soll das heißen?«

»Ich denke, daß Alois zahlen kann!« sagte der Pfarrer.

Zuerst war es ganz still in der Gaststube. Alle schauten verwundert.

»Den Toni und die Baumbergers wird es freuen«, schallte es vom Tresen her, an dem einige Jungbauern ihr Bier tranken, alles Freunde von Toni.

»Halt dei' Goschn«, brüllte Franz Huber, außer sich vor

Zorn. Seine Gesichtsfarbe veränderte sich in ein dunkles Rot, so zornig war er. Er sprang auf und wollte auf den jungen Bauern losgehen. Bürgermeister Fellbacher fiel ihm in den Arm.

»Franz, nun gib doch Ruhe!«

»Laß mich los, du Verräter!« brüllte er den Bürgermeister an und holte mit der Faust aus.

Fritz Fellbacher ging rückwärts zu Boden. Huber wollte sich auf ihn stürzen, wurde aber von vielen starken Männern zurückgehalten. Huber tobte und versuchte immer wieder, um sich zu schlagen. Er hatte wirklich auch viel getrunken. Schließlich warf ihn der Wirt mit Hilfe seiner Gäste auf die Straße.

Fellbacher kam wieder zu sich. Er blutete aus der Nase und an der Lippe. Der Wirt verarztete ihn erst mal auf seine Weise, mit mehreren Schnäpsen. Dann brachte man ihn heim.

Das, was im Wirtshaus am Rathaus geschehen war, verbreitete sich wie ein Lauffeuer, auch zu später Stunde von Haus zu Haus. Immer mehr Bergler strömten zu der vorgerückten Stunde in die Gaststube. Pfarrer Zandler fand, es war Zeit zum Gehen. Außerdem mußte er mit Alois reden.

Alois stand am Fenster. Einige seiner Nachbarn sprachen mit ihm.

»Heim jetzt mit euch!« herrschte der Pfarrer seine Schäfchen an. »Mit dem Alois rede ich jetzt!«

Bald darauf saß der Pfarrer dem alten Alois gegenüber. Dieser hatte Freudentränen in den Augen. Sie liefen ihm die faltigen Wangen herunter, in einem Gesicht, das von Wind und Wetter, von Freud und Leid in den Bergen gegerbt war.

»Und du kannst mir net sagen, wo das Geld her ist, das du mir vorstrecken sollst, Pfarrer?«

»Nein, Alois! Schau, sieh es doch so. Da hat der liebe Herrgott einen Engel geschickt. Da dürfen du und ich keine Fragen stellen. Was willst jetzt machen?«

Der alte Alois trocknete sich die Tränen der Freude ab und schneuzte sich die Nase.

»Mei, gleich morgen früh muß ich mich um alles kümmern. Da mußt du mir helfen, Pfarrer. Denke doch, daß das alles ein bisserl viel war. Ich muß das zu Ende bringen. Der Antonius Baumberger soll die Hütte kriegen. Der Toni ist mir wie mein eigen Fleisch und Blut ans Herz gewachsen. Er ist ein lieber Bub!« Dann fügte der alte Alois blinzelnd hinzu: »Und ein fesches Madl, das scheint er auch zu haben, erzählt man sich. Die ist zwar net von hier, aber wenn dem Toni seine eigene Mutter sagt, daß die Anna, so heißt das Madl, ein gutes Kind ist, dann muß es so sein. Ist es nicht so, Herr Pfarrer?«

»Ja, wenn das so ist, daß das Madl der Meta schon gefällt, ja, dann kann man nichts sagen.«

Pfarrer Zandler gab sich unwissend. Der alte Alois schenkte sich und dem Pfarrer einen Schnaps ein. Der alte Alois leerte ihn in einem Zug und einen zweiten Klaren gleich hinterher.

»Herr Pfarrer, ich habe die Anna schon gesehen. Und gesprochen hab ich mit ihr auch schon. Ein fesches Madl, wirklich fesch! Also wenn ich jung wäre, da müßte sich der Toni in acht nehmen.«

Der alte Hüttenwirt lachte aus vollem Herzen, und der Pfarrer schmunzelte. Er sah seine leuchtenden Augen, und es kam ihm vor, als sei der alte Mann, der noch gestern so gebrochen auf ihn gewirkt hatte, voller Leben und Energie.

»Ich werde dem Toni natürlich helfen, wo ich kann. Schön wär's, wenn er wirklich bald ein Madl hätte. Was Festes, wo du auch deinen Segen dazu geben tust, Pfarrer. Die beiden könnten gut da oben auf der Berghütte leben. Ich war mit meiner Frau da sehr glücklich. Lang, lang ist es her. Wenn der liebe Herrgott da oben dafür gesorgt hat, daß ich dem Toni meine Hütte geben kann, dann kann er doch auch dafür sorgen, daß der Bub eine Liebste kriegt. Meinst net auch, Pfarrer? Auf ein Wunder mehr oder weniger kommt es doch nicht an, oder?«

Pfarrer Zandler mußte lachen.

»Willst unserem Herrgott sagen, was er machen soll, Alois? Er hat dir den kleinen Finger gereicht und jetzt willst die ganze Hand haben, wie?«

»Unverschämt will ich nicht sein, Pfarrer. Aber schau doch selbst. Es ist wirklich besser, wenn man zu zweit auf der Berghütte ist. Das war ein schönes Leben mit meiner guten Frau auf der Hütte. Dem Toni würde ich das auch von Herzen wünschen.«

Dann ging Alois hinüber in seine Schlafkammer. Dem Pfarrer fiel auf, daß er ganz gut ohne seinen Stock gehen konnte. Er kam zurück und legte ihm ein paar Kerzen auf den Tisch.

»Die hatte meine liebe Frau noch gekauft. Immer wenn sie ein Kummer drückte, hatte sie der Mutter Gottes eine große Kerze gebracht. Das sind die letzten drei, die ich noch habe. Nehmen S' die mit, Pfarrer. Eine für die Mutter Gottes, die heilige Maria. Die zweite Kerze für den heiligen Magnus, der ja bekanntlich für unsere schöne Landschaft und die Berge zuständig ist. Die dritte Kerze ist für die heilige Anna.«

Der Pfarrer schmunzelte.

»Die heilige Anna ist ja zuständig für glückliche Heirat und reichlichen Kindersegen. Ich sehe, daß du an alles denkst, Alois.«

»Schon lustig, daß der Toni das Madl auch Anna nennt. Die heißt eigentlich Dorothea Annabelle, das hat mir die Meta erzählt. Das paßt doch alles gut zusammen.«

Die Kirchturmuhr schlug ein Uhr. »Ich geh jetzt, Alois! Kommst allein klar?«

»Sicher doch! Hast du gedacht, daß die Freude zu viel für mein altes Herz sein könnte, wie?« Und er gab gleich selbst drauf die Antwort. »Ist es nicht! Im Gegenteil! Hab jetzt noch viel vor mit dem Toni und auch der Anna, wenn es denn der Himmel will. Kommst morgen gleich her, Pfarrer. Dann gehen wir aufs Amt. Dann gehört die Hütte wieder mir. Dann gehen wir rauf auf den Berg und dann, ja dann, dann geht's wieder los.«

Der Pfarrer verabschiedete sich und ging zurück zum Pfarrhaus. Er betrat die Kirche von der Sakristei aus. Wie Alois gebeten hatte, stellte er für die drei Heiligen die Kerzen auf und zündete sie an.

*

Lautes Hundegebell weckte Antonius, der oben auf dem Boden der Berghütte geschlafen hatte. Bello stand unten an der Stiege und bellte, daß die ganze Hütte dröhnte.

»Verschlafen!« sagte Antonius zu sich selbst. »Bello, ruhig! Ich komme ja gleich.«

Schnell streifte Antonius die Kleider über und stieg runter. Bello saß hinter der Eingangstür. Die Wanduhr in der Hütte zeigte fast Mittag. Schnell schloß Antonius auf. Gleich erkannte er auch den Grund, warum Bello angeschlagen hatte. So schnell ihn seine alten Beine trugen, eilte der alte Senner Wenzel den Pfad herauf. Als er Antonius in der Tür sah, blieb er keuchend stehen. Er stützte sich auf seinen Wanderstock und winkte den Jüngeren heran.

»Da muß etwas passiert sein, Bello!«

Antonius Baumberger lief zu ihm.

»Um Himmels willen, was ist denn passiert? Bist ja ganz außer Atem.« Der alte Senner keuchte.

»Bin halt nicht mehr der Jüngste.«

Anna war vom Gebell des Hundes auch wach geworden. Sie schaute aus dem Fenster und sah, wie sich Antonius und Wenzel unterhielten. Sie hatten sich auf einen großen Felsbrocken gesetzt, der beim Pfad lag. Sie sah nur, daß Wenzel erzählte und dabei seine Geschichte mit großen Gesten unterstrich. Antonius nickte eifrig oder schüttelte den Kopf. Was konnte da los sein?

Anna wusch sich schnell und zog sich an. Dann ging sie in die Küche. Im Herd brannte noch kein Feuer. Toni muß auch verschlafen haben, dachte sie und erinnerte sich an die schönen Stunden und an die zärtlichen Küsse und daß es sehr spät geworden war.

Toni unterhielt sich immer noch mit Wenzel. Anna trat aus der Hütte und öffnete die kleinen Holzläden von außen. Dann holte sie einen Korb Brennholz. Jetzt sah sie, daß sich Wenzel und Toni verabschiedeten. Wenzel ging wieder den Berg hinunter in Richtung Alm.

»Was wollte Wenzel?« fragte Anna während des Frühstücks.

Toni schaute nicht auf. Er sagte nichts. Anna sah, daß er mit seinen Gedanken ganz weit fort war. So schwieg sie auch. Sie hatte sich den Morgen nach dem romantischen Abend anders vorgestellt. Wahrscheinlich hat das mit dem Besuch von Wenzel zu tun, dachte sie. Mittlerweile konnte sie Toni ganz gut einschätzen. Er sprach immer erst dann, wenn er genau wußte, was er sagen wollte. Wie anders war er da als Dirk, der Hamburger Börsenmakler, der sich ständig selbst beweihräucherte und mit geistreichen Reden am liebsten Mittelpunkt war.

»Wir wollen einen kleinen Spaziergang machen, Anna! Weiter oben gibt es einen Felsvorsprung. Da hat man eine wunderschöne Aussicht.«

»Wie du willst! Ist es weit? Soll ich uns eine Brotzeit einpakken?«

»Nein, es ist nicht weit. Wirst sehen!«

Antonius half Anna in die dicke Jacke. Hand in Hand machten sie sich auf den Weg.

Antonius hatte recht. Es war nicht weit. Der Pfad war nicht sehr steinig und steil gewesen.

»Als Kind habe ich hier oft gesessen. Wenn Alois Zeit hatte, saß er bei mir und erzählte mir Geschichten, alles Erlebnisse, die er als Hüttenwirt hatte. Damals, glaube ich, wurde der Grundstein gelegt, daß ich mich jetzt als Erwachsener entschloß, selbst eine Berghütte zu bewirtschaften. Nun, Anna, ist es soweit. Der Wenzel hat es mir erzählt. Er hat es gehört, als die Milch bei ihm abgeholt wurde. Der Gemeinderat hat beschlossen, daß der Alois die Hütte zurückbekommt. Der Wenzel hat auch gesagt, daß der Alois das Geld bezahlen kann, das die Gemeinde haben will.«

»Das ist doch großartig, Toni! Freust du dich denn nicht?«

Antonius Baumberger blickte über das Tal hinüber zu den Gipfeln. Er zuckte mit den Achseln.

»Anna, ich weiß nicht mehr, ob ich das wirklich will.«

Er schaute ihr in die Augen und sah darin eine Art Trauer und auch Verzweiflung. Sie nahm seine Hand.

»Toni, hast du es vergessen oder war es nicht so gemeint?«

»Was?«

»Du sagtest, daß du mich magst.«

Er nahm sie in den Arm und küßte sie.

»Das ist das einzige, was ich wirklich weiß. Ich mag dich, Anna! Ich mag dich wirklich. Wenn das mit der Hütte nicht gegangen wäre, dann – ja dann – ich meine, dann wäre es auch einfacher mit uns. Das denke ich mir. Aber ich bin beim Alois im Wort und er bei mir. Ich weiß nicht,wie ich das alles unter einen Hut bringen soll. Ich hätte gern alles. Ich will die Hütte und als Hüttenwirt hier leben, jeden Tag. Aber ich wäre auch gerne jeden Tag bei dir. Heute nacht, als ich nicht schlafen konnte, da dachte ich, daß es nicht so schlimm wäre, wenn das mit der Hütte sich zerschlagen würde. Dann müßte es vielleicht so sein. Dann dachte ich, daß ich mit dir nach Hamburg kommen wollte. Dort könnte ich arbeiten, und dann wollte ich ein Sportgeschäft für Bergsteiger aufmachen.«

Anna war gerührt. Sie schmiegte sich an ihn und küßte ihn zärtlich auf die Wange.

»Das wird sich alles geben. Die Berge sind so wunderbar. Sie haben uns zusammengeführt. Es wird weitergehen, Toni.«

Er küßte sie.

»Weißt du, für mich ist das auch nicht so einfach. Schau, da gibt es daheim eine ganz liebe Großmutter. Sie hat Angst vor den Bergen und hatte mich immer von den Bergen ferngehalten. Meine Eltern kamen in den Bergen um. Sie hatten einen Autounfall auf einer Paßstraße. Ihr muß ich jetzt sagen, daß ich mich in einen Bergler und die Berge verliebt habe. Das wird nicht einfach sein. Wie soll ich ihr sagen, daß ich am liebsten in den Bergen leben möchte? Toni, ich möchte am liebsten hierbleiben bei dir. Ich bin zwar erst wenige Tage hier, aber ich fühle da drinnen, tief in meinem Herzen, daß ich auch hierher gehöre. Das ist ein Platz, an dem ich mir vorstellen könnte, bis ans Ende meiner Tage zu leben. Doch auch ich muß zurück und mich den Anforderungen stellen. Auch ich muß meine Wünsche und meine Sehnsüchte unter einen Hut bringen.«

Sie schaute ihm in die Augen.

»Antonius, wie war das mit einer Bewirtschaftung nur im Sommer? Schau, Liebster, das ist doch alles ganz einfach. Für diesen Sommer hast du die Hütte gemietet. Erst bin ich noch eine Weile hier. Ich helfe dir. Ich komme so oft ich kann. Ich habe auch noch Resturlaub und viele Überstunden. Da kommt eine Menge zusammen. Deine Mutter hat mir schon als Dauergast das Zimmer deiner Schwester angeboten. Ich weiß also auch von dieser Seite, daß ich herzlich willkommen bin. Doch ich habe daheim auch Verpflichtungen, denen ich nachkommen muß. Alles muß seine Ordnung haben. Du wirst deinen Weg gehen. Ich werde meinen Weg gehen. Unsere Wege haben sich gekreuzt. Auch wenn wir an verschiedenen Orten sind, gehen unsere Herzen doch schon gemeinsam einen Weg.«

»Anna, du bist wunderbar!«

Er küßte sie ganz zärtlich auf die Stirn.

»Anna, heißt das, du könntest dir vorstellen mit mir einen gemeinsamen Weg zu gehen, bis wir alt und grau sind und nur noch am Stock die Berge raufkraxeln können?«

»Davon träume ich, Toni! Doch laß uns nichts überstürzen. Wenn wir uns jetzt übereilt von einer Lawine der Gefühle mitreißen lassen, dann wird unsere Liebe vielleicht eines Tages von einer Lawine verschüttet und wir werden sie nicht wiederfinden. Verstehst du, was ich meine?«

»Das hast du schön gesagt, Anna! Du bist schon ganz eine richtige Berglerin, die sich nicht hetzen läßt, die langsam und mit Bedacht handelt, daß alles seine feste Basis hat.«

Anna stand auf. Sie streckte die Hand aus.

»So komm, mein Hüttenwirt. Du gehst jetzt runter ins Tal und schaust, was es da so gibt und redest mit Alois. Ich bleibe hier und trainiere mit Bello. Es gibt viel zu tun, in der Zeit, in der ich noch hier bin.«

Hand in Hand liefen sie den Pfad zurück. Von weitem sahen sie jemanden vor der Hütte stehen.

»Das ist Sue mit ihrem Mann Sven und dem kleinen Peter!«

»Da wollte dich deine Freundin wohl überraschen, wie?«

»Toll, das sind die ersten Hüttengäste. Was sagst du dazu?«

Hand in Hand liefen sie los, als wollten sie so durch ihr ganzes gemeinsames Leben laufen.

– ENDE –

Das vergessene Versprechen

Glaubst du noch an unsere Zukunft?

Der Milchwagen hielt. Mit einem Satz sprang der Neufundländer von der Ladefläche.

»Grüß Gott, Toni! Bist schon da?« sagte Xaver Baumberger im Vorbeigehen. Er trug eine Kiste Fisch ins Haus.

»Grüß Gott, Vater! Wir sind die größte Strecke per Anhalter gefahren.«

Antonius Baumberger wandte sich an den Milchkutscher.

»Danke für die Mitnahme. Vergelt's Gott!« sagte Toni und stieg vom Bock.

Auf dem Hof der Baumbergers parkte der Lieferwagen von Alfons Trachsel. Als dieser Toni sah, stieg dieser aus und kam neugierig wieder näher.

»Hab' gehört, du kämst mit der Renovierung der Hütte gut voran.«

»Ja, das stimmt. Es geht voran.«

»Man sagt, du wolltest sie zusammen mit dieser Anna bewirtschaften?«

»Des sagt man net nur so, des is auch so!« betonte Toni mit Nachdruck und deutlichem Unterton in der Stimme.

»I mein ja nur! Es hätt' ja sein können, daß das nur ein Gerücht ist, Toni. Man macht sich halt so seine Gedanken.«

»Ich weiß schon, was du dir für Gedanken machst, Trachsel! Aber da wird nix draus. Brauchst dir keine falschen Hoffnungen zu machen. Die Anna und i, wir zieh'n das durch.«

»Net daß ich dir das mißgönne. Aber die Anna ist eine Zugereiste. Die weiß bestimmt net, was da so auf sie zukommt, als Hüttenwirtin. Die Leut' meinen halt, es könnt auch danebengehen. Immerhin war deine Anna ja schon eine ganze Weile net mehr da. Sie scheint ja keine große Sehnsucht nach dir zu haben, so kommt's uns allen vor.«

»Tu net so besorgt, Trachsel! Ich weiß schon, was in deinem Gehirn rumspukt. Deine Tochter und ich waren nie mehr als gute Freunde.«

Alfons Trachsel grinste schräg.

»Es werden schon Wetten auf euch abgeschlossen. Im ›Ochsen‹ hat der Huber beim letzten Stammtisch ein paar hundert Euro darauf gesetzt, daß die Anna und du – daß es eben nix wird.«

»Und du, du hast mitgehalten, wie? Das Geld ist schlechter angelegt, als hättest du es im Ofen verbrannt. Dann tät's dich wenigstens noch wärmen. Ich sag es dir noch mal. Zwischen der Dorle und mir war nie mehr als Freundschaft!«

»I will dir ja nur sagen, daß ich nix gegen dich hätt' als Schwiegersohn. Die Dorle, die weiß wie man eine Hütte bewirtschaftet – und i könnt' auch viel für dich tun. Überleg's dir gut! Das war sicher nur ein Urlaubsflirt. Das gibt's ja häufig. Die Madeln kommen her, vergucken sich in einen unserer Burschen und wenn sie weg sind, dann is alles aus und vorbei. Wirst schon sehen! Wenn du willst, kannst ja am Sonntag mal zu uns zum Essen kommen. I geb dir den guten Rat, dir die Dorle warmzuhalten. Bist doch ein echtes Mannsbild! Wer könnt' es dir verdenken. Es haben schon andere auf mehreren Hochzeiten getanzt. Und von mir erfährt niemand was.«

»Trachsel, schäm' dich! Preist dein Madl an wie saures Bier. Pfui, was für ein Vater bist du denn? Außerdem hörst jetzt auf über die Anna herzuziehen, sonst kannst was erleben! Hörst? Der Huber muß aufpassen, daß ich ihm net sein vorlautes Mundwerk polier'. Des kannst ihm sagen. Ich will keinen weiteren Schmarrn hören, sonst komme ich in den ›Ochsen‹ und räum' auf. Das war's jetzt, Trachsel! Jetzt ziehst mit deinen Fischen weiter, bevor die anfangen zu stinken!«

Antonius Baumberger wandte sich ab und pfiff nach seinem Hund. Der Neufundländer kam angerannt. Sie gingen ins Haus.

»Deine Blicke verheißen nix Gutes, Toni!«

»Hab' ein paar deutliche Worte mit dem Trachsel reden müssen.«

»Ah, es geht um die Anna! Dann versteh ich!«

»Du weißt, was geredet wird im Dorf, Mutter?«

»Schon lang, Toni! Bin froh, daß du die ganze Zeit oben in der Berghütte bist und nix hörst.«

»Zum Donnerwetter! Sind die denn alle narrisch geworden?«

»Narrisch sind die net, Bub! Die Dorle kann sich nur net damit abfinden. Deine Braut wäre sie gern gewesen.«

»Schmarrn! Ich hatt' nie etwas mit ihr. Es war einfach nur Freundschaft, genau wie mit der Thea. Seit sich das von der Anna und mir rumgesprochen hat, sind alle total durchgedreht.«

»Deine Anna muß bald mal wiederkommen. Wie ist es? Bald ist Schützenfest. Kommt sie?«

»Sie will's versuchen.«

Toni war ärgerlich. So sehr er seine Heimat liebte, manchmal ging ihm das Getratsche zu weit. Ja, es wurde auch wirklich Zeit, daß seine geliebte Anna mal wieder über ein verlängertes Wochenende kam. Er hatte Sehnsucht nach ihr. Schön waren die Tage zusammen mit ihr auf der Berghütte gewesen. Er vermißte sie sehr. Obwohl Toni schon seit Kinderzeit den Umgang mit der Einsamkeit der Berge gelernt hatte, so war diese Einsamkeit ohne Anna etwas Neues für ihn. Sein Leben empfand er als leer, ohne Annas Fröhlichkeit. Ihm fehlte ihr Lachen, ihr liebes anschmiegsames Wesen und ihre Zärtlichkeit.

*

Es war schon sehr spät. Jens Angermann saß in seinem Arbeitszimmer vor dem Computer und brütete schon stundenlang an der Lösung eines Problems. Auf dem Boden um ihn herum lagen Dutzende von Papierausdrucken.

Sein Zwillingsbruder betrat das Zimmer.

»Immer noch bei der Arbeit? Hör doch auf! Das wird heute nichts mehr. Ich habe schon vor drei Stunden Schluß gemacht.«

»Ich bin eben ganz anders. Ich bleibe dran.«

»Ist das wieder einer deiner Vorwürfe?«

»Nein, Jörg, nur eine einfache Feststellung. Wir stecken bis unter die Decke in Arbeit, und du machst pünktlich Schluß, wie immer. So erreicht man nichts!«

»Wer weiß? Wir haben doch bis jetzt immer alles geschafft.«

»Ja! Und warum haben wir das geschafft? Weil ich immer bis zur letzten Minute geackert habe!«

»Wir wären auch so fertig geworden. Du willst dich doch nur mal wieder aufspielen!«

Jens nahm die Hände von der Tastatur. Er drehte sich auf dem Stuhl herum und schaute seinem Zwillingsbruder ins Gesicht.

»Wir mögen zwar gleich aussehen. Aber gleich sind wir nicht. Ich war immer der, der viel mehr für alles arbeiten mußte, während dir alles in den Schoß fiel. Das war in der Schule schon so. Verschwinde, du Genie! Laß mich in Ruhe!«

»Ganz wie du willst. Dann werde ich jetzt zu Beate fahren und sie trösten«, provozierte Jörg seinen Bruder lachend. »Sie hat mich schon dreimal angerufen. Du nimmst ja kein Telefon ab.«

»Wann ich den Hörer abnehme und mit Beate spreche, ist meine Sache. Beate ist mit mir verlobt. Was wir beide haben, geht dich nichts an. Laß die Finger von Beate, Jörg!«

»So, meinst du! Klingt, als ob du Angst hättest, sie zu verlieren. Bist doch eifersüchtig, Bruderherz, wie?«

»Das ist meine Angelegenheit.«

»Dann kümmere dich auch darum. Also, wenn Beate meine Verlobte wäre, dann würde ich sie auf Händen tragen.«

»Das ist sie aber nicht. Beate hat sich für mich entschieden. Ich habe schon lange bemerkt, daß dir das nicht paßt. Nicht ich bin eifersüchtig, sondern du! Ich warne dich, treibe keinen Keil zwischen Beate und mich, sonst wirst du es spüren.«

»Dazu gehören immer zwei. Beate fühlt sich vernachlässigt von dir.«

»Das hat sie dir anvertraut?«

Jörg Angermann grinste seinen Zwillingsbruder an.

»Mehr oder weniger – ja! Sie machte gewisse Äußerungen!«

Jens sprang vom Stuhl auf und ergriff seinen Bruder vorne am Hemd.

»Was soll das heißen?« brüllte er.

»Jungs, werdet ihr nie erwachsen! Was ist jetzt schon wieder los? Worüber streitet ihr?« Ihre Mutter war ins Zimmer getreten.

»Laß, Mutter! Das geht nur uns etwas an! Männersache. Du willst, daß wir uns wie Erwachsene verhalten, dann laß uns das hier wie Erwachsene austragen«, zischte Jens, der vor Wut rot im Gesicht war. Wenn es um Beate ging, hatte er kein Verständnis. Sein Bruder löste seine Hand.

»Mutter, ich wollte Jens nur sagen, daß Beate über das Wochenende verreist. Sie wollte es Jens selbst sagen, aber der ging mal wieder nicht ans Telefon. Sie wollte es mit ihm besprechen. Da das aber mal wieder nicht möglich war, habe ich ihr geraten, einfach zu fahren.«

»Ach, laß mich in Ruhe!«

Jens Angermann stürmte aus dem Zimmer. Er rannte die Treppe hinauf unter das Dach. Ich muß hier raus, sonst vergesse ich mich, dachte er. Schnell zog er sich um. Er schlüpfte aus seinem dunklen Anzug, den er im Büro trug, in seine lederne Kniebundhose und ein kariertes Hemd. Sein gepackter Rucksack stand im Schrank. Er stopfte noch ein paar Pullover und Wäsche hinein, zog seine Wanderschuhe an und griff nach seiner wetterfesten Jacke.

Ohne einen Gruß, mit verschlossener Miene, ging er an seiner Mutter und seinem Bruder vorbei.

»Läufst du mal wieder fort?« rief sein Bruder ihm zu.

Statt einer Antwort plazierte Jens einen Kinnhaken im Gesicht seines Bruders.

Wie in Trance stieg Jens in sein Auto und fuhr zum Flughafen. Der nächste Inlandsflug in Richtung Berge war seiner. Er übernachtete im Flughafenhotel und nahm am nächsten Morgen einen Bus in Richtung Waldkogel. Waldkogel war ihm von einem ebenfalls bergbegeisterten Gast in der Hotelbar empfohlen worden, mit dem er ins Gespräch gekommen war.

*

Nach zweimaligem Umsteigen erreichte Jens am Nachmittag Waldkogel. Endhaltestelle der Linie war die Haltestelle vor der Kirche, mitten im Ort. Er stieg aus und schaute sich um. Auf dem Kirchplatz standen ein Brunnen und daneben eine Bank. Jens stellte seinen Rucksack ab. Er machte sein Taschentuch am Brunnen naß und wischte sich damit Gesicht und Hände ab. Es war sehr warm. Über dem Ort spannte sich ein wolkenloser Himmel. Eine junge Frau ging über den Platz. In den Armen trug sie mehrere Blumengebinde.

»Guten Tag!« grüßte Jens freundlich. »Wo kann man hier ein gutes einfaches Quartier für eine Nacht bekommen? Ist die Pension ›Zum Ochsen‹ zu empfehlen?« fragte er und deutete mit einer Kopfbewegung auf das Haus.

Die junge Frau musterte ihn. Er musterte sie. Sie antwortete nicht gleich. Statt dessen meinte er, einen leichten rötlichen Schimmer auf ihren Wangen zu sehen. Sie wandte den Blick ab.

»›Zum Ochsen‹, da wirst nix kriegen! Der ist zu der Jahreszeit immer ausgebucht, und einfachere Zimmer hat der auch nicht mehr. Wenn es schlicht sein soll, dann schaust mal beim

Baumberger rein. Die Pension liegt am Ende der Straße dort. Ist einfach zu finden. Wenn du jetzt da raufgehst, die Straße, da kannst's nicht verfehlen. Es ist ein Bauernhof. Sie haben auch ein Schild draußen. ›Beim Baumberger‹ steht drauf.«

»Vielen Dank für die freundliche Auskunft. Guten Tag.«

»Grüß Gott!« Sie zögerte und fügte dann hinzu. »Wirst schon noch einen Schlafplatz kriegen. Sag, daß die Franzi dich geschickt hat.«

»Danke! Noch etwas …«, Jens deutete auf die beiden Berggipfel, die sich majestätisch gegen den blauen Himmel abhoben. »Wie heißen die Berge?«

»Wir Leut' aus Waldkogel nennen sie nur ›Engelssteig‹ und ›Höllentor‹.«

»Klingt lustig!«

»Lustig ist das gar nicht! Ich wünsch' dir, daß du nie erlebst, wie es sich verhält mit dem ›Höllentor‹. Und wenn, dann hoffe ich bei Gott, daß die Engel grad' gegenüber aufsteigen und dich retten können.«

Jens lächelte die junge Frau an. Sie lächelte scheu zurück und drehte sich dann schnell um. Mit eiligen Schritten ging sie in die Kirche. Jens schaute ihr nach, wie er schon lange keiner Frau mehr nachgesehen hatte.

Jens bekam ein Zimmer bei den Baumbergers. Er stellte seine Sachen ab und machte gleich einen Spaziergang.

Er setzte sich auf eine Bank am Almweg und schaute auf das Dorf hinab. Dabei kehrten seine Gedanken immer wieder zu der jungen Franzi zurück. Er nahm an, daß sie Franzi hieß oder so gerufen wurde. Sie war freundlich und hilfsbereit. Er hatte in ihre wunderschönen rehbraunen Augen gesehen. In deren Tiefe hatte er einen ganz besonderen Menschen ausgemacht, mit einem Wesen, wie er es vorher noch nie erlebt hatte.

*

»Du kommst spät, Franzi«, bemerkte ihre Mutter. »Hast noch ein wengl geratscht mit dem Pfarrer, wie? Hat er sich über die Blumen gefreut?«

»Der Pfarrer Zandler läßt dich schön grüßen, Mutter, und bedankt sich für die schönen Blumen.«

»Das hat so lang gedauert?«

Franzi errötete. Sie drehte ihrer Mutter den Rücken zu.

»Hab' gar nicht bemerkt, wie die Zeit gerast ist. Vielleicht hab' ich unterwegs ein bissel getrödelt.«

Ihre Mutter warf ihr einen kurzen Seitenblick zu. Mit dem Madl ist etwas geschehen, dachte sie. Aber sie war klug genug, nicht weiter zu fragen. So verging der Nachmittag. Wilma Dollinger beobachtete ihre Tochter genauer als sonst. Das Madl war in Gedanken. Es träumte vor sich hin. So ging das den ganzen Tag.

Nach dem Abendessen spülte ihre Mutter das Geschirr, Franzi trocknete ab.

»Franzi, mit dir stimmt doch was nicht! Warum bist du so verändert? Willst nicht darüber reden?«

Franzi errötete. Schnell mußte sie sich eine Ausrede einfallen lassen. Was hätte sie ihrer Mutter sagen sollen? Sie konnte doch nicht erzählen, daß ein Fremder um Auskunft gefragt hatte und dieser Bursche ihr seither nicht mehr aus dem Kopf ging.

Um nicht lügen zu müssen, sagte sie:

»Wie ich in der Kirch' war, mußte ich an die Ria denken. Weißt, die Maria, die Schwester vom Toni, mit der ich in der Schule war. Früher haben wir oft die Kirche zusammen geschmückt. Jetzt ist sie weg. Habe sie schon lange nicht mehr gesehen. War immer schön mit der Ria.«

Ja, mit Ria hätte sie über die Verwirrung in ihrem Herzen sprechen können. Sie hätte sie verstanden. Franzi vermißte die Freundin sehr.

»Da kannst nix dran machen, Franzi. Die Ria lebt jetzt mit ihrem Mann und den Kindern in der Stadt. Wenn die Töchter erst mal verheiratet sind, dann gehen sie eigene Wege. Bei der Ria ging das damals ja ganz fix. Die hat den Rosner Rolf auf dem Schützenfest kennengelernt. Dann haben sie auch schon bald geheiratet. Die beiden haben wohl schon vor der Ehe ein intensiveres Geplänkel gehabt.«

»Glücklich ist sie geworden, die Ria, das ist doch wichtig und sonst gar nix! Ich gönn' ihr auch ihr Glück. Doch ab und an denke ich halt, es wär schön, wenn sie noch hier wohnen tät, in Waldkogel.«

»Sie lebt aber net hier. Wer weiß, wenn du mal einen Burschen hast, dann wirst auch weggehen wollen, Franzi.«

Mit weit aufgerissenen Augen schaute Franzi ihre Mutter an.

»Das mache ich nicht! Ich bleibe hier! Ich verlieb' mich nie und nimmer in einen Mann, der nicht von hier ist. Was soll dann aus dem Hof werden? Der Lenz wird bestimmt nicht auf unserem Hof bleiben. Seine Braut ist ein Einzelkind. Ihr Vater ist froh, daß er mit dem Lenz einen tüchtigen Schwiegersohn auf den Hof bekommt. Also muß ich hierbleiben. Dem Vater würde es das Herz brechen, wenn ich auch noch den Hof verlassen würde.«

Wilma Dollinger fuhr ihrer Tochter mit der Hand über das Haar.

»Bist ein gutes Kind, Franzi! Darüber mußt du dir jetzt noch keine Gedanken machen. Da hast du noch Zeit. Verlieben kannst dich, in wen du willst. Er muß dir ein guter Mann sein. Wir wollen, daß du glücklich bist! Ich habe das alles mit deinem Vater schon besprochen, als klar gewesen ist, daß dein Bruder uns im nächsten Frühjahr verlassen tut, nach seiner Heirat. Dein Vater und ich waren uns einig, daß es nicht so kommen darf, daß du dich entscheiden mußt zwischen deiner Liebe und dem Hof. Das wollte ich dir eigentlich schon lange mal sagen.«

»Das ist lieb von euch, Mutter. Doch so weit wird es nicht kommen. Ich war fortgegangen in die Stadt für die Ausbildung und bin nach der Lehre auch wieder heimgekommen. Ich gehöre hierher. Hier will ich bleiben, meine Familie haben, meine Kinder großziehen und alt werden.«

»Gebe es Gott, daß es so kommt, wie du es dir wünschen tust, Franzi. Ja, wirklich, gebe es Gott. Doch wenn es nicht so sein soll, dann ist es eben nicht zu ändern. Früher war das eben ganz anders. Da mußte sich jemand opfern, wenn es um den Hof ging. Doch die Zeiten haben sich geändert, sogar bei uns in Waldkogel. Das kommt auch daher, daß die Höfe die Leute nicht mehr so gut ernähren.«

»Für mich kommt das nicht in Frage. Ich denke, daß die Ria Waldkogel auch vermissen tut. Gesagt hat sie zwar nix. Ich werde sie fragen, wenn sie wieder einmal da ist.«

»Sie war schon ein paar Wochen nicht mehr da, Franzi. Na, vielleicht ist sie wieder schwanger und muß sich schonen. Du weißt ja selbst, daß das mit ihren beiden anderen Schwangerschaften schwierig war.«

»Meinst wirklich, daß die Ria wieder schwanger ist? Geschrieben hat sie mir nix. Wenn ich es recht überlegen tue, dann hat die Ria schon lange nicht mehr geschrieben und angerufen. Vielleicht hat sie einen großen Kummer.«

»Wenn du beunruhigt bist, dann lauf doch zur Meta und frag sie.«

Ohne zu zögern, band sich Franzi ihre Küchenschürze ab. Sie warf sich ihr Schultertuch um. Jetzt würde sie es noch nicht brauchen, aber auf dem Heimweg würde es kühl sein. Abends wurde es in der Nacht in den Bergen immer schnell frisch, und nachts sanken die Temperaturen ab.

Kurz nachdem Franzi gegangen war, kam Pius Dollinger in die Küche.

»Wo geht denn unsre Tochter noch hin?«

»Sie will die Baumberger Meta besuchen und sich nach der Ria erkundigen. Sie hatte es eilig. Du, Pius, ich sage dir, mit unserem Madl stimmt was nicht. Heute morgen war sie noch ganz so wie immer. Dann kam sie aus der Kirch' zurück und seither stimmt etwas net mir ihr. Ich muß gleich morgen zum Pfarrer gehen und fragen, was los ist.«

»Laß sie in Ruh, Wilma! Unsere Franzi ist ein braves Madl. Wenn die wirklich einen Kummer hätte, dann würde sie mit uns sprechen.«

»Es muß ja gar kein Kummer sein, Pius. Es kann auch was anderes sein.«

»Was anderes? Des versteh' ich net.«

»Ich aber! Die Franzi vermißt die Ria. Das heißt, daß sie mit der Freundin gern über was reden würde, worüber sie mit mir net reden will, erst mal.«

Verwundert und überrascht schaute Pius seine Frau an, die ihm gleich die Erklärung gab.

»Wie ich mich damals in dich verguckt habe, da bin ich auch nicht gleich zu meiner Mutter gelaufen. Da hab' ich auch erst mit meiner Freundin darüber geredet.«

»Ah! Du meinst, daß unsere Franzi sich heut verliebt hat? Ja, meinst denn, das geht so einfach zwischen Mittag und Nachmittag?«

»Pius, Pius! Die Liebe kommt, wann es ihr paßt.«

Pius Dollinger war das zuviel. Er liebte seine Frau. Aber er dachte sich, daß sie ja schon seit langem kein anderes Thema kannte. Für Wilma war es einfach an der Zeit, daß Franzi unter die Haube kommt. Nicht nur Ria war verheiratet, sondern auch die meisten anderen Madeln, mit denen Franzi zur Schule gegangen war. Die jungen Burschen in Waldkogel, die Wilma sich gut als Schwiegersöhne hätte vorstellen können, waren inzwischen verheiratet. Die wenigen Ledigen waren in festen Händen, wie man es sich so erzählte.

*

Franzi betrat die kleine Gaststube der Baumberger. Mit einem Blick sah sie, daß der Fremde mit anderen Gästen am Tisch saß und Bier trank. Die Bergsteiger und Bergwanderer redeten laut und gestikulierten heftig. Er saß nur still dabei und hörte zu. Franzi konnte die Augen nicht von ihm lassen. Er schaute in ihre Richtung. Zwei Augenpaare trafen sich wieder. Diesen Blick fühlte Franzi bis in ihr Innerstes.

»Mei, Franzi, schön, daß du mal wieder reinschauen tust. Was gibt's? Hast ein besonderes Anliegen?«

»Hab' schon lang keine Post mehr von der Ria bekommen. Geht's ihr gut?«

»Ich denk' schon. Hast ein bissel Zeit? Wenn's warten kannst, dann können wir später noch miteinander reden. Schau selbst, im Augenblick geht das net. Die Gäste sind alle auf einmal aus den Bergen zurückgekommen. Jetzt haben sie einen Bärenhunger und wollen ihr Essen. Da muß ich auftragen. Der Xaver und ich sind heut allein. Der Toni ist oben auf der Hütte. Sie herzurichten macht doch viel Arbeit – und Ärger hat er auch. Er kommt net mehr jeden Tag herunter. Da müssen wir halt sehen, wie wir alleine klarkommen, der Xaver und ich.«

Franzi lief Meta einfach in die Küche nach.

»Gib her, ich helf dir! Rumzusitzen und nix tun, das ist net mein Ding.«

Mit wenigen Worten und einem dankbaren Blick sagte Meta ihr, was zu tun sei. Schnell arbeiteten die beiden Frauen Hand in Hand. Dann hatten sie ein wenig Zeit für ein Schwätzchen.

»Der Ria geht es gut. Sie ist sehr beschäftigt. Die Kinder waren krank, aber nix Schlimmes. Das Übliche eben, was Kinder so kriegen. Sie hatten's mit den Ohren und die Medizin nicht so gut vertragen, dann haben sie Durchfall bekommen und Magendrücken. Jetzt geht es Ihnen wieder gut. Als die Kinder wieder gesund gewesen sind, hat sich der Rolf, ihr Mann, hingelegt. Er hatte dann die Grippe mit Ohrenweh auch bekommen. Ria sagt, daß ihr Mann wehleidiger gewesen ist, als alle Kinder zusammen. Jetzt ist alles wieder in Ordnung.«

»Mei, da bin ich froh.«

»Die Ria will mit ihrer Familie zum Schützenfest kommen. Das ist ja nicht mehr lange hin. Sicherlich wirst du dich freuen, sie zu sehen.«

»O ja, das tue ich!«

»Ach, Franzi, danke, daß du uns den Gast geschickt hast. Kennst den näher?«

»Naa, wir sind aufeinander getroffen, durch Zufall. Ich brachte die Blumen in die Kirche. Er war wohl gerade angekommen. Da hat er mich nach einer Unterkunft gefragt. Wie heißt er denn?«

Meta Baumberger lachte.

»Gut, daß du mich daran erinnerst. Ich hab' ihm den Zimmerschlüssel gegeben. Er legte mir gleich das Geld auf den Tresen. Aber seine Personalien, die habe ich noch net aufnotiert. Das ist ja Vorschrift. Ich werde das später machen. Es war heut eben so viel zu tun. Warum? Interessiert es dich?«

»Nur so, nix Besonderes. Is' halt schön, daß jetzt immer mehr Leut' nach Waldkogel kommen.«

»Ja, das ist es. Wir haben ja auch eine schöne Landschaft hier. Die ist wie Balsam für die Seele der Leute aus der Stadt.«

»Ja, das denke ich auch. Ich war ja drei Jahre in der Stadt. Schön ist es da auch gewesen. Aber hier in den Bergen, da ist es doch viel schöner.«

»Willst also nimmer in die Stadt?«

»Naa, Meta, das will ich net. Ich weiß noch net, was ich machen will. Die Eltern haben gesagt, ich soll mir Zeit lassen. Die Mutter ist ganz froh, daß ich daheim bin und ihr helfen tu.«

»Das glaube ich gern. Ist ja auch schwierig, jetzt wo der Knecht sich das Bein gebrochen hat und im Krankenhaus liegt. Wie macht ihr das jetzt mit der Almwirtschaft?«

»Die Küh' sind jetzt auf der Nachbarsalm. Die Oberländer versorgen sie mit. Sie tun aber nur melken. Der Milchwagen bringt die Milch für den Käse runter zu uns ins Dorf. Die Hilda und der Wenzel schaffen das net, auch noch den Käse zu machen. Da machen wir das halt bei uns auf dem Hof.«

»Warum gehst du nicht auf eure Alm?«

»Das würde ich gern tun, lieber heute als morgen. Aber der Vater is' net so recht damit einverstanden. Er meint, daß es da oben für ein Madl recht einsam ist. Dabei gibt es viele Almen, wo die jungen Mägde alleine sind.«

»Du mußt deinen Vater verstehen. Bei denen ist das was anderes, das sind Mägde. Du bist die einzige Tochter des Bauern.« Meta lächelte Franzi an. »Das ist freilich ganz was anderes. Außerdem hat er dich vielleicht gern bei sich in der Nähe, wo du so lange in der Stadt gewesen bist.«

»Ich werde den Vater schon weichklopfen. Das war damals auch so, als ich in der Stadt die Lehre als Reisekauffrau machen wollte.«

Franzi stand auf. Sie zog ihr Schultertuch enger um die Schultern. Sie verabschiedete sich von Meta und ging durch den kleinen Gastraum hinaus. Der neue Gast saß immer noch da. Ihre Blicke trafen sich wieder.

Draußen auf der Dorfstraße mußte Franzi erst einmal tief durchatmen. Ihr Herz klopfte, und ihr schwindelte. Sie ahnte mehr, als daß sie es wußte. Diese Befindlichkeiten wurden von der Sehnsucht ausgelöst.

*

Franzi war am nächsten Morgen beim Frühstück ungewöhnlich still. Die Eltern wechselten Blicke.

»Hast schlecht geschlafen, Kind?« fragte sie ihr Vater.

Franzi biß schnell in ihr Brot, das sie dick mit selbstgemachter Butter und Sauerkirschmarmelade bestrichen hatte. Sie schüttelte den Kopf.

»Mit dir is' doch was, Kind! Nun, rede schon mit uns.«

Franzi seufzte.

»Mei, ich mach mir halt Gedanken, was ich mit meinem Leben anfangen soll. Ist ja ganz schön hier. Bin froh wieder daheim zu sein und dir, Mutter, helfen zu können. Dir, Vater, natürlich auch! Ich gehöre nicht in die Stadt. Meine Welt, das sind Waldkogel, die Berge, die Wälder. Hier ist die Heimat meiner Seele.«

»Das hast du schön gesagt, Franzi. Aber was ist mit mir? Willst mir nicht helfen?« fragte grinsend der Bruder.

»Du brauchst keine Hilfe! Du bist groß und stark.«

Franzi trank einen Schluck Milchkaffee.

»Ich würd' halt zu gern unsere Alm bewirtschaften. Ich finde das gar nicht gut, daß die Milch fürs Käsemachen runtergebracht werden muß. Die Luft da oben ist doch noch viel besser als bei uns im Dorf. Hier gibt es doch die Abgase der Autos, auch wenn es nicht viele sind. In der klaren Bergluft reift der Käse besser, denke ich.«

Ihr Vater rieb sich nachdenklich das Kinn.

»Damit magst schon recht haben, Franzi. Ist halt Pech, daß sich unser Almknecht das Bein gebrochen hat. Warum mußte der auch rumkraxeln, der Nichtsnutz! Wo hat es denn das früher gegeben, daß einer, der eine Almhütte versorgen muß, zwischendrin auf den Berg steigen tut! Als hätte er nicht genug zu tun und wüßte nicht, wie er die Zeit rumkriegen soll!«

»Seine Arbeit hat er immer gemacht, Vater«, verteidigte Lenz Dollinger den Knecht. »Was ist denn schon dabei, wenn er zwischen dem ersten Melken am Morgen und dem Melken am Abend eine kleine Tour machte. Außerdem war er nur am Sonntag unterwegs. Er liebt eben die Berge. Auf der Alm sind die Gipfel zum Greifen nah. Da hat es ihn halt gejuckt und gepackt. Weißt doch selbst, welch' geradezu magische Anziehungskraft die Berge haben.«

»Was dabei rausgekommen ist, das wissen wir ja. Liegt mit einem komplizierten Beinbruch im Spital und wir müssen sehen, wie wir klarkommen. Wenn er Sonntags Bewegung haben wollte, dann hätte er wie alle anständigen Leute runterkommen und in die Kirche gehen sollen.«

Dem Dollingerbauern sah man seine Verärgerung deutlich an. Seine Frau wollte ihren Mann trösten und sagte:

»Schlimm ist es schon. Wir waren glücklich, daß wir endlich einen guten Almknecht hatten, der gewissenhaft das Vieh versorgte und auch sonst die Almwirtschaft gut bestellte. Doch der hatte zu viele Flausen im Kopf, von denen wir nix wußten. Wär ja noch gegangen, wenn er net so leichtsinnig gewesen wär. Da muß man manchmal beide Augen zudrücken. Es ist ohnehin schwierig, in der Zeit überhaupt noch junge Leute zu bekommen, die auf einer Alm arbeiten wollen.«

»Und die, die wollen, die dürfen nicht!« bemerkte Franzi trotzig.

»Franzi, ich habe dir gesagt, daß das nicht in Frage kommt. Aber du, Lenz, du könntest auf die Alm gehen, nur diesen Sommer.«

Sein Sohn schüttelte den Kopf.

»Vater, ich habe dir schon öfter gesagt, daß ich das nicht mach'. Ich mach' meine Arbeit hier auf dem Hof. Dann helf' ich noch meinem künftigen Schwiegervater. Du weißt, daß wir nach der Hochzeit den Hof überschrieben bekommen. Da kann ich mich jetzt nicht auf die Alm verdrücken.«

»Verdrücken nennst du das? Hör dir das an, Wilma! Weißt noch, wie das damals bei uns war? Da war ich auch auf der Alm.«

»Ja, ich weiß, Pius! Bist jeden Abend runtergelaufen, um mich zu besuchen.«

Ihre Kinder grinsten.

»Da kommt's raus, Vater. Bist ja ein ganz fescher Bursche gewesen, wie? Hast wohl oft gefensterlt?«

Pius Dollinger räusperte sich verlegen.

»Über so etwas spricht man nicht, Lenz. Schon gar nicht,

wenn Frauen am Tisch sitzen. Denk an deine kleine Schwester!«

Franzi und Lenz lachten herzlich.

»Vater, erstens ist die Franzi kein kleines Kind mehr, die weiß Bescheid. Zweitens hofft sie vielleicht darauf, daß bei ihr einer fensterln tut?«

Franzi stieß ihren Bruder, der neben ihr auf der Eckbank in der Küche saß, den Ellbogen unsanft in die Rippen.

»Nicht so vorlaut, Lenz!«

»Au! Schaut, wie kratzbürstig die Franzi is'. Die kriegt nie und nimmer einen Mann! So einen Besen wie die Franzi, mit Haar auf den Zähnen und widerspenstig, will kein Bursch' hier.«

»Dann sollen sie's bleiben lassen! Die Mannsbilder sind auch nicht einfach.«

»So, wie meinst das?«

»Mutter, das sieht man ja am Vater. Ich weiß wirklich net, warum er sich so anstellt und mich net zur Alm gehen läßt. Ich kann mich schon wehren, wenn mir einer in die Quere kommt.«

»Ja, das kann die Franzi. Ich kann das bestätigen.« Lenz rieb sich seine Rippen. »Das gibt einen blauen Fleck. Beim Heuen muß ich dann wohl das Hemd anlassen, sonst werd' ich zum Gespött. Jeder denkt, daß meine Braut über mich hergefallen ist. Vater, laß die Franzi ruhig auf die Alm, dann wird's hier auch wieder ruhiger.«

»Schluß jetzt! Die Franzi bleibt hier! Fertig! Das ist mein letztes Wort, als Vater und Bauer.«

Pius sah nicht, wie seine Frau Franzi zublinzelte. Das konnte nur Gutes bedeuten. Franzi gab keine Gegenantwort. Ihre Mutter würde ihren Vater schon bearbeiten und rumkriegen. Das war damals auch so, als sie in die Stadt wollte, um eine Lehre zu machen.

*

Es war am Nachmittag. Ein plötzlich aufkommender Wind fegte über den Hof. Der Hund verzog sich zuerst in die Hundehütte, dann ins Haus. Er legte sich in der Küche unter die Eckbank. Die Katze, die mit ihren Jungen im Hof in der Sonne gespielt hatte, verzog sich mit dem Nachwuchs in die Scheune.

Die Dollingers standen auf dem Hof und betrachteten den Himmel. Der Wind trieb die Wolken vor sich her. Sie stauten sich an den Berghängen und hingen schwarz und bedrohlich über dem Tal. Von weitem schallte schon ein Donnergrollen herüber.

»Drüben ist es schon losgebrochen! Wir müssen uns beeilen, Lenz. Das, was da kommt, das haben wir schon lang nicht mehr so gehabt.«

Vater und Sohn Dollinger verschlossen die Stalltüren fest und verriegelten das Scheunentor. Wilma verschloß alle Fenster. An der Wetterseite machte sie die Klappläden zu. Franzi riß die Wäsche von der Leine, die sie eben erst zum Trocknen aufgehängt hatte.

Dann trat eine kurze Windstille ein. Die ersten dicken Regentropfen fielen. Erst einzelne Tropfen, die auf den Steinen und dem trocknen Grund auf dem Hof dicke dunkle Flecken hinterließen. Es wurden immer mehr. Dann schüttete es, als hätte Petrus persönlich alle Schleusen geöffnet. Mit dem Aufkommen des Sturmes brach das Unwetter über das Tal herein. Es goß in Strömen. Es hagelte und blitzte. Der Donnerschlag dröhnte und grollte zwischen den Bergwänden, wie eine Urgewalt, die alles sprengen wollte.

Die Dollingers saßen gemeinsam in der großen Wohnküche und schwiegen. Mit klopfenden und bangen Herzen lauschten sie hinaus.

»So einen Wettersturz hatten wir schon lang nicht mehr! Das wird ein paar Bäume kosten. Hoffentlich net mehr!«

Das Licht flackerte. Lenz stand auf und holte die Sturmlaternen. Wilma zündete im Herrgottswinkel ein Licht an. Sie war im Tal geboren und aufgewachsen. Sie kannte die Natur, wie alle, die hier lebten. Doch diesmal war der Sturm sehr bedrohlich. So konnte man sich den Weltuntergang vorstellen.

Wilma faltete die Hände.

»Heilige Maria, Mutter Gottes! Wir bitten Dich! Bete für uns! Gebe, Gott, daß die Engel die beschützen und retten, die unterwegs sind! Beschütze das Vieh auf den Almen! Beschütze die Menschen und vergib ihnen ihre Sünden! Halte deine schützende Hand über unser Tal und die Berge! Darum bitten wir, im Namen des Vaters, des Sohnes und des heiligen Geistes!«

So betete Wilma leise und bekreuzigte sich. Franzi, ihr Vater und auch ihr Bruder schlugen ebenso das Kreuzzeichen. Dann setzte sich Wilma an den Tisch und ließ den Rosenkranz durch ihre Finger gleiten. Franzi ging in der Wohnküche auf und ab.

»Setz dich hin, Franzi! Wir sind alle beunruhigt. Dein Hin- und Hergerenne macht mich noch ganz rappelig.«

Franzi zog die Strickjacke, die sie über ihrem Dirndl trug, enger um den Körper. Sie setzte sich und starrte ins Leere.

»Kind, was ist mit dir?«

Franzi sah ihre Mutter an.

»Kind, du hast ja Tränen in den Augen. Was ist los?«

Wilma legte den Arm um ihre Tochter. »Mußt keine Angst haben. Das geht wieder vorbei!«

»Ich war halt zu lange in der Stadt, Mutter. So ein Wetter habe ich seit Jahren nicht mehr erlebt. Da spürt man die Naturgewalt wieder und wird daran erinnert, wie klein und hilflos der Mensch doch ist.«

Franzi lehnte ihren Kopf an die Schulter ihrer Mutter. Sie dachte an den Fremden. War er in den Bergen? Würde er rechtzeitig umgekehrt sein? Hatte er einen sicheren Unterschlupf gefunden? Solche und ähnliche Gedanken schossen ihr durch den Kopf. Gern hätte sie mit ihrer Mutter darüber gesprochen. Aber was hätte sie sagen sollen! Daß da ein Fremder ihr Herz erreicht hatte, dessen Namen sie nicht einmal kannte? Daß sie sich um ihn sorgte? Franzi schwieg und verbarg diese Gefühle tief in ihrem Herzen.

Das Unwetter dauerte länger als sonst. Dann hörte es plötzlich auf. So schnell wie es hereingebrochen war, war es vorbei. Die Dollingers gingen hinaus. Der Hof lag fußhoch voller Hagelkörner und war übersät mit Zweigen, die der Wind irgendwo abgerissen und hergeweht hatte. Pius griff nach dem groben Besen und begann, Ordnung zu schaffen. Zu seinem Sohn sagte er nur knapp:

»Kannst gehen! Die werden Hilfe brauchen. Bist ja in Gedanken schon bei deiner Braut und eurem Hof!«

»Danke, Vater!« sagte Lenz und rannte davon, daß er beinahe auf den Hagelkörnern ausgerutscht wäre.

Wilma und Franzi besahen sich den Garten. An den Obstbäumen waren Äste abgerissen. Die Blumenbeete waren teilweise vom Hagel zerstört. Auf den Gemüsebeeten lag überall eine dicke Hagelschicht.

»Da haben wir noch mal Glück gehabt! Könnte schlimmer sein.«

»Ja«, sagte Franzi leise und half ihrer Mutter.

*

Den ganzen Nachmittag waren alle Bewohner von Waldkogel damit beschäftigt, die Spuren des Unwetters zu beseitigen. Ein Baum war vom Blitz getroffen worden und auf die Straße gestürzt. Albert Weißgerber, der Besitzer des Sägewerks, hatte einen Lastwagen mit Männern geschickt. Mit Hilfe der Motorsägen war das Hindernis bald beseitigt.

Die Männer trafen sich abends an den Stammtischen. Ein Teil, meistens die älteren Männer; trafen sich im Gasthaus ›Zum Ochsen‹. Die anderen tranken ihr Bier und den Korn ›Beim Baumberger‹.

Meta hatte für das Abendessen einen besonders nahrhaften und herzhaften Eintopf gemacht. Nach und nach trafen die Wanderer ein. Sie waren alle sehr erschöpft und verdreckt. Jeder erzählte, wie er den Wettersturz in den Bergen erlebt hatte. Bis tief in die Nacht ging es hoch her. Jeder wollte den anderen mit seinen Schilderungen übertreffen. Der Alkohol, der reichlich floß, tat sein Übriges dazu.

Es war schon gegen Mitternacht, als Leo Gasser die Baumbergers aufsuchte. Er vertrat die Bergwacht hier im Dorf. Leo trat an den Tresen.

»Siehst müd' aus, Leo! Trink mal erst einen Enzianschnaps auf Kosten des Hauses.«

Xaver schenkte zwei Gläser randvoll. Die beiden Männer prosteten sich zu.

»War ein harter Tag, Baumberger! Die Leitstelle hat gemeldet, daß es Erdrutsche drüben im Nachbartal gegeben hat. Da hat's die ganze Straße verschüttet. Auch Autos wurden beschädigt. Zum Glück wurden die Insassen nicht schwer verletzt. War eine ordentliche Plackerei, die Straße wieder freizumachen und den Hang erst einmal notdürftig zu sichern. Zum Glück ist Waldkogel gut davongekommen.«

»Ja, das ist es. Die Engel auf der Engelssteige haben wieder ihre schützenden Hände über uns gehalten. Dem Himmel sei dafür gedankt!«

Die beiden Männer bekreuzigten sich.

»Ja, so wird es gewesen sein«, sagte Toni und kippte den zweiten Schnaps, den Xaver nachgeschenkt hatte, hinunter.

»Sag mal, sind alle die Gäste heil zurück?«

Xaver schaute sich um.

»I denk' scho'.« Dann rief er in die Küche. »Meta, unsere Gäst' sind doch alle wieder da?«

Meta Baumberger wischte sich die Hände an der Schürze ab und trat zu den Männern. Sie schaute sich in der Gaststube um.

»Ja, alle, die sich für mehrere Tage einquartiert hatten, sind da.« Sie zögerte. »Nur der eine junge Mann ist net da. Weißt, Xaver, der mit dem auffallenden gelben Halstuch, der gestern dort drüben am Tisch saß. Du erinnerst dich bestimmt. Er hat nur zugehört und wenig geredet. Ein bissel wortkarg war er schon. Der ist net da. Aber das hat nix zu sagen. Er wollte nur für eine Nacht bleiben. Er sei nur auf der Durchreise, hat er gesagt, gestern. Bezahlt hat er gleich.«

»Mmm!« brummte Leo Gasser. »Wo kam er her und wie heißt er?«

Meta bekam einen roten Kopf.

»Toni, das weiß i net. Das wollt i noch aufschreiben, aber i hab's vergessen. Wie er kommen is, da hat i grad so viel zu tun, mittags. I war am Dampfnudel backen, da mußt aufpassen. Und abends, mei, da hab' ich es auch vergessen. Ich weiß ja, daß es nicht statthaft ist, jemand zu beherbergen, ohne die Personalien ins Buch zu schreiben. Ist das mir jetzt peinlich.«

»Da ist nix mehr zu machen. Weißt, wann er fort ist und in welche Richtung er gegangen ist?«

»Der ist schon fort. Er war einer der ersten. Gefrühstückt hat er auch nicht. Er hat sich Brote gemacht und die in seine Brotdose gepackt. Dann ist er da runter gelaufen, glaub ich jedenfalls, in Richtung Kirch'.«

Leo Gasser dachte einen Augenblick nach.

»Nun, da nehme ich an, daß er wieder zum Bus wollte. Wenn er so still war, da denke ich mir, daß es dem bei uns nicht so gefallen hat. Wenn er hätte hier eine Bergwanderung machen wollen, dann hätte er mit den anderen Gästen geredet. Da müssen wir uns keine Sorgen machen, daß ihm was passiert ist. Als das Wetter kam, war der bestimmt schon über alle Berge. Ansonsten hätten wir eine Suchaktion starten müssen. Doch das ist jetzt nicht nötig, denke ich. Solltet ihr was hören, dann gebt mir Bescheid.«

»Machen wir, Leo! Aber ich glaube auch, daß der schon fort war.«

Meta jammerte noch ein bißchen darüber, wie peinlich es ihr war, daß sie den Namen nicht aufgeschrieben hatte, aber Leo beruhigte sie.

Dann wandte er sich an die Gäste: »Ruhe, einen Moment bitte!«

Es wurde ganz still im Raum. Alle schauten ihn erwartungsvoll an, da er ja auch die Uniform der Bergwacht trug.

»Mein Name ist Leo Gasser. Ich bin von der Bergwacht hier in Waldkogel. Die Bergwachstation unterhält hier ein kleines Büro und ein Lager mit Ausrüstungen für Katastrophen und für Bergungen. Ich leite das Büro hier. Drüben auf der anderen Seite gab es einen Bergrutsch. Die Straße ist jetzt aber wieder frei. Hat jemand von euch oben im Gebirge etwas gesehen? Gab es da einen Abgang, einen Steinschlag oder eine Schlammlawine oder Ähnliches?«

Die Gäste schüttelten den Kopf.

»Gut, das ist alles, das wollte ich nur wissen. Denn es hätte sein können, daß die Bergwacht dann nach einem Mann hätte suchen müssen. Wir glauben zwar, daß er schon abgereist ist, doch wenn es einen Rutsch gegeben hätte, dann wären wir mal schauen gegangen. Danke schön fürs Zuhören!«

Die Gäste nickten ihm zu und setzten dann die Gespräche fort. Einige gingen auch auf ihre Zimmer.

*

Das Unwetter blieb einige Tage Gesprächsstoff im Dorf. Alle waren froh, daß nicht mehr passiert war. Die Almen waren auch alle glimpflich davongekommen. Franzi hatte mit ihrer Mutter durchgesetzt, daß sie den Rest des Sommers auf der Dollinger Alm verbringen konnte. Ihr Vater hatte sie selbst hinaufgebracht. Er hatte auch mit Hilda und Wenzel Oberländer besprochen, daß die beiden alten Leute ein Auge auf die Franzi haben sollten.

Tagsüber ging Franzi ihrer Arbeit nach. Abends saß sie vor der Almhütte auf der Bank und schaute auf die Berge, die in der Abendsonne rot leuchteten.

Der Gipfel des ›Höllentors‹ mit seinen markanten Formen sah wirklich aus, wie man sich den Eingang zur Hölle vorstellen konnte. Kein Wunder, daß die Altvordern ihm vor Urzeiten den Namen gegeben hatten, dachte Franzi.

Plötzlich stockte ihr der Atem. Unwillkürlich griff sie sich an die Brust. Dann rieb sie sich die Stirn, als wollte sie die Bilder verwischen, die sich mit aller Macht in ihr Gedächtnis drängten. Hatten die Gäste nicht laut vom ›Höllentor‹ gesprochen, an dem Abend, als sie unter einem Vorwand die Baumbergers besucht hatte? Sie hatten doch laut die verschiedenen Routen diskutiert. Sie waren sich einig gewesen, daß es dort oben sehr interessant, aber auch gefährlich war. Er, der Fremde, der dort mit am Tisch gesessen hatte, mußte alles gehört haben. Was war, wenn er dort hingegangen war? Stille Wasser sind tief, sagte man. Dieser Fremde war sehr still gewesen. Was war, wenn er dorthin aufgebrochen war?

Sie schloß die Augen und hörte tief hinein in ihr Innerstes. Dann richtete sie den Blick hinauf zum ›Engelssteig‹ und erflehte Hilfe. Weiter drüben kreisten Adler durch die Lüfte. Es war ganz still. So saß Franzi eine ganze Weile da und versuchte, die Botschaft zu verstehen, die ihr Herz ihr zuflüsterte. Sie erkannte, daß es ein starkes Band gab zwischen ihrem Herzen und dem Herzen des Fremden. Sie war die einzige, die er in seiner Not rufen konnte. Und er rief nach ihr, da war sie sich sicher. Doch was sollte sie tun?

Unruhig ging sie vor der Hütte auf und ab. Dann warf sie sich ihren Lodenumhang um und lief hinüber zu den Oberländers. Sie wollte mit Hilda und Wenzel sprechen, die beiden lebten schon so lange hier oben, die konnte sie bestimmt fragen.

»Franzi, das ist aber nett, daß du uns besuchen tust! Schade, daß ich keine Zeit hab'. Ich will noch rauf zur Berghütte. Ich habe dem Toni versprochen, ein paar Sachen zu bringen, sobald sein Vater sie raufgeschickt hat. Handwerkszeug, das er dringend braucht zur Renovierung. Der Xaver hat es Wanderern mitgegeben. Die haben das Zeug heute nachmittag hiergelassen.«

Der alte Wenzel griff nach dem Rucksack. Einer inneren Eingebung folgend, trat Franzi hinzu und nahm ihm den Rucksack ab.

»Gib ihn mir, Wenzel. Von unserer Alm ist es net ganz so weit. Ich wollte ohnehin den Toni mal besuchen. Wenn ich gleich losgehe, dann schaffe ich das gut, vor dem Einbruch der Dunkelheit wieder zurückzusein. Bin ein bissel schneller auf meinen Füß' als du. Bist mir net bös, daß ich das so sagen tue. Außerdem haben du und die Hilda so viel für uns gemacht, jetzt mache ich was. Ich komm' dann morgen rüber und bring' dir den Rucksack wieder.«

»Ach, Madl, wer könnt dir schon bös sein! Was wahr ist, muß wahr bleiben. Die Jugend ist nun mal schneller als wir alten Leut'. Sag dem Toni ein herzliches Grüß Gott!«

Franzi ging los. Mit Toni, dem Bruder ihrer Freundin Ria, konnte sie reden. Er war immer ein anständiger Kerl gewesen. Sie kannte ihn, seit sie Ria kannte. Welch ein Glück, daß er jetzt die Berghütte renovierte und oben war.

Franzi beeilte sich und kam atemlos bei der Hütte an.

Toni hackte Holz.Als er sie von weitem kommen sah, schlug er die Axt in den Holzklotz und lief ihr entgegen. Bello, sein Neufundländer, stand bellend vor der Hüttentür.

»Franzi, du? Gib her! Das ist doch viel zu schwer, Madel.« Er nahm ihr den Rucksack ab. »Was ist, warum konnte der Wenzel das Zeug nicht bringen?«

»Weil ich nicht wollte!« keuchte Franzi. »Ich muß mit dir reden, Toni. Lieber hätte ich mit Ria gesprochen, aber ich weiß nicht, wann die wieder zu Besuch kommt. Deine Mutter sagt zum Schützenfest, aber das dauert mir zu lange. Bis dorthin kann alles zu spät sein. Alles wird bis dorthin zu spät sein!«

Toni schaute ihr in die Augen und sah die Verzweiflung.

»Komm mit rein!«

Toni Baumberger bot Franzi einen Platz am Kamin an. Sie schaute sich um.

»Sieht schon richtig gut aus, Toni.«

»Ja, es wird langsam. Aber langsam geht's trotzdem. Ist noch viel zu machen. Gut ist, daß ich schon Gäste habe. Das sind alles alte Bergwanderer, die damals schon beim Alois übernachtet hatten. Meistens kommen sie vorbei, einfach so, um mal nach der Hütte zu schauen. Sie freuen sich, daß die Hütte wieder bewirtschaftet wird. Einige kennen mich noch von der Zeit, als ich als junger Bub den Alois besucht hab'. Die freuen sich mächtig, daß ich das jetzt mache.«

»Schön für dich! Dann wird's bald voll werden.«

»Ja, bestimmt! Im nächsten Jahr, wenn dann alles fertig ist, dann wird's richtig zünftig. Ich freue mich schon. Wir werden schöne Hüttenabende machen. Dann wird ja auch hoffentlich Anna hier sein.«

Ein flüchtiger Schatten huschte über sein strahlendes Gesicht.

»Wie geht es denn der Anna? Wann kommt sie dich wieder besuchen?«

»Wir telefonieren oft. Sie kann's genauso wenig erwarten wie ich. Sie sagt, sie hätte schon richtig Heimweh nach der Hütte.«

»Nur nach der Hütte? Toni, das wäre schade, wenn sie sich nur nach der Hütte sehnen würde!«

Franzi blinzelte Toni zu.

»Ja, ich weiß schon, wie du das meinst. Stimmt schon! Die Anna freut sich auch, mich wiederzusehen. Schade, daß sie so weit ist. Sie ist da oben im hohen flachen Norden, in Hamburg. Das ist eben ein bissel weit. Da kann sie net jedes Wochenende kommen. Sie hat aber versprochen, daß sie bald wiederkommt. Unsere Beziehung ist halt wegen der weiten Entfernung etwas kompliziert. Ausgesucht habe ich es mir nicht. Das war die Liebe. Die hat eben einfach zugeschlagen. Franzi, da war ich wehrlos. Als ich mich in die Anna verliebt habe, da wußte ich ihren Namen nicht. Ich wußte nicht, wo sie herkam und wo sie hinfuhr. Ich habe sie nämlich im Zug gesehen.«

»Ich weiß, alle wissen es in Waldkogel. Lenz meinte neulich, ihr solltet die Hütte ›Zum Abteil‹ nennen, als Erinnerung an den Ort, der euch zusammengeführt hat.«

»Eine Berghütte, die ›Zum Abteil‹ heißt, das ist ja eine ganz verrückte Idee! Aber gefallen tut sie mir gut. Die Gäste werden doch wohl wissen wollen, wie meine blonde Flachlandindianerin auf die Hütte gekommen ist. Es ist auch mal was ganz anderes. Ich werde mit Alois reden und mit Anna. Mal sehen, wie denen der Vorschlag gefällt. Es wäre wirklich eine schöne dauerhafte Erinnerung an den ersten Augenblick unserer Liebe.«

Franzi seufzte.

»Entschuldige, Franzi! Jetzt reden wir die ganze Zeit über die Berghütte, die Anna und mich. Dabei hast du doch was auf dem Herzen.«

»Das macht nichts – und das Thema hast du fast auch schon getroffen.« Sie zögerte etwas und trank einen Schluck Tee mit Rum, den Toni hingestellt hatte.

Franzi hielt den Becher mit dem heißen Tee zwischen ihren Händen, so als wollte sie sich zur eigenen Stütze dort festhalten und nicht das Gefäß halten.

»Toni, es fällt mir schwer, mit dir als Mann darüber zu sprechen. Aber erstens bist du der Bruder von Ria – und ich habe dich als anständigen Menschen in Erinnerung. Zweitens hast du dich in Anna verliebt und kannst mir deshalb vielleicht noch besser Auskunft geben. Du mußt mir aber versprechen, daß das alles unter uns bleibt.«

»Du hast mein Wort darauf!«

Franzi zögerte erneut. Sie trank einen Schluck Tee. Dann sagte sie, ohne Toni dabei anzuschauen:

»Wie war das, als du dich in Anna verliebt hast? Was passierte da? Woher wußtest du, daß sie die Richtige ist? Was ist da geschehen?«

»Dann hast du dich verliebt, Franzi?«

»Sag erst!«

»Da gibt es nicht viel zu sagen. Der Zug war voll. Ich kam aus dem Norden. Ich hatte ja Urlaub gemacht in Norwegen. In Hamburg stiegen dann einige Leute aus und Anna stieg ein. Ich hatte vorher im Gang gesessen. Jetzt waren Plätze im Abteil frei. Es waren zwei Fensterplätze, einer für mich und einer für Anna. Wir saßen uns gegenüber. Da mußten wir uns anschauen. Ja, das war es dann. Wir schauten uns an und verliebten uns. Bei mir war es sofort die große Liebe. Anna hat mir erzählt, daß es bei ihr auch so war. Sie fuhr ja nach Frankfurt zu ihrer Freundin Sue. Sue hat mir erzählt, daß Anna ganz schön verwirrt gewesen war. Sie war eben verliebt und überrascht, daß es einfach so – PENG – passiert war. Sue brachte dann Anna mit einer List hierher. Genügt dir diese Antwort?«

Franzi schwieg immer noch und Toni sprach weiter:

»Es war über uns beide gekommen wie eine Naturgewalt. Noch schneller als ein Wettersturz kommen kann. Im Bruchteil einer Sekunde veränderte sich alles. Alles, was vorher wichtig war, trat zurück. Die Liebe trat an die erste Stelle. Anna hat sich zuerst gegen alles gewehrt, gegen die Liebe, das Gefühl der Berge, einfach gegen alle. Ich hatte erst Chancen, als Bello ins Spiel kam.«

Liebevoll kraulte Toni seinem Hund das Fell, der neben ihm saß.

»Er vermißt Anna auch, das kann ich deutlich merken. Jeden Morgen geht er in ihre Kammer. Dann kommt er wieder raus und läßt traurig den Kopf hängen. An manchen Tagen liegt er stundenlang auf der Matte vor ihrem Bett. So, als würde er warten.«

»Leider habe ich keinen Hund.«

»Ich kann dir ja Bello ausleihen. Er hat Erfahrung, Liebende zusammenzubringen.«

»Das ist vielleicht keine so schlechte Idee, Toni. Meinst, daß Bello im Gebirge jemand suchen könnte?«

»Kommt darauf an. Wie meinst das?«

»Nun, nehmen wir mal an, da ist irgend jemand verletzt. Könnte Bello den finden?«

»Wo denkst, daß wir suchen sollten?«

»Das weiß ich eben nicht genau. Ich hab' nur Angst, daß er irgendwo am Berg ist. Irgendwo am ›Höllentor‹! Könnte Bello dort suchen?«

»Am ›Höllentor‹!« wiederholte Toni entsetzt.

Er zündete sich seine Pfeife an und rauchte. Behutsam fragte er: »Franzi, hinter dieser Frage steht doch mehr. Willst mir nicht alles erzählen, von Anfang an?«

»Es wird wohl das Beste sein!«

Zuerst etwas stockend, dann flüssiger erzählte Franzi Toni von dem Fremden. Sie berichtete, wie er sie angesprochen hatte. Scheu beschrieb sie die Blicke, die sie mit ihm vor der Kirche gewechselt hatte und dann später in der Gaststube bei Tonis Eltern. Sie berichtete von den Gesprächsfetzen der Bergwanderer und Kletterer, die sie aufgeschnappt hatte.

»Dann kam der Wettersturz.«

Toni zog mehrmals an seiner Pfeife. »Jetzt hast du Sorge, daß er irgendwo am ›Höllentor‹ verwundet liegen könnte?«

Franzi nickte.

»Es gehen selten Wanderer dorthin. Es ist wirklich gefährlich da, wegen dem Steinschlag. Überall stehen Schilder. Es wäre eine Dummheit, sich alleine da auf den Weg zu machen. Doch möglich ist alles. Leute aus der Stadt, die es sich beweisen wollen, gibt es immer wieder. Sie kennen die Berge nicht. Sie schlagen alle Warnungen in den Wind. Sind oft genug noch nicht einmal richtig ausgerüstet. Denkst du, er hatte eine Kletterausrüstung dabei?«

»Nein, die hatte er nicht. Er hatte keinen Pickel oder so was dabei. Da hätte er außen an seinem Rucksack die eine oder andere Gerätschaft dranhängen gehabt, wie das eben so bei richtigen Bergsteigern ist. Er hatte aber richtig gute feste Wanderschuhe an. Sie waren auch schon getragen. Sie sahen ziemlich alt und eingelaufen aus. Seine Lederhosen, die haben auch bestimmt schon manche Almwiese und manches Geröllfeld gesehen.«

»Das läßt ja hoffen, daß er etwas Erfahrung hat. Franzi, es gibt verschiedene Möglichkeiten. Erstens, er ist abgereist. Zweitens, er war nicht am ›Höllentor‹ und hat auf der anderen Seite am ›Engelssteig‹ einen Unterschlupf gefunden, der ihm Schutz bot. Danach ist er nicht nach Waldkogel zurück, sondern weitergewandert.«

»Dann wäre er fort, und ich würde ihn nie wieder sehen!« flüsterte Franzi leise.

»Wenn du ihn wirklich liebst und er dich auch liebt … Also, wenn es wirklich so ist, wie du es mir beschrieben hast, dann wirst du ihn wiedersehen. Liebende Herzen finden immer wieder zusammen. Das kann ich dir aus eigener Erfahrung sagen, Franzi. Drittens, er hat die andere Richtung eingeschlagen, nicht zum ›Engelssteig‹, sondern ist am ›Höllentor‹ gewandert. Da gibt es ja die alten Wanderwege seit dem Mittelalter. Es gibt nur zwei Möglichkeiten, den ›Sündenpfad‹ und den ›Büßerweg‹. Der ›Sündenpfad‹ und der ›Büßerweg‹, die sind beide gefährlich.«

»Ich weiß, Toni! Vielleicht denkst du, ich wäre verrückt? Ich mache mir Gedanken um einen Mann, von dem ich kaum etwas weiß. Ich würde das aber nicht tun, wenn da nicht ständig ein Gefühl wäre. Immer wieder muß ich an ihn denken.«

»Darüber wolltest du mit Ria sprechen.«

Franzi nickte.

»Mit meinen Eltern oder meinem Bruder kann ich doch nicht drüber sprechen. Verstehst?«

»Ja! Ich denke, daß Ria dir auch nicht viel mehr hätte sagen können. Ist schade, daß die Anna nicht hier ist! Die würde dich viel besser trösten können als ich. Aber ich fühle mich geehrt, daß du zu mir gekommen bist. Und ich werde dir helfen.«

Ein Lächeln huschte über Franzis Gesicht.

»Wie?«

»Bello und ich werden morgen in aller Herrgottsfrüh losziehen und suchen. Wir nehmen uns die beiden Wege vor. Wo sollen wir anfangen?«

»Das willst du wirklich machen?«

»Ja! Du kannst dich auf mich verlassen.«

»Wenn du ihn findest, sei es durch Zufall oder Schicksal – Toni! Bitte! Wenn er schwer verletzt sein sollte, dann muß er natürlich ins Spital. Aber wenn er nicht ganz so schwer verletzt ist, dann ..., ja, was machen wir dann?«

»Dann nehme ich ihn erst mal mit zu mir hierher. Gut so?«

»Gut so!«

»Dann werde ich dich jetzt mal zurück zur Alm bringen, Franzi. Wir haben jetzt schon länger geredet als wir eigentlich sollten. Ich will sicher sein, daß du in den Bergen nicht verlorengehst.«

Sie traten vor die Berghütte. Die Nacht kroch langsam durch die Täler. Nur die Gipfel leuchteten noch schwach in der untergehenden Sonne.

Toni beleuchtete mit einer starken Stablampe den Weg. Sie sprachen wenig. Jeder hing seinen Gedanken nach. Franzi dachte an den Fremden, dem ihr Herz gehörte. Toni war in Gedanken bei seiner lieben Anna. Morgen würde er sie anrufen und ihr alles erzählen. Bello rannte voraus.

Toni brachte Franzi sicher zur Dollinger Alm. Sie verabredeten sich, daß Franzi am nächsten Tag zur Berghütte kommen sollte. Damit war Franzi einverstanden. Sie wollte die Kühe etwas früher melken, damit ihr mehr Zeit bleiben würde.

*

Toni ging nicht zurück zur Berghütte. Er stieg hinunter ins Tal. Seine Mutter hantierte in der Küche, und sein Vater spülte hinter dem Tresen die Biergläser.

»Toni, welche Überraschung!« Meta schloß ihren Sohn in die Arme.

»Mama, bist ja so anhänglich, das bin ich gar nicht gewöhnt.«

»Laß deine Mutter! Das Leben kann so kurz sein. Hast was mitbekommen von dem Wettersturz, Toni? Wie war es denn oben auf dem Berg? Deine Mutter hat sich Sorgen gemacht. Da kann schnell was passieren!«

»Die Wolken hingen ziemlich tief. I denk', daß es herunten bei euch schlimmer war als es bei mir droben gewesen ist. Was gibt's denn so Neues hier, nach dem Sturm?«

»Zum Glück nicht viel! Oder besser, Gott sei gedankt. Das Wetter war ja wirklich arg schlimm. Wir haben gedacht, die Welt geht unter! Verletzt wurde zum Glück niemand. Nur ein Baum is' umfallen.«

»Wißt ihr das vom Leo Gasser, daß niemand verletzt wurde? Leute haben heut' erzählt, es hätte einen Rutsch gegeben, drüben.«

»Ja, ja! Drüben! Doch der is' auch glimpflich abgegangen. Ein paar Autos wurden demoliert und ein paar Fahrer haben Schrammen. Nix Ernstes sagte der Leo. Die Bergwacht und der Straßendienst hatten ganz schön zu tun, bis die Landstraße wieder frei war. Der Leo war überall, wo Bergwanderer logieren, und hat nachgefragt. Zum Glück ist niemand zu Schaden gekommen. Bis …«

»Was bis?«

Tonis Eltern schauten sich an.

»Ja mei, deiner Mutter ist in der Hektik ein Fehler unterlaufen. Sie hat den Namen eines Gastes nicht aufgeschrieben. Das war peinlich. Jetzt macht sie sich Gedanken. Aber ich habe ihr gesagt, daß sie die Franzi fragen sollte, weil die den jungen Mann zu uns geschickt hat. Die weiß den Namen vielleicht. Doch die

Franzi ist jetzt auf der Alm. Vielleicht kannst du mal vorbeischauen und das Madl fragen, Bub?«

Toni sah aus, als habe er die letzten Sätze nicht gehört. Plötzlich hatte er Gewißheit, daß Franzis Gefühl richtig sein konnte.

»Ich bleib net lang. Ich wollt zum Leo, hab' mit ihm was zu bereden, wegen Bergtouren.«

»Bleibst über Nacht, Toni?«

»Das weiß ich noch net. Vielleicht schlaf ich auch beim Leo. Wenn wir beide uns sehen, dann kann's schon mal feuchtfröhlich werden.«

»Dann wünsch' ich viel Spaß und Freud. Wie kommst vorwärts mit der Renovierung der Berghütte?«

»Gut, Vater, gut! Aber langsamer als zu der Zeit, da die Anna noch da war, die hat so gute Ideen gehabt. Es war eben schön, alles zusammen mit ihr zu machen.«

»Du vermißt sie wohl sehr?«

»Ja, das tue ich, und der Bello vermißt sie auch. Sie will bald mal wiederkommen. Wenn net, muß ich mich in den Zug hocken und zu ihr fahren. Ich hab' das schon mit dem Alois besprochen. Er wird derweil auf der Berghütte sein.«

Toni gab seinem Vater die Hand und drückte seiner Mutter einen Kuß auf die Wange.

Toni machte sich auf den Weg zu seinem Freund Leo Gasser. Dessen Schäferhund bemerkte Toni und Bello sofort. Noch bevor Toni über den Hof ging, hatte der Schäferhund in der Stube gebellt. Toni trat aus dem Haus. Sein Hund und ein heller Jagdhund stürmten nun aus dem Haus an den beiden Männern vorbei. Bello und die beiden Hunde beschnupperten sich dann ganz kurz.

»Was führt dich zu mir, Toni? Ich dachte, du bist auf der Berghütte. Komm rein, der Doktor ist auch da. Da wird aus dem Zweimanngelage eine Dreimannzecherei.«

»Mit Zechen, das wird heut' nichts, Toni. Für mich nicht

und für dich auch nicht, denke ich. Ich brauch dich morgen früh. Und vielleicht kommt der Martin auch mit. Erstens wegen seines Hundes und zweitens wird vielleicht ein Doktor gebraucht.«

»Klingt ernst!«

»Ja, es kann ernst werden! Ich muß rauf zum ›Höllentor‹, will die Wanderwege abgehen. Muß jemanden suchen!«

Toni schob Leo in die Stube. Martin Engler und Toni begrüßten sich freudig.

»Kommen wir gleich zur Sache! Ich will die beiden Wege abgehen am ›Höllentor‹, bis zur Schneegrenze auf jeden Fall. Wir sind drei Leut' und drei Hunde. Wir können uns teilen. Wir gehen zusammen bis zur Gabelung. Dann teilen wir uns für die Suche in Richtung ›Sündenpfad‹ und ›Büßerweg‹. Wenn einer was findet, dann kann er die anderen übers Handy verständigen. Ich hoffe, daß wir keinen Toten finden. Dann wäre es besser, wir würden gar nix finden.«

Leo und Martin schauten sich an. Toni erklärte:

»Freunde, ich habe jemanden mein Wort gegeben, nach ihrem Liebsten am Berg zu suchen. Sie denkt, er sei nach dem Sturm dort verschollen.«

»Es wurde niemand als vermißt gemeldet, Toni.«

»Bei dir nicht, Leo – aber bei mir. So will ich es mal sagen. Freunde, die Sache muß erst mal unter uns bleiben. Wenn wir ihn finden, dann ist es gut. Wenn wir nix finden, dann ist es noch besser. Aber wir können leicht zum Gespött der Leute werden. Das heißt in erster Linie ich, da ich dem Madl das Versprechen gegeben habe, zu suchen.«

»Aha! Dann hat eine zarte weibliche Seele dein Herz berührt. Wenn das deine Anna hört, daß du dich für ein anderes Madl in Gefahr begibst, die wird nicht begeistert sein. Es ist hirnrissig, sich ohne Gruppe in den Berg zu wagen, Toni. Das weißt du?«

»Ja! Und nein! Gerade wir drei, wir waren doch schon als

Kinder heimlich zusammen am ›Höllentor‹. Wir kennen dort jeden Stein. Ich will keine Affäre daraus machen, Leo.«

»Ich verstehe dich schon. Wenn es offiziell wird, dann rückt die Bergwacht mit mindestens dreißig Mann aus und Hubschrauber und allem, was dazu gehört. So einfach ist das nicht. Da muß es schon eine Begründung geben.«

»Ich könnte dir einen Grund nennen. Bei dem Gesuchten handelt es sich um den Gast, von dem meine Mutter keinen Namen aufgeschrieben hat. Bist jetzt dabei, Leo?«

»Ja, ich wäre auf alle Fälle dabei gewesen, Toni. Wie steht es mit dir, Martin?«

»Ich laß die Praxis morgen zu! Mach Urlaub! Ich bin dabei! Wie in alten Zeiten, als wir zusammen statt in die Schule in die Berge sind. Wer is' das Madl, das sich so sorgt? Is' sie von hier, aus Waldkogel?«

»Ja, Martin. Das Madl ist eine von uns. Ihr müßt mir versprechen, daß ihr den Mund halten tut. Und zu niemand ein Wort! Ich habe ihr versprechen müssen, daß auch ich schweige. Aber allein kann ich die Wege net absuchen. Kein Mensch sollte sich allein auf die Wege des ›Höllentors‹ machen.«

Leo Gasser, der in Waldkogel das Büro der Bergwacht leitete, nickte. Martin, der nach seinem Studium der Medizin zurück in die Berge gekommen war und die Praxis des alten Doktors übernommen hatte, gab auch sein Wort.

»Es ist die Franziska Dollinger! Sie ist die beste Freundin meiner Schwester, der Ria. In ihrer Not wußte sie nicht wohin, und da kam sie zu mir.«

»Schau an, die Franzi! Stille Wasser sind tief. Ich hätt' net denkt, daß die Franzi mit einem von draußen was hat.«

Leo Gasser schüttelte den Kopf und trank einen kräftigen Schluck Bier. »Wo kommt der Bursch' her und was macht der so?«

»Martin, das kann ich dir net sagen. Da mußt du die Franzi schon selbst fragen.«

Toni wollte und konnte den Freunden nicht mehr sagen. Sie waren beide bodenständige Männer. Sie waren Junggesellen. Zwar hatten beide hin und wieder schon Liebschaften gehabt. Aber ihnen war noch nicht die wahre und einzige Liebe begegnet, so wie Toni und Anna. Deshalb bezweifelte Antonius Baumberger, daß sie die Gefühle der Franzi verstehen könnten. Er hatte genug gesagt, soviel wie er für notwendig hielt, aber nicht so viel, um Franzi bloßzustellen. Er würde es ihr erklären können, daß er die Freunde eingeweiht hatte.

Sie tranken ihre Biergläser aus und besprachen, wie sie vorgehen wollten. Toni würde bei Leo nächtigen. Um vier Uhr würde Martin kommen. Dann wollten sie gemeinsam mit den Hunden im großen Landrover der Bergwacht losfahren, so weit sie mit dem Vierradantrieb kommen würden. Anschließend wollten sie zu Fuß weitergehen. Im Landrover war genug Ausrüstung vorhanden, daß sie Toni etwas geben konnten. Seine Bergsteigersachen waren auf der Hütte. Sie zu holen hätte einen unnötigen Umweg gekostet, wobei unnötig Zeit vergeudet würde. Das Unwetter war ohnedies schon einige Tage her. Wenn irgendwo der Gesuchte verletzt lag, dann könnte sein Zustand ohnehin kritisch sein, bemerkte Martin. Auf dem Landrover war eine mobile Notarztausrüstung für die Erstversorgung am Berg.

*

So geschah es dann auch. Fast noch in völliger Dunkelheit machten sie sich dann, kurz nach vier Uhr am nächsten Morgen, auf den Weg. Am Ende der Dorfstraße setzte Leo auf den Feldweg über. Dann fuhren sie durch dichten Wald. Stellenweise lagen armdicke Äste auf dem Weg. Immer wieder mußten sie anhalten und die Hindernisse beiseite räumen. Langsam arbeiteten sie sich immer weiter nach oben.

Dann war der Weg zu Ende. Sie fuhren querfeldein durch die Landschaft. Der Hang war steil und der Motor heulte auf. Endlich standen sie auf einem kleinen Plateau.

»So, da wären wir. Aussteigen!«

Während die Männer die Ausrüstungen umschnallten, tollten die drei Hunde herum. Bello, Tonis Neufundländer, war der größte und hatte sich wohl gleich in der Rangordnung durchgesetzt. Er gab den Ton an. Übermütig maßen die drei ihre Kräfte und machten auch vor dem kalten Wasser des Gebirgsbachs nicht halt. Leo rief nach seinem Hund. Doch der wollte nicht kommen.

»Da ist was! Laß uns nachsehen. Mira muß was gefunden haben.«

Der Gebirgsbach drängte sich durch ein Felsenbett. Jetzt sah er schmal und ungefährlich aus. Die Männer wußten aber, daß er zum alles mitreißenden Ungetüm werden konnte, nach großen Regenfällen in den Bergen. Dann stieg sein Wasser binnen Minuten um mehrere Meter an und riß alles mit sich, was sich ihm in den Weg stellte. Auf einem großen und jetzt bei Niedrigwasser nicht überspülten Felsbrocken stand eine silberne Dose.

Bellend standen die Hunde im Wasser. Die Pointerhündin des Doktors hatte die Pfoten gegen den überhängenden Felsbrocken gestemmt und zog die Luft schnüffelnd und hörbar ein.

»Brav, Mira! Braver Hund! Gut gemacht!« lobte Martin seine Hündin und rief sie.

Er ließ sie zuerst Sitz machen, dann erhielt sie eine besondere Belohnung. Dann ließ er sie sich hinlegen. Toni rief seinen Rex, der diesmal auch seinem Herrchen folgte. Nur Bello ließ sich noch etwas Zeit. Die drei Männer leinten ihre Hunde an.

»Einer muß die Dose holen!« stellte Toni fest.

»Ich mach das. Mira hat sie wohl gefunden. Pointer haben eine ausgezeichnete Nase. Sie können mehr als jede andere Rasse Witterung aufnehmen. Dafür wurden sie gezüchtet. Also hole ich die Dose. Ehrensache für mich.«

Der Doktor zog Schuhe, Socken und Lederhosen aus und watete durch das kniehohe, eiskalte Wasser. Die Kälte schnitt ihm wie mit Messern in die Füße und die Beine. Trotzdem mußte er vorsichtig und langsam durch das Wasser waten. Es dauerte, bis er mit der Dose aus Aluminium wieder am Ufer war.

Die Dose bestehend aus zwei Teilen, mit einem Verbindungsscharnier zwischen Boden und Deckel. Ober- und Unterteil konnte man auch einzeln zum Wärmen von Speisen verwenden. Es war ein typischer Ausrüstungsgegenstand, wie man ihn für eine längere Gebirgstour verwendet.

Toni öffnete die Dose.

»Da sind belegte Brote drin. Sehen noch ganz frisch aus. Lang kann die da nicht rumliegen. Na, ist ja auch kalt hier, wie in einem Kühlschrank.«

Toni griff hinein und nahm ein belegtes Brot heraus. Er roch daran. Er sah sich die Brotscheiben genauer an, dann beäugte er die Wurst und den Käse. Schließlich schob er sich eine der beiden Gurkenscheiben in den Mund. Er schloß die Augen, kaute sorgfältig und schluckte. Leo und Martin, der sich inzwischen wieder angezogen hatte, schauten ihn erwartungsvoll an.

»Kein Zweifel. Das ist Brot von unserem Brot. Das hat meine Mutter gebacken. Der Käse ist der, den meine Mutter immer zum Frühstück aufschneidet. Die Gurken, die wachsen bei uns im Gemüsegarten. Meine Mutter hat da ein ganz besonderes Rezept zum Einmachen von Gurken. Die sind auch von uns. Die erkenne ich hundertprozentig am Geschmack. Wenn unser Gesuchter sich belegte Brote gemacht hat, dann sind das seine.«

»Hat er! Das hat mir deine Mutter erzählt«, berichtete Leo. »Damit steht also fest, daß er hier irgendwo sein muß. Welch ein Glück, daß die Dose dicht gehalten hat und kein Wasser eingedrungen ist! Wo sollen wir jetzt suchen? Wer geht welchen Weg?«

Sie schauten sich an.

»Der Gebirgsbach fließt dicht beim ›Sündenweg‹. Also sollten wir dort suchen.«

Sie gingen los, die Hunde an den Leinen. Der Aufstieg war steil und voller Geröll. Er war schwer gehbar. Der Hang lag im Schatten. Alles war noch naß vom Tau. Nur langsam kamen sie vorwärts. Über lange Strecken war der Pfad nur höchstens zwei Fuß breit. Auf der einen Seite ragte der nackte Fels in die Höhe, auf der anderen Seite gähnte eine tiefe Schlucht mit senkrecht abfallenden Wänden. Selbst die Hunde waren sich instinktiv der Gefahr bewußt und setzten langsam Pfote für Pfote auf den glitschigen Grund. Ab und zu riskierten die Männer einen Blick in den gähnenden Schlund, in dem einzelne Dunstfetzen hingen.

»Wenn der da runter ist, dann ist er schon in einer besseren Welt«, bemerkte Toni.

»Der ist net da drunten. Schau dir die Mira an. Die riecht was. Jetzt zieht sie.«

Leos Schäferhund gab Laut.

»Ja, Rex hat jetzt wohl auch was gewittert.«

Nach der nächsten Biegung war diese gefährliche Strecke zu Ende. Der Weg führte über eine Geröllawine und ein Geröllfeld.

»Schaut, hier muß es kürzlich einen Steinschlag gegeben haben«, brüllte Leo gegen den Wind, der hier oben plötzlich aufgefrischt war. Rex bellte jetzt laut und anhaltend.

»Wartet! Wir bleiben hier stehen. Ich lasse nur Rex von der Leine.«

Leo klinkte die Leine am Geschirr von Rex aus. Der Hund orientierte sich kurz. Dann hechtete er schnüffelnd davon, die Nase immer dicht über dem Boden.

»Ein gut ausgebildeter Suchhund kann nach eine Lawine schneller absuchen als zwanzig Mann«, erläuterte Toni und behielt dabei seinen Hund in den Augen.

Rex blieb nach einigen hundert Metern stehen, gab Laut und setzte sich dann.

»Kommt, er hat etwas gefunden!«

Die Männer eilten hin. In einer Bodenmulde ganz in der Nähe des Wasserrinnsals, das später weiter unten als Gebirgsbach seinen Weg ins Tal suchte, lag ein Mensch. Er war eingehüllt in einen orangeroten Biwaksack.

»Laß mich!« sagte Martin und gab Toni Miras Leine in die Hand.

Er drehte den Körper, der auf der Seite lag, vorsichtig auf den Rücken um.

»Gott sei Dank! Er lebt.«

Der Doktor schaute in ein blutverschmiertes Gesicht.

»Hallo! Aufwachen! Kannst mich hören?«

»Ja!« tönte es leise. Dann öffnete er die Augen.

»Wie heißt du?«

Keine Antwort. Statt dessen ein leises Stöhnen.

»Hast du Schmerzen?«

Die Verständigung war schwierig. Erst nach und nach schien der Angesprochene sie wahrzunehmen. Er bewegte langsam die Hände und schob den Doktor beiseite. Dann griff er sich an den Kopf.

»Hast du Kopfschmerzen?«

Martin besah sich den Kopf.

»Der hat was vom Steinschlag abbekommen. Platzwunde am Hinterkopf. Die ist aber schon verkrustet. Hast du Kopfschmerzen?«

»Es geht! Durst!« kam es fast tonlos über die trockenen Lippen.

Leo reichte ihm seine Feldflasche. Er trank langsam Schluck für Schluck. Danach wischte er sich den Mund ab.

Dankbar lächelte er seinen Rettern zu.

Toni packte aus seinem Rucksack eine Thermoskanne mit kräftiger heißer Suppe.

»Wie ist dein Name?«

»Mein Name ist ...« Er fuhr sich über die Stirn, dann sagte er unsicher. »Jörg?« und nach weiteren Sekunden: »Ja, Jörg! Ja, ich denke, ich heiße Jörg!«

»Na, langsam scheint er zu sich zu kommen.«

Martin fühlte seinen Puls und ermittelte die Blutdruckwerte. Er untersuchte Augen und Ohren, soweit das hier am Berg möglich war.

»Scheinst mehr Glück als Verstand gehabt zu haben. Ich kann so auf den ersten Blick keine ernsthaften Verletzungen feststellen.«

Die drei Freunde sahen Jörg zu, wie er die Suppe löffelte:

»Geht's dir jetzt besser?«

»Ja, danke, viel besser!«

Er schaute sich immer wieder um.

»Bist wohl vom Wettersturz überrascht worden, wie?«

Noch immer schaute Jörg etwas ungläubig drein.

»Wer seid ihr?«

»Ich bin der Martin, Doktor Martin Engler. Das ist der Leo Gasser, der arbeitet bei der Bergwacht. Dem Toni Baumberger verdankst du, daß wir nach dir gesucht haben. Aber über all das können wir später noch sprechen. Ich werde dich jetzt erst mal verarzten.«

Martin gab ihm zwei Injektionen in den Oberarm und klebte ein Pflaster auf seine Kopfwunde.

»Kannst aufstehen?«

Jörg schälte sich mit Hilfe seiner Retter aus dem Biwaksack. Er taumelte und schloß die Augen. Sie hielten ihn fest.

»Danke, jetzt geht es schon wieder.«

Er schaute sich wieder um.

»Wie komme ich hierher?«

Die drei wechselten Blicke. Martin legte behutsam die Hand auf Jörgs Schulter.

»Bist auf einer Bergwanderung von einem Wettersturz überrascht worden. Dann hat dich wohl ein Stein am Kopf getroffen. Erinnerst du dich?«

Mit ungläubigen Augen schaute Jörg den Doktor an.

»Wo ist dein Rucksack?«

Wieder rieb sich Jörg die Stirn.

»Gell, kannst dich an nichts erinnern?«

»An wenig! Da war was, aber was? Weiß nicht!«

Sie führten ihn zu einem größeren Felsbrocken. Er setzte sich. Martin säuberte etwas sein Gesicht mit Wasser.

»Wie bringen wir ihn runter?« fragte Leo.

»Ich kann über Funk einen Rettungshubschrauber ordern oder wir versuchen ihn bis zum Auto zu tragen. Allerdings wäre es besser, dann über den Kamm zu gehen und drüben abzusteigen. Der andere Abstieg ist breiter und auch ein ganzes Stück kürzer.«

»Aber er ist steiler. Ziemlich steil sogar!« gab Toni zu bedenken.

»Das hat Vorteile für uns. Wir können ihn dann auf der Trage gleiten lassen«, erläuterte Leo.

Jörg schien der Unterhaltung gefolgt zu sein. Er griff nach Tonis Hand.

»Ihr müßt mich nicht tragen. Ich kann gehen, auch wenn ich noch einen Wackelkontakt im Kopf habe, wie nach einer durchzechten Nacht. Ich muß einen Filmriß haben, irgendwie. Aber es geht schon.«

Langsam erhob er sich.

»Der Biwaksack muß mit. Man soll am Berg nichts zurücklassen, sonst sieht die Natur bald wie eine Müllhalde aus«, flüsterte Jörg.

»Scheinst die Berge sehr zu mögen, Jörg, wie?«

»Ich liebe die Berge. Meine einzige Liebe sind die Berge!«

Toni raffte den Biwaksack zusammen und schnallte ihn auf seinen Rucksack.

Leo seilte Jörg an und ging voraus. Toni und Martin eskortierten ihn links und rechts. Die Hunde liefen immer ein Stück voraus, blieben aber dann stehen und warteten. Langsam setzte Jörg Schritt vor Schritt. Dann und wann blieb er stehen, rieb sich die Stirn, um danach kopfschüttelnd weiterzugehen.

Oben auf dem Kamm machten sie eine Pause. Mittag war inzwischen längst vorbei. Der Abstieg ging dann doch zügiger, als die drei es erwartet hatten.

Endlich, bei Einbruch der Dunkelheit, erreichten sie das Auto. Sie legten Jörg hinten auf die Trage und deckten ihn zu.

»Wo fahren wir hin?«

Toni beugte sich über ihn.

»Sollen wir dich zu Franzi bringen?«

Da huschte ein zaghaftes Lächeln über sein Gesicht.

»Franzi, ja Franzi! Das klingt gut.«

Dann schloß Jörg die Augen und fiel sofort in tiefen Schlaf.

»Also auf zu Franzi!« sagte Toni.

»Das kann ich nicht verantworten. Ich hätte es noch nicht mal verantworten können, ihn den Berg runterlaufen zu lassen. Vom medizinischen Standpunkt aus war das unverantwortlich!«

»Martin hat vollkommen recht. Es war unverantwortlich, auch aus meiner Sicht. Ich hätte doch den Hubschrauber kommen lassen sollen. Wenn dem Jörg was passiert, dann kann mich das meinen Posten kosten.«

Toni blieb ganz ruhig.

»Ich allein trage die Verantwortung für Jörg. Ich habe euch zu der Sache überredet. Wenn wir nicht gesucht hätten, wäre er vielleicht am Berg gestorben. Wir haben ihn aber gefunden und er lebt. Wir bringen ihn jetzt zur Franzi auf die Alm. Die wird sich um ihn kümmern. Außerdem hast du selber gesagt,

Martin, daß du nicht annimmst, daß er irgendeine schwere Verwundung hat.«

»Stimmt schon, bis auf eine Teilamnesie.«

»Was ist das? Red Deutsch mit uns! Der Leo und ich sind keine Mediziner.«

»Toni, der Jörg hat vorübergehend oder auch auf Dauer einen Teil seines Gedächtnisses verloren. Ihr habt doch auch gemerkt, wie schwer er sich erinnern kann. Und gesagt hat er auch, er könne schlecht denken, wie bei einem Filmriß nach einem Saufgelage.«

»Und wie kommt das? Ist das von dem Stein, der ihn am Kopf getroffen hat? Oder ist es, weil er mehrere Tage nix getrunken und gegessen hat?«

»Also irgend etwas muß er zu sich genommen haben. Ich vermute, er hat Wasser getrunken aus dem Gebirgsbach. Gegessen hat er nichts. Sein Rucksack ist auch nicht da. Seine Brotschachtel, die haben wir gefunden. Das gibt alles Fragen auf. Ich hoffe, daß er sich in ein paar Tagen erinnern kann. Jedenfalls scheint er sich an Franzi zu erinnern, das ist ja schon einmal ein Hoffnungsschimmer. Also fahren wir ihn zu Franzi.«

Toni, der wußte, daß die Verbindung zwischen den beiden nur aus Blicken bestanden hatte, überlegte kurz, ob er Martin und Leo etwas erzählen sollte. Dann entschied er sich aber, nichts zu sagen.

*

Franzi hatte früh die Kühe gemolken und war dann zur Berghütte aufgestiegen. Toni war nicht gekommen. Sie hatte etwas gewartet, dann einen Zettel an die Tür gesteckt und war wieder hinunter zur Dollinger Alm gelaufen.

Sie saß in der Dunkelheit vor der Hütte und wartete. Als sie die Scheinwerfer sah, die sich den Berg heraufarbeiteten, klopfte ihr Herz. Dann bog der Landrover vom Milchweg ab. Er kam über die Wiese zum Haus. Franzis Herz schien fast zu zerspringen. Sie fühlte, daß er gefunden worden war.

»Franzi, da ist er! Jörg liegt hinten auf der Trage und schläft. Er wollte zu dir.«

Franzi versagten für einen Augenblick die Beine. Toni fing sie auf.

»Danke, es geht schon wieder. Bringt ihn rein!«

Franzi ging voraus und öffnete eine Kammer. Sie schlug die Bettdecke zurück und schüttelte das Kissen auf.

Toni und Leo trugen ihn herein. Martin kam mit dem großen Notfallkoffer hinterher.

»Was kann ich für ihn tun?«

»Hast etwas zum Anziehen für ihn? Und mach Wasser zum Waschen!«

Franzi huschte davon, holte Wasser aus der Quelle und setzte es auf. Sie legte dicke Holzscheite in den Ofen. Dann suchte sie ein paar alte Sachen zusammen, die ihrem Bruder Lenz gehörten.

Mit hochrotem Kopf betrat sie die Kammer. Martin und Toni hatten begonnen, Jörg auszuziehen. Da Toni als einziger wußte, daß Jörg und Franzi sich noch nicht so nahe standen, kam er Franzi zu Hilfe.

»Franzi, sei ganz unbesorgt. Wir kümmern uns um den Jörg. Wie wär's? Machst du uns eine schöne Vesper? Eine schöne Pfanne voll Röstkartoffeln mit viel Speck und einer Menge Zwiebeln?«

Er blinzelte ihr zu. Franzi drückte ihm die Kleidungsstücke in die Hand. – »Meinst net, die Franzi wollt' den Jörg selbst waschen, Toni?«

»Das wird sie ab morgen bestimmt tun. Jetzt kümmern wir uns um ihn. Sie soll uns lieber eine Mahlzeit richten. Ich habe einen Bärenhunger.«

Als Toni ein wenig später in die Küche kam, flüsterte er Franzi zu:

»Es wär' gefährlich, allein am ›Höllentor‹ zu suchen. Das sind meine Freunde. Ich habe ihnen sagen müssen, daß er dein Freund ist, aber noch niemand von der Liebschaft weiß. Mußt dir also keine Sorgen machen. Auf Toni und Martin ist Verlaß. Wir sind schon seit der Schulzeit die besten Freunde, fast wie Brüder.«

»Ich weiß – und danke, Toni, bist ein echt guter Freund!«

Dann erzählte Toni in wenigen Worten, wie Martins erste Diagnose lautete.

»Ist das schlimm?«

»Ich denk, daß er sich schon wieder erinnern tut. Laß ihn sich erst mal richtig ausschlafen und morgen was Gutes essen. Dann wirst schon sehen. Hauptsache, dich hat er nicht vergessen. Hättest sehen sollen, wie glücklich er gelächelt hat, als ich ihm gesagt habe, daß wir ihn zu dir bringen. Er erinnert sich an dich, Franzi. Das ist doch schön. Alles andere wird sich finden.«

»Ja, schön ist des. Ich werde ihn gut pflegen, den Jörg. Jetzt weiß ich auch, wie er heißt.«

Toni nahm das warme Wasser mit hinein.

Es dauerte lange, bis die drei aus dem Krankenzimmer kamen. Franzi hatte den Tisch gedeckt. Auf dem Ofen brutzelte eine große Pfanne bester Röstkartoffeln mit Speck und Zwiebeln. Außerdem gab es noch Eier, Wurst, Käse, Brot und Butter. Bier hatte Franzi nicht auf der Almhütte. Sie servierte bestes Quellwasser und frische, kühle Milch. Nach dem Essen gab es aber klaren Enzianschnaps.

Weil es so spät geworden war, schliefen Toni, Leo und Martin auf dem Heuboden.

Martin fand das gut, denn dann konnte er am frühen Morgen noch einmal nach dem Patienten sehen. Er hatte ihn gründlich untersucht. Zur Sicherheit hatte er ihn gegen Wundstarrkrampf geimpft und noch eine Infusion gegeben. Franzi hatte er eingeschärft, daß Jörg die nächsten zwei Wochen im Bett liegen müsse. Sicherlich habe er eine Gehirnerschütterung. Sie solle ihm viel Wasser zu trinken geben und für Ruhe sorgen. Martin hatte versprochen, mehrmals die Woche zu kommen und nach Jörg zu sehen.

Toni wollte täglich von der Berghütte herunterkommen. Er versprach auch noch ein paar Anziehsachen zu bringen.

*

Es war gegen Mittag. Franzi saß auf der Bank vor der Almhütte und schälte Kartoffeln. Jörg trat aus der Tür. Entsetzt sprang Franzi auf. Die Schüssel auf ihrem Schoß fiel zu Boden, das Wasser mit den Kartoffeln ergoß sich auf die Sandsteinplatten vor der Almhütte.

»Sofort zurück ins Bett! Martin hat strengste Bettruhe verordnet.«

Sie griff nach seiner Hand und wollte ihn hineinziehen. Doch er wehrte sich. Statt mitzugehen, zog er Franzi fest an sich. Mit seinen starken Armen packte er sie, als wollte er sie nie mehr loslassen. Franzi spürte seine starken Arme um ihren Körper. Durch das alte Hemd ihres Bruders konnte sie seine warme Haut spüren. All ihr Widerstand schmolz dahin wie Butter in der Sonne. Sie schloß die Augen und lehnte sich gegen seine Brust. Oh, wenn die Welt doch stehenbliebe, für immer und alle Zeit. Dieser Augenblick sollte nie vergehen!

Dann spürte sie seine Hand unter ihrem Kinn. Er hob ihren Kopf zu sich. Sie sahen sich in die Augen. Sie verstanden sich auch ohne Worte, die über ihre Lippen kamen. Die liebevollen Blicke des einen drangen tief in das Herz des anderen. Dort öffneten sie Kammern, in denen es möglich war, sich ohne Worte zu verständigen.

Dann näherten sich ganz langsam ihre Lippen. Der erste Kuß war nur ein sanftes Berühren von unendlicher Hingabe und Zärtlichkeit. Doch darin lag mehr als Worte sagen konnten.

Darin lag alles, was sich zwei liebende Herzen versprechen, Zuneigung und Liebe bis ans Ende aller gemeinsamen Tage auf Erden und darüber hinaus. Das Versprechen, einander nie zu verlassen, die Zusage Hand in Hand durchs Leben zu gehen.

»Du mußt wieder ins Bett! Ich habe dem Martin versprochen, für dich zu sorgen.«

»Mir geht es schon viel besser. Laß mich in deiner Nähe sein, bitte, Franzi.«

Sie seufzte. Behutsam löste sie sich aus seiner zärtlichen Umklammerung. Sie ging hinein und holte den alten Lehnsessel heraus, der in der Almhütte am Ofen stand. Sie holte Kissen und Decken und packte ihn hinein. Seine Beine mußte er auf einen Schemel legen.

»Fast so wie im Bett. Ich glaub, das kann ich verantworten. Mußt aber brav sein und schön sitzen bleiben!«

Franzi deckte ihn zu. Sie sammelte die Kartoffeln ein, wusch sie ab und schälte weiter.

»I hab' mir dacht, daß ich dir Kartoffelplätzchen back. Oder magst lieber Rösti?«

»Ich esse, was du auch am liebsten magst. Ich verspüre einen großen Hunger.«

»Das ist gut, sehr gut sogar. Ist ja auch kein Wunder, hast ja auch tagelang nichts gegessen!«

»Franzi, was ist heute für ein Wochentag?«

»Mittwoch ist es! Der Wettersturz ist am Samstag gewesen. Am Freitag bist angekommen. Gestern am Dienstag haben dich der Toni, der Leo und der Martin oben im Geröllfeld gefunden, dort, wo der ›Sündenpfad‹ über den Kamm führt. Da bist gelegen. Erinnerst du dich?«

»Ja, da war etwas. Die Männer gestern. Daran erinnere ich mich. Auch kann ich mich dunkel an die Tage davor erinnern, aber nur dunkel.«

»Erinnerst du dich daran, wie du aufgestiegen bist?«

Mit ängstlichen Augen sah er sie an.

»Da sind Gedankenfetzen. Es ist wie bei einem zerrissenen Photo. Ich kann die Stücke nicht zusammensetzen. Es fehlen einige. Einige Fetzen sind ganz deutlich zu erkennen. Dein Bild hatte ich immer vor Augen. Doch da sind viele andere Bruchstücke, die nicht zusammenpassen.«

»Martin hat mir erklärt, das käme davon, daß dir ein Stein auf den Kopf gefallen ist. Du hast eine Gehirnerschütterung. Da kann es vorkommen, daß es dauert, bis du dich wieder an alles erinnern kannst. Einen Namen für die Krankheit gibt es auch. Is was Lateinisches. Hab's vergessen! Der Martin kommt regelmäßig und schaut nach dir. Der Martin ist der Doktor. Du sollst Ruhe halten, hat er gesagt, gut essen und trinken! Heute morgen hat er nach dir geschaut, bevor er unten nach Waldkogel gefahren ist, mit dem Toni. Der Toni ist rauf zu seiner Berghütte.«

Franzi holte ihm einen Krug Wasser und etwas zu essen, Brot, Speck, Käse und Butter. Sie machte ihm einen guten Kaffee.

Sie belegte ihm die Brote und reichte sie ihm.

»Nun, greif mal ordentlich zu. Mit dem warmen Essen, da dauert's noch was.«

Sie schaute ihm zu, wie er langsam kaute und schluckte. Er genoß jeden Bissen. Franzi gefiel, wie er aß. Er würdigte die Nahrung und stopfte sie nicht gedankenlos in sich hinein. Das hatte sie in der Stadt oft beobachtet.

»Jörg, ich freu' mich, wenn's dir schmeckt.«

Er lächelte sie hilfesuchend an.

»Franzi, ich bin nicht sicher, daß ich Jörg heiße. Jörg, das ist der Name, der mir einfiel. Aber ich sehe immer ein Bild von einem Jungen. Vielleicht ist das Jörg. Franzi, ich weiß es nicht. An meinen Familiennamen kann ich mich auch nicht erinnern. Alles ist wie ausgelöscht. Ich weiß, daß ich eine Vergangenheit habe, aber ich kann sie nicht fassen.«

Franzi streichelte ihm zärtlich die Wange.

»Grüble nicht darüber nach. Alles wird sich finden. Du

brauchst Ruhe. Schau die Berge rings umher, sie sind wunderschön. Spüre die Ruhe und Gelassenheit, die von ihnen ausgehen. Nimm sie auf in dein Herz. Sie senken Frieden in deine wunde Seele. Alles wird gut werden. Da bin ich mir ganz sicher. Versuche nicht, die Fetzen zusammenzusetzen. Irgendwann wird sich alles von ganz allein zusammenfügen. Es wird sich alles finden.«

Zärtlich nahm er ihre Hand. Er schaute sie an, und seine Augen bekamen einen feuchten Schimmer.

»Franzi, Franzi!« Er kämpfte mit seiner Stimme. »Franzi, ich weiß auch nichts mehr über uns. Ich konnte mich nur an dein Gesicht erinnern. All die einsamen und schmerzhaften Stunden da oben in der Kälte und Einsamkeit, geplagt von Schmerzen, stand mir immer nur dein Bild vor Augen. Das gab mir Kraft. Ich weiß nicht, wer du bist. Ich hab' alles über uns vergessen. Ich weiß nur, daß wir zusammengehören. Mein Herz sagt mir, daß ich dich liebe. Verlaß mich nicht, Franzi, bitte! Verlaß mich nie! Du bist das Einzige, was mir geblieben ist.«

Franzi nahm seinen Kopf zwischen ihre zarten Hände und rieb ihre Nasenspitze an der seinen, so wie es die Eskimos tun.

»Sei unbesorgt! Ich liebe dich! Ich werde immer bei dir sein! Wir kennen uns noch nicht lange. Aber das spielt keine Rolle. Wir wußten vom ersten Augenblick an, daß wir beide zusammengehören. Die Liebe in deinem Herzen zu mir, die hat mir die Botschaft deiner Sehnsucht übermittelt. Ich fühlte, daß du an mich gedacht hast. Ich hätte alles getan, um dich zu finden. Und wenn ich hätte die Berge Stein für Stein abräumen müssen. Ich hätte nicht eher gerastet und geruht, bis ich bei dir gewesen wäre. Alle Gedanken sind unnötig. Wichtig ist doch nur, daß wir zusammen sind.«

»Du mußt mir alles erzählen, was du weißt, Franzi!«

Sie legte ihre Finger auf seine Lippen.

»Pst! Jetzt ist nicht die Zeit zum Reden. Wir haben viel Zeit. Die Berge sind ewig. Wir müssen nichts überstürzen. Wir werden reden, irgendwann. Nur eines mußt du wissen! Ich liebe Dich!«

»O Franzi! Ich liebe dich auch!« Dann fanden sich ihre Lippen zu einem innig festen Kuß, der mehr sagte als alle Worte.

Franzi streichelte ihm über sein schwarzes Haar und schaute in seine blauen Augen. Was war in deiner Vergangenheit? Es spielt keine Rolle! So dachte Franzi und zu ihm sagte sie:

»Für dich und mich hat ein neuer Abschnitt des Lebens begonnen. Nur das zählt!«

»Ja, Franzi, ja! Nur das zählt. Wirst viel Geduld haben müssen mit mir.«

»Ich werde Geduld haben und dir helfen, wo ich kann und wie ich kann. So wie das eben ist und sein soll, bei einer Frau und einem Mann, die sich lieben.«

»Ich werde versuchen, nur an die Zukunft zu denken, an eine Zukunft mit dir.«

Franzis Herz klopfte. Sie errötete. Eigentlich war das ein Heiratsantrag.

»Ja! Auch ich will nur an eine gemeinsame Zukunft denken. Dafür lebe ich. Das ist mein einziger Wunsch.«

»Er wird in Erfüllung gehen. Es hat schon begonnen.«

Sie küßten sich wieder.

»Ich muß jetzt etwas für unsere Zukunft tun und die Gegenwart. I muß ein bissel arbeiten.«

»Kann ich dir nicht irgendwie helfen?«

»Doch das kannst du! Du bleibst schön hier liegen und betrachtest die Berge. Sie geben dir Kraft und Stärke. Wirst es bald spüren. Damit hilfst du mir am allermeisten!«

Franzi zog die Decke hoch und drückte sie fest an.

»Ich bin immer in deiner Nähe. Ich bin drinnen in der Küche oder den Kammern, im Stall oder in der Wirtschaftsstube. Ruhe dich aus. Wenn du etwas brauchst, dann ruf nach mir.«

Sie gab ihm einen Kuß auf die Stirn.

Er sah ihr nach, wie sie zum Brunnen ging, um Wasser heraufzupumpen. Sie ist wunderschön und anmutig. Ihr einfaches dunkelblaues Arbeitsdirndl umschmiegte eng ihren Körper. Ihre langen braunen Haare hatte sie zu Zöpfen geflochten. Sie trug diese wie eine Krone um ihren Kopf gewickelt.

Während sie ihre Arbeit verrichtete, schaute sie immer wieder lächelnd zu ihm hin. In dem Blick lag so viel Liebe und Zuneigung. Aber ebenso las er darin eine jungmädchenhafte Unschuld und Scheu. Gleichzeitig las er in ihren Augen die große Sehnsucht. Es verlangte sie nach liebender Zweisamkeit, die auch er deutlich spürte.

Viele Fragen drängten sich ihm auf. Aber er wußte, daß er warten mußte, bis sie all seine Fragen beantworten würde.

So verging die nächste Woche. Franzi ging ganz in ihrer Rolle auf, ihren Liebsten zu pflegen und zu verwöhnen. Martin hatte mehrmals nach seinem Patienten geschaut. Er war sehr zufrieden. Körperlich hatte er sich schnell erholt. Allein sein Erinnerungsvermögen war bis auf die bruchstückhaften Bilder nicht wieder gekommen. Zeitweise war er sehr verunsichert und verzweifelt. Dann war es Franzis Liebe, die ihn wieder aufbaute.

In der zweiten Woche durfte er sich etwas belasten. Er folgte Franzi überallhin. Zuerst schaute er ihr bei den Arbeiten zu. Schnell lernte er kleine Handreichungen zu machen, dann konnte er selbst kräftig zupacken. Er fühlte sich sehr wohl inmitten dieses einfachen, wenn auch sehr arbeitsreichen Lebens auf der Alm in den Bergen.

*

Die Sonne schien durch die großen Glasfenster des Anbaus in das Wohnzimmer der Angermanns. Jörg Angermann und seine Eltern, Jutta und Norbert, saßen auf der weißen Ledercouch. Vor ihnen auf dem niedrigen Tisch aus Edelstahl und Glas hatte die Haushälterin Häppchen und Getränke serviert. Doch keiner hatte Appetit. Seit zwei Stunden trippelte Beate Clausen im Zimmer auf und ab. Die spitzen Absätze ihrer eleganten Schuhe lösten bei jedem Schritt ein knallendes Geräusch aus.

»Nun setz dich endlich hin, Beate! Dein Getrippel ist nervig«, brummte Norbert Angermann. Seine Geduld war ziemlich zu Ende. Beate führte sich nicht wie eine erwachsene Frau auf. Nur der gute und beruhigende Einfluß seiner Frau hatte ihn bisher davon abgehalten, Jutta, seiner wohl künftigen Schwiegertochter, einige deutliche Worte zu ihrem Verhalten zu sagen.

»So, das Getrippel stört dich! Wenn dich sonst nichts stört, Norbert, dann verstehe ich dich nicht.« Sie schaute auf ihre goldene Armbanduhr. »Seit mehr als zwei Stunden erkläre ich euch, daß ich Jens' Verhalten unmöglich finde. Der Kerl ist verschwunden. In Urlaub gefahren, ohne mir etwas zu sagen! Er reagiert nicht auf meine Anrufe. Sein Handy hat er ausgeschaltet. Keine Nachricht! Nichts! Nichts! Nichts! Ich bin jetzt die zweite Woche ohne ein Lebenszeichen. Ich frage euch, was das soll. Ist das Dummheit? Ist das ein Spiel? Sagt es mir!«

Beate Clausen blieb für einen Augenblick stehen. Sie zupfte ihr helles Seidenkostüm zurecht.

»Wie könnt ihr nur so ruhig sein? Er geht einfach, ohne zu sagen wohin! Er sagte nicht, wann er wiederkommt? Wie stehe ich da! Was soll ich den Gästen sagen, die meine Eltern zum Wochenende zur Party eingeladen haben. Wie stehe ich da? Mama und Papa habe ich noch nichts gesagt. Aber lange läßt es sich nicht mehr verheimlichen.«

»Da gibt es nichts zu verheimlichen. Jens hat mit seinem Wanderzeug das Haus verlassen. Du kennst ihn doch, Beate. Wenn er sich geärgert hat, dann hat er sich schon immer zurückgezogen. Ich finde, du reagierst überzogen.«

»Jetzt fall du mir nicht auch noch in den Rücken. Na, ist ja kein Wunder, bei euch Zwillingen. Ansonsten bekämpft ihr euch wie Feuer und Wasser, aber wenn es darauf ankommt, dann haltet ihr zusammen wie Pech und Schwefel. Ich hätte es mir ja denken können, daß ich bei dir auf kein Verständnis stoße.«

»Beate, das ist nicht wahr!« verteidigte sich Jörg. »Deinetwegen hatte ich sogar Streit mit meinem Bruder. Ich habe ein gutes Wort für dich einlegen wollen. Langsam machst du auch mich nervös. Da stimme ich Vater zu. Was soll denn sein? Jens wird in die Berge gefahren sein. Du kennst ihn doch.«

»Wohin fährt er denn gewöhnlich?«

Jörg lachte laut auf. Es klang höhnisch.

»Mein Bruder ist dein Verlobter. Du solltest also der Mensch sein, der ihm am nächsten steht, der um seine Ziele, Wünsche und Leidenschaften weiß, der seine Freuden mit ihm teilt. Jetzt fragst du mich, wo er sein könnte?«

Beate Clausen setzte sich und schmollte. Dann versuchte sie die Mitleidstour.

»Du kennst mich doch ganz gut, Jörg. Du weißt doch, daß ich mir aus seiner Leidenschaft für die Berge nichts mache. Ich kann den Bergen nichts abgewinnen. Ich kann nichts mit ihnen anfangen. Einmal hab' ich es ja probiert, aber dann einigten wir uns. Ich ließ Jens die Freiheit für sein Hobby und er bedrängt mich nicht mehr, mir die angebliche Schönheit der Berge zu beschreiben. Ich kann diese Begeisterung einfach nicht nachvollziehen. Jens war da sehr verständnisvoll. Das Thema klammerten wir einfach aus. Jens liebt mich und wollte mich damit nicht quälen. So ist es doch nur verständlich, daß ich nicht die geringste Ahnung habe, wo er seinen Urlaub verbringen könnte. Aber ihr, ihr müßtet es doch wissen. Sagt es mir!«

»Er kann überall sein in den Bergen, Beate. Was würdest du machen, wenn du wüßtest, wo er ist?«

»Ich würde ihn anrufen. Ihm sagen, daß er kommen soll. Schließlich hat er Verpflichtungen. Meine Eltern erwarten ihn zur Party.«

Beate Clausen schaute auf den Fußboden.

»Ich vermisse ihn. Ich kann über Gefühle schlecht sprechen.

Das ist nicht meine Art und das gehört sich auch nicht. Jedenfalls ist er verschwunden, und ich will ihn wiederhaben. Also, ihr seid seine Familie. Helft mir! Was ist nun?«

Die Eltern schauten sich unschlüssig an. Jörg ergriff das Wort.

»Beate, du bist wirklich eine sehr schöne und attraktive Frau. Jens ist ein ernster Typ. Er nimmt das Leben viel schwerer als ich. Hat er eine Aufgabe, dann verbeißt er sich Tag und Nacht hinein. Er erbringt Höchstleistungen. Aber er ist nie zufrieden mit dem, was er erreicht hat. Er will immer noch höher und weiter hinauf. Hat er einen Gipfel erreicht, dann peilt er schon den nächsten höheren an. Nie hält er mal inne und gewinnt Ruhe. Er ist oft böse auf alle, die nicht so sind wie er. Du bist da ganz anders. Du machst auch deinen Job. Aber genau wie ich, kannst du auch mal genießen, eine Pause einlegen, relaxen. Ich hatte gehofft, daß er ruhiger wird, wenn er mit dir zusammen ist.«

»Wie soll ich Einfluß auf ihn ausüben, wenn er nicht da ist! Die ganzen letzten Monate hat er sich in das Projekt verbissen. Ich kam mir vor, wie das fünfte Rad am Wagen. Immer mußte ich warten. Immer kam er zu spät. Immer war er mit seinen Gedanken bei der Arbeit.«

Norbert Angermann räusperte sich. Er legte den Arm um seine Jutta.

»Bei uns beiden war das am Anfang auch so. Ich war ehrgeizig. Wollte viel erreichen, doch nicht für mich, sondern für meine Frau. Jutta muß sich damals oft sehr einsam gefühlt haben. Sie nahm mich einfach so wie ich war. Ohne viel Worte zu machen, stärkte sie mir den Rücken. Ich bin ihr heute noch dankbar. Weißt du, Beate, ich habe lange nachgedacht, warum wir Männer so ehrgeizig sind. Das kommt daher, weil wir eigentlich wenig Einfluß auf die Familie haben. Wir arbeiten und sind den ganzen Tag von Frau und Kindern getrennt. Die Entwicklung der Familie, das Heranwachsen der Kinder findet doch im Grunde ohne uns statt. Es ist die Mutter, es sind die Frauen, die alles managen. Sie halten die Familie zusammen. Sie planen und führen aus. Sie beantworten Hunderte von Fragen täglich. Wir Männer, die wir draußen sind, wir kennen doch die Entwicklung unserer Kinder nur aus Erzählungen. Das ist sehr unbefriedigend. Wir suchen nach einem Ausgleich, auch nach einer Bestätigung. Wir verbeißen uns in unseren Ehrgeiz.«

»Was hat das Ganze mit Jens zu tun? Noch habe ich mit ihm keine Familie!« verwundert sah Beate ihren zukünftigen Schwiegervater an.

»Ich habe dir das erzählt, weil ich kürzlich ein Gespräch mit Jens hatte.« Er schaute kurz zu seiner Frau und seinem Sohn. »Ihr wißt nichts davon. Jens und ich hatten neulich ein langes nächtliches Männergespräch. Jens will bis zur Hochzeit noch viel erreichen. Er arbeitet quasi auf Vorrat, legt ein Depot an. Dann will er kürzertreten, sich mehr Zeit nehmen. Er fühlt in seinem Innern, daß es da noch etwas anderes geben muß. In weiter Ferne sagt er, hört er einen Ruf, vielleicht eine Berufung. Er könnte die Stimme noch nicht genau verstehen. Aber er wollte der Sache nachgehen. Vielleicht gäbe es da etwas, was er noch nie gemacht hätte, sich aber vielleicht unbewußt danach sehnt. Vielleicht will er einem verborgenen Talent in sich nachspüren und es ausleben, vielleicht einen ganz neuen Weg gehen. Er sagte mir, daß er dich sehr mag. Aber bevor er das Leben mit dir beginnt, möchte er sich selbst finden. Er sei auf der Suche, das spüre er deutlich. Er wisse aber nicht, nach was er sucht.«

Beate Clausen schaute ratlos in die Runde.

»Davon hat er mir nichts gesagt.«

»Hättest du ihm denn zugehört? Hättest du ihn verstanden? Hör mal, Beate, ein Mann kann einer Frau nur völlig glücklich machen, wenn er selbst glücklich ist. Ich hatte den Eindruck, daß Jens nicht sehr glücklich war.«

»Doch, er war, er ist glücklich mit mir. Wir sind doch das perfekte Paar.«

»Ich spreche von einem anderen Glück, Beate.« Norbert

Angermann warf seinem Sohn einen Blick zu. »Entschuldige, Jörg, aber ich muß es zur Sprache bringen.«

Jörg Angermann nickte.

»Beate, es gab einen heftigen Streit zwischen den beiden Zwillingsbrüdern. Zwillinge sind sich näher als Menschen es sonst je sein könnten. Aber gerade weil sie sich so nah sind, kann es auch zu Mißverständnissen kommen. Die beiden haben heftig gestritten. Dann verließ Jens das Haus. Ich denke, daß er über Verschiedenes allein nachdenken möchte. Er hat seit Jahren keinen langen Urlaub mehr gemacht. Also gönne ihm seine Auszeit. Wenn du ihn liebst, dann hast du Vertrauen zu ihm, dann fühlst du dich ihm nah, auch über die weite Strecke der räumlichen Trennung. Er wird spüren, daß du dich nach ihm sehnst und kommen.«

»Sieh mal an, der Ingenieur erteilt Lektionen in Sachen Leben und Liebe. Papa, du überraschst mich!«

»Warum bist du überrascht? Deine Mutter und ich sind jetzt fast dreißig Jahre verheiratet. Je länger wir zusammen sind, desto schöner und tiefer wird unsere Liebe zueinander. Wir wünschen uns für unsere Söhne, daß sie das auch erleben. Uns hat man es nicht gelehrt vom Elternhaus her. Uns hat es das Leben gelehrt. Beate, du führst dich hier auf wie ein Kind, das sein Spielzeug verloren hat. Schade! Einen Menschen kann man nicht besitzen. Man kann keine Forderungen stellen. Man liebt nur. Daraus ergibt sich alles. Liebe ist selbstlos und ohne Eigennutz. Wenn sie so ist, dann versteht man den anderen ohne Worte.«

Jutta Angermann kuschelte sich an ihren Mann.

»Beate, ich will dich etwas fragen. Wenn Jens hier zur Tür hereinkommen würde, was würdest du tun?«

Beate schüttelte den Kopf.

»Ich verstehe dich zwar nicht, was du mit der Frage bezweckst, aber ich will sie dir beantworten, Jutta. Ich würde ihn natürlich sofort fragen, wo er war, warum er so abgereist

ist, ohne ein Wort. Wie er mir das alles hat antun können. Ja, das wollte ich erst einmal wissen.«

Jutta und ihr Mann schauten sich in die Augen.

»Ist das falsch? Würdet ihr das nicht fragen?«

»Beate, Jens ist unser Sohn und wir sind deshalb bestimmt voreingenommen, so wie es Eltern eben nun mal sind. Es ist auch ihr Vorrecht. Ich kann dir deshalb nur sagen, wie ich es als Mutter machen würde. Ich werde Jens einfach in die Arme nehmen und ihm sagen, daß ich mich freue, daß er wieder da ist. Dann werde ich in seine Augen sehen und feststellen, ob er glücklich ist. Wenn ihm dann danach ist, dann wird er erzählen.«

Beate Clausen stand auf. Sie zog ihren Rock zurecht, griff nach ihrer Handtasche und warf den Kopf in den Nacken.

»Ich gehe dann besser. Ich dachte, ich finde hier bessere Unterstützung. Könnt ihr denn nicht begreifen, daß ich mich um Jens sorge?«

Sie drehte sich auf dem Absatz um und rannte zur Tür. Die Angermanns hörten, wie die Haustür mit einem lauten Knall ins Schloß fiel.

»Wie lange ist Jens schon in Urlaub?« fragte Norbert Angermann rein rhetorisch.

»Etwas über zwei Wochen, Vater!« Jörg rührte in seinem Kaffee. »Vater, dann meinst du, daß ich mir keine Vorwürfe machen sollte. Ich meine, wegen des Streites zwischen mir und ihm?«

»Nein, Jörg! Jens war auf der Suche. Du hast ihn etwas geärgert mit deinen Anspielungen und Bemerkungen. Sie waren nur der Auslöser. Mach dir keine Vorwürfe!«

»Wenn du meinst.«

Jutta Angermann setzte sich neben ihren Sohn.

»Jörg, es war nicht einfach für uns mit euch beiden. Wir wollten euch beiden gerecht werden. Du warst immer schneller, weil du dich mit viel weniger zufriedengegeben hast als Jens. Du hast immer schneller gefunden, was dich glücklich macht. Jens hat seine Meßlatte immer ganz oben aufgelegt. Ich und dein Vater hoffen, daß er findet, was er sucht.«

»Aber es kann doch auch etwas sein, was nicht zu akzeptieren ist.«

»Nein, Jörg!« Sie lächelte ihren Sohn an. »Jeder Mensch hat ein Recht zum Glücklichsein. Keiner darf dem anderen vorschreiben, was Glück ist, was er darf oder nicht darf. Jeder hat sein eigenes Leben und ist nur selbst dafür verantwortlich. Jeder will Glück. Glück kommt nicht von außen, sondern von innen. Jens ist in die Berge gereist. Dort war er immer glücklich. Er wird mit ganz neuen Ideen und viel Kraft und Zuversicht wieder kommen, wenn er es für richtig findet. Gönne ihm die Auszeit, gleich wie lange sie dauert! Zum Glück sind wir ein Familienbetrieb und können ihm deshalb mehr Freiheit geben.«

»Dann bist du nicht beunruhigt, daß er noch nichts von sich hören ließ, Mutter?«

»Nein! Eine Mutter und auch ein Vater müssen nicht unbedingt etwas von ihrem Kind hören oder wissen, was es macht oder wo es ist. Die Verbindung ist einfach da. Später, wenn du auch einmal Kinder hast, wenn du diese wirklich liebst, dann wirst du mich verstehen. Wir fühlen, daß Jens glücklich ist. Würde es ihm schlechtgehen, hätte er sich sicherlich schon gemeldet.«

»Gut, dann warten wir es ab. Ich kann seine Arbeit mit übernehmen, Vater.«

»Wir teilen uns sein Aufgabengebiet, Jörg.«

Es war alles gesagt. Die nächste Zeit hörten sie auch wenig von Beate. Sie rief Jörg einige Male an, damit er ihr etwas an ihrem Auto machte. Das war alles.

*

Toni kam regelmäßig abends von der Hütte herunter. Die beiden Männer hatten sich angefreundet. Dann saßen sie vor der

Hütte und rauchten. Toni erzählte von den Bergen. Es waren die Geschichten, die ihm einst Alois erzählt hatte. Er schwärmte von seiner Berghütte und dem gemeinsamen Leben mit Anna.

»Toni, deine Renovierungen auf der Berghütte, die interessieren mich.«

»Oh, das habe ich schon bemerkt. Du hast mir auch wirklich nützliche Ratschläge gegeben, Jörg. Ich dank dir auch schön dafür. Scheinst von der Sache etwas zu verstehen!«

»Ja, das kommt mir auch so vor. Aber ich kann mich an nichts erinnern, immer noch nicht. Ich weiß nicht einmal, ob ich Jörg heiße.«

»Ich versuche, dich zu verstehen. Wirklich nachvollziehen, wie du dich fühlen mußt, kann nur einer, der selbst mal in so einer Lage war. Aber du kannst beruhigt sein. Du bist hier unter Freunden. Martin meint, es wäre auch nicht besser gewesen, wenn du in ein Krankenhaus gegangen wärst. Die können dein Gedächtnis auch nicht herzaubern. Der Stein hat dir eben ein bissel das Hirnkastl durchgeschüttelt. Doch das wird schon wieder, da bin ich mir sicher. War halt net gut, daß du keinen Helm getragen hast.«

»Das verstehe ich auch nicht. Ich kann mich an vieles erinnern, was mit Wandern und Klettern in den Bergen zu tun hat. Ich weiß oder hätte wissen müssen, daß es leichtsinnig ist, ohne Helm in die Berge zu gehen, besonders, wenn man so hoch raufgeht, wie ich es immer tue.«

»Vielleicht wird sich das eines Tages alles klären. Mußt Geduld haben! Es ist ja erst ein paar Wochen her.«

»Aber ewig kann ich auch nicht hierbleiben und es so belassen, wie es ist! Ich liebe Franzi genauso, wie du die Anna liebst. Aber ich bin ein Mann ohne alles. Ich habe keine Erinnerung, weiß meinen Namen nicht, habe keine Papiere. Ich weiß nicht, wo ich gewohnt habe und was ich gemacht habe. Ich muß sehen, daß ich meine Vergangenheit bewältige, damit ich mit Franzi eine Zukunft habe!«

Antonius Baumberger zog an seiner Pfeife.

»Also, ich denk', daß du ganz schön zupacken kannst. Du bist vielleicht ein Handwerker gewesen, ein Schreiner, Tischler oder Dachdecker. Du hast gute Ideen und scheinst Ahnung zu haben. Arbeit wirst schon finden hier!«

Toni schlug sich mit der flachen Hand auf seine Oberschenkel.

»I hab's!« schrie er laut. Franzi kam besorgt angerannt.

»Was is?«

»Franzi, ich nehm' den Jörg mit auf die Berghütte. Der versteht sehr viel von handwerklichen Arbeiten. Dann bin i nimmer so allein da oben – und er kann was tun. Ich mein mehr tun als hier. Ich glaub' nämlich, daß ihm dann vielleicht was einfällt.«

»Das ist eine gute Idee, Toni. Mein Schatz versteht was von solchen Dingen. Aber ein Handwerker war er bestimmt nicht.«

Die beiden Männer schauten Franzi verblüfft an.

»Nun schaut nicht so! Ich hab' mir da so meine Gedanken gemacht. Auf der einen Seite hat er wirklich gute Einfälle und ist auch sehr geschickt.«

Franzi griff nach Jörgs Händen und drehte sie mit den Handflächen nach oben.

»Schaut! Keinerlei Schwielen! Das sind nie und nimmer die Hände von einem Handwerker. I denk, daß du vielleicht Ingenieur oder Architekt gewesen bist.«

»Das ist nicht so abwegig, Franzi. Erinnerst du dich an etwas derart, Jörg?«

»Nein, Toni! Es ist auch müßig, darüber zu spekulieren. Laß uns es lieber gemeinsam anpacken. Deine Anna will dich doch bald wieder besuchen, dann soll sie doch sehen, daß du nicht faul gewesen bist.«

»Wann kommt denn die Anna wieder?« fragte Franzi.

»Wir haben telefoniert. Vielleicht kommt sie zum Schützenfest. Sie kann dann aber nur vom Freitag bis zum Montag kommen. Des is net lang. Aber ich freue mich, wenn sie überhaupt kommt.«

»Das wird schön werden auf dem Schützenfest, Toni! Du mit deiner Anna im Arm – und ich mit meiner Franzi.«

»Ja, das wird ein Fest werden. Wie ist es? Kannst schießen?«

»Das weiß ich nicht.«

»Wir werden es schon sehen. Ich hab' oben in der Berghütte mein Gewehr. Da kannst probieren. Aber jetzt laß uns erst mal an die Arbeit gehen. Wie ist es? Wann willst zur Berghütte mitkommen?«

»Wie weit ist es?«

»Zwischen einer und zwei Stunden kann der Aufstieg dauern. Ich schaffe es von hier aus in einer Stunde, manchmal sogar darunter. Kommt auf die Kondition an. I weiß net, wie schnell du bist, Jörg.«

»Ich fühle mich gut. Wir sollten losgehen. Ich kann ja bei dir nächtigen, wie man hier sagt. Auf der Berghütte gibt's ja bestimmt Nachtlager genug.«

»Ja, schon! Aber für besondere Gäste haben wir auch noch eine Kammer.«

Toni wandte sich an Franzi.

»Hast doch nichts dagegen, wenn ich dir deinen Schatz etwas entführen tue?«

»Ich entbehre ihn zwar net gern, aber es ist schon recht so. Das wird ihm guttun. Vielleicht fällt ihm ja dabei etwas ein. Er soll alles machen, wozu er Lust hat. Das hat der Martin auch gesagt. Das will ich unterstützen, so gut ich kann. Ich geh dann mal rein und packe dir ein paar Sachen zusammen.«

Während Franzi für ihren Schatz den Rucksack packte, hörte sie draußen ein Auto.

Sie eilte hinaus.

»Hallo! Leo! Das ist ja eine Überraschung!«

»Grüßt euch Gott zusammen! Wie geht es euch?«

»Gut geht's! Unser Freund hier kommt mit mir zur Berghütte und hilft mir droben werkeln. Hast Glück, daß du uns noch antreffen tust. Wir wollten gerade losgehen. Es wird bald dunkel.«

»Ja, ihr müßt!« drängte Franzi. »Macht, daß ihr fortkommt!«

»Hört, hört! Das Weibsbild will uns loswerden. Was soll man davon halten. Vielleicht liebt sie dich doch net so?«

»Das muß ich doch gleich mal überprüfen.«

Jörg nahm Franzi fest in seine Arme. Ihre Lippen fanden sich zu einem innigen Kuß.

»Sie liebt mich noch genauso, eher mehr als weniger, Leo.«

»Jetzt, los mit euch! Ich komm dann rauf und besuche euch. Und daß du mir ja gut auf ihn aufpassen tust, Toni, hörst?«

»Das versprech ich dir, Franzi. Ich werde ihn behüten und beschützen, als wär er mein Augapfel.«

Jörg zog den Rucksack auf, und die beiden gingen los.

Franzi schaute ihnen nach.

»Leo, ich habe eine Bitte. Kannst mich schnell mal zur Oberländer Almhütte rüberfahren und dann mit runternehmen.«

»Klar, Franzi! Willst mal wieder ins Dorf?«

»Ja, i denk, ich muß mit meinen Eltern sprechen. Die wissen ja noch nix vom Jörg oder wie er auch immer heißen tut. Der arme Kerl ist sich nicht einmal bei seinem Namen sicher. Wenn ich nur daran denk, wie er leidet, dann zerreißt es mir fast das Herz. Ich muß mit meiner Mutter und mit dem Vater drüber reden. Sie sollen es von mir erfahren und nicht durch das Gerede der Leut. Das bin ich ihnen schuldig.«

»Richtig so, Franzi! Dann steig mal ein.«

Franzi holte ihr großes Schultertuch aus dicker Wolle und stieg in den Landrover der Bergwacht.

Sie hielt sich nicht lange auf der Oberländer Alm auf. Sie bat Hilda und Wenzel, am nächsten Morgen ihre Kühe mitzuversorgen, weil sie so früh noch nicht zurück wäre.

Leo Gasser setzte Franzi vor dem Dollinger Hof ab. Der

Hund kam gleich angelaufen und sprang freudig bellend an ihr hoch. Ihre Eltern kamen aus dem Haus.

»Kind, wo kommst du denn her?«

»Mei, Vater, wo soll ich schon herkommen? Von unserer Alm natürlich! Der Leo war oben und hat mich mit runtergenommen. Die Kühe werden morgen früh vom Wenzel versorgt.«

Sie gingen hinein. Drinnen betrachteten die Eltern ihre Tochter genau. »Gut schaust aus, Franzi. Die Alm scheint dir gut zu bekommen. Hast eine schöne frische Farb im Gesicht – und deine Augen leuchten vor Glück, wie zwei Sterne am Nachthimmel.«

»Danke, Vater! Schön hast das gesagt. Von dir freut mich das besonders, weil du doch net gewollt hast, daß ich auf die Alm geh.«

»Ich wollt dir die schwere Arbeit net zumuten. Na ja, bald ist es vorbei. Dem Knecht geht es schon wieder ganz gut. Der Bruch war wohl doch nicht so kompliziert. Er hat jetzt einen Gehgips. Er wird nächste Woche entlassen. Wir haben ihn besucht. Er will auf der Alm sein Bein auskurieren. Er ist ganz krank vor Sehnsucht nach den Bergen. Außerdem ist es egal, wo er rumhumpelt. Hier oder oben auf der Alm. Dann kann er dir vielleicht sogar zur Hand gehen.«

»Ich freu mich, daß es ihm besser geht.«

Franzi setzte sich an den Tisch. »Wo ist denn der Lenz?«

»Der ist bei seiner Braut. Ich glaub net, daß er heut noch mal kommt. Wirst ihn dann erst morgen früh sehen.«

»Das macht nichts. Ich bin ganz gern mit euch alleine. Ich muß nämlich mit euch reden. Da macht es sich ganz gut, daß der Lenz nicht dabei ist. Er wird's noch früh genug erfahren.«

»Was denn?«

Franzi griff sich an die Kehle. Ihr Hals fühlte sich trocken an und vor Angst schnürte es ihr die Kehle zu. Ihre Mutter warf ihr einen prüfenden Blick zu. Dann schenkte sie ihr ein

Bier ein und für sich und ihren Mann auch eins. Sie prosteten sich zu.

»Na, wo soll ich anfangen?« Franzi griff nach der Hand ihrer Mutter. »Du erinnerst dich an den Tag, als du mich mit Blumen zum Pfarrer geschickt hast?«

»Ja! Da warst du recht sonderbar, als du zurückgekommen bist.«

»Das hat eben seinen Grund gehabt, Mutter. Ich wollte und konnte damals noch nix sagen. Aber jetzt kann ich es euch sagen.«

Franzi schaute ihre Eltern voller Freude an.

»Also, an diesem Morgen, da hab' ich einen Mann getroffen. In den hab' ich mich verliebt!«

Ihre Eltern sagten nichts. Es war ganz still in der großen Wohnküche, nur das Ticken der Wanduhr war zu hören. So sah sich Franzi genötigt, weiter zu erzählen.

»Ja, und ich habe ihn droben auf dem Berg wiedergesehen. Das heißt, der Toni Baumberger, der Bergwacht Leo und der Doktor haben ihn gefunden und zu mir auf die Alm gebracht.« Und mutig fügte Franzi hinzu, dabei lag ein gewisser Stolz in ihrer Stimme: »Die hatte ich losgeschickt, ihn zu suchen, weil ich wußte, daß wir zusammengehören. Er hat's auch gewußt. So war er gleich damit einverstanden, daß die drei ihn bei mir abliefern. Ich sage euch gleich, den will ich und den hab' ich!«

»Das Kind muß auf der Alm einen Sonnenstich bekommen haben, Wilma. Fühl mal ihren Kopf! Die Franzi muß Fieber haben. Sie red ja ganz wirres Zeug. Wirst du daraus schlau?«

»Ruhig, Pius! Ich versteh' schon. Du wirst auch verstehen. Schau sie dir doch nur an, unsere Franzi. Wie glücklich sie ausschaut! Bist glücklich, Franzi, wie?«

»Ja, Mutter! Ich bin glücklich.«

»Warum hast denn deinen Liebsten nicht gleich mitbracht?«

»I wollt halt erst mal allein mit euch reden. Jörg ist beim Toni auf der Berghütte und hilft ihm beim Renovieren. Aber wenn ihr wollt, dann komm ich am Sonntag mit ihm her.«

Allmählich begriff ihr Vater.

»So, dann ist er doch beim Toni gewesen, und du bist auf der Alm gewesen. Da bin ich beruhigt.«

Franzi warf ihrer Mutter einen flehentlichen Blick zur Unterstützung zu. Dann schaute sie ihrem Vater direkt in die Augen.

»Nein, Vater, der Jörg war bis heute bei mir auf der Alm. Ich hab' ihm die eine Kammer gegeben.«

Der Dollingerbauer lief rot im Gesicht an. Er holte Luft. Aber Franzi kam ihm zuvor:

»Vater, ich warne dich! Sag jetzt nicht etwas, was du bereuen tust. Ich bin alt genug und weiß, was ich tue. Hör mir erst zu Ende zu! Ich hab' nämlich noch nicht alles erzählt.«

Pius Dollinger trank das Bierglas in einem Zug halb aus. Er wischte sich den Schaum vom Oberlippenbart.

»Gut, Franzi! Erst red'st du, dann ich!«

Nach und nach erzählte Franzi ihren Eltern von ihrem Schatz. Sie ließ nichts aus. Sie sprach von dem tiefen inneren Gefühl, das sie veranlaßt hatte, bei Toni um Hilfe zu suchen.

Sie erzählte, wie und wo die drei Freunde ihn dann gefunden haben. Sie ließ auch die Diagnose von Doktor Martin nicht aus.

»So, jetzt wißt ihr alles. Jedenfalls lieb' ich ihn und er mich. Er kann zupacken, Vater. Er wird dir gefallen. Er hat ganz schnell das Melken rausgehabt und käsen kann er auch schon. Nur mit dem Heumachen, das klappt noch nicht so gut. Er tut sich noch etwas schwer mit der Sense am Hang. Aber ich bin mir sicher, daß er das auch noch lernen tut.«

Flehentlich schaute sie ihre Eltern an.

»Mutter! Vater! Ich liebe ihn wirklich – und er liebt mich. Er tut mir so leid. Er kann sich nur an ganz wenig erinnern. Er kann nicht einmal mit Sicherheit sagen, ob Jörg wirklich sein richtiger Name ist. Wie soll das nur weitergehen?«

»Wilma, hol den Schnaps! Ich muß mich erst mal stärken. Schenk mir gleich einen Doppelten ein.«

Pius kippte das erste Glas. Dann schenkte ihm seine Frau nach. Auch das trank er sofort in einem Zug aus.

»Franzi, da weiß ich auch nicht, was zu tun ist, in so einem Fall. Wilma, was meinst du?«

»Ich seh nur, daß unsere Franzi glücklich ist. Ich glaub ihr, daß sie ihn liebt. Wie es ausschaut, liebt dieser Jörg sie auch. Entscheidend ist doch, daß sie einen guten Mann kriegt. Zupakken kann er, sagt sie. Melken hat er gelernt! Er wird einen guten Bauer abgeben, so wie es ausschaut. Dann soll er uns willkommen sein. Pius, was wollen wir da noch viel Worte verlieren. Du hast dir doch immer gewünscht, daß Franzi einen Bauern auf den Hof bringt. Jetzt hat sie einen. Das Kind ist glücklich. Das ist für mich als Mutter die Hauptsache.«

»Wilma, davon red ich net. Das ist eh klar. Aber das mit der Diagnose vom Martin, das ist doch arg schlimm.«

»I weiß auch net, wie man da vorgehen tut. Wir müssen mit dem Doktor sprechen und dann sollten wir mit dem Pfarrer reden. Der ist ein hochstudierter Mann. Er wird wissen, was da zu tun ist, damit die beiden heiraten können.«

»Es muß festgestellt werden, ob er net schon verheiratet is.«

»Vater! Nein!« Franzi schrie vor Entsetzen und Angst auf. »Nein, das darf nicht sein. Nein!«

Tränen traten ihr in die Augen.

Ihr Vater rutschte auf der Eckbank neben sie. Ihre Mutter setzte sich auf die andere Seite.

»Kind, ich wünsch' dir das wirklich net. Aber da er gar nix weiß …«

»Mutter, ich weiß es. Er liebt nur mich. Er hat droben auf dem Berg nur mein Bild immer vor Augen gehabt. Das hat er mir jeden Tag erzählt. Und wenn er mich geküßt hat, dann fühlte ich es, hier drin.« Franzi schlug sich auf die Brust. »Er liebt nur mich. Wenn es da eine andere Frau in seinem Leben geben würde, da könnte er mich net so küssen!«

Trotz der ernsten Situation mußten die Eltern schmunzeln. Liebevoll und tröstend strich ihr Vater Franzi unbeholfen übers Haar.

»Wird schon alles gut werden! Bring uns am Sonntag deinen Schatz mal runter. Wir sind schon neugierig, wer es geschafft hat, unserer Franzi so den Kopf zu verdrehen.« Franzi strahlte und drückte zuerst ihre Mutter, dann ihren Vater.

»Er wird euch bestimmt gefallen. Da bin i mir ganz sicher. Ich muß aber ein paar gute Sachen vom Lenz mit raufnehmen. So wie er jetzt angezogen ist, kann er am Sonntag nicht gehen, die passen ihm net.«

»Mach das! Wenn du denkst, die Sachen passen ihm.«

Bis nach Mitternacht saßen sie zusammen und redeten und redeten. Dann gingen sie schlafen. Franzi fiel gleich in einen tiefen Schlaf. Im Traum wanderte sie mit ihm Hand in Hand durch die Berge.

*

Toni und Jörg, wie er sich rufen ließ, arbeiteten Hand in Hand. Immer wieder war Toni erstaunt, mit wieviel Leichtigkeit und Geschick sein Helfer die anstehenden Arbeiten anpackte. Er wußte immer, was zu tun war. Während der Arbeit schauten sich die Männer immer wieder an. Es bedurfte keiner Worte. Sie verstanden sich auch so. Toni fragte sich, woher Jörg das alles wußte, und dieser versuchte sich zu erinnern. Doch er konnte vieles nicht zuordnen. So vergingen die Tage.

Der alte Alois, der die Berghütte viele Jahrzehnte zusammen mit seiner Frau bewirtschaftet hatte, kam auch auf den Berg. Er konnte nicht mehr schwer körperlich arbeiten. Er kümmerte sich um die Wirtschaft, wie in alten Zeiten. Er kochte sehr schmackhafte und kräftige Mahlzeiten und vermittelte Toni auf diese Art und Weise weitere Kenntnisse, die ein Hüttenwirt nun einmal haben mußte.

Bei schlechtem Wetter saßen die drei Männer am Kamin. War es trocken, dann hielten sie sich vor der Hütte auf. Sie tranken einen Enzian oder Tee mit Rum. Dort saßen sie und schauten der untergehenden Sonne zu. Auch wenn der rote Feuerball schon hinter den Bergen verschwunden war, so leuchteten die Bergspitzen vom ›Engelssteig‹ und ›Höllentor‹ noch rötlich, bis die Nacht sie ganz umhüllte.

Meistens erzählte Alois aus seinem Leben. Die beiden Jungen hörten dem Alten gern zu. Der Alois konnte schön erzählen. Seine Geschichten und Anekdoten waren darüber hinaus noch lehrreich auf ganz verschiedene Weise. Alois verfügte wie kein anderer in der ganzen Gegend über ein umfangreiches Wissen, was die Natur und die Berge betraf. Er vermittelte darüber hinaus die Achtung und die Ehrfurcht der Schöpfung gegenüber.

Eines Abends war Alois still. Er saß auf seinem bequemen Lehnstuhl, den Toni und Jörg für ihn gezimmert hatten und rauchte. Er war ganz in Gedanken. Seine Augen wanderten die Berghänge hinauf bis zu den Gipfeln. Dann betrachtete er den Abendhimmel, der sich wolkenlos darüber spannte.

»Heute nacht wird's klar und sehr kalt werden. Aber morgen wird's ein schöner warmer und milder Tag sein. Grad' recht für eine schöne Wanderung.«

Er schaute Toni an.

»Wie ist es, hättest nicht Lust dazu?«

»Lust schon! Lust hab' i immer!«

»Dann mach's! Zieh morgen früh gleich los. Ich halt hier die Stellung. Nimmst den Jörg mit. Das ist das Beste, was du für den tun kannst.«

»Warum meinst, daß das so gut für ihn ist, Alois?«

»Weil er dann suchen kann.«

»Du meinst, wir sollten probieren, seine Sachen zu finden, den Rucksack oder was davon übrig ist? Du, Alois, die Berge sind groß und weit. Es ist ja noch net einmal klar, wo er seine Sachen verloren hat. Außer der Brotdose haben wir nix gefunden.«

Der alte Alois zog bedächtig an seiner Pfeife.

»Ich rede net von Sachen. Er hat sein Inneres am Berg verloren. Bring ihn rauf!«

»Ah, jetzt versteh i. Du meinst, wenn er dahin zurückgeht, wo er war, dann kann er sich wieder erinnern.«

»Ja, so ungefähr. Eine Chance ist es allemal. Der Berg hat ihm das Gedächtnis genommen. Vielleicht gibt er's ja wieder zurück.«

Toni schaute Jörg an. »Was sagst du dazu?«

»Ich bin zu allem bereit. Schaden kann es nichts. Probieren wir es eben! Hast eine Ausrüstung für mich? Einen Helm gegen Steinschlag brauche ich auch.«

»Ja, hinten im Lager sind Sachen, das weißt du ja. Sind net die modernsten, aber besser als nix.«

»Gut, dann packen wir es morgen an.«

Mehr sprachen sie nicht mehr. Sie saßen vor der Berghütte, bis die Dunkelheit alles verbarg. Jeder hing seinen Gedanken nach. Dann gingen sie schlafen.

Am nächsten Morgen brachen sie auf. Alois schaute ihnen nach und wünschte ihnen alles Gute.

»Auch wenn du nix finden tust, genieß die Berge. Lausche der Natur! Die Berge und die Natur sind ewig, auch wenn sie sich ständig verändert. Kein Tag ist wie der andere. Jeden Tag verwelken Blumen und andere sprießen hervor.«

Wenn es möglich war, gingen die Männer nebeneinander her. War der Weg schmal, dann wechselten sie sich ab, mal ging Jörg voraus, mal Toni. Sie kamen an eine Gabelung.

»Jetzt müssen wir uns entscheiden, wo wir hingehen. Da geht's hinüber zum ›Höllentor‹ und hier den Weg nennen wir

›Hirtenweg‹. Er verzweigt sich weiter oben, dort beginnt der ›Pilgerweg‹.«

»Schöne Namen!«

»Ja, die sind schon sehr alt. Die stehen auch in keinem Buch, auf keiner Karte. Die sind nur mündlich überliefert. Der ›Hirtenweg‹ führt zu einem Punkt, den nennen die Einheimischen ›Paradiesgarten‹. Der ›Pilgerweg‹ führt fast ganz hinauf bis ein paar hundert Meter unterm Gipfel. Dort ist der ›Engelsplatz‹.«

Jörg schaute Toni an.

»Dann gehen wir dahinauf. Ich muß immer daran denken, was der Alois uns alles aus seinem langen Leben erzählt hat. Wenn er Probleme hatte, dann ist er hinaufgegangen zum ›Engelsplatz‹. Dort hat er sich hingesetzt, bis wieder die Ruhe und der Frieden in sein Herz gezogen waren. Es ist zwar nicht der Weg, den ich gegangen bin, aber ich hab' so ein Gefühl, daß ich das machen sollte. Was dem Alois immer genutzt hat, kann mir nicht schaden.«

»Dann aufi! Packen wir es an! Gehen wir!«

Der ›Hirtenweg‹ schlängelte sich den Berg hoch. Er lag in der Morgensonne. Die Alpenröschen drehten ihre Blüten den Sonnenstrahlen entgegen. Ein Zitronenfalter flatterte von Blüte zu Blüte und saugte Nektar. Zwischen Felsbrocken konnten sie Murmeltiere sehen. Es waren zwei Jungtiere, die spielten. Ihre wachsame Mutter behielt sie aus einiger Entfernung in den Augen. Jörg blieb stehen und schaute zu. Ein Lächeln lag auf seinen Lippen.

»Das ist ganz herzig anzusehen. Was denkst du,Toni? Sind das zwei Brüder, zwei Schwestern oder Bruder und Schwester?«

»So, wie die balgen! Des sind zwei Brüder, denk i mir.«

Jörg drehte sich um und schaute Toni an. An seinem Blick erkannte Antonius Baumberger, daß er ihn nicht wirklich ansah. Er schaute durch ihn hindurch, wie in eine andere Welt. Jörg schwankte.

Mit zwei Schritten war Toni bei ihm. Er fing ihn auf und setzte ihn behutsam auf einen Felsbrocken am Wegesrand. Jörg stützte das Gesicht in die Hände. Er zitterte immer noch. Dann bemerkte Toni, daß er weinte. Er legte dem Freund die Hand auf die Schulter. Er sprach ihn aber nicht an. So verging eine ganze Weile.

Dann hob Jörg seinen Kopf und sah Toni an. Toni blickte in zwei Augen, in deren Blick sich Freude, Trauer und Angst mischten. Wortlos reichte Toni dem Freund sein Taschentuch.

»Danke, geht schon.«

Jörg zog sein eigenes Taschentuch aus der Tasche der altmodischen mit Fell gefütterten Lodenjacke, die ihm Toni geliehen hatte. Es war eine ganz besondere Jacke. Sie war uralt. Alois hatte sie einst getragen. Jörg hatte es als ganz besondere Ehre empfunden, daß er sie anziehen durfte. Sie war an vielen Stellen geflickt. Hätte der Janker erzählen können, hätte er bestimmt viele Geschichten aus den Bergen erzählt, genau wie der alte Alois, Geschichten von schönen Wanderungen und Bergbesteigungen, Geschichten von fröhlichen Zeiten. Aber es gab auch anderes zu berichten, von der Suche nach Verschütteten und Abgestürzten. Dann hatte Alois zusammen mit den Kameraden nur noch die sterbliche Hülle hinunterbringen können. Jörg war sich bewußt, daß er drüben am ›Höllentor‹ dem Tod selbst ganz nah gewesen war.

Er trocknete sich die Tränen und putzte sich die Nase. Dann sagte er leise:

»Toni, ich denke, daß auch ich einen Bruder habe. Wir sind Zwillinge, Jens und Jörg.«

Antonius Baumberger schaute ihm in die Augen.

»Dann kannst dich jetzt erinnern?«

»Noch nicht an alles. Aber ich habe einen Zwillingsbruder, den Jörg. Da bin ich mir jetzt ganz sicher. Du Toni! Ich bin nicht Jörg, ich bin Jens!«

Er wischte sich wieder die Augen.

»Ich habe immer zwei Bilder vor mir gesehen, die mich am Leben erhalten haben, Franzi – und da war der kleine Junge. Ich konnte mich nicht erinnern, wer er war. Aber ich wußte, es hatte etwas zu bedeuten. Als ihr mich dann gefragt habt, wie ich heiße, da fiel mir der Name Jörg ein, weil ich im Fieber all die einsamen Stunden nach dem Namen gesucht hatte. Ich hatte auch nie das Gefühl, daß ich Jörg bin, daß Jörg mein Name ist.«

Toni richtete seinen Blick gegen den Himmel und schickte ein stummes Dankgebet hinauf.

»Hier, meine Hand, Jens! Willkommen in den Bergen, Jens!«

Toni und Jens schüttelten sich die Hände und umarmten sich. Auch Toni hatte jetzt feuchte Augen.

»Wollen wir weitergehen, Jens?«

»Nein, laß uns hier sitzen bleiben und den beiden Murmeltieren zusehen, wie sie spielen und balgen.« Toni konnte diesen Wunsch gut verstehen. Sie nahmen die Rucksäcke ab. Alois hatte ihnen reichlich Wegzehrung, eingepackt und zwei Thermoskannen mit süßem Milchkaffee. So machten sie eine Jause am Berg. Danach zündeten sie sich ihre Pfeifen an und rauchten. Sie sprachen wenig. Es bedurfte keiner Worte.

Die Murmeltiere spielten und schienen sich an ihrer Anwesenheit gar nicht zu stören.

Irgendwann ertönte ein scharfer Pfiff der Mutter. Die beiden Jungen rannten davon und verschwanden hinter Felsen.

»Schau, da kreist ein Adler! Die Mutter hat den Greifvogel eher bemerkt als wir. Sie brachte ihre Jungen in Sicherheit.«

»Was ist mit meiner Mutter, mit meinem Vater? Daran kann ich mich noch nicht erinnern.«

»Das wird schon noch kommen. Mußt Geduld haben. Ich bin mir sicher, daß dir noch mehr einfallen tut. Wie ist es? Gehen wir weiter? Willst noch rauf?«

Sie packten zusammen und gingen weiter. Unterwegs erzählte Jens von seinem Bruder. Immer mehr Bruchstücke fielen ihm ein. Er erinnerte sich an Begebenheiten aus dem Kindergarten und der Schulzeit. Alles was drumherum lag, war immer noch im Dunkeln.

»Mußt Geduld haben, Jens! Schau dir die Berge an. Sie sind ewig. Was bedeutet dagegen Zeit? Was sind im Vergleich eine Sekunde, Minute, Stunde, Woche, Monat, Jahr, ja, ein ganzes Leben?«

»Ja, ja! Hier in den Bergen bestimmt die Natur alles. Es gibt Tag und Nacht, Frühling, Sommer, Herbst und Winter. So geht es Jahr für Jahr, seit dem Bestehen der Welt. Irgendwann haben die Menschen die Uhr erfunden und sich zum Sklaven der Zeit gemacht. Sie dachten, sie gewinnen Zeit dadurch. Bei diesem Gedanken verfingen sie sich in einen Selbstbetrug. Auch ich war einmal so, wollte immer möglichst viel in möglichst kurzer Zeit schaffen, denke ich. Als ich die ersten Tage bei der Franzi vor der Almhütte saß, nach dem Unfall, da hat sie mir das klargemacht. Ich ließ die Berge auf mich wirken und habe losgelassen von aller Hetze, die ich in meinem Inneren spürte. Ich grübelte und wollte mich zwingen, mich zu erinnern. Das war sinnlos und der falsche Weg.«

»Wenn du in die Berge gehst, dann mußt du im Tal alles zurücklassen, hat mir der Alois einmal gesagt. Nur dann ist dein Herz frei und kann das Flüstern der Berge hören, nur dann kannst du ihre Botschaft aufnehmen.«

»Ja, so ist es. Die Murmeltiere waren die Boten. Ich habe einen Bruder, den Jörg. Ich bin der Jens!«

Sie stiegen weiter auf, bis sie zu einem großen windgeschützten flachen Plateau kamen, das lieblich zwischen Felswänden lag. Eine kleine Wasserstelle füllte die Mitte aus. Drumherum wuchsen Gras und Bergblumen. Es gab Büsche und einige niedrige Bäume.

»Die Stelle ist ja wunderschön, Toni!«

»Wir nennen sie den ›Paradiesgarten‹. Keiner weiß, warum das alles hier in der Höhe so blüht und grünt. Hirten gaben dem

Flecken einst den Namen. Es verirrten sich immer wieder Schafe und Ziegen hierher.«

»Ah, daher der Name ›Hirtenweg‹. Es ist wirklich ein Wunder, Toni.«

»Ja, am ›Engelssteig‹ gibt es eben Wunder. Schau drüben, die Einbuchtung im Fels auf der anderen Talseite. Wenn morgens die Sonne aufgeht, dann fallen die ersten Sonnenstrahlen genau von dort hierher, auf den ›Paradiesgarten‹.«

Jens bückte sich und schöpfte mit den Händen klares, reines und kaltes Wasser aus dem kleinen Teich. Er trank und fühlte sich wie im Paradies.

»Laß uns hier eine Weile bleiben, Toni. Dann steigen wir wieder ab.«

»Ganz wie du willst.«

»Weißt du, früher wäre ich an so einer schönen Stelle vorbeigehastet. Weiter, immer weiter hätte es mich getrieben. Erst wenn ich oben auf dem Gipfel gestanden hätte, hätte ich mein Ziel erreicht. Jetzt ist das anders. Laß uns hier verweilen. Ganz hinauf auf den ›Engelssteig‹ können wir ein anderes Mal. Dann gehen wir zu viert, zusammen mit dem Leo und dem Martin.«

»Ja, das machen wir.«

Sie legten sich auf die Erde. Den Kopf lehnten sie an ihre Rucksäcke. Sie betrachteten die Gipfel ringsum und schauten den Wolken zu, die einzeln wie Wattebäusche am blauen Himmel hingen.

Antonius Baumberger bemerkte, daß Jens eingeschlafen war. Er ließ ihn schlafen.

»Das ist gut so«, flüsterte er leise vor sich hin.

Die Sonne stand noch nicht im Zenit. Sie hatten viel Zeit. Sollte Jens, der sich gerade zum Teil wiedergefunden hatte, hier oben im »Paradiesgarten« heilsamen Schlaf und Ruhe finden für seine geschundene und wunde Seele! Toni hing seinen Gedanken nach.

»Nein!« schrie Jens auf. »Nein! Franzi! Franzi!«

Toni war gleich bei ihm. Er schüttelte ihn. Das Echo seines Schreis, der aus tiefster Seele gekommen war, hallte zwischen den Bergen und kam vielfach zurück.

Toni packte ihn bei den Schultern und schüttelte ihn. Er schlug ihm mit der flachen Hand rechts und links auf die Wange.

»Jens! Jens! Komm zu dir! Es ist nur ein Traum! Jens, ich bin's! Toni!«

Jens stöhnte auf. Es kam aus seinem tiefsten Inneren und klang wie der Schrei eines waidwunden Hirsches. Er schaute Toni lange in die Augen. Sie füllten sich mit Tränen.

»Ich kann mich wieder erinnern! O Gott! Ich kann mich wieder erinnern.«

»Mensch, Jens! Das ist ja wunderbar! Dem Himmel sei Lob und Dank! Das haben die Engel hier gemacht. Die haben ihre Hand im Spiel gehabt, da bin ich mir ganz sicher.«

Antonius Baumberger sprang auf und warf seinen Rucksack über.

»Aufi, laß uns gehen! Mein Gott, Jens! Wie wird sich die Franzi da freuen. Das Madl wird sich nimmer einkriegen vor lauter Freud. Der Alois hat so recht gehabt. Du hattest dein Gedächtnis in den Bergen verloren – und jetzt hat der Berg dir es im Traum wiedergegeben. Wie wunderbar! Das ist wirklich ein Wunder. Ja doch, aber richtig wundern tut's mich doch net. Wir sind ja auch im ›Paradiesgarten‹.«

Jens stand auf und schulterte ebenso wie der Freund seinen Rucksack. Toni schaute ihn an.

»Du siehst aber nicht aus, als würdest du dich freuen, mein Lieber? Was ist?«

Jens gab auf seine Frage keine Antwort.

»Komm, laß uns gehen!«

Jens bückte sich und pflückte eine Blume mit tiefroten Blüten, rot wie die Liebe.

»Die Blumen heißen Berghauswurz. Sie sind sehr robust und können viel aushalten, große Hitze und Nachtfröste.«

Jens nickte nur. Er legte die Blume zwischen sein Taschentuch und steckte sie ein.

Toni war neugierig. Zu gern hätte er gewußt, an was sich Jens erinnerte. Er fragte aber nicht. Wenn ihm danach ist, dann wird er schon reden, dachte er. Es muß ein Schock für ihn gewesen sein, sonst hätte er nicht so aufgeschrien. So gingen sie schweigend den Weg zurück. Dann und wann blieb Jens stehen und schaute Toni an. Er sagte aber nichts.

Es war später Nachmittag. Die Berghütte lag jetzt in Sichtweite. Noch eine halbe Stunde, dann würden sie dort sein. Toni formte die Hände vor dem Mund zum Trichter und stieß einen kräftigen Jodler aus. Nachdem das Echo verklungen war, schallte ein Jodler von der Berghütte zu ihnen herauf.

»Schau, der Alois hat geantwortet. Jetzt weiß er, daß wir kommen.«

»Toni, es war schön mit dir. Danke, daß du mich in die Berge gebracht hast. Ich bin dir aus tiefstem Herzen dankbar.«

»Gern geschehen! Aber wirklich danken, das mußt du dem Alois. Der hat die Idee gehabt.«

»Toni, im Paradies war alles auch nicht so heil, wie man dachte. Es gab den Vertrauensbruch. Ein Versprechen wurde nicht eingehalten. Es war verboten, Früchte vom Baum der Erkenntnis zu essen. Sie taten es trotzdem. Du weißt, wie die Geschichte weitergeht.«

»Was willst damit sagen, Jens?«

»Ich habe mein Gedächtnis wiederbekommen. Doch ich habe erkennen müssen, daß ich Fehler gemacht habe.«

»Fehler? Was heißt das schon! Jeder Mensch ist sündhaft und macht Fehler. So ist das einfach. Wir sind eben Menschen und keine Engel. Man muß einfach einsehen, daß man als Mensch Fehler macht. Das ist schon der erste Schritt in die richtige Richtung. Dann wird's schon wieder gut. Fehler lassen sich auch korrigieren.«

»Wie macht man das, wenn's, wirklich ganz schlimm kommt?«

»Ein Rezept gibt es dafür nicht. Ich kann dir nur den Rat geben, auf dein Herz zu hören. Tief im Herzen weiß jeder, wohin er gehen muß, was er tun soll. Du wirst das auch schaffen!«

Toni legte Jens die Hand auf die Schulter.

»Und wenn du Hilfe brauchst, dann sind wir alle für dich da, die Franzi und ich, genauso wie der Alois, der Leo und der Martin. Meine Anna wird auch zu dir stehen, das kannst du glauben.«

Jens drehte sich um und ging weiter.

*

Toni und Jens betraten die Berghütte.

»Ich bin in der Küche!« rief Alois. »Die Vesper ist gleich fertig. Wascht euch und setzt euch hin!«

Verwundert betrachtete Toni den Tisch. Für vier Leute war gedeckt. Auf dem Tisch lag im Gegensatz zu sonst, wenn die drei alleine vesperten, eine Tischdecke. Ein Strauß Bergblumen stand in einer Vase.

Alois warf einen Blick durch die Küchentür.

»Beeilt euch! Wir haben einen Gast!«

Jetzt fiel Toni auf, daß Bello nicht da war. Sein Herz machte einen Sprung. Sein Rucksack fiel mit lautem Knall auf den hölzernen Küchenboden. »Anna! Die Anna ist da!«

Dann ging die Hüttentür auf, und Anna trat ein. Sie trug, einen Korb mit Holzscheiten für den Kamin. Die Liebenden schauten sich in die Augen. Anna stellte den Korb ab. Langsam gingen sie Schritt für Schritt aufeinander zu. Dann schlossen sie sich in die Arme. Ihre Herzen waren wieder vereint. Ihre

Lippen fanden sich zu einem Kuß, der mehr sagte als alle Worte. Danach legte Anna ihren Kopf an Tonis Brust. Er hielt sie fest und küßte ihr Haar.

»Liebste Anna! Schön, daß du bei mir bist!«

Sie bot ihm ihre Lippen dar.

Jens beobachtete die beiden und dachte an Franzi.

»Wenn ihr noch lange so rumpoussiert, dann wird die Vesper entweder kalt, verkocht oder brennt an. Hingesetzt wird jetzt!«

Alois' Stimme klang streng. Nicht, daß er ein harter Mensch war, er versuchte damit die Rührung zu überdecken, die der Anblick der Liebenden ausgelöst hatte.

Toni führte Anna zu Jens.

»Jens, das ist meine Anna! Meine geliebte Anna! Meine bergnärrische Flachlandindianerin!«

Die beiden schüttelten sich die Hände. Toni nahm Alois kurz zur Seite, um ihm zu berichten, was am Berg und im ›Paradiesgarten‹ geschehen war. Auch Alois war besorgt.

»Da scheint es, daß ein Kummer den anderen ablöst. Die Erinnerung muß einen Wettersturz in ihm ausgelöst haben. Hoffentlich zerstört er nichts. Nach einem Wettersturz kann es viele Opfer geben, bei Mensch, Tier und Natur. Er kann aber auch schnell wieder vorüberziehen. Dann klärt es schnell auf. Die Sonne steht am blauen wolkenlosen Himmel. Es schaut dann aus als wäre nichts geschehen. Gut, daß du mir alles gesagt hast, Toni. Wir lassen den Jens jetzt in Ruhe.«

Dann setzten sie sich zur Vesper nieder. Alois, als Ältester am Tisch, sprach das Tischgebet.

»Amen!« murmelten alle und bekreuzigten sich.

Normalerweise wurde während des Essens nicht gesprochen, doch heute war eine Ausnahme. Anna und Toni unterhielten sich.

»Ich bin gestern abend spät angekommen. Ich habe dann bei euch daheim übernachtet. Deine Eltern haben sich so gefreut, wie ich so unverhofft durch die Tür kommen bin. Die Meta hätte beinahe die Pfanne fallen lassen. Im letzten Augenblick hat dann dein Vater zugegriffen. Der war auch ganz aus dem Häuschen und hat in der Gaststube eine Runde ausgegeben. Ich soll dich auch schön grüßen von deinen Eltern, Toni.«

»Ich habe gedacht, daß du erst zum Schützenfest kommst, Anna. Jetzt bist doch schon früher da. Wie ist das gekommen?«

»Ich hatte in der Stadt zu tun. In unserer Bankfiliale mußte was geregelt werden. Da meine Chefs jetzt wissen, daß ich von den Bergen so begeistert bin, seit meinem letzten Urlaub, konnte ich es einrichten, daß ich fahren durfte. Da hab' ich alle meine Überstunden zusammengerafft und mir noch ein paar Tage freigenommen. Ich wollte dich überraschen. Deshalb habe ich vorher nicht angerufen.«

»Des ist ganz famos! Die Überraschung ist dir gelungen! Was sagst du zu den Fortschritten hier auf der Berghütte?«

»Ja, ich hab' mir schon alles angeschaut. Hatte ja den ganzen Tag Zeit. Ich war natürlich etwas enttäuscht, daß du nicht dagewesen bist. Ich konnte ja nicht wissen, daß du mit dem Jens eine Bergtour machst. Der Alois hat mir dann aber alles erzählt. Bello hat dich würdig vertreten. Der hat vielleicht einen Freudentaumel aufgeführt! Das hättest du sehen müssen. Gleich wollte er spielen und brachte mir sein Stöckchen in die Kammer. Er hat mich nicht aus den Augen gelassen. Er lag quer in der Tür, so daß ich sie nicht zumachen konnte.«

Bello trat neben Anna und legte seinen Kopf auf ihren Schoß.

»Der Bello hat dich sehr vermißt, Anna. Der war an manchen Tagen richtig traurig. Dann lag er vor deinem Bett in deiner Kammer. Wenn es ganz schlimm kam, dann lag er sogar auf dem Bett. Dann hat er einen ganzen Tag nichts gefressen.«

»So anhänglich bist du? Bist so ein großer Hund mit so einer feinen Seele!«

Liebevoll kraulte Anna Bello das Fell.

»Geübt habe ich auch schon mit ihm. Er hat nichts vergessen. Morgen werde ich mit ihm zur Oberländer Almhütte gehen. Mit dem Wägelchen kommt er gut klar. Aber wir machen die Strecke erst mal nur mit Packtaschen.«

Um Jens in das Gespräch einzubeziehen, erzählte sie ihm, daß sie Bello trainierte, damit er als abgerichteter Gebrauchshund für Transporte sie bei der Bewirtschaftung der Berghütte unterstützen konnte.

Sie waren fertig mit dem Abendessen und räumten zusammen den Tisch ab.

Dann setzten sie sich an den Kamin. Jens begann ein Gespräch:

»Du arbeitest bei einer Bank, Anna?«

»Ja, ich bin Abteilungsleiterin in einer Abteilung für Aktiengeschäft und Anlagen. Und du?«

Erst als Anna die Frage ausgesprochen hatte, wurde sie ihr bewußt.

»Entschuldige, Jens, das war taktlos von mir. Alois hat alles erzählt.«

Jens lächelte.

»Muß dir nicht peinlich sein. Mir ist inzwischen alles wieder eingefallen. Alles!« Bei diesen Worten schaute er ins Feuer. »Ja, alles! Jetzt muß ich sehen, wie ich mein Leben hier und mein Leben dort unter einen Hut bringe. Es wird nicht leicht werden. Auf dem Heimweg habe ich mir gewünscht, daß die Erinnerung nicht ganz zurückgekommen wäre. Ich würde mich gerne an alles erinnern, was keine Probleme macht. Auf alles andere könnte ich verzichten. Aber so ist dem nun mal nicht!«

Er seufzte.

»Ich denke, daß ich auch im Namen von Alois und Leo spreche. Wenn du Hilfe brauchst, dann helfen wir dir gern, Jens. Ist Jens richtig?«

»Ja, Jens ist mein richtiger Name. Jörg, das ist mein Zwillingsbruder.«

»Oh, Zwillinge sollen eine enge Herzensbindung haben. Sicherlich ist er ganz krank vor Sorge um dich.«

»Ich werde morgen hinunter ins Dorf gehen und anrufen. Die Telefonnummer ist mir auch wieder eingefallen, wie alles.«

»Jens, ich habe ein Handy! Willst du es?«

Ohne seine Antwort abzuwarten, stand Anna auf und ging in ihre Kammer.

»Deine Anna ist eine ganz besondere Frau, Toni. Kaum zu glauben, daß sie Bankerin ist. Wenn man sie so in ihrem Dirndl sieht, denkt man, sie sei hier aufgewachsen.«

»Die Anna war ein richtiger Besen, als sie hierher kam. Ich habe dir die Geschichte ja schon erzählt. Sie wollte gleich wieder fort. Doch dann ist sie hängengeblieben, hier in den Bergen, auf der Berghütte, bei Bello und bei mir. Irgendwann, hoffentlich bald, wird sie ganz übersiedeln. Dann werden wir beide die Berghütte zusammen bewirtschaften. So ist das jedenfalls geplant. Im nächsten Jahr wollen wir den Betrieb regulär aufnehmen.«

Alois griff in seine Tasche.

Er reichte Toni einen Brief.

»Den hat die Anna mitgebracht. Er war ja noch an mich adressiert, weil ich hochoffiziell immer noch als Grundstückseigner im Buche stehe. Deshalb hab' ich ihn aufgemacht. Wir sollten bald zum Notar gehen, um die Sache mit der Berghütte zu regeln, Toni. Ich bin zu alt für den Kram. Die Berghütte habe ich dir schon längst übergeben. Daß denen auf den Amtsstuben mit ihren verstaubten Aktenbergen ein Handschlag nicht genügt, da kann keiner was dran machen. Da müssen wir uns fügen, du und ich. Jetzt lies! Ich sag' dir gleich, des is nix Gutes.«

Toni entnahm die engbeschriebenen zwei Seiten und las sie.

»Was ist das für ein hirnverbrannter Schmarr'n? Da holt's doch die Geier! Bauvorschriften! Bauvorschriften! Genehmigung! Seit wann trifft das auf Berghütten zu? Sollen froh sein, daß es Leute gibt, die hier die Stellung halten, die den Wanderern und Kletterern eine Möglichkeit des Schutzes, der Zuflucht in den Bergen geben. Diese Amtsschimmel, diese depperten, wollen mich, wollen uns noch dafür schikanieren. Schmarr'n! Aber ich sag dir, Alois. Da steckt bestimmt der Rupert Schwarzer dahinter. Er selbst macht sich die Hände aber nicht schmutzig. Er hat bestimmt den Huber Franz vorgeschickt. Der ist ja sein Strohmann, sein Spitzel in Waldkogel.«

Toni zitierte aus dem amtlichen Schreiben.

»Wie unsere Dienststelle erfahren hat, betreiben Sie ohne behördliche Genehmigung und Abnahme der Lokalität eine Berghütte. Damit haben Sie gegen die nachfolgenden Paragraphen ... bla, bla, bla und so weiter ... verstoßen. Infolgedessen liegt eine Ordnungswidrigkeit vor, die mit einem Bußgeld in entsprechender Höhe, gemäß des Verstoßes geahndet wird. Beiliegend erhalten Sie den Bescheid.«

Toni seufzte. Er stand auf und holte den Schnaps. Er kippte einen auf ex.

Jens hatte nach den Papieren gegriffen und überflogen.

»Das läßt sich leicht regeln. Den Behörden darfst du keinen Vorwurf machen. Bei denen wurde das angezeigt und dann mußte der Amtsschimmel wiehern. Die Beamten reißen sich auch nicht um zusätzliche Arbeit. Aber es gibt nun mal Vorschriften und Regeln. Diese teilweise Überregulierung mußt du den Politikern anlasten. Kann ja verstehen, daß du dich tierisch aufregen tust. Hast mir ja ausführlich vom Rupert Schwarzer erzählt und seinem Handlanger dem Franz Huber. Kann sein, daß der Schuß schon aus der Richtung kommt.«

Jens lächelte Toni an.

»Das ist leicht in den Griff zu kriegen. Du hast ja ein Widerspruchsrecht. Wir werden da ein Schreiben zurückdonnern, daß sie den Bescheid ganz schnell zu den Akten legen.«

»Klingt, als würdest du dich auskennen, Jens?«

»Tu ich! Gleich, gleich! Gib mir erst auch mal einen Enzian.«

Anna brachte Gläser aus der Küche. Doch Toni reichte Jens erst einmal die Flasche.

Er trank. Dann sagte er:

»So, Leute! Ich bin Jens Angermann. Mein Zwillingsbruder ist der Jörg. Genau wie unser Vater haben wir Ingenieurwissenschaft und Architektur studiert.«

»Deshalb hast du die guten Ideen gehabt!« warf Toni ein.

Ohne darauf einzugehen, sprach Jens weiter.

»Mein Bruder und ich arbeiten bei meinem Vater. Wir sind ein richtiger Familienbetrieb. Unsere Mutter kümmerte sich um den Haushalt und uns zwei Buben, als wir noch klein waren. Jetzt macht sie auch Bürokram. Vater hat auch noch ein paar Angestellte. So, deshalb weiß ich so gut Bescheid. Toni! Alois! Wenn du mich läßt, dann bekomme ich den Wisch in ein paar Tagen vom Tisch.«

»Donnerwetter!« Der alte Alois schlug sich auf die Oberschenkel, daß seine Lederhose nur so krachte. »Bei allen Heiligen! Dich hat uns der Himmel geschickt.«

»Ja, das hat er, Alois!« stimmte ihm Toni zu. »Direkt und ohne Umwege aus dem ›Paradiesgarten‹!«

»Anna, hol die großen Gläser! In die geht net so viel rein wie es sich für einen solchen Anlaß gehört.«

Die Augen des alten Mannes leuchteten. Er erschien um Jahre jünger. »Das wird ein Spaß! Da hat sich der Schwarzer, die Satansbrut, zu früh gefreut.«

Alois schenkte die Gläser voll. Sie prosteten sich zu. Die Männer tranken aus. Anna nahm einen kleinen Schluck. Dann stand Jens auf und trat zum Kamin. Er legte einige dicke Holzscheite auf und stocherte mehr als nötig in der Glut.

»Aufi denn! Wie du es immer sagst, Toni. Ich muß jetzt mal telefonieren. A, in der Sache da und B, in meiner Sache.«

Anna reichte ihm das Handy.

Jens zog sich die Lodenjacke an, setzte einen Hut auf, denn draußen war es kalt. Dann ging er hinaus. Seine Augen hatten sich bald an die Dunkelheit gewöhnt. Außerdem kannte er inzwischen jeden Quadratzentimeter rund um die Berghütte. Er lief um sie herum und setzte sich hinten auf dem Holzplatz auf den Holzklotz. Dann rief er daheim an.

Es dauerte sehr lange, bis er wieder hereinkam.

»Und?« fragte der alte Alois.

»Alles in Ordnung! Mein Vater und mein Bruder suchen die entsprechenden Paragraphen heraus. Ich rufe sie morgen noch mal an. Dann schreiben wir den Widerspruch. Der Rest ist nur Formsache.«

Langsam, wie in Zeitlupe, zog Jens seinen Janker aus und hing ihn an einen der Kleiderhaken bei der Tür der Berghütte. Er hing auch den Hut auf. Dann setzte er sich wieder an den Kamin.

»So, nur eine Formsache ist das. Gut so, Jens! Was ist mit dir? Hast deinen Eltern erzählt, was geschehen war und wo du all die Zeit abgeblieben bist? Die haben sich doch bestimmt gefreut, daß sie ihren Bub so gut wie neu wiederbekommen.«

»Alois, klar habe ich meinen Eltern alles erzählt. Mit meinem Bruder Jörg habe ich auch gesprochen. Sie lassen schön grüßen!«

»Bub, nun sprich doch! Was haben sie gesagt?«

»Viel haben sie gesagt, Alois! Viel, sehr viel!«

»Der Jens ist schon ein echter Bergler geworden, die alle nix reden, wenn sie nix sagen wollen, Alois! Dräng ihn net.«

»Schon gut, Toni. Ich verstehe euch schon. Wäre ich an eurer Stelle, wäre ich auch neugierig. Aber es war ein ereignisreicher Tag für mich heute. Ich muß erst mal über vieles nachdenken.«

»Du meinst, über das, was du mir so verschlüsselt angedeutet hast, mit dem Hinweis auf die Geschichte aus dem Alten Testament, vom Sündenfall.«

»Ja, Toni! Doch will ich zuerst mit Franzi reden. Das ist mir am allerwichtigsten. Das kann auch nicht warten.«

Jens stand auf.

»Heißt das, daß du jetzt noch runtersteigen willst, Jens?«

»Ja, Toni! Ich muß noch mehr als ich will. Mach dir keine Sorgen. Ich finde den Weg schon, den Bergpfad von der Hütte immer geradeaus bis zur Kreuzung, da wo das Marterl steht. Geradeaus kommt man zur Oberländer Alm. Rechter Hand geht's zur Dollinger Almhütte.«

Wortlos sahen sie zu, wie Jens sich anzog. Toni reichte ihm die Stablampe. Er brachte ihn hinaus.

»Gott schütze dich, mein Freund!«

Sie standen einen Augenblick beieinander. Zuerst hatte Toni den Eindruck, daß Jens ihm etwas anvertrauen wollte. Doch dieser sagte dann doch kein einziges Wort.

»Denke daran, Jens! Du bist heute im ›Paradiesgarten‹ gewesen«, rief Toni ihm nach.

»Is er fort?«

»Ja, Alois! Er is jetzt auf dem Weg zur Franzi. Ich mein', der Jens schleppt eine große Last mit sich herum. Die muß er erst loswerden, dann wird er uns schon alles erzählen.«

Es wollte kein richtiges Gespräch mehr aufkommen. So ließ Toni den Neufundländer noch einmal kurz raus. Dann gingen sie alle schlafen.

*

Schnellen Schrittes, weit ausholend, war Jens den Berg hinuntergeeilt. Es war eine helle sternenklare Nacht. Bevor er an der Weggabelung abzweigte, hielt er am Marterl kurz inne. Die Stablampe auf das Kruzifix gerichtet, erflehte er für Franzi Kraft und Verständnis, Geduld und Vertrauen in ihre Liebe zu ihm.

Er hämmerte mit beiden Fäusten gegen die Tür der Dollinger Alm. – »Franzi! Franzi! Ich bin's!«

Der Riegel wurde zurückgeschoben, die Tür aufgerissen und dann warf sich Franzi an seinen Hals. Sie bedeckte sein Gesicht mit Küssen.

»Oh, Jörg!«

Er nahm sie auf den Arm und trug sie über die Schwelle. Mit dem Fuß gab er der Tür einen Stoß, daß sie mit lautem Knall ins Schloß fiel. Unter ihrem weiten, hochgeschlossenen, einfachen Baumwollnachthemd fühlte er ihren warmen Körper. In der Stube der Almhütte, die zugleich Wohnraum und Küche war, setzte er sie ab. Er reichte ihr eine Decke.

»Hänge dir etwas über, sonst erkältest du dich!«

»Kannst mich ja warmhalten, Jörg!« flüsterte Franzi ihm zu. »Bei uns in den Bergen gibt es den Brauch des Fensterlns. Da steigen die verliebten Burschen über Leitern des Nachts in die Schlafkammern ihrer Liebsten. Dann halten sie sie warm. Bei mir ist das einfacher. Da mußt nicht auf eine Leiter klettern. Meine Kammer liegt ebenerdig, hier auf der Almhütte. Da muß ich wohl in Sachen Romantik Abstriche machen. Aber den Anfang hast du schon ganz gut gemacht, Jörg. Wie du mich so gepackt hast. Warum hast aufgehört? Hat dich der Mut verlassen? Das ist ganz und gar net nötig. Ich war drunten beim Vater und auch der Mutter. Ich habe mit ihnen gesprochen. Sie haben nix gegen dich, auch wenn du nicht weißt, wer du bist und wo du herkommst. Sollst am Sonntag mit mir runterkommen. Du, Jörg, ich hab' mir das so gedacht. Erst besuchen wir den Gottesdienst und anschließend gehen wir heim zum Mittagessen. Nach dem Essen wird dir mein Vater den Hof zeigen. Dann gibt's Kaffee. Zum Kaffee ist mein Bruder, der Lenz, mit seiner Frau auch da. Geredet selbst hab' i mit dem Lenz noch net. Aber die Eltern haben mir versprochen, mit ihm zu reden. Sie werden alles tun, dir zu helfen, Jörg! Jetzt kriegst du wieder eine richtige Familie. Mein Heim wird auch dein Heim sein! Wirst sehen, meine Eltern werden dich mit offenen Armen empfangen. Und unserem Knecht, dem geht es auch bald besser.

Dann kann er wieder die Arbeit auf der Alm machen. Das dauert nicht mehr lang, vielleicht noch zwei bis drei Wochen. Dann werden wir beide unten bei den Eltern auf dem Hof sein. Mutter hat sich schon alles ausgedacht. Da gibt es den Altenteil. Der ist unbewohnt. Bis der Herrgott die Großeltern zu sich genommen hat, haben sie da gewohnt. Da kannst wohnen, bis ...« Sie brach kurz ab ... »Bis – du weißt schon. Aber Fensterln, das kannst immer bei mir. Da mußt dich net genieren. Im Gegenteil, das wird sogar erwartet. Das gehört nun mal zur Werbung dazu. Auch wenn das mit uns ganz anders war, so will ich darauf doch net verzichten. Was soll ich sonst später einmal meinen Kindern erzählen?«

So sprudelte alles aus Franzi heraus. Sie schien überhaupt nicht zu bremsen zu sein. Ihre Augen leuchteten. Alles Glück dieser Welt stand in ihrem Gesicht. Jens riß sie einfach an sich und erstickte ihren Redeschwall mit einem langen, sehr langen innigen Kuß.

»Setz dich hin, Franzi! Langsam! Eins nach dem anderen. Du hast mir jetzt alles gesagt. Jetzt bin ich an der Reihe – und du hörst mir zu, ja? Du hörst mir schön zu, bis ich ganz zu Ende gesprochen habe. Ja, Franzi, ja?«

»Was gibt es da viel zu reden? Sage einfach nur ja!«

»Franzi!« Seine Stimme hatte einen anderen Klang.

Irgend etwas stimmte nicht. Eine plötzliche Angst legte sich wie ein eiserner Reifen um ihr liebendes Herz. Er schnürte ihr alles zusammen. Eben war sie noch voller Hoffnung, Frohsinn und Zukunftsplänen. Jetzt hatte sie nur noch Angst. Etwas bedrohte sie, hing wie eine dunkle Wolke über ihr.

Jens stocherte im Ofen die Glut an. Er legte zuerst Späne auf, dann dickere Holzstücke.

»Es wird gleich warm sein.«

Er setzte sich in den Lehnstuhl, der einst Franzis Großvater gehört hatte. Sie sah ihm zu, wie er seine Pfeife stopfte und sie anzündete. Dann schaute er ihr in die Augen.

»Franzi! Ich werde dir jetzt etwas sagen müssen. Vielleicht wird es dir weh tun. Vergiß niemals, daß ich dich liebe!«

Jens machte eine Pause, zog an seiner Pfeife.

»Franzi, ich war mit dem Baumberger Antonius heute auf dem Berg. Wir haben zwei Murmeltiere gesehen. Da fiel mir ein, daß ich einen Zwillingsbruder habe. Er heißt Jörg. Ich heiße Jens. Er ist der Junge, dessen Bild ich als Fetzen immer wieder gesehen habe. Dann gingen wir weiter hinauf bis zum ›Paradiesgarten‹. Dort rasteten wir.«

Er atmete tief ein. Franzi sah, daß er sich quälte.

»Dort oben erinnerte ich mich wieder. Ich kann mich an alles erinnern. Die Erinnerung kam vollständig zurück. Ich heiße Jens Angermann. Ich weiß, wer meine Eltern sind, kenne meine Adresse, die Telefonnummer. Ich weiß einfach alles wieder. Ich habe mich auch wieder erinnert, wie ich dich zum ersten Mal gesehen habe. Ich hatte mich sofort in dich verliebt und ich liebe dich noch immer. Doch da gibt es noch jemanden.«

Jens schaute Franzi nicht an.

»In meinem alten Leben war ich verlobt. Sie heißt Beate Clausen. Wir hatten uns vergangene Weihnachten verlobt. Ich war auch überzeugt, daß sie die Frau ist, mit der ich mein Leben verbringen wollte. Dann bin ich dir begegnet. Ein Blick in deine Augen hat mir gesagt, daß ich die wahre Liebe doch noch nicht gefunden hatte.«

Während Jens sprach, ging Franzi durch alle Höhen und Tiefen der Gefühle. Sie stürzte von den höchsten Gipfeln hinab in die tiefsten und dunkelsten Schluchten, um gleich danach einem Adler gleich wieder aufzusteigen.

»Jetzt weiß ich, daß es nur eine wahre Liebe gibt. Sie kam wie eine Naturgewalt über mich und hat mein Herz ergriffen. Es war dein Bild, das mir da oben vor Augen stand und mich hoffen ließ, mich am Leben erhielt. Du bist es gewesen, Franzi! Es war nicht Beate, die in meinem Herzen war und mir Kraft und Stärke gab, mich in meiner Verwandlung tröstete. Du bist es gewesen!«

Er drückte mit dem Pfeifenknecht die Asche im Pfeifenkopf leicht zusammen und zündete seine Pfeife erneut an. Er rauchte einige Züge.

»Da gibt es jetzt also zwei Frauen in meinem Leben. Da gibt es dich, der mein Herz gehört, hier und jetzt. Daheim gibt es Beate. Ihr gab ich ein Versprechen. Ich versprach ihr die Ehe. Dieses Versprechen hatte ich vergessen, weil ich mich nicht erinnern konnte. Wenn ich es recht bedenke, erlosch die Erinnerung an Beate in dem Augenblick, als ich in deine Augen sah. Natürlich hatte ich damals noch mein Gedächtnis. Den ganzen Tag über verglich ich dich mit Beate. Ich hatte mich sofort in dich verliebt und suchte nach einem Ausweg. Es gab nur zwei Möglichkeiten. Ich mußte mich von Beate trennen oder dich vergessen. Ich dachte, bei einer großen und anstrengenden Wanderung, die alle meine Kraft fordern würde, könnte ich dich vergessen. In der Gaststube der Baumbergers hörte ich die Männer dann vom ›Höllentor‹ erzählen. Das reizte mich natürlich. Ich liebe nun mal Herausforderungen. Alle Vorsichtsmaßnahmen schlug ich in den Wind. Ich hatte keinen Helm dabei, keinen Pickel, kein Seil. Ich war daheim nach einem Streit mit meinem Bruder Jörg in aller Eile aufgebrochen. Wir hatten uns wegen Beate gestritten und wegen einiger anderen Sachen. Ich wurde unterwegs vom Wettersturz überrascht. Er war schlimm. Ich hatte mich vorher etwas erkundigt. Es gibt ja zwei Wege, den ›Sündenpfad‹ und der ›Büßerstieg‹. Ich wählte den ›Büßerstieg‹. Ich war fast oben, als ich vom Stein getroffen wurde. Benommen blieb ich liegen, bis das Wetter vorbei war. Ich konnte nicht absteigen. Mir schwindelte, wenn ich nur nach unten schaute. So blieb nur der Weg nach oben. Ich mußte raufkommen, um dann hinüberzuwechseln zum ›Sündenpfad‹. Dort sollte ein kleiner Gebirgsbach sein. Dort, versorgt mit Wasser, würde ich mich erholen können. Auch wenn es einige Tage dauern würde, bis der Schwindel nachlassen würde. Gehen konnte ich nicht. Also kroch ich auf allen vieren. Ich hing mir den Biwaksack über die Schultern und schob den Rucksack vor mir her. Alle paar Meter mußte ich ausruhen. Franzi, ich kann dir nicht sagen, wie ich es geschafft habe. Ich weiß auch nicht, ob ich das Geröllfeld am ersten oder am zweiten Tag erreicht habe. Zwischendurch muß ich wohl öfters die Besinnung verloren haben oder eingeschlafen sein. Ich weiß es nicht.«

Er zog kräftig an der Pfeife.

»Wann ich meinen Rucksack verloren habe, weiß ich nicht. Da habe ich Lücken. Ich grub mir eine Mulde im Geröllfeld und legte mich hinein. Einmal am Tag versuchte ich zum Wasser zu kriechen, um etwas zu trinken. Ich wußte, daß ich mich nicht in die Nähe des Wassers legen durfte. Beim nächsten Regen hätte die Gefahr bestanden, daß ich von den Wassermassen überrascht würde. Franzi, ich verlor jedes Gefühl für Zeit. Ich sah nur immer dein Bild vor mir. Da standest du mit den Blumen im Arm in der Sonne und schautest mich an. Dahin wollte ich wieder. Wenn ich träumte, waren da Fetzen eines Bildes wie Splitterfelder in einem Kaleidoskop von einem Jungen. Jetzt weiß ich, daß es Jörg war, mein Zwillingsbruder.«

Jens schenkte sich ein Glas Brunnenwasser ein, aus dem Krug, der auf dem Tisch stand.

»Ich spürte, wie ich mich langsam erholte. Als Toni, Leo und Martin mich fanden, ging es mir schon etwas besser, körperlich. Doch dann stellte ich fest, daß ich mich kaum an etwas erinnern konnte. Ich wußte nicht, wie ich auf den Berg gekommen bin, wußte nicht, wer ich war. Nur gewisse Verhaltensweisen, wie man sie für die Berge braucht, waren mir präsent. Als Martin mich nach meinem Namen fragte, da sagte ich Jörg. Dieser Name war mir eingefallen. Ich war mir aber immer unsicher, ob ich wirklich Jörg heiße. Als Toni mir sagte, daß er mich zu dir bringen würde, da konnte ich mich fallen lassen. Martin erzählte mir, ich sei mit einem Lächeln sofort in tiefen Schlaf gefallen. Als ich aufwachte, bist du dagewesen. Du hast mich gepflegt, und ich konnte dir nahe sein.«

Jens trank das Wasser aus.

»Franzi, ich liebe dich! Aber ich kann nicht mit dir kommen am Sonntag. Ein altes Sprichwort sagt, man kann nicht auf zwei Hochzeiten tanzen. Eine andere Redensart lautet, dem Tode von der Schaufel gesprungen. Ja, ich bin dem Tod entronnen. Es war die Liebe zu dir, die mir die Kraft gab, daß ich für meine Dummheit und meinen Leichtsinn nicht mit meinen Leben bezahlt habe. Verstehe mich bitte richtig! Ich liebe dich nicht aus Dankbarkeit. Ich liebe dich wirklich und wahrhaftig. Doch ich muß erst mein Leben in Ordnung bringen. Ich muß heim und mir Klarheit schaffen. Ich muß mit Beate sprechen, mit meinen Eltern, mit meinem Bruder. Ich will Beate gegenübertreten. Ich muß das tun. Ich muß mich prüfen. Das muß ich nicht nur für mich tun, sondern auch für dich. Wenn ich zurückkomme, kannst du sicher sein, daß das Kapitel Beate in meinem Leben abgeschlossen ist. Verstehst du mich, Franzi? Um zu dir zu kommen, muß ich dich verlassen. Ich habe Beate ein Versprechen gegeben. Sie muß mich daraus entlassen.«

Franzi war blaß wie eine frisch gekalkte Wand. Sie stand auf und zog die Decke enger um ihren Körper. Dann versagten ihr die Beine. Sie fiel in Ohnmacht. Das war alles zuviel für sie gewesen. Jens fing sie auf. Er trug sie auf seinen starken Armen in ihre Kammer. Liebevoll legte er sie auf ihrem Bett ab und deckte sie zu.

Franzi kam zu sich. Mit geschlossenen Augen hauchte sie: »Raus! Sofort! Verschwinde!«

Jens hauchte ihr einen Kuß auf ihr Haar. Sie drehte sich zur Wand. Jens ging hinaus. Mit schwerem Herzen schrieb er ihr einige Zeilen. Diese legte er mit der Blume aus dem ›Paradiesgarten‹ auf den Tisch. Dann verließ er die Dollinger Almhütte.

Das Gras auf der Wiese war feucht. Er ging querfeldein, bis zum Milchweg. Diesem folgte er hinunter bis ins Dorf. Die ersten Hähne krähten und meldeten den Morgen. Mit eiligen Schritten folgte er der Hauptstraße, bis er zum Haus des Doktors kam. Auf dem Schild stand:

Dr. Martin Engler
Prakt. Arzt und Sportarzt
Sprechstunden täglich
Montag bis Freitag 10 bis 12 Uhr und nach Vereinbarung
(Privater Hauseingang durch den Garten)

»Aha!« redete Jens vor sich hin. »Privater Hauseingang, den nehme ich.«

Er ging um das Haus herum und drückte auf die Klingel.

»Langsam, ich komme!«

Dann öffnete Martin. Zerzaust und unrasiert stand er vor ihm.

»Jörg? Du?«

»Guten Morgen, Martin! Nicht Jörg! Jens Angermann!«

»Komm rein. Kaffee? Setz dich! Erzähl! Mich mußt entschuldigen, bin gerade aus den Federn gekrochen.« Martin gähnte.

»Dann geh mal ins Bad und mach dich fertig. Ich werde mich in deiner Junggesellenküche schon zurechtfinden.«

Doktor Martin Engler kratzte sich am Kopf.

»Jens?«

»Ja, Jens! Jörg ist mein Zwillingsbruder.«

»Aha! Dann weißt du ...«

»Ja, mir ist alles wieder eingefallen, auch daß ich verlobt bin mit Beate.«

»O Gott! Bei allen Heiligen! Da hast dir aber etwas eingebrockt mit der Franzi! Weiß der Geier, wie du wieder rauskommst.«

»Du mußt mir helfen, Martin!«

»Langsam, das ist ein bissel viel so auf nüchternen Magen. So früh am Morgen!«

Martin schlurfte in seinen Filzpantoffeln ins Bad.

Ein wenig später saßen die beiden Männer beim Frühstück in der Küche.

»Ja, da weiß ich auch net, wie du da wieder rauskommen sollst, so schnell. Die Franzi hast ja wohl arg getroffen. Deine Beichte hat das arme Madl umgehauen. Das kann ich verstehen.«

»Ich liebe sie aber! Die Franzi ist mein Madl.«

»Wenn sie dich denn dann noch will.« Jens wurde blaß.

»Jens, es gibt nur einen Weg. Zwei Frauen kannst net haben. Wenn du die Franzi haben willst, dann mußt die Sache mit der Beate so schnell wie möglich ins reine bringen. Dann kommst wieder und bittest Franzi um die Hand. So, wie ich die Franzi einschätze, wird sie dich etwas zappeln lassen. Es liegt dann bei dir, wie hartnäckig du bist.«

»Ich hab' ihr doch ganz klar gesagt, daß ich sie liebe und nur sie liebe. Eigentlich hatte ich erwartet, daß sie mir um den Hals fällt. Immerhin war ich ehrlich zu ihr. Ich ärgere mich jetzt, daß ich ihr alles erzählt habe. Ich hätte die Sache mit Beate beenden können, ohne daß die Franzi etwas erfährt. Was hab' ich jetzt von meiner Ehrlichkeit? Was? Statt daß sie mir um den Hals gefallen ist, ist sie in Ohnmacht gefallen. Dann hat sie mich rausgeworfen. Ich hab' ihr zwar noch ein paar Zeilen geschrieben, doch ich frage mich, ob es nützen tut.«

»Eine schwierige Geschichte! Du liebst die Franzi – und die Franzi liebt dich! Also mußt du um sie kämpfen! Hättest sollen dich net abspeisen lassen von ihr. Es wäre besser gewesen, wenn du bei ihr geblieben wärst, droben auf der Dollinger Alm.«

»Was denkst du, was die Franzi jetzt macht?«

Martin warf einen Blick zur Uhr. »Mmm! Sie wird aufgestanden sein. Jetzt ist sie sicher beim Melken. Weißt, egal, was passiert, ob jemand geboren wird oder stirbt, ob Sommer oder Winter, Sonne, Schnee oder Hagel, es ist gleich ob es Werktag oder Sonntag ist, das Vieh muß immer versorgt werden. Da gibt es keine Ausnahme. Also wird die Franzi erst mal ihrer Arbeit nachgehen. Sie wird melken. Dann wird sie die anderen Verrichtungen machen. Dabei wird sie nachdenken – viel Zeit hat sie ja dabei, wenn sie das Lab mit der Milch verrührt für den Käse.«

»Meinst, ich soll wieder hinaufgehen auf die Dollinger Alm?«

»Darauf kann ich dir keine Antwort geben, Jens. Du mußt dir mal klarwerden, was die Franzi dir gesagt hat. Ihre Familie hat dich aufgenommen, obwohl du ein Fremder, ein Zugereister bist. Einfach so – ohne wenn und aber – haben sie dich aufgenommen. Das haben sie nur getan, weil sie überzeugt sind, daß Franzi dich liebt. Sie hat ihnen klargemacht, daß du sie auch liebst. Sie ließ keinen Zweifel zu, ganz gleich, was vor deiner Amnesie war, daß sie dich will und nur dich. Jens, das ist etwas ganz Besonderes. Das ist ein Glücksfall. So einfach geht das hier in den Bergen normalerweise nicht, wenn ein Fremder sich in ein Madl von hier verguckt.«

Martin trank einen Schluck Kaffee.

»Also, ich kann ja verstehen, daß du heim willst. Ich an deiner Stelle würde erst fahren, wenn die Sache mit der Franzi geklärt ist. Jetzt bleibst mal schön hier bei mir. Kannst dich ja ein bißchen hinlegen, wenn du magst. Ich muß jetzt mit der Mira raus. Die Hündin braucht ihren Auslauf. In einer Stunde bin ich wieder da.«

*

Die Angermanns hatten nach dem Anruf von Jens zusammen gesessen. Sie freuten sich sehr, daß es ihm gutging, nachdem sie gehört hatten, was geschehen war.

»Soso! Da hat mein Zwillingsbruder nicht nur ein gefährliches Abenteuer in den Bergen überstanden, sondern auch noch die große Liebe gefunden.«

»Wenn er das so sagt, dann wird es wohl so sein. Da kann man nichts machen. Er ist erwachsen. Er lebt. Er hat schweres durchlebt. Entschieden hat er sich für seine neue Liebe, diese Franzi. Ich denke, daß er dann auch zu ihr in die Berge ziehen wird. Er war schon immer ein Kind der Berge, im Gegensatz zu dir, Jörg.«

»Ich weiß, Vater! Von dieser Seite gesehen haben die beiden auch nicht zusammengepaßt. Beate hätte niemals seine Leidenschaft für die Berge geteilt. Mit der Franzi scheint er alles zu bekommen, was er sich wünscht und was ihm wichtig ist. Ich habe meinen Bruder noch nie so sprechen gehört. Die Firma, die Arbeit, das war ihm alles egal. Er sprach nur von Franzi. Ich bin wirklich gespannt auf sie. Sie muß ein ganz besonderer Mensch sein.«

»Vielleicht bringt er sie mit, wenn er jetzt bald kommt. Kommen muß er ja. Er muß seine Papiere neu beantragen. Es ging ja alles verloren, mit dem Rucksack, soweit ich das richtig verstanden habe.«

Norbert Angermann stimmte seiner Frau zu.

»Ich habe ihm versprochen, mich darum zu kümmern. Gleich morgen, werde ich mich erkundigen. Wir kennen so viele Leute. Vielleicht gibt es da Möglichkeiten, Freundschaftsdienste, daß die Sache schnell und glatt gehandhabt wird. Soweit ich unseren Sohn verstanden habe, will er so schnell wie möglich diese Franzi Dollinger heiraten. Da hat wohl richtig der Blitz eingeschlagen. Unter uns, ich hatte immer so meine Bedenken, wenn ich mir Jens und Beate so betrachtet habe. Wie war es bei dir, Jutta?«

»Nun, sie kannten sich schon lange, seit der Schulzeit. Ich war dann doch etwas überrascht, daß sich da etwas ergab zwischen Jens und Beate. Nun ja, einfach wird es mit Beate nicht werden. Sie ist keine Frau, die so leicht verzichtet. Das wird schwer werden. Meint ihr, daß wir ihr sagen sollten, daß sich Jens gemeldet hat?«

»Ich weiß nicht, Mutter! Jens wollte zuerst mit Franzi reden und dann mit Beate.«

»Das wird frühestens morgen abend sein. Jens ist sicherlich nicht so unklug, Beate in der Firma anzurufen«, gab Jutta zu bedenken. »Deshalb haben wir ein Problem. Beate ruft jeden Abend hier an und fragt, ob wir etwas von Jens gehört haben. Eigentlich erwarte ich ihren Anruf jeden Augenblick. Wir können doch nicht so tun, als wüßten wir nichts. Das macht die Sache doch nur noch schlimmer. Also, meine Herren! Ich gebe frank und frei zu, daß ich nicht den Hörer abnehme. Was tun wir also?«

Da klingelte auch schon das Telefon.

»Wenn man vom Teufel spricht, kommt er oder ruft an in diesen modernen Zeiten.«

Jörg stand auf und schaute auf das Display.

»Es ist wirklich Beate.«

Norbert Angermann stand auf und ergriff den Hörer.

»Angermann!«

Er lauschte.

»Ah, Beate! Wir haben gerade von dir gesprochen. Jens hat sich gemeldet, heute abend bei uns. So vor einer halben Stunde.«

Norbert Angermann lauschte wieder. Er zog dabei die Stirn hoch.

»Es geht ihm gut. Er hatte eine schöne Zeit in den Bergen verlebt. Beim Wandern hatte er sich wohl verletzt. Aber die Verletzung ist ausgeheilt.«

Jutta und ihr Sohn beobachteten die Szene. Norbert tat ihnen leid. Er mußte wohl einen ganzen Redeschwall über sich ergehen lassen. An seiner Nasenwurzel vertiefte sich die Zornesfalte. Sie konnten deutlich sehen, wie ärgerlich er war. Dabei war Norbert Angermann wirklich ein geduldiger Mensch.

»Beate! Beate!« brüllte er ins Telefon. »Nein! Jetzt hörst du mir mal zu.«

Norbert Angermann holte tief Luft und sah seine Frau und Jörg kurz an. Ganz ruhig sagte er:

»So, Beate! Jetzt muß ich dir mal etwas sagen. Ich sage das als Vater von Jens. Jens ist erwachsen und kann machen, was er will. Das Leben kann so kurz sein. Jeder sollte es so verbringen, wie er es für richtig hält. Mir ist egal, wenn du Jens' Bergleidenschaft nicht mit ihm teilst. Das ist eure Sache. Es gibt immer Sachverhalte zwischen Menschen, die unverständlich sind.«

Beate mußte wohl dazwischen geredet haben. Norbert war jetzt zornig. »Beate, mir war es völlig unverständlich, was Jens an dir finden konnte. So, jetzt weißt du es. Ich danke dem Himmel, daß er das noch rechtzeitig bemerkt hat, daß er an dir weder eine Stütze findet, noch die Liebe, die sich ein Mann wünscht. So jetzt weißt du es!«

Norbert hielt den Telefonhörer einen Augenblick in einiger Entfernung von seinem Ohr, dann drückte er auf die Lautsprechertaste, damit Jutta und Jörg auch mithören konnten. Sie erlebten eine kreischende Beate am anderen Ende der Telefonleitung.

Norbert Angermann meldete sich dann energisch zu Wort:

»Beate, es war nicht meine Absicht, meinem Sohn vorzugreifen. Ich will mich auch nicht in seine Angelegenheiten mischen. Aber ich bin froh, daß er jetzt wohl eine Frau mit Herz gefunden hat. Er wird die Verlobung mit dir lösen und sie bald heiraten, soweit ich ihn verstanden habe. Aber wie gesagt, daß ist Jens' Sache. Du mußt eben warten, bis er dich anruft. Guten Abend, Beate!«

Das Gespräch war beendet.

»Es ging nicht anders! Ich hatte die besten Absichten. Ich wollte sie vertrösten, daß Jens sie sicherlich noch anrufen würde. Aber ihr hättet sie mal hören sollen!«

»Norbert, wir machen dir keine Vorwürfe.«

Das Telefon klingelte immer und immer wieder.

»Das ist Beate. Ich kann den Anrufbeantworter einschalten. Aber dann wird sie sicher vorbeikommen. Vater, Mutter, das wollen wir verhindern.«

Jörg nahm ab. Er lauschte.

»Nein, Beate! Jens hat uns nicht untersagt, dir seine Adresse zu geben. Er ist in Waldkogel.«

Jörg warf seinen Eltern einen langen Blick zu.

»Nein, Beate! Ich weiß nicht in welchem Hotel oder welcher Pension er wohnt. Ich nehme an, er wohnt privat.«

Jörg hielt die Muschel vom Hörer zu.

»Ich hoffe, daß Jens das zu schätzen weiß.« Dann sprach er weiter in den Hörer. »Beate, es hat keinen Zweck, wenn du da hinfährst. Ich gebe dir den guten Rat, mache die Sache nicht schlimmer als sie ist. Einen Augenblick, Beate! Ich spreche erst mal mit meinen Eltern.«

Jörg preßte seine Hand mit aller Kraft gegen den unteren Teil des Hörers.

»Sie droht, sofort herzukommen und uns zu belagern, bis wir ihr die Adresse von Jens geben. Sie will hinfahren.«

»Dann gib sie ihr in Gottes Namen! Morgen früh versuche ich Jens zu erreichen, um ihn vorzuwarnen. Es ist eine ziemliche Strecke bis nach Waldkogel. Beate wird vor morgen mittag nicht dort sein können. Dann bleibt ihm noch Zeit, sich seine Worte zu überlegen.«

»Hörst du, Beate. Der Jens ist in einer Berghütte. Wenn du ihn dort nicht findest, dann kannst du nach Dollinger fragen, Franzi Dollinger.«

Jörg rollte die Augen.

»Nein, Beate, das kann ich dir nicht sagen. Das ist die Angelegenheit von Jens. Wie du neulich so schön bemerkt hast, halten wir zusammen, wie das in einer Familie sein soll. Guten Abend, Beate!«

Jörg legte den Hörer auf.

»So, das war es!«

Jörg Dollinger schenkte sich und seinen Eltern einen Cognac ein. »Trinken wir auf die Rettung von Jens! Daß ihm nichts geschehen ist, ist doch das Allerwichtigste.«

Sie tranken sich zu.

»Also, was meinen Teil betrifft, so denke ich, daß ich bei Jens etwas gutzumachen habe. Ich setze mich ins Auto und fahre auch darunter. Ich muß ihm beistehen, sonst hätte ich das Gefühl, ihn an Beate ausgeliefert zu haben.«

Norbert und Jutta schauten sich an. Norbert legte seinen Arm um seine Frau und sagte mit einem sehr verschmitzten Lächeln.

»Unser Jörg hat das schön gesagt. Eine Familie muß zusammenhalten. Wir nehmen uns viel zuwenig Zeit. Unser letzter Urlaub ist auch schon eine ganze Weile her.«

»Genau, mein lieber Norbert. Wir sollten dringend ausspannen. Fahren wir doch mal in die Berge. Am Meer waren wir schon so oft. Jens sagte, die Luft dort wäre noch besser als am Meer.«

Norbert Angermann lächelte zufrieden.

»Jetzt müssen wir uns nur noch alle gemeinsam auf einen Termin einigen.«

»Nun, mein guter Mann, es liegt an dir. Mache einen Vorschlag?«

»Wie lange brauchst du zum Packen, meine liebe Jutta?«

»Mm! Wenn es hochkommt eine halbe Stunde.«

»Das ist fein. Wie wäre es mit morgen? Wir schlafen jetzt noch ein paar Stunden. Mit der anbrechenden Morgenröte und dem Gezwitscher der erwachenden Vögel fahren wir los!«

Sie lachten und tranken ihre Gläser aus.

Dann schrieb Jutta einen Zettel für die Haushälterin. Norbert sprach auf das Diktiergerät im Büro Anweisungen und legte das Band mit einem Zettel auf den Schreibtisch seiner Sekretärin. Jörg nahm den Wagen und fuhr zur Tankstelle, um ihn vollzutanken.

*

Als Martin mit dem Hund wiederkam, hatte er Leo dabei.

»Martin hat mir schon alles erzählt. Wir sehen jetzt erst einmal, daß du Papiere bekommst.«

Leo begleitete Jens aufs Rathaus, denn der Bürgermeister Fellbacher war auch für diese amtlichen Sachen zuständig. Interessiert und voller Anteilnahme hörte er sich die Geschichte von Jens an. Dann stellte er ihm schnell und unbürokratisch Ersatzpapiere aus.

»Die sind genauso gültig wie richtige. Die anderen werden dir dann zugeschickt. Beziehungsweise du bekommst eine Nachricht, wo du sie abholen kannst, bei euch daheim.«

»Danke, Bürgermeister Fellbacher!« Jens schüttelte ihm die Hand. »Mit dem Stück Papier kann ich alles machen, auch heiraten?«

»Im Prinzip ja! Ich würde jeden trauen, der so einen Wisch hat«, sagte er und fügte schmunzelnd hinzu. »Besser wäre es natürlich, wenn ich ihn kennen würde.«

»Oder die Braut müßte aus Waldkogel sein!« ergänzte Leo.

Der Bürgermeister strahlte.

»Hast's eilig, Jens! Hast gefensterlt, wie? Ich begrüß' jeden herzlich, der zur Bevölkerungssteigerung von Waldkogel das seine dazu tut. Soll ich mal gleich nachschauen, wann ich noch einen Termin freihabe?«

Jens Angermann errötete verlegen.

»Das muß ich mit der Franzi abstimmen.«

»Ah, die Franzi! Schau mal an! Ein fesches Madl hast dir da ausgesucht, ein ganz fesches Madl. Da wird der Dollinger ja ganz aus dem Häuschen sein, wenn seine Franzi jetzt heiraten tut. Wie ist es? Bleibst hier oder ziehst mit der Franzi fort?«

Jens schaute Leo an.

»Fellbacher, mußt verstehen, daß der Jens ohne seine Braut net viel sagen will. Aber ich kann reden. So viel ich weiß, bleiben die beiden da. Der Dollinger überschreibt ihnen den Hof.«

»Ja, verstehst du denn was davon?«

»Lernen kann man alles, wenn man will. Die Franzi wird es mir schon beibringen. Aber noch ist es nicht so weit. Es wäre mir peinlich, wenn es sich rumsprechen würde, bevor die Franzi und ich das Aufgebot bestellen und auch mit dem Pfarrer gesprochen haben.«

Leo führte Jens zum Dollinger Hof. Sie standen davor.

»Du brauchst eine Seilschaft, Jens. Das ist am Berg so und im Leben. Darin findest du sie!«

In diesem Moment kam der Dollinger aus dem Stall.

»Ja, grüß dich, Leo! Wen bringst denn da?«

»Grüß Gott, Dollingerbauer! Ich weiß noch net, ob i dir jemand bring! Aber vorstellen kann ich dir ihn ja schon einmal. Ich hoffe, die Franzi verzeiht es mir.«

Mit großen Augen schaute der Bauer Jens an.

»Dann bist du der Jörg, wie? Siehst auch genauso aus wie unsere Franzi dich geschildert hat.«

»Ich habe mein Gedächtnis wieder. Ich heiße Jens und nicht Jörg.«

»Um so besser. Dem Himmel sei dank! Dann steht ja dem Glück unserer Franzi nichts mehr im Weg.«

»Wenn es nach dem Jens geht ja, Dollingerbauer. Aber deine Tochter macht Zicken. Die hat den Jens heut nacht rausgeworfen.«

»Rausgeworfen, den Jens, heute nacht?« wiederholte Franzis Vater ungläubig und rieb sich sein Ohrläppchen.

»Genauso war es, Herr Dollinger!« bestätigte Jens.

»Ja, is des Mädel denn von allen guten Geistern verlassen! Da sitzt es bei uns in der Küche und redet über die große Liebe. Die Wilma und i sind ganz narrisch und freun uns schon auf die Enkel. Da schmeißt die Franzi den Jens raus. Jens, das kann nur bedeuten, daß die Franzi dich wirklich liebt. Das Mädel war schon immer etwas anstrengend. Was bin ich froh, daß du sie jetzt unter die Haube schaffst! Dann bin ich endlich die Verantwortung los.«

»Also, an mir liegt es nicht, Herr Dollinger!« verteidigte sich Jens. »Ich habe der Franzi alles gesagt. Ich weiß aber nicht, ob sie mir zugehört hat.«

»Zuhören! Die Franzi? Das ist ein Glücksfall, wenn die Franzi zuhört. Aber jetzt ist Schluß mit dem Herrn Dollinger. Sag Pius, Dollingerbauer oder gleich Vater Dollinger zu mir.«

Pius Dollinger legte Jens die Hand auf die Schulter.

»So, Bub, jetzt gehen wir, und du erzählst mir alles. Das trifft sich gut. Die Wilma, die Mutter von der Franzi, is zum Friedhof, die Gräber machen. Die kommt so schnell nicht wieder. Lenz ist bei seiner Braut auf dem Hof. Da sind wir Männer jetzt allein. Des ist gut.«

Der Dollingerbauer verabschiedete Leo Gasser und führte Jens durch das bäuerliche Anwesen. Dabei schüttete ihm Jens sein Herz aus:

»Bist ein ehrlicher Bub, Jens. Das mit der Franzi, das wird schon wieder. Jetzt bleibst erst mal hier. Mit der Beate, das mußt regeln! Schreib ihr doch einen Brief, wenn du nicht mit ihr sprechen willst.« Der Dollingerbauer lachte. »Ich versteh ja nichts von den modernen Methoden. Aber praktisch is es doch. Schick der Beate doch eine elektronische Nachricht, SMS. Der Lenz, dein zukünftiger Schwager, schickt seiner Braut auch eine SMS nach der anderen. Schreib: *Liebe zu dir erloschen! Habe eine andere! Heirate demnächst! Protest sinnlos!*«

»Dollinger, du bist ein Mann, der meinem Vater gefallen wird. Ihr beide werdet euch gut verstehen.«

»Dann gehen wir jetzt rein und du rufst deine Familie an: Wenn sich zwei Menschen in den heiligen Bund der Ehe begeben wollen, dann müssen die Familien sich auch kennenlernen. Das war schon immer so und so soll's bleiben.«

»Aber die Franzi?«

»Bub, mach dir um die Franzi keinen Kummer. Bis deine Eltern da sind, is das alles geregelt. Bub, vertrau mir! Ein Bauer auf seinem Hof hat hier immer noch ein Wörtchen dazu zu sagen. I sag, die Franzi wollt dich, und jetzt muß sie dich nehmen. Fertig! Basta!«

*

Jens fühlte sich vom Dollingerbauer richtig angenommen und aufgenommen. Er hatte sich viel Mühe gegeben, Jens alles zu zeigen.

»Dollinger, kann ich dich was fragen?«

»Nur zu Bub! Wer nicht fragen tut, der bekommt keine Antwort.«

»Warum nimmst du mich so mit offenen Armen auf?«

»Das kann ich dir sagen. Erstens: Die Franzi hat einen richtigen Dickschädel. Die Wilma sagt, daß die Franzi das von mir geerbt hätte – egal! Vielleicht nimmt sie kein Mann, dachte ich. Zweitens: Ich hab' immer Angst gehabt, daß sie sich in einen Burschen aus der Stadt verliebt und dann weggeht. Oder drittens: Franzi ist keiner gut genug. Jetzt paßt alles zusammen. Sie liebt dich! Du liebst sie! Dir gefällt es bei uns in den Bergen. Also bleibt die Franzi da. Du bist zwar ein Studierter, aber da seh ich drüber weg. Außerdem ist das gut. Wer weiß, wie lang so ein Hof die Familie noch ganz ernähren tut. Viele hier sind nur noch Landwirt im Nebenberuf. Da ist es gut, daß du einen ordentlichen Beruf hast. Sind damit alle Fragen beantwortet?«

»Ja, Dollinger, das sind sie!«

Das Geräusch eines Autos drang in den Stall. Ein gelber Sportwagen hielt auf dem Hof.

»O Gott! Das ist die Beate!«

»Bub, überlaß des Weibsbild mir. Bis i Franzi und dir den Hof überschreib nach der Heirat, hab' i immer noch das Sagen hier. Das Weibsbild wird sich wundern. Du bleibst hier drin und wartest. Daß du mir ja nicht wagst, den Kopf rauszustrecken!«

Pius Dollinger ging hinaus. Er steckte die Hände in die Hosentaschen und lief einmal im Abstand um das Auto. Dann blieb er etwas entfernt von Beate stehen und musterte sie.

»Sie haben sich verfahren. Das Hotel ›Zum Ochsen‹ is weiter vorne. Immer die Straße rauf.«

»Ich bin hier schon richtig. Das ist doch der Dollinger Hof oder?«

»Mag sein. Interessiert Sie des? Sie sehen mir net so aus als würde Sie Landwirtschaft interessieren. Ich brauch' zwar Hilfskräfte für die Alm und auch hier für auf den Hof. Aber Sie können gleich wieder gehen, Fräulein. Sagen Sie denen auf dem Amt, ich will richtige Madln und keine Puppen.«

Beate Clausen lief rot an.

»Ich suche einen Mann!«

»Das suchen andere Frauen auch!«

»Er heißt Jens Angermann! Man sagte mir, ich könnte mich hier erkundigen.«

»Aaaah! Jetzt verstehe ich. Sie sind die Verflossene, die, die der Jens hat sitzenlassen. Also, wenn ich mir Sie so anschauen tue, kann ich den Jens ja schon verstehen. Sie sind rappeldürr, daß man denkt, Sie brechen gleich in zwei Teile. Als Mann muß man da ja Angst haben. Es besteht die Gefahr, daß Sie beim Liebesakt zerbrechen.«

Pius Dollinger grinste. Beate japste nach Luft.

»Jens Dollinger hat mir die Ehe versprochen. Er soll mir selbst sagen, daß es aus ist zwischen uns. Da ist das letzte Wort noch nicht gesprochen! Ich werde ihn schon noch von dieser Franzi losreißen.«

Pius Dollinger trat ganz dicht heran und flüsterte Beate Clausen etwas zu. Dann ging er einige Schritte zurück und wartete. Nach einer Schrecksekunde zog Beate ihren Verlobungsring vom Finger und warf ihn auf den Misthaufen. Dann fuhr sie davon.

»Jens, das Weibsbild ist fort. Kannst rauskommen!« brüllte Dollinger.

In diesem Augenblick kamen Wilma und Franzi, begleitet von Anna und Bello, um die Ecke. Die beiden Liebenden flogen sich entgegen und lagen sich in den Armen.

»Franzi, woher so schnell der Sinneswandel? Ich dachte, du wolltest den Jens nimmer?«

»Ach, Vater! Frag net! Die Anna hat mir den Kopf gewaschen. Sie war ganz früh zur Alm gekommen. Da habe ich ihr alles erzählt. Außerdem habe ich das nicht so gemeint. Mit raus, wollt ich doch nur sagen, raus aus meiner Kammer. Ich wollte erst mal nachdenken.«

»Pius, wer war das in dem gelben Auto?«

»Wilma, das war dem Jens seine Verflossene. Den Verlobungsring hat sie auf den Misthaufen geschmissen. Hoffentlich pickt ihn kein Huhn auf und krepiert an dem Ding.«

»Wie kam denn das?«

»Mei, Wilma, ich hab' dem gnädigen Fräulein ein paar Dinge gesagt und dann war's gut. Des ist alles.«

»Du willst uns net sagen, was du ihr an den Kopf geschmissen hast?«

»Naa!« Dollinger bekam einen roten Kopf und verschwand zum Holzhacken.

Zur Mittagszeit erreichten Jörg und seine Eltern den Dollinger Hof. Alle waren sich gleich sympathisch. Jens und Jörg sprachen sich aus. Die Angermanns blieben bis nach dem Schützenfest.

Jens fand herzliche Aufnahme in der Dorfgemeinschaft.

Das Aufgebot war bestellt für den zweiten Sonntag darauf. Die alten Weiber im Dorf tuschelten und machten Anspielungen, daß das mit der Heirat alles viel zu schnell ging.

Dann war es soweit. Franzi und Jens gaben sich das Jawort. Es wurde bis in die Nacht gefeiert.

»Sag mal, Vater Dollinger, was hast du damals zu der Beate gesagt. Willst du es nicht endlich erzählen?«

»Jetzt kann ich es ja sagen! Ich habe etwas vorgegriffen, Bub. Ich hoffe, du unterstützt mich. Es sollte net mehr zu lange dauern. Verstehst! Ich will Enkel. Ich habe nur gesagt, daß die Franzi von dir Kinder erwartet, Zwillinge, weil du doch auch einen Zwillingsbruder hast. In Familien, wo es schon mal Zwillinge gab, kommt es öfters vor. Ich habe nicht gesagt wann. Ich habe eben etwas vorgegriffen, Bub.«

Jens Angermann lachte.

»Bist ein ganz schlauer Bauer, Vater Dollinger! Wir werden unser Möglichstes tun. Ob es aber gleich Zwillinge werden, das kann ich dir nicht versprechen.«

Franzi wurde neun Monate später Mutter von Zwillingen. Es waren zwei Mädchen. Pius Dollinger spendierte bei der Taufe Freibier für alle in Waldkogel. Toni, Leo und Martin wurden die Paten.

– ENDE –

Die Bewährungsprobe

Ein Playboy lernt, was Arbeit ist

Die beiden Männer schüttelten sich die Hände zum Abschied.

»Schön, daß du mich mal wieder besucht hast, Albert. Ist immer schön, etwas aus der alten Heimat zu hören. Sag bitte dem Alois von mir schöne Grüße. Ich freu' mich, daß der Toni jetzt die Hütte übernimmt. Den kannte ich schon, als er noch ein Bub war und sich immer beim Alois auf der Berghütte rumgedrückt hat. Einen Sommer hab ich dem Alois damals geholfen. Das war der Anfang einer steilen Karriere. Na, ich bin mir sicher, daß es der Toni genauso gut macht. Auf die Anna, da bin ich ja gespannt. Die muß ein ganz liebes Madl sein! Da kann der Toni von Glück sagen, daß er so eine Frau bekommt, die mit ihm an einem Strang zieht.«

»Ja, so ist es! Ich hoffe, daß die Anna bald mal wieder für längere Zeit kommt. Der Toni tut mir leid. Man merkt's ihm auch an, daß er einsam ist. Ich seh' ihn ja öfter, wenn er zu mir ins Sägewerk kommt. Die Renovierung der Berghütte ist eine größere Sache. Da muß viel Holz erneuert werden.«

»Ich find's gut, daß die Berghütte dann wieder bewirtschaftet wird. Ich hab richtig Lust, mal wieder hinzufahren.«

»Dann mach's. Deine Frau kommt doch aus den Dolomiten, der wird's dort bestimmt auch gefallen. Und der Alois, der wird sich freuen, dich zu sehen.«

»Sag bitte dem Alois Grüße von mir und dem Toni auch. Sag dem Toni, daß ich ihm für die Zukunft seiner Berghütte und auch der Zukunft mit der Anna alles, alles Gute wünsche. Weißt, der Toni erinnert mich mit seinen Plänen an mich selbst, als ich jung war. Ja, ich werde ihn mal besuchen.«

Isebert Koppermann schaute Albert Weißgerber nach, wie er mit seinem Lastwagen davonfuhr in Richtung Waldkogel.

*

Katja Mehring ging über die Terrasse des Tennisclubs. In ihrem knappen weißen Tennisdreß zog sie die Blicke der Männer auf sich. Weiter hinten hatte sich um mehrere zusammengeschobene Tische eine fröhliche Gruppe junger Leute versammelt. Mittelpunkt, wie meistens, war Gino Koppermann. Er rief Katja heran. Die junge Frau zögerte. Langsam schlenderte sie hinüber. Dabei löste sie ihre Sonnenbrille, die sie auf dem Kopf zwischen die rotblonden lockigen Haare gesteckt hatte. Ganz unbewußt hatte sie das getan. Sie suchte Schutz vor Ginos direkten Blicken.

»Dich sieht man immer seltener, Katja! Deine Freunde vermissen dich. Wie kommt's?«

Katja stellte ihre Sporttasche ab und setzte sich. Der Kellner brachte ihr ein großes Glas Mineralwasser, das sie zügig austrank.

»Ich bereite mich auf mein Examen vor. Das wißt ihr doch.«

»Katja, du siehst im Leben alles so verkrampft. Nimm es locker! Take it easy, Baby! Entspann dich!« bemerkte jemand am Tisch.

»Dazu muß man auch die Grundlagen haben: Entspannt habe ich gerade. Es war ein gutes Match mit Cliff.«

Katja stand auf und legte einige Münzen neben ihr Glas.

»Laß das, Katja! Du weißt doch, das geht alles auf Kosten des Hauses. Bist von mir persönlich eingeladen.«

Es war gut, daß Gino nicht sehen konnte, wie sich Katjas Augen hinter der Sonnenbrille verengten.

»Danke! Nicht nötig! Ich habe meine Getränke hier immer bezahlt und werde das auch weiterhin tun.«

Ein abfälliges Brummen ertönte.

»Bist wieder ganz schön bissig, Katja! Nun hab dich nicht so! Steck dein Geld wieder ein!«

»Gino, es hat keinen Zweck! Ich habe meine Gründe. Feiert wegen mir noch schön, was es immer auch zu feiern gibt. Einen Grund habt ihr ja immer – und wenn nicht, erfindet ihr einen.«

Katja drehte sich um und ging davon.

»Bei der bist du erneut abgeblitzt, Gino! Kannst wohl doch nicht bei jedem Rock landen?«

»Hört auf zu spotten! Trinkt lieber noch etwas. Wie wäre es mit Champagner?«

»Für mich nicht, Gino!« sagte Cliff, der lässig dabeigestanden hatte. »Ich habe gleich wieder einen Schüler.«

Cliff Jordan war Tennislehrer am Sportinstitut und hatte auch Trainerfunktion bei einigen hoffnungsvollen Nachwuchstalenten übernommen. Katja kannte Cliff schon viele Jahre. Er war sechs Jahre älter als sie und hatte irgendwie im Laufe der Jahre die Rolle des älteren Bruders übernommen. Er hatte Katja auch mit Gino Koppermann und der Clique bekannt gemacht.

*

Es war spät in der Nacht. Isebert und Lola Koppermann saßen in der Hausbar ihres schönen Bungalows und genehmigten sich noch einen Schlaftrunk.

Gino kam herein. Er küßte seine Mutter flüchtig auf die Wange.

»Hallo, gut daß du kommst. Deine Mutter und ich haben gerade über dich gesprochen. Wir hatten heute abend Besuch. Mein alter Freund Albert Weißgerber hat mal wieder reingeschaut.«

»Was treibt denn der Gute so? Ist er immer noch so eifrig mit seinem Sägewerk beschäftigt?«

Ginos Vater ging auf die Frage nicht ein.

»Albert hat auch nach dir gefragt. Das war uns peinlich. Du kennst ja Albert, der nimmt kein Blatt vor den Mund. Jedenfalls hat er mir von Freund zu Freund einiges gesagt. Recht hat er! Manchmal bedarf es ja eines Schubs von außen, damit man seinen Blick mal wieder nach innen richtet und die eigene Familie betrachtet.«

Isebert Koppermann zog an seiner dicken Zigarre.

»Du bist jetzt dreißig Jahre alt, Gino. Bis jetzt hast du nichts erreicht. Du hast drei Mal das Fach an der Uni gewechselt. Man sieht dich kaum. Was machst du eigentlich, außer auf unsere Kosten leben? In deinem Alter war ich schon verheiratet und hatte mir bereits etwas aufgebaut! Du lebst statt dessen ins Blaue hinein.«

»Vater, laß das! Ich mach' schon. Ich habe im letzten Semester einen Schein gemacht.«

»Einen!« brüllte sein Vater los. »Einen! Wie gnädig von meinem Sohn. Hast du das gehört, Lola? Andere haben ihr Studium bereits abgeschlossen, womöglich einen Titel erworben und konzentrieren sich auf ihre Karriere.«

»Aber Vater! Du hast es doch immer selbst gesagt, daß du willst, daß ich es einmal besser haben sollte als du. Ich sollte mein junges Leben genießen. Das waren deine Worte!«

»Jetzt soll ich an deinem Schlendrianleben noch schuld sein, wie? Nein, mein Lieber, das lasse ich mir nicht bieten. Es ist aus! Deine Mutter und ich werden auch älter. Wir hatten keine Ausbildung. Deshalb war es besonders schwer, das alles hier zu schaffen. Irgendwann wollen wir auch mal kürzer treten. Aber wenn ich daran denke, wird es mir angst und bange. Du bist doch nicht fähig, in meine Fußstapfen zu treten. Eine Frau hast du auch noch nicht. Und ich gehe davon aus, daß du in einer Ehe ebensowenig Beständigkeit zeigen wirst wie in deinem Studium. Ständig hast du neue Freundinnen, und du bist unfähig, Aufgaben zu Ende zu führen! Ich weiß nicht, wo das noch hinführen soll.«

Er stöhnte und sah seine Frau an. Lola, die Italienerin war, schaute ihren Sohn liebevoll an. Sie strich ihm über das Haar.

»Mein Großer, dein Vater hat recht. Wir haben dir genug Freiheit gelassen. Jetzt mußt du dein Leben in die Hand nehmen. Wenn du nicht studieren willst, dann verlasse die Uni. Steige bei deinem Vater ein. Vielleicht lernst du ja auch eine nette, junge Frau kennen, die vom Fach ist. Gemeinsamkeiten im Beruf sind immer gut. Das war bei deinem Vater und mir auch so. Außerdem will ich noch etwas von meinen Enkelkindern haben!«

Isebert Koppermann sah seinen Sohn streng an.

»Gino, ich will von dir innerhalb der nächsten Tage eine Entscheidung. Sonst ergreife ich Maßnahmen! Drastische Maßnahmen! Ich habe es geschafft, aus dem Nichts eine Hotelkette aufzubauen. Ich habe als Hilfskellner angefangen. Tag und Nacht habe ich gearbeitet. Mit fünfundzwanzig Jahren hatte ich schon mein erstes kleines Lokal. – Also, wie gesagt: Der Monat geht zu Ende. Ich streiche dir alles! Kein Geld mehr ab dem Ersten, wenn ich nicht von dir höre, daß du etwas Sinnvolles machst! Ich will Ergebnisse sehen. Das war mein letztes Wort!«

Gino sah, daß es zwecklos war, mit seinem Vater zu sprechen. Er nahm das Gespräch auch nicht allzu ernst. Er kannte ihn nur zu gut. Dann und wann hielt er ihm eine Standpauke. Das war es auch schon wieder.

»Gut, Vater!« sagte Gino leise.

Er trank sein Glas aus, sagte Gute Nacht und küßte seine Mutter auf die Wange. Seine Mammamia, wie er sie nannte, würde mit ihrem Charme seinen Vater schon beruhigen, so wie sie es immer getan hatte. Da war Gino sich sicher.

*

Als Gino am nächsten Tag gegen Mittag aufstand, war er sich nicht mehr so sicher. Irgendwie beschlich ihn ein ungutes Gefühl. Er dachte an seine Clique. Ja, es stimmte. Alle waren erfolgreicher als er. Sie waren auch teilweise schon verlobt, einige sogar verheiratet. Hatte sein Freund Cliff ihn deshalb vor einiger Zeit mit Katja Mehring bekannt gemacht? Gino dachte an Katja. Sie reizte ihn. Sie gefiel ihm. Sie sah gut aus, besonders gut sogar. Es störte ihn nur, daß sie sich nicht so in die Clique einfügte, wie er es erwartet hatte. Sie gab sich zurückhaltend, sehr zurückhaltend. Und warum lief sie immer mit einer Sonnenbrille herum, sobald er in der Nähe war? Das gab ihr etwas Geheimnisvolles, was ihn reizte. Er wollte sie haben.

Plötzlich wußte er es. Katja war die Lösung all seiner Probleme! Er mochte sie. Er würde ihr einen Antrag machen. Sicherlich würde sie nicht widerstehen können. Er war gutaussehend und zudem der Sohn und Erbe der Koppermann Hotelkette. Andere Frauen hatten sich ihm an den Hals geworfen. Katja hatte das nie getan. Sie hatte alle Einladungen für ein Abendessen zu zweit ausgeschlagen. Sie lehnte es sogar ab, ein Mineralwasser von ihm zu nehmen. Das konnte doch nur bedeuten, daß sie ein Mädchen war, dem man einen Antrag machen mußte. Sie war genau der Typ von Frau, die er seinem Vater präsentieren konnte. Damit löse ich all meine Probleme, dachte er. Plötzlich war er seinem Vater sogar dankbar. Seine Ermahnungen hatten ihn zum Nachdenken gebracht. Jetzt hatte er die Lösung für sein Leben gefunden. Er würde Katja heiraten und seinen Eltern Enkelkinder schenken. Das würde diese milde stimmen und alles weitere würde sich dann schon finden.

Freudig sprang er aus dem Bett. Er duschte und zog seinen dunkelblauen Nadelstreifenanzug an. Als er fertig war, betrachtete er sich im wandhohen Spiegel seines Ankleidezimmers. Ja, er gefiel sich. Das neue Leben kann beginnen, dachte er.

*

Sein Vater saß schon seit dem frühen Morgen in seinem Büro im Verwaltungstrakt der Koppermann Hotelkette. Der Verwaltungsbau lag am Ende des großen Parks, in dem das Flaggschiff der Hotelkette stand, ein Sechssternehotel mit bestem Ruf. Seine Mutter war nicht zu Hause. Als Gino vor dem Hotel vorfuhr und aus seinem Sportwagen ausstieg, erregte er in seinem Nadelstreifenanzug Aufsehen bei den Angestellten. Keiner konnte sich erinnern, Gino je so korrekt gekleidet gesehen zu haben, sonst lief er eher lässig herum. Sein Vater hatte einen Spitzel. Der alte Portier berichtete Isebert Koppermann sofort.

Neben dem Hoteleingang befanden sich rechts und links Geschäfte. Gino Koppermann ging zuerst zum Juwelier. Er wurde sofort vom Inhaber persönlich bedient. Nachdem er leise sein Anliegen vorgebracht hatte, führte dieser ihn nach hinten in einen separaten Raum. Dort zeigte er ihm einige besonders erlesene Stücke.

»Dieser Ring, der gefällt mir gut. Ich denke, er wird ihr auch gefallen!«

»Dann wird wohl in Kürze Ihre Verlobung bekanntgegeben, Herr Koppermann?«

Gino lächelte den Juwelier an und bezahlte mit Karte. Dann kaufte er einen großen Rosenstrauß. Er fühlte sich damit sehr gut gerüstet. Mit dieser Ausstattung konnte seine Absicht doch nicht fehlschlagen!

Eine halbe Stunde später hielt er vor einem kleinen Siedlungshaus, dem Elternhaus von Katja Mehring. Er hatte sich vorher bei Cliff erst einmal nach Katjas Adresse erkundigen müssen.

Mit einem Blick erkannte er, daß Katja aus sehr bescheidenen Verhältnissen kam. Obwohl das Haus schon vor einigen Jahren errichtet worden war, machte es irgendwie einen unfertigen Eindruck gegenüber den anderen Häusern in der Straße.

Er läutete.

Eine ältere Frau öffnete, sie trug eine Kittelschürze und war nicht geschminkt. Sie hatte die gleiche Haarfarbe wie Katja. Nur ihre Haare hatten nicht diesen Glanz. Sie wirkten stumpf, wie sie so eng am Kopf anlagen.

»Ja, bitte?«

»Guten Tag! Mein Name ist Gino Koppermann. Ich möchte Katja besuchen. Sie sind …«

War diese Frau Katjas Mutter?

Sie musterte ihn von Kopf bis Fuß. Er sah die Verwunderung in ihren Augen. Gleichzeitig zeigte sie Respekt vor seinem Aussehen. Ja, man sieht mir an, daß ich aus einem guten Stall komme, dachte Gino.

»Ich bin Katjas Mutter. Katja ist hinten im Garten. Bitte, kommen Sie herein, Herr Koppermann. Entschuldigen Sie bitte mein Aussehen, ich war gerade am Fensterputzen. Gehen Sie ruhig durch.«

»Sagen Sie bitte Gino zu mir! Ich bin ein enger Freund ihrer Tochter.«

Er konnte den ungläubigen Blick in ihren Augen sehen.

»Hat Katja noch nichts von mir erzählt? Nun, sie ist ja eine ganz Stille und hat auch immer ihren eigenen Kopf.«

Gino Koppermann blinzelte Katjas Mutter verschwörerisch zu. Diese trat zur Seite, damit er eintreten konnte.

Katja saß mit mehreren Stapeln von Büchern im Garten unter einem Sonnenschirm. Sie schrieb auf einem Notebook an ihrer schriftlichen Examensarbeit.

»Katja, du hast Besuch. Warum hast du mir nicht gesagt, daß du Besuch erwartest. Ich bin gar nicht vorbereitet!«

Verlegen strich sich Katjas Mutter über die Kittelschürze.

Katja schaute auf.

»Gino?« sagte Katja und dann noch einmal: »Gino!« Sie starrte ihn an. »Was willst du denn hier? Ich erinnere mich nicht, daß ich dich eingeladen habe.«

»Ich muß mit dir reden, Katja!«

Er hielt ihr den Rosenstrauß hin und schaute sie an. Katja griff nach ihrer Sonnenbrille, die auf dem Tisch lag.

»Warum setzt du immer eine Sonnenbrille auf, wenn ich in deine Nähe komme?«

Noch immer hielt er ihr den Rosenstrauß hin. Sie griff aber

nicht danach. So legte er ihn verlegen auf dem Tisch ab. Sie gab ihm keine Antwort. Was sollte er tun? Er hatte gehofft, daß der Rosenstrauß ihm einen guten Anfang verschaffen würde. Er fühlte sich unsicher und hilflos. Gino Koppermann griff in die Tasche. Er holte das rote Kästchen mit dem Ring heraus und öffnete ihn.

»Katja, er ist für dich! Bitte ...«

»Ist der echt? Wau, das ist vielleicht ein Brillant!«

Nicky, Katjas kleine Schwester, war neugierig herbeigeeilt.

»Nicky!« rief ihre Mutter. »Komm her!«

Mit wenigen Schritten war sie bei den Dreien und zog ihre Jüngste energisch fort.

Drinnen von der Küche aus belauschten und beobachteten sie die beiden.

»Mama, macht er jetzt Katja einen Antrag? Wie romantisch! Ist der Ring echt?«

Olga Mehring klopfte das Herz bis zum Hals. Sie legte ihrer jüngeren Tochter den Arm um die Schulter und flüsterte:

»Ich glaube schon, daß der Ring echt ist. Nur hat Katja nie erzählt, daß sie einen festen Freund hat. Hat sie dir etwas gesagt?«

»Nö, mir erzählt die nie etwas. Der Typ sieht ja gut aus. Traumhaft! Wie im Film!«

Olga Mehring hörte Nickys Kommentare wie aus weiter Ferne. Sie hatte nur Augen und Ohren für das, was da draußen im Garten geschah.

»Pack das Ding da gefälligst wieder ein, Gino! Dein stacheliges, rotes Kraut kannst du auch wieder mitnehmen. Ich denke, du hast dich in der Adresse geirrt.«

»Nein, Katja! Ich wollte zu dir! Du weißt, was das bedeutet, wenn ein junger Mann einen Ring verschenkt. Genauso meine ich es. Ich liebe dich, seit ich dich zum ersten Mal gesehen habe. Seit Cliff dich mir vorgestellt hat, versuche ich, dir näherzukommen. Heute nacht ist mir klargeworden, daß du anders bist als die anderen jungen Frauen, die ich bisher kannte. Du willst wissen, ob es ernst gemeint ist? Ja, Katja, ich meine es ernst. Ich will dich heiraten.«

Katjas Herz klopfte bis zum Hals. Sie hatte Angst, daß ihr die Beine versagen würden. Nur zu gern hätte sie sich in seine Arme geworfen. Doch es durfte nicht sein. Hinter der Sonnenbrille schloß sie die Augen. Sie wollte ihn nicht ansehen. Sie hatte Angst, daß sie dann alle guten Vorsätze über Bord werfen würde.

Katja studierte Sportwissenschaft und war Leistungssportlerin in mehreren Disziplinen. Sie hatte gelernt, sich auf Wettkämpfe vorzubereiten, Lampenfieber vor dem Start zu besiegen. Sie atmete ein paar Mal tief ein, endlich wurde sie ruhiger. Sie hatte sich wieder in der Gewalt.

»Komm mit! Wir gehen rein!«

Katja Mehring führte Gino Koppermann ins Wohnzimmer. Er schaute sich um. Die Möbel waren nicht die neuesten. Auch hier sah man, wie sparsam Katjas Familie lebte.

»Gino, du unterliegst einem Irrtum, einer gewaltigen Täuschung! Ich kann mich nicht erinnern, dich zu solch einem Schritt ermutigt zu haben. Am besten, du nimmst den Ring und die Rosen und gehst sofort wieder. Wir vergessen das Ganze! Es ist nichts geschehen. Wir werden diesen peinlichen Vorfall aus unserem Gedächtnis streichen.«

»Katja, ich meine es ernst. Willst du meine Frau werden?«

»Nein!«

»Nein?« wiederholte Gino ungläubig, so als hätte er sich verhört.

»Ich sagte es doch laut genug. Aber ich wiederhole es auch gern noch einmal – nein! Es sind vier Buchstaben, Gino! N-E-I-N!«

»Warum, Katja? Ich kann dir alles geben, was du dir wünschst!«

»Ich will nichts, Gino! Ich will nur, daß du sofort gehst!«

»Aber Katja, ich dachte, du liebst mich!«

Katja gab darauf keinen Kommentar ab. Sie ging voraus zur Haustür und wollte sie öffnen. Doch Gino kam ihr zuvor. Er stemmte die freie Hand von innen gegen die Tür und sagte:

»Ich gehe erst, wenn du mir einen vernünftigen Grund gesagt hast. Warum lehnst du meinen Antrag ab?«

Gino war enttäuscht, tief verletzt in seiner Eitelkeit und auch zornig. »Setz endlich diese alberne Sonnenbrille ab! Ich will deine Augen sehen, wenn ich mit dir spreche.«

Katja behielt die Brille auf.

»Wenn es weiter nichts ist, Gino, dann sage ich es dir. Du taugst nicht zum Ehemann!«

»Woher willst du das wissen?«

»Ich weiß es, Gino! Es heißt: zueinander stehen in guten wie in schlechten Tagen! Du willst nur immer gute Tage haben. Wenn dir etwas Schlechtes begegnet, dann weichst du aus. Konflikten gehst du aus dem Weg! Problemen weichst du aus! Du denkst, das Leben besteht nur aus Sonnenschein. Dein Leben besteht nur aus der Aneinanderreihung von Partys und Vergnügungen. Bei Gott! Gino, ich schwöre dir, daß es nicht so ist! Du lebst in einer anderen Welt. Bleibe dort! Werde glücklich!«

»Ich will dich doch glücklich machen, Katja! Warum willst du mich nicht?«

»Gut – dann muß ich deutlicher werden! Du bist dreißig Jahre alt. Du hast nie gearbeitet! Du hast ein Betriebswirtschafts-Studium, ein Jura-Studium und das Studium ›Vergleichende Sprachwissenschaften‹ abgebrochen. Du schläfst bis Mittag und feierst bis in die Nacht auf Kosten anderer. Besser gesagt: Du läßt deinen Vater die Zeche zahlen. Den Ring, den hat wohl auch dein Vater bezahlt! Zumindest hast du den Ring und die Rosen nicht mit Geld bezahlt, daß du selbst verdient hast. Das ist doch das mindeste, was eine Frau verlangen kann! Der Ring sollte vom Mann bezahlt werden, mit dem Geld, das er verdient hat – durch seine Arbeit!«

Katja holte tief Luft.

»Gino, ich sage es ganz einfach so: Gino, du bist wirklich nicht gut genug für meine Ansprüche! Ende! Ich habe ganz genaue Vorstellungen, wie mein Zukünftiger sein soll. Guten Tag, Gino! Gib jetzt die Tür frei!«

Gino Koppermann starrte Katja an. Er ließ die Hand sinken. Sie öffnete die Tür. Er schaute sie lange an.

»Geh jetzt! Ich habe keine Zeit. Ich will weiter für mein Examen lernen!«

Gino Koppermann ging hinaus. Katja schloß die Tür und lehnte sich von innen dagegen.

Ihre Mutter und ihre Schwester hatten in der Küche alles mit angehört.

»Katja, du bist verrückt! Wie konntest du den Antrag ablehnen! Hast du denn den Ring nicht gesehen – und was für ein Auto Gino fährt? Einmal möchte ich mit ihm fahren! So einen Mann wünsche ich mir später.«

Nicky Mehring rollte träumerisch die Augen.

»Ich bin jetzt vierzehn! In vier Jahren bin ich achtzehn! Wenn du ihn nicht willst, dann kann ich ihn vielleicht in vier Jahren haben. Wie alt ist er?«

»Nicky, halte endlich den Mund! Mutter, sie soll still sein!« schrie Katja. Tränen liefen unter der Sonnenbrille hervor. Ihre Mutter zog ihr die Brille von der Nase, wischte mit den Fingern die Tränen ab und nahm sie fest in ihre Arme.

Jetzt ließ Katja ihrer Anspannung freien Lauf. Sie weinte sich an der Schulter ihrer Mutter aus.

»Was hat Katja, warum weint sie?«

»Dazu bist du noch zu jung, Nicky!«

»Immer wenn es interessant wird, heißt es, ich sei zu jung.«

Nicky schmollte und zog sich in ihr Zimmer zurück, ließ aber die Tür offen.

Ihre Mutter führte Katja nach oben. Die beiden Frauen saßen in der Dachkammer auf Katjas Bett.

Kleine Kinder, kleine Sorgen – große Kinder, große Sorgen! An diesen Spruch mußte Olga Mehring in diesem Augenblick denken.

»Du liebst ihn sehr, nicht wahr, mein Schatz?«

»Ja, Mama! Ich liebe ihn! Aber ich würde mit ihm unglücklich werden, so wie er ist. Das weiß ich genau! Aber jetzt bin ich auch so unglücklich!«

Katja lag in den Armen ihrer Mutter und schluchzte.

»Glaub mir, Mutter, da war gar nichts zwischen uns. Wir waren nie allein zusammen aus, weder zum Essen, noch im Kino oder in der Disco. So, wie das eben eigentlich normal ist. Er muß doch bemerkt haben, daß er mir nicht egal ist. Aber ich kann ihn nicht nehmen. Ich darf mir mein Leben durch ihn nicht kaputt machen lassen. Er taugt nichts, Mutter! Er hat überhaupt kein Verantwortungsgefühl. Warum liebe ich ihn trotzdem, Mama? Warum?«

Sie schluchzte und schluchzte.

Ihre Mutter zog sie aus, wie sie es als kleines Mädchen mit ihr gemacht hatte und streifte ihr das Nachthemd über. Willenlos ließ sie es geschehen. Olga Mehring blieb am Bett sitzen und streichelte ihr die Hand. Welch ein Glück, daß ich heute meinen freien Tag hatte, dachte sie. Nicht auszudenken, was geschehen wäre, wenn ich nicht daheim gewesen wäre!

»Mama, weißt du, ich habe immer die Sonnenbrille auf, wenn ich ihn gesehen habe. Er sollte meine Augen nicht sehen. Ich hatte Angst, er könnte bemerken, daß ich ihn …«

Der Rest des Satzes wurde in einer erneut hereinbrechenden Flut von Tränen ertränkt.

»Meine arme, arme Katja!«

Ihre Mutter wußte, daß Worte jetzt wenig ausrichten. So blieb sie einfach am Bett sitzen und wartete, bis Katja sich in den Schlaf geweint hatte. Dann zog sie die Vorhänge vor und lehnte die Tür an.

Nicky saß schmollend auf ihrem Bett.

»Geh runter in den Garten und bring Katjas Bücher herein!«

»Was hat Katja? Warum heult sie? Warum hat sie seinen Antrag abgelehnt? Ich bin alt genug, das zu verstehen. Wie soll ich etwas lernen, wenn mir niemand etwas erklärt!«

»Nicky, warte, bis Katja es dir erklärt. Sie steht unter Schock. Für mich war es auch ein Schock. Und was wird dein Vater erst dazu sagen, wenn er heimkommt.«

»Ich verstehe Katja nicht. Das war doch Gino Koppermann, nicht wahr, der Sohn von der Koppermann Hotelkette?«

»So? Wie kommst du darauf?«

»Mama! Lebst du hinter dem Mond? Alle kennen die Koppermanns. Sie sind reich, stinkreich! Der Typ ist ein echter Fang. Katja ist ganz schön dumm, ihn nicht zu nehmen. Ich hätte sofort ja gesagt. Wenn er ihr nicht gefällt, kann sie ja immer die Sonnenbrille auflassen, wenn sie zusammen sind!«

»So einfach ist das nicht, Nicky! Liebe ist gelegentlich eine sehr komplizierte Angelegenheit. Normalerweise verlieben sich einfach zwei Menschen ineinander. Sie sehen sich an, und sie wissen, daß sie zusammengehören. Trotzdem kann es vorkommen, daß sie nicht heiraten. Katja entscheidet alles in ihrem Leben mit dem Kopf. Ihr Herz läßt sie nicht sprechen. So war das jedenfalls bisher. Daß sie weint, das ist ein Hoffnungsschimmer! Katja hat also auch ein Herz. Sie muß entscheiden zwischen Herz und Verstand.«

Olga Mehring schaute ihre jüngere Tochter in die Augen.

»Es ist ihre Entscheidung, Nicky. Katja wußte immer genau, was sie wollte. Zielstrebig hat sie immer ihre Ziele verfolgt. Vielleicht sieht ihr Lebensplan noch keinen Mann vor. Deine Schwester ist mitten im Examen. Sie muß in einigen Tagen ihre Arbeit abgeben. Dann kommt die mündliche Prüfung.«

Sie seufzte ganz aus tiefstem Herzen.

»Es war der denkbar schlechteste Zeitpunkt für einen Antrag. Das zeigt mir nur, wie wenig dieser Gino unsere Katja kennt.«

»Wie geht es jetzt weiter?«

»Das kann ich nur vermuten. Katja wird ihre Prüfung machen. Sie wird so tun, als sei nichts geschehen. Meine liebe Nicky, du wirst dich da raushalten! Das mußt du mir versprechen! Wir dürfen Katja nicht belasten. Deshalb hältst du deinen Mund. Keinerlei Anspielungen! Katja schafft das gut. Sie blendet Störungen einfach aus. Das konnte sie schon immer gut, sich auf das Wesentliche zu konzentrieren. Du kannst dir ein Beispiel an ihr nehmen, Nicky!«

»Ja, ja, ja! Immer nur Katja! Katja, das große Vorbild. Die Streberin! Nur Siege! Bestes Abitur! Katja ist wie eine Maschine, wie ein Roboter. So will ich nicht sein. Und was hat sie davon? Sie liegt im Bett und heult. Statt dessen könnte sie den Brillant am Finger haben und mit dem reichen Koppermann verlobt sein. Ich habe nichts gegen einen reichen Mann.«

»Schluß jetzt, Nicky!«

Olga Mehring putzte ihre Fenster weiter. Dabei mußte sie immer wieder an ihre Tochter denken. Sie wünschte sich für ihre Tochter ein besseres Leben, als sie selbst es führte. Gegen mehr Geld war nichts einzuwenden. Wenn das Schicksal zuschlug, dann konnte man mit Geld sicherlich die Schläge abfedern. Olga Mehring wußte, wovon sie sprach. Seit ihr Mann verunglückt war und seinen erlernten Beruf nicht mehr ausüben konnte, war das Leben eine einzige Straße voller finanzieller Probleme, die sich wie Autos im Stau hintereinander reihten.

*

Völlig verwirrt war Gino Koppermann mit seinem Auto den ganzen Tag herumgefahren. Nach Hause wollte er nicht. In den Tennisclub wollte er auch nicht. Er hatte Angst, man könnte ihm die Enttäuschung ansehen. Er hatte Angst, daß etwas durchsickern würde. Das wäre eine Blamage. Außerdem, was sollte er seinem Vater sagen? Er hoffte, daß dieser seine Drohung vergessen hatte. Vielleicht würde es seine Mammamia schaffen, ihn milde umzustimmen. Doch je länger er darüber nachdachte, desto unwahrscheinlicher erschien es ihm.

Seine Mutter hatte da einen Gedanken ins Spiel gebracht, der bei ihr einen sehr hohen Stellenwert hatte. Das wußte er. Enkelkinder war das Stichwort gewesen. Seine Mutter war Italienerin. In ihrer Verwandtschaft wimmelte es von Bambini. Es waren so viele, daß er im Laufe der Jahre den Überblick verloren hatte. Ein Leben lang hatte seine Mutter darunter gelitten, daß sie nur ein Kind hatte, ihn.

Gino war ratlos. Er mußte mit jemanden über seine Situation sprechen. Es mußte jemand sein, der sein Vertrauen genoß und auf dessen Verschwiegenheit er sich verlassen konnte. Da kam nur einer in Frage: Cliff.

Es war kurz vor Mitternacht als Gino vor Cliffs Tür stand.

»Gino! Mein Gott! Wie siehst du denn aus? Komm rein!«

Gino ließ sich in einen Sessel fallen. Cliff holte zwei Gläser und schenkte Whisky ein. Der Freund beobachtete Gino. So hatte er den Sunnyboy noch nie gesehen, blaß, aschfahl und völlig am Ende.

Gino nippte an seinem Glas. Er griff in seine Jackentasche und holte den Ring heraus.

»Den wollte ich ihr schenken! Sie hat mich rausgeworfen!«

»Wer?« fragte Cliff, obwohl er es sich dachte.

»Katja! Katja Mehring! Ich war bei ihr. Ich hatte dich über Handy angerufen. Du hattest mir doch ihre Adresse gegeben!«

Jetzt trank Gino sein Glas fast aus.

»Ich fuhr hin. Ich machte alles so, wie man das machen soll. Ich hatte einen riesigen Rosenstrauß dabei und den Ring. Ich fragte sie, ob sie meine Frau werden wolle.« Mit einem Blick, der sein Unverständnis ausdrückte, schaute Gino den Freund an. »Sie sagte nein! Einfach nein! Sie will mich nicht.«

Cliff unterdrückte ein Grinsen.

»Hat sie es begründet?«

»Ich bin ihr nicht gut genug! Was will dieses Weib denn haben? Ich kann ihr alles bieten! Sie kommt aus sehr bescheidenen Verhältnissen. Ich war heute bei den Mehrings. Ganz schön hochmütig, sage ich dazu!«

Cliff drehte sein Glas in den Händen.

»Gino, ich will dir nichts vormachen. Nicky, Katjas jüngere Schwester, war auf dem Tennisplatz und hatte Bälle eingesammelt. Damit verdient sie sich ihr Taschengeld. Sie hat mir alles erzählt.«

»Dann ist es also schon rum? Klasse! Jetzt werde ich auch noch zum Gespött!«

»Ich denke nicht, daß Nicky das rumposaunt. Sie ist ein feiner Kerl, genau wie Katja!«

Cliff zögerte, bevor er weitersprach. Er sah Gino dabei nicht an.

»Gino, du wirst nicht zum Gespött – du bist es schon lange!«

»Wie meinst du das?«

»Keiner außer mir würde sich mit dir abgeben, wenn du nicht der Sohn vom Koppermann und so freigebig wärst. Gino, in den Augen der anderen bist du ein Verlierer, ein Spieler, der alle seine Chancen verspielt hat. Du schaffst es nicht, etwas aus deinem Leben zu machen. Du verhältst dich wie ein Kind. Du spielst eine Zeitlang mit einem neuen Spielzeug. Dann langweilt es dich und du nimmst dir ein neues.«

»Jetzt redest du auch schon wie mein Vater! Der setzt mich ganz schön unter Druck.«

»Das hätte er schon lange machen sollen, Gino. Er hat dir im Grunde keinen Gefallen getan. Daß du so bist wie du bist, kann man sicherlich nicht dir alleine anlasten. Doch du bist alt genug, mehr als alt genug, um dein Leben selbst in die Hand zu nehmen! Mach etwas daraus! Du bist selbst für dein Leben verantwortlich, nicht dein Vater und nicht die Umstände und nicht das Schicksal!«

Stockend berichtete Gino von der Drohung seines Vaters und

seinen Befürchtungen, daß er es diesmal ernst meint. Er erzählte, daß er deswegen auch heute Katja einen Antrag gemacht hatte.

Cliff stand auf. Mit eisiger Miene ergriff er Gino und riß ihn aus dem Sessel hoch. Es war leicht für den gut durchtrainierten Cliff, Gino zur Tür zu schleifen. Dort verpaßte er ihm einen Kinnhaken.

»So, das war für Katja! Wie konntest du auch nur versuchen, Katja so zu benutzen!«

Gino war zu Boden gegangen. Er schüttelte den Kopf und stand wieder auf.

»Du verstehst mich nicht, Cliff. Ich dachte, wir wären Freunde.«

»Das sind wir auch. Wenn du das nicht begreifst, dann tust du mir leid. Da muß ich durch, Gino! Ich warne dich, laß Katja in Ruhe!«

»Ich liebe sie aber. Ich liebe Katja wirklich! Glaube mir!«

»Dann erobere sie!«

»Wie?«

Cliff lachte.

»Nicky meinte, du müßtest eben ein paar tolle Taten vollbringen. Im Deutschunterricht in der Schule nehmen sie gerade Märchen durch. Dabei geht es auch um die Rolle der Prinzen. Sie müssen sich alle bewähren. Hast du keine Märchen gelesen? Dann tu es jetzt! Guten Abend!«

Cliff schloß die Wohnungstür. Gino stand allein im Treppenhaus.

*

Am nächsten Abend rief ihn sein Vater in sein Büro.

»Autoschlüssel, Kreditkarten, hier vor mir auf den Tisch! Ich höre! Zu was hast du dich entschlossen?«

Gino mußte seinem Vater etwas sagen. Er erzählte von Katja, die er liebte. Es sei nur eine Frage der Zeit, bis sie einwillige, ihn zu heiraten.

Isebert Koppermann grinste. Er hatte eine gute Menschenkenntnis und erkannte, daß trotz aller schöner Darstellung sein Sohn bei dieser Katja wohl abgeblitzt war.

Diese Katja Mehring interessierte ihn. Das mußte wirklich ein ganz besondere Frau sein.

»Dann ist es ja nur eine Frage der Zeit, Gino!«

Isebert Koppermann öffnete die Schreibtischschublade. Mit einer großen Handbewegung schob er die Sachen hinein.

»Katja wohnt ja hier in der Stadt. Da brauchst du kein Auto. Du kannst laufen. Früher bin ich auch gelaufen.«

»Vater, du kannst mich doch nicht ohne einen Cent lassen!«

»Doch, das kann ich sogar gut. Du kannst ja arbeiten. Du kannst sofort anfangen. Aushilfen brauchen wir immer – in der Spülküche des Restaurants, in der Wäscherei, beim Reinigungsteam. Du bekommst das, was alle Anfänger bekommen. Du wirst dich jetzt von ganz unten hoch arbeiten!«

»Das kann doch nicht dein Ernst sein, Vater!«

»Zweifelst du an meinen Worten? Es war nur ein Vorschlag. Du kannst auch gerne anderswo jobben. Aber nicht hier in der Stadt. Das werde ich zu verhindern wissen. Ich will mich nicht vor den Leuten blamieren. Geh meinetwegen nach außerhalb. Aber Italien, die Verwandtschaft deiner Mutter, scheidet aus!«

Koppermann zog an seiner Zigarre. Er entnahm der Brieftasche zwei Scheine.

»Fahrgeld! Versuch's doch mal beim Albert Weißgerber in Waldkogel. Im Sägewerk braucht er immer helfende Hände. Übrigens, Kost und Logis gibt er seinen Leuten gratis. Bleibst du hier, dann gibst du vierzig Prozent deines Lohnes bei uns ab. Deine Unterkunft ist mehr als gut. Dafür wirst du in Zukunft zahlen, damit du es lernst.«

Gino schaute seinen Vater völlig entgeistert an.

»Übrigens, das ist alles mit deiner Mutter abgesprochen. Es

bricht ihr zwar fast das Herz, aber diesmal hast du keine Chance bei ihr. Sie ist übrigens verreist.«

Wie in Trance griff Gino nach den Scheinen und ging hinaus. Daheim stellte er fest, daß ihm seine Mutter offensichtlich schon die Koffer gepackt hatte. Mitten in seinem Ankleidezimmer standen ein kleiner Koffer und eine Reisetasche. Darauf lag ein Brief. Gino erkannte die Handschrift seiner Mutter und verließ in der Dunkelheit den elterlichen Bungalow.

*

Etwas hilflos stand Gino Koppermann auf der Straße. Er mußte erst einmal nachdenken. Wie kam er zum Bahnhof! Taxi! Vor dem Hotel warteten immer Taxis. Sofort wurde ihm seine Lage bewußt. Er wußte nicht, was ihn die Fahrt nach Waldkogel kosten würde. Wenn er jetzt ein Taxi nahm, vielleicht hätte er dann nicht genug Geld für die Fahrkarte.

Gino war niedergeschlagen und wütend zugleich. Er war wütend auf seinen Vater. Wie konnte er ihm das antun? Er fühlte sich hilflos und gedemütigt. Sollte er erst einmal Zuflucht bei Cliff suchen? Nein, entschied er. Mit Cliff Jordan, hatte er es sich wohl auch verdorben. Gino rieb sich sein Kinn. Cliffs Lektion war deutlich gewesen. Ob Cliff selbst in Katja verliebt war? Das wäre die einzige Erklärung, überlegte Gino, der nur in diesen Kategorien denken konnte.

Wer kam noch in Frage? Gino überlegte. In Gedanken ging er seine Freunde durch. Waren es wirklich Freunde? Waren es Schmarotzer? Er dachte an Cliffs Worte. Unsicherheit überkam ihn, gepaart mit Einsamkeit. Er dachte an Katja. Wie schön wäre es, wenn er bei ihr hätte Zuflucht nehmen können. Vielleicht hatte sie ein mildtätiges Herz. Aber nach seinem Rausschmiß wollte er es nicht darauf ankommen lassen. Er mußte die Stadt verlassen. Etwas anderes blieb ihm nicht.

Gino lief die Straße hinab. Schon nach wenigen Metern war

ihm sein Gepäck zu schwer. Immer wieder mußte er es für einen Augenblick abstellen und ausruhen. Dann setzte er seinen Weg fort. Er kam an einer Baustelle vorbei. Aber er entschied, weiter zu gehen.

Die Strecke bis zum Hauptbahnhof erschien ihm fast endlos lang. Er hoffte, daß ihm niemand begegnete. Er wollte nicht angesprochen werden.

Vor dem Schalter in der Bahnhofshalle stand eine lange Schlange. Er reihte sich ein. Als er endlich an der Reihe war, machte er eine weitere Erfahrung. Es gab keine Fahrkarte nach Waldkogel, da es dort keine Bahnstation gab. Zu seinem Entsetzen mußte er feststellen, wie teuer die Fahrkarte bis zum Zielbahnhof war. Er zählte seine restlichen Münzen. Würde es für das letzte Stück des Wegs reichen? Was würde der Bus vom Bahnhof aus nach Waldkogel kosten?

»Guten Tag, Herr Koppermann!«

Erschrocken sah Gino auf. Vor ihm stand Katjas Mutter.

»Guten Abend, Frau Mehring! Aber bitte sagen Sie doch Gino zu mir.«

Sie lächelte.

»Das ging ja gründlich daneben, vorgestern, wie?«

Gino verspürte einen Kloß im Hals. Die Augen von Katjas Mutter waren voller Mitgefühl. Soviel Wärme und Anteilnahme verwirrten und verunsicherten ihn. Rote Flecken erschienen auf seinen Wangen und seinem Hals. Er nickte und schluckte einige Male. Olga Mehring empfand Mitleid mit ihm.

»Ich bin zu früh. Ich will meine Schwester abholen. Wann geht Ihr Zug, Gino?«

»Erst in zwei Stunden!«

»Wollen wir uns einen Augenblick setzen?«

Dann sah sie, daß er seine Hand mit einem Taschentuch umwickelt hatte.

»Sie haben sich verletzt?«

Er entfernte das Taschentuch und zeigte ihr seine Handfläche.

»Wo haben Sie sich denn diese Blase geholt?«

Er deutete auf die Koffer. Olga Mehring ergriff seine beiden Gepäckstücke und ging in den Warteraum. Sie setzten sich auf eine Bank. Katjas Mutter kramte aus ihrer Handtasche ein Pflaster.

»Wissen Sie, als Mutter hat man so etwas immer dabei.«

Sie verarztete ihn.

»Herr Koppermann, ich meine Gino! Mit ihnen stimmt doch etwas nicht. Wenn ich Sie mir so betrachte, dann kommt es mir vor, als habe ich einen ganz anderen Menschen vor mir. Was ist passiert? Wollen Sie sich mir nicht anvertrauen? Wenn Katja Ihren Antrag angenommen hätte, dann wäre ich irgendwann wohl ihre Schwiegermutter geworden.«

»Katja hat mich aber rausgeworfen.«

Olga Mehring ging darauf nicht ein.

»Also, was ist los? Hat es etwas mit Katja zu tun?«

»Ich liebe Katja wirklich. Cliff Jordan hat sie mir vorgestellt. Ich hatte sie auch schon vorher öfter beim Tennis gesehen. Ich bat Cliff darum, sie mit mir bekannt zu machen. Aber Katja ist so anders. Sie ist so zurückhaltend. Eben anders, als die anderen Frauen im Club. Solider, gewissermaßen. Da dachte ich mir, daß es gut wäre, ihr gleich einen Antrag zu machen. Sie sollte doch nur wissen, daß ich es ernst meine.«

Er spielte mit seiner Fahrkarte.

»Ich habe nicht den allerbesten Ruf. Vielleicht haben Sie gehört, was Katja mir vorgeworfen hat. Das ist schon wahr.«

Völlig zerknirscht und verlegen rollte er seine Fahrkarte zusammen. Olga Mehring nahm sie ihm aus der Hand und glättete sie.

»Das ist nur eine einfache Fahrkarte.«

Gino seufzte.

»Warum soll ich Ihnen etwas vormachen, Frau Mehring. Mein Vater hat mich auch rausgeworfen. Er teilt die Meinung von Katja.«

Nach und nach erzählte er ihr alles. Es war eigentlich eine Lebensbeichte. Olga dachte an ihre Tochter. Ja, sie liebte diesen Gino. Und soweit ihr eine Beurteilung möglich war, liebte er Katja auch. Wieder kramte Olga in ihrer Handtasche. Sie holte einen kleinen abgewetzten Geldbeutel heraus und entnahm ihm einen Bündel Fünf-Euro-Scheine.

»Das ist mein Sparschwein, mein heimlicher Notgroschen sozusagen. Ich zweige mir immer etwas vom Haushaltsgeld ab. Es ist nicht viel. Aber hier, nehmen Sie, Gino! Sie müssen ja etwas Geld haben, auch für die Buskarte nach Waldkogel. Sie können mir das Geld irgendwann wiedergeben.«

Gino Koppermann schaute sie ungläubig an. Er war gerührt.

»Nun, zieren Sie sich nicht so! Ich weiß, wie das ist, wenn man in Not ist. Katja wird davon nichts erfahren.«

»Wenn ich nicht so in Verlegenheit wäre, würde ich es nicht nehmen, Frau Mehring.«

»Das weiß ich doch, mein Junge!«

»Sobald ich Geld verdient habe, bekommen Sie es zurück, gleich von meinem ersten Lohn. Wo soll ich das Geld hinschikken?«

»Heim auf keinen Fall, da könnten die Kinder etwas bemerken!«

Auf einem gebrauchten Briefumschlag schrieb sie ihm eine Adresse und eine Telefonnummer auf.

»Dahin können Sie mir schreiben. Ich putze da in dem Büro und versorge auch bis Mittag den Haushalt der Geschäftsleute. Mit denen kann ich reden. Da können Sie mich immer erreichen.«

»Sie sind meine Rettung! Danke!«

»Sie werden das schon schaffen. Jetzt muß ich aber auf den Bahnsteig. Meine Schwester wird gleich ankommen.«

Sie verabschiedeten sich. Gino saß, bis sein Zug abfuhr, in der Wartehalle. Immer und immer wieder ließ er die zehn Fünf-Euro-Scheine durch seine Hände gleiten. Sie kamen ihm vor wie ein Schatz, den eine gute Fee mühsam zusammengetragen hatte. Er hatte noch niemals zuvor vor so einer kleinen Summe Geld solchen Respekt gehabt. Immer wieder hörte er den Klang der Worte von Katjas Mutter im Ohr. Wie sie gesagt hatte, daß das ihre heimlichen Notgroschen seien, die sie sich vom Haushaltsgeld abgespart hatte. Er nahm sich vor, davon keine Ausgaben zu tätigen, die nicht unbedingt notwendig waren.

*

Müde und hungrig stieg Gino am nächsten Mittag in Waldkogel aus dem Bus. Er erkundigte sich nach dem Weg zum Sägewerk des Albert Weißgerber. Es lag etwas außerhalb, an einem Gebirgsbach, der in den See floß. Gino machte sich auf den Weg. Es war heiß.

Er war froh, als er endlich den Waldweg erreichte. Die hohen Bäume spendeten angenehmen Schatten. Im Abstand von mehreren hundert Metern waren entlang des Waldweges Bäume gelagert. Gino mußte sich immer wieder setzen. Er war völlig erschöpft.

Von weitem kam ein Lastwagen. Er hielt. Der Fahrer betrachtete Gino und dessen Gepäckstücke durch das Wagenfenster. Dann stieg er aus.

»Hast dich verlaufen mit deinem Gepäck? Wenn du da weitergehst, da kommt nur noch das Sägewerk. Waldkogel liegt in der anderen Richtung. Suchst du ein Zimmer?«

»Nein! Ich will zum Sägewerk.«

»Mei, dann steig ein. Ich nehm' dich mit. Ich fahr dahin. Ein paar Bretter und Holz für den Kamin will ich holen.«

Wie selbstverständlich, und ohne eine Antwort abzuwarten, ergriff der Fahrer die beiden Gepäckstücke und stellte sie hinten auf die Ladefläche des offenen Lastwagens. Die Männer stiegen ein.

»Hast feine Koffer, bist net von hier. Was willst du beim Albert? Wirst länger bleiben?«

Erstaunt schaute Gino den Fahrer an.

»Mußt net so erstaunt gucken. Wir sind hier sehr direkt. Wenn wir was wissen wollen, dann fragen wir. Da wird net viel rumgeredet. Bist ein Student, der im Sägewerk arbeiten will?«

»Ja, so kann man es sagen.«

»Und wie heißt du?«

»Gino Koppermann, und wie ist Ihr Name?«

»Also so geschwollen spricht hier niemand. Ich bin der Antonius Baumberger, kurz der Toni. Siezen, das machen wir hier net. Siezen tun wir nur die Obrigkeit und das auch net immer. Doch wenn du länger hier bist, wirst das schon noch lernen. Was studierst du denn? Forstwirtschaft?«

»Nein!« Gino gab sich zugeknöpft. »Was machen Sie, ich meine, was machst du?«

»Ich baue gerade meine Berghütte um. Spätestens im nächsten Frühling wird sie dann eröffnet, ganz feierlich. Weißt, was eine Berghütte ist?« Ohne eine Antwort abzuwarten, gab er gleich die Erklärung. »Weißt, meine Eltern, die haben eine kleine Pension mit ein paar Fremdenzimmer und einer kleinen Gaststube. Der Vater will net vergrößern, und für zwei Familien wirft der Laden nicht genug ab. Verstehst? Deshalb gehe ich jetzt auf den Berg und mach mich da selbständig.«

»Mein Vater hat auch was mit Hotels zu tun.«

»Gut, dann haben wir beide quasi was gemeinsam. Bist ja dann auch vom Fach. Wir werden schon Zeit finden, ein bisserl zu fachsimpeln, Gino!«

Dann waren sie auch schon angekommen. Albert Weißgerber stand auf dem Hof und gab seinen Arbeitern Anweisungen. Er begrüßte Gino herzlich.

»Dein Vater hat schon angerufen. Bist ja schnell. Freut mich. Es wird schon werden.«

Gino Koppermann war froh, daß Onkel Albert, wie er ihn seit seiner Kindheit nannte, nicht mehr sagte. Es wäre ihm peinlich gewesen.

»Ich nehme deine Koffer mit rein! Kannst gleich anfangen. Heut sind zwei Mann ausgefallen. Da ist Not am Mann. Dahinten, der Stapel Bretter, die sind für den Toni. Die kommen auf den Wagen. Dort der ganze Haufen Äste, die sind auch für den Toni. Kannst schon mal anfangen. I hab mit dem Toni noch was zu bereden. Komm, Toni, gehen wir rein!«

Zuerst stand Gino etwas hilflos neben dem Lastwagen. Einige Arbeiter traten zu ihm und grinsten. Sie musterten ihn von oben bis unten.

»So fein, wie du ausschaust, hast dir wohl noch nie die Händ' schmutzig gemacht. Aber das wird schon. Schau, so mußt' es machen.«

Sie zeigten es ihm und gingen dann wieder an ihre eigene Arbeit. Gino mühte sich. Es war gar nicht so einfach, die langen Bretter zum Lastwagen zu tragen. Er war froh, als er damit fertig war. Dann mußte er feststellen, daß das Verladen der Äste auch seine Tücken hatte. Der Schweiß rann ihm von der Stirn. Seine hellen Hosen waren fleckig, seine Hände schmutzig und voller Blasen und Splitter. Endlich, nach fast zwei Stunden war er fertig. Er ging in das Büro.

Albert Weißgerber sagte nichts. Gino sah aber, daß er eine gewisse Schadenfreude nicht ganz unterdrücken konnte.

»So, es geht gleich weiter, Gino. Hier im Sägewerk will ich dich vorläufig net haben. I hab ohnehin zu wenig Leut'. Da kann niemand auf dich aufpassen. Niemand hat Zeit, dich anzulernen. Des kann gefährlich werden mit den Maschinen. Ich hab mir folgendes gedacht: Du gehst mit dem Toni rauf auf den Berg. Der Toni braucht da oben Hilfe. Da leih' ich dich aus, sozusagen. Du hilfst dem Toni, die Bretter und das Brennholz auf den Berg schaffen. Dann kannst du da oben die Äst' zersägen und aufstapeln. Der Toni wird dir das schon zeigen. Holzhacken kannst auch. Bei den Arbeiten bekommst du dann schon ein Gefühl, für Bäum' und den Wald. Der Toni kann dich gern die nächsten Wochen behalten. Es ist zu tun an der Berghütte.«

Gino lehnte sich erschöpft an die Wand und hörte nur zu.

»Der Toni gibt dir Unterkunft und Verpflegung. Geld kannst auf dem Berg keines ausgeben, also brauchst auch keins. So, das wäre dann erst mal alles.«

Albert Weißgerber schaute sich Gino an.

»Schlimm siehst aus! Hast noch anderes Zeug zum Anziehen dabei?« – Toni griff ein.

»Ich kümmer' mich drum. Er kann ein paar Krachlederne von mir haben. Den Rest kriegen wir auch schon hin.«

»Bub, dann wünsch' ich dir eine schöne Zeit beim Toni auf dem Berg. Kannst dir gar net vorstellen, wie i dich drum beneide. Gern würde ich mit dir tauschen. So ein Leben auf einer Berghütte, das hat schon was. Die anderen müssen dafür zahlen. Du bekommst den Aufenthalt gratis. Zu beneiden bist, wirklich!«

Für Gino Koppermann war das alles etwas zu viel. So nickte er nur.

»Aufi dann, packen wir es!«

Toni, der die Erschöpfung Ginos sah, packte dessen Gepäck und ging voran. Im Auto warf Toni Gino einen Seitenblick zu.

»Wir fahren jetzt erst mal heim! I mein' damit, wir fahren zu unserer Pension. Dann kannst was essen und trinken, dann geht's dir besser. Hast schwer zu'packt, als Studierter, wie du einer bist. Des war bestimmt net leicht für dich. Aber hast's gut g'macht, des muß i schon sagen. Scheinst doch net so ein Waschlappen zu sein, wie der Albert meint.«

»Hat er etwas über mich erzählt?«

»Ja, das kann man schon sagen. Er hat eine Menge erzählt. Doch das hat nix zu sagen. Es wird immer geschwätzt. So sind die Menschen eben. Doch ein Urteil, das bilde ich mir selber. Da brauch' ich dem Albert sein Gered' net dazu. Verstehst, was i dir damit sagen will?Außerdem hatte ich auch so manchen Kampf mit meinem Vater. Des is eben so, wenn die Alten und die Jungen net einer Meinung sind. Des vergeht aber auch wieder. Der Alois hat mir gesagt, daß es mir später mit meinen Kindern auch so gehen würde. Na, schaun wir mal! Bis dorthin fällt noch viel Schnee auf ›Engelssteig‹ und ›Höllentor‹!«

Bald darauf saß Gino bei den Baumbergers in der Küche und aß einen Eintopf und dazu ein Stück Brot. Es schmeckte gut. Außerdem hatte er seit dem vergangenen Mittag nichts mehr gegessen.

Dann gab ihm Meta alte Sachen von Toni. Sie paßten zwar, aber Gino kam sich fremd vor in der Lederhose aus Hirschleder mit den breiten Hosenträgern und dem karierten Hemd. Auf Anraten von Toni hatte er nur einige Sachen aus seinem Gepäck genommen. Den Rest stellte er bei den Baumbergers unter. Die ledernen Tragegurte des schweren alten Rucksacks schnitten ihm tief in die Schultern, als er zum Lastwagen ging.

Auf der Straße, die sich in Serpentinen den Berg hinaufwand, betrachtete Gino die Landschaft. Als Kind hatte sein Vater ihn einmal zu einem Kurzbesuch zu Albert Weißgerber mitgenommen, aber daran konnte er sich nicht mehr erinnern. Er hatte nie in den Bergen Urlaub gemacht. Er war immer an die See gefahren. Sylt, Cannes und Nizza, das waren seine Urlaubsziele gewesen.

»Gefällt's dir? Schön ist's bei uns, net wahr?«

»Beeindruckend!«

»Wirst schon sehen, dir wird's am Schluß so gut bei uns gefallen, daß gar net mehr fort willst! Wärst nicht der Erste, dem es so geht. Der Anna ging es auch so. Die wollt' erst gar net her, auf den Berg rauf a net. Doch dann hat sie's gepackt.«

»Wer ist Anna?«

Es war eher eine höfliche Frage als wirkliches Interesse.

»Die Anna! Die Anna ist mei Madl. Die Anna, die mag ich narrisch gern, wie man bei uns hier sagt. Da, wo du herkommst, sagt man wohl, daß die Anna meine Liebste is. Das hört sich auch gut an. Aber wenn man jemand narrisch gern mag, dann is das was ganz anderes. Des is so, als würde man den Verstand verlieren. Man würde verrückt werden, wenn man ohne den andern leben müßte. Jetzt ist die Anna net da. Doch sie kommt bald wieder mal für länger. Und i hoff', daß sie bald für ganz bleibt. Hast auch ein Madl?«

»Ja und nein!«

Toni lachte. »Wie geht das denn? Entweder du bist narrisch verliebt und hast ein Madl oder net.«

»Verliebt bin ich schon. Genauso, wie du das mit narrisch umschreibst. Katja heißt sie. Aber sie ist sehr spröde und will net. Ich habe ihr sogar einen Antrag gemacht und sie hat abgelehnt. Sie hat mich rausgeworfen.«

»Was du net sagst! Dann muß sie dich auch narrisch lieben. Da darfst dir nix draus machen! Des war bei mir und der Anna auch so. Doch dann sind wir doch zusammengekommen. Wirst sehen, das wird schon. Du darfst in deinem Werben nicht nachlassen.«

Toni hätte sich noch gern weiter mit Gino über Anna und die Frauen im allgemeinen unterhalten, aber sie waren am Ende der Straße angekommen. Sie fuhren noch ein Stück Waldweg. Dann hielt Toni an.

»So, Endstation! Alles aussteigen! Hier laden wir ab.«

Gino wunderte sich. Wo stand hier die Berghütte?

Als ob Toni seine Gedanken lesen konnte, sagte er:

»Bis zur Berghütte rauf können wir mit dem Auto nicht fahren. Wir müssen alles rauftragen. Eine Straße gibt es da net. Deshalb is die Berghütte etwas ganz Besonderes. Ich hab sehr kämpft drum. Des erzähl ich dir ein anderes Mal.«

Gino stand auf der Ladefläche und reichte Toni das Holz. Es war schnell abgeladen.

»Bist ganz schön fertig, Gino, wie? Bist solch a Arbeit net gewöhnt, wie? Aber da gewöhnst dich schon dran, wirst sehen!«

Toni wollte den Lastwagen zu einer Alm zurückfahren. Von dort aus würde ihn der Knecht mit ins Tal nehmen. Gino sollte hier warten oder bereits den Berg hinaufgehen. Gino entschied sich, langsam vorauszugehen. Er war Toni dankbar, daß dieser nicht von ihm erwartete, daß er gleich Bretter mitnahm.

Gino machte sich auf den Weg. Sein Rücken schmerzte, alle Muskeln taten ihm weh. Langsam setzte er Schritt vor Schritt. Doch bald dachte er nicht mehr an seine Wehwehchen. Die Bergwelt nahm ihn gefangen. Die Luft war klar und rein. Es war kühler als mitten in Waldkogel. Aus einem schmalen Wasserlauf zwischen Felsen trank er kühles frisches Wasser. Es schmeckte ihm besser als das feinste Tafelwasser, das er jemals getrunken hatte. Er kühlte sich seine Hände im kalten Wasser. Die Schmerzen wurden allmählich besser.

Dann sah er von weitem ein Haus. Das muß die Berghütte sein, dachte er. Er blieb stehen und besah sich die Hütte von weitem.

Hundegebell erschall hinter ihm. Er schaute sich um. Mir großen kräftigen Schritten kam Toni hinter ihm her. Er führte einen Hund im Geschirr vor sich her.

»Das ist Bello! Mein Neufundländer! Der wird trainiert, Lasten zu tragen und ein Wägelchen zu ziehen. Dann kann er mir helfen, die Sachen den Berg heraufzuschaffen. Ich hatte ihn bei den Freunden auf der Alm gelassen.«

Die letzten Meter gingen sie nebeneinander her.

Die Tür der Berghütte ging auf. Ein alter Mann trat heraus.

»Mei, Toni! Wen bringst denn da mit? Schon wieder ein Gast? I sag's ja. Es wird sich schnell 'rumsprechen, daß die Hütte wieder aufmacht, Toni!«

»Naa, Alois! Das ist kein Gast. Das ist der Gino Koppermann, der tut uns helfen. Der Albert schickt ihn. Das ist der Sohn von einem guten alten Freund, sagt der Weißgerber.«

Der alte Alois schaute mit seinen blauen Augen Gino ins Gesicht. Vor Begeisterung klatschte er in die Hände.

»Mei Gott! Sag bloß? Du bist der Sohn vom Isebert?«

»Ja, mein Vater ist Isebert Koppermann.«

»Mei, das ist ja eine Freud! Komm rein, mein Bub! Ich hab

dein' Vater gut gekannt. Einen ganzen Sommer war er damals bei mir auf der Berghütte. Ein Hallodri war er, als er gekommen ist. Als er gegangen ist, da war ein richtiger Mann aus ihm geworden.«

Gino spitzte die Ohren.

Toni zeigte Gino, wo er schlafen konnte. Dann setzten sie sich zu Tisch. Alois hatte schon die Brotzeit bereitet. Anschließend saßen sie draußen vor der Berghütte. Gino bemerkte, daß sich in ihm etwas veränderte. Alle Hektik fiel allmählich von ihm ab.

»Wie wunderbar still es hier ist! Ich habe so etwas noch nie erlebt.«

Alois und Toni warfen sich Blicke zu.

»Ja, so ist das mit den Bergen. Darfst nicht denken, daß es hier ganz still ist, Gino. Man kann nur nix hören, Gino. Die Berge flüstern. Sie reden mit den Menschen. Die Leute müssen nur richtig lauschen.«

»Ich höre aber wirklich nichts, Alois.«

Alois lachte und zog an seiner Pfeife.

»So einfach ist das net, Bub. Du hörst die Berge net mit deinen Lauschern. Die Ohren sind dabei überflüssig. Die Berge kannst du nur mit dem Herzen hören. Wenn du Fragen hast, sie wissen die Antwort. Wirst schon sehen, Bub. Der Anna ging das auch so. Die wußt' nicht, was sie machen sollte, dann flüsterten ihr die Berge zu.«

Gino mußte schmunzeln.

»Ja, lach nur, Bub. Wirst schon sehen!«

»Muß ich da etwas Besonderes dafür machen, damit ich das erleben kann?«

»Schweigen mußt du und stille sein, wie bei einem Gebet. Die Berge hier, die sind ein ganz besonderes Stück der Schöpfung. Da muß man Ehrfurcht haben. Die Berge können dein Schutz sein. Sie können dich aber auch bedrohen, wenn du ihnen nicht in Ehrfurcht begegnest und die Natur zerstörst.

Eine solche Tat bleibt nie ungesühnt.« Gino mußte wieder lächeln.

»Viele haben das net geglaubt, aber es ist so, Bub. Hier kannst nur mit den Bergen leben, nicht gegen die Berge und die Natur leben. Doch brauchst dir keine Gedanken zu machen. Wirst es schon spüren, wie sie nach und nach in dein Herz dringen und deine Seele erobern. Mußt sie einfach nur gewähren lassen. Schweigen mußt du – schweigen!«

Gino dachte an seine Eltern, an Cliff und an Katja. Er überdachte die letzten Tage. Es war ihm, als wäre das eine andere Welt, die weit, weit fort lag. Plötzlich erschien ihm diese kompliziert, verwirrend mit den Spielchen und Intrigen, die dort abliefen. Hier in den Bergen erschien ihm alles einfach. Es gab oben und unten, die Berge und Täler. Alles erschien so klar und einfach. Gino stellte fest, daß er auf eine neue Art glücklich war und sich auf die Tage in den Bergen freute. Er wünschte sich Katja an seine Seite. Ihr wollte er dieses neue Gefühl beschreiben. Er war sich sicher, daß sie ihn verstehen würde.

*

Einige Wochen vergingen. Gino hatte sich gut auf der Berghütte eingelebt. Alois hatte sich seiner angenommen und ihn mit viel, mit wirklich viel Geduld an alle Arbeiten herangeführt. Toni hatte ihn mit zu den Almen genommen und war mit ihm wandern gewesen. Er hatte ihm die Grundkenntnisse der Kletterei vermittelt. Sie waren im gleichen Alter und hatten sich angefreundet. Toni hatte täglich von seiner Anna gesprochen. Irgendwann hatte Gino ihm ausführlich von Katja erzählt. Gino hat Katjas Mutter das Geld geschickt und auch einen Brief von ihr erhalten. Darin hatte sie berichtet, daß Katja ihr Examen bestanden hatte. Mehr stand darin nicht.

Eines Abends saßen Katja und ihre Eltern im Wohnzimmer. Nicky war schon zu Bett gegangen. Ihren Eltern hatte Katja etwas zu sagen. Sie hatte damit gewartet, bis die Jüngste schlafen gegangen war, denn Nicky konnte manchmal wirklich nerven mit ihren Fragen und Bemerkungen. Etwas verlegen legte ihr Vater einen Umschlag auf den Tisch.

»Katja, wir sind sehr stolz auf dich! Du hast das alles gut gemacht! Deine Mutter und ich kommen aus kleinen Verhältnissen. Wir konnten dir bei deinen Schulsachen nie helfen, weil wir beide nur die Hauptschule gemacht hatten. Hast es schwer gehabt! Aber du hast dich zäh durchgebissen. Du hast immer gewußt, was du willst und hast es dann auch gemacht.«

Die Eltern schauten sich an. Volker Mehring redete weiter:

»Wir haben hier ein kleines Geschenk für dich! Es ist nicht viel. Wir hätten dir gern ein Auto geschenkt, wie das die anderen Eltern so machen. Aber das ist bei uns nicht drin.«

Katja griff nach der Hand ihres Vaters.

»Es kommt doch nicht darauf an. Ihr müßt mir gar nichts schenken. Ihr habt mich immer unterstützt. Ich muß euch danken. Ich konnte Abitur machen und studieren. Ich weiß, wie schwer es für euch war nach deinem Unfall, Vater. Ich wollte von der Schule abgehen und eine Lehre machen, damit wir mehr Geld haben. Doch ihr habt nein gesagt. Das vergesse ich euch nicht. Danke dafür.«

»Jetzt ist aber genug!« sagte die Mutter. »Wir sind eine Familie, die sich versteht, und wir halten zusammen. Das haben wir in der Vergangenheit getan und werden es auch weiterhin tun. Fertig! Jetzt mach den Umschlag auf, Katja!«

Katja entnahm eine kleine Mappe aus dem Karton, den ihre Mutter gebastelt hatte. Darin war ein Gutschein für eine Reise in die Berge. Es war schon alles ausgefüllt. Nur das Datum war noch offen. Ein Prospekt lag auch bei.

»Eine Reise in die Berge!« Katja umarmte ihre Eltern.

»Ja, wir haben gedacht, daß du etwas Erholung brauchst.

Hast ja nur über deinen Büchern gesessen. Bist etwas blaß, Katja. Wir überlegten, sollten wir dir eine Reise an die See schenken oder in die Berge. Dann hat sich deine Mutter erinnert, daß du mal mit deiner Schulklasse zu Skiferien in den Bergen gewesen bist. Damals mußt du so alt gewesen sein wie Nicky jetzt. Es hatte dir in den Bergen gut gefallen. Nun ja, jetzt ist Sommer. Aber schön ist es jetzt in den Bergen auch.«

»Schau dir den Prospekt an.«

»Waldkogel? Wie bist du auf den Ort gekommen, Mutter? Sieht nett aus.«

»Ach, die Müllers, bei denen ich putze, die haben da Verbindungen hin. Deshalb war das auch einfacher«, log ihre Mutter einfach. »Dein Zimmer in der Pension ist bezahlt. Sie heißt ›Beim Baumberger‹. Den Gutschein kannst du am Bahnhof gegen eine Rückfahrkarte eintauschen.«

Interessiert las Katja den Prospekt.

»Wann willst du fahren?«

»Ich weiß nicht. Ich muß überlegen. Ich war noch nie alleine in Urlaub. Kann man die Buchung für zwei Wochen nicht umtauschen in eine Woche für zwei Personen oder ein Wochenende für uns alle vier? Wenn wir schon nicht alle zusammen in Urlaub fahren können, dann komm doch wenigstens du mit, Mutter.«

»Das kommt nicht in Frage, Katja!« protestierte Olga Mehring. »Du fährst und zwar bald. Du sitzt nur noch daheim herum. Ich kann ja verstehen, daß jetzt erst einmal der ganze Druck von dir abgefallen ist nach dem Examen. Aber du weißt nichts mit dir anzufangen. Du machst nichts. Entweder schläfst du lange oder sitzt irgendwo und träumst. Du gehst nicht aus. Du treibst keinen Sport mehr. So kann das nicht weitergehen mit dir, bis du im Herbst deine Stelle antrittst.«

»Richtig!« mischte sich ihr Vater ein. »Du hast dein Examen als Sportlehrerin gemacht. Aber du machst keinen Sport mehr. Warum gehst du nicht mehr auf den Tennisplatz? Du gehst auch nicht mehr schwimmen. Wenn man dich so anschaut, dann macht man sich Sorgen. Also ich sage, daß du nach Waldkogel fährst und zwar bald. Sagen wir übermorgen.«

»So bald schon?« Katja reagierte entsetzt.

»Ja, so bald! Katja! Am besten, du gehst gleich rauf in dein Zimmer und fängst an zu packen. Sei aber leise, damit Nicky nicht aufwacht.«

Ihr Vater blinzelte ihr zu. Katja umarmte ihre Eltern und ging hinauf.

»Volker, du kannst dir nicht vorstellen, wie schwierig es mit Katja ist, seit dieser Geschichte. Du bist ja seltener daheim als ich. Es ist schlimm, wenn man als Mutter sagen muß, daß man sich freut, wenn die Tochter aus dem Haus ist.«

»Ich verstehe dich. Ich bekomme es ja häufig am Wochenende mit, wenn ich mal keinen Wochenenddienst habe. Dann die Streitereien zwischen Nicky und Katja! Nun ja! Man wird sehen, wie es ist, wenn Katja zurückkommt. Ich hoffe, daß dann das Thema Liebeskummer erledigt ist. Sie muß eine Entscheidung treffen.«

»Ja, das muß sie!«

*

Katja war abends glücklich in der Pension angekommen. Die Gaststube war voll. Sie saß mit andren jungen Leuten an einem großen Tisch. Schnell war man ins Gespräch gekommen. Als sie erfuhren, daß Katja noch nie in den Bergen gewandert war, nahmen sie sich gleich ihrer an. Es waren alles Bergsteiger, darunter auch ein paar Frauen.

Sie wollten am nächsten Tag den ›Engelssteig‹ erklimmen und luden Katja ein, mitzukommen. Katja lehnte aber ab: Sie war selbst Sportlerin genug, um zu wissen, daß sie als Anfängerin nur eine Belastung für sie wäre.

»Dann kommst du mit bis zur Berghütte, Katja. Wir setzen

dich da ab und gehen dann weiter und steigen auf. Abends sind wir zurück. Wir werden alle auf der Berghütte übernachten. Die ist eigentlich noch nicht eröffnet, aber der Toni macht bestimmt eine Ausnahme.«

»Gut, überredet.«

Am nächsten Morgen zogen sie kurz nach Sonnenaufgang los. Es war eine Gruppe von acht Personen, Katja eingeschlossen. Sie hatten viel Spaß unterwegs beim Aufstieg bis zur Berghütte.

Als sie ankamen, war nur der Alois da. Der kümmerte sich gleich um Katja. Die anderen zogen weiter. Katja setzte sich vor die Hütte in die warme Morgensonne. Ihr Blick ruhte auf der schönen Landschaft. Von Zeit zu Zeit sah sie durch das Fernglas und schaute nach der Gruppe, die sich langsam den Berg hinaufarbeitete.

»Kannst mir auch mal das Glas geben, Madel?« fragte Alois. »Die kommen gut voran.«

»Ja, ja! Aber mich interessiert die andere Richtung mehr. Der Toni wollte schon längst wieder hier sein. Er ist runter zur Oberländer Alm. Dort wollt er Milch, Käse und Eier holen. Ich wundere mich, daß er noch nicht da ist.«

Der Alois setzte das Glas vor die Augen.

»Der kommt ja allein mit dem Bello! Der Toni ist net dabei! Mei, des gibt' ja gar net. Mei, da wird doch nix passiert sein?«

Alois gab Katja das Fernglas zurück. Er griff nach seinem Wanderstab und seinem alten Filzhut mit dem großen Gamsbart.

»Madl, da stimmt was net! Da muß ich mal runter. In der Glut vom Kamin steht eine Kanne mit Kaffee, wenn n magst. I bin bald zurück.«

Katja sah Alois nach. Mit bedächtigen Schritten, vorsichtig Fuß für Fuß setzend, ging der alte Mann den schmalen Pfad hinab. Katja sah ihm lange nach, dann wurde sie schläfrig. Sie schloß die Augen und döste in der Sonne.

Hundegebell weckte sie auf. Sie hielt die Hand über die Augen und schaute sich um. Bello, der Neufundländer, stürmte über das steinige Geröllfeld. Eine markante Männergestalt kam langsam den Pfad hinab.

Er trug einen großen Rucksack auf dem Rücken und noch zwei weitere in den Händen. Den Hut hatte er tief in das Gesicht gezogen.

Neugierig schaute Katja durch das Fernglas. Ihre Augen weiteten sich. Sie setzte das Glas ab und schüttelte den Kopf, so als wollte sie ein Trugbild abschütteln. Da schaute sie erneut durch. Ihr Herz klopfte. War es Gino? War es wirklich Gino? Das konnte doch nicht sein? Nein – aber diese Ähnlichkeit. Katjas erster Gedanke war Flucht. Doch wo sollte sie hin? Hinauf in die Berge? Das war unmöglich. Der einzige Weg hinunter ins Tal war ihr versperrt. Da kam dieser Mann herauf, der genauso wie Gino aussah. Katja wollte aufstehen und sich in der Berghütte verstecken. Doch irgendwie schaffte sie es nicht. Sie zog die Kapuze ihres Anoraks tief ins Gesicht, ihren Schal über das halbe Gesicht und stellte sich schlafend.

Vielleicht war das eine Fata Morgana? Ich muß so etwas wie Höhenrausch haben. Das muß von der dünnen Luft kommen. Nein, nein, es kann unmöglich Gino sein. Sie versuchte nachzudenken. Wie sollte er hierher gekommen sein und was machte er hier?

Waldkogel, Berghütte, die Reise! In Mathematik hatte Katja immer Schwierigkeiten gehabt. Doch jetzt konnte sie Eins und Eins zusammenzählen. Na warte, wenn ich heimkomme, dachte Katja und beschloß, ihn zu ignorieren.

Sie hörte, wie er die paar Stufen zur Terrasse vor der Hütte heraufkam und dann in die Hütte ging. Es bestand kein Zweifel. Es war Gino der Stimme nach zu urteilen. Er sprach mit Bello. Er stellte dem Hund einen Napf mit Wasser ins Freie.

»Da, trink schön, Bello! Wirst durstig sein!«

In der nächsten halben Stunde hörte sie allerlei Geräusche

aus der Hütte. Ah, er wird die Rucksäcke auspacken. Jeder Muskel von Katjas Körper war bis zur Schmerzwelle angespannt. Ihr Herz raste. Winzige kleine Schweißperlen näßten ihren Haaransatz. Ihr ganzer Körper glühte. Am liebsten wäre sie zu ihm gegangen und hätte sich in seine Arme geworfen. Jede Zelle ihres Körpers, jede Pore sehnte sich nach ihm. Sie lechzte nach seiner Nähe und konnte seine Berührung kaum erwarten.

Nur mit eiserner Disziplin konnte sie dagegen ankämpfen. Sie rief sich immer wieder sein Verhalten ins Gedächtnis. Er ist gewissenlos, verantwortungslos, verschwenderisch, unzuverlässig, arrogant, überheblich, sagte sie sich in Gedanken vor. Er ist unstet, bringt nichts zu Ende, weicht Problemen und Schwierigkeiten aus. Er ist ein verwöhntes Söhnchen von Neureichen, der mit goldenem Löffel im Mund aufgewachsen ist, ohne das er dafür selbst etwas leisten mußte, betete Katja sich vor. Aber ihre Gefühle für ihn bekam sie durch diese Litanei nicht in den Griff. Katja litt unbeschreiblich, zwischen den Gefühlen auf der einen Seite und der Vernunft auf der anderen Seite. Sie seufzte und schaute hinauf zu den ewigen Gipfeln der Berge, als könnte ihr von dort Hilfe kommen.

Katja hatte sich fast ganz eingehüllt, so daß er sie nicht erkennen konnte. Wenn sie ihn nicht hörte, blinzelte sie unter ihrer Sonnenbrille und schaute nach ihm.

Gino blieb nicht in der Hütte. Mehrmals ging er dicht an ihr vorbei. Er schleppte mehrere Körbe mit Holz in die Hütte. Dann ging er hinter die Berghütte. Er muß Holz hacken, nach dem Geräusch zu urteilen, dachte Katja. Obwohl sie sich vorgenommen hatte, sich schlafend zu stellen, bis die anderen vom Berg zurück wären, hielt sie es nicht mehr aus. Auf Zehenspitzen schlich sie außen an der Berghütte entlang und schielte vorsichtig um die letzte Ecke.

Gino Koppermann stand hinter dem Holzklotz und hackte Holz. Er hatte sein Hemd ausgezogen. Katja konnte nicht aufhören hinzusehen. Gut sah er aus, wie er mit kräftigem Schwung die Axt führte. Dabei spannte sich seine Muskulatur an. Bello saß im Abstand dabei und schaute zu. Katja schwindelte bei dem Anblick seiner nackten Haut. Welch ein Körper! Wie gut durchtrainiert, dachte sie. Sie hatte das nicht erwartet.

»Jetzt ist genug für heute, meinst auch, Bello?«

Es war höchste Zeit, daß sich Katja wieder versteckte. Eilig rannte sie zurück zu ihrem Liegestuhl und hüllte sich ein. Sie zog die bunte Wolldecke hoch, als sei sie eine Tarnkappe, unter der sie unsichtbar werden würde.

Gino kam um die Ecke. Auf der Schulter hatte er zwei Scheite Holz geschultert, die sicherlich über einen Meter lang waren. Er brachte noch mehrere davon. Im Abstand von fünfzehn Meter von der Berghütte entfernt stapelte er sie auf. Dort war ein Platz mit Asche gewesen. Im Abstand davon stellte er mehrere große eiserne Wannen auf, die er mit Holzkohle füllte und anzündete. Er legte Gitter darüber. Die Holzkohle rauchte. Gino schleppte ein Faß Bier herbei, Tische und Stühle. Dann brachte er Gläser, Teller. Das sieht nach einem Grillabend aus, mit Lagerfeuer, dachte Katja.

Sie konnte immer noch nicht richtig glauben, was sie sah. Gino packte an. Er packte richtig zu. Er machte alles allein. Dabei wirkte er nicht ungeschickt oder linkisch. Jeder Handgriff machte Sinn. Er arbeitete ohne Hektik mit viel Bedacht. Dabei schien er recht vergnügt. Sie sah, daß er immer wieder mit dem Hund sprach. Die Holzkohle brauchte wohl etwas, bis sie glühte. Dann legte er Alufolie auf den Rost und legte dicke Stücke Fleisch auf und Würste. In die Glut packte er in Folie eingepackte Kartoffeln. Dann setzte er sich ruhig daneben und wartete. Er drehte ihr den Rücken zu.

Katja schälte sich aus der Decke und stand auf. Schnell und ohne in seine Richtung zu sehen, ging sie in die Berghütte. Alois hatte ihr eine Einzelkammer zum Übernachten gegeben. Im nachhinein war sie ihm jetzt dafür sehr dankbar. Schnell schloß sie die Tür und schob den Riegel vor.

Katja war völlig aufgewühlt, ihr Herz klopfte bis zum Hals. Sie spürte, wie das Blut in ihren Adern pochte. Sie goß klares kaltes Quellwasser aus dem Wasserkrug in die Waschschüssel auf dem kleinen Tisch und sie kühlte sich Gesicht, Hals und Arme. Das kalte Wasser erfrischte sie. Katja schaute in den Spiegel, der an der Wand hing.

»Wie soll das weitergehen?« fragte sie ihr Spiegelbild, als könnte es ihr antworten.

Sie schaute ihr Spiegelbild lange an. Alle ihre Gefühlsregungen standen ihr deutlich im Gesicht. Mit ihren Händen befühlte sie ihre Wangen. Sie waren rot. Katja hatte das Gefühl, als glühten sie. Erneut wusch sie ihr Gesicht mit kaltem Wasser ab.

Es half nichts. So zog sie ihre knöchelhohen Schuhe aus und legte sich auf das Bett. Sie bedeckte ihr Gesicht mit einem nassen Handtuch. Krampfhaft versuchte sie, die Bilder von Gino aus ihrem Gedächtnis zu streichen. Aber sie sah ihn einfach. Sie konnte die Erinnerung an ihn, wie er da mit nacktem Oberkörper stand, nicht abschütteln. So lag sie lange da.

Draußen hörte sie Stimmen. Ihre Wanderkameraden mußten zurück sein. Die Abendsonne über den Bergen warf ihre goldenen Strahlen durch das kleine Fenster. Katja hatte Hunger. Sie kramte aus ihrem Rucksack einige Süßigkeiten und aß sie. Dann legte sie sich wieder hin, in der Hoffnung man würde sich ihrer nicht erinnern. Wenn alle schliefen, wollte sie die Hütte verlassen und dann in der Morgendämmerung versuchen, hinunter nach Waldkogel zu kommen.

Es wurde immer dunkler. Dann klopfte es an der Tür. Katja antwortete nicht. Es klopfte mehrmals.

»Hallo, Katja! Geht es dir gut? Warum antwortest du nicht? Bitte antworte, sonst muß Toni die Tür aufbrechen! Ich bin die Anna. Ich gehöre zu Toni. Katja, mach bitte auf!«

Katja schlüpfte in ihre Schuhe. Die Schuhbänder schleiften über den Boden. Sie öffnete die Tür.

»Danke, mir geht es gut. Es ist alles in Ordnung. Ich muß

wohl nur tief geschlafen haben. Die gute Bergluft macht sehr müde. Ich komme aus einer großen Stadt. Da ist man so viel Sauerstoff nicht gewöhnt.«

Anna schob Katja einfach in die Kammer hinein, trat ein und schloß die Tür.

»Ja, die gute Bergluft macht entweder quirlig oder müde. Ich kenne das. Ich komme aus Hamburg. Hamburg hat zwar prima Seeluft, aber hier in den Bergen ist es ganz anders. Ich war die ersten Tage wie in einem Rausch. Es war ein beglückender Rausch.«

Anna lächelte Katja verständnisvoll an. Dann schmunzelte sie und sagte ganz direkt:

»Katja, es ist zwecklos, daß du dich versteckst. Gino Koppermann hat inzwischen erfahren, daß du Gast hier bist.«

»Nein!« schrie Katja auf und warf sich auf das Bett.

Sie vergrub ihr Gesicht in den Kissen.

Anna setzte sich auf den Bettrand und streichelte ihr den Rücken.

»Bist wohl sehr verliebt, wie? Schlimme Geschichte mit dir und Gino?«

Katja richtete sich auf und setzte sich neben Anna.

»Was weißt du davon? Woher weiß Gino, daß ich hier bin?«

»Katja!« Dabei war ein Unterton zu vernehmen. »Du mußt niemanden einen Vorwurf machen. Deine Kameraden sind von ihrer Tour zurück. Sie haben Alois nach dir gefragt. Als Gino den Namen Katja hörte, fragte er nach. Dann haben sie von dir erzählt, eben das, was sie wußten: daß du Katja Mehring heißt und gerade dein Sportexamen gemacht hast.«

Katja ergriff voller Anspannnung nach Annas Händen.

»Wie hat Gino es aufgenommen? Was hat er gesagt? Hat er etwas über mich erzählt?«

Anna legte ihre Hand beruhigend auf Katjas Schulter.

»Keine Sorge! Die von der Gruppe haben nichts mitbekommen, denke ich. Toni und mir mußte Gino nichts erklären. Wir wissen alles über euch beide. In der Zeit, in der Gino hier oben auf der Berghütte ist, sind mein Toni und er dicke Freunde geworden. Toni hat mir sogar im Brief von Gino geschrieben. Der Gino hat täglich von dir gesprochen. Du bist sein ganzer Lebensinhalt. Katja, der Gino liebt dich wirklich. Das kannst du mir glauben.«

Katja hielt beide Hände vor das Gesicht.

»Was soll ich jetzt machen?«

»Du kommst mit raus. Wirst wohl auch schon Hunger haben. Der Gino hat Würste und Fleisch gegrillt. Dazu gibt es Grillkartoffeln. Quark hat er auch gemacht, mit Zwiebeln und Knoblauch.«

»Hunger habe ich schon. Aber kannst du mir nicht etwas bringen? Ich will da nicht raus! Ich will ihn nicht sehen!«

Anna schmunzelte und fügte humorvoll hinzu:

»Also Zimmerservice haben wir hier auf der Berghütte nicht. Das Essen wird hier nicht aufs Zimmer gebracht. Nun komm schon, Katja! Irgendwann wirst du ihm begegnen, entweder hier oder an einem anderen Ort. Willst du immer davonlaufen? Willst du dich ein Leben lang vor ihm verstecken?«

Katja schaute unter sich und spielte verlegen mit dem Strickbund ihres Pullovers. Ganz leise und traurig kamen die Worte über ihre Lippen:

»Gino hat mir einen Heiratsantrag gemacht. Ich habe ihn nicht nur abgelehnt. Ich habe ihn rausgeworfen.«

»Ich weiß. Gino hat uns alles erzählt!«

Katja staunte: »Das hat er getan! Ich kann es kaum glauben. Das hätte ihm doch peinlich sein müssen.«

»Doch, war es wohl auch. Außerdem kommt es immer wieder vor, daß Heiratsanträge abgelehnt werden. Oft verstehen sich zwei gut. Der eine denkt, es sei eine gute Grundlage für ein gemeinsames Leben. Dann wird der Antrag abgelehnt. Warum sollen die beiden danach nicht gute Freunde bleiben oder vielleicht werden, wie in deinem Fall?«

»Trotzdem, ich will, ich kann da nicht rausgehen!«

»Katja, es ist jetzt fast ganz dunkel draußen. Er kann dich nicht so genau sehen. Toni ist dabei. Ich bin dabei. Ich verspreche dir, daß ich in deiner Nähe bleibe.«

Anna streckte ihr die Hand hin: »Nun komm!«

Katja seufzte tief. Sie band sich ihre Schuhe zu, zog ihren warmen Anorak über. Sie warf einen letzten Blick in den Spiegel.

»Du siehst gut aus! Alles wird gutgehen. Tu einfach so, als wäre nichts.«

»Gino wird mich begrüßen!«

»Sicherlich, dann sagst du etwas. Zum Beispiel: Welche Überraschung, dich hier zu sehen. Schau, wie klein die Welt ist. Etwas in der Richtung. Dann tust du so, wie du eben mit einem ganz losen Bekannten auch tun würdest. Verstehst du?«

»Ja! Aber das ist nicht so einfach. Ich kann nicht so tun, als wäre er mir gleichgültig.«

»Ah, du meinst, du würdest lieber kratzbürstig sein, damit er nicht merkt, wie lieb du ihn hast?«

»Woher weißt du?«

Anna lachte herzlich.

»Aus Erfahrung! Ich hatte mich gleich in den Toni verliebt und mich auch gewehrt. Ich wollte es mir nicht eingestehen. Dabei hatte sich mein Herz schon längst entschieden.«

»Wir passen nicht zusammen, Anna! Unmöglich!«

»Wenn zwei liebende Herzen sich finden, dann passen sie auch zusammen. Ich mache dir einen Vorschlag. Bleib doch ein paar Tage auf der Hütte. Dann kannst mich und den Toni besser kennenlernen. Toni ist hier aus Waldkogel. Er ist ein Kind der Berge. Mich nennt er liebevoll seine Flachlandindianerin, weil ich aus dem hohen Norden komme. Ich hatte auch Angst, mich für ihn zu entscheiden oder besser für ein Leben mit ihm. Doch hier in den Bergen fand ich Ruhe und zu mir selbst. Ja, bleibe ein paar Tage! Wenn du willst, kannst du auch die ganzen zwei Wochen hier bleiben. Du wirst sehen, wie gut dir das tut!«

»Ich danke dir für die Einladung. Dann gehe ich Gino aus dem Weg, oder?«

Anna lachte.

»Möglich! Doch willst du das wirklich?«

Katja errötete. Anna nahm sie bei der Hand. Sie gingen hinaus.

Anna wurde freundlich begrüßt. Anna erklärte, daß Katja tief und fest geschlafen habe. Katja war für diese kleine Notlüge dankbar.

»Komm, du mußt etwas essen!«

Anna schob Katja zum Grill.

»Hallo, Katja! Freue mich dich zu sehen! Willst du Würstchen oder Fleisch?«

»Hallo, Gino! Etwas von beidem, bitte!«

Gino suchte ihr ein besonderes Stück Fleisch heraus. Katja nickte ihm zu. Dann setzte sie sich und aß. Anna blieb an ihrer Seite.

»Du kennst den Gino?« fragte jemand aus der Gruppe.

»Ja! Die ganze Welt ist ein Dorf!« bemerkte Katja wie beiläufig.

Die großen Holzscheite des Feuers brannten. Alle standen mit ihren Gläsern dabei und schauten versonnen in die Flammen, die sich in das Holz verbissen, daß es platzte und Funken sprühte. Die Männer tranken Bier und Schnaps. Anna, Katja und die anderen Frauen hielten sich mehr an Tee mit Rum, oder sie tranken einen schmackhaften Punsch, den Toni gebraut hatte.

Der alte Alois holte seine Ziehharmonika und spielte auf. Toni hielt bei den zärtlichen Melodien seine Anna fest im Arm.

»Dann tanzt schon! Dazu ist Musik doch da.«

Toni und Anna ließen es sich nicht zweimal sagen. Bald reihten sich die anderen Paare auch ein und tanzten um das Feuer. Es war ein großes Vergnügen für den alten Alois, den jungen

Leuten aufzuspielen. Er spielte und wippte dabei mit dem Fuß. Dann und wann stieß er einen Juchzer aus, der die frohe Kunde des Tanzvergnügens in der Nacht der Berge hinaustrug und als vielfältiges Echo zurückkam.

Gino hatte sich hinter dem Grill hingesetzt und schaute zu. Katja saß neben Alois und schaute in die Flammen.

»Gino schaut zu dir herüber, Katja! I glaub, der hat große Lust, mit dir das Tanzbein zu schwingen. Wie wär's! Soll ich Damenwahl ausrufen?«

»Alois, nein! Bitte nicht! Ein Wort und ich gehe in meine Kammer.«

»Bist mir schon ein seltsames Madl. Die Lieb' steht dir ins Gesicht geschrieben, und du willst weglaufen. Der Gino ist net so übel, wie du denken tust. Na mei, vielleicht war er ja mal ein richtiger Hallodri. Aber des ist er net mehr. Des geht allen so, wenn's in die Berge kommen. Bei sei'm Vater war es genauso!«

»War Herr Koppermann auch hier?«

»Mei, da staunst, Madl, gell? Der Isebert war auch hier als ganz junger Mann, aber des is schon lang her. I kann dir net sagen, wann das war. Da mußt mal ins alte Hüttenbuch schauen. Vielleicht kannst da ja etwas finden.«

Toni und Anna tanzten auf Katja zu. Dann lösten sie sich. Toni griff nach Katjas Hand und tanzte einfach mit ihr. Anna winkte Gino heran und tanzte mit ihm. Katja sah, daß die beiden eifrig sprachen. Sie sprechen bestimmt über mich, dachte Katja.

»Jetzt tauscht die Madln!« rief der alte Alois.

Ehe Katja sich besann, hatte Toni sie in Ginos Arme gedrückt und seine Anna wieder an sich gezogen. Sie konnte sich nicht wehren. Sie wollte sich nicht wehren. Katja spürte seinen Atem und roch seine Haut. Er hielt sie fest. Katja wehrte sich nicht.

»Wollen wir nicht Frieden schließen, Katja? Waffenstillstand für die Zeit hier auf den Bergen! Bitte, Katja?«

Katja ließ ihn einen Augenblick zappeln. Sie dachte nach.

»Gut! Waffenstillstand! Was zwischen uns war, ist vergessen. Du benimmst dich anständig!«

»Das werde ich. Versprochen!«

Es dauerte noch einige Tänze, bis Katja sich entspannen konnte und sie dann auch wirklich ihren Spaß hatte.

Das Feuer brannte ab und sank in sich zusammen. Alois hörte auf zu spielen. Gemeinsam trugen sie alles in die Hütte. Die ›Madln‹, angeführt von Anna, brachten die Küchensachen und das Geschirr hinein. Die Burschen packten bei dem Rest an.

Nach und nach zogen sich alle zurück.

»Katja, ich würde mich freuen, wenn du noch einen Moment bleiben würdest. Ich würde gern mit dir sprechen. Wir könnten uns an den Kamin setzen«, bat Gino.

»Heute abend nicht! Ich bin wirklich sehr müde. Morgen ist auch noch ein Tag. Anna hat mich eingeladen, meinen ganzen Urlaub auf der Berghütte zu verbringen. Vielleicht mache ich das wirklich. Dann haben wir viel Zeit. Wie lange bleibst du noch?«

»Ich weiß nicht, wie lange ich noch bleibe. Ich bin schon lange hier. Ich habe dir versprochen, mich ehrenhaft zu benehmen. Das will ich dann auch so halten, Katja. Ich wünsche dir eine gute Nacht. Ist es deine erste Nacht auf einer Berghütte?«

»Eigentlich ja!«

»Dann träume etwas Schönes. Man sagt ja, daß der Traum der ersten Nacht in Erfüllung geht, den man in einer neuen Umgebung träumt.«

»Ja, ich kenn' die Redensart.«

»Es ist keine Redensart, Katja! Mir ist es so ergangen. Mein Traum ist in Erfüllung gegangen.« Er zögerte. »Nun, wahrheitsgemäß muß ich anmerken, daß es nur die erste Hälfte des Traumes ist. Ich warte noch darauf, daß die zweite Hälfte auch wahr wird.«

»Dann wünsche ich dir auch eine gute Nacht, Gino. Vielleicht mußt du die zweite Hälfte noch einmal träumen.«

Er lächelte sie an, nahm ihre Hand und hauchte ihr einen Kuß darauf. Dann ging er schnell weg, als hätte er Angst. Sie stand am Kamin und schaute in die Glut. Sie wagte es nicht, sich umzudrehen. Mit geschlossenen Augen lauschte sie, wie sich seine Schritte entfernten und eine Tür geschlossen wurde. Erst danach ging sie in ihr Zimmer. Sie hörte, wie Alois noch einmal nach dem Feuer sah und das Licht ausmachte.

Katja war aufgewühlt. Unruhig wälzte sie sich im Bett. Sie war so müde und fand doch keinen Schlaf. In ihrem Innern war wieder der Kampf zwischen Vernunft und Liebe entbrannt. Erst als sie sich dazu durchgerungen hatte, daß sie Gino hier von einer ganz anderen Seite kennengelernt hatte, wurde sie ruhiger. Wenn ich ihn nicht gekannt hätte, dann würde er mir sehr gefallen, sehr, gestand sie sich ein. Sie sank in tiefen Schlaf.

*

Ein Sonnenstrahl fiel durch die kleine herzförmige Öffnung der Fensterläden und kitzelte im Gesicht. Es dauerte etwas, bis sie ganz wach war. Langsam erinnerte sie sich. Sie stand auf, machte sich fertig und ging hinaus.

»Guten Morgen Katja! Gut geschlafen? Hast du etwas Schönes geträumt?«

»Guten Morgen, Anna! Ich kann mich nicht erinnern. Ist wohl schon spät? Wo sind die anderen?«

»Die Leute, mit denen du raufgekommen bist, die sind wieder runter ins Dorf. Der Toni ist auch mitgegangen. Er tut dich bei seinen Eltern in der Pension abmelden und bringt dir dein Gepäck rauf. Ich hab dem Toni gesagt, er soll aus meinem Kleiderschrank noch ein paar Sachen für dich mitbringen. Mußt doch hier auf der Berghütte auch zünftig angezogen sein! Wir haben die gleiche Größe. Ich leihe dir gern etwas.«

»Das ist nett von dir und natürlich auch nett von Toni, daß

er das macht. Ihr sorgt für mich, als würdet ihr mich schon lange kennen.«

»Das tun wir doch im Grunde auch. Gino hat so viel von dir erzählt, daß es wirklich so scheint, als würden wir dich schon lange kennen.«

Bei dem Namen Gino zuckte Katja ein wenig zusammen.

»Wo ist Gino?«

»Der ist runter nach Waldkogel. Er will etwas mit seinem Onkel besprechen.«

»Gino hat Verwandte hier? Deshalb ist er so fit in Sachen Berge und Hütte.«

Anna lachte.

»Das ist kein richtiger Onkel. Der Sägewerkbesitzer Albert Weißgerber ist sein Nennonkel, und ich glaube auch sein Patenonkel. Der Albert ist ein alter Freund seines Vaters, aus der Zeit als Ginos Vater beim Alois auf der Hütte war.«

»Wann kommt Gino wieder?«

»Hast wohl Sehnsucht nach ihm?«

»Anna!« Katja errötete.

»Mußt dich deiner Gefühle nicht schämen, Katja. Ich verstehe dich!«

Anna lächelte Katja an.

»Setz dich, ich mache dir Frühstück. Kannst dich draußen hinsetzen oder hier bei mir in der Küche bleiben. Ganz, wie du magst.«

Katja setzte sich an den Küchentisch. Mit den Händen fuhr sie über die Tischplatte. Es war ein ziemlich schwerer Tisch mit einer dicken Holzplatte.

»Der Tisch ist wohl schon sehr alt. Steht hier, als sei er gemacht für die Ewigkeit.«

Anna deckte. Sie hatte Rühreier mit Speck gemacht. Dazu gab es selbstgebackenes Brot, Butter von der Oberländer Alm, frische Milch, aber auch Kaffee. Anna setzte sich dazu und trank eine Tasse Kaffee mit.

»Der Tisch wird hier stehen, seit die Berghütte gebaut und die Küche eingerichtet wurde, vermute ich. Das ist lange her. Wann das genau war? Da mußt du den Alois fragen. Ich weiß zwar schon viel, habe viel gelernt, seit ich Toni kennen und lieben gelernt habe, aber ich bin noch immer eine Zugereiste. Das werde ich auch bleiben, das weiß ich. Ich bin hier zwar freundlich aufgenommen worden, doch es werden noch Jahrzehnte vergehen, bis ich wirklich eine richtige Berglerin bin.«

»Wenn man dich hier in deinem Dirndl so sieht, dann kann man das nicht glauben. Trägst du immer Dirndl? Wären Jeans bei der Arbeit nicht viel praktischer?«

Anna lächelte und wiegte dabei bedächtig den Kopf.

»Möglich! Aber das ist nicht wichtig. Ich trage Dirndl gern. Toni gefällt es, und ich fühle mich darin sehr gut. Ich kann darin auch meine Liebe zu Tonis Heimat ausdrücken. Ich zolle ihr Respekt. Ich sage damit, daß ich gern die Rolle der Frau ausfüllen will, wie sie bestimmt von mir erwartet wird.«

Annas Augen strahlten. Sie sah Katjas verwunderten Blick.

»Schau nicht so! Aber ich verstehe dich ja. Es ist noch gar nicht so lange her, da habe ich auch so gedacht wie du. Doch dann machte ich die Entdeckung, wie schön diese Aufgabe ist. Ich muß hier nicht beweisen, daß ich das alles kann, was Toni kann. Ich muß kein Holz hacken, keine schwere Arbeiten machen. Das ist Männersache. Mein Revier ist die Küche und das Haus. Ich werde Toni heiraten, dann bin ich hier nur Hausfrau und Berghüttenwirtin.«

»Welchen Beruf hast du?«

»Ich bin Anlageberaterin. Der Job hat mir Freude gemacht. Ich war sehr erfolgreich. Doch da kannte ich dieses Leben in den Bergen noch nicht. Heute weiß ich, es war nur ein Job, eine Tätigkeit, die mich im Grunde nicht befriedigte. So jagte ich einer Bankkarriere hinterher. Ich wollte immer besser sein als die anderen, immer schneller, immer cleverer. Das Glücksgefühl des Erfolges war so flüchtig. Hier in den Bergen ist nichts flüchtig.«

»Wie meinst du das, Anna?«

»Warte ein paar Tage, dann wirst auch du es fühlen. Zeit hat hier eine andere Dimension. Du wirst es erleben, daß die Zeit hier langsamer vergeht. Du wirst alles mit mehr Ruhe tun, und alle Hektik wird von dir abfallen, Katja! Damit sind alle Dinge, die dir wichtig waren, plötzlich unwichtig. Sie werden bedeutungslos. Du siehst sie als das, was sie wirklich sind. Du erkennst, daß es andere Dinge und Tätigkeiten sind, die dich erfüllen.«

Anna ging zum Fenster. Auf der Fensterbank stand eine große Aluminiumschüssel. Darüber hing ein blauweiß kariertes Tuch. Anna nahm es ab. Sie drückte mit einigen kräftigen Fausthieben den aufgegangenen Teig zurück und legte wieder das Tuch darüber.

»Schau, das ist es! Die Freude, Brot selbst zu backen. Ich backe hier kein Brot, weil es schick ist, sein Brot selbst zu backen, sondern weil man das Brot hier selbst backen muß. Es ist eine wirklich verantwortungsvolle Tätigkeit und keine Mode. Ich freue mich, wenn es gut gelingt und allen schmeckt. Das macht mich glücklich.«

Anna wischte sich das Mehl von der Hand.

»Katja, bitte verstehe mich nicht falsch! Ich bin schon der Meinung, daß es wichtig ist, daß Frauen gute Berufe erlernen. Sie sollen auch arbeiten gehen und Karriere machen. Ich will das nicht mehr. Ich bin sehr stolz darauf, in dieser Hütte stehen zu dürfen und hier die nächste Hausfrau zu sein. Viele Frauen haben mit ihren Männern diese Berghütte geführt. Sicherlich ist es in den Augen vieler eine einfache Tätigkeit. Ich sage dir, das ist es nicht. Sie ist verantwortungsvoll. Sie gibt mir all das, was ich in der Hektik der modernen Zeit vermißt habe.«

»Du meinst, daß du stolz und glücklich bist mit der traditionellen Rolle, wie man sagt?«

»Ja, das trifft es. Es ist schön, in der Tradition zu leben, sie zu bewahren und an unsere Kinder weiterzugeben. In der Tradition zu leben heißt nicht, altmodisch zu sein. Auch Traditionen können sich ändern. In kleinen Schritten verändern sie sich. Es bedeutet, Gutes und Bewährtes zu bewahren, damit zu erhalten und weiterzugeben. Damit werden die Werte zur möglichen Richtschnur und Hilfe für die kommenden Generationen.«

Anna schenkte Kaffee nach.

»Das erste, was ich gelernt habe, war still zu werden. Ich lernte, nicht zu denken, zu begründen, zu analysieren. Ich nahm diese schöne Natur, die Berge, die Wälder, das Tal in mich auf. Ich kam zur Ruhe. Ich ließ diese wunderbare Schöpfung auf mich wirken. Ich zog meine Uhr aus und stellte mein Handy ab. Ich lauschte dem Läuten der Glocke der Dorfkirche in Waldkogel. Damals trug ich einen Wunsch in meinem Herzen. Ich fand einen Weg, ihn Wirklichkeit werden zu lassen. Ich suchte nach einer Lösung. Ich fand sie. Unabhängig davon fand ich eine Erkenntnis. Ich erkannte, daß mich die Liebe hierher geführt hatte, daß dies mein Platz ist. So wollte ich den Weg weitergehen.«

Anna schaute Katja in die Augen.

»Katja, du kennst deinen Weg. Du gehörst zu Gino! Verschließe dich nicht dagegen. Es ist sinnlos und sehr töricht, sich gegen die Liebe zu wehren. Es kostet dich nur unnötige Kraft. Es ist sinnlos, das Band der Liebe, das dich mit Gino verbindet, zu durchtrennen. Vielleicht wirst du dich irgendwann einem anderen zuwenden. Aber er wird die zweite Wahl sein. Niemals kannst du die große, die wahre Liebe aus deinem Herzen verbannen!«

»Ich bin mir nicht sicher, ob das gut geht mit Gino und mir. Wir kommen aus so verschiedenen Welten! Vielleicht sollte ich doch mit ihm sprechen.«

»Zuerst mußt du selbst mit dir ins reine kommen. Schau,

Katja, heute ist ein sehr guter Tag dafür. Toni und Gino sind unterwegs. Zieh dir was Warmes an. Zwar ist es ein schöner Tag, sonniger Tag, aber es kann in den Bergen schnell kühl werden. Nimm Bello und gehe etwas spazieren. Oberhalb der Berghütte führt ein schöner Weg den Berg entlang. Er ist nicht gefährlich und auch für ungeübte Bergwanderer bestens geeignet. Nach ein paar hundert Metern kommst du zu einem kleinen Platz, einem kleinen Felsplateau, das wie ein Balkon am Berg hängt. Einige Urlauber gaben ihm den Namen ›Erkerchen‹. Dort hat der Touristenverein eine Bank hingestellt. Setze dich hin und schau über das Tal hinüber zu den Bergen. Laß dir Zeit, viel Zeit! Wenn du Lust hast, bleibst du den ganzen Tag. Du kannst Bello mitnehmen. Ich will die Berghütte putzen. Da bin ich froh, wenn er mir aus den Füßen ist. Er wird dich auch wieder sicher zurückbringen. Er kennt den Weg.«

»Du meinst, das hilft mir? Ich sehe dann klarer?«

»Da bin ich mir sicher. Zumindest eröffnet sich ein Weg für dich. Freue dich an der Natur. Nimm das Fernglas mit. Auf der anderen Seite am Berg kannst du Gemsen und Steinböcke sehen.«

Anna wartete nicht ab, bis Katja ihr zustimmte. Sie füllte zwei Flaschen mit gesüßtem Tee, belegte einige Scheiben Brot mit Wurst. Sie schnitt eine große Scheibe Käse ab, die sie extra verpackte. Dann holte sie noch zwei Äpfel und etwas Schokolade.

»Hier, das ist ein kleiner Wanderrucksack. Du gehst ja nicht weit. Eigentlich brauchst du nicht soviel an Proviant. Ich will nur sichergehen, daß du gut versorgt bist. Außerdem wird dich Bello anbetteln. Ich kenne ihn. Für ihn packe ich dir extra etwas ein.«

Katja erkannte, daß es zwecklos war, Anna diese Idee auszureden. Sie fügte sich. Anna brachte sie vor die Berghütte und zeigte ihr den Weg.

*

Toni und Gino hatten einen Zwischenstop auf der Oberländer Alm eingelegt.

»Schau, Gino, das sind die beiden Kälber, die gestern geboren wurden. Prachtexemplare! Das kleine hellbraune dort ist ein weibliches Tier. Das größere, mit dem dunkelbraunen Fell, ist ein Bullenkalb. Es wird einmal einen prächtigen Zuchtbullen geben. Der Wenzel ist ganz verrückt mit ihm. Hättest ihn mal gestern erleben sollen, wie er sich gefreut hat. Er gab ihm den Namen Adonis!«

»Der kleine Adonis schaut schon ganz selbstbewußt.«

»Ja, das tut er. Dabei wäre seine Geburt fast schiefgegangen. Welch ein Glück, daß ich gerade gekommen war. Die eine Kuh hatte schon Probleme. Ich packte gleich mit an. Dann kalbte die andere Kuh auch noch. Das Bullenkalb war zu kräftig. Der Alois kam dann zum Glück auch noch. Bist ihm ja unterwegs begegnet. Der Alois kann körperlich net mehr so schwer anpakken. Er ist rübergelaufen zur anderen Alm und hat Hilfe geholt. Am Schluß waren wir dann vier kräftige Männer, die richtig anpackten. Ist alles gut gegangen. Das Ergebnis siehst du ja.«

»Ja, da geht einem richtig das Herz auf.«

»Es war ja auch ein Glück, daß du mitgekommen bist. Du konntest dann rauf auf die Berghütte und alles vorbereiten. Wenn du das nicht hättest machen können, dann wär's zeitlich eng geworden. Doch das ist hier nun mal so in den Bergen. Das Vieh, die Natur geht vor. Da müssen die Menschen hinten anstehen und warten. Doch es hat ja alles geklappt. Bist schon fast ein richtig guter Hüttenwirt.«

»Jetzt übertreibst du aber, Toni! Doch danke für das schöne Kompliment.«

»Bist jetzt schon lange hier. Was willst in Zukunft machen?«

Gino seufzte.

»Sag es grad' heraus!«

»Am liebsten würde ich die Katja heiraten. Welche Zukunftspläne ich auch immer bedenke, sie hat darin immer einen Platz.

Ich kann keine Zukunfspläne fassen, ohne Katja damit einzubinden.«

»Na, dann bist ja immerhin schon einen Schritt weiter. Die Katja ist da!« Toni lachte. »Gebissen hast sie dich auch net gestern beim Tanz.«

»Das stimmt schon. Es ist ein Anfang. Wie wird das mit uns weitergehen?«

»Du liebst sie doch. Ja, ich will es anders sagen. Du bist ganz narrisch nach ihr.«

»Ja, Toni! Ich bin ganz narrisch nach der Katja. Ich bin verrückt nach ihr. Sie bestimmt mein ganzes Denken.« Gino stieß einen Seufzer aus. »So, jetzt geh ich weiter. Du wirst sicherlich noch einen Augenblick beim Wenzel und seiner Frau Hilda bleiben.«

Gino machte sich auf den Weg zum Sägewerk. Er kannte sich mittlerweile gut aus in der Gegend. So nahm er eine Abkürzung querfeldein über die Wiesen und durch den Wald.

Als er sich dem großen Hof näherte, sah er schon von weitem ein großes schwarzes Auto dort parken. Als er näher kam, erkannte er die Autonummer: Der Wagen gehörte seinem Vater. Ginos Herz klopfte. Mutig betrat er Albert Weißgerbers Büro.

»Vater, welche Überraschung! Was machst du denn hier?« begrüßte Gino seinen Vater.

Isebert Koppermann zog seinen Sohn in seine Arme.

»Hast du gewußt, daß ich komme? Hat Albert doch nicht seinen Mund gehalten?«

»Nein, ich hab es nicht gewußt. Doch warum bist du gekommen? Ist was mit der Mammamia?«

»Nein, Gino!« Verlegen schaute Isebert Koppermann seinen Sohn an. »Mit mir ist etwas.«

»Bist du krank?« Besorgt schaute Gino seinen Vater an.

»Ich bin gerührt von deiner Fürsorge, Gino. Krank bin ich nicht, jedenfalls nicht körperlich. Ich war nur ganz krank vor Heimweh nach dir.«

»Nach mir?«

»Ja! Ich war vielleicht ein bißchen zu streng zu dir. Aber du kennst mich ja. Ich schieße gelegentlich über das Ziel hinaus. Dann gehe ich aufs Ganze, und hinterher leide ich dann am meisten darunter.«

Gino lachte.

»Da stehe ich dir in nichts nach. Ich knabbere auch an etwas herum. Dabei bin ich mächtig über das Ziel hinausgeschossen. Da muß ich auch noch daran arbeiten und mir eine zweite Chance verdienen.«

»Prächtig siehst du aus, Gino! Wie ein richtiger Naturbursche!«

»Ich fühle mich auch gut.«

»Ich kann ermessen, wie du dich fühlst. Ich war ja auch einmal jung und eine Zeitlang auf der Berghütte. Sag, wie geht es dem alten Alois?«

»Gut, geht's dem. Er spricht sehr viel von dir.« Gino grinste. »Der hat mir so manche Geschichten von dir erzählt.«

»Ja, ja! Ich war auch nicht ganz so, wie ich hätte sein sollen. Doch davon sprechen wir ein anderes Mal. Zurück zum Thema, warum ich hier bin. Erstens wegen dir!«

Isebert Koppermann griff in seine Jackentasche.

»Hier ist dein Firmenhandy! Bitte hier, die Kreditkarten! Ich denke, daß du inzwischen Verantwortung gelernt hast. Der Albert hat mir immer berichtet. Ich wäre am liebsten schon nach ein paar Tagen gekommen. Aber der Albert hat es mir ausgeredet. Wenn ich dich jetzt so anschaue, Gino, dann muß ich dem Albert dankbar sein.«

»Zweitens?« fragte Gino.

»Ich war in der Gegend. Na, das ist vielleicht übertrieben. Es gibt so circa einhundertachtzig Kilometer von hier ein großes Hotel. Den Inhaber kenne ich schon lange. Ich habe in meiner Jugend als Kellner dort gearbeitet. Er hat meinen Lebensweg verfolgt. Er hat zwar Kinder, aber die wollen vom

Hotelgewerbe nichts wissen. So rief er mich an und bat mich, ihm zu helfen, einen Nachfolger zu finden. Ich besuchte ihn gestern.«

»Hast du Unterlagen dabei? Bilanzen, Umsatzzahlen, Personenzahlen, Bewertung der Immobilie?« unterbrach Gino seinen Vater.

»Ja, draußen im Kofferraum.«

»Schlüssel!« Gino hielt die offene Hand hin.

»Der Kofferraum ist offen!« sagte sein Vater und wechselte mit seinem Freund Albert Blicke.

Gino stürmte mit großen Schritten hinaus. Sein Vater und Albert folgten ihm. Sie standen etwas abseits, als Gino sich auf einen Baumstamm im Hof des Sägewerks setzte und die Unterlagen studierte. Dabei nickte er immer wieder. Während er las, stopfte er sich eine Pfeife und rauchte.

Die gebogene Pfeife hing in seinem Mundwinkel, als er sprach:

»Hast du schon einen Nachfolger im Auge? Die Umsatz- und Renditezahlen sind ordentlich. Die Immobilie müßte renoviert und modernisiert werden. Die Kosten werden sich aber bei einer neuen oder besser einer ergänzenden Vermarktungsidee sogar kurzfristig rechnen.«

Zufrieden klappte Gino die Akten zu und gab sie seinem Vater zurück.

»Gino, so habe ich dich ja noch nie reden gehört!«

Gino nahm die Pfeife aus dem Mund und lachte lauthals heraus.

»Das stimmt! Doch du hast mich nie gefragt. Jetzt zwar auch nicht, aber wenn mich etwas interessiert, dann frage ich nicht lange. Da schaue ich mir die Sache an. Du hast nie mit mir gesprochen, Vater.«

»Ich weiß. Ich will das auch in Zukunft ändern.«

»In Zukunft! Gut! Die Zukunft liegt hinter jedem Augenblick der Gegenwart. Dann pack's doch gleich an! Ich bin da!«

Isebert Koppermann war total überrascht, so daß er fast tonlos fragte: »Wie meinst du das?«

Gino trat neben seinen Vater und legte ihm den Arm um die Schulter. »Komm, wir gehen ein schönes Stück durch den Wald. Du entschuldigst uns, Onkel Albert?«

Albert Weißberger klatschte in die Hände.

»Na endlich! Jetzt macht ihr beide Hornochsen mal einen Anfang! Das wurde auch höchste Zeit! I dacht', des erleb' ich nimmer.«

Gino führte sein Vater durch den Wald. Zuerst gingen sie ein Stück den Forstweg entlang, dann bogen sie in einen kleinen Pfad ein. Gino führte ihn zu einem Hochsitz. Er half seinem Vater hinauf.

»Na, was sagst zu der Aussicht?«

»Schön! Sehr schön!«

»Ich war oft hier, meistens am Abend. Dann kommen die Rehe und Hirsche auf die Lichtung. Wildschweine hab ich drüben am Waldrand auch schon gesehen. Diese Aussicht ist besser als jedes Fernsehprogramm. Die Natur bietet so viel spannende Augenblicke, da kommt kein Film mit. Ist ja eigentlich auch klar, denn hier ist die Schöpfung selbst am Werk.«

Nach dieser stimmungsvollen Einführung saßen sie beide zuerst einmal eine Weile nebeneinander. Gino beobachtete seinen Vater von der Seite.

»Ich habe das auch alles einmal erlebt, aber aus meinem Herzen verdrängt. Ich muß öfters in die Berge kommen und Ruhe tanken.«

Dann führten sie ein langes und klärendes Gespräch. Darin sprachen sie ungeschminkt über die Vergangenheit. Beide sahen ihre Fehler ein. Dann schauten sie in die Zukunft. Dabei entdeckten sie, sie waren wirklich aus dem gleichen Holz geschnitzt. Sie kamen sich dabei näher wie niemals zuvor.

Dann gingen sie zurück. Mit dem Auto fuhren sie zu den Baumbergers. Toni war inzwischen auch bei seinen Eltern. Isebert Koppermann wurde als Vater von Gino aufgenommen wie ein Freund der Familie. Nach einem kräftigen Mittagessen redeten die drei noch lang.

»Dann hab ich es auch ein bißchen dir zu verdanken, Toni, daß mein Gino zu einem richtigen Mann wurde.«

»Nein! Da unterliegst du einem Irrtum. Der Gino war schon immer ein richtiger Mann. Er brauchte nur eine Herausforderung und Ruhe. Hier in den Bergen fand er die Ruhe und suchte sich selbst eine Herausforderung. Höchstens der Alois hat da etwas nachgeholfen.«

Dann fuhr Isebert Koppermann zurück.

Toni und Gino schulterten die schweren Rucksäcke und machten sich auf den Weg zur Berghütte. Gino trug darüber hinaus noch Katjas Gepäck und Sachen, die Meta aus Annas Kleiderschrank eingepackt hatte.

»Hast du deinem Vater erzählt, daß die Katja auf der Berghütte ist?«

»Nein! Die Sache mit der Katja, das geht nur mich etwas an. Wenn es zu einer Entscheidung gekommen ist, dann spreche ich mit meinem Vater. Wir hatten andere Dinge zu bereden. Ich muß erst selbst mit Katja sprechen.«

»Ich hoffe und wünsche dir, daß du mit Katja auch so gut klarkommst wie mit deinem Vater. Es war ja auch arg schlimm für dich. Das Leben hatte dir gleich zwei kräftige Steine in den Weg gelegt. Da war die Sache mit deinem Vater und die mit Katja.«

»Es waren drei Steine. Der dritte Stein, das war ich selbst, meine Einstellung. Ich stand mir selbst im Weg.«

Gino setzte Katjas schweres Gepäckstück ab und blieb stehen.

»Toni, ich will es dir so sagen, bildhaft sozusagen, ich fühlte mich wie unter einer Lawine aus Steinen, Geröll und Schlamm begraben. Es war mühsam, sich da herauszuarbeiten.«

Gino breitete die Arme aus und deutete auf die Berge.

»Jetzt stehe ich hier. Mein Herz erfreut sich an der Weite der

Berge. Ich habe mich oft erinnert, was Alois am ersten Abend gesagt hat. Er sprach vom Zuhören. Ich sollte lauschen mit dem Herzen, nicht mit den Ohren. Damals sagte ich nichts darauf.«

»Du dachtest, was soll das Geschwätz des alten Mannes?«

»So hart will ich es nicht ausdrücken. Ich verstand nicht, was er meinte. Heute kenne ich die Bedeutung dieser Worte. Darin liegt so viel Wahrheit und Erkenntnis.«

Gino nahm den Koffer wieder auf. Sie gingen weiter.

»Dann hab ich dich und Anna gestern beobachtet. Ich gebe die Hoffnung nicht auf. Ihr habt es geschafft zusammenzukommen. Übrigens, wie kam es, daß Anna plötzlich gestern kam?«

»Sie hat mich überraschen wollen, Gino. Ich dachte erst, ich träum'. Da steh ich beim Oberländer auf der Wiese. Wir helfen den Kühen beim Kalben, da kommt die Anna den Weg rauf.«

Toni strahlte.

»Länger, diesmal länger. Sie hat sich unbezahlten Urlaub genommen. Genaues weiß i auch noch net. Gestern konnten wir net drüber reden und heute nacht, da hatten wir anderes zu tun, als zu schwätzen. Du verstehst schon?«

»Schon! Das Fensterln ist ja unter Verliebten eine feste Tradition, auch wenn du ebenerdig und von innen in Annas Kammer eingestiegen bist.«

»Du sagst es, Gino! Du sagst es! Die Anna hält sehr auf Tradition! Da konnte ich sie doch net enttäuschen.«

»Nein, das konntest du wirklich net tun.«

Die beiden Männer schauten sich verständnisvoll und wissend an.

»Wann hast dir gedacht, mit der Katja zu reden, Gino?«

»Planen kann man das nicht! Da muß ich mich ganz auf den Augenblick verlassen, wenn ich denke, daß es günstig ist.«

»Wirst schon merken, wann der richtige Augenblick sich dafür bietet. Hör einfach auf dein Herz, Gino.«

»Das werde ich mit Sicherheit tun. Schwierig wird es ohnehin werden.«

»Gino, das ist wie beim Bergsteigen! Der Aufstieg zum Gipfel ist mühsam und beschwerlich. Manchmal ist er auch gefährlich. Die Kletterer ziehen in bester Absicht los. Dann gibt's vielleicht einen Wettersturz und sie müssen umkehren. Dann versuchen sie es an einem anderen Tag wieder. Ich habe auch schon Leute gekannt, die haben es in den einem Jahr nicht geschafft, den Gipfel des ›Engelssteig‹ zu erklimmen. Das Wetter war in ihrem Urlaub einfach nicht danach. Regen und Nebel gab es jeden Tag, obgleich das sehr selten ist im Sommer. Dann sind sie im nächsten Jahr wiedergekommen.«

»Man muß das Ziel immer vor Augen behalten. Wenn ich dich so ansehe, dann war ich wirklich dumm. Setzen wir Katja mit dem Gipfel des ›Engelssteig‹ gleich. Dann habe ich probiert, im Galopp senkrecht den Berg zu erklimmen, ohne Bergsteigerausrüstung, Seil und was dazugehört. Die Rosen und der Ring, daß war die völlig falsche Ausstattung. Das ist, als würde jemand Smoking oder Frack als Bergsteigermontur wählen. Dann legte ich noch Eile und Hektik an den Tag. Ich mußte ja scheitern. Was meinst, wie steht es mit dem Wetter in meiner Sache?«

Toni schmunzelte.

»Das Unwetter habt ihr ja schon hinter euch. Du bist aus der Lawine auch wieder rausgekrochen. Jetzt hast du Erfahrung. Zeit zum Nachdenken hast du auch gehabt. Schlimmer kann das Wetter net mehr werden, denke ich. Doch gehe vorsichtig vor, Gino. Sei sachte und behutsam. Setze deinen Fuß erst einen Schritt weiter, wenn du weißt, daß der Fels unter deiner Sohle nicht wegbricht. Seile dich immer an.«

Dann lachte Toni laut auf.

»Das mit dem Anseilen mein' ich besonders ernst. Wenn dir die Katja plötzlich in die Arme fällt, dann mußt angeseilt sein. Des kann dich plötzlich so umhauen, daß du jeden Halt verlierst.«

»Ich werde es mir merken, Toni!«

Den restlichen Weg bis zur Berghütte legten sie fast schweigend zurück. Gino dachte an Katja. Er bedachte Tonis Worte. Seine Ratschläge waren gut. Gipfel sagt man, erstürmt man. Man spricht von Gipfelstürmern, dachte Gino. Doch das ist eigentlich falsch. Oben kommt nur der Bergsteiger an, der gut vorbereitet ist, verantwortungsvoll in Rücksicht auf die Natur handelt und ihr Respekt zollt. Im Leben ist es genauso. Weite Strecken zu höchsten Gipfeln erreicht man nur in sinnvollen Etappen. Dieses Prinzip wollte Gino auch auf sein Leben übertragen. Er wollte alles mit Ruhe und Bedacht angehen und versuchen, sich in Etappen Katja zu nähern, seinem bisher unerreichbaren Gipfel.

*

»Hallo, Anna!« Toni entledigte sich der Lasten und schloß Anna in die Arme.

Sie küßten sich lang und innig.

»Ihr macht ja gerade, als hättet ihr euch Monate nicht gesehen! Dabei ist der Toni heut morgen runter nach Waldkogel. Die Sonn' ist noch net untergegangen und er is' wieder zurück«, kommentierte Alois.

»Bist ja nur neidisch!« wehrte sich Toni.

»I und neidisch! In mei'm Alter! Da lachen ja die Schneehühner im Tann! I net! Aber der Gino, der wird neidisch werden. Würd er doch seine Katja gern busserln.«

»Wo ist die Katja?« fragte Toni.

»Die habe ich fortgeschickt. Der Bello ist bei ihr. Der paßt schon auf, daß ihr nichts passiert. Sie muß die Hektik der Stadt erst einmal ablegen. Hier wäre sie mir nur im Weg gewesen. Die Katja denkt noch zu viel und fühlt zu wenig. Da habe ich sie für den Tag rübergeschickt zur kleinen Aussicht, zum ›Erkerchen‹, wie man sagt, da, wo der Touristenverein die Bank aufgestellt hat. Ich habe ihr Proviant mitgegeben für den ganzen Tag. Sie wird bald wiederkommen, denke ich.«

Gino stellte schnell den Koffer und den zweiten Rucksack vor Katjas Kammer ab.

»Kannst du das reinstellen, Anna?«

»Nicht so schüchtern! Katja ist am Berg. Kannst ruhig reingehen, Gino!«

»Das mache ich nicht, Anna! Katja wäre das bestimmt nicht recht. Wenn ich ihre Kammer betrete, dann muß sie mich einladen.«

Der alte Alois brach in schallendes Gelächter aus, bis ihm die Tränen die Wangen herunterliefen.

»Gino, Bub! Des is net die richtige Einstellung. Die Leut' in den Bergen wär'n schon ausgestorben, wenn die Burschen drauf warten täten, bis die Madln eine Einladung aussprechen würden. Was ein richtig fescher Bursch is, der bringt sein Madl schon dazu, daß er bei ihr einsteigen darf, wenn er vorm Fenster auf der Leiter steht. Da darf man net lang fragen. Da heißt es zupacken. Dann wird gebusserlt und dann gibt's da keine Hindernisse mehr.«

»Bei der Katja geht das nicht so! Bei der helfen keine Rosen und auch kein Verlobungsring. Da muß man anders vorgehen, Alois. Glaub mir! Ich habe es erlebt. Du kennst die Geschichte. Ich hab sie erzählt.«

»Ein Schmarrn war das! Du hast dich angestellt wie ein dummer Ochse, der bei der Kuh net weiß, wo vorne und hinten ist.«

Alois war wirklich ärgerlich, das hörte man an seiner Stimme.

»Seit Wochen muß i dein Gejammer ertragen. I kann's kaum noch hören. Die Berge fangen auch schon bald zu heulen an. Das Gletschereis wird bald weich. Du bist ein Depp gewesen, Gino! Ein Tölpel bist gewesen. Ja, du hast dir das ganz gut aus'dacht, aber du bist falsch vorgegangen.«

Gino wollte etwas einwenden, aber mit einer energischen Handbewegung gebot ihm der alte Alois zu schweigen.

»Ein Stümper bist gewesen! Warum hast du die Katja net einfach in den Arm genommen und geküßt? Vielleicht hätte sie sich erst e bisserl gewehrt. Aber dann wäre sie in deinen Armen sicher dahingeschmolzen. So macht man das, Gino! So und jetzt schaust, daß die Sach' in Ordnung kommt.«

Damit war Alois mit seiner Standpauke zu Ende. Er wandte sich um und schaute ins Kaminfeuer. Seine Pfeife qualmte. Gino ging auf ihn zu und wollte mit ihm reden. Alois holte mit dem Arm aus und machte eine abweisende Bewegung. Diese besagte so viel wie ich hab dir alles gesagt. Nun sieh zu, wie du klarkommst.

Anna und Toni verzogen sich schmunzelnd in die Küche.

Gino trat vor die Hütte und schaute in die Richtung, aus der Katja kommen mußte. Unschlüssig trat er von einem Bein auf das andere. Dann gab er sich einen Ruck und ging los.

»Na, endlich bewegt sich etwas!« sagte Toni, der durch das Küchenfenster sah, wie Gino mit großen kräftigen Schritten loszog, dem Ratschlag seines Herzens folgend.

*

Gino traf Katja bei der Bank. Bello begrüßte Gino freudig.

»Hat Anna dich geschickt? Ich war lange hier. Macht man sich Sorgen?«

»Nein, ich dachte, ich komm dir ein Stück entgegen. Hole dich ab! Ist schön hier, wie?«

»Ja, es ist wunderschön. Jetzt besonders, wenn der Spätnachmittag vorbei ist und die Sonne sich langsam in Richtung Horizont neigt. Ich konnte mich gar nicht losreißen. Ich wollte schon längst gehen, damit ich nicht in die Dunkelheit komme.«

»Es ist noch Zeit: Ich bin die letzten Wochen oft hier gewesen. Schau da drüben die Bergspitze. Die liegt jetzt noch im rötlichen Schein der Abendsonne. Wenn sie im Schatten liegt, dann ist es Zeit. Dann kommt man noch bei guter Sicht bis zur Berghütte. Ich habe das oft ausprobiert. Kannst dich also ruhig noch ein bißchen hinsetzen, wenn du willst.«

Katja setzte sich. Sie nahm ihren Rucksack von der Bank und sagte:

»Und du? Willst du dich nicht auch setzen? Wenn du hier schon die Rolle eines Bergführers übernimmst, dann kannst du mir mehr über Berge, Gipfel und Täler erzählen.«

»Ich setze mich gern zu dir. Ich wollte mich nur nicht aufdrängen. Das habe ich einmal versucht und das ging gründlich daneben. Außerdem haben wir Waffenstillstand geschlossen.«

»Ja, das haben wir.«

Gino setzte sich. Zunächst schwiegen sie zusammen. Dann begann Katja schüchtern ein Gespräch:

»Ich habe hier den ganzen Tag die Landschaft, die Natur eingesaugt. Ich kann davon nicht genug bekommen. Lach mich nicht aus, aber ich fühle ganz anders als heute morgen. Ich kam, ohne daß ich es wollte, zum Nachdenken, Gino. Denken war das im eigentlichen Sinn nicht. Ich wußte plötzlich, daß ich etwas klarstellen mußte zwischen mir und dir. Es ist mir wichtig, mit dir darüber zu sprechen. Anna sagt, ich sollte hierher gehen und lauschen. Dann wüßte ich schon, was ich zu tun hätte, wohin der Weg führen würde.«

»Das Gefühl kenne ich, Katja!«

»Ich war ganz schön aufgewühlt, als ich gestern feststellen mußte, daß du auf der Berghütte bist. Am liebsten wäre ich fortgelaufen, hätte mich unsichtbar gemacht. Jetzt weiß ich, daß das kein Weg ist. Wir können über das Ereignis sprechen, Gino. Ich denke, wir finden mehr Ruhe, wenn wir darüber gesprochen haben. Dann können wir es abschließen. Es steht dann nichts mehr zwischen uns.«

Gino schaute Katja von der Seite an. Sie hatte ihren Blick auf die Bergspitze gerichtet, die im Abendlicht wie ein großer Rubin glänzte.

»Gino, ich will dir sagen, daß ich mich schäme, wie ich dich behandelt habe. Es war nicht richtig von mir, dich rauszuwerfen und so abzukanzeln. Es tut mir leid. Ich hatte keinen Grund dazu. Ehrlich gesagt, ich kannte und kenne dich kaum. Gut, wir haben uns öfters gesehen, im Tennisclub. Alles, was ich über dich darüber hinaus weiß, stammt aus Bemerkungen, Gerüchten und üblen Nachreden hinter deinem Rücken. Es war nicht fair von mir, wie ich mich verhalten habe. Ich hätte dir zum Beispiel Fragen stellen können. Wir hätten reden sollen. Ich kann es nur bedauern.«

»Heißt das, du gibst uns eine Chance, damit wir uns hier auf der Berghütte näher kennenlernen?«

»Wenn wir hier nun einmal zusammengetroffen sind, sollten wir das beste daraus machen. Ich will bei mir anfangen. Meine Mutter und meine kleine Schwester hast du ja schon flüchtig kennengelernt. Mein Vater ist gelernter Maurer. Er hat das Haus mit seinen eigenen Händen gebaut. Fertig geworden, so schön wie die Nachbarhäuser, ist es nie. Das liegt nicht an meinem Vater. Er hatte auf der Baustelle einen Unfall. Er wurde schwer verletzt und lag Monate im Krankenhaus. Seine Kollegen haben das Haus fertiggemacht, damit wir einziehen können. Sein Unfall wurde nicht als Betriebsunfall anerkannt. Er arbeitet jetzt bei einer Sicherheitsfirma als Wächter. Da verdient er sehr wenig. Als Maurer kann er nicht mehr arbeiten. Er hätte sich einen Anwalt nehmen und klagen können. Das wollte er aber nicht, außerdem hatten wir nicht das Geld. Mutter hatte keinen Beruf gelernt. Morgens putzt sie in einem Büro und danach macht sie den Inhabern noch den Haushalt. Bis wir von der Schule kamen, war sie immer wieder daheim. Abends um sechs geht sie dann noch in eine Gaststätte und spült Geschirr. Gelegentlich hilft sie auch beim Kochen. Ich wollte von der Schule abgehen und eine Lehre machen. Meine Eltern bestanden darauf, daß ich mein Abitur mache und danach studiere. So blieb mir nur übrig, alles in möglichst kurzer Zeit zu machen. Ich erhielt eine Sondererlaubnis und konnte nach der zwölften

Klasse schon mein Abitur ablegen. Ich hab ein vollständiges Sportstudium und ein Sprachenstudium gleichzeitig absolviert. In einem Drittel der vorgeschriebenen Studienzeit machte ich meine Magisterarbeit in Sprachen. Dieses Jahr, ein Jahr später, mein Diplom in Sport. Ich könnte ein Stipendium für eine Doktorarbeit erhalten. Ich weiß noch nicht, was ich tun werde. Warum erzähle ich dir das? Du sollst verstehen, daß mein ganzes Leben bisher geprägt war von Leistung unter Zeitdruck. Meine Eltern machten mir keinen Druck. Ich selbst setzte mir Maßstäbe und legte die Meßlatte sehr, sehr hoch. Ich erreichte alle selbstgesteckten Ziele, oft besser, als ich es angestrebt hatte. An dem Tag, als du mich besucht hast, war ich gerade dabei, meine Examensarbeit noch einmal zu lesen, bevor ich sie abgeben wollte. Ich war im Streß!«

»Dann hatte ich keinen günstigen Augenblick erwischt.«

»Nein, Gino! An jedem anderen Tag wären wir vielleicht ins Gespräch gekommen. Es war der falsche Tag und der falsche Ort. Solltest du wieder einmal einer Frau einen Antrag machen, dann wähle Zeit und Ort besser. Nicht, wenn die kleine neugierige Schwester dabei ist, eine Examensarbeit fertig zu machen ist und die Mutter gerade die Fenster putzt.«

»Das war alles etwas ungeschickt von mir. Das liegt auch ein bißchen in meinen Genen. Mein Vater ist auch so. Wenn wir Koppermanns uns etwas wirklich in den Kopf setzen, dann möchten wir es gleich haben. So war es wenigstens bei mir, damals. Wir schießen dann oft über Ziel hinaus. Ich habe mich heute mit meinem Vater getroffen. Wir haben uns ausgesprochen. Wir waren im Streit auseinandergegangen. Deshalb bin ich hier in die Berge gefahren.«

»Ich nehme an, es ist jetzt wieder alles in Ordnung zwischen dir und deinem Vater.«

»Ja, besser als zuvor! Ein Gewitter reinigt die Luft, sagt man. Wir verstehen uns jetzt prächtig.«

»Dann wirst du deinen Urlaub hier bald beenden?«

Gino wollte ihr nicht alles sagen, so gab er ihr keine genaue Antwort.

»Ich werde mir die nähere und weitere Umgebung noch etwas anschauen. Aber dann werde ich meine Zelte abbrechen.«

»Wann wird das sein?«

»Du bist aber ganz schön neugierig, Katja!«

»Warum nicht? Ich denke, die Chance, sich hier kennenzulernen ist besser als daheim. Wenn ich an die Clique denke, dann – na ja, die Leute – kurz, mit denen kann ich nicht so gut.«

»Da mußt du nicht besorgt sein, die werden nicht mehr so häufig kommen, weil sie ab jetzt ihre Zeche selbst zahlen müssen.«

Katja schaute in seine blauen Augen. Gino blickte zum ersten Mal tief in ihre großen grünen Augen, denn Katja trug keine Sonnenbrille.

»Ja, Katja, es hat sich viel geändert, auch bei mir. Auch ich habe viel nachgedacht über mein Leben. Die Berge geben einem die Ruhe dazu. Alles, was du mir im Treppenhaus bei euch an den Kopf geworfen hast, ist wahr. Ich habe nie etwas zu Ende gebracht. Ich war ein großes Kind. Eigentlich bin ich dir dankbar, daß du es mir so deutlich gesagt hast. Niemand außer meinem Vater hatte es mir so deutlich gesagt. Ich war hier in den Bergen aus verschiedenen Gründen. Davon will ich ein anderes Mal erzählen. Jedenfalls wird sich in meinem Leben verschiedenes ändern.«

»Das freut mich für dich, Gino. Was wirst du machen?«

Gino schüttelte den Kopf.

»Darüber spreche ich nicht. Noch sind es Pläne. Früher habe ich immer alles hinausposaunt. Würde mir denn geglaubt werden? Würdest du mir glauben, bei meinem Ruf? Ich will und werde erst Tatsachen schaffen. Dann, wenn ich etwas vorzuzeigen habe, dann spreche ich darüber.«

»Du hast Angst, es nicht zu schaffen?«

Sie schaute ihm in die Augen.

»Es wird schwer genug werden. Ich möchte nicht noch mehr

Druck haben. Der Druck, den ich mir selbst mache, ist Druck genug. Sollte ich scheitern, dann geht das nur mich etwas an. Da gibt es etwas, was ich gern ganz alleine machen würde. Mit alleine meine ich, ohne die große Hilfe meines Vaters. Ganz ohne ihn wird es nicht gehen, da gebe ich mich keinen Illusionen hin. Aber wenn ich es nicht versuche, dann werde ich nicht glücklich.«

»War das die erste Hälfte deines Traumes, Gino?«

Gino lächelte.

»Nein! Es hat schon etwas mit meinem Traum zu tun, aber es war nicht die erste Hälfte.«

»Dann ist es die andere Hälfte?«

»Ein Stück daraus. Aber ich habe den Nachttraum zu meinem Tagtraum gemacht. Es ist aber etwas, an dem ich arbeite, jeden Augenblick, seit ich hier bin.«

»Du siehst auch sehr glücklich aus, Gino. Das ist mir gleich aufgefallen, als ich dich gesehen habe.«

»Ja, mir geht es gut. Doch es könnte mir noch viel besser gehen.«

Er seufzte.

»Was fehlt dir dazu? Nimm es dir, wenn es dir fehlt! Mein Vater sagt immer, es gibt Dinge, die werden einem nicht geschenkt. Man muß sie sich erarbeiten. Dann gibt es Dinge, die muß man sich einfach nehmen.«

Gino blickte Katja ernst an.

»Das ist deine feste Überzeugung.«

»Ja!«

»Das heißt, du stehst voll und ganz dahinter?«

»Ja, Gino! Natürlich darf es nichts Kriminelles sein. Das ist wohl klar! Aber wenn du davon überzeugt bist, daß es dich weiterbringt und du vielleicht sogar ein Anrecht darauf hast, dann nimm es dir. Viel passieren kann dabei nicht.«

»Das sagst du so leichtsinnig! Ich habe da einmal einem Mädchen, das ich sehr liebe, einen Heiratsantrag gemacht. Da wollte ich mir sie auch einfach nehmen. Das ging gründlich schief.«

»Das kann ich dir bestätigen! Doch wir wollen davon nicht mehr sprechen.«

Sie lachten. Katja stand auf und deutete auf den Berggipfel.

»Zeit, zu gehen!«

Gino trat vor sie.

»Ja, leider Zeit zum Gehen! Schade, ich wäre gern noch geblieben. Warum kann sich die Sonne nicht wenigstens heute eine Minute länger Zeit lassen?«

»Jetzt bist du aber sehr unvernünftig!«

»Du sagst doch, ich soll mir nehmen, was ich möchte, natürlich unter gewissen Voraussetzungen.«

»Gino! Das scheint dich ja mächtig zu beschäftigen. Also gut. Die Sonne kann ich dir nicht eine Minute länger scheinen lassen, aber bleiben wir hier noch eine Minute stehen und erinnern wir uns an den rotglühenden Gipfel. Dann bekommst du von mir eine Minute geschenkt. Was machst du damit?«

Dann geschah es. Ehe Katja bewußt wurde, was geschah, hatte sie Gino in seine Arme gezogen. Er hielt sie behutsam und gleichzeitig mit Nachdruck fest, so daß sie nicht entfliehen konnte. Dann fühlte sie seine Lippen auf den ihren. Zuerst wollte sie sich mit aller Kraft dagegen wehren, doch dann ergab sie sich ihm. Ihre Liebe zueinander verschmolz zu einem Kuß.

Ein kalter Windstoß mahnte sie zum Rückweg. Gino trug ihren Rucksack und Bello lief voraus.

*

»Ist höchste Zeit, daß ihr kommt! Es ist gleich stockdunkel. Habt euch aber viel Zeit für den Rückweg gelassen!« tadelte Alois. »Nachts ist es gefährlich in den Bergen, wenn man nicht vorbereitet ist.«

»Es war meine Schuld, Alois! Ich konnte mich von dem schönen Ausblick nicht losreißen«, sagte Katja und errötete.

»Na, wird nicht nur der schöne Ausblick gewesen sein, Madl.«

Alois blinzelte ihr zu.

Katjas Koffer stand noch immer zusammen mit dem Rucksack vor der Tür.

»Soll ich ihn dir reintragen, Katja?«

»Wenn du willst, gern! Danke!«

Anna grinste und zog Toni zur Seite. »Ich denke, da hat das Tauwetter begonnen. Das Eis schmilzt.«

»Anna, ich hoffe es auch. War ja auch Zeit für das Ende der Eiszeit zwischen den beiden. Bin gespannt, wie es weitergeht.«

Ein wenig später saßen alle im großen Gastraum der Hütte am Tisch und nahmen die Vesper. Anna hatte die Fleischreste vom Grillabend verkocht. Sie hatte leckere Fleischklöße gemacht, die in einer Kartoffelsuppe schwammen. Dazu gab es selbstgebackene Brötchen und zum Nachtisch einen süßen Apfelstrudel mit Zimt.

Danach spülten die Frauen das Geschirr. Gino und Toni holten noch Holz herein und legten Scheite in den Kamin. Toni braute einen schönen Punsch.

Bald saßen sie in vertrauter Runde am Kamin.

»Toni, ich werde meine offiziellen Zelte morgen abbrechen. Meine Zeit ist um. Mit Onkel Albert ist alles geregelt. Ich werde mich jetzt meiner Zukunft widmen. Du mußt also in Zukunft ohne meine Hilfe auskommen. Schade ist es schon. Es war schön bei dir, Toni. Bist zu beneiden, um den schönen Flecken Erde. Ich werde aber die Tage, solange die Katja hier ist, schon manchmal kommen. Es gibt hier schöne leichte Touren, die wir zusammen machen könnten. In der Zwischenzeit kümmert ihr euch um sie.«

»Das werden wir, Gino!« sagte Anna. »Scheint, daß ihr euch ausgesprochen habt.«

Katja errötete. Gino klopfte seine Pfeife am Kamin aus und sagte wie beiläufig:

»Ja, wir haben über alles gesprochen. Alle Mißverständnisse sind ausgeräumt. Um mit deinen Worten zu sprechen, Toni, ein Etappenziel haben wir erreicht.«

Katja hätte gern etwas gesagt, aber sie bemerkte, daß Gino sehr verschlossen war. So schwieg sie.

Die nächsten Stunden verbrachten sie damit, Alois zuzuhören. Erst erzählte er Geschichten und dann spielte er auf der Ziehharmonika. Toni hatte seinen Arm um Anna gelegt.

»Ist doch etwas kühl hier drin!« bemerkte Katja leise zu Gino.

Er verstand sofort. Er zog Katja an seine Seite und legte seinen Arm um sie. Mit geschlossenen Augen, den Kopf an seine Schulter gelehnt, lauschte Katja den Melodien.

Gino lieh sich von seinem Patenonkel Albert Weißgerber ein Auto. Damit machte er erst einmal einen Ausflug. Er sah sich das Hotel an, von dem sein Vater gesprochen hatte. Der Augenschein hielt, was die Akten versprochen hatten.

Danach fuhr Gino ohne Zwischenstop heim. Seine Mutter schloß ihn glücklich in die Arme. Sie rief sofort seinen Vater an, der noch im Hotel war. Er kam sofort. – »Warum hast du nicht angerufen, Gino? Wir hätten etwas vorbereitet.«

»Komm, wir gehen rüber ins Restaurant. Die Küche hat zwar schon geschlossen, aber seinem Brötchengeber und dem heimgekehrten Sohn wird noch ein Abendessen gezaubert werden. Wir müssen doch feiern. Lola, sieht der Junge nicht gut aus!«

»Genau, wie du damals, als ich dich kennenlernte. Da bist auch aus den Bergen gekommen.«

»Vater, laßt uns hierbleiben. Ich will mit dir reden. Feiern können wir immer noch. Ich will dir zwar die Freude nicht nehmen, aber mir ist es nicht so zum Feiern. Ich habe eine Lektion gelernt, die ich hätte schon längst lernen müssen. Das sollte kein Anlaß zum Feiern sein. Ich hoffe, daß es bald einen Anlaß dafür gibt.«

Isebert Koppermann war erstaunt, widersprach aber nicht.

Die Haushälterin brachte einen Imbiß und man setzte sich zusammen ins Wohnzimmer.

»Also, ich will es kurz machen. Ich nehme an, du wirst das Hotel kaufen.«

»Ja! Hast du es dir mal angesehen?«

»Ja, ich war heute dort. Gute Sache, besser, als ich es erwartet habe. Weiter! Du brauchst einen Geschäftsführer«, ohne zu zögern fügte Gino hinzu. »Ich bewerbe mich um den Posten. Ich hoffe, daß ich keine Bewerbung schreiben muß, da kann ich nicht punkten. Ich hoffe, daß du mir so die Chance gibst.«

Es war ganz still im Raum. Mit großen Augen blickte Isebert zu seiner Frau und dann wieder zu seinem Sohn.

»Das haut mich doch fast vom Stuhl. Natürlich benötige ich irgendwann einen Geschäftsführer. Der jetzige Eigentümer will nach dem Verkauf noch ein Jahr bleiben, damit kein so harter Bruch entsteht in der Führung.«

»Genau so habe ich mir das auch gedacht. Das würde mir auch genügend Zeit lassen, mein Betriebswirtschaftsstudium über eine Fernuniversität abzuschließen.«

Isebert Koppermann traute seinen Ohren nicht.

»Nimmst du dir da nicht ein bißchen viel vor?«

»Vater, ich will dich nicht überreden. Ich will das so machen. Sage einfach ja oder nein. Auch wenn du nein sagst, dann ist das kein Beinbruch. Wir geraten darüber nicht in Streit. Ich weiß, daß meine Vergangenheit nicht gerade ein Ruhmesblatt war. Wenn du mir die Arbeit nicht geben kannst, dann suche ich mir eine andere gutbezahlte Arbeit. Es wäre nur schade, wenn meine Talente dann einem deiner Mitbewerber zugute kämen. Mit dem Studium ist schon alles geregelt. Wenn ich mich ranhalte, schaffe ich das locker in einem Jahr. Wenn nicht, dann dauert es ein wenig länger. Ich weiß, was ich kann. Ich habe meine Grenzen ausleben können. In den Bergen lernst du das ganz schnell. Ich bin bei Alois in die gleiche harte Lehre gegangen wie du. Du warst damals jünger als ich heute. Also habe ich keine Zeit mehr zu verlieren. Katja sagte, man soll sich nehmen, was man möchte. Ich will von dir den Posten.«

»Junge, du hast ihn! Hier, Hand drauf!«

Sie reichten sich die Hände. Isebert schloß seinen Sohn glücklich in die Arme.

»Da steckt doch eine Frau dahinter! Katja! Katja! Sag mal, ist das die Katja, der du …«

»Genau! Die Katja!«

»Dann werdet ihr doch ein Paar? Wann stellst du uns das Mädchen vor?«

»Sagen wir es so: Wir gehen sehr freundschaftlich miteinander um. Ich liebe Katja. Ich liebe sie heute mehr als damals. Ich bin auch heute ein ganz anderer Mensch. Damals hat mich Katja abgelehnt. Ob sie einen zweiten Heiratsantrag von mir annimmt, vermag ich nicht zu sagen. Ich bin aber hoffnungsvoll. Doch ich will ihr dieses mal etwas bieten. Ich will eigenes Geld verdienen, auf meine Arbeit stolz sein, so wie du auf deine Arbeit stolz bist. Vielleicht habe ich dann eine Chance bei ihr.«

»Dann wünsche ich dir alles Gute, von ganzem Herzen, Gino. Dann besteht ja wirklich noch Hoffnung auf Enkelkinder.«

Liebevoll strich seine Mutter ihm über das Haar. Gino gab ihr einen Kuß auf die Wange.

»Dann sollten wir möglichst bald die Einzelheiten besprechen, Vater. Wann ist Notartermin? Wie hast du dir die Finanzierung gedacht? Das möchte ich auch wissen, schließlich gehört das auch zu meiner Zukunft, als dein Erbe. Wieviel Geld ist für Umbau und Renovierung da? Wie weit kann ich entscheiden?«

»So voller Tatendrang?«

»Ja, Vater! Ich will es mir selbst beweisen. Ich will es dir beweisen.«

Sein Vater schaute ihm in die Augen. Er schaute durch seine Augen in sein Herz.

»Du willst es in erster Linie Katja beweisen.«

»Ja! Deshalb habe ich es eilig. Bitte, das kannst du doch sicher verstehen, oder?«

»Wenn eine schöne und begehrenswerte Frau dahinter steht, da vollbringen Männer wirklich Gewaltiges. Ob es immer gut ist, was sie tun, das sei dahingestellt. Die Geschichte ist voll von solchen Beispielen. Gut daran ist, daß sie handeln. Ich bin kein Ornithologe, kein Vogelkundler, aber ich habe einmal irgendwo in einer Zeitung folgendes gelesen: Es gibt Vogelarten, da bauen die männlichen Vögel zuerst die Nester, dann setzen sie sich auf den Rand und locken die Weibchen. Die Weibchen begutachten das fertige Nest. Sind sie beeindruckt, bleiben sie. Ich hoffe, daß es nicht nur an der Architektur der Nester liegt. Der Partner sollte auch schon gefallen.«

Isebert Koppermann schenkte sich und seinem Sohn einen Cognac ein. »Deine plötzliche Aktivität erinnert mich an diese Vogelart.«

»Damit hast du nicht ganz unrecht, Vater. Ich will Katja etwas vorzeigen. Sie hat mich damals rausgeworfen. Den Ring habe ich noch immer. Ich werde morgen früh zum Juwelier gehen und versuchen, ihn umzutauschen.«

»Das ist ein schlechtes Geschäft. Warum willst du das tun? Du wirst ihn wieder brauchen, wenn du ihr den zweiten Antrag machst.«

»Ich kann das nicht mit diesem Ring tun. Sie wollte ihn nicht, weil ich ihn von deinem Geld bezahlt habe. Ich habe mit Karte bezahlt. Sie meinte, sie wollte keinen solchen Ring. Der Bräutigam müßte für den Ring bezahlt haben.«

»Diese Katja scheint ja Prinzipien zu haben. Ich mache dir einen anderen Vorschlag. Du gibst mir den Ring, und ich stelle dir eine Quittung aus.«

»Gut! Dann behalte meine Gehälter so lange ein, bis der Ring bezahlt ist.«

»Brauchst du denn kein Geld?«

»Onkel Albert hat mich bezahlt. Kost und Logis waren frei. Ich konnte viel sparen. Ich hatte nur kleinere Ausgaben. Onkel Albert war fair. Er bezahlte mir den gleichen Lohn, wie er allen seinen Hilfskräften bezahlt.« Gino lachte. »Ich war am Anfang richtig schlecht. Keine Arbeit konnte ich schnell und richtig machen. Dafür war ich wirklich gut bezahlt. Die Waldarbeiter ernähren damit ihre ganze Familie mit mehreren Kindern. Katjas Vater war Maurer. Er hat ein Haus gebaut.«

»Ich sehe, du hast viel gelernt. Ich hoffe, du findest die Anerkennung von Katja. Liebt sie dich denn?«

»Ich denke schon. Gesagt hat sie es nicht. Einmal habe ich sie schon geküßt. Vater! Mutter! Katja ist anders als andere junge Frauen. Das ist schwer zu beschreiben. Sie ist verschlossen, ehrgeizig, strebsam.«

»Hast du mit ihr über deine Pläne geredet?« fragte Ginos Mutter.

»Nein! Ich will Tatsachen schaffen. Dann ist alles anders.«

»Sicherlich wollen auch moderne tüchtige junge Frauen einen Mann, der sie und die Familie versorgen kann. Aber sie wollen in die Entscheidung mit einbezogen werden. Gino, ich bin sicher, daß du deinen Weg gehst. Rede mit Katja darüber, von Anbeginn an. Entscheide nichts allein, was für euer gemeinsames Leben von Bedeutung ist. Das wird nicht gut sein. Schaffe dir da nicht eine Arbeitswelt außerhalb eurer Beziehung. Außerdem geht es zu zweit besser«, ermahnte ihn seine Mutter.

»Lola, das ist ein guter Gesichtspunkt. Liebe ist viel mehr als nur ein Wort, ein Gefühl. Liebe bedeutet auch, zusammenstehen, etwas gemeinsam schaffen, das verbindet. Du wirst lernen, wie schwer es ist, Entscheidungen zu treffen. Dann bist du glücklich, wenn du jemanden hast, dem du absolut vertrauen kannst. Bei mir und deiner Mutter war das immer so. Die Leute sagen, schaut, was der Koppermann alles gemacht hat. Dahinter stehen zwei. Deine Mutter ist daran genauso beteiligt wie ich, vielleicht noch mehr. Sie ist die geheimnisvolle Kraft im Hintergrund. Sie sieht die Dinge anders als ich. Sie betrachtet das Leben vom Blickwinkel der Frauen. Oft habe ich mich auf ihren Rat verlassen und eigentlich gegen meine eigene Überzeugung gehandelt. Das waren vielleicht die besten Entscheidungen. Frauen denken nicht nur, sie fühlen auch. Das hat die Natur so vorgesehen, weil es ein enges Band gibt zwischen den Müttern und den Kindern, bis die Kinder groß sind. Mütter wissen über viele Kilometer Entfernung, ob es ihrem Kind gut oder schlecht geht. Deshalb war es immer gut von mir, auf deine Mutter zu hören. Sie ermutigte mich zu meinem ersten Lokal. Sie half mir und arbeitete mit. Lange Rede, kurzer Sinn: Rede mit deiner Katja!«

Sie prosteten sich zu. Dann erzählte Gino von seinen Erlebnissen in den Bergen. Es war spät, als sie endlich schlafen gingen.

*

Es waren einige Tage vergangen. Katja war sehr unruhig. Die meiste Zeit verbrachte sie auf der Terrasse vor der Berghütte und schaute mit dem Fernglas ins Tal.

»Du kannst ihn nicht herbeisehen, Katja! Er kommt schon wieder.«

»Ach, diese Warterei geht mir auf die Nerven. Da hatte ich gerade das Gefühl, daß sich zwischen uns eine Annäherung ergibt, schon ist er weg. Nicht mal richtig verabschiedet hat er sich. Wo ist er hin? Was macht er?«

»Katja, beruhige dich!« Toni wollte sie trösten. »Ich kann mir deine Gefühle gut vorstellen. Ich weiß, wie das ist, wenn man den liebsten Menschen vermißt. Tage ohne meine Anna kamen mir vor wie Tage voller Regen und Nebel, auch wenn die Sonne schien. Deshalb bin ich jetzt so froh, daß Anna länger hierbleibt.«

»Wann ziehst du ganz her, Anna?« fragte Katja, entschuldigte sich aber dann gleich. »Das war vorlaut. Es ist eure Angelegenheit.«

Toni hielt Anna fest im Arm und drückte sie an sich.

»Wenn's nach mir ginge, dann lieber gestern als heute und lieber heute als morgen. Aber da mußt die Anna fragen. Die macht ein bisserl ein Geheimnis draus. Die Anna macht's halt gern ein wenig spannend. Vielleicht mag sie mich gern ansehen, wie ich da so rumzappele an ihrer Angel.«

»Wir hatten ausgemacht, daß erst die Berghütte ganz fertig sein muß, Toni. Das war übrigens dein Vorschlag, ganz am Anfang erinnerst du dich?«

Toni war verlegen.

»Ja, ich erinnere mich schon. Ich will dir's eben ein bisserl schön machen auf der Berghütte. Du mußt genug entbehren. Wir haben kein fließendes Wasser. Die Wohnung, die der Alois mit seiner Frau bewohnt hatte, ist auch ein bisserl eng. Ich dachte, ich könnte die Wand versetzen, die hintere Wand. Weißt, auf der anderen Seite ist das Lager oder der Geräteschuppen. Davon würde ich gern ein Stück wegnehmen. Dann wäre unsere Wohnung ein bisserl größer. Das Holz dafür ist beim Weißgerber schon bestellt. Ich wollte das jetzt zusammen mit dem Gino in Angriff nehmen. Aber das kommt ja jetzt nicht mehr in Frage. Der Gino hat selbst jetzt eine Menge vor.«

»Können wir das nicht alleine machen, Toni?«

»Können vielleicht, Anna! Aber es gehört sich net, daß du mir da viel helfen tust. Ich werde meine Kumpels im Dorf fragen, die kommen dann mal an einem der nächsten Wochenenden rauf und dann packen wir es an.«

Toni strahlte Anna an.

»Dann mußt aber bleiben für immer! Hörst? Dann hast keine Ausrede mehr.«

»Du Schelm! Ich habe gar keine Ausrede. Du bist doch der Mann im Haus, der Hüttenwirt. Du mußt doch sagen, wie wir es machen.«

Toni lachte.

»Katja, glaube das ja nicht. Das sieht nur so aus. Seit Anna da ist, hab ich nichts mehr zu melden, daheim. Meine Eltern sind ganz vernarrt in die Anna. Immer heißt es nur Anna, Anna! Aber schön ist das auch. Ich freue mich, daß meine Alten so gut mit der Anna auskommen. Das ist net immer und überall so, besonders bei einer Zugereisten.«

»Toni, du bist jetzt still. Es muß Holz gehackt werden, geh!«

»Mit anderen Worten willst du sagen, daß du jetzt mit der Katja allein sein willst. Ihr wollt Frauengespräche führen, über die Liebe und die Männer. Na, dann geh ich mal.«

Anna wartete, bis Toni außer Hörweite war.

»Katja, der Toni würde mich am liebsten nehmen und vom Fleck weg erst zum Fellbacher schleppen und dann zum Pfarrer. Der Fellbacher, der Bürgermeister, hat auch schon ein paar Mal Andeutungen gemacht. Der Pfarrer Zandler fragte fast jeden Sonntag Tonis Mutter, wann denn jetzt endlich das Aufgebot bestellt wird. Doch, ich will noch nicht so schnell heiraten.«

»Das verstehe ich nicht? Du liebst den Toni! In meinen Augen seid ihr das ideale Paar.«

»Sind wir! Aber ich habe auch meinen Kopf. Ich will dir das erklären. Es gibt da die Tradition. Das habe ich dir schon erklärt. In reichen Bauernfamilien gibt es Brautdirndl und eine Brautkrone, die von der Mutter auf die älteste Tochter vererbt wird. Ich will auch so ein Dirndl und eine Brautkrone. Eines Tags werde ich vielleicht ein Mädchen haben, dann wird die Tradition fortleben. Ich habe mir gedacht, daß ich im weißen, ganz modernen Brautkleid auf dem Standesamt heirate, morgens, sagen wir, um neun Uhr. Dann wünsche ich mir für den Nachmittag in der Kirche eine richtig schöne und feierliche Hochzeit, mit Blumenkindern, Sängern und Musikkapellen. Ich will nur im Dirndl heiraten mit allem drum und dran, wie das üblich ist.«

»Von wem bekommst du das Dirndl und die Brautkrone?«

»Das ist es eben Katja! Ich habe das alles schon heimlich mit Meta, mit Tonis Mutter, besprochen. Sie und ein paar Frauen aus der Verwandtschaft nähen bereits an meinem Brautdirndl. Eine Brautkrone bekomme ich auch. Das dauert aber. Die vielen Unterröcke haben alle handgehäkelte Spitzen. Das Mieder ist auch bestickt. Die Strümpfe haben auch ein sehr kompliziertes Muster. Außerdem gibt es da besondere Zeiten, an denen nur an solch einer Brautausstattung gearbeitet werden darf. Deshalb dauert das auch noch ein bißchen. Außerdem soll es eine Überraschung sein für Toni. Er weiß nichts davon – und du verrätst ihm auch nichts.«

»Nein, Anna! Das mache ich bestimmt nicht. Was denkst du, wie lange die Frauen noch brauchen?«

»Ich hoffe nicht mehr lang. Ich war schon mal bei den ersten Anproben. Die Entscheidung, welchen Stoff und welche Farbe, war schwierig. Es gibt zwar eine allgemeine Art, wie so ein Dirndl auszusehen hat. Aber jedes Dorf hat da noch seine Besonderheit, und ich bin eben eine Zugereiste. Da mußte man einen Kompromiß finden. Ich denke, das ist gut gelungen.«

»Ich freue mich für dich, Anna! Ich bin mir sicher, daß sich der Toni auch freuen wird.«

»Aber das mit dem Brautdirndl ist nicht das einzige, was noch zu machen ist. Ich habe keine Aussteuer, Tischwäsche, Bettwäsche, eben alles bis hin zu den Taschentüchern. An so etwas hatte ich nie gedacht. Also bin ich mit meiner zukünftigen Schwiegermutter losgezogen zum Einkauf. Das ist aber noch immer nicht alles.«

»Nicht?«

»Überall muß mein Monogramm rein. Eigentlich müßte das D – A – Z eingestickt werden, für Dorothea Annabelle Zirner. So heiße ich eigentlich. Anna, den Namen gab mir der Toni. Normalerweise sticken die jungen Frauen im Laufe der Jahre in alle Stücke ihr Monogramm. Dafür habe ich keine Zeit. Ich lasse es maschinell machen. Fertig! Außerdem halte ich mich da nicht an die Tradition. Ich lasse andere Buchstaben einweben: T – für Toni, A – für Anna und B – für Baumberger.«

»Warum machst du dir all die Arbeit, Anna? Warum läßt du dafür deinen Toni warten? Ich verstehe das nicht!«

»Eine Frau hat hier das Recht auf den Haushalt. Sie unterstreicht ihre Herrschaft durch ihre eigenen Sachen. Das ist wichtig. Danach bemißt sich auch die gesellschaftliche Stellung. Ich will es besonders gut machen, weil ich ja eine Zugereiste bin. Verstehst du mich jetzt, Katja!«

Katja dachte nach.

»Ich werde auch in der Kürze viel verändern, dann auch meine eigenen Sachen benutzen. Zumindest, wenn ich nur für mich und Toni koche und später für die ganze Familie, wenn wir mal Kinder haben. Es wird bestimmt schön sein für sie, hier aufzuwachsen. Aber sie werden unterscheiden lernen, was gehört zum Berghüttenbetrieb und was ist nur für die Familie. Es wird turbulent zugehen, das weiß ich. Wenn die Berghütte offen ist, dann wird es wenig Privates geben. Doch das wenige, das soll dann besonders sein.«

»Ach, Anna, ich beneide dich. Du hast so klare Vorstellungen von deinem Leben und wie du es machen willst. Ich habe die nicht. Ich weiß nur, daß ich mit Gino zusammen sein will. Ich habe so bereut, daß ich seinen Antrag abgelehnt habe. Ich liebe ihn wirklich. Oft habe ich Angst, daß aus uns kein Paar werden wird.«

»Er hat dich doch geküßt und du hast ihn geküßt. Wie war das? Hast du es dabei nicht gespürt? Katja man spürt es beim Kuß, ob es ernst ist, ob man zusammenpaßt und zusammengehört.«

»Ich habe noch keine Erfahrung. Mir fehlt es an Vergleichsmöglichkeiten. Sind nicht alle Küsse gleich, innig und leidenschaftlich?«

»Oh, meine liebe, liebe Katja! So sicher wie es da die Berge gibt, seit ewigen Zeiten, so sage ich dir, es gibt Unterschiede! Verlasse dich da ganz auf dein Gefühl. Du wirst es spüren. Es ist nicht nur ein Kuß. Es ist, als gäbe es sonst nichts mehr, und alles andere ist bedeutungslos.«

»Ja, so war es, denke ich. Warum hat er mir nicht gesagt, wo er hin ist, was er vorhat?«

»Er war genausowenig darauf vorbereitet wie du, daß ihr beide euch hier begegnet. Er liebt dich! Du hast hohe Anforderungen an ihn gestellt. Vielleicht will er die erst erfüllen.«

»Mir ist alles gleich! Ich will nur mit ihm zusammen sein, jeden Tag und jede Nacht. Er ist so, wie er ist und ich liebe ihn. Ich kann ohne ihn nicht mehr leben, Anna.«

»Dann sage es ihm!«

»Ich?«

»Ja, Katja! Du hast ihm gesagt, daß du ihn nicht willst. Es ist an dir, ihn verstehen zu lassen, daß du deine Meinung geändert hast. Ich bin sicher, er ahnt es schon. Du hast dich ja küssen lassen. Aber Gino wird sicherlich nicht mehr so spontan sein. Das mußt du jetzt steuern.«

»Klingt einleuchtend! Wie soll ich das machen?«

»Das weiß ich nicht. Das kann ich dir nicht sagen, Katja. Ich kann dir nur raten, die Stille der Natur zu suchen und einfach auf dein Herz zu hören.«

»Ich werde es versuchen. Schon einmal hat es mir geholfen. Es war der erste Teil meines Traumes, der Wirklichkeit wurde.«

»Dann wird der andere Teil auch Wirklichkeit werden. Denke nicht soviel, Katja. Liebe, fühle! Folge deinem Herzen.«

Katja dachte nach. Verträumt spielte sie mit ihren kurzen rotblonden Locken.

»Katja, vielleicht weiß Albert Weißgerber, wo sich Gino aufhält. Vielleicht ist er sogar bei ihm im Sägewerk. Das Sägewerk ist einfach zu finden. Den Weg hinunter nach Waldkogel, den kennst du ja. Das Sägewerk liegt auf der anderen Seite des Sees, dort wo der Gebirgsbach in den See mündet. Du kannst es nicht verfehlen. Wenn du heute nicht mehr zurückkommen kannst, dann schlafe bei den Baumbergers. Sage Meta, sie soll dir meine Kammer dort geben.«

»Albert Weißgerber! Du bist der Meinung, dort könnte ich mehr erfahren?«

Anna packte Katja bei den Schultern und schaute sie eindringlich an: »Katja, nicht fragen! Fühlen! Geh einfach!«

Anna holte Katjas Anorak. Wortlos schlüpfte Katja hinein. Sie umarmte die Freundin und lief los. Anna stand mit Bello auf der Terrasse und schaute ihr nach, wie sie ihrem Glück entgegenging. Dessen war sich Anna sicher.

*

Auf dem Hof des Sägewerks stand ein großer roter Geländewagen. Nach dem Städtekennzeichen folgten die Buchstaben GK. Die Buchstaben könnten für Gino Koppermann stehen, dachte Katja. Sie betrachtete das Auto genau. Die hintere Sitzbank war heruntergeklappt. Der vergrößerte Stauraum war bis obenhin mit Gepäckstücken und Kartons gefüllt. Auf dem Beifahrersitz und dem dazugehörenden Fußraum lagen Plastiktüten und Kleidungsstücke und Schuhe. Über den Dachgepäckträger war eine schwarze regenfeste Plane gespannt, darunter konnte man weiteres Gepäck ahnen. Im Schloß der Zündung steckte der Schlüssel. Daran baumelte ein Schlüsselanhänger, den Katja kannte. Sie hatte ihn oft bei Gino gesehen. Damals hing er aber an dem Autoschlüssel seines Sportwagens.

Katjas Herz klopfte. Das konnte doch nur bedeuten, daß Gino ganz in der Nähe war. Katja hatte die Schritte hinter sich nicht gehört und erschrak, als sie angesprochen wurde.

»Des is ein schönes Auto. Gefällt ihnen auch, wie?«

Katja drehte sich um. Vor ihr stand ein älterer Herr, in einem einfachen grünen Lodenanzug, derben Schuhen mit dicken Sohlen und einem Hut mit Gamsbart auf dem Kopf. Er nahm den Hut ab und grüßte freundlich:

»Weißgerber! Albert Weißgerber! Wollen Sie Holz kaufen?«

»Katja Mehring! Guten Tag!« Katja war sehr verlegen. Irgendwie hatte sie den Eindruck, daß sie eindringlich gemustert wurde. Hatte Gino etwas von ihr erzählt? Das ist also Ginos Patenonkel, dachte Katja.

»Ähm! Ähm!« stotterte Katja und dann fiel ihr etwas ein.

»Antonius Baumberger, ich meine der Toni, von der Berghütte läßt fragen, wann das Holz fertig ist. Das Holz, das er bestellt hat, für die Innenwände in der Berghütte. Hat er das Holz bis zum Wochenende?«

»Freilich! Das Holz braucht er nur abholen. Das heißt, ich kann's ihm bis zur Oberländeralm raufbringen. Dann kann er's da abholen. War das alles?«

»Ähm! Ähm! Der Toni läßt auch noch fragen, ob Sie wissen, wo der Gino ist, da der Toni den Gino fragen will, ob er ihm helfen kann, mit dem Umbau.«

»Der Gino ist hier. Kannst ihn gleich selbst fragen, Katja! Der Gino ist im Wald beim Hochsitz und markiert Bäume, die er gekauft hat.«

»Gino hat Bäume gekauft?«

»Was ist daran so verwunderlich? Viele Kunden suchen sich ihre Bäume direkt im Wald aus.«

Katja schaute immer noch überrascht drein.

»Für was kauft der Gino die Bäume?«

»Das mußt du ihn schon selbst fragen. Kennst du den Weg?«

Katja schüttelte den Kopf.

Albert Weißgerber pfiff kurz durch die Finger und einer seiner Arbeiter kam herbei.

»Is was, Chef?«

»Nimmst den kleinen Pritschenwagen und fährst das Madl raus zum Wald am Hochsitz. Die will zum Gino!«

Der Arbeiter musterte Katja von oben bis unten.

»Da hat sich der Gino aber ein fesches Madl ausgesucht, des muß man ihm lassen.«

»Halt dein Mundwerk im Zaum. Des geht di und mi nix an. Wenn ich Klagen hör, dann kannst dir die Papiere abholen. Wirst fürs Arbeiten bezahlt, net fürs Denken und noch weniger fürs Reden oder Spekulieren. Is des klar?«

Der Angesprochene brummelte verlegen: »Ja, Chef!«

»So, Katja! Kannst mitfahren. Wenn er dir noch mal so kommt, dann sagst du's mir oder dem Gino und dann wird er schon sehen.«

»Danke, Herr Weißgerber! Er meinte es bestimmt nicht bös.«

Das Geräusch der Motorsäge schallte durch den Wald. Katja ging dem Geräusch nach und fand bald Gino und einige Waldarbeiter.

»Katja, wie kommst du hierher? Was machst du hier?«

»Das sind zwei Fragen auf einmal. Ich will sie dir aber gern beantworten. Bis zum Sägewerk bin ich gelaufen. Dann bin ich ein Stück gefahren worden, dann wieder gelaufen. Was ich hier mache? Anna dachte, daß du vielleicht bei deinem Onkel bist. Sie meinte, ich sollte da mal nachschauen.«

»Warum? Gibt es etwas Besonderes?«

»Toni will die Wände versetzen in der Berghütte und deshalb hat es Anna und mich interessiert, wann du kommst.«

»So, deswegen? Sonst gibt's nichts?«

Katja wurde verlegen. Sie drehte ihm den Rücken zu und ging auf die am Boden liegenden Baumstämme zu. Die Arbeiter zersägten sie in Stücke.

»Dein Onkel hat mir erzählt, daß du Bäume kaufst. Wozu?«

»Nun kaufen ist zuviel gesagt. Er ist ja mein Patenonkel. Ich muß ihm nur den Arbeitslohn für die Waldarbeiter bezahlen. Der Wald hier gehört ihm. Die Bäume hat er mir geschenkt.«

»Was willst du damit machen?«

»Das gibt erst einmal ein Einzimmerblockhaus. Ich will etwas ausprobieren. Wenn's gut angenommen wird, dann baue ich noch mehr davon.«

»Soll ich dir jedes Wort einzeln rausziehen oder erzählst du es mir freiwillig? Oder meinst, daß mich das nichts angeht? Dann sag es mir.«

»Warte bitte einen Augenblick!«

Gino ging zu den Waldarbeitern und sprach mit ihnen. Katja schaute ihm nach. Gut sah er aus in seinen grünen Jeans, dem grünbraun karierten Hemd mit den kurzen Ärmeln und der offenen Weste.

»Komm mit!«

Gino ging vor ihr her durch den Wald, bis sie außer Sichtweite der Waldarbeiter waren. Dann ergriff er ihre Hand. Er führte sie zum Hochsitz.

»Hier habe ich neulich mit meinem Vater gesessen. Wir haben uns ausgesprochen. Wir hatten nämlich Streit. Genauer gesagt, zwei Tage nachdem du mich rausgeworfen hast, hatte er mich rausgeworfen. Er warf mir das Gleiche vor wie du. Er nahm mir mein Auto, das Handy, die Kreditkarten. Ich sollte mir mein Geld selbst verdienen. Er gab mir nur so viel Geld, daß ich zu meinem Onkel fahren konnte, mit Bahn und Bus. Das Geld reichte nicht. Aber ich bekam etwas Geld geliehen. Das habe ich bereits zurückgezahlt. Von wem, das erzähle ich dir später. Katja, ich habe hier keinen Urlaub gemacht. Ich habe hier gearbeitet bei meinem Patenonkel im Sägewerk. Der lieh mich an Toni aus, damit ich ihm beim Umbau helfen sollte. Toni und ich haben uns dann schnell angefreundet. Ich blieb auch am Wochenende auf der Berghütte, wenn ich frei hatte. Der Alois hat mich unter seine Fittiche genommen. Ich hatte viel zu lernen und war körperliche Arbeit überhaupt nicht gewohnt. Ich war überhaupt keine Arbeit gewöhnt. Schau her!«

Gino griff in die Gesäßtasche seiner Jeans und holte seinen Geldbeutel hervor.

»Da schau! Das ist mein Bankauszug von heute morgen. Das

habe ich gespart. Ich habe den normalen Lohn eines ungelernten Waldarbeiters bekommen.«

Katja schaute sich den Beleg an.

»Das ist nicht schlecht, was du da gespart hast in der kurzen Zeit bei dem geringen Verdienst.«

»Danke! Deine Anerkennung freut mich besonders.«

Gino bekam vor Aufregung ganz rote Wangen. Er steckte alles wieder ein.

»Dann habe ich meinen Sportwagen verkauft. Er war ein Geschenk meiner lieben Mammamia. Ich sage Mammamia zu ihr, weil sie Italienerin ist. Damit habe ich mir einen großen Geländewagen gekauft. Weißt ein geräumiges Auto, das ist auch was für die Zukunft.«

»Warum erzählst du mir das alles?«

»Bitte, Katja! Unterbrich mich nicht! Es ist mir wichtig, daß du alles weißt. Jetzt zu meinen verschiedenen angefangenen Studienfächern. Ich habe schon damit begonnen, an einer Fernuniversität mein Betriebswirtschaftsstudium zu beenden. Vielleicht in einem Jahr, vielleicht in achtzehn Monaten, bin ich fertig.«

»Warum an einer Fernuniversität?«

»Du sollst mich doch bitte nicht unterbrechen! Weil ich eine andere Arbeit gefunden habe. Sie wird viel besser bezahlt. Ich arbeite in einem Hotel meines Vaters. Er hat ein neues Hotel gekauft. Da werde ich im ersten Jahr als zweiter Geschäftsführer arbeiten. So ist jedenfalls der Titel. Der alte Inhaber wird mich anlernen. Mein Vater wird auch aufpassen, daß ich keine Fehler mache. So, jetzt zu den Bäumen. Das Hotel liegt so knappe zweihundert Kilometer von hier. Es ist ein sehr schönes Landhotel. Es liegt an einem See, und ein großes Stück lockerer Mischwald gehört auch dazu. Das Hotel ist gut ausgebucht. Ich möchte daraus mehr machen. Ich will in den Wald am See kleine Einraumholzhütten hinstellen. Darin können dann Kanuten oder Angler übernachten. Ich denke mir, daß vielleicht das einfache Leben auch Leute anzieht, wie ich früher einer war,

Leute, die allen Luxus gewohnt sind und für eine kurze Zeit einfach leben wollen. Dazu will ich einen Trimm-dich-Pfad anlegen und einen Barfußpfad. Später noch andere Sportmöglichkeiten. Was hältst du davon?«

»Das klingt gut. Gino, das klingt alles wirklich gut.«

Gino griff nach Katjas Hand und hielt sie fest.

»Ich habe so gehofft, daß dir meine Idee gefällt. Erst wollte ich dir nichts sagen, aber meine Mutter meinte, ich sollte unbedingt mit dir darüber sprechen. Du bist übrigens die erste, außer meinen Eltern, mit denen ich darüber spreche, ausführlich darüber spreche. Onkel Albert weiß nur, daß mein Vater das Hotel kauft und die Bäume dafür sind.«

Sie schwiegen einen Augenblick. Katjas Herz klopfte.

»Katja, ich könnte deine Hilfe gebrauchen. Ich weiß ja nicht, was für Zukunftspläne du hast. Weißt, ich verstehe von Sport nicht viel. Ich machte eine ganz gute Figur auf dem Tennisplatz, und Golf spiele ich auch leidlich. Das ist aber schon alles. Ich würde mich sehr freuen, wenn du mich beraten würdest.«

»Wie hast du dir das vorgestellt?«

»Das überlasse ich ganz dir. So ein Hotel muß über kurz oder lang einen Sportlehrer einstellen.«

»Bietest du mir da eine Stelle an?«

»Ja! Du hättest freie Hand. Du könntest einen Bereich des Hotels in ein Sporthotel umwandeln. Vielleicht hast du ja Ideen?«

»An Ideen da mangelt es mir nicht.«

Katjas Stimme klang zögerlich.

»Dann hast du andere Pläne? Willst du an die Universität zurück und an deiner Doktorarbeit schreiben?«

»Ich habe mich noch nicht entschieden. Es ist etwas anderes.«

Gino stand auf und vergrub die Hände in seinen Hosentaschen.

»Willst du mir nicht sagen, was es ist? Wir können doch über alles reden?«

»Das kommt alles sehr überraschend für mich. Das mußt du verstehen. Das wird meinem Leben eine völlig andere Wendung geben.«

»Das ist dir unangenehm?«

»Nein! Es ist eine große Chance. Vielleicht der Beginn einer Karriere.«

»Was hindert dich dann daran, einfach ja zu sagen? Du kannst gern nebenbei an deiner Doktorarbeit schreiben. Ich mache ja auch mein Studium zu Ende. Du bekommst auch einen Arbeitsvertrag. Kost und Logis sind frei. Ich will haben, daß alles genau geregelt ist. Ich weiß doch, wie wichtig dir das ist, Katja! Du hast mir doch gesagt, daß du alles gern genau planst.«

»Ja, das war damals!«

»Damals? Was heißt das?« fragte Gino völlig verwirrt.

Katja lächelte und schaute in die Ferne zum gegenüberliegenden Waldrand.

»Ich war die letzten Tage viel alleine in den Bergen unterwegs. Da habe ich weiter nachgedacht. Ich habe mir vorgenommen, Verschiedenes nicht mehr so eng zu sehen. Man kann im Leben nicht alles planen. Ich war immer zu sehr auf Sicherheit bedacht. Dadurch habe ich mir viel verboten. Ich habe mir allerlei versagt.«

Katja schaute in seine schönen blauen Augen.

»Es gibt Bereiche, da fehlen mir Erfahrungswerte. Zeugnisse mit Auszeichnungen helfen da wenig.«

»Wovon sprichst du?«

»Zum Beispiel vom Tanzen. Auf dem Hüttenabend habe ich zum ersten Mal nach der Tanzstunde getanzt. Ich war nie aus, habe mich nie mit jungen Leuten getroffen. Gut, an der Universität und in den Sportvereinen war ich mit jungen Leuten zusammen. Aber das war immer im Rahmen des Pflichtteils. Ich habe mich niemals um die Kür gekümmert.«

»Was verstehst du unter Kür?«

Katja errötete und malte mit der Schuhspitze Figuren in die Schicht trockener Tannennadeln auf dem Boden des Hochsitzes.

»Ich bin mir unsicher, wenn ich mit anderen zusammen bin. Ich weiß nicht, wie ich ihre Gefühle mir gegenüber einordnen soll.«

»Langsam, langsam! Laß mich verstehen, was du damit sagen willst.« Gino schaute Katja an. »Du hast Angst davor, mit mir zusammen zu sein, mit mir zu arbeiten. Das liegt aber nicht an mir, Katja! Ich habe dir einen Antrag gemacht. Du hast abgelehnt. Auf der anderen Seite hast du meinen Kuß erwidert. Eigentlich könnte ich jetzt verwirrt sein. Von mir aus ist alles klar. Ich liebe dich! Ich möchte mit dir zusammen sein.«

»Dann basiert dein Angebot für die Arbeit darauf?«

»Katja, mache es doch nicht noch komplizierter. Es ist doch ganz einfach. Ich liebe dich! Du hast Sport studiert. Was liegt da näher, als dich zu fragen. Ich will mir etwas aufbauen. Dazu brauche ich jemanden an meiner Seite, dem ich vertrauen kann. Der ehrlich ist. Du bist damals sehr ehrlich gewesen.«

Gino trat vor Katja hin und zog sie in seine Arme. Er legte seine Hand unter ihr Kinn und hob ihren Kopf hoch.

»Schau mir in die Augen, Katja!«

Langsam, unendlich langsam hob sie ihre Lider. Dann schauten sie sich tief in die Augen.

»Katja, ich liebe dich! Ich hatte mich gleich in dich verliebt, als Cliff dich mir vorgestellt hat. Damals wußte ich es noch nicht, daß es die wirklich große einzige Liebe ist. Aber das war ja auch in einem anderen Leben. Habe ich nicht versucht, alles zu erfüllen? Sicherlich könnte ich warten, bis ich mein Examen habe, das Hotel gut geht. Aber ich habe Angst, daß ich dich verlieren könnte. Geld, Reichtum, Erfolg, Karriere, was zählt das schon! Ist das nicht alles schnell vergänglich? Was zählt, ist doch nur die Liebe zwischen zwei Menschen! Schau dir Toni und

Anna an. Sie kommen auch aus zwei Welten. Sie verstehen sich gut, sie lieben sich.«

Gino redete und redete. Endlich stellte er die Frage, die er stellen wollte:

»Katja, schau mir in die Augen! Liebst du mich?«

Katja sagte nichts. Ihr Herz klopfte. Innerlich schrie sie ihm ein Ja entgegen. Aber ihre Lippen blieben stumm.

Gino drückte sie fest an sich. Sie küßten sich, zuerst behutsam und zärtlich, dann heftiger, bis sie ihrer beiden Gefühle endlich freien Lauf ließen. Sie küßten sich voller tiefer aufwühlender Leidenschaft und Hingabe.

»Ja, Gino!« hauchte Katja leise zwischen den Küssen.

»Dann nimmst du jetzt meinen Ring an?«

»Nein ...«

Entsetzt wich Gino zurück. »Nein?« verwirrt rieb er sich die Stirn. »Ich verstehe jetzt gar nichts mehr.«

»Du hast mich nicht ausreden lassen, Gino.«

»Oh, jetzt weiß ich! Also mit dem Ring, das habe ich mit meinem Vater auch geregelt. Ich habe den Ring wirklich mit der Kreditkarte bezahlt. Das Geld stammt indirekt wirklich von meinem Vater. Ich hatte zwar ein eigenes Konto, aber das Geld darauf hatte ich mir nicht verdient. Ich werde meinem Vater das Geld in Raten zurückgeben. Ich habe ihm alles erzählt und mit ihm über alles gesprochen. Er meint, du wärst eine Frau mit Prinzipien. Ich hoffe, du bist damit zufrieden. Ich kann dir dann auch immer die Quittungen zeigen.«

»Pst!« Katja legte Gino die Finger auf die Lippen. »Pst! Es ist alles in Ordnung. Nur will ich nicht einfach ja sagen. Genügt es dir, wenn ich erst einmal ja sage zu deinem Jobangebot?«

Gino hob Katja hoch und drehte sich mit ihr im Kreise.

»Danke, danke, danke!«

Er bedeckte ihr Gesicht mit Küssen.

»Darf ich hoffen, daß mehr daraus wird?«

»Hoffen kann man immer! Wir wollen uns noch besser kennenlernen. Ich erkenne an, daß du dich sehr bemüht hast. Doch ich will Beständigkeit. Wenn ich in deiner Nähe bin, kann ich das ja gut sehen.«

»Alles, was du willst, Katja! Es soll alles so gemacht werden, wie du es willst.«

Sie küßten sich wieder.

»Was willst du?«

Katja ließ ihn etwas zappeln.

»Zuerst mußt du meine Familie richtig kennenlernen. Sie müssen dich mögen. Du, ich warne dich! Ich habe eine wunderbare Familie. Wir halten zusammen wie Pech und Schwefel. Du hast dich ja nicht gerade gut eingeführt.«

Gino nickte. Er erzählte nichts von der spätabendlichen Begegnung am Hauptbahnhof mit Katjas Mutter.

»Ich werde mich bemühen. Das verspreche ich.«

»Anna hat mir beigebracht, daß es gut ist, auf Traditionen zu achten. Hier in den wunderschönen Bergen sind die Menschen vielleicht noch enger den Traditionen verhaftet als bei uns in der Stadt. Aber ich denke, daß es da auch so etwas gibt. Zwar bin ich volljährig, aber meine Eltern haben doch ein Recht, zu wissen, wie du dir die Zukunft vorstellst mit mir. Es ist mir wichtig, da sie so viel für mich getan haben.«

»Gut! Ich werde um ihre Gunst werben. Du, ich bin jetzt auch handwerklich gar nicht mehr so ungeschickt. Vielleicht kann ich deinem Vater helfen, etwas an eurem Haus zu machen. Wenn Söhne da sind, fallen diese Aufgaben ja den Söhnen zu. Du hast aber keinen Bruder. Also übernehme ich als zukünftiger Schwiegersohn diese Pflichten.«

»Langsam, langsam! Sei vorsichtig, mit ›zukünftiger Schwiegersohn‹. Noch habe ich nicht ja gesagt.«

»Was willst du noch?«

»Deine Eltern muß ich auch kennenlernen.«

»Mein Vater kann es kaum erwarten, dich kennenzulernen.

Er hat mich richtig genervt mit seiner Frage, wann ich dich einmal mitbringe. Und Mutter!« Gino lachte glücklich. »Mutter wird dich mit offenen Armen aufnehmen. Sie ist eine ganz liebe Mutter. Doch ich warne dich, sie wird wahrscheinlich nur ein Thema kennen. Das Stichwort heißt Enkelkinder!«

»So weit sind wir noch lange nicht! Immer schön einen Schritt nach dem anderen. Wenn du eine Treppe hinaufsteigst, dann kannst du vielleicht zwei Stufen auf einmal nehmen. Wenn du auf den Gipfel der Berge willst, dann mußt du dich langsam nach oben arbeiten. Wir sind hier in den Bergen.«

»Ja, wir sind hier in den wunderschönen Bergen.«

»Gino, ich liebe dich wirklich! Das hat nichts damit zu tun, daß ich dir jetzt noch nicht mein Jawort geben kann. Der Zeitpunkt wird kommen. Ich werde es dir sagen.«

Katja streckte sich und küßte Gino.

»Dann muß ich wohl damit zufrieden sein.«

»Ja, Gino! Das mußt du.«

»Mein gepacktes Auto steht auf dem Hof beim Sägewerk. Ich wollte noch heute zum Hotel fahren und ausladen. Ich will gleich anfangen, zu arbeiten. Willst du nicht mitkommen?«

Katja überlegte.

»Nein! Mach du mal deine Arbeit. Ich bleibe noch einige Tage auf der Berghütte. Ich gehe spazieren, rede mit Anna. Ich werde mir selbst klar über mein Leben, über unser gemeinsames Leben – vielleicht.«

»Warum brauchst du dafür überhaupt noch Zeit?«

»Gino! Dränge mich nicht. Du hattest Zeit. Du hast geplant. Dein Vater kauft ein neues Hotel. Du wirst Geschäftsführer. Du stellst mich ein. Du willst mich heiraten. Du hast dir alles schon ganz genau ausgemalt. Jetzt bin ich dran.«

»Da gibt es doch nicht viel zu bedenken!«

»Ich will nicht denken, Gino! Ich werde in die Berge gehen. Ich werde vor der Hütte sitzen und fühlen. Ich will die Gewißheit in meinem Herzen fühlen, daß es mein Weg ist. Gino, ich liebe dich auch! Ich habe noch niemals vorher jemanden geliebt. Ich hatte noch niemals zuvor jemanden geküßt. Das meinte ich mit Erfahrung und Vergleichsmöglichkeit. Ich muß mir nicht klar werden über meine Gefühle zu dir. Ich muß mir klarwerden, ob eine Heirat mit dir das ist, was ich wirklich will und wie das Leben dann aussehen wird.«

»Laß mich bitte nicht zu lange warten, Katja! Kann ich irgend etwas noch tun? Ich möchte dich überzeugen.«

»Gino, liebster Gino! Es ist gut! Es liegt nicht an dir. Ich muß mit mir ins reine kommen.«

Sie küßten sich wieder.

»So, jetzt gehe ich zurück. Ich muß mich beeilen, wenn ich noch bis zum Abend oben sein will.«

»Ich werde dich fahren, soweit ich mit dem Geländewagen komme.«

»Das Angebot nehme ich gerne an.«

Sie gingen Hand in Hand den Weg zurück bis zum Sägewerk. Katja wartete beim Auto, während sich drinnen Gino von seinem Onkel verabschiedete. Dann brachte Gino Katja ziemlich hoch hinaus.

»Ich komme am Wochenende, Katja!«

»Ich werde da sein und auf dich warten, Gino!«

Sie standen neben dem Geländewagen. Ein warmer Wind, der von den Bergen herunterwehte, spielte mit ihren Haaren. Der Abschied dauerte seine Zeit.

*

Gino fuhr zum Hotel und brachte seine Sachen unter. Er bezog eine schöne kleine Dachwohnung im Personaltrakt. Die ganze Nacht wälzte er sich im Bett und dachte an Katja. So konnte das nicht weitergehen. Es würde ihm unmöglich sein, sich auf seine Arbeit zu konzentrieren. Gegen morgen stand er auf, nahm eine eiskalte Dusche und zog sich an. Er gab an der Rezeption eine Nachricht für den alten Inhaber ab und setzte sich in sein Auto. Von unterwegs aus rief er seine Eltern an.

Lola und Isebert Koppermann erwarteten ihren Sohn schon an der Haustür.

»Mutter! Vater! Ich muß mit euch reden. Ich brauche euren Rat. Katja liebt mich. Sie will auch im Hotel arbeiten und mich unterstützen. Sie ist wohl auch zufrieden, daß ich jetzt solider bin als früher. Trotzdem will sie mir nicht ihr Jawort geben. Sie will den Ring nicht annehmen und sich mit mir verloben. Sie braucht noch Zeit. Wir haben doch schon genug Zeit verstreichen lassen. Vater, verstehst du sie?«

Gino ließ sich in einen Sessel fallen und streckte alle viere von sich.

»Mammamia! Wenn du Enkelkinder haben willst, dann laß dir was einfallen. Warum ist diese Frau so kompliziert?«

Lola Koppermann dachte nach. Dann rief sie die Haushälterin und flüsterte kurz mit ihr.

»Lieber Gino! Keine Sorgen! Hannibal ist angeblich mit Elefanten über die Alpen! Wir werden auch einen Eroberungsfeldzug starten. Das kann ich mir einfach nicht bieten lassen! Wie kommt diese Katja dazu, meinen Sohn, meinen lieben Bambino so schmachten zu lassen?«

Ihre ganze italienische Mutterseele trat in Aktion.

Eine halbe Stunde später hielten zwei Autos vor dem kleinen Siedlungshaus der Familie Mehring. In der großen Limousine saßen Lola und Isebert Koppermann. Gino war mit dem Geländewagen vorweg gefahren. Lola Koppermann klingelte.

Die Tür ging auf. Im Türrahmen stand Olga Mehring. Zuerst schaute sie überrascht, dann sah sie Gino und erkannte die Ähnlichkeit mit seiner Mutter.

»Meine liebe Olga! Ich bin Lola, Ginos Mama!« Olga mußte die echt südländisch stürmische Begrüßung über sich ergehen lassen und war etwas verdutzt.

»Gino, ist etwas mit Katja?«

Ginos Mutter war schneller.

»Meine liebe Olga! Natürlich ist etwas mit Katja! Sie liebt Gino, das hat sie ihm gesagt. Aber sie ziert sich einfach, seinen Ring anzunehmen. Gino kann nicht essen, nicht schlafen. Der arme Junge wird noch krank werden. Es muß etwas geschehen!«

Nicky war die Treppe heruntergekommen und bestaunte die Szene. – »Kommen Sie bitte herein, Familie Koppermann!«

»Lola und Isebert, bitte! Wir sind ja doch bald eine Familie.«

Olga Mehring ging ins Wohnzimmer voraus. Katjas Vater lag auf der Couch und schlief, die Zeitung über der Brust.

»Volker hatte Frühschicht und ist wohl eingeschlafen.«

»Dann lassen wir ihn schlafen«, krähte Ginos Mutter in einer Lautstärke, die ihn aufweckte.

Olga erklärte ihrem Mann kurz den Sachverhalt. Volker sagte erst mal nichts. Dann ging er zum Kühlschrank und holte drei Bier, Gino, sein Vater und er waren sich schnell einig und verstanden sich auf Anhieb gut. Olga brachte für sich und Lola Kaffee. Nicky trank auch eine Tasse mit. Dann beratschlagten sie.

»Die Katja hatte schon immer ihren eigenen Kopf. Wenn die nicht will, dann will sie nicht. Und wenn sie will, dann setzt sie alles dran. Doch diesmal verstehe ich das Kind nicht. Sie hat sich hier schon die Augen nach Gino ausgeweint. Jetzt könnte sie ja sagen, aber jetzt ziert sie sich«, sagte Volker Mehring.

Etwas ratlos saßen die beiden Familien im Wohnzimmer. Nur Nicky hörte zu und grinste.

»Was soll das Grinsen, Nicky? Oder weißt du, warum sich deine Schwester so seltsam benimmt?«

»Wissen! Wissen tu ich gar nichts! Doch ich würde es genauso machen!«

Nicky blickte in erstaunte Gesichter.

»Ja, schaut nicht so! Ich kann euch nur sagen, daß ich auf Katjas Seite bin.«

Nicky stand auf und wollte aus dem Wohnzimmer rennen. Ihr Vater hielt sie zurück.

»So geht das nicht! Hiergeblieben! Setz dich wieder hin und sage, was du denkst. Du weißt doch etwas!«

»Ich habe euch gesagt, daß ich gar nichts weiß. Doch du hast das nicht richtig gemacht, Gino!«

Sie warf Gino einen vorwurfsvollen Blick zu.

»Was habe ich nicht richtig gemacht?«

»Alles!«

Olga Mehring stöhnte.

»Nicky, bitte! Singe es meinetwegen, wenn du es nicht sagen kannst. Nur laß es uns wissen.«

»Singen! Okay! Bleiben wir beim Singen! Hast du Katja ein Ständchen gebracht, Gino? Hast du ihr Gedichte geschrieben? Liebesbriefe geschickt? Ich dachte mir, als Halbitaliener wärst du viel romantischer. War wohl Fehlanzeige! Erst dachtest du an gar nichts und bist hier übermütig mit der Tür ins Haus gefallen. Aber das war wohl immer noch besser, als Katja einen Arbeitsvertrag anzubieten. Das soll romantisch sein? Ich denke, du bist Halbitaliener.«

»Nicky, ich wollte Katja doch nur beweisen; daß ich etwas tauge.«

»Schon klar! Hat dich das weitergebracht? Ich meine, viel weitergebracht? Sie hat dich geküßt. Sie machte dir Hoffnungen. Das ist schon mal gut. Es ist noch nicht alles verloren. Aber ich würde genau so handeln wie Katja.«

Nicky verdrehte träumerisch die Augen und tanzte durch das Wohnzimmer.

»Romantik! Romantik! So heißt das Zauberwort. Gemeinsam spazierengehen im Mondschein! Eng aneinandergedrückt während eines Sommerregens alleine durch den Park flanieren, während die Regentropfen auf den Schirm fallen und ein Liebeslied singen. Liebesbriefe auf duftendem zarten Briefpapier! Ein vierblättriges Kleeblatt zwischen den Briefseiten! Pralinen in Herzform. Eigene handgeschriebene Gedichte!«

Nicky blieb herausfordernd vor Gino stehen.

»Hast du ihr ein Foto von dir geschenkt, das Katja auf ihren Nachttisch stellen kann? Trägt sie ein Medaillon um den Hals mit deinem Bild? Es gibt auch solche Freundschaftsarmbänder mit Buchstaben. Ein Armband mit den Buchstaben G-I-N-O würde Katja bestimmt gefallen.«

Nicky rief mit weit ausholenden Gesten:

»Also, wenn ich mich verliebe, dann muß das ganz romantisch sein. Zärtliche Botschaften. Liebevolle Worte auf dem Anrufbeantworter.«

Nicky rollte träumerisch die Augen. Dann sprach sie Gino streng an: »Geht das in deinen Schädel rein? Katja will Romantik!«

Es war ganz still im Wohnzimmer. Die Koppermanns und die Mehrings schauten sich an.

»Du meinst, daß Katja auf so etwas Wert legt?« Ginos Stimme klang höchst verwundert. »Ist das nicht lächerlich?«

»Gino, wie kannst du so etwas fragen!« empörte sich seine Mutter. »Ich bin erschüttert und entsetzt zugleich. Du blamierst mit dieser Aussage sämtliche männliche Ahnen deiner italienischen Vorfahren bis zurück zu den Römern oder noch weiter. Wenn ich das deinem Opa erzähle, bricht er vor Scham zusammen!«

Verlegen rieb sich Gino das Ohrläppchen.

»Ich ... ich ... ich!«

»Gino, höre auf zu stottern! Was wird jetzt?«

»Ich werde zu Katja fahren und um sie werben.«

»Der Groschen ist gefallen, besser spät als nie«, kommentierte Nicky.

Dann beschlossen die Familien Koppermann und Mehring gemeinsam in die Berge zu fahren. Die Koppermanns hatten schon ihre Reisekoffer im Auto. Olga Mehring hatte schnell gepackt. Sie und Volker nahmen sich frei. Schließlich war es so etwas wie ein Notfall.

Katjas Eltern fuhren mit Ginos Eltern. Nicky spielte Beifahrerin bei Gino und nervte ihn die gesamte Strecke. Trotzdem erfuhr Gino so vieles über Katja.

Gino hatte mit Toni telefoniert. Die Mehrings und die Koppermanns wurden bei den Baumbergers einquartiert. Zu diesem Zweck war Toni von der Hütte heruntergekommen. Während die Eltern und Nicky ihre Zimmer bezogen, hatte Gino mit Toni ein Gespräch. Gemeinsam besuchten sie noch am gleichen Abend den Bürgermeister Fellbacher und Leo Gasser, der bei der Bergwacht arbeitet.

Gino hatte einen Plan gefaßt und wollte ihn unbedingt durchsetzen, koste es, was es wolle. Bürgermeister Fellbacher spielte mit, als er hörte, es gehe dabei um die Liebe zweier Menschen. Die Vorbereitungen wurden in aller Eile getroffen. Trotzdem dauerte es bis zum Samstagabend, bis alles vorbereitet war.

Gino hielt sich bis Samstagmittag in Waldkogel auf. Toni war schon auf der Berghütte, als Gino am späten Samstagnachmittag kam. Katja war die ganzen Tage unruhig gewesen und voller Ungeduld. Sie hatte Anna alles erzählt. Anna hatte kein Mitleid mit ihr.

»Katja, manchmal denke ich wirklich, du weißt gar nicht, was du willst!«

»Ich will den Gino schon. Ich liebe ihn wirklich. Doch kann denn Liebe so schnell gehen? Hält sie dann auch ein ganzes Leben? Ist es die einzige richtige Liebe?«

»Katja! Du denkst wieder zuviel. Liebe bedenkt man nicht! Liebe fühlt man!«

»Ich will schon! Doch dann – ach, ich weiß nicht!«

Wortlos hielt Anna Katja am späten Samstagnachmittag den Anorak hin.

»Lauf rüber zum ›Erkerchen‹! Wenn der Gino kommt, dann schicke ich ihn dir.«

»Komm, Bello! Wir gehen!«

»Bello bleibt hier, Katja! Der lenkt dich nur ab. Wenn du den Tönen in deinem Herzen lauschen willst, dann mußt du alleine sein.«

Katja wunderte sich, sagte aber nichts.

*

Die Abendsonne tauchte die Gipfel in rötliches Licht. Die Sonne stand wie eine riesige, rotglühende Scheibe am Horizont über den Bergen. Katja saß auf der Bank und zog die Jacke enger um ihren Körper. Es war kühl. Sie dachte, daß sie hier Gino zum ersten Mal geküßt hatte. Sie sehnte sich nach ihm. Warum mache ich nur alles falsch, fragte sie sich.

Dann kam Gino. Sie flog in seine Arme.

»Gino!«

»Katja!«

Sie küßten sich. Katja wünschte, der Augenblick würde nie enden. Ja, sie gehörte zu ihm. Bei jedem Kuß spürte sie es deutlich.

Es wurde dunkler und dunkler.

»Wir müssen zurück, Gino! Der Weg ist kaum noch zu sehen.«

»Ich habe eine Stablampe dabei«, antwortete Gino und küßte sie wieder.

»Du bist ganz sicher bei mir! Ich bringe dich später zurück. Die Sonne ist untergegangen. Die Wolken werden bald aufreißen. Der Wind wird sie vertreiben. Ich will im silbernen Mondlicht hier stehen und mit dir die Sterne schauen.«

»Gino!« hauchte Katja und schmiegte sich in seine Arme.

Dann zerrissen Feuerwerkskörper die Ruhe über dem Tal. Vom ›Engelssteig‹ aus wurde ein Feuerwerk entzündet, wie es das Tal und ganz Waldkogel noch nie gesehen hatte.

»Ich wußte nicht, daß es heute Feuerwerk gibt, Gino!«

»Aber ich wußte es!«

»Warum gibt es ein Feuerwerk?«

Gino drehte Katja um. Er trat hinter sie und deutete auf den gegenüberliegenden Hang. Er hatte die Arme von hinten um sie gelegt und flüsterte ihr ins Ohr.

»Ich habe das Feuerwerk bestellt! Schau dort am Hang.«

In der Dunkelheit der Nacht leuchtete eine große Schrift auf. Die Flammen fraßen sich langsam vor und bald brannte Buchstabe für Buchstabe. Da stand zu lesen:

Liebestelegramm an Katja

Ich liebe Dich!

Willst du meine Frau werden?

Dein Gino

»Das können alle lesen, Gino!«

»Es sollen alle lesen! Alle – wegen mir die ganze Welt.«

Sie schauten sich in die Augen. Trotz der Dunkelheit fanden sich zärtlich ihre Blicke.

»Katja, willst du meine Frau werden?«

»Ja, Gino! Ich will! Ich liebe dich!«

Gino griff in die Hosentasche, zog den Ring hervor und steckte ihn Katja an den Finger. Sie küßten sich.

Das Feuerwerk war verklungen. Es war wieder still im Tal. Die Feuer am Hang erloschen auch langsam. Das Stroh war abgebrannt. Gino holte die Stablampe aus seinem Rucksack und blinkte damit ein paarmal in die Dunkelheit.

»Warum machst du das?«

»Ich habe nur mitgeteilt, daß du endlich Ja gesagt hast.«

Dann gingen sie zurück.

Die Berghütte war hell erleuchtet. An der Terrasse hingen bunte Lampen. Es brannte ein großes Lagerfeuer. Der Platz vor der Hütte war voller Menschen. Aus mehreren großen Töpfen wurde Eintopf verteilt. Toni zapfte mehrere Biergläser an.

»Gino, wo kommen die vielen Leute her? Was ist hier los?«

Gino hatte den Arm um Katjas Schulter gelegt und hielt sie ganz fest an sich gedrückt.

»Liebste Katja! Wir feiern unsere Verlobung. Alle haben mir geholfen. Da mußte ich sie doch alle einladen, auch in deinem Namen. Alle wollen dich kennenlernen: die Feuerwehr, die Polizei, der Schützenverein, der Gesangverein, die Bergwacht aus verschiedenen Orten in der Umgebung, der Bürgermeister und Gemeinderat und andere höher gestellte Politiker, auch der Pfarrer und weitere Vertreter der Kirche, die Forstbehörde und noch andere. Es war schon eine tolle Zusammenarbeit. Alle haben zu mir gehalten. Du kannst dir nicht vorstellen, wieviel Überzeugungskraft es immer wieder gebraucht hat. Aber am Ende waren alle davon begeistert. Und jetzt wollen sie dich kennenlernen. Sie fragen sich, wer ist die Frau, derentwegen die Berge in Brand gesteckt wurden.«

Gino führte Katja auf die Terrasse vor die Hütte. Es wurde still.

»Liebe Freunde! Ich danke euch für die Hilfe. Das ist meine Katja! Sie hat ja gesagt. Ich lade euch alle ein, mit uns unsere Verlobung zu feiern.«

»Küssen! Wo bleibt der Kuß!« riefen immer mehr.

Gino nahm Katja in den Arm und küßte sie.

»So! Dann kann es losgehen! Angezapft ist's!« rief Toni.

Katja lehnte den Kopf an Ginos Schulter.

»Schade, daß meine Eltern und Nicky nicht da sind! Cliff hätte auch dabei sein sollen.«

»Augen zu und umdrehen!«

Als Katja die Augen wieder öffnete, schlossen sie ihre Eltern in die Arme.

Nicky flüsterte Katja ins Ohr: »Nun, wie hat dir das gefallen? Das war meine Idee!«

»Wenn du mal verliebt bist, werde ich dir beistehen, kleine Schwester.« Katja blinzelte Nicky verschwörerisch zu.

Dann riß Lola Koppermann Katja an sich. Sie wurde von so

viel temperamentvoller Herzlichkeit überschüttet, daß Katja froh war, wie Gino sie den Armen seiner Mutter entriß. Isebert Koppermann war stolz. Das zeigte er Katja deutlich. Er hatte ja leider nie eine Tochter gehabt. Doch jetzt bekam er eine Schwiegertochter, die ganz nach seinem Herzen war.

Cliff wünschte ihr alles, alles Gute. Er war nicht alleine gekommen, sondern hatte seine Braut mitgebracht.

Sie feierten bis zum Morgengrauen. Wenn die Musikkapelle nicht spielte, weil die Musiker sich ein Bier genehmigten, dann spielte Alois auf der Ziehharmonika zum Tanz. Im ersten Sonnenlicht machten sich alle auf den Heimweg und zogen singend den Berg hinunter. Die Mehrings und die Koppermanns schliefen gemeinsam auf dem Hüttenboden. Cliff und seine Braut blieben auch.

Toni und Anna waren müde, sehr müde.

»Laß uns aufräumen und saubermachen, nachdem wir ausgeschlafen haben. Ich bin so müde. Das war ja ein herrliches Fest.«

Toni nahm seine Anna auf den Arm und trug sie hinein.

»Bei unserer Hochzeit wird es noch schöner werden, das verspreche ich dir, Anna!«

Anna war auf seinen Armen eingeschlafen. Behutsam legte er sie ins Bett und deckte sie zu.

»Schlafe gut, liebste Anna! Bald führe ich dich als meine Braut zum Altar!«

– ENDE –

Zuflucht in den Bergen

Der Himmel hat uns zueinander geführt

Anna Zwirner betrat das kleine Postamt in Waldkogel.

»Guten Morgen!« grüßte sie laut und freundlich.

»Grüß Gott! So sagen wir hier!«

»Ja, ich werde mich bessern. Manchmal vergesse ich es. Also noch einmal ein schönes Grüß Gott, alle miteinander!«

»Nun sei nicht so kleinkariert!« tadelte Gertrud Sommerhalder den Postbeamten. »Kümmere du dich lieber um deine Post und die Pakete. Des hätt'st besser machen können. Warum hast du mir den Zettel vor die Haustür gelegt? Hätt'st das große Paket statt dessen gleich bei mir abstellen können! Beim alten Postbeamten hat's so etwas nicht gegeben.«

Die in der Schlange wartenden Waldkogeler stimmten der Bäuerin bei.

»Da darf man sich nix draus machen. Die paar Wochen gehen auch rum, dann ist unser alter Postler wieder da. Dann funktioniert des hier wieder alles wie es soll«, bemerkte die Ella Waldener.

Gertrud Sommerhalder versuchte, das große Paket mit der einen Hand zu halten, während sie sich mit der anderen auf ihren Gehstock stützte.

»Warte, ich helfe dir, Sommerhalder-Bäuerin. Ich habe den gleichen Weg.«

Anna trug den großen offenen Karton zum Tresen, den sie dabei hatte.

»Hier sind Briefe! Es sind so an die einhundert Stück. Briefmarken sind schon draufgeklebt. Es wäre doch Unsinn, die draußen in den Briefkasten zu werfen. Also, hier hast du sie!«

Mit eisiger Miene nahm der Vertretungspostbeamte den Karton entgegen. Anna lächelte ihn an.

»Vielen Dank! Und – Grüß Gott!«

Anna nahm das Paket und half der gehbehinderten Bäuerin die wenigen Stufen der Außentreppe hinunter.

»Ich seh' ja ein, daß unser Postbeamter auch mal Urlaub braucht. Aber es ist jedes Jahr das gleiche Spiel. Da schicken die uns so einen jungen arroganten Schnösel. Na ja, in einer Woche ist des auch vorbei. Dem Himmel sei Dank!«

Das Paket war nicht schwer, nur ein wenig unförmig. Anna konnte es aber gut mit einer Hand tragen. So bot sie der Bäuerin ihren Arm.

»Geht es denn besser mit dem Knie?«

»Ja, ja! Schon viel besser. Ich hatte großes Glück, daß es net schlimmer war. Der Gips ist ja schon lang ab, nach dem Bruch. Aber mit dem Gehen klappt es noch nicht so gut. Unser guter Doktor, der Martin, hat gesagt, ich müßt' Geduld haben. Der hat gut reden. Die Arbeit ist da, die läuft mir schon net fort. Doch gemacht muß sie werden. Ja, früher, da war es viel einfacher, da hat man genug Mägde und Knechte gehabt. Heute wollen die jungen Madln alle in die Stadt.«

Sie schaute Anna an.

»Bei dir ist das etwas anderes. Du bist da die Ausnahme. Der Toni muß dem Herrgott ewig dafür danken, daß er dich geschickt hat. Bei mei'm Bub isses nix geworden, damals. Da kann ich nix ändern. Deshalb bin ich aber net neidisch auf den Toni oder weil die Meta so ein prima Madl als Schwiegertochter bekommt.«

Anna konnte die Bemerkung der Gertrud Sommerhalder nicht richtig einordnen. Was war damals mit dem Sohn der Bäuerin? Anna kannte zwar schon viele Geschichten einzelner Leute in Waldkogel, aber nicht alle. Die Lebensgeschichte des jungen Bauern gehörte nicht dazu.

Sie waren auf dem Hof angekommen. Anna trug das Paket in die Küche.

»Hast a bisserl Zeit, Madl?«

Die Bäuerin wartete Annas Antwort nicht ab. Sie humpelte geschäftig in der schönen Bauernküche herum. Auf dem Herd stand noch Kaffee. Bald darauf saßen die beiden Frauen am Tisch. Anna schaute sich um.

»Das sind wunderschöne Küchenmöbel.«

»Die sind noch von meiner Aussteuer. Ich war die einzige Tochter und die Jüngste. Ich hatte sechs ältere Brüder. Gut waren sie alle. Die haben zusammengelegt für die Küche und mir sie auch gezimmert und bemalt. Lieb war des von ihnen. Des vergesse i net. I freu' mich, daß dir sie gefallen tut, mei' Küch'. Ihr hat sie net gefallen. Der war sie zu altmodisch. Aber davon will i net sprechen. Nix war der gut genug!«

Anna hörte nur zu und rührte in ihrem Kaffee.

»Mein Mann war schon ziemlich alt. Fast zwanzig Jahr älter als ich. Er war aber ein guter Mann, zu gut für diese Welt, hab' i immer gesagt. Deshalb hat der Herrgott ihn vielleicht auch so früh geholt. Mein Bub war damals noch in der Schule. Da stand ich nun mit einem Kind und war Witwe. Hart war's gewesen. Na ja, es war viel Arbeit mit dem großen Hof. Geschafft hab' i es doch! Nur meine Knochen sind halt kaputt. I wäre froh gewesen, wenn der Friedel sie geheiratet hätt'. Besonders gefallen hat s' mir ja net. I sollt auch recht behalten. Sie hat ihn dann sitzenlassen. Der Bub hat des bis heute net überwunden. Still ist er geworden nach der Enttäuschung. Des war ja auch a schöne Blamage. Des Aufgebot war schon bestellt und da is sie einfach fort!«

Gertrud Sommerhalder trank einen Schluck Kaffee.

»Na, besser so, vielleicht, denk' i oft. Vielleicht hätt' die Ehe net 'halten. Vielleicht wären Kinder dagewesen. Was dann, Anna? Was hätten die armen Kinder dann gelitten? I hoff' immer noch, daß der Friedel sich mal nach einem anderen Madl umschaut. Doch i glaub, da hoff' ich vergebens. Wär' halt froh, wenn er ein Madl auf den Hof bringen würd'. Dann wär's für mich auch leichter. Schlimmer, als die damals kann keine sein. Mir wär's auch egal. Hauptsache, der Bub wäre glücklich. Still is er geworden seit damals, sehr still.«

»Wird schon werden, Sommerhalder-Bäuerin!«

»Müßt so a Madl sein wie du, Anna.«

Anna lachte.

Friedel Sommerhalder kam in die Küche und begrüßte Anna.

»Sag dem Toni, des is alles klar. Wir kommen am Samstag rauf auf die Berghütte und helfen ihm beim Umbau. Die Geschichte mit der Wand, die der Toni versetzen will, weißt ja!«

»Danke, Friedel! Der Toni wird sich freuen. Ich freue mich auch. Dann werden wir bald fertig.«

Das war das Stichwort für Friedels Mutter.

»Sag, Anna, das waren ja viele Briefe. Hast du schon die Einladungen zur Hochzeit verschickt?«

»Bist aber ganz schön neugierig, Sommerhalder-Bäuerin.«

»Sag Trudel zu mir, Anna! Für alle hier bin i die Trudel.«

»Gut, Trudel! Ja, ich habe alle meine Freunde und Verwandte angeschrieben. Der Hochzeitstermin wird nicht verraten. Ich will erst wissen, ob alle kommen können. Ich will sie nämlich alle beisammen haben, wenn ich heirate.«

»Das gehört sich ja auch so! Ich wünsch' dir jedenfalls viel Glück. Daß du glücklich bist mit deinem Toni und er mit dir, das kann man euch beiden ansehen.«

Die Bäuerin warf ihrem Sohn einen kurzen Seitenblick zu.

»Ich hoffe ja, daß du auch amal …«

»Mutter! Du hast mir versprochen, net mehr davon zu reden. Des is mei' Angelegenheit. Und damit basta!« fuhr er ihr wütend ins Wort.

Er ging hinaus und warf die Tür zu. Es war deutlich zu bemerken, wie zornig er war. Die Wunden sind noch nicht verheilt, was auch immer damals geschehen ist, dachte Anna.

»Siehst jetzt selbst, Anna! So schwierig ist des mit ihm. Weißt, wie ich jung war, da war des ganz anders. Wenn da ein junger Bursch net heiraten wollt', dann hat der Vater eine schöne junge Magd auf den Hof geholt. Der hat er manches Geschenk zugesteckt, die sollte den Bub dann verführen. Wenn die dann in anderen Umständen war, dann hat der Bauer dafür gesorgt, daß es zum Altar ging.«

Anna schaute die Bäuerin mit großen Augen an. Diese lachte.

»Schau net so, Anna! Die Ehen waren sehr glücklich. I bin selbst so ein Fall, bei dem mei' Schwiegervater nachgeholfen hat. Geschadet hat's mir net und meinem seligen Mann a net. Wir haben uns geliebt. Ich tät das gern mit meinem Friedel auch so machen. Doch in der heutigen Zeit is des net mehr möglich.«

Die Bäuerin seufzte.

»Was ich der Mutter Gottes und allen Heiligen schon Kerzen gestiftet hab'! I wart' immer noch, daß meine Gebete erhört werden. Pfarrer Zandler meint, daß der liebe Gott schon einen Plan hat. Der Friedel wär' eben noch net an der Reihe. Da mußt i Geduld haben.«

Anna stand auf.

»Trudel, vielen Dank für den Kaffee. Du und Friedel, ihr kommt auf alle Fälle zu meiner Hochzeit. Vielleicht findet der Friedel da ein Madl.«

Trudel winkte ab.

»Danke für die Einladung. I komm bestimmt. Der Friedel, der kommt bestimmt net. Der geht nirgends hin, wo getanzt und gefeiert wird, seit damals.«

Anna verabschiedete sich herzlich. Trudel tat ihr leid. Sie hatte sicherlich ein schweres Leben gehabt, dachte Anna. Es war verständlich, daß ihr ganzes Ansinnen darauf ausgerichtet war, Friedel versorgt zu wissen.

*

Dr. Martin Engler nahm Anna im Auto mit hinauf auf die Alm, dort mußte er einen Krankenbesuch machen. Anna war froh darüber, sparte ihr das doch viel Zeit, denn der Weg zur Berghütte war weit.

»Sag mal, Martin, du bist doch hier aufgewachsen. Du kennst doch alle Leute. Was war denn damals mit dem Friedel Sommerhalder? Der wollte heiraten und seine Braut ließ ihn sitzen?«

»Es war schlimm damals. Ich studierte ja noch und kam nur selten heim nach Waldkogel. Aber mitbekommen habe ich es auch. Der Friedel war am Boden zerstört. Er hat sich ganz zurückgezogen. Er machte zwar gewissenhaft seine Arbeit auf dem Hof und der Alm. Aber jeden Abend saß er im Wirtshaus und hat getrunken. Dabei durfte ihn niemand ansprechen, sonst wurde er sofort wütend und hat zugehauen. Es gab mehrere Schlägereien. Wie heißt es? Wer den Schaden hat, braucht für den Spott nicht zu sorgen. Die Burschen, die haben ihn halt ein bisserl geärgert. Net schlimm, wie man das halt so macht. Da ist der Friedel jedesmal richtig ausgerastet und hat wie ein Bär um sich geschlagen. Einmal hat er sogar jemanden einen Bierseidel übern Schädel gehauen. Da mußte der alte Doktor nähen. Angezeigt hat den Friedel niemand. Jeder wußte von seinem Kummer.«

»Schrecklich!« Anna war entsetzt.

»Ja, das war ganz schrecklich. Dann ist man dazu übergegangen, nicht mehr mit ihm zu reden. Er hat sich vollaufen lassen, bis er net mehr gehen konnte. Dann haben ihn zwei genommen und daheim abgeliefert. Vertragen kann der Friedel eine Menge. Am nächsten Morgen hat er wie immer seine Arbeit gemacht, als wenn nix gewesen wäre. Das ging viele Wochen so. Dann war es plötzlich vorbei. Ein Einzelgänger ist er geworden. Net in allen Dingen! Der Friedel ist sehr hilfsbereit. Aber zum Schützenfest geht er net und zum Tanz auch net. I glaub, der bleibt Junggeselle. Wo soll er denn ein Madl finden? Ich denk, daß er gar keines mehr finden will.«

»Das kann er sich aber nicht aussuchen. Vielleicht verliebt er sich doch einmal. Irgendwie, irgendwo, irgendwann, läuft ihm ein Madl über den Weg und dann macht es peng. So war es bei uns, bei mir und dem Toni. Wenn das passieren tut, da kann sich der Friedel auch net dagegen wehren. Gegen die Liebe ist kein Kraut gewachsen.«

»Wünschen tät ich es dem Friedel von Herzen, wirklich! Ein guter Ehemann wäre er bestimmt.«

Doktor Martin Engler hielt an. Anna bedankte sich für das Mitnehmen und stieg weiter auf zur Berghütte.

*

Es war Sonntag, Martina Zollinger hatte lange geschlafen. Ihre Mutter deckte bereits den Tisch für das Mittagessen. Ihr Vater saß im Wohnzimmer und las die Sonntagszeitung.

»Guten Morgen!« grüßte Tina verschlafen und gähnte.

»Guten Morgen, Tina! Hast du gut geschlafen? Bist ja noch lange wach gewesen, gestern abend. Um zwei Uhr brannte immer noch Licht in deinem Zimmer. Ich kann dich ja verstehen. Aber es bringt doch nichts, nachts so lange zu lernen.«

Ihre Mutter warf ihr einen besorgten Blick zu.

»Laß mich!« brummte Tina.

»Deine Mutter hat da nicht unrecht. Es ist wissenschaftlich erwiesen: Lernen nach Mitternacht ist nicht ergiebig. Sonntags könntest du ruhig, wie alle anderen, den Tag mit der Familie verbringen. Früher war das so schön. Die Leute fragen mich schon, warum man dich gar nicht mehr sieht. Der Pfarrer und ein paar Mitglieder des Kirchenbeirats haben auch schon nach dir gefragt. Es war mir peinlich. Die denken schon, daß bei uns in der Familie etwas nicht stimmt.«

»Ach, Vater, laß mich in Ruhe! Meine Zukunft ist mir wichtiger als das, was die Leute sagen.«

»Was machst du eigentlich heute nachmittag?«

Martina atmete tief durch.

»Ich habe mich an der Universität verabredet.«

»Wieso heute? Da ist doch geschlossen.«

»Mama, ich treffe mich mit einer Studienkollegin. Wir haben etwas zu bereden. Ich denke, sie ist in Schwierigkeiten. Wir treffen uns im Botanischen Garten. Da gibt es ein nettes Studentencafé, das hat auch am Sonntag offen.«

»Wer ist es denn? Kennen wir sie? Was für Schwierigkeiten hat sie denn?«

»Du kennst sie nicht, Mama! Sie ist schwanger, denkt sie«, sagte Martina leise, denn ihr Vater sollte es nicht hören. Vergebens! Elmar Zollinger ließ die christliche Sonntagszeitung sinken.

»Das ist aber kein Umgang für dich, Tina. Wenn diese Person solch einen lockeren Lebenswandel geführt hat, dann muß sie sehen, wie sie damit fertig wird. Ich will nicht, daß du da hingehst.«

»Heiratet sie den Vater ihres Kindes denn?« fragte ihre Mutter.

»Das ist noch nicht sicher. Sie hat noch nicht mit ihm gesprochen.«

»Das wird ja immer schöner! Da müssen ja Zustände wie in Sodom und Gomorrha herrschen. Tina, mein letztes Wort: Du gehst da nicht hin! Ich möchte nicht, daß meine Tochter mit so einer Schlampe verkehrt.«

»Vater!« schrie Tina.

»Nix da, Vater! Die kann froh sein, daß ich nicht ihr Vater bin. Die würde ich rausschmeißen. Keinen Tag länger würde sie die Füße unter meinen Tisch stecken.«

»Du, du kennst immer nur Schwarz und Weiß, Vater!« warf Martina ihrem Vater vor.

Sanft nahm Tinas Mutter die Tochter bei den Schultern und zog sie aus dem Wohnzimmer. Sie schloß die Tür.

»Tina, das war unklug, sehr unklug. Es ist besser, wenn du

deinem Vater solche Sachen nicht erzählst. Du weißt doch, wie er denkt.«

»Ja, ich weiß, wie er denkt!«

Martina ging nach oben unter das Dach. Das hatten ihr ihre Eltern zu einer kleinen Wohnung ausgebaut. Sie zog sich an und verstaute einige Sachen in ihrem Rucksack und einer Reisetasche.

»Du willst schon gehen?«

»Ja, Mutter! Ich esse an der Universität. Die Mensa hat auch offen. Der Vater verdirbt mir nicht den Appetit. Es kann auch sein; daß ich für ein paar Tage zu meiner Studienkollegin ziehe. Ich will sie in dem Zustand nicht alleine lassen.«

Martina hauchte ihrer Mutter einen Kuß auf die Wange und verließ das Haus. Sie reagierte nicht, als ihr Vater ihr vom Wohnzimmerfenster nachrief. Martina tat, als höre sie es nicht. Sie ließ den Motor ihres alten Autos aufheulen und fuhr davon.

Martina wollte nur noch fort – fort – weit fort. Sie konnte die Tränen nicht zurückhalten. Sie klebten zwischen ihren schönen langen Wimpern. Langsam rannen sie ihre Wangen hinab. Martina wischte sie mit dem Handrücken ab.

Zum Glück war wenig Verkehr. Der Parkplatz der Universität war leer. Sie stellte ihr Auto ab. Dann kramte sie aus ihrem Rucksack ein kleines Schminktäschchen hervor. Augenblicke später hatte sie die Tränenspuren übermalt.

»Hallo, Tina! Bist spät dran!«

»Entschuldige, Mark! Ich mußte noch eine Freundin trösten, per Telefon. Ich kann auch nicht lange bleiben. Ich will nach ihr sehen.«

»Was gibt es denn so Wichtiges an Frauenthemen, daß du mich vertröstest?«

»Sie kriegt ein Kind!« Martina bemühte sich, daß dieser für sie so wichtige Satz eher beiläufig klang.

Aus dem Augenwinkel beobachtete sie Mark. Er zuckte mit den Achseln und grinste überheblich.

»Dumm gelaufen! Da hätte sie besser aufpassen sollen. Schwanger zu werden ist heute pure Dummheit. Es gibt die Pille und andere Verhütungsmittel und Verhütungsmethoden. Die Jugend wird schon früh aufgeklärt. Da kann ich kein Mitleid haben. Und dann, schwanger zu bleiben ist noch dümmer. Wie ich sagte, dumm gelaufen. Sie hätte eben besser aufpassen müssen. Doch jetzt bist du bei mir. Denk nicht mehr an sie.«

»So einfach tust du das ab? Das Kind bringt ihren ganzen Lebensplan durcheinander.«

»Ja, warum sollte ich mir Gedanken machen? Wenn sie das Kind nicht gewollt hat, dann muß sie halt sehen, daß sie es wieder los wird. Ich nehme an, ihr Liebhaber will das Kind auch nicht.«

»Der baut an seiner Karriere. Kinderwunsch steht da wohl nicht auf den vorderen Plätzen.«

»Sehr vernünftig, Tina! Das kann ich verstehen. Ein Kind käme für mich jetzt auch nicht in Frage. Das wäre eine echte Belastung. Uns kann ja so etwas nicht passieren, Tina.«

»Wenn doch? Nur mal angenommen, ich frage das nur mal theoretisch. Mir geht es nicht aus dem Kopf. Was würden wir machen, Mark? Was würde ich machen?«

»Du bist viel zu weich, das habe ich dir schon immer gesagt. Die Probleme anderer so nah an sich heranzulassen ist schlecht.«

»Du hast meine Frage nicht beantwortet.«

»Manchmal bist du ganz schön nervig, Tina! Also, wenn du es wissen willst. Jetzt ein Kind, das würde mir nicht passen. Die nächsten fünf Jahre stehen Frau und Kind nicht in meinem Plan. Wir sind doch moderne Menschen. Warum sollten wir uns Gedanken machen und uns mit einem Kind belasten? Wir haben eine schöne Beziehung, und mal sehen, was daraus wird. Wir waren uns doch einig, daß unsere Beziehung für keinen von uns eine Verpflichtung bedeutet. Oder denkst du jetzt anders darüber?«

Martina erschrak über seine Kälte. Es gelang ihr aber, es geschickt zu überspielen.

»Vielleicht bin ich wirklich zu weich, Mark. Vergessen wir das Ganze. Thema beendet!«

Sie aßen. Dann gingen sie im Botanischen Garten spazieren. Am späten Nachmittag brachte Mark sie zu ihrem Auto.

»Ach, Mark! Das habe ich ja ganz vergessen. Ich fahre ein paar Tage in die Berge. Ich brauche Ruhe. Meine Eltern machen mir Streß. ›Tina, wann lernst du?Tina, du lernst nachts zu lange! Tina da, Tina dort!‹ Das nervt ganz schön. Ich will mich für ein Stipendium bewerben. Das habe ich dir ja schon gesagt. Seit Tagen sitze ich schon über diesem Papierkram.«

»Kannst dich gerne auch bei mir einquartieren, Tina. Mein Zimmer im Studentenwohnheim ist zwar klein. Aber ich teile gern das Bett mit dir. Tagsüber bin ich ja im Labor, dann könntest du den Schreibtisch nutzen.«

»Danke für dein Angebot. Ich will aber in die Berge.«

»Was du an den Bergen findest, ist mir zwar schleierhaft, aber wenn es dir Freude macht, dann muß ich es wohl hinnehmen. Wann bist du wieder zurück?«

»Kann ich nicht sagen. Meine Handynummer hast du ja!«

Sie küßten sich flüchtig. Dann stieg Tina schnell ins Auto. Sie winkte Mark noch einmal unverbindlich zu und fuhr ab.

Mit jedem Kilometer, den ihr altes Auto auf der Autobahn hinter sich ließ, wurde Martina etwas freier. Das bedeutete nicht, daß ihr Problem kleiner geworden war. Nein, es war immer noch da. Es war nur so, daß sie jetzt weder ihren Eltern noch Mark in die Augen sehen mußte. Sie wollte allein sein. Sie mußte allein sein. Es war ihr Leben. Sie mußte es überdenken. Sie ganz allein war dafür verantwortlich. Sie mußte eine Entscheidung treffen, die ihr niemand abnehmen konnte. Sie hatte sich bewußt dem Einfluß ihrer Eltern und Mark entzogen.

*

Spätabends kam sie an. Sie kannte sich in der Gegend gut aus. Schon oft hatte sie ihren Urlaub dort verbracht. Sie hielt vor einem Gehöft. Die Haustür ging auf und die alte Bäuerin kam heraus.

»Mei, die Tina! Willst mal wieder wandern gehen?«

»Ja, Bäuerin! Ich will fragen, ob ich mein Auto da bei dir stehen lassen kann?«

»Ja, freilich! Des hast doch schon oft so gemacht. Komm rein! Die eine kleine Kammer is noch frei.«

»Danke, Bäuerin. Ich würde aber lieber im Heu schlafen.«

»Dann mach's! Bist ja schon immer ein richtiges Naturkind gewesen. Hast Hunger? Willst was essen?«

»Ich habe unterwegs gegessen, an einer Tankstelle mit Raststätte. Da hab' ich mir auch Proviant gekauft.«

»Dann wünsche ich dir eine schöne Zeit. Wie lange willst dein Auto stehen lassen?«

»Ich weiß noch nicht. Ich habe Semesterferien und viel Zeit. Kann schon sein, daß ich ein paar Wochen von Berghütte zu Berghütte wandere. Mußt dir keine Gedanken machen. Ich gehe schon nicht verloren.«

»Das weiß ich doch. Du kennst im weiten Umkreis die Berge so gut wie deine Westentasche. Dann wünsche ich dir eine schöne Zeit. I hab' mich gefreut, dich mal wiederzusehen. Wenn du dein Auto holst, dann hast aber Zeit für ein Schwätzchen, oder?«

»Bestimmt. Ich rede doch gern mit dir, Bäuerin. Das weißt du. Nur jetzt nicht. Ich bin müde. Es war eine lange, anstrengende Fahrt.«

Tina drückte der alten Bäuerin einen Geldschein in die Hand.

Dann verzog sie sich auf den Heuboden über dem Stall. Sie atmete die warme Luft ein, die vom Stall aufstieg, und hörte das Vieh. Sie lag im weichen Heu, schaute durch die offene Luke des Heubodens hinaus in die Nacht. Der Mond stand groß und silbern über den Bergen. Die Sterne leuchteten. Vom Kirchturm her schlug die Turmuhr. In ihrem Herzen fühlte Tina eine Geborgenheit, die sie daheim niemals verspürte. Ein Gefühl des Trostes senkte sich in ihr kummervolles Herz. Sie war sich sicher, daß sie einen Weg finden würde. Es wird eine Lösung geben, die gut sein wird. Martina fühlte zum ersten Mal wieder Zuversicht und Frieden, seit sie Gewißheit hatte, daß ihr Leben nie wieder so sein würde wie es einmal war.

Eine kleine Katze suchte Martinas Nähe. Sie war wirklich sehr klein und zitterte vor Kälte. Martina steckte sie unter ihre Strickjacke und hielt sie warm. Nach einer Weile beruhigte sich das Tier und fing an zu schnurren. Liebevoll bettete Martina ihren kleinen Schützling neben sich ins Heu. Sie deckte die Katze mit einem Pullover zu.

»Schlaf gut, kleine Mieze! Träume etwas Schönes. Träume davon, daß du eine große, starke Katze bist und viele Mäuse fängst.«

Das Schnurren der kleinen Katze sang Martina in den Schlaf.

*

In der ersten Morgendämmerung krähte der Hahn und weckte Martina auf. Sie setzte sich auf und zupfte sich das Heu aus den Haaren. Die kleine Katze war noch immer da. Jetzt schrie sie. Martina konnte sie jetzt genauer sehen, als das nachts im Mondenschein möglich gewesen war. Sie war höchstens acht Wochen alt und sehr mager. Es war ein kleiner Kater, wie sich Martina vergewisserte. Als studierte Biologin kannte sie sich aus.

»Weil dein Fell überwiegend schwarz ist, nenne ich dich Mohrle«, flüsterte Martina ihm zu.

Die alte Bäuerin ging über den Hof. Martina raffte ihren Rucksack zusammen und stieg dann hinunter in den Stall.

»Bist ja noch da, Madl. Hast gut geschlafen im Heu?«

»Himmlisch gut.«

Mohrle war Martina nachgelaufen und stand kläglich maunzend in ihrer Nähe.

»Ich glaube, er vermißt seine Mutter«, bemerkte Martina. »Er wird Hunger haben. Vielleicht hat er sich verlaufen.«

»Der wird sie schon wiederfinden. Kann auch sein, daß die tot ist. Gestern ist wieder eine Katze überfahren worden. Des macht nix. Es gibt ohnehin zu viele.«

»Dann wird er verhungern.«

»Des wird er net. Und wenn? Katzen gibt's genug.«

Die Bäuerin sah den entsetzten Blick in Martinas Augen.

»Darum mußt du dich net sorgen. Katzen gibt's eh zuviel.«

»Gut, wenn die Katze niemand gehört, dann nehme ich sie mit, Bäuerin.«

»Bist narrisch, Madl? Was willst du mit einer Katz?«

Martina war ärgerlich und antwortete, indem sie den Dialekt nachzuahmen versuchte.

»Des geht dich nix an, Bäuerin. Des ist mei Sach!«

Martina band die Kordel im Bund ihres Anoraks fest zu. Dann steckte sie Mohrle einfach vorne hinein. Wenn er wollte, konnte er durch den halbhochgezogenen Reißverschluß hinaussehen. Der kleine Kater begriff sofort, daß er eine Beschützerin gefunden hatte und begann zu schnurren.

»Bist narrisch, Madl!« sagte die Bäuerin noch einmal.

Martina nickte ihr nur zu und ging dann fort.

Sie wanderte aus dem Dorf hinaus. Hinter dem letzten Gehöft schlug sie den ihr bekannten Weg in die Berge ein. Nach drei Stunden erreichte sie die erste Almhütte. Dort rastete sie und kaufte etwas Rahm für ihren Kater. Mohrle leckte eifrig.

Ein weites Stück des Weges folgte ihr die kleine Katze wie ein Hund, dann trug Martina sie wieder.

Die junge Frau war froh, einen Gefährten zu haben, und sie ging ganz in dem Gefühl auf, diese kleine magere Kreatur vor dem sicheren Tod bewahrt zu haben.

Die nächsten Tage vergingen. Martina wanderte von Hütte

zu Hütte. Mohrle lernte, im offenen Rucksack zu sitzen und von dort die Aussicht zu genießen. Sie teilte mit ihm ihre Fleischpflanzerl und gab ihm Butterflocken, Milch und Rahm zu essen. Mohrle wurde zusehends kräftiger. Wenn Martina unterwegs rastete, rannte er oft fort. Er kam aber immer wieder zurück.

Auf den Hütten erregte Martina ziemliches Aufsehen mit ihrem ungewöhnlichen Wandergefährten. Doch den Spott und die Sticheleien verschiedener Bergkameraden am Hüttenfeuer nahm sie gelassen hin.

So vergingen drei Wochen.

*

Es war mitten in der Nacht, als Toni und Anna durch lautes Klopfen an der Hüttentür aus dem Schlaf gerissen wurden. Toni öffnete. Draußen stand Leonhard Gasser, der örtliche Leiter der Bergwacht in Waldkogel, mit vier Männern.

»Leo, du? Is was passiert? Komm rein!«

Leonhard ließ seinen Schulfreund Rex von der Leine. Bello, Tonis Neufundländerrüde, und Rex begrüßten sich übermütig. Anna kam aus der Kammer. Sie hatte ein wollenes Umschlagtuch über ihrem bodenlangen Nachthemd um die Schultern gehängt und hielt es mit beiden Händen zusammen.

»Leut' in Waldkogel haben ein Licht am Berg gesehen. Sie kamen alle vom Stammtisch. Erst dachte ich, daß die mich narren wollen. Aber dann hab' i das Licht auch gesehen. Da gibt jemand Signale. I hab' dann gleich die Kameraden verständigt und wir sind los. Des kann net weit von hier sein. I denk', es is in der Höhe des alten Pilgerwegs. Sag, Toni, hast du Wanderer hier oben auf deiner Berghütte, die net zurückgekommen sind heute abend?«

»Nein. Wir haben gar niemand da zum Übernachten. Weißt ja, die Hütte is' noch net offiziell eröffnet. Da is' es noch sehr ruhig. Ja, schon! Gelegentlich haben wir schon Übernachtungen, aber heut is' keiner dagewesen. Des Wetter war ja auch net gut. Geregnet hat es den ganzen Tag. Da is' wohl kaum einer in die Berge, bei dem schlechten Wetter, wie es die letzten Tage war. Ihr habt da ein Licht gesehen?«

Leonhard verwies mit einer Handbewegung auf die Männer.

»I denk', da war ein Licht. Meine Bergwachtkameraden haben das Licht genauso gesehen wie i auch. Es blinkt in Abständen. Geh raus und schau dir's an! Glaub mir, wir sind auch net begeistert, daß wir da loszieh'n müssen. Verrückt ist es auch. Aber warten bis morgen früh, des wollten wir auch net. Regnen tut's net mehr. In einer Stunde beginnt es hell zu werden.«

Toni ging vor die Hütte und schaute in der Dunkelheit hinauf zu dem Berg.

»Ja, da is' was! Von der Richtung her kannst recht haben. Des Licht kommt von da, wo der alte Pilgerweg ist. Dann wird es ja net so gefährlich, wenn wir jetzt schon losziehen. I komm natürlich mit. I zieh mich nur noch an! Wartet!«

Anna hatte sich inzwischen etwas Warmes angezogen. Sie trug einen fast bodenlangen, dunkelgrünen, etwas ausgestellten Strickrock mit passendem Oberteil. Das Oberteil war eine hüftlange Weste, die in der Taille mit einer Kordel gebunden wurde. Die Ärmel waren, wie bei einem Dirndl, am Oberarm etwas weiter. Die Kanten waren mit kleinen Mäusezähnchen in Rot umhäkelt und gaben mit dem herzförmigen roten Knöpfchen ein schönes Bild ab. Dazu hatte Anna ein großes rotes Umschlagtuch umgehängt.

Mit Vergnügen sah Toni, wie die Augen der Männer auf seiner Anna ruhten. Er war stolz auf seine schöne Braut. Anna servierte heißen Tee.

Die Becher mit Tee in der Hand, standen sie dann alle zusammen in der Dunkelheit der Nacht vor der Hütte. Deutlich sahen sie die unregelmäßigen Blinksignale im Berg. Sie gaben Signale mit ihren starken Stablampen zurück.

»Des kommt direkt vom Pilgerweg. Arg weit ist des net. Aufi, Leut! Gehen wir!«

Toni gab Anna zum Abschied einen Kuß.

»Geh wieder ins Bett, Anna. Vor zwei bis drei Stunden sind wir nicht da.«

Toni kannte den Weg gut. Der Pilgerweg war ein breit angelegter Wanderpfad, der über den Berg führte. Weil schon im Mittelalter Pilger diese Strecke nach Süden genommen hatten, hatte er den Namen ›Pilgerpfad‹ bekommen. In jüngster Zeit hatte ihn dann der Alpenverein zu einem schönen breiten und sicheren Wanderweg ausgebaut.

Toni spannte Bello vor den kleinen Wagen aus ultraleichtem Aluminium. Er hatte den Wagen nach einer Zeichnung von Anna extra anfertigen lassen. Bello zog den Wagen gerne. So zogen sie los. Leonhard Gasser ging voraus. Dann folgten ihm zwei Kameraden der Bergwacht. Toni ging mit Bello in der Mitte des Zuges, gefolgt von zwei weiteren Rettern. Ihre Stablampen erleuchteten den Weg sehr gut. Sie kamen schnell voran.

*

Anna stand eine Weile vor der Berghütte und sah, wie sich die Lichtkegel immer weiter den Berg hinaufarbeiteten.

Dann ging sie hinein und traf Vorbereitungen für die Rückkehr der Männer.

Was würden sie da oben finden? Der Rettungshubschrauber der Bergwacht konnte nur hier vor der Hütte landen. Also würden sie den Verletzten zuerst einmal hierher bringen. Die Männer würden erschöpft und müde sein, wenn sie kämen. Anna ging in die Küche und begann einen kräftigen Erbseneintopf zu kochen mit viel kleingewürfeltem Rindfleisch, Speck, Kartoffelstückchen und Küchenkräutern. Sie knetete Teig für frische Kaisersemmel und füllte die großen Thermoskannen mit Kaffee.

Dabei machte sie sich so ihre Gedanken, wer da am Berg sein könnte. Wer konnte so leichtsinnig gewesen sein, bei dem schlechten Wetter gewandert zu sein? Anna wußte aus Erzählungen von Alois und Toni, wie leichtsinnig manche Wanderer waren. Sie überschätzten ihre Kräfte. Sie gingen alleine los, allen Ermahnungen zum Trotz. Niemals alleine in die Berge ziehen, war doch oberstes Gebot.

Die Zeit verging. Als Anna fertig war, setzte sie sich am Kamin in den Schaukelstuhl und wartete. Dabei schlief sie ein.

Sie wurde von Alois geweckt. Der alte Hüttenwirt lebte jetzt fast ununterbrochen mit Anna und Toni auf der Hütte. Sie hatten den alten Mann gern, der fast sein ganzes Leben auf der Hütte verbracht hatte. Doch das war lange bevor Toni sich darum bemühte, sein Nachfolger zu werden.

»Anna, Madl! Was sitzt du hier?«

In kurzen Worten erklärte Anna, was geschehen war.

»Zu dumm, daß i net aufgewacht bin. Da wäre ich auch gern mit.«

»Alois, laß das mal die Jungen machen. Außerdem kannst mich doch net ganz allein auf der Berghütte lassen.«

»Stimmt schon, Madl. So eine Bergung, des tät i nimmer schaffen. Aber dabei wär ich doch gern.«

Endlich hörten sie draußen etwas. Die Männer waren zurück. Auf dem kleinen Wagen, den Bello zog, saß in Decken und Rettungsfolie eingehüllt eine junge Frau. Toni und Leo hoben sie heraus und trugen sie in die Hütte. Wortlos öffnete Anna eine Kammer. Die Männer legten die junge Frau auf das Bett.

»Sie ist gestürzt und hat eine böse Verletzung am Knie. Das hat sich alles entzündet. Sie ist dann noch in den Regen gekommen. Der Leo meint, es sei besser, sie mit dem Hubschrauber ins Krankenhaus fliegen zu lassen. Sie will aber nicht. Vielleicht kannst du sie überreden, Anna.«

»Dann geht mal alle raus. Toni, in der Küche habe ich alles

schon hergerichtet. Stärkt euch erst mal. Ich kümmere mich um unseren Gast.«

Mit energischen Gesten schob Anna die Männer aus der Kammer und schloß die Tür.

»So, jetzt sind wir Frauen erst mal allein.«

Zwei ängstliche Augen schauten sie an. Anna setzte sich auf den Bettrand. Sie hielt der jungen Frau die Hand hin.

»Ich bin die Anna. Ich bin die Braut vom Hüttenwirt Antonius Baumberger. Toni wird er gerufen. Wir heiraten demnächst. Und wer bist du?«

»Ich heiße Martina Zollinger. Gerufen werde ich Tina. Ich will nicht ins Krankenhaus. Gebrochen ist nichts. Ich bin schon vor drei Tagen gestürzt. Das wird wieder. Können ich und das Mohrle hier die nächsten Tage auf der Berghütte bleiben? Ich bezahle dir auch all deine Mühe.«

»Wer ist das Mohrle?«

Tina schälte sich aus den Decken und holte unter dem ziemlich durchnäßten Anorak die Katze hervor.

»Das ist mein Wandergefährte. Ich habe ihn gerettet. Seine Mutter ist überfahren worden. Er wäre sonst verhungert.«

Anna nahm die kleine Katze auf den Arm und lächelte Tina verständnisvoll an.

»Du ziehst jetzt als erstes die nassen Sachen aus. Hast du noch etwas dabei im Rucksack?«

»Ist alles feucht. Kann ich meine Sachen am Kamin trocknen?«

»Ich leih dir warme Sachen von mir, bis deine trocken sind.«

Anna setzte Mohrle auf den Boden, der jedoch zurück zu Tina ins Bett sprang. Während Anna warme Unterwäsche, Pullover, eine Hose und Socken holte, zog sich Tina aus. Anna brachte ihr auch warmes Wasser, damit sich die junge Frau waschen konnte.

Dann besah sich Anna das Knie.

»Das sieht nicht gut aus. Es ist sehr entzündet und vereitert.

Ich werde dir da erst mal einen Umschlag machen mit einer Kräutertinktur. Wenn die nicht hilft, dann mußt du ins Krankenhaus. Aber das soll der Martin entscheiden, wenn er kommt.«

»Wer ist Martin?«

»Unser Doktor in Waldkogel. Doktor Martin Engler ist ein guter Freund von Toni. Der Weg herauf zur Berghütte ist zwar weit, aber der kommt, wenn Toni ihn darum bittet. Bis dorthin mache ich dir erst mal die Kräutertinktur drauf.«

Anna schüttete aus einer Flasche, die an eine Sprudelflasche erinnerte, eine braune Flüssigkeit auf einen dicken Mullappen.

»Das kann jetzt einen Augenblick brennen, weil da Alkohol drin ist. Aber dann kühlt es schön. In zwei Stunden, da tut's schon nicht mehr weh. Das verspreche ich dir.«

Tina biß tapfer die Zähne zusammen. Der brennende Schmerz ließ bald nach. Danach spürte Tina die Kühle des Verbandes.

»Was ist das, was du mir da draufgetan hast?«

»Ein altes Hausmittel, wie es hier fast von allen verwendet wird. Da sind viele Kräuter drin. Jede Bäuerin kann das selbst machen. Das hier ist aber von der Ella. Die Ella Waldner macht die besten Tinkturen. Sie kennt sich aus und weiß genau, welches Kraut gegen welches Zipperlein hilft. Deshalb heißt sie hier in Waldkogel auch die Kräuterhexe. Das ist nicht böse gemeint, eher anerkennend. Die Ella ist eine ganz liebe und sehr mütterliche alte Frau. Ich mag die Ella sehr. Diese Flasche hat sie mir geschenkt, neulich, als ich mir in den neuen Schuhen eine böse Blase gelaufen hatte. Die hatte sich auch entzündet und dann geeitert. In zwei Tagen war alles wieder gut.«

»Mein Knie schmerzt kaum noch. Ich konnte gestern abend am Berg keinen Schritt mehr gehen. Ich wußte nicht mehr weiter. Das ging ja schon seit vorgestern. Ich hatte gehofft, daß jemand vorbeikommt. Doch es hat ja nur geregnet, und niemand war unterwegs.«

»Ist es dir noch kalt?«

»Danke, Anna! Es wird bestimmt bald besser. Die Sachen sind schön warm.«

»Ich bringe dir jetzt einen schönen Erbseneintopf mit viel Fleisch und Einlagen. Dann trinkst du noch einen wärmenden Kräutertee. Danach kannst du bestimmt schlafen.« Anna lächelte Tina an. »Für dein Mohrle bringe ich auch etwas.«

Tina griff nach Annas Hand und drückte sie.

»Danke.«

»Sollen wir jemand verständigen? Gibt es da jemand, der sich um dich Sorgen macht?«

Tina wandte den Blick ab. Sie fuhr mit der Hand über den Verband am Knie und zog das Hosenbein herunter.

»Nein, Anna! Auf mich wartet niemand. Niemand macht sich wegen mir Sorgen. Ich bin allein!«

Tina griff nach Mohrle und drückte den kleinen Kater eng an sich.

»Mohrle, das ist die einzige Kreatur, die zu mir gehört.«

Anna schaute Tina in die Augen. Darin sah sie eine Traurigkeit, die sie erschreckte. Sie sah, wie Tina mit den Tränen kämpfte.

Anna sagte nichts. Sie brachte ihr Essen und auch etwas für den kleinen Kater.

»So, jetzt lasse ich dich allein. Ich muß mich draußen um die Leute kümmern. Wenn du fertig bist, dann stell das Tablett auf den Tisch. Ich hole es später. Leg dich hin und versuche zu schlafen.«

»Danke, Anna!« hauchte Tina und begann zu essen.

*

»Was ist mit ihr?« fragte Toni. »Wo kommt sie her? Warum war sie allein in den Bergen? Uns hat sie nix erzählt.«

»Mir auch nicht viel. Sie ist erschöpft. Wir lassen sie erst mal schlafen.«

Dann sprach Anna Leonhard Gasser an.

»Leo, sag bitte dem Martin, er soll mal raufkommen. Das macht er bestimmt gern. Er wollte ohnehin uns mal wieder besuchen. Er soll nur seine Arzttasche mitbringen, weil der nach dem Madl sehen soll.«

»Des ist seltsam. So etwas ist mir in meiner ganzen Laufbahn bei der Bergwacht noch net vorgekommen. Des Madl war mehr um seine kleine nasse Katze besorgt, als um sich selber. Läuft mit einer Katze in den Bergen rum. Ja, ja, die Leute aus der Stadt! Zum Wundern sind sie schon, meinst net auch, Toni?«

Leonhard schüttelte den Kopf, um seiner Verwunderung noch mehr Ausdruck zu verleihen.

»Des Madl wird schon ihre Gründe haben, warum's so an der Katze hängt. Des is bei dem Madl so, wie du an deinem Rex hängst und die Anna und i am Bello, unserm Hund. Wer weiß, was da für eine Geschichte dahintersteht.«

Bello, der Neufundländerrüde, mußte bemerkt haben, daß Leonhard Gasser nicht wohlwollend von Tina gesprochen hatte. Bello hatte auf seinem Lieblingsplatz vor dem Kamin gelegen. Langsam war er aufgestanden, durch den großen Raum nach hinten gegangen und hatte sich dann quer vor die Tür der Kammer gelegt, in der Tina untergebracht war.

Alle hatten es gesehen und schauten sich an. Der alte Alois saß am Kamin. Er nahm die Pfeife aus dem Mund und zeigte mit dem Mundstück in die Richtung der Kammer.

»Der Hund beschützt das Madl. Des wird Schutz nötig haben. Tiere haben einen Instinkt. Wir sollten uns ein Beispiel nehmen.«

Dann rauchte er weiter.

Leonhard und seine Kameraden von der Bergwacht sahen sich an. Dann standen sie auf und verabschiedeten sich. Leo versprach, mit Martin zu sprechen. Außerdem würden sie sich ohnehin am Wochenende sehen. Da wollten die jungen Burschen aus Waldkogel Toni bei den letzten Umbauarbeiten an der Berghütte helfen.

Während Anna den Tisch abräumte und das Geschirr spülte, beobachtete Toni sie genau. Anna gab sich verschlossen. Toni nahm an, daß Anna etwas wußte, was sie ihm nicht sagen wollte. Die andere Möglichkeit war, daß Anna eine Vermutung hatte, aber nicht darüber sprechen wollte. Toni kannte seine Anna gut. Er wußte, es war zwecklos, mit ihr ein Gespräch zu führen, wenn Anna nicht sprechen wollte. So fragte er nichts.

Anna ging später in die Kammer. Martina schlief fest. Mohrle, ihren kleinen Kater, hielt sie dabei im Arm. Anna betrachtete eine Weile die schlafende junge Frau. Sie machte auf sie den Eindruck eines Kindes, das sich vor dem Einschlafen an sein Stofftier geklammert hatte, aus Angst vor dem Alleinsein in der Nacht. Nur daß es hier kein Stofftier war, sondern ein kleiner fast schwarzer Kater mit hellbraunen und weißen Flecken im Fell.

In der Ecke der Kammer hing ein Kruzifix. Anna war nicht katholisch wie die meisten Leute in Waldkogel. Sie hatte aber gelernt, daß es gut war, sich Hilfe von oben zu erbitten. So zündete sie ein kleines Licht an, verbunden mit der Bitte um Hilfe und Schutz für diese junge Frau, die ihr Herz so rührte.

*

Tonis Freunde trafen sich alle auf der Oberländer Alm. Bis dorthin konnten sie mit den Autos fahren. Dann ging es zu Fuß weiter, den Berg hinauf bis zur Berghütte. Sie waren zu dritt, Martin, der Arzt in Waldkogel, Leonhard, der Leiter der Bergwacht, und Friedel Sommerhalder. Jeder trug einen schweren Rucksack. Wenn sie schon zur Berghütte aufstiegen, dann brachten sie auch gleich Vorräte hinauf. Das war Ehrensache. Doktor Martin Engler trug außerdem noch seinen schweren Arztkoffer.

»Du bist immer gerüstet, Martin, wie?« sagte Leonhard und deutete auf den prall gefüllten Arztkoffer.

»Vielleicht denkt er, wir wären so ungeschickt, daß er uns verarzten muß?« warf Friedel ein.

Leonhard lachte laut.

»Des geht dabei net um uns, Friedel. Ich glaub', der Martin hat sich in die junge Frau verguckt, obern auf der Hütte. Schau, unterwegs hat er ja schon einen Blumenstrauß gepflückt. Ich wette, die Wiesenblumen sind net für die Anna.«

»Halt dein vorwitziges Mundwerk, Leo! Des geht dich nix an.«

Martin stellte seine Arzttasche ab und nahm den Rucksack vom Rücken. Er schaute Leonhard ernst an.

»Oder hast vielleicht selbst Absichten? Bist ja genau wie i Junggeselle. Wenn dem so ist, dann machen wir das hier und jetzt unter uns aus.«

»Nun fang net an zu spinnen, Martin. Dir scheint was das Gehirn zu vernebeln. I hab nix dagegen, daß du versuchen willst, mit dem Frauenzimmer anzubändeln. Is ja auch ein fesches Madl. Sei net so empfindlich, Martin. Einen Scherz darf man doch noch machen, wie?«

»Aber da oben auf der Berghütte, wenn die Martina in der Nähe is, da hältst dei Goschn! Das Madl ist net von hier. Die versteht das net.«

»I hab' schon verstanden. Jetzt machen wir, daß wir weiterkommen! Der Toni und die Anna warten bestimmt schon.«

Sie gingen weiter.

»Sagt mal, wißt ihr etwas? Wie kam es damals dazu, daß auf einem Kirchenkonto so viel Geld eingegangen ist, daß der Alois von der Gemeinde die Berghütte zurückkaufen konnte? Von wem war das Geld?«

»Friedel, das ist ein Geheimnis. Pfarrer Zandler sagt nix. Selbst der Alois weiß nix. Den Rupert Schwarzer ärgert des gewaltig. Er soll noch immer toben, weil dadurch seine Pläne als Großinvestor da droben schlagartig hin waren. Der Schwarzer setzt den Huber Franz, der damals den Antrag gestellt hat, ganz schön unter Druck. I möchte net in der Haut vom Huber stecken. Der schleicht umher wie ein geprügelter Hund.«

»Martin, da hab' ich kein Mitleid mit dem Huber. Wenn man sich mit dem Teufel einläßt, dann muß man nach seiner Pfeife tanzen. Der Huber hat sich vom Schwarzer eben kaufen lassen. Er bewohnt diesen schönen Hof und kriegt auch ein gutes Geld von ihm. Dabei arbeitet er nur halbe Tage beim Schwarzer im Geschäft. Für den Rest will der Schwarzer eben, daß es in Waldkogel so läuft, wie er sich des vorstellt. Verantwortlich dafür macht er den Huber Franz. Doch es is halt net so gelaufen, wie der Rupert Schwarzer sich das ausgedacht hat in seinem Größenwahn. I bin froh darüber, daß des mit der Berghütte so bleibt, wie es immer war.«

»I auch, Friedel. Der ganze Berg wäre verschandelt worden, wenn der Schwarzer seine Straße raufgebaut hätte – und dann noch der Hubschrauberlandeplatz. Das wäre ein echter Schmarrn gewesen.«

Leonhard Gasser warf einen dankbaren Blick zum Himmel hinauf.

»Dem da oben sei Lob und Dank, daß er buchstäblich in letzter Minute eingegriffen hat. Da muß Waldkogel irgendwo einen richtigen Gönner haben, denn das Geld kam ja von einem Menschen.«

»Das hast du schön gesagt, Leo.« Martin schaute sich um. »Dann wäre es mit der Ruhe und dem Frieden net mehr so weit her gewesen. I denk, daß man nie erfahren wird, was hinter der Sach' steht. I für meinen Teil freue mich, daß es so ist. Basta! Jetzt kriegt der Toni die Berghütte, die er mit der Anna bewirtschaften tut. Des ist gut so. I freu' mich wirklich für die beiden.«

Die Berghütte kam in Sicht.

»Schau, wie schön sie da liegt! Der Toni hat schon viel gemacht. Fast fertig is sie. Is ein richtiges Schmuckstück geworden. Ganz Waldkogel kann darauf stolz sein. Is schon ein Glücksfall, daß der Toni die alte Tradition bewahrt und pflegt. Es ist ein Segen, daß er in Anna eine Frau gefunden hat, die mit ihm am gleichen Strang zieht. Des is heut sehr selten.«

Die drei jungen Burschen blieben einen kurzen Augenblick stehen und ließen das Bild auf sich wirken. Die Berghütte lag im Sonnenschein vor der mächtigen Kulisse der Berge mit dem ewigen Schnee auf ihren Gipfeln. Unter dem blauen Himmel kreisten Steinadler.

Bello, der auf der Terrasse gelegen hatte, rannte ihnen bellend entgegen. Toni und Anna traten aus der Hütte. Alois kam vom Holzplatz und rieb sich vor Freude die Hände.

»Schön, daß ihr schon da seid. Dann kann es ja losgehen. I hab' die alte Wand schon rausgenommen«, sagte Toni.

Antonius Baumberger ging voraus. Die Freunde folgten ihm auf die Rückseite der Berghütte. Er führte sie in den Lagerraum. Hier hatte er schon alles vorbereitet.

»So, dann wollen wir mal.«

Anna brachte eine Kanne mit heißem Tee und Kuchen. Martina war schon wieder auf und half ihr dabei.

»Guten Tag, Herr Doktor!«

»Grüß Gott, Tina! Mußt net so förmlich sein. I bin der Martin, des habe ich dir schon mal gesagt. Wie geht es deinem Knie?«

»Das verheilt gut. Ich habe auch keine Schmerzen mehr.«

»Das freut mich, Martina! Hier habe ich dir auch eine kleine Aufmerksamkeit mitgebracht, weil du so tapfer gewesen bist.«

Doktor Martin Engler teilte den Blumenstrauß in zwei Hälften. Die eine gab er Martina.

»Die sind für dich, Anna!«

»Das ist aber nett, Martin. Danke.«

Martina schaute Martin kurz in die Augen und bedankte sich leise. Dann ging sie gleich wieder ins Haus. Anna folgte ihr.

»Tina, ich glaube, der Martin sieht dich gerne.«

»Das ist mir peinlich. Hier, nimm meine Blumen. Stell sie zusammen mit den deinen in eine Vase.«

Anna sah wieder den traurigen und geheimnisvollen Blick in Martinas Augen.

»Ich will ihm keinen Anlaß geben, daß er denken könnte, ich hätte Interesse an ihm.«

»Dann hast du schon einen Burschen?« bemerkte Anna vorsichtig.

»Nicht mehr. Das ist vorbei. Er war nicht der richtige Mann für mich.«

Martina schaute Anna an.

»Ich wollte dich nicht in Verlegenheit bringen, Tina. Ich bin nur in deinem Alter. Ich spüre doch, daß dich etwas bedrückt. Willst du nicht mit mir sprechen? Ich hatte auch einen, sagen wir, Bekannten, bevor ich den Toni kennengelernt habe. Ich hatte damals auch gedacht, daß es mit uns etwas werden könnte. Doch dann ist mir die Liebe begegnet. Sie kam über mich wie eine Naturgewalt. Dem Toni ging es genauso. Wir wußten, wir gehören zusammen. Jetzt heiraten wir bald. Aber das hast du sicherlich schon mitbekommen.«

»Ich freue mich für dich, Anna«, sagte Tina traurig. »Ich werde niemals heiraten, niemals.«

»Man soll niemals niemals sagen! Wenn dich die Liebe erwischt und dich in einem Gefühl der Wärme und Zuneigung begräbt wie unter einer gewaltigen, nicht aufzuhaltenden Lawine, dann kannst du nichts machen. Du wirst von dem Strudel der Gefühle einfach mitgerissen.«

Martina schüttelte heftig den Kopf.

»Das habe ich schon hinter mir. Ja, ich wurde von einer Lawine begraben. Ich stecke noch tief drin. Ich weiß nur, daß die Verletzungen niemals heilen werden.«

Martina kämpfte mit den Tränen. Anna trat neben sie und legte den Arm um sie.

»Tina, wenn du Kummer hast und ich dir helfen kann, dann sage es mir. Ich will auch nicht weiter nach deinem Kummer fragen. Kannst sicher sein, daß dieses Gespräch unter uns bleibt.«

Martina putzte sich die Nase und steckte das Taschentuch in die warme Hose, die ihr Anna geliehen hatte. Sie vergrub ihre Hände tief in die Hosentaschen und schaute auf ihre braunen Wanderschuhe. Dann trat Martina an den Kamin und legte Holzscheite auf.

»Ich suche Arbeit, Anna. Ich würde gern hier in den Bergen bleiben. Vielleicht nur die nächsten Monate, bis ich mir etwas Geld zusammengespart habe für einen neuen Anfang. Ich habe zwar noch etwas gespart, aber es reicht nicht für eine kleine Wohnung und was man dann so alles braucht. Sicherlich würde ich in der Stadt auch Arbeit finden, vielleicht sogar gut bezahlte Arbeit in meinem Beruf. Aber ich will hier in den Bergen bleiben. Weißt du keine Arbeit für die nächsten Monate? Mir ist es egal, was es ist. Ich mache alles. Ich kann auf einer Alm arbeiten, Führungen durch die Berge leiten. Ich kann auch auf einem Hof arbeiten.«

Anna schaute Tina nachdenklich an.

»Bist du deshalb in die Berge gekommen?«

»Ich mag die Berge, seit ich als Kind einmal mit der Schulklasse in einem Schullandheim in den Bergen war. Sie haben mich nie mehr losgelassen. Als Studentin bin ich dann in all meinen Ferien gewandert. Klettern ist nicht so meine Sache, aber schöne lange Wanderungen von Berghütte zu Berghütte, die mache ich sehr gern. Ich habe viel nachgedacht auf meiner Wanderung. Ich will gerne eine Zeitlang ganz hierbleiben. Die Ruhe, der Frieden der Berge, die klare Luft, die tun mir gut.«

»Das kann ich verstehen. Mir ging es genauso. Hier gibt es keine Eile, keinen Streß. Keiner hetzt. Alles kann man in Ruhe und Gelassenheit tun. Alles und jedes hat seinen Platz, so kommt es mir vor. Die Berge sind ewig, und sie strahlen eine Ruhe und Gelassenheit aus, die sich auf die Menschen überträgt. Ich kann mir nicht mehr vorstellen, anderswo zu leben. Auch wenn du nur vorübergehend hierbleiben willst, so ist das eine sehr gute Wahl von dir. Wie lange willst du denn bleiben?«

Tina zögerte, dann sagte sie ganz leise:

»Ich dachte so an ein halbes Jahr.«

»Ich werde mal nachdenken, Tina. Morgen will ich runter ins Dorf. Wenn du willst, kannst du mitkommen.«

»Ich muß auch runter. Ich will den Bus nehmen. Ich habe vor drei Wochen mein Auto abgestellt, das will ich holen. Meinst du, ich finde in Waldkogel einen Platz, wo ich es abstellen kann, bis ich weiß, wo ich arbeiten kann?«

»Das wird kein Problem sein. Du kannst es bei der Pension ›Beim Baumberger‹ abstellen. Dort auf dem Hof ist genug Platz. Die Bergwanderer, die sich bei Tonis Eltern einquartieren, stellen ihre Autos auch dort ab. Ich werde mit Meta und dem Xaver sprechen und dich vorstellen.«

»Danke, das ist lieb von dir, Anna. Danke.«

Mohrle, der kleine Kater, schlich Martina um die Beine. Sie nahm ihren Schützling auf den Arm.

»Ich würde gern auf einer Alm oder auf einem Hof arbeiten. Da könnte ich doch das Mohrle mitnehmen, denke ich.«

»Das wird schon gehen, Tina. Wir werden schon etwas finden.«

Martina lächelte ein wenig. Ein ganz kleiner Hoffnungsschimmer war in ihr Herz gefallen. Es war wie ein einziger Sonnenstrahl, der durch einen winzigen Spalt in der Wolkendecke fiel und für einen Augenblick das Tal erhellte, bevor sich die Regenwolken wieder schlossen.

Den Rest des Tages schnitten die beiden Frauen das Thema nicht mehr an. Bis zum späten Nachmittag hatten Toni, Leo, Martin und Friedel unter den strengen Augen des alten Alois die neue Wand gesetzt. Anna hatte ein schönes Essen bereitet.

Bis zum Abend saßen alle vor der Hütte. Erst als die Sonne glutrot hinter den Bergen untergegangen war, gingen sie schlafen. Martin, Leo und Friedel teilten sich das Matratzenlager oben auf dem Hüttenboden.

*

Am nächsten Morgen wanderten Anna und Martina mit den Burschen zu der Oberländer Alm, wo sie ihre Autos stehen hatten.

»Steigst zu mir ins Auto, Tina?« fragte Martin.

Anna griff blitzschnell ein.

»Die Martina und ich bleiben noch einen Augenblick auf der Oberländer Alm. Fahrt schon mal! Und nochmals vielen Dank für eure Hilfe.«

Tina warf Anna einen dankbaren Blick zu. Etwas enttäuscht stieg der Doktor in sein Auto und fuhr ab.

»Ich glaub, die Tina will nix von dem Martin wissen«, raunte Leo leise dem Friedel zu.

»Ja, des schaut so aus. Vielleicht is er net ihr Typ oder sie hat schon einen Burschen in der Stadt.«

»Ein fesches Madl is die schon, die Tina! Meinst net auch, Friedel?«

»Ja, fesch is sie schon. Jetzt denkst, daß du vielleicht bei ihr Chancen hast, Leo? Dann wünsch' i dir viel Glück. I mach ihr net den Hof. l hab mir einmal die Finger verbrannt. I trau keiner mehr. Doch des muß net für dich gelten.«

Dabei schaute Friedel Martina nach, wie sie mit Anna in die Almhütte ging. Er mußte sich eingestehen, daß Martina seine Blicke magisch anzog. Sie interessierte ihn. Sie gefiel ihm. Das wollte er sich aber noch nicht ganz eingestehen.

Anna und Martina hielten sich nicht lange auf der Oberländer Alm auf. Sie fuhren mit dem Milchwagen ins Tal.

»War nett von dir, Anna, daß du mich vor dem Angebot gerettet hast. Es wäre mir peinlich gewesen, Martins Mitfahrgelegenheit abzulehnen.«

»Schon klar! Mach dir da keine Sorgen. Er wird es bald begreifen, daß er dein Herz nicht erobern kann.«

Anna stellte Martina den Baumbergers kurz vor. Dann brachte sie Martina zur Bushaltestelle vor der Kirche und winkte ihr nach, als sie davonfuhr.

Pfarrer Zandler kam gerade aus dem Pfarrhaus. Er begrüßte Anna freudig. Anna war froh, den Pfarrer zu treffen, hatte sie doch noch eine wichtige Angelegenheit zu regeln. Die Sache war einfach. In wenigen Worten sagte Anna, wie sie sich das alles gedacht hatte.

»Das ist sehr schön von dir, Anna. Willst das wirklich so machen?«

»Ja, Herr Pfarrer!«

Der Geistliche schaute Anna an.

»Der Toni kann wirklich dem Himmel dankbar sein, daß er dich geschickt hat.« Pfarrer Zandler schmunzelte. »Doch ein bisserl dankbar sollte der Toni dir auch sein – und der Alois auch. Du solltest mit dem Toni vor der Hochzeit reden, Anna.«

»Meinen Sie, Herr Pfarrer?«

»Das meine ich nicht nur, darauf bestehe ich. Wenigstens dein Mann sollte es wissen und der Alois auch. Der Alois machte sich viele Gedanken. Es bedrückte ihn.«

Anna überlegte.

»Gut, Herr Pfarrer! Ich werde mit Toni sprechen. Eheleute sollten keine Geheimnisse voreinander haben. Mit dem alten Alois rede ich auch.«

»Das ist eine gute Einstellung, Anna!«

»Ich werde mit dem Toni aber erst nach der Trauung sprechen.«

Der Pfarrer lachte.

»Hast Angst, er könnte dir in letzter Minute noch weglaufen, dein Toni?« fragte er scherzhaft.

»Nein, aber ich denke, es ist besser so. Wenn ich erst seine Frau bin, dann kann er nix mehr sagen. Es bleibt dann ja in der Familie.«

»So, so! Dann bekommt der Toni nicht nur eine fesche Braut, sondern auch eine überaus kluge Frau. Das wundert mich nicht. Das habe ich schon damals bemerkt, Anna, bei meinem ersten Gespräch mit dir.«

Anna wechselte noch ein paar Worte mit Pfarrer Heiner Zandler. Dann ging sie weiter zum Sommerhalderhof.

»Ei, die Anna! Des is aber lieb von dir, daß du mich besuchen tust, Anna.«

»Grüß Gott, Trudel!«

Die Sommerhalder-Bäuerin saß vor dem Haus auf der Bank und schnitt Bohnen. Anna setzte sich zu ihr.

»Trudel, ich habe da so eine Idee. Du könntest jemandem helfen, und dir wäre damit vielleicht auch geholfen. Ich habe dabei zwar ein komisches Gefühl, irgendwie, kann aber dazu nichts sagen.«

»Dann fängst am besten ganz von vorne an, Anna. I hab' ohnehin viel Zeit beim Bohnen putzen und schneiden. Es hat viel Bohnen gegeben in dem Jahr.«

»Hast du noch ein Messer? Dann helfe ich dir, Trudel.«

»Hol dir eins, drin in der Kuchl. In der Schublade im Küchentisch, da findest du die Messer.«

Einen Augenblick später saßen Trudel und Anna zusammen und schnitten Bohnen. Die Sommerhalder-Bäuerin wollte später saure Bohnen einlegen.

Anna erzählte von Martina Zollinger.

»Ja, ich habe schon von der Rettung gehört. Leichtsinnig war's schon von dem Madl. Bei schlechtem Wetter soll man keinen Fuß in die Berg' setzen. Schon gar net, wenn man allein unterwegs ist.«

»Das ist klar,Trudel. Aber die Martina war unterwegs, hatte kein festes Quartier und wollte nur zur nächsten Berghütte.

Na ja, es wurde ja alles wieder gut. Ihr Knie ist geheilt. Jetzt sucht sie für das nächste halbe Jahr Arbeit. Du hast doch angedeutet, daß du eine Hilfe suchst. Vielleicht wäre das was für die Martina. Sie hat mir schon ein paarmal geholfen. Sie ist nicht ungeschickt. Sie weiß nicht allzu viel vom Kochen und Backen. Doch ich denke mir, daß sie sehr lernwillig ist. Wenn du die Geduld hast, dann machst du mit der Martina bestimmt einen guten Fang.«

»Sehr still soll's sein, das Madl.«

»Ja, sie redet nicht viel. Wirst also niemanden um dich haben, der dir die Ohren volltratscht. Daß bei dir dann gefensterlt wird, da mußt du dir auch keine Gedanken machen. Die hat nichts am Hut mit Burschen. Ich glaube, die hat eine ganz schwere Enttäuschung hinter sich. Sie spricht nicht darüber. Ich denke mir, daß sie Abstand sucht von ihrem bisherigen Leben.«

»Des kann gut sein. Dann ist sie hier in den Bergen richtig. Also wenn die Martina will, dann kann s' gern zu mir auf den Hof kommen. Sie kann auch hier wohnen. Genügend Platz haben wir. Die Wohnung auf dem Altenteil is' auch ausgebaut. Die steht ja leer. Wenn der Friedel geheiratet hätt', dann wär' i da eingezogen. Na ja, der Herrgott hat's net gewollt, daß a junge Bäuerin auf den Hof kommt.«

Gertrud Sommerhalder seufzte tief.

»Oben in der zweiten Etage, wo i und der Friedel unsere Stuben haben, da ist auch noch Platz. Unterm Dach sind noch die Kammern von früher. Da waren die Mägde untergebracht. Wie i damals hier auf den Hof kam, da hatt' i auch meine Kammer oben. Die Knechte wohnten drüben über dem Schweine- und Hühnerstall. Unten, hinter der Küche, ist auch noch eine Kammer. Da hab' ich jetzt geschlafen, als das mit meinem Knie so schlimm war. Die Stiege nach oben, des war mir zuviel gewesen. Also, dann kannst dem Madl sagen, daß es kommen kann. I werde schon mit ihr auskommen. Das Mohrle kann's Madl auch mitbringen.«

»Das ist lieb von dir, Trudel.«

»Wann kann das Madl denn kommen?«

»Ich werde noch heute mit ihr sprechen. Wenn du willst, dann bringe ich die Martina dann gleich her.«

»Mach das! Dann sehen wir uns heute noch einmal. Ich freue mich, Gesellschaft zu bekommen. Das is mir am wichtigsten. Auch wenn sie net auf einem Hof groß geworden ist, des wird schon gutgehen. An mir wird es net liegen. I dank dir auch noch, daß du mir beim Bohnenschneiden geholfen hast.«

»Gern geschehen, Trudel.«

Frohen Herzens verabschiedete sich Anna. Sie hatte im Dorf noch einige Termine wegen ihrer bevorstehenden Hochzeit. Außerdem erwartete sie am Nachmittag Besuch.

*

Anna betrat die Küche der Pension ›Beim Baumberger‹ von hinten. Meta brühte gerade Kaffee auf.

»Grüß Gott, Anna! Bist früh zurück. Das trifft sich gut, daß du schon da bist. Dein Onkel ist auch schon angekommen. Der Xaver und er sitzen seit über einer Stunde draußen in der Gaststube zusammen und bechern. Jetzt habe ich gesagt, es gibt kein Bier mehr. Jetzt gibt es erst mal einen Kaffee und etwas Kräftiges zu essen. Die beiden verstehen sich gut. Das freut mich.«

»Ich helf dir gleich, Meta. Ich will nur erst meinen Onkel begrüßen.«

Anna stellte ihre Einkaufstaschen ab und eilte in die Gaststube. Meta stand im Türrahmen und schaute zu, wie die beiden sich begrüßten.

»Onkel Oskar! Das war ja eine Überraschung, als ich deine SMS las, daß du kommst.«

Sie nahmen sich in die Arme.

»Siehst gut aus, Dorothea! Richtig glücklich.«

»Das bin ich auch, Onkel Oskar! Das bin ich wirklich. Doch

sag, ist etwas mit Großmutter Zwirner? Ich dachte, ihr kommt alle zusammen zur Hochzeit. Warum bist du jetzt hier?«

»Klingt, als würde es dich stören.«

»Nein! Das stört mich auf gar keinen Fall. Verwundert bin ich aber schon.«

Meta Baumberger brachte den Kaffee und trug Brot, Wurst und Käse auf. Anna wollte ihr helfen. Aber sie lehnte ab.

»Setz dich, Kind! Dein Onkel ist da, des is jetzt wichtiger.«

»Also, Onkel Oskar! Warum bist du gekommen?«

Oskar Zwirner räusperte sich verlegen.

»Die Großmutter macht sich doch etwas Gedanken. Du bist ihr eben von all ihren Enkelkindern das liebste. Nun ja, das ist ja auch kein Wunder, da sie dich nach dem Unfalltod deiner Eltern großgezogen hat. Jedenfalls hat sie mich geschickt. Ich soll sehen, daß auch alles in Ordnung ist, hauptsächlich wegen der Hochzeit.«

Oskar Zwirner blinzelte Anna zu.

»Sie hätte dir gerne geholfen, deine Hochzeit vorzubereiten. Da hat sie mich geschickt. Ich mußte ihr versprechen, genau zu berichten. Du hast zwar Fotos gemacht von der Berghütte, sie kann sich das aber nicht so vorstellen, wie du da mit Toni leben willst.«

»Dann soll sie selbst kommen und es sich ansehen.«

»Dorothea!«

»Hier bin ich die Anna. Daran mußt dich schon gewöhnen, Onkel Oskar!«

»Anna! Also, du kennst doch deine Großmutter. Sie war als junge Frau auch oft in den Bergen. Aber seit deine Eltern auf der Paßstraße verunglückt sind, da durfte man nicht einmal mehr von den Bergen sprechen. Sie hat sich aber jetzt damit abgefunden, daß du die Berge zu deiner Heimat machst. Leicht ist ihr das nicht gefallen.«

»Ich weiß! Ich dachte, es bricht ihr das Herz, als ich sagte, daß ich Toni heirate und auf die Berghütte ziehe.«

»Sie hat das ganz gut verkraftet, mittlerweile. Ich denke sogar, daß sie dich schon längst einmal besucht hätte. Doch die Berghütte, das ist ein zu beschwerlicher Weg für sie als betagte Dame.«

»Sie muß erst mal herkommen, dann bekomme ich sie auch auf den Berg. Der Leonhard kann sie mit dem Hubschrauber raufflliegen. Das werden wir schon organisieren, Onkel Oskar.«

»Oder wir tragen sie in einer Sänfte hinauf auf die Berghütte, wie im vorletzten Jahrhundert die Touristen«, bemerkte Xaver Baumberger und zwinkerte Oskar zu. »Wenn unsere Anna ihre Großmutter oben auf der Berghütte haben will, dann finden wir auch einen Weg, die alte Dame raufzubringen.«

Sie aßen und besprachen weitere Einzelheiten der bevorstehenden Hochzeit. Onkel Oskar machte sich Notizen. Später kam auch Toni von der Hütte herunter. Er verstand sich ebenfalls gleich gut mit Annas Onkel, der in seinen Augen das Familienoberhaupt der Zwirners war. Er besetzte quasi für ihn die Stelle des nicht vorhandenen Schwiegervaters. Sie redeten bis in den späten Abend hinein.

Anna und Meta ließen die drei Männer allein am Stammtisch und kümmerten sich gemeinsam um die Gäste und die Küche.

»Draußen hält ein Auto!«

»Das wird Tina sein.«

Anna band sich ihre Schürze ab. Sie warf sich ein wollenes Schultertuch um und ging hinaus.

»Grüß dich, Anna! Kann ich das Auto so stehen lassen?«

»Könntest du schon, mußt du aber nicht. Ich habe eine Stelle für dich.«

»Anna! Wirklich? Wo?«

»Bei der Trudel! Das ist die Sommerhalder-Bäuerin. Sie lebt mit ihrem Sohn allein auf dem Hof. Sie hatte eine schlimme Knieverletzung und sucht schon seit einiger Zeit eine Hilfe für Haus und Hof. Ihren Sohn, den Friedel, hast du ja schon kennengelernt. Er hatte Toni geholfen.«

»Wann kann ich anfangen?«

»Ich kann dich gleich hinbringen, wenn du willst. Lange kann ich aber nicht bleiben. Ich habe drin Besuch, mein Onkel ist da. Er kann nur bis morgen früh bleiben.«

»Das verstehe ich doch. Dann willst du die Zeit nutzen. Es wird auch noch viel zu besprechen sein, wegen der Hochzeit. Ich werde ja niemals so etwas erleben. Aber ich wünsche dir ein besonders schönes Fest. Du hast es verdient, Anna.«

»Lehne das mal nicht so ab. So eine Hochzeit kann schneller kommen, als man denkt. Wenn der Richtige da ist, dann kann's nicht schnell genug gehen, daß man vor den Traualtar tritt. Dann will man einfach zusammengehören, vor der Welt und auch vor Gott. So sagt der Toni immer.«

Gut, daß es dunkel war, so konnte Anna den Schatten über Martinas Gesicht nicht genau erkennen. Sie fühlte nur, daß sie einen Fehler gemacht hatte, so von ihrer Heirat zu sprechen. Martina wandte sich ab. Anna legte ihr die Hand auf die Schulter.

»Tut mir leid, Tina. Ich war taktlos. Ich wollte dich nicht verletzen.«

»Ich weiß. Ich bin nur etwas überempfindlich. Außerdem ist es ja meine Entscheidung, daß ich nicht heiraten will. Deshalb sollst du dich deiner Freude nicht schämen.«

Martina lächelte Anna an.

»Du mußt nicht mitkommen. Beschreibe mir den Weg. Ich werde den Sommerhalder Hof schon finden. Ganz fremd bin ich ja nicht. Der Friedel hat mich ja schon gesehen.«

Anna erklärte Martina genau, wie sie fahren mußte. Sie konnte den Sommerhalder Hof nicht verfehlen, denn das schöne Waldkogel war nicht so groß.

*

Friedel Sommerhalder ging gerade über den Hof, als Martina ankam. Zuerst blinzelte er etwas verwundert in die Scheinwerfer des Autos. Dann stieg Martina aus.

»Guten Abend, Friedel.«

»Ach, du bist es, Tina! Komm rein! Meine Mutter wird sich freuen. Sie wartet schon ganz ungeduldig. Hast du Gepäck? Gib her!«

Martin gab Friedel ihre Reisetasche.

»Die anderen Sachen sind noch oben auf der Berghütte.«

»Die hole ich dir dann die Tage runter, Tina!«

»Danke, du mußt dir keine Mühe machen, Friedel. Ich bekomme das schon geregelt.«

»Das mußt du noch lernen, Tina. Wenn hier jemand sagt, daß er für jemanden etwas tun will, dann ist das so. Da ziert man sich nicht. Das ist vielleicht in der Stadt so, wo du herkommst. Hier ist das net so.«

Martina sagte dazu nichts. Sie ging um das Auto herum und holte ihren kleinen Kater. Mohrle hatte zusammengerollt auf dem Beifahrersitz geschlafen. Dann gingen sie hinein.

»Mutter, schau! Des ist das Madl, von dem die Anna gesprochen hat.«

Friedel stellte Martinas Reisetasche in die Küche und ging hinaus.

»Wo willst noch hin?« rief seine Mutter ihm nach.

Friedel öffnete noch einmal kurz die Küchentür.

»Ich mach noch meine Runde über den Hof. Dann bin i noch mit dem Leo verabredet.«

»Wirst sehen, mein Bub ist manchmal etwas sonderbar. Mach dir nix draus. Aber jetzt erst mal Grüß Gott. Willkommen auf dem Sommerhalder Hof. Setz dich!«

»Guten Abend, Frau Sommerhalder!«

Die Bäuerin lächelte.

»Nix da, Frau Sommerhalder! Sag Bäuerin zu mir oder Sommerhalderin. Setz dich und erzähl!«

Etwas unsicher ließ sich Martina auf dem Platz nieder, den ihr die Sommerhalderin zugewiesen hatte. Verkrampft und ängstlich saß sie auf der Eckbank.

»Oh, Madl! Bist ja ganz blaß!«

Die Bäuerin stand auf. Sie holte ein Schüsselchen mit Sahne.

»Setz dein Mohrle auf den Boden.«

Der kleine Kater schlabberte zufrieden den frischen Rahm.

»Hast auch schon zu Abend gegessen?«

»Ich bin nicht hungrig, danke.«

»Also hast noch nix gegessen. Ich hab' auch etwas Hunger.«

Die Sommerhalder-Bäuerin stellte Brot und Hausmacher Wurst auf den Tisch. Dazu gab es Bier.

»Schmeckt es dir?«

»Danke, sehr gut.«

»Die Wurst haben wir selbstgemacht. Nicht mehr alle Höfe schlachten selbst. Wir machen das noch. Jeder Hof hat so seine eigenen Rezepte für die Wurst. Das Rezept hab' i von meinen Schwiegereltern übernommen. Freut mich, wenn's dir schmeckt.«

Erst beim Essen bemerkte Martina, wie hungrig sie war.

»So, Madl, jetzt erzähl mal.«

»Da gibt es nicht viel zu erzählen.« Martina schaute die Bäuerin nicht an. »Ich mag die Berge, und ich würde gern so das nächste halbe Jahr hier arbeiten.«

»Hast du schon mal auf einem Hof gearbeitet?«

»Nein«, sagte Martina leise. »Ich werde mir aber Mühe geben. Es ist schwer, eine Arbeit zu bekommen hier in der Gegend.«

»Kannst kochen?«

»Ein bißchen.«

»Bist schon mal auf einem Bauernhof gewesen? Angst vor dem Viehzeug hast du nicht, oder?«

Jetzt mußte Martina lachen.

»Nein. Angst vor dem Viehzeug habe ich nicht. Im Gegenteil, ich mag Tiere, auch Kühe und Pferde und eben alles Viehzeug, was es auf einem Hof so gibt.«

Dann huschte wieder ein kleiner Schatten über ihre feinen

Gesichtszüge. Martina rieb sich die Stirn, als wollte sie die Gedanken fortwischen.

»Ich wäre gern Tierärztin geworden. Aber meine Eltern waren dagegen. So habe ich Biologie fürs Lehramt studiert. Vielleicht finde ich ja einmal eine Arbeit in einem tiermedizinischen Institut, dann habe ich auch etwas mit Tieren zu tun. Aber das hat noch Zeit.«

»Aha, daher auch deine Liebe zu Mohrle. Also Viehzeug haben wir genug auf dem Hof. Der Friedel wird dich am Morgen gleich rumführen. Wir haben Milchkühe im Stall. Tagsüber kommen sie auf die Wiesen hinter dem Hof. Wir haben Schweine, Ziegen, Hühner, ein paar Gänse und Enten. Enten gibt's aber net so viele. Wir haben den Bach gestaut, zu einem kleinen Teich. Viele Enten können wir da nicht halten. Dann haben wir noch Hasen. Wir hatten auch einen Hund. Aber den haben wir letzte Woche einschläfern lassen müssen. Er war sehr krank. Des wär eine Quälerei gewesen für ihn. Der Friedel hat sich schon einen Welpen ausgesucht. Der Leo hat ihm den vermittelt. Die Hündin vom Förster hat geworfen. Da nimmt der Friedel einen Welpen. So ein Jagdhund ist ja kein richtiger Hofhund, hab' i ihm gesagt. Aber wenn der Friedel seinen Spaß daran hat, dann soll er den Hund haben. I weiß gar net, wann der Friedel den Hund holen will.«

Die Sommerhalderin dachte nach.

»Na, wir werden es schon erfahren. So, jetzt zu dir und der Arbeit. Der Friedel, der kümmert sich um den Hof und was das Viehzeug angeht, also die Kühe, die Schweine und so weiter. Ich hab' bis jetzt das Haus und den Garten alleine gemacht. Des ist zuviel für eine Person. Vor allem jetzt, wo ich jeden Tag was anderes im Garten ernten kann. Das muß eingemacht und eingelegt werden. Die Marmelade muß gekocht werden. Und ich trockne auch Früchte und Kräuter.«

Martina schaute sie mit großen Augen an.

»Ich habe noch nie eingekocht und weiß auch nicht, wie man Früchte und Kräuter trocknet.«

»Das lernst du schnell. Mußt keine Angst haben. Ich zeige dir alles. Wirst sehen, das macht Spaß. Zu zweit geht das viel besser als alleine. Ich freue mich hauptsächlich, daß i nimmer so allein bin. Trinken wir drauf.«

Sie stießen an. Martina nahm nur einen kleinen Schluck.

»Magst du kein Bier, Madl?«

Martina war verlegen.

»Das Bier ist ziemlich stark. Da will ich nicht soviel davon trinken.«

»Ich versteh, du bist das ja auch net gewöhnt.«

Die Sommerhalderin holte Martina Apfelbirnensaft.

Langsam, aber nur ganz langsam entspannte sich Martina. Die Bäuerin flößte ihr in ihrer mütterlichen Art Vertrauen ein. Die junge Frau erzählte von ihren Wanderungen und von den Tagen auf der Berghütte bei Anna und Toni.

Die Uhr auf dem Kirchturm schlug schon Mitternacht, als sie schlafen gingen. Martina hatte sich für die kleine Kammer neben der Küche entschieden. Sie war einfach eingerichtet. Ihr gefiel die Kammer, weil sie ein Fenster zum Hof hatte und Mohrle so gut ins Freie gelangen konnte.

*

Geräusche auf dem Hof weckten sie. Schnell machte sie sich fertig und ging hinaus. Friedel versorgte schon das Vieh.

»Deine Mutter ist noch nicht aufgestanden. Jetzt weiß ich nicht, was ich machen soll. Kann ich dir etwas helfen?«

Friedel Sommerhalder musterte Martina von oben bis unten. Verlegen zog er seinen Hut ab und fuhr sich durch die Haare.

»I weiß net recht. Kannst ja mal zuschauen, wie i des mach'. Wenn du willst, kannst die Eier holen. Der Eierkorb steht dahinten. Da ist neben dem Hühnerstall so eine kleine Kammer, da wird auch das Futter für das Federvieh aufbewahrt. Die Tür mußt immer wieder fest zumachen. Die Viecher sollen sich auf der Wiese sattfressen im Sommer. Das Kraftfutter kriegen sie nur zusätzlich. Einmal hat jemand die Tür aufgelassen, das hat großes Chaos gegeben.«

Martina nickte nur und ging los. In dem Raum fand sie auch ein paar kleinere Gummistiefel. Sie zog sie an. Dann machte sie sich an die Arbeit. Wortlos und ernst sammelte sie die Eier ein, ließ die Gänse auf die Wiese, öffnete das Türchen des Entengeheges und schaute ringsum nach dem Rechten.

Als sie damit fertig war, ging sie in den Kuhstall. Friedel war schon lange mit dem Melken fertig und hatte die Kühe auf die Wiese getrieben. Er mistete den Stall aus. Martina griff nach einer Mistgabel und fing am anderen Ende des Stalls an. Sie sah nicht, wie Friedel sie heimlich anerkennend beobachtete.

»Danke, Martina. Den Mistkarren kannst stehen lassen. Das mach ich dann. Gehst jetzt Frühstück machen? Die Mutter ist auch schon auf.«

Martina sagte nichts. Sie wechselte die Schuhe und ging hinein.

»Guten Morgen, Bäuerin. Ich wußte nicht, was ich machen sollte. Da hab' ich Friedel geholfen.« Martina stellte die Eier ab.

»Ist schon recht so. Es war ein bisserl spät mit uns zwei gestern abend. Da hab' i heute morgen verschlafen. Daran merk i, daß ich nimmer die Jüngste bin. Jetzt wird erst mal gefrühstückt. Dann zeig i dir alles im Haus.«

So geschah es dann auch. Die Sommerhalder-Bäuerin war nett und geduldig mit Martina. Martina gab sich große Mühe und fügte sich schon nach kurzer Zeit reibungslos in den Haushalt auf dem Sommerhalder Hof ein.

»Macht sich ganz gut, die Martina«, bemerkte Friedel, als er einmal mit seiner Mutter alleine war.

»Ja, das tut sie wirklich. Sie ist auch ein angenehmer Mensch. I denk' schon jetzt mit Bedauern daran, wenn sie wieder fortgeht. Doch da is nix zu ändern. Bis dahin wird mein Knie auch noch viel besser sein, dann muß es wieder alleine gehen. I merk des schon, daß die Martina da ist. Des ist doch eine Erleichterung.«

»Ja, des is es. I hab' auch den Eindruck, daß es ihr bei uns ganz gut gefällt. Hat sie schon was gesagt?«

»Naa, Bub! Des hat s' net. Des Madl, des spricht wenig. Sie is wirklich sehr still. Manchmal hab' ich den Eindruck, die is mit ihren Gedanken ganz weit fort.«

»I versteh' net. Der gefällt es doch in den Bergen so gut. Warum bleibt sie dann net für länger?«

»Des kann i dir net sagen, Friedel. Da mußt sie schon selbst fragen. Ja mei, die wird halt ihre Gründe haben. Des geht uns nix an. I bin froh, daß i eine Hilfe hab' und will s' net verärgern. Ihr Privatleben, des geht uns nix an. Warum bist du so interessiert?«

»Mei, Mutter! Weil i eben seh, daß sechs Hände mehr schaffen als vier Hände. Wenn's jetzt Feierabend is, dann sind wir fertig. Zum Abendläuten sitzen wir beim Abendessen, wie sich das gehört. Das gefällt mir schon. Es ist eben so, wie es sich gehört auf einem Hof. Ja mei, i hab' mich auch an die Tina gewöhnt. Sie hat eine liebe Art. I schätz das.«

Trudel Sommerhalder warf ihrem Sohn einen Blick zu. Sie machte sich ja auch so ihre Gedanken, Gedanken über die junge Frau, die sich so still und fleißig eingefügt hatte, als sei sie schon immer dagewesen. Sie machte sich so ihre Gedanken über ihren Sohn Friedel, der jetzt sah, wie es wäre, wenn eine junge Bäuerin auf dem Hof wäre. Sie hatte die verschlüsselte Botschaft ihres Sohnes schon vernommen. Er mochte Martina.

*

Es war Sonntag. Trudel Sommerhalder und ihr Sohn Friedel kamen aus der Kirche. Martina hatte inzwischen das Mittagessen gekocht. Es gab echt bayerische Leberknödel mit Kraut und Kartoffelbrei, dazu eine schöne Specksoße. Als Nachspeise hatte Martina einen Apfelstrudel mit Vanillesoße gemacht.

Die junge Frau war gerade dabei, den Tisch abzuräumen, als Friedel sie ansprach.

»Ich wollte heute nachmittag zum Forsthaus, den jungen Hund abholen. Hättest Lust, mit mir zu kommen, Tina?«

Die Sommerhalderin sah die Überraschung und die Angst in Martinas Augen, die Friedel schnell den Rücken zudrehte. Noch mehr überraschte sie es, daß ihr Friedel Martina angesprochen hatte. Sie hätte gern etwas gesagt, hielt sich aber zurück.

»Na, wie ist's, Tina? Oder hast schon was anderes vor?«

Martina zögerte noch immer.

»Ich danke dir für die Einladung, Friedel. Ich habe für heute nachmittag nichts vor.«

»Das heißt, du kommst mit?«

»Nein, Friedel! Ich möchte nicht.«

»Warum? I denk, du magst Tiere, und es würde dir eine Freude sein, wenn i den jungen Hund hole. Na, genau kann i des eigentlich noch net sagen, daß i den holen tu. Vielleicht laß ich den Welpen noch eine Zeitlang bei der Mutter. I will auf alle Fälle mal zum Forsthaus. Du willst wirklich net mitkommen?«

»Es ist nicht so, Friedel, daß ich nicht will. Ich kann nicht.«

Ratlos schaute Friedel seine Mutter an.

»Kannst du mir das erklären, Mutter? Die Tina hat nix anderes vor. Sie will auch – aber sie sagt, sie kann nicht. Das verstehe, wer will.«

»Mei, das ist doch allein die Sach' von Tina. Die hat schwer gearbeitet die Woche. Vielleicht ist ihr des eben zuviel.«

»Genau das ist es, Friedel. Ich wollte mich etwas in den Garten setzen und lesen.«

»Mmm! Na, dann eben ein anderes Mal.«

Man konnte Friedel die Verstimmung und Enttäuschung ansehen. Er griff nach seiner Sonntagsjacke und seinem Sonntagshut mit dem großen Gamsbart und verließ kopfschüttelnd die Küche.

»Bäuerin, ich wollt den Friedel nicht verärgern. Er hat es bestimmt gut gemeint.«

»Des weiß ich doch. Mach dir keine Gedanken.«

Dann spülte Martina das Geschirr. Trudel trocknete ab. Die Bäuerin beobachtete Martina genau. Sie hatte wieder den Eindruck, daß diese mit den Gedanken ganz weit fort war.

*

Gertrud Sommerhalder war am Nachmittag zu einer Nachbarin gegangen. Es war still auf dem Bauernhof am Sonntagnachmittag. Martina saß mit einem Buch unter dem Apfelbaum im Garten hinter dem Haus. Sie versuchte zu lesen, konnte sich aber nicht konzentrieren. Immer wieder mußte sie an Friedels Einladung denken, ihn zum Forsthaus zu begleiten. Zu gerne hätte sie die jungen Hunde gesehen. Aber sie hatte es sich versagen müssen. Sie war jetzt schon einige Zeit auf dem Sommerhalder Hof. Ein paarmal hatte es Anspielungen gegeben. Die Bäuerin war im Anfang von den Nachbarinnen gefragt worden, ob die junge Frau Friedels neue Freundin war. Trotz der Beteuerungen Trudels verstummten die Gerüchte nicht. Martina dachte nach. Wußte Friedel von den Gerüchten? Wie stand er dazu? Wenn er es wußte, dann machte er sich nichts daraus. Jedenfalls nahm sich Martina vor, in Zukunft noch vorsichtiger zu sein. Je weniger man sie und Friedel zusammen sah, desto besser war es für Friedel. Sie wollte ihn nicht ins Gerede bringen. Es wäre einfacher, wenn ich mit ihm und Trudel über die Sache sprechen könnte, dachte Martina. Aber sie konnte es nicht. Sie hatte niemanden, dem sie ihren Kummer anvertrauen konnte. Sie fühlte sich so einsam und allein. Tränen rannen ihr über das Gesicht. Sie weinte still in ihr Taschentuch.

Dann hörte sie Schritte. Martina schaute auf. Friedel kam durch den Garten.

»Du weinst?«

»Unsinn! Ich habe etwas in die Augen bekommen.« Ihre Stimme klang hart. »Es sind so viele Vögel in der Baumkrone.«

Friedel sah sie prüfend an. Dann schaute er nach oben in die Krone und nickte.

»Kann i mich zu dir setzen?« fragte er etwas verlegen und drehte dabei den Hut in seinen Händen.

»Das ist der Garten des Sommerhalder Hofes. Da kann ich wohl schlecht nein sagen, oder?«

»Du bist recht scharf mit deinen Antworten, Tina!«

Er setzte sich und spielte weiter mit seinem Hut.

»Entweder du sprichst gar nix oder du versprühst Gift und Galle.«

Martina schaute ihn an und sah seine schönen, braunen Augen. Mark hatte auch braune Augen und braunes Haar, genau wie Friedel.

»Es ist nicht meine Absicht, grob zu sein. Ich bin nur eine unverheiratete junge Frau, und du bist ein Junggeselle. Man könnte sehen, daß wir hier beide zusammensitzen. Das will ich aber nicht.«

»Da müßt' schon einer mit dem Fernglas schauen.«

Friedel legte seinen Hut auf die hölzerne Gartenbank. Er schaute sich um.

»Ich kann niemanden mit einem Fernglas sehen. Deshalb wolltest du nicht mit mir zum Forsthaus gehen? Hast Angst, daß uns jemand sieht?«

Martina schaute in ihr Buch. Sie las aber nicht. Sie konnte nicht lesen. Ihr Herz klopfte. Geschickt überging sie Friedels Frage.

»Was machen die jungen Hunde?«

»Gut geht's denen. Ich laß den kleinen Welpen noch bei der Mutter. Du hast aber meine Frage nicht beantwortet.«

»Kannst du dir nicht selbst die Antwort geben?«

»Liegt es an mir, daß du net mit mir gehen willst? Daß du Angst hast, dich mit mir zu zeigen?«

Martina schluckte. Ihr Hals war wie zugeschnürt.

»Nein, Friedel, es liegt nicht an dir. Ich will nur nicht, daß du wieder ins Gerede kommst. Deine Mutter hat mir die Geschichte erzählt, wie dich deine Braut hat sitzenlassen. Ich bleibe nicht für immer. Ich gehe wieder. Das war von vornherein klar. Die Bäuerin hat zwar allen erzählt, daß ich hier nur arbeite, aber ganz geglaubt wird es nicht.«

»Mich stört es nicht. Mußt da keine Rücksicht nehmen, Tina. Die Leute reden halt gern. Böse ist des net gemeint. Außerdem kann i mich doch auch wehren.«

Friedel griff wieder nach seinem Hut. Er war nervös.

»Ich habe mir gedacht, daß da doch nix dabei ist, wenn wir spazieren oder wandern gehen. Wir könnten auch mal an einem Samstag rauf zur Berghütte steigen und am Sonntagabend wieder zurückkommen. Wie wäre es?«

Martina schlug die Seite in ihrem Buch um. Friedel ließ nicht locker.

»Du arbeitest die ganze Woche. I hab' mir denkt, daß du die Berge so liebst. Warum gehst dann am Wochenende net wandern? Du sitzt nur im Garten mit deinen Büchern. Was liest du da?«

»Bergromane, die hat mir die Bäuerin ausgeliehen.«

»I weiß net, ob das ganz das Richtige ist für so ein nettes junges Madl, wie du es bist. I denk, ein Madl wie du, des liest Liebesromane.«

Martina warf ihm einen Blick zu.

»Liebe kommt auch drin vor, wenn es dich beruhigt.«

»So, Liebe kommt auch drin vor. Dann bin ich doch beruhigt.«

Der letzte Satz war Friedel mit soviel Ehrlichkeit über die Lippen gekommen, daß Martina doch überrascht war.

»So, du bist beruhigt, dann bist du vorher beunruhigt gewesen.«

»Ja, das war i. Aber jetzt denk i, daß du doch so bist, wie die anderen Madln auch.«

»Interessiert dich denn eigentlich, wie ich bin?«

»Ja, i hab' mir halt so meine Gedanken gemacht. Des darf ich doch, oder?«

»Ich kann dir nicht verbieten, dir Gedanken zu machen. Solange du sie mir nicht erzählst, ist alles in schönster Ordnung.«

»Schau, das war wieder so eine Spitze. Mein Gott, mit dir ist es schwierig!«

»Was ist schwierig, Friedel?« Martina atmete tief.

»Mei, das kann i dir sagen. Es ist sehr schwierig, sich mit dir zu unterhalten. Wie ich es auch mache, i mach's falsch. Warum kannst mit mir net reden, so wie du mit meiner Mutter redest? Ich hab' euch gehört. Wenn ihr zusammen seid, da tut ihr doch auch reden.«

»Hauptsächlich redet deine Mutter.«

»Des stimmt. Die is halt froh, daß sie jemand hat. I hätt' auch nix dagegen. I glaub', du hast doch was gegen mich, Tina.«

Martina seufzte tief.

»Friedel, ich hab' nix gegen dich, bestimmt nicht. Ich weiß nur, daß es nicht gut ist, wenn wir viel miteinander reden. Weil ich nicht hierbleibe, das weißt du doch.«

Friedel Sommerhalder lächelte.

»Du hast Angst, daß du dich an mich gewöhnen tust. Wenn du dann gehst, wird dir der Abschied schwerfallen. Is des so?«

Martina schaute ihn an.

»Denk, was du willst, Friedel. Ich weiß nur, daß ich wieder fortgehe und daß es besser so ist für dich. Friedel! Gut, reden wir offen.«

»Ich bitt' schön darum.«

»Also! Ich seh doch, wie du mir nachschaust. Du beobachtest mich, wo immer du nur kannst. Selbst deiner Mutter ist es aufgefallen.«

Friedel wurde rot vor Verlegenheit und Freude.

»Da bin ich aber froh, daß du des merkt hast. Ja, i seh dich halt gern, Tina.«

Martina nahm allen Mut zusammen und schaute ihm in die Augen.

»Friedel, gebe dich bitte keinen Hoffnungen hin. Ich gehe wieder. Dann wirst du enttäuscht sein. Es kann daraus nichts werden.«

»Gefalle ich dir net?«

»Friedel, darum geht es nicht. Es kann daraus nix werden. Ich will es so.«

»Ah, du bist einem anderen versprochen? Der wartet auf dich.«

»Nein, Friedel, auf mich wartet kein Mann. Es wird auch niemals ein Mann auf mich warten, weil ich es nicht will.«

In Gedanken formulierte Tina den Satz anders. Niemals mehr würde ein Mann auf sie warten. Das konnte sie ihm aber nicht sagen.

»Das kannst net wissen, Tina. Wenn du dich verlieben tust, dann kannst nix dagegen tun. Und wenn sich jemand in dich verlieben tut, dann kannst auch nix dagegen machen.«

»Ich werde mich aber nicht verlieben, Friedel!«

»Das ist gegen die Natur. Ich weiß das aus eigener Erfahrung. Als mir meine Braut weggelaufen ist, da hab' i auch gedacht, daß die Welt untergeht und i mich net mehr verlieben könnt. Doch dann bin ich drüber weggekommen. I denke, daß es gut war, wie es gekommen ist. Vielleicht hätten wir doch net so gut zusammengepaßt. Jetzt weiß ich, daß i mich wieder verlieben kann. I denke, daß i verliebt bin.«

Martina wurde verlegen. Sie schaute in ihr Buch, gab sich unbeteiligt. »Schön für dich!«

»Verstehst net, was ich sagen will, Tina?«

Martina schwieg.

»Ah, du verstehst doch. Des ist gut so.«

Sie saßen nebeneinander und schwiegen. Dann plötzlich riß Friedel Martina das Buch aus den Händen und zog sie an sich. Ehe sich die junge Frau wehren konnte, drückte er seine Lippen auf die ihren. Martina versuchte sich zu befreien. Aber Friedel hielt sie mit seinen starken Armen fest. Sie spürte seine warmen Lippen auf den ihren, und aller Widerstand brach für einen Augenblick zusammen. Sie fühlte sich für den Moment geborgen und geliebt. Sie fühlte sich beschützt in seinen starken Armen.

»Tina, ich mag dich. Ich glaub, i hab' mich in dich verliebt.«

Seine Worte drangen an ihr Ohr. Martina schloß die Augen und wand sich aus seinen Armen.

»Friedel, bitte sage nichts mehr. Du darfst dich nicht in mich verlieben. Ich bin nicht die Richtige für dich. Bitte glaube mir.«

Friedel Sommerhalder schaute ihr in die Augen.

»Das kannst du nicht entscheiden. Nur i kann wissen, ob du des richtige Madl für mich bist. I hab' mich entschieden. Schon als ich oben auf der Berghütte war mit dem Leo und dem Martin, hast du mir gefallen. Mei, hab' i mich gefreut, als du auf den Hof gekommen bist.«

Martina traten die Tränen in die Augen. Sie wollte davonlaufen, aber Friedel hielt sie fest.

»Wovor hast du Angst? Warum wehrst du dich so, Tina? Ich fühl' doch, daß i dir auch gefalle. Sonst hätte der Kuß net so gut geschmeckt.«

Jetzt liefen Martina die Tränen über die Wangen.

»Es gibt im Leben Ereignisse, da kann man nicht so, wie man vielleicht will, Friedel. Ich bin frei und doch nicht so frei, wie du denkst. Wenn du mich ein bißchen magst, dann vergiß den Kuß. Ich kann deine Liebe nicht erwidern. Ich kann nicht bleiben. Ich werde wieder gehen. Du würdest unglücklich mit mir werden. Jetzt laß bitte meine Hand los.«

»Tina, ich verstehe dich nicht.«

»Das kannst du nicht verstehen, Friedel. Mich kannst du nicht verstehen. Das liegt aber nicht an dir – oder es liegt doch an dir, weil du ein Mann bist. Vergessen wir das Ganze, sonst muß ich früher gehen. Wenn du mir weiterhin nachstellst, dann reise ich ab.«

Friedels Griff lockerte sich. Er schaute sie traurig an.

Martina nahm ihr Buch und ging auf ihre Kammer. Sie legte sich auf das Bett und weinte sich in den Schlaf. Es war schon dunkel draußen, als sie aufwachte.

*

In der Küche saß Gertrud Sommerhalder und strickte an einer Trachtenweste.

»Hast lange geschlafen, Tina.«

»Es tut mir leid, Bäuerin. Habt ihr schon gegessen?«

»Nein! Der Friedel ist net da. Der hat mir einen Zettel hingelegt, daß er rauf auf die Berghütte ist. Er wird erst morgen wieder zurück sein. I hab' mit dem Essen auf dich gewartet. Setz dich!«

»Wenn der Friedel auf die Berghütte ist, dann kann er morgen früh nicht den Stall machen und die Kühe melken. Dann mache ich das, Bäuerin.«

»Wir werden das zusammen machen, Tina. Für dich allein is des zuviel. Tust sehr viel arbeiten, Tina. Selbst heute an deinem freien Tag hast du drauf bestanden, das Mittagessen zu kochen.«

»Das hat mir Spaß gemacht, Bäuerin. Wenn es nicht so wäre, hätte ich es nicht getan.«

»I weiß, Tina, i weiß! Trotzdem machst du zuviel. Du bist net von hier. Du bist die schwere Arbeit net gewöhnt. I will net, daß du krank wirst. Na, vielleicht ist es auch meine Schuld, daß ich dir zuviel zugemutet habe. Siehst richtig blaß aus die letzten Tage, Tina.«

»Mir geht es aber gut, Bäuerin. Mußt dir keine Sorgen machen.«

»Tina, ich bin eine alte Frau. Ich könnte gut deine Mutter sein. Weißt, ich war schon über dreißig, als ich hier als Magd auf den Hof gekommen bin. Dann hat das noch mal drei Jahre gedauert, bis ich Friedels Vater, den jungen Bauern, geheiratet habe. Jetzt ist der Friedel auch schon dreißig Jahre alt. Kannst dir jetzt ausrechnen, wie alt i bin. Mein Mann war viel älter als i, bald zwanzig Jahr. I dacht' mir, des macht nix. Sein Vater war noch mal zwanzig Jahre älter und noch rüstig und gut beisammen. Doch dann is mein guter Mann noch vor seinem eigenen Vater gestorben. Dann bin i dagestanden mit dem Friedel, dem großen Hof und einem alten Mann, der Pflege brauchte. Da bin i durch eine harte Schule des Lebens gegangen. Was i dir damit sagen will, Tina. I weiß Bescheid, daß es da drinnen ganz anders aussehen kann, wie es außen ausschauen tut. I hab' Lebenserfahrung – und i sag dir jetzt was. Wenn du mal Kummer hast, dann red' mit mir. I weiß zwar auch net auf alle Fragen eine Antwort, aber vielleicht hab' i ja eine Antwort, die dir helfen tut.«

Martina schaute die Bäuerin an und errötete.

»Du trägst doch einen stillen Kummer mit dir rum, Tina. Was ist es?«

»Da ist nichts, Bäuerin«, log Martina die Bäuerin an, ohne ihr dabei in die Augen zu schauen. »Mir geht es gut. Ich war vielleicht heute nachmittag zu lange in der Sonne. Deshalb habe ich so lange geschlafen. Sorgen brauchst dir keine zu machen. Es geht mir gut. Mir gefällt es auf dem Hof. Ich mache die Arbeit gern.«

Die Sommerhalder-Bäuerin sagte nichts mehr. Sie erinnerte sich an die Worte von Anna. Hatte diese damals nicht auch gesagt, daß sie so ein Gefühl hatte? Ein Gefühl, daß etwas mit Tina nicht stimmte. Die Bäuerin erkannte deutlich, daß Martina nicht glücklich war. Sie sagte nichts mehr, nahm sich aber vor, so bald wie möglich einmal mit Anna zu sprechen. Vielleicht wußte Anna doch mehr, als sie damals gesagt hat. Anna war im gleichen Alter wie Martina. Vielleicht gab es die Möglichkeit, daß Anna einmal mit Martina sprach.

*

Anna und Toni saßen zusammen mit dem Alois beim Abendessen, als Friedel auf die Berghütte kam. Er hatte einen hochroten Kopf und war durchgeschwitzt. Anna reichte ihm als erstes klares, kaltes Quellwasser.

»Das tut gut. I bin spät losgegangen in Waldkogel. Da mußt i mich beeilen. Is doch ein weiter Weg hier herauf zur Berghütte. Wollt net in die Dunkelheit kommen.«

»Setz dich, Friedel«, lud ihn Toni ein.

Anna legte noch ein Gedeck auf. »Wir freuen uns, daß du uns mal besuchst. Sag mal, wie geht es Tina? Wie gefällt es ihr denn bei euch auf dem Hof? Ich habe gedacht, daß sie mal raufkommt.«

»Tina gefällt es gut. Meine Mutter ist ganz glücklich mit ihr. Die beiden verstehen sich gut. Die Tina ist nur a bisserl komisch. Aus dem Madl werd i net schlau. Ich wollt sie heut mit ins Forsthaus nehmen. Sie ist aber net mit mir gegangen. Und wandern! Wandern tut sie auch net mehr. Entweder sie sucht sich Arbeit im Haus oder im Stall oder Garten. Tina ist immer beschäftigt. Auch dann, wenn sie ihren freien Tag hat wie heute. Des ist ein sonderbares Madl. Und mir geht sie aus dem Weg.«

Friedel trank einen Schluck Bier.

»Entweder spricht sie nix oder sie ist komisch. I weiß net, woran i bei ihr bin. Grob kann die sein, richtig grob.«

Antonius Baumberger lachte.

»I glaub, die Tina is in dich verliebt, Friedel«, bemerkte Toni.

»Des denk i auch. I hab' auch schon mit ihr darüber gesprochen. Heut! Aber da kam nix dabei raus. Nur Unsinn hat sie geschwätzt. Davon, daß es im Leben Situationen gäbe, da könnte man net so, wie man wollte und sie wollte mich nicht bloßstellen. Es wäre net gut für mich, wenn man uns zusammen sehen würde. Dann könnte i wieder zum Gespött der Leute werden, wie damals, als mir die Braut fortgelaufen ist. So ein Schmarrn! Und immer wieder betont sie, daß sie wieder geht. Sie muß gehen, des sagt sie immer wieder. Dabei bin i überzeugt, daß sie mich auch ein bisserl mag.«

Es war ganz still in der Berghütte. Nur das Knistern des Feuers im Kamin war zu hören. Hilflos schaute Friedel in die Runde. Sie aßen weiter.

»I hab's daheim einfach nimmer ausgehalten. I dacht', ich schau mal rauf. Die Tina war doch ein paar Tage hier oben. Könnt ihr denn nix über sie sagen?«

Toni und der alte Alois schauten Anna an.

»Mir kam es auch hier schon so vor, als bedrücke Martina ein stiller Kummer. Erzählt hat sie nichts. Sie war nur viel stiller als junge Frauen so sind. Ich meine im Vergleich zum Beispiel mit Sue, meiner Freundin, oder auch meinen alten Arbeitskolleginnen. Mußt Geduld haben, Friedel. Vielleicht wird das besser mit ihr.«

»Des glaub i net. I mußt ihr versprechen, daß i sie net mehr anschauen tu. So ein Schmarrn, wo wir doch unter einem Dach leben. Sie hat gedroht, daß sie sonst vorzeitig fortgeht.«

Friedel trank einige tiefe Züge aus dem Bierglas. Er wischte sich den Schaum von den Lippen.

»Leut', i will es euch sagen. Ich bin ganz vernarrt in die Tina. Des ist a prima Madl. Die hat eine ganze liebe Art. Wenn da net was wäre, was sie so komisch sein läßt, dann wär' des eine gute Sache mit uns. I lieb die Tina wirklich. Meine Mutter kann sie auch sehr gut leiden. I denk', daß sie auch ganz glücklich auf dem Hof ist. Sie macht ihre Arbeit richtig mit Hingabe und denkt mit, als gehöre sie zur Familie. Doch sie will von mir nix wissen. So sagt sie jedenfalls. Dabei bin ich mir sicher, daß sie mich auch sehr gut leiden kann. Da bin ich mir absolut sicher.«

»Was macht dich da so sicher?« fragte der alte Alois.

Verlegen gestand Friedel:

»I hab' sie heute nachmittag im Garten einfach gepackt und geküßt. Zuerst hat sie sich gewehrt, doch dann hat sie sich einen Augenblick nicht mehr gewehrt. Danach hat sie geweint und gedroht, daß sie gehen tut, wenn ich mich ihr noch mal nähere.«

»Au weia! Des is ein sehr komplizierter Fall, Friedel. I bin froh, daß i net in deiner Haut stecke«, bedauerte der alte Alois Friedel Sommerhalder. »Da ist guter Rat teuer.«

»Ich werde die Tage mal bei euch vorbeikommen, Friedel«, sagte Anna. »Sag deiner Mutter, daß sie mich mit Tina allein lassen soll. Wann ist es eine gute Zeit bei euch?«

Friedel überlegte. »Am besten am Nachmittag. Da ist die Tina meistens im Garten. Da kannst du gut mit ihr alleine sein.«

»Versprechen kann ich dir nichts, Friedel.«

»Des weiß ich doch, Anna. Is nett von dir, daß du versuchen willst, mir zu helfen. Danke!«

Sie saßen noch am Kamin zusammen. Eigentlich wollte Alois alte Geschichten von der Berghütte erzählen, aber es gelang nicht. Immer wieder kam das Gespräch auf Tina. Schließlich gingen sie schlafen. Friedel legte sich auf den Hüttenboden.

Anna lag noch lange wach und grübelte über Tina. Was konnte sie bedrücken? Warum wehrte sie sich so gegen Friedels Zuneigung? Würde Tina sprechen, wenn sie sie aufsuchte? Je länger Anna darüber nachdachte, desto unwahrscheinlicher erschien es ihr. Tina war kein Mensch, der sich leicht anderen öffnete. Nein, so konnte sie es nicht machen. Sie mußte Tina für ein paar Tage auf den Berg holen. Anna wußte auch schon wie. War Tina erst einmal hier oben, dann würde sich schon eine Gelegenheit ergeben.

Anna stand auf und schlich auf leisen Sohlen hinauf auf den Hüttenboden. Sie mußte Friedel mehrmals an der Schulter schütteln, bis er wach war. Er hatte abends auch mehr als ein Bier getrunken.

»Friedel, hör zu! Ich habe mir überlegt, daß es besser wäre, wenn die Tina ein paar Tage zu uns auf die Berghütte käme. Sag deiner Mutter, daß ich fragen lasse, ob sie mir die Tina für ein paar Tage raufschicken kann. Sag deiner Mutter, ich hätte noch so viel vorzubereiten für die Hochzeit. Da wäre ich sehr froh, wenn Tina mir helfen könnte. Sonst brauchst deiner Mutter nix zu sagen.«

»Ja, mache ich. Gleich morgen bringe ich die Tina mit dem Traktor rauf, so weit ich komme, oder ich frage den Leo. Der ist doch oft mit dem Hubschrauber unterwegs. Vielleicht kann der die Tina rauffliegen.«

»Ja, das ist eine gute Idee, Friedel. Der Leo und seine Kameraden haben gesagt, sie bringen die Bierfässer rauf mit dem Hubschrauber. Sie wollen sicher sein, daß bei der Feier auch genug Bier oben ist. Der Toni hat ja alle zu einem Besäufnis eingeladen am Abend vor der Trauung.«

»I weiß, ich komme ja auch.«

»Gut, dann ist ja alles in Ordnung.«

Anna schlich wieder ins Bett und schlief dann gleich ein.

*

Am späten Nachmittag des nächsten Tages landete der Hubschrauber der Bergwacht mit Leo und dem Piloten vor der Berghütte. Freudig lief Anna hinaus.

»Tina wollte nicht fliegen, Anna. Es hat sie dann jemand mit raufgenommen bis oberhalb der Oberländer Alm, ein Wagen der Forstverwaltung. Sie muß bald da sein. Sie sagt, ihr würde übel im Hubschrauber.«

»Schade! Na ja, bis zum Abend wird sie da sein.«

»Schade war des für uns net. Da haben wir noch mehr Bier in den Hubschrauber reinbekommen.«

»Sag mal, wie schreibt ihr den Flug in die Bücher?« fragte Anna.

Leonhard Gasser lachte.

»Das war ein vorsorglicher Rettungsflug. Denn wenn nicht genug Bier auf der Hütte ist, dann kommt es zu einem echten Notfall.«

Anna schmunzelte und ging hinein, während Leo, Toni und der Pilot die Bierfässer ausluden.

Anna spielte mit Bello vor der Hütte, als Tina nach einer weiteren Stunde kam.

»Grüß dich, Tina! Vielen Dank, daß du gekommen bist.«

»Das mache ich doch gern. Außerdem bin ich gerne bei dir auf der Berghütte.«

»Lieber als unten in der Nähe vom Friedel?« fragte Anna ganz spontan.

Tina errötete und schaute auf den Boden.

»Hat Friedel etwas erzählt?«

»Sagen wir mal so. Besonders glücklich schien er nicht zu sein. Da dachte ich mir, ich hole dich ein paar Tage zu mir. Mußt mir nichts erzählen, wenn du nicht willst, Tina.«

»Ist etwas kompliziert mit dem Friedel«, sagte Tina leise.

»Komm erst mal mit rein. Ich habe dir deine Kammer schon hergerichtet. Wirst müde sein vom Aufstieg. Bist ein bißchen blaß.«

»Ja, ich bin etwas erschöpft. Es ist doch ein weiter Weg herauf und ziemlich steil.«

Anna wunderte sich. Tina war doch eine gut durchtrainierte junge Frau. Sie kannte sich außerdem gut in den Bergen aus und hatte schon lange Wanderungen gemacht. Warum war sie so blaß und erschöpft?

Anna und Martina schnitten das Thema nicht mehr an. Martina war wie immer sehr still. Nach dem Abendessen ging sie gleich in ihre Kammer. Alois zog sich auch bald zurück.

Toni und Anna saßen noch alleine am Kaminfeuer und schauten in die Flammen. Toni hatte zärtlich den Arm um Anna gelegt.

»I glaub, i bin der glücklichste Mann unterm Himmelszelt.«

»Ich bin auch sehr, sehr glücklich, Toni.«

Sie küßten sich lange und innig.

»Ich freue mich auf unser gemeinsames Leben, Anna.«

»Ja, Toni. Wir werden es uns schön machen hier in den Bergen auf der Berghütte.«

»Anna, i hab' noch eine Überraschung für dich.« Er lächelte verlegen. »Eine richtige Überraschung is es net. Es ist ein Geschenk. I mein', es gehört dazu, wenn man heiraten tut. Mei Mutter hat auch so etwas gehabt in ihrer Aussteuer. Die hat des Ding dann meiner Schwester mit in die Ehe gegeben. Des is hier in den Bergen so Brauch. I hab' mir denkt, daß du so etwas net hast und auch net bekommen tust, so wie es eigentlich Brauch ist.«

Toni rieb sich verlegen das Ohrläppchen.

»I hab' mir denkt, daß i dir des dann schenk. Des ist zwar net so ganz üblich, daß es der Mann mit in die Ehe bringt. Aber i hab' mir denkt, daß es gut is, wenn i hier die Tradition ein bisserl – i mein – eh, es gehört dazu.«

Anna lächelt Toni zärtlich an und küßte ihn.

»Mußt nicht so verlegen sein. Ich habe schon mitbekommen, daß du in den letzten Tagen im Schuppen gewerkelt hast. Dabei hattest du die Tür abgeschlossen. Willst du mit mir nicht einfach rausgehen und es mir zeigen, statt lange Reden zu halten und dabei herumzustottern?«

»Des is net mehr draußen. I hab' des Ding schon reingestellt.«

Toni führte Anna in die große Kammer, die ihnen nach der Heirat als Schlafzimmer dienen würde. Durch die Versetzung der Wand war sie fast vierfach so groß wie die anderen Kammern. Sie war auch schon eingerichtet mit einem großen breiten Bauernbett, einem Schrank, zwei Kommoden und Nachttischen. Dann stand noch ein Tisch mit Stühlen drin und ein bequemer Schaukelstuhl, den Toni für Anna gezimmert hatte.

Toni zündete die Petroleumlampe unter der Decke an. Der milchige Lampenschirm mit seiner bunten Bemalung warf ein schönes warmes Licht.

»Da schau! Das ist für dich! Für uns!«

»Toni, die ist ja wunderbar!«

Anna schlang die Arme um Tonis Hals. Sie küßten sich innig und voller Sehnsucht. Dann traten beide neben die Wiege. Toni hatte eine große Wiege gebaut, in der man das Baby in den Schlaf schaukeln konnte. Den Kopfteil und den Fußteil hatte er bemalt mit Bergen und schönen Landschaften. Auf den Seitenteilen hatte er Eisenbahnen gemalt.

»Die ist wunderschön, Toni. Ich habe nicht gewußt, daß du so schön malen kannst.«

»Der Alois hat mir dabei ein bisserl geholfen. Des macht dir doch nix aus?«

»Nein, Toni. Ganz im Gegenteil, ich freue mich darüber.«

»Eine Matratze muß noch hinein und Kissen und eine Decke. Da kenn i mich als Mann net so aus.«

Anna drückte ihrem Toni einen Kuß auf die Wange.

»Laß dich mal überraschen.«

Anna ging zum Schrank und holte Bettwäsche hervor.

»Die hat mir deine Mutter geschenkt. Eine kleine Matratze ist auch dabei. Hast du ihr etwas davon erzählt, wie?«

»Ja, klar hab' i mit meiner Mutter drüber geredet. Sie hat auch die Idee gehabt mit den Zügen. I fand des gleich eine sehr gute Idee, wo wir zwei uns doch im Zug begegnet sind.«

Sie lagen sich in den Armen und küßten sich. Dann legten sie die Sachen in die Wiege. Meta hatte blauweiße Bezüge genäht mit roten Volants an den Nähten. Das sah alles sehr frisch und lustig aus.

»Wollen wir die Wiege dort in die Ecke stellen, Anna?«

»Ja, da steht sie gut. Der Teil des Raumes eignet sich gut als Kinderstube.«

Toni strahlte.

»Weißt, ich hab deshalb unsere Kammer so groß gemacht. Wenn's denn so kommen sollte, dann passen auch mehrere Kinderbettchen rein. I denk' eben, daß es gut ist, wenn die Kinder bei den Eltern sind, solang' sie noch so klein sind.«

»Das denke ich auch, Toni. Danke! Du hast mir damit eine große Freude gemacht.«

Liebevoll schaukelte Anna die Wiege hin und her.

»Unsere Kinder werden sich darin sicher geborgen fühlen und gut schlafen. Bist jetzt schon ein ganz fürsorglicher Vater.«

Toni nahm seine Anna wieder in den Arm und ihre Lippen fanden sich zu einem innigen langen Kuß, der alles sagte über Liebe, über die gemeinsame Zukunft und über ihren beiderseitigen Kinderwunsch.

Bevor sich Anna geraume Zeit später schlafen legte, lauschte sie noch einmal an der Tür zu Martinas Kammer. Es brannte noch Licht. Der schwache Schein fiel unter dem Türschlitz am Boden durch. Leise und vorsichtig öffnete Anna die Tür. Sie wollte das Licht löschen. Anna dachte, Martina sei eingeschlafen und hätte vergessen, die Lampe zu löschen.

Als Anna neben das Bett trat, sah sie die nassen Flecken auf dem Kopfkissen. Sie schaute sich Martina genauer an, die mit dem Gesicht zur Wand lag. Ihre Schultern zuckten.

»Martina, ich weiß, daß du nicht schläfst.«

Langsam drehte sich Martina um. Ihre Augen waren rot und verquollen von den vielen Tränen, die sie geweint hatte.

»Tina, willst du mir nicht endlich erzählen, was mit dir los ist? Es ist schlimm für mich, in all meinem Glück dich so unglücklich zu sehen.«

Anna setzte sich auf den Bettrand und strich Martina über das Haar. »Weinst du deiner verlorenen Liebe nach?«

Martina schüttelte heftig den Kopf.

»Es war keine Liebe, das weiß ich jetzt. Ich hatte mich geirrt. Ich hatte mir etwas vorgemacht, mich selbst belogen. Ich wollte raus aus dem Elternhaus, denke ich. Da habe ich mich an Mark geklammert. Dabei hat er mir nie gesagt, daß er mich liebt. Mark ist sehr sachlich. So dachte ich, daß es ihm schwerfällt, zärtliche Worte zu finden. Ich habe mich da in etwas hineingesteigert, wo in Wirklichkeit nichts war. Ich hatte mir eine Scheinwelt aufgebaut, in der Hoffnung, daß sich die Wirklichkeit dann meinen Wünschen anpassen würde.«

»So, Mark heißt er. Hat er sich von dir getrennt?«

Martina setzte sich im Bett auf und zog die Decke hoch bis zum Hals, als wollte sie darunter Schutz suchen.

»Nein, er hat sich nicht von mir getrennt. Ich habe mich getrennt. Ich bin einfach in die Berge gefahren, um Ruhe zu haben.«

»Das ist eine gute Idee.«

»Ich wollte allein sein. Ich wollte nachdenken, ohne dem Einfluß von Mark oder meinen Eltern ausgesetzt zu sein. Es geht doch um mein Leben, um meine Zukunft. Ich will nicht einfach verplant werden. Immer wurde mir gesagt, was ich zu tun oder zu lassen habe.«

Martina putzte sich die Nase.

»Ich bin dann gewandert und habe über alles nachgedacht. Es war so schön still in den Bergen. Ich hatte Zeit. Niemand drängte mich. Ich hatte mir alles so schön ausgedacht. Zuerst wollte ich arbeiten und noch etwas Geld sparen. Dann wollte ich eine kleine Wohnung suchen, weit weg von daheim und von meinen Eltern. Ich war mir sicher, daß ich allein zurechtkomme. Einfach würde es nicht werden. Aber andere schaffen es doch auch.«

Anna hörte nur zu. Sie unterbrach Martina in ihrem Redeschwall nicht.

»Ich habe einen Beruf. Ich kann Geld verdienen für uns.«

»Uns ...«, wiederholte Anna in Gedanken. Das war es also! Sie ließ sich aber nichts anmerken.

»Ich habe gedacht, daß ich es geschafft habe, mich vor einem Mann zu schützen. Doch da ist jetzt Friedel. Er ist so ein Mann, wie ihn sich eine Frau nur wünschen kann. Fürsorglich ist er und häuslich. Sorgt sich liebevoll um Haus und Hof. So ein Mann war mir vorher nie begegnet. Es tut weh, zu erkennen, daß ich mich mit dem Falschen eingelassen habe. Jetzt muß ich dafür büßen. Es war nur einmal nach einer Party. Ich weiß auch nicht, warum wir so leichtsinnig waren. Aber es ist alles meine Schuld. Ich hätte als Frau den kühlen Kopf bewahren müssen. Mark weiß von nichts. Es paßt nicht in seine Zukunftspläne. Ich habe ihn ausgefragt. Seine Antworten taten weh. Da sagte er auch, daß er noch nie an eine gemeinsame Zukunft gedacht hatte. Ihm genüge es, eine schöne Zeit zu haben mit mir. Das sagte mir alles. Meine Welt brach zusammen. Ich habe selbst schuld. Es war nur eine Scheinwelt.«

Martina weinte wieder.

»Jetzt bin ich auf dem Sommerhalder Hof. Die Bäuerin ist so eine liebe Frau, voller Mütterlichkeit. Ach, wenn meine Mutter doch auch so wäre, dann könnte ich zu ihr gehen. Doch sie ist nicht so. Da ist Friedel! Warum habe ich ihn nicht früher kennengelernt? Ist das die Strafe für mein Vergehen?«

Anna strich Martina tröstend über das Haar.

»Friedel hat mich geküßt, einfach so. Er hat mich gepackt und an sich gerissen. In seinem Kuß lag so viel. Mark hat mich nie so geküßt. Heute weiß ich, daß es wirklich so war. Mark wollte nur eine schöne Zeit mit mir haben. Geliebt hat er mich nie. Friedel hat sich in mich verliebt. Ich darf ihn aber nicht lieben. Er darf sich nicht mit mir abgeben. Ich bin das, wozu ihr hier auf dem Land sagt, eine ledige Mutter.«

Martina machte eine Sprechpause. Sie holte tief Luft.

»Ich muß mir jetzt genau überlegen, wie es weitergehen soll. Ich kann nicht in Friedels Nähe bleiben. Auch der Sommerhalder-Bäuerin gegenüber wäre das nicht fair. Ich werde noch ein paar Tage hier auf der Hütte bleiben und dann abreisen. Das wird das Beste sein.«

Anna schüttelte den Kopf.

»Du kannst davor nicht davonlaufen, Tina. Wo immer du hingehst, es wird da sein. Deshalb kannst du auch hierbleiben.«

»Nein, das ist unmöglich, Anna!«

»Wann ist es denn soweit?«

»Das weiß ich nicht genau. Ich war noch nicht beim Arzt. Ich hatte mir nur in der Apotheke so einen Test geholt. Der war positiv. Am nächsten Tag habe ich dann mit Mark gesprochen.«

»Du hast es ihm aber nicht direkt gesagt?«

»Nein, ich habe ihm eine Geschichte erzählt. Ich sprach von einer Freundin. Seine Äußerungen waren niederschmetternd. Dann bin ich gleich anschließend in die Berge.«

»Es war gut, daß du in den Bergen Zuflucht gesucht hast.«

Anna schaute Martina liebevoll an.

»Anna, verurteilst du mich jetzt?«

Anna streichelte Martinas Wange.

»Nein, ich verurteile dich nicht. Du sollst dich auch nicht schuldig fühlen. Es war ja nicht deine Absicht, Mutter zu werden. Nun ist es aber so. Mutter zu sein, ist doch das Schönste, was einer Frau passieren kann. Jetzt bist du nicht mehr allein mit deinem Kummer, Tina. Ich werde dir helfen, wo immer ich kann. Dein Kind braucht ja auch eine Patentante. Wir finden schon eine Lösung. Wichtig ist, daß du jetzt nicht mehr weinst und verzweifelt bist. Das tut dem Kind auch nicht gut.«

Anna reichte Martina ein frisches Taschentuch.

»Das klingt alles so einfach, Anna, wie du es sagst.«

»Es ist einfach, wirst sehen. Du hast einen wunderbaren neuen Lebensmittelpunkt erhalten. Ich bin mir sicher, daß du eine ganz wunderbare Mutter sein wirst.«

Martina wurde es ganz warm ums Herz. Annas Güte und

Beistand überwältigten sie. Sie drückte Anna fest die Hand. Erneut kämpfte sie mit den Tränen.

»Du sollst nicht weinen, sondern lachen und dich freuen, Tina. Das mag für dich vielleicht sonderbar klingen. Aber ein Kind ist immer ein Grund zur Freude. Es gibt so viele, die dich um deine Mutterschaft beneiden und alles tun würden, um Mutter zu werden. Alles wird gut werden, Tina. Die Berge haben dich hierhergeführt auf die Berghütte zu Toni und mir. Jetzt mußt du erst einmal schlafen, Tina. Schlaf dich aus. Morgen reden wir.«

»Es wäre alles viel einfacher, wenn ich Friedel nicht begegnet wäre«, sagte Martina leise.

Sie war erschöpft. Anna kümmerte sich so um Martina, als wäre sie ein Kind. Anna saß am Bett und hielt Martinas Hand. Leise, ganz leise sang sie Wiegenlieder. Lieder, die Mütter ihren Kindern singen, um ihnen die Angst vor der Dunkelheit zu nehmen, Lieder voller Schönheit, Liebe und Geborgenheit. Geborgenheit für sich selbst, das war es, was Martina jetzt am meisten benötigte.

Erst als Anna sicher war, daß Martina fest schlief, ging sie hinaus und schloß leise die Tür.

*

Als Martina am nächsten Tag aufwachte, war es schon nach Mittag. Die Tür zu ihrer Kammer stand offen. Bello lag quer im Zimmer und bewachte sie. Mohrle lag zwischen den ausgestreckten Vorderpfoten und schlief. Bello hatte gesehen, daß Martina aufgewacht war. Zuerst schnupperte er an Mohrle. Dann klopfte er mit dem Schwanz auf den Fußboden. Das Geräusch weckte den kleinen Kater doch. Er stand auf und machte einen Buckel. Dann sprang er auf das Bett und kuschelte sich am Fußende des Bettes zusammen. Erst jetzt stand Bello auf.

Anna erschien in der Tür.

»Guten Morgen, Martina! Hast du gut geschlafen?«

»Tief und traumlos. Ich kann mich jedenfalls nicht an einen Traum erinnern. Vielleicht hatte ich Alpträume. Gut, daß ich mich nicht daran erinnere, das Leben ist schon ein einziger Alptraum. Ich habe jedenfalls Kopfschmerzen.«

»Willst du Tabletten?«

»Nein, laß. Keine Pillen! Ich trage ja jetzt Verantwortung.«

Anna lächelte Martina an.

»So gefällst du mir schon viel besser. Kommst du zum Frühstück?«

Martina stand auf und schaute in den Spiegel.

»Ich sehe ja schrecklich aus.«

»Keine Sorge! Das geht bald weg. Wasch dein Gesicht mit kaltem Wasser und lege dir auch für ein paar Minuten einen nassen Lappen auf die Augenpartie. Dann wird es schnell besser. Die Kopfschmerzen lassen auch nach. Ich gehe jetzt und setze Kaffee auf. Du weißt ja, daß hier auf der Hütte alles von Hand gemacht wird. Kommst dann? Ich decke den Tisch vor der Berghütte auf der Terrasse. Die Sonne scheint so wunderschön.«

»Was werden sich Alois und dein Toni denken, wenn sie mich so sehen?«

»Erstens kannst du eine Sonnenbrille aufsetzen. Zweitens sind die beiden nicht da. Sie sind runter zur Oberländer Alm. Toni hat da noch Dinge zu regeln wegen unserer Hochzeit. Ich habe auch noch etwas vor. Also beeile dich.«

Etwas später saßen die beiden Frauen auf der Terrasse. Von den Bergen herunter wehte ein sanfter Wind. Anna ließ Martina essen. Sie griff zu. Es schmeckt ihr endlich, dachte Anna. Gestern abend hatte sie noch lustlos im Essen herumgestochert. Ja, der Kummer hatte ihr alles zugeschnürt, so daß sie keinen Bissen hinunterbekommen hatte.

»Dein selbstgebackenes Brot ist ein Gedicht. Du mußt mir zeigen, wie du das machst.«

Satt und zufrieden lehnte sich Martina zurück.

»Werde ich! Aber zuerst müssen wir die anderen Dinge regeln. Also! Dir ist es doch angenehm, wenn ich mich um dich kümmere?«

»Anna! Ich habe nur dich!«

»Gut. Du wirst dich jetzt noch einige Tage hier ausruhen. Wir reden auch nicht mehr viel darüber. Was passiert ist, ist passiert. Jede Zeugung ist ein Wunder der Natur und ein Geschenk des Himmels. Vater hin oder Vater her! Ich habe dich so verstanden, daß du das Kind auf jeden Fall bekommen willst.«

»Ja, das will ich!«

»Du solltest dann bald einen Arzt aufsuchen. Mir ist klar, daß du nicht zu Martin gehen willst. Ich werde mich bei Meta erkundigen, wo in den Nachbargemeinden ein guter Doktor ist.«

Martina bekam sofort große ängstliche Augen.

»Keine Sorge! Ich werde Meta nichts erzählen.«

Anna lachte.

»Was gibt es denn zu lachen?«

»Meta wird vielleicht denken, daß ich schwanger bin. Schließlich bin ich ja schon längst mit Toni zusammen auf der Berghütte. Aber fragen wird sie nichts.«

Anna schmunzelte.

»Auch wenn meine Kammer ebenerdig ist, aber gefensterlt haben wir schon, du verstehst?«

Da mußte Martina auch lachen.

»Also, dann gehst du zum Arzt. Vielleicht war die ganze Aufregung umsonst und du hast nur eine Hormonstörung. Solltest du aber wirklich schwanger sein, dann weißt du es.«

»Das sehe ich ein.«

Anna schenkte Martina noch einmal Kaffee nach.

»Das ist Malzkaffee, kein Bohnenkaffee, also für Schwangere geeignet.«

Anna stellte die Kaffeekanne hin und schaute Martina in die Augen.

»Ich habe nachgedacht. Es wäre doch Unsinn, wenn du ganz allein in der Stadt wärst mit deinem Kindchen. Warum bleibst du nicht hier in Waldkogel?«

»Hier?« wiederholte Martina überrascht.

»Ja, hier. Dir gefallen die Berge. Du bist hier glücklich. Auf dem Sommerhalder Hof ist genug Platz für dich und dein Kind. Ich bin mir sicher, daß du in der Bäuerin eine gute Ersatzoma bekommst.«

Martina schaute Anna ungläubig an.

»Schau nicht so! Natürlich mußt du es ihr sagen. Und mit dem Friedel solltest du auch reden. Irgendwann kannst du es doch nicht mehr vertuschen. Außerdem gibt es nur zwei Möglichkeiten: Entweder die Bäuerin sagt ja oder nein. Was den Friedel betrifft, dann weiß er auch Bescheid.«

Martina seufzte.

»Du mußt ja nichts überstürzen. Erst bleibst du noch ein paar Tage hier. Dann gehst du zum Arzt. Danach wird es Zeit, mit der Bäuerin zu sprechen und mit Friedel. Dann sehen wir weiter. Gleich, was passiert, wir stehen dir bei. Wenn du nicht auf dem Sommerhalder Hof bleiben kannst, dann finden wir eine andere Lösung. Außerdem ist es besser, wenn dein Kind hier aufwächst in den schönen Bergen. Hier in klarer Bergluft kann es besser groß werden als in der Stadt.«

»Die Stadt ist anonymer.«

»Stimmt schon! Aber die Zeiten haben sich auch geändert. Sogar hier in den Bergen. Das habe ich selbst erlebt. Ich bin eine Zugereiste. Das wäre früher ein Problem gewesen. Ich bin auch nicht katholisch. Das wäre früher auch ein Problem gewesen. Bei aller Tradition bin ich hier viel Toleranz begegnet. Ich wurde mit offenen Armen aufgenommen. Die Waldkogler sind noch eine wirkliche Gemeinschaft. Klar wird geredet, und jeder gibt seine Meinung dazu. Doch wenn es darauf ankommt, dann halten alle zusammen. Ich bin mir sicher, daß dir niemand Steine in den Weg legt. Unser Bürgermeister ist glücklich über jeden neuen Bürger, da es viel weniger Kinder als früher gibt. Wirst sehen, es ist sehr viel einfacher, das Kind hier großzuziehen.«

»Das klingt alles so einfach aus deinem Mund, Anna.«

»Es ist einfach, Martina. Wichtig dabei ist, daß du deine Schuldgefühle abwirfst. Sie helfen dir nicht weiter. Sei eine selbstbewußte und glückliche Mutter!«

Martina sagte nichts. Sie betrachtete das wunderbare Bergpanorama, aus dem die Gipfel des ›Engelssteig‹ und des ›Höllentor‹ herausragten. Der blaue Himmel wölbte sich wie ein Baldachin darüber. Die Schneefelder glitzerten in der Sonne.

»Es ist so friedlich hier. Eigentlich möchte ich hier nicht mehr fort. Die Berge sind wie eine schützende Wand gegen die böse Welt da draußen. So empfinde ich es im Augenblick. Es scheint alles so klar und einfach zu sein, Anna.«

»Das ist es auch, Martina. Höre auf dein Herz! Wenn du hierbleiben willst, dann bleibe hier. Einen besseren Ort wirst du nicht finden. Glaube mir! Nicht von ungefähr heißt der Gipfel ›Engelssteig‹. Wir haben Flecken, die tragen seit Jahrhunderten Namen wie ›Paradiesgarten‹ und ›Engelsplatz‹. Ich bin sicher, daß das nicht nur durch die wunderschöne Natur kommt. Die Menschen hier haben auch Herz. Jemanden, der in Not ist, lassen sie nicht fallen, auch wenn das oft rauh klingt, was sie sagen. Sie meinen es herzlich und sind weich. Sie haben wirklich ein weiches Herz, das sie versuchen, hinter einer rauhen Schale zu verbergen.«

»Du liebst diesen Flecken Erde und ihre Menschen wirklich, Anna. Deine Augen strahlen, wenn du von ihnen sprichst.«

»Ja, Martina, das tue ich. Waldkogel, die Berge, die Berghütte, das habe ich mir als meine neue Heimat gewählt. Hier werde ich leben. Hier werden Toni und ich unsere Kinder aufziehen. Mögen wir reichlich mit Kinder gesegnet sein, wie man hier sagt. Hier möchte ich alt werden und meine letzte Ruhe auf dem Gottesacker bei der Kirche finden.«

Anna schaute Martina tief in die Augen.

»Ich weiß, daß du dir das auch wünschst und hier in den Bergen Zuflucht gesucht hast. Ich bin mir sicher, daß dir Zuflucht gewährt wird. Nur, du mußt den ersten Schritt tun.«

»Ich werde darüber nachdenken, Anna.«

»Nachdenken ist nicht genug, Tina! Du mußt handeln. Nimm Bello und gehe die Tage, die du hier oben bist, wandern. Er wird dich beschützen und immer wieder zurück zur Hütte bringen. Kannst ja langsam machen. Überanstrenge dich nicht und trink auch immer schön viel. Dann suchst du dir irgendwo ein schönes Plätzchen. Du setzt dich hin und freust dich einfach an dem Wunder der Natur und der Schönheit der Berge. Dann wirst du Kräfte sammeln. Da bin ich mir ganz sicher. Du wirst den richtigen Weg finden für dich und dein Kind.«

Martina nickte und sagte leise:

»Ich will es probieren.«

»Gut so! Dann muß ich dich jetzt allein lassen, bis heute abend, vielleicht. Ich vertraue dir die Berghütte an. Sollten Wanderer kommen, dann kannst du sie aufnehmen. Der Toni und der Alois werden am Nachmittag zurück sein. Bis es dunkel wird, bin ich auch wieder da. Ich muß runter ins Dorf. Meine Liste wegen der Hochzeit ist noch so lang.«

Anna machte mit den Armen eine weitausholende Geste.

»Wenn ich dir helfen kann, dann gerne, Anna. Was soll ich tun?«

»Kannst ein schönes Abendessen für uns machen, wenn du magst. Der Friedel hat gesagt, daß du gut kochen kannst«, behauptete Anna.

Martina wurde verlegen.

»Wenn ich gekocht habe auf dem Sommerhalder Hof, sagte der Friedel immer extra, daß es ihm geschmeckt habe. Wenn seine Mutter gekocht hat, sagte er nichts.«

»Das ist doch schön, Martina, der Friedel hat sich wirklich in dich verliebt. Du mußt ihm irgendwann sagen, warum du seine Liebe nicht annehmen kannst und willst. Er versteht es nämlich nicht. Er ist der festen Überzeugung, daß du ihn auch liebst. Das spürt er. Da kannst du ihn einfach nicht belügen.«

»Ja, es stimmt. Ich habe mich in den Friedel verliebt. Wenn ich vorher nicht Mark begegnet wäre, mit den Folgen, die es hatte, dann wäre ich wohl in Friedels Arme geflogen.«

»Ich verstehe. Du mußt Klarheit schaffen zwischen euch. Sage es ihm, bevor er es sieht.«

»Ich werde sehen. Einfach wird es nicht sein. Aber er muß wahrscheinlich wissen, woran er ist.«

Anna zog ihren Rucksack über. Sie nahm Martina fest in den Arm und verabschiedete sich von ihr. Dann ermahnte sie Bello, gut auf die Freundin zu achten. Martina stand vor der Hütte und schaute Anna nach, bis sie sie nicht mehr sah.

*

Anna besuchte Meta und Xaver Baumberger. Sie standen auf dem Hof und verabschiedeten ihre Tochter Ria. Sie war mit ihren Kindern für einen Kurzbesuch vorbeigekommen.

»Anna! Anna!« stürmten Roman und Elke auf Anna zu.

»I hab' euch gesagt, daß des Tante Anna heißt. Die Anna heiratet euren Onkel Antonius. Dann ist sie eure Tante.«

»I weiß doch, Mama!« schmollte der siebenjährige Roman.

»I weiß des auch, Mama! Dann streuen der Roman und i Blumen in der Kirche, lauter schöne Blumen aus dem Garten von Oma Meta.«

»Ja, genau so macht ihr das, Elke! Was bin ich stolz, so zwei liebe Kinder als Nichte und Neffe zu bekommen.«

Anna umarmte zuerst die Kinder, die wie Kletten an ihr hingen und dann Maria, die jüngere Schwester von Toni, die Ria gerufen wurde.

»Das trifft sich gut, daß ich dich sehe, Ria. Ich hab' etwas mit dir zu bereden.«

Anna griff in die Tasche ihrer Lederhose und holte einige Münzen hervor.

»So, ihr geht euch jetzt ein Eis holen oder Bonbons. Ihr paßt aber schön auf die Autos auf. Du, Roman, nimmst deine kleine Schwester an der Hand.«

Die Kinder zogen los. Meta und Xaver sahen, daß Anna allein mit Maria sprechen wollte. Sie gingen schon ins Haus. Vom Fenster aus sahen sie, daß die beiden Frauen sich angeregt unterhielten. Leider waren die beiden Kinder schneller zurück als erwartet.

»Gut dann, Anna! Ich habe nix dagegen, daß du die Sachen ausleihst. Wenn jemand in Not ist, da muß man helfen. Ich werde alles zusammenpacken. Du mußt mir dann nur sagen, wo i es hinbringen soll.«

»Das mache ich dann. Habe erst mal vielen Dank, Ria.«

*

Die Kinder krabbelten auf die Rückbank des Autos und schnallten sich an. Maria stieg ein und fuhr los. Anna winkte ihnen nach. Dann besuchte Anna kurz ihre zukünftige Schwiegermutter.

»Gestern hat mir der Toni die Wiege gezeigt, die er gemacht hat. Sie steht schon in unserem späteren Schlafzimmer. Du mußt mal raufkommen und sie dir anschauen. Die Sachen, die du genäht hast, sehen einfach herzig aus. Danke dafür, Meta. Die Malerei auf den Seitenteilen gefällt mit besonders. Toni hat mir gesagt, daß es deine Idee war.«

»Net ganz«, sagte Xaver. »I hab' da auch was dazu getan.«

»Dann danke ich dir auch schön, Xaver.«

Anna hauchte ihrem zukünftigen Schwiegervater ein Busserl auf die Wange. Er rieb sich verlegen die Backe.

»Is doch a lieb Madl, die Anna. Meinst net auch, Meta?«

Dann verzog sich Xaver schnell.

»Der Xaver is ganz stolz auf dich, Anna«, flüsterte Meta Anna zu.

»Ich mag ihn auch gut leiden und dich auch, Meta. Das wollte ich dir schon immer sagen. Wir sind nur so selten allein, wir zwei. Ich habe mich damals gleich so aufgenommen gefühlt von dir. Es war wunderbar, wie du mir gesagt hast, daß ich immer willkommen sei. Ich bin ja ohne Mutter aufgewachsen. Ich bin glücklich, dich als Schwiegermutter zu bekommen.«

»Schwiegermütter sind gar net so bös, Anna. Wenn sie es sind, dann sind sie dumm. Sie sollten sich doch freuen, wenn ihre Söhne gute Frauen haben und sie die Buben gut versorgt und geliebt wissen. Das net all so sind, das weiß ich auch. Verstehen tu i des aber net.«

Anna plauderte noch etwas mit Meta und erfuhr bei dieser Gelegenheit auch den Namen eines zuverlässigen Arztes in der Nähe. Dann machte sie sich auf und besuchte den Sommerhalder Hof.

*

»Mei, was für ein netter Besuch! Die Anna! Sag, is die Tina gut angekommen bei euch auf der Berghütte?«

Anna war gerührt, daß die erste Sorge der Bäuerin Martina galt, noch bevor ein ›Grüß Gott‹ über ihre Lippen gekommen war.

»Grüß Gott, Trudel! Ja, der Tina geht es gut.«

Gertrud Sommerhalder stellte das Bügeleisen ab. Sie bot Anna einen Sitzplatz an und machte Kaffee. Kuchen hatte sie auch. Es war ein Kirschenpolster mit Kirschen aus dem Garten. Anna ließ sich den Kuchen schmecken.

»Der schmeckt aber gut.«

»Den hat die Tina gebacken. Das Madl ist eine Perle. So fleißig und brav. I hab' denkt, daß es so etwas heut' gar net mehr gibt.«

Anna schaute die Bäuerin ernst an.

»Es is was mit der Tina! Das seh ich dir an, Anna.«

»Ja.«

»Das hab' i mir gleich denkt, daß mit dem Madl was net stimmt. Die hat doch einen großen Kummer. Hat sie dir etwas erzählt? Bist du deswegen vorbeigekommen?«

»Du bist eine gute Menschenkennerin, Trudel. Dir kann man so leicht nichts vormachen.«

»So is es net ganz. Die Tina, die schweigt. Dabei kann i doch sehen, daß es dem Madl net gut geht. Seit Sonntag is der Friedel auch so mürrisch und wortkarg. Ob die beiden gestritten haben? Der Friedel sagt auch nix.«

Anna holte tief Luft.

»Trudel! Neulich hat der Pfarrer Zandler so eine schöne Predigt gehalten. Es ist schon ein paar Wochen her. Da war ich an einem Sonntag mit dem Toni bei seinen Eltern. Da sind wir morgens zum Gottesdienst, die Meta und ich. Der Pfarrer hat ja so schön gepredigt. Es ging dabei um ein Bibelwort. Ich bin nicht sehr bibelfest. Da war so ein Spruch von wegen Anklopfen und Auftun.«

»Ich erinnere mich, Anna. Das war eine wunderschöne Predigt. Der Pfarrer predigt ja immer schön. Aber an die Predigt, da erinnere ich mich auch.«

»Ja, und deshalb bin ich da. Ich habe meine Zweifel, ob es die Martina schafft, auf dem Sommerhalder Hof anzuklopfen. Ich habe ihr zwar ins Gewissen geredet und kann nur hoffen, daß es hilft. Ich weiß auch nicht, ob ich mich jetzt in Dinge einmische, die mich nichts angehen. Aber ich weiß, welchen Kummer die Martina hat. Ich weiß auch, warum sie wieder fort will. Ich denke, daß das nicht gut wäre. Vielleicht kannst du ihr helfen. Du magst die Tina doch?«

»Das Madl ist mir richtig ans Herz gewachsen. I helf gern, wenn i kann. Was muß i denn da tun?«

»Vielleicht könntest du der Martina die kleine Wohnung im

Altenteil vermieten. Die steht ja leer. Sie könnte dann weiter auf dem Hof arbeiten, vielleicht nicht mehr soviel wie jetzt. Doch für dich wäre es auch von Vorteil. Sie würde dann dableiben.«

»Das würde mich freuen. I glaube, den Friedel würde es auch freuen.«

»Das ist das Problem, Trudel. Unser Gespräch sollte unter uns bleiben. Wenn die Martina dich anspricht, dann darf sie auch nicht merken, daß ich mit dir gesprochen habe. Wirst gleich selbst ermessen können, warum.«

Erwartungsvoll sah Trudel die Anna an.

»Also, Anna, red schon! Hast mein Wort.«

»Martina ist schwanger.«

Gertrud Sommerhalder schaute Anna lange an und sagte dann leise. »Jetzt verstehe ich einiges. Das arme Madl. Hat der Bursche sie sitzenlassen?«

»Nein! Martina hat erkannt, daß er nicht der Richtige ist. Soviel wie ich verstanden habe, weiß er auch nicht, daß er Vater wird. Außer mir und jetzt dir weiß es niemand. Das Elternhaus scheint schwierig zu sein. Martina steht ganz alleine da. Deshalb wollte sie Geld verdienen, um sich dann in der Stadt eine kleine Wohnung zu suchen. Ich habe versucht, ihr das auszureden.«

»So, so! Des ist es! Deshalb is die Tina so verschlossen.«

Die Sommerhalder-Bäuerin dachte nach. Sie war eine praktische Frau und stand mit beiden Beinen auf dem Boden.

»Des kann passieren. Des hat's schon immer gegeben und wird's immer geben, solange es Menschen gibt. Heut' sag ich dir, Anna: Es is besser, sie heiratet den Lump net.«

»Ich weiß nicht, ob er ein Lump ist. Das mußt du die Tina selbst fragen. Ich will nicht zuviel erzählen. Ich denke, daß die Martina ihr Kind auch ohne Vater großziehen kann. Sie schafft es bestimmt mit ein bißchen Hilfe. Ich habe eben mit der Maria, der Schwester vom Toni, gesprochen. Die hat ja zwei Kinder. Der Roman ist sieben Jahre und die Elke vier Jahre. Sie hat noch alle Baby- und Kindersachen. Sie will sie mir geben, weil ich doch heirate – und der Toni und ich wollen auch Kinder. Bis ich die Sachen brauche, kann sie die Tina benutzen. Dafür ist also schon einmal gesorgt.«

»Des is gut. Komm mal mit, Anna!«

Die Sommerhalder-Bäuerin führte Anna auf den Speicher des alten Bauernhauses.

»Schau, da steht noch die alte Wiege. Darin hat mein Bub gelegen, sein Vater und davor sein Großvater und alle die vorhergehenden Generationen. Die kann sie nutzen. Wann ist es denn soweit? Im wievielten Monat ist die Tina?«

»Das weiß ich nicht genau. Ich schätze, am Ende des zweiten Monats. Ich schicke sie jetzt auch zum Doktor.«

Sie trugen die Wiege zusammen herunter und stellten sie in die Scheune.

»I werde die saubermachen und Bettzeug reintun.«

»Dann hast du nichts dagegen, daß die Martina bleibt?«

»Des Madl braucht ein Dach über dem Kopf für sich selbst und sein Kind. Was wäre ich für eine Mutter, wenn ich einer anderen Mutter nicht helfen tät. Gerade der Tina helfe ich gern. Das arme Madl. Warum hat es denn nix gesagt? Ich hab' doch gesehen, daß es ihr net gut geht. Blaß is des Madl, so blaß.«

Sie schüttelte den Kopf.

»So ein armes Ding, so ein armes Madl. Die muß mehr essen und Rotebetesaft trinken. Des ist gut für Schwangere. Ich werde mich um das Madl kümmern. Ich mag Kinder gern, sehr gern. I hätt' gern mehr Kinder gehabt. Aber mein guter Mann – Gott hab' ihn selig – war vielleicht schon zu alt. So habe ich nur meinen Buben. Der hat mir bis jetzt auch keine Enkelkinder gebracht. I freue mich schon auf das Kleine. Des kannst der Tina sagen. Mein Knie ist auch besser. Ich kann wieder ganz gut laufen.«

Anna lächelte. Sie sah die Freude und die mütterliche Sorge um Martina in den Augen von Trudel.

»Vergiß nicht, Trudel, die Martina weiß nicht, daß ich mit dir gesprochen habe.«

»Ja, des stimmt. I denk dran. Wann meinst, daß die Tina mit mir darüber reden will?«

»Ich denke bald. Ich behalte sie noch ein paar Tage auf der Berghütte. Dann bringe ich sie zum Doktor und gleich danach liefere ich sie hier bei dir ab.«

»Des is gut so! Ich hoffe, daß sie sich gut erholt. Ich wünsche ihr, daß sie Ruhe und Frieden findet für ihr armes Herz voller Leid.«

Die beiden Frauen schwiegen und dachten an Martina.

»Da ist noch etwas, was du wissen solltest, Trudel. Auch das geht mich eigentlich nichts an. Doch der Friedel war ja bei uns auf der Berghütte am Sonntag. Er wollte mit mir und Toni über die Martina sprechen. Du vermutest richtig. Die beiden hatten eine Auseinandersetzung.«

Gertrud Sommerhalder schlug mit der Hand auf den Tisch.

»Ich habe mir doch gleich gedacht, daß die sich gestritten haben. Die Martina hat geschlafen, als ich kam. Sie schlief bis spät. Sie muß geweint haben und hat ganz blaß ausgesehen. Der Friedel hatte mir einen Zettel hingelegt, daß er zu euch rauf auf die Berghütte geht. Des war auch sonderbar. Die müssen einen Krach gehabt haben. Meinst, die Tina hat dem Friedel etwas gesagt?«

»Nein! Bestimmt nicht. Mit Auseinandersetzung meine ich auch etwas anderes.«

»I denk, daß der Friedel die Tina ganz gern sieht. Ich hab' das schon am zweiten Tag bemerkt, als das Madl hier war. I hab' mir beim Friedel aber nix anmerken lassen. Der Bub is sehr empfindlich, wenn i was sagen tue in der Richtung Madl und Liebe und daß er sich um eine junge Bäuerin kümmern soll. Daß ihm die Tina gefällt, das hat mich gefreut. Was des geben sollte, habe ich mich gefragt, wo die doch wieder weg wollte. Na ja, jetzt wird sie ja bleiben.«

»Das ist noch nicht endgültig. Wie die beiden das lösen, wenn sie hierbleibt, das hängt auch vom Friedel ab. Ich habe der Martina geraten, daß sie auch mit Friedel sprechen soll.«

»Ja, das wird das Beste sein. Da können wir uns net einmischen. Das ist die Angelegenheit vom Friedel und der Martina.«

Anna stand auf und verabschiedete sich. Sie wollte ja noch am gleichen Tag wieder hinauf zur Berghütte. Leo würde sie sicherlich das größte Stück mit dem Geländewagen hinauffahren. Den Rest der Strecke würde sie dann noch vor der Dunkelheit schaffen.

*

Am Abend kam Friedel nach dem Versorgen der Tiere herein. Er und seine Mutter aßen zu Abend. Während seine Mutter das Geschirr abwusch, saß Friedel auf der Eckbank und war ganz in Gedanken.

»Friedel, is was?«

»Ja! I war in der Scheune. Da steht die alte Wiege. Wie kam die vom Speicher herunter? Was ist damit?«

Gertrud Sommerhalder wandte ihrem Sohn den Rücken zu, als sie sagte:

»Die Wiege wird gebraucht. Die verleihe ich. Die Anna hat mir geholfen, sie runterzutragen.«

»Ah! Dann is die Anna schwanger?«

»Nein, die Anna ist net schwanger. Des ist net für die Anna.«

»So? Für wen dann?«

»Für eine Freundin der Anna.«

»Ich will ihr das Altenteil vermieten. Morgen mache ich die Wiege sauber und kümmere mich um Bettzeug. Ich gebe dir Geld. Kannst in die Stadt fahren und eine schöne Matratze holen für das Kind.«

»So, so! Für eine Freundin der Anna«, wiederholte Friedel. »Kennst du die Freundin, Mutter?«

Langsam näherte sich Friedel an. Seiner Mutter war längst klar, daß ihr Sohn schon seine Überlegungen angestellt hatte. Aber so war er schon als Kind gewesen. Wenn er Fragen gestellt hatte, dann hatte er niemals direkt gefragt. Er hatte sich immer allmählich dem Kern angenähert.

»Ja, ich kenne sie.«

»Was tust von ihr halten? Was macht ihr Mann?«

»I denk, das Madl gibt eine gute Mutter ab. Einen Mann hat sie nicht. Sie wird ihr Kind alleine großziehen müssen.«

»Hat er sie sitzenlassen, wie meine Braut mich damals?«

»Da mußt sie selbst fragen, wenn sie da ist, Bub. I rat dir aber, dir nix anmerken zu lassen, daß wir darüber gesprochen haben.«

»So, so. Eine Freundin von Anna. Dann muß die Tina die auch kennen.«

Es war ganz still in der Küche. Die Wanduhr tickte gleichmäßig. Durch die Fenster fiel die Abendsonne herein. Die Bäuerin räumte das Geschirr in den Schrank.

»Mutter, kennt die Tina die Freundin von der Anna auch?«

Sie schaute ihren Sohn an. Sie las in seinen Augen, daß er wußte, es konnte sich dabei nur um Tina handeln. Er wagte aber nicht zu fragen. Sie sah, daß er rote Wangen bekommen hatte. Schon als Bub hatte er immer sofort feuerrote Wangen bekommen, wenn ihn etwas stark beschäftigte. Dabei war es egal gewesen, ob er sich gefreut hatte oder mit einer Enttäuschung fertigwerden mußte. So konnte sie die Erregung nicht deuten.

»Die Freundin von Anna ist die Tina. Tina erwartet ein Kind.«

Friedel stand auf und ging zum Schrank. Er schenkte sich einen Obstler ein und trank aus. Dann schenkte er sich einen weiteren Klaren ein.

»Deshalb also! So ist des!« sagte er und setzte sich wieder auf die Bank.

Mit den Fingern fuhr er die Stickerei auf der Tischdecke nach, die seine Mutter bestickt hatte.

»Jetzt verstehe ich. Weißt, Mutter, ich denk, daß die Tina ein ganz feines Madl is. I hab' sie gleich gemocht. Wenn die gewollt hätte – so wie des andere vielleicht in ihrer Situation gemacht hätten –, dann hätte sie mich schnell dazu kriegen können, daß i mich mit ihr eingelassen hätte. Dann hätte sie mir das Kind unterschieben können, ohne daß ich etwas bemerkt hätte. Verstehst?«

»Ja, Bub! I weiß, was du meinst.«

»Das hat die Tina aber nicht gemacht. Sie is net mal mit mir spazierengegangen. I hab' sie gefragt, warum. Sie hat gesagt, daß sie net wollt, daß man uns zusammen sieht. Des wäre net gut für mich. Ja, Mutter, des hat sie gesagt. Des hätten net viele gemacht, net viele. Die Tina ist a ganz anständiges Madl, auch wenn sie von einem andern ein Kind bekommt.«

Friedel holte sich noch einen Schnaps.

»Du weißt von nix, wenn die Tina wieder bei uns ist. Es ist noch nicht raus, ob sie wirklich bei uns einzieht.«

»Schon gut, Mutter. I sprech sie net an. Sollte sie dich fragen, dann kannst ihr sagen, daß i nix weiß. Wenn sie mit mir darüber reden will, dann soll sie das selbst machen.«

»Dann hast nix dagegen, daß i die Tina aufnehmen will und ihrem Kind ein Heim geb'?«

»Nein, Mutter, da hab' i nix dagegen. I bin froh, wenn sie bleiben tut. Du hast sie doch auch gern hier, oder?«

»Ja, das habe ich!«

»Gut, dann werde ich morgen mal nach der Wiege schauen, damit sie in Ordnung ist. Wo soll sie dann stehen?«

»Laß sie erst mal in der Scheune stehen und decke sie zu. Die Anna hat mir das alles nämlich im Vertrauen erzählt. Wir wissen des gar net. Verstehst?«

»Mmm! Dann werd' i die Wiege im Schuppen einschließen.«

Friedel Sommerhalder ging und holte seine Zither. Er setzte sich an den Küchentisch und spielte, bis es draußen ganz dunkel war. Dann ging er hinauf in sein Zimmer. Er fand in dieser Nacht kaum Schlaf. Er mußte immer wieder an Tina denken.

*

Anna brachte Martina einige Tage später. Friedel sah sie kommen und verschwand sofort im Kuhstall. Seine Mutter war gerade im Hof und ging mit Martina ins Haus.

»Siehst gut aus, Tina. Hast richtig Farbe ins Gesicht bekommen, da oben in den Bergen. Bist auch ein bisserl gewandert?«

»Ich habe der Anna viel geholfen. Die hat alle Hände voll zu tun mit den Hochzeitsvorbereitungen. Aber ein bisserl gewandert bin ich auch. Schön war es. So allein in den Bergen, das gefällt mir. Ich hatte aber immer den Bello dabei.«

»Ja, die Aussicht da oben ist herrlich. Ich war ja schon lange nicht mehr oben. Es würde mich schon interessieren, wie die Anna und der Toni die Berghütte verändert haben und wie sie das alles so machen. Der Toni hat wirklich Glück, daß er die Anna zur Frau bekommt.«

»Die Anna ist ein ganz lieber Mensch. Sie ist gütig und hilfsbereit. Ich mag die Anna sehr. Wir haben viel geredet.«

»So, viel geredet habt ihr? Die Anna ist ja auch in deinem Alter. Da fällt dir das Reden vielleicht leichter. Hier redest du ja net so viel.«

»Das mußt du nicht persönlich nehmen, Bäuerin. Das hat nichts mit dir zu tun. Ich bin gern hier. Ich hatte nur etwas mit der Anna zu bereden. Es kann schon sein, daß es mir leichter fiel, zuerst einmal mit der Anna zu sprechen, weil sie auch eine junge Frau ist. Sie hat mir geraten, auch mit dir zu reden.«

»Dann mach's!«

»Das ist nicht so einfach!« Martina atmete tief durch. Ängstlich schaute sie die Bäuerin an. »Es ist so … ich erwarte ein Kind.«

»So! Deshalb bist du so blaß gewesen«, war die schnelle Antwort, der ein gütiger Tadel folgte. Die Bäuerin schüttelte den Kopf.

»Du hättest früher was sagen sollen, Tina. Du hast so schwere Arbeit gemacht. Des is net gut, wenn man ein Kind erwartet. Da sollst du net so schwer heben.«

Martina schaute die Bäuerin mit großen Augen an. Sie staunte über deren Gelassenheit und Fürsorge.

»Bäuerin, begreifst du? Ich bin eine ledige Mutter. Ich will den Vater meines Kindes nicht. Er weiß auch nicht, daß er Vater wird. Ich werde mein Kind alleine großziehen müssen.«

»Das habe ich schon begriffen. Da bist du nicht die erste und auch nicht die letzte, der so etwas passiert. Gut, schön ist des net. Aber zu ändern is nix dran, oder?« stellte die Sommerhalderin zu Martinas Überraschung sachlich fest.

»Nein! Ändern werde ich nichts. Ich werde mein Kind zur Welt bringen«, sagte Tina leise.

Martina setzte sich auf die äußerste Kante der Eckbank.

»Ich wollte mir eine Wohnung in der Stadt suchen. Aber die Anna hatte eine Idee. Sie meint, ich soll hier in Waldkogel bleiben. Die Luft hier in den Bergen wäre auch besser für das Kind. Kinder auf dem Land würden freier aufwachsen und hätten einen ganz anderen Zugang zur Natur.«

»Des hat die Anna richtig erkannt. Und willst bleiben?«

»Wenn ich eine Bleibe finde. Ich möchte dich fragen, ob es möglich ist, daß ich hier auf dem Sommerhalder Hof bleiben kann. Vielleicht kannst du mir ja die kleine Wohnung im Altenteil vermieten?«

Martina hielt den Atem an. Sie stand auf und hielt sich mit beiden Händen am Tisch fest. Gertrud Sommerhalder trat zu ihr. Sie griff nach den beiden Händen von Martina und hielt sie fest.

»Du kannst bleiben, Tina. Ich helfe dir. Wir zwei Frauen werden das schon schaffen. Du kannst die kleine Wohnung drüben im Altenteil haben. Du kannst aber auch gern hier im Haus bleiben. Ich würde mich freuen, wenn du hierbleiben würdest. Überlege es dir. Es ist ja noch ein bißchen Zeit. Wann ist es denn soweit?«

»Ich komme gerade vom Doktor. Hier schau!«

Martina zeigte ihr ihren Mutterpaß mit dem errechneten Geburtsdatum. »Da ist ja noch reichlich Zeit.« Martina traten die Tränen in die Augen. Die Bäuerin zog sie in ihre Arme. »Es wird alles gut, Tina. Mußt net weinen.«

»Was wird der Friedel dazu sagen?« schluchzte Martina.

»Das weiß i net. Da mußt schon selbst mit ihm reden. Aber noch bin i die Bäuerin auf dem Hof und i hab' ihm den Hof noch net überschrieben. I hab' das Sagen hier. Mach dir wegen dem Friedel keine Sorgen. Erst machen wir mal so weiter wie bisher. Dann, wenn man anfängt, dein Bäuchlein zu sehen, dann mußt du mit dem Friedel reden. Vielleicht sollst doch net so arg lang damit warten. I denk nämlich, je früher er es weiß, desto besser ist's. Verstehst?«

»Das hat die Anna auch gesagt.«

Martina zitterte leicht. Die Bäuerin drückte sie auf einen Stuhl. Dann kochte sie Martina einen schönen, warmen Kakao. Während Martina diesen trank, redete sie sich alles von der Seele. Sie erzählte von Mark, von ihrem Elternhaus. Sie berichtete von den Bemerkungen ihres Vaters zum Thema unehelicher Kinder.

»Dann bist also net nur von diesem Mark weggelaufen, sondern auch von daheim.«

»Ja, das bin ich. Ich war so durcheinander, so kopflos. Ich wußte nur eines. Ich wollte so schnell wie möglich in die Berge. Ich habe die Berge schon immer geliebt. Ich wollte Ruhe haben und nachdenken, was ich mache.«

»Des war gut. Dein Herz hat dich in die Berge geführt, und jetzt bist hier bei mir und bleibst. Über den Friedel machst dir keine Gedanken. Der soll ganz still sein. Wenn er net dafür sorgt, daß Enkelkinder auf dem Hof spielen, dann muß er sich damit abfinden, daß i mir Ersatz besorge. So, jetzt sind wir fertig.«

Martina lächelte die Bäuerin dankbar an.

»Danke, Sommerhalder-Bäuerin, danke! Das werde ich dir nie vergessen. Wenn es ein Mädchen wird, dann will ich es nach dir benennen.«

»Gertrud ist kein so schöner Name mehr in der modernen Zeit. Aber wir werden schon schöne Namen finden, egal ob es ein Bub oder ein Madl wird. Hauptsache es is gesund. Des macht mir am meisten Kummer. Des is net gut, daß du so unglücklich bist.«

»Ich bin nimmer ganz so unglücklich, Bäuerin.«

»Des freut mich. I hoff', daß du dann bald ganz glücklich sein wirst.«

Ganz glücklich werde ich wohl nie mehr sein, dachte Martina. Sie sagte aber nichts.

*

Friedel erschien nicht zum Mittagessen. Als es vom Kirchturm läutete, stand schon das Mittagessen auf dem Tisch. Wie auf allen Höfen wurde pünktlich gegessen. Friedel kam nicht herein. Die Bäuerin rief vom Fenster aus mehrmals über den Hof. Friedel kam aber nicht. So ging sie selbst hinaus und suchte ihn.

Ihr Sohn lag unter dem Traktor und schraubte.

»Es is Essenszeit, Friedel. Hast mich net gehört?«

»I eß heute im Wirtshaus. I gehe in den ›Ochsen‹.«

»So ein Schmarrn, so ein damischer! Bist jetzt ganz narrisch geworden? Wie kommst denn jetzt darauf?«

»Wenn dir des net gefällt, dann sag i dir, daß i kein Hunger hab'.«

»Des is genau so ein Schmarrn. Was wird denn die Tina denken? Die muß doch denken, du gehst ihr aus dem Weg.«

»Des soll sie auch denken. Sie will das ja so haben, das hat sie selbst gesagt. I mach also des nur so, wie die Tina das haben will.«

»Depperts Mannsbild, deppertes! Wenn du Hunger hast, dann kommst. Ins Wirtshaus wird net gegangen. Des gibt's net, Friedel.«

»Mutter, des is mei Sach!«

»Stell dich net so an und komm mit.«

»Nix da! Laß mich in Ruh!«

Die Bäuerin sah, daß sie ihren Sohn nicht überreden konnte. Kopfschüttelnd ging sie zurück in die Küche.

»Friedel kommt net zum Essen. Der geht dir aus dem Weg, Tina. War etwas zwischen dir und dem Friedel?«

Martina wurde rot.

»Tina, i will net wissen, was da war. Doch bring' das in Ordnung.«

»Ja, Bäuerin«, sagte Martina leise. »Soll ich gleich rausgehen und mit ihm reden?«

»Nein, erst wird gegessen, dann machen wir den Abwasch und unsere Arbeit wie immer. Dann kannst gehen. Bis dorthin wird er ja nicht verhungert sein, der Querschädel. So ein narrisches Mannsbild!«

Damit war das Gespräch beendet. Die Bäuerin sprach das Tischgebet und sie aßen.

*

Am späten Nachmittag ging Martina in den Garten. Zum Abendessen plante sie, Pellkartoffeln und Quark mit vielen Zwiebeln, Knoblauch und Schnittlauch zu machen. Mohrle lief ihr nach.

»Friedel, ich möchte mit dir sprechen. Ich bin im Garten«, sagte Martina, als sie an Friedel vorbeiging.

Ihr Herz klopfte. Ihr Puls raste. Ihre Hände umklammerten

den kleinen Korb, als wäre sie am Ertrinken und dieser Halt die einzige Rettungsmöglichkeit. Es dauerte nicht lange, bis Friedel kam.

»Ja, da bin i!«

Martina stand im Kräuterbeet und schnitt Schnittlauch. Sie legte das Büschel in den Korb.

»Friedel, ich wollte nicht unhöflich sein zu dir am letzten Sonntag. Wir sollten versuchen, miteinander auszukommen. Ich mußte deiner Mutter versprechen, mit dir zu reden. Wir leben hier alle zusammen auf dem Hof. Wir arbeiten zusammen. Da müssen wir versuchen, miteinander auszukommen.«

»So meinst? Denkst des wär nötig? Des klingt jetzt aber ganz anders als am Sonntag. Da hast gesagt, daß i dich in Ruh' lassen soll, sonst würdest du sofort abreisen. Des will i net wegen der Mutter. Die mag dich.«

»Mein Reisetermin hat sich verschoben«, sagte Martina leise.

»So, verschoben. Wann is des jetzt?«

»Deine Mutter hat mir angeboten zu bleiben, auf Dauer.«

»So, hat sie das? Na, wundern tut mich des net. Und bleibst?«

»Das hängt von dir ab, Friedel. Das habe ich auch deiner Mutter erklärt.«

»Warum soll das von mir abhängen?«

»Ach, Friedel. Du machst mir das auch wirklich schwer.«

Martina schnitt ein weiteres Büschel Schnittlauch ab. Friedel stand dabei und hatte die Hände in den Hosentaschen.

»Ich will, daß du verstehst, daß ich nichts gegen dich habe. Können wir nicht ganz normal miteinander umgehen, wie ganz normale Menschen?«

»Wie meinst das?«

»Eben so, wie es üblich ist zwischen dem Jungbauer und jemand wie mir, die auf dem Hof arbeitet. Ich lebe mein Leben. Du lebst dein Leben. Wir reden miteinander. Das war's.«

»Ah, du meinst, daß ich tun soll, als wäre i net hinter dir her, als hätte i mich net in dich verliebt. Du magst mich net. Willst das sagen?«

Tina mußte ihn anschauen. Sie sah in seine braunen Augen.

»Ich will dazu nichts sagen, Friedel. Es gibt für dich und mich keine Zukunft. Das hängt mit meiner Vergangenheit zusammen.«

»Bist eine Kriminelle gewesen? Bist im Gefängnis gewesen?«

Friedel gab sich völlig ahnungslos. Martina mußte lachen.

»Nein!«

»Dann is ja alles gut.«

»Manche Leute sehen das, was ich getan habe, doch als eine Art Verbrechen an, ein Verbrechen gegen die guten Sitten und die Moral. Deshalb mußte ich von daheim fort. Dort kann ich mich nie mehr sehen lassen.«

»Zum Donnerwetter, Martina! Kannst denn net einfach sagen, was los ist?«

»Gut.« Nach einer kleinen Sprechpause fügte sie leise hinzu: »Ich bin schwanger. Ich erwarte ein Kind.«

»Is des alles?« war Friedels Antwort.

Martina wurde wütend.

»Was soll das heißen? Is des alles? Ich werde eine ledige Mutter sein. Einen Vater für mein Kind habe ich nicht. Ich will ihn nicht. In ein paar Wochen werde ich dann mit einem dicken Bauch auf dem Hof herumlaufen. Verstehst du? Du fragst einfach, is des alles? Was hast du denn erwartet?«

»I bin ja net ganz deppert, Tina. Begriffen habe ich das schon. Deshalb wolltest du dich net mit mir zeigen, net mit mir spazierengehen. Damit die Leute später nicht denken, das Kind wäre von mir.«

»Na, endlich hast du es begriffen. Deshalb muß ich, will ich von dir wissen, ob du damit einverstanden bist, daß ich hierbleibe.«

»Sicher bin i damit einverstanden. I hab' nix gegen dich, Tina. Du hast mir gesagt, daß du schwanger bist. Da dank i dir dafür.

Mich stört es nicht. Jetzt habe ich aber eine Frage. Die mußt du mir wahrheitsgemäß beantworten, ja?«

»Ich will es versuchen, Friedel.«

»Also, nehmen wir mal an, daß du net schwanger wärst. Hätte i dann eine Chance bei dir? Würdest mich dann gemocht haben?«

Tina traute sich nicht, ihm dabei in die Augen zu sehen. Sie fühlte, wie ihr das Blut in die Wangen schoß und sie errötete. Sie ging in die Hocke und schnitt weiter Schnittlauch.

Energisch nahm ihr Friedel den Korb weg.

»Hör jetzt auf, Schnittlauch zu schneiden. Damit kann man ja schon ein ganzes Bataillon versorgen. Beantworte mir lieber meine Frage!«

»Friedel, das ist schwer zu sagen. Vielleicht ...«

»Vielleicht! Mit dieser Antwort kommst du mir nicht davon. Ich habe es genau gespürt, als ich dich geküßt habe. Ich hätte eine Chance bei dir gehabt. Und daß du ein Kind unter deinem Herzen trägst, hat daran auch nix geändert.«

»Friedel, sei still! Es bringt doch nichts, daß du mich so quälst.«

Friedel Sommerhalder ging zur Bank unter dem Baum. Er stellte das Körbchen ab und wartete. Tina trat hinzu und setzte sich.

»Liebst du den Vater deines Kindes noch?«

»Nein! Ich habe erkannt, daß es eigentlich nie Liebe war. Deshalb bin ich fort. Er wird auch nie erfahren, daß er ein Kind hat.«

»Dann willst du das Kind allein aufziehen, so ganz ohne Vater, auch ohne einen Stiefvater vielleicht?«

»Ja. Stiefvater, das ist immer schwierig. Ich habe mir vorgenommen, alleine zu bleiben.«

»Das halte ich für keine gute Idee. Ein Kind sollte einen Vater haben. Wenn des net möglich ist, dann einen Stiefvater oder Ersatzvater. Das Kind müßte nicht einmal wissen, daß der Mann, zu dem es Papa sagt, net sein leiblicher Vater ist.«

Martina schwieg. Nach einer Weile sprach Friedel weiter.

»Weißt, Martina, mit der Liebe ist das so eine Sache. Ich war mal sehr verliebt. I dacht', meine Braut wäre die Frau, die zu mir paßt. Als sie mich dann sitzengelassen hat, da war i erst beleidigt. Dann hab' i nachgedacht und festgestellt, daß ich mir viel vorgemacht hatte. Heute denk i, daß es gut war und i eigentlich großes Glück hatte. Lange Zeit hab' i kein Madl mehr angeschaut. Dann hab' i dich gesehen und mich in dich verliebt. I mag dich immer noch, auch wenn du ein Kind von einem anderen bekommen tust. Des stört mich net. Des Kind könnt ruhig Vater zu mir sagen. Niemand bräucht' zu wissen, daß des net mein Fleisch und Blut is. I tät dich sobald wie möglich heiraten und dann bekäm das Kindchen meinen Namen. Es gibt viele Kinder, die angeblich zu früh auf die Welt kommen, so nach sieben oder acht Monaten schon. Da wird sich niemand was dabei denken. Meine Mutter mag dich und i mag dich auch. Du bist doch gern auf unserem Hof und du wärst versorgt.«

Friedel warf Martina einen Seitenblick zu.

»Wenn du von deiner Seite aus mit so einer Vernunftehe leben kannst, dann könnt ich bald die Sache mit der Eheschließung regeln. Ich liebe dich. Ich biete dir diese Lösung an, weil ich dich wirklich mag. Wie ist es?«

Martina verspürte einen Kloß im Hals. Sie schluckte einige Male, ehe sie sich äußern konnte.

»Dir würde es nichts ausmachen, daß ich dich nicht liebe?«

Friedel lachte.

»I denk da ein bisserl anders darüber. I denk, daß du mich schon lieben tust. Du willst dir das nur net eingestehen. Es braucht halt alles seine Zeit. Ich kann warten. Aber die Hochzeit, die sollten wir net so lange hinausschieben. Was denkst?«

»Willst du jetzt gleich eine Antwort von mir?«

»Des würde mir schon passen. Zu verlieren hast du ja nichts. Du kannst nur gewinnen. I will dich gern zur Frau nehmen, Tina. Wie steht es jetzt? Willst oder willst net?«

Martina schaute ihm in die Augen. Friedel hatte schöne, große, braune Augen. Seine Augen waren viel schöner als die von Mark, an die sie sich auch kaum noch erinnern konnte. Friedel hatte einen ehrlichen und natürlichen Blick. Seine Augen logen nicht, machten ihr nichts vor.

»Ich danke dir für deinen Antrag, Friedel. Das war ja wohl ein Heiratsantrag.«

»Heiratsanträge sollten anders sein, romantischer. Aber die Umstände sind nun einmal nicht so, daß ich es wagen wollte, dir einen schönen, romantischen Antrag zu machen. Am Ende wärst du dann wieder kratzbürstig geworden. Ich sag dir noch einmal: Ich liebe dich, Tina.«

»Gib mir Bedenkzeit, Friedel!«

»Gut, die sollst du haben. Aber denke nicht so lange. Je früher wir heiraten, desto besser.«

»Dir kommt gar nicht der Gedanke, daß ich ablehnen könnte?«

»Nein, dieser unsinnige Gedanke kommt mir net. Ich bin nämlich fest davon überzeugt, daß du mich auch liebst. Wann kann ich mit deiner Antwort rechnen?«

»Ich weiß nicht. Ich muß nachdenken. Du mußt warten!«

Martina nahm den Korb mit den Gartenkräutern.

»Du kommst rein zum Essen? Deine Mutter wird mich fragen, ob wir uns ausgesprochen haben.«

»Ja, ist alles in Ordnung.«

Friedel schaute Martina nach, wie sie fortging. Sein Herz war wund und voller Mitleid. Er war sich so sicher, daß sie ihn liebte. Wie gern wäre er ihr nachgelaufen, hätte sie in seine Arme geschlossen, an sein Herz gedrückt und ihr seine ganze Liebe gegeben. Doch Friedel wußte, daß er ihr Zeit lassen mußte. Er ängstigte sich auch, daß sie seinen Antrag ablehnen könnte.

*

»Schmeckt gut mit dem extra vielen Schnittlauch drin, Tina.«

Martina lächelte ihn an.

»Freut mich, Friedel. Dann kann ich dir ja noch eine Portion auf den Teller geben.«

»Nimm du dir auch noch etwas. Mußt ja jetzt für zwei essen.«

»Ah, ich seh, ihr habt euch ausgesprochen. Das freut mich. Und was meinst du, Friedel, zu der Sache, daß die Tina hierbleibt? Sie könnt mit dem Kind ins Altenteil ziehen.«

»Das muß jetzt doch noch net entschieden werden. Da ist noch Zeit, Mutter. Wichtiger ist mir, daß die Tina net mehr so schwer arbeitet. Sie soll auch morgens länger schlafen. I steh früher auf und mach das Federvieh mit. Dann will ich haben, daß die Tina jeden Abend einen kleinen Spaziergang macht. I hab' in einer Zeitung gelesen, daß des gut sein soll für werdende Mütter. Hier in den Bergen ist die Luft noch viel besser als in der Stadt. Des wird der Tina guttun und dem Ungeborenen auch.«

»Richtig, Bub!«

»Und alleine soll's auch net gehen. Einen Abend gehst du mit ihr und am nächsten begleite ich sie auf dem Spaziergang.«

Er schaute Tina entschlossen an.

»Das wird so gemacht, Tina. Daran wirst du dich gewöhnen müssen. So eine Schwangerschaft ist keine Krankheit, aber deshalb soll man net leichtsinnig sein. Ein bisserl Vorsorge hat noch net geschadet.«

Tina sagte nichts. Sie aß weiter. Ihr Herz klopfte. Sie war gerührt von seiner Fürsorge. Er meinte es offensichtlich ernst.

Sie aßen fast schweigend zu Ende.

»Wer soll mit dir gehen, Tina? Soll die Mutter mit dir gehen oder ich?«

»Keiner! Ich habe mich mit der Anna verabredet. Sie bleibt heute nacht auf dem Baumberger-Hof. Sie hat heute nachmittag ihr Brautkleid abgeholt und will morgen früh in die Stadt fahren, sich Schuhe kaufen.«

Martina warf einen Blick zur Uhr.

»Dann geh, Tina. Mit dem bisserl Geschirr werde ich schon alleine fertig«, sagte Gertrud Sommerhalder.

Martina schlüpfte in ihre Jacke und ging.

Anna wartete schon. Die beiden Frauen schlugen den kleinen Weg ein, der hinter der Kirche vorbei auf einen Hügel führte. Oben hatte der Bürgermeister Fellbacher einen Grillplatz anlegen lassen. Sie waren allein.

Anna ging voraus und setzte sich auf eine Bank.

»Von hier aus hat man einen schönen Ausblick auf Waldkogel. Toni hatte mir den Platz gezeigt, ganz am Anfang. Da machte er mit mir so eine Art Führung durch den Ort.«

Anna lachte herzlich, als sie sich daran erinnerte.

»Dem Toni kam es dabei weniger darauf an, mir alles zu zeigen, als mich den Waldkogelern zu zeigen. Sobald uns jemand begegnete, legte er den Arm um meine Schultern und küßte mich.«

Anna klopfte einige Male mit der Hand auf die Sitzfläche. Martina setzte sich zu ihr.

»Was hat die Trudel gesagt?« fragte Anna direkt.

»Die hat mich mit offenen Armen aufgenommen. Ich habe den Eindruck, die freut sich auf mein Kind. Ich kann bleiben und sie will mir helfen. Wir haben viel geredet. Sie denkt sich das so. Zuerst soll ich mein Kind bekommen. Wenn ich das dann nicht mehr stille, dann könnte ich mir auch eine Halbtagsarbeit in der Stadt suchen. Sie würde dann als Ersatzoma das Baby hüten. Sie meinte, es wäre schade, wenn meine ganze Ausbildung umsonst wäre. Außerdem käme ich dann unter Leute.«

»Das hört sich gut an. Wirklich gut. Siehst du, es ist alles viel einfacher als du gedacht hast, Tina.«

»Wie man sieht. Ich habe mich noch nicht endgültig entschieden. Zwar habe ich der Bäuerin zugesagt und ich will sie auch nicht enttäuschen, wo sie so hilfsbereit ist.«

Anna unterbrach sie:

»Laß mich raten! Friedel! Er bereitet dir Kopfzerbrechen. Du mußt mit ihm reden, Tina. Das habe ich dir doch gesagt.«

»Ach, Anna, das habe ich doch heute nachmittag gemacht. Jetzt ist alles noch viel komplizierter.«

»Wieso? Will er nicht, daß du bleibst?«

»Ganz im Gegenteil. Es stört ihn scheinbar überhaupt nicht, daß ich schwanger bin, von Mark. Er nahm das sehr gelassen hin. Wenn es nach ihm geht, dann kann ich nicht nur auf dem Hof bleiben. Er will, daß ich als seine Frau bleibe.«

Martina schaute Anna an.

»Das überrascht mich nicht. Er liebt dich! Er liebt dich wirklich!«

»Das habe ich ja mittlerweile auch begriffen. Er würde mich am liebsten sofort heiraten. Je früher, desto besser, meint er. Das Kind bekäme dann seinen Namen, und er würde als Vater eingetragen.«

»Das ist doch ein wunderbares Kompliment. Er beweist dir so seine Liebe.«

»Anna, das weiß ich ja. Doch kann ich das wirklich machen?«

»Das mußt du entscheiden. Was spricht dagegen?«

Anna zählte die Vorteile auf.

»Anna, das weiß ich alles. Friedel ist mir außerdem nicht unsympathisch.«

Jetzt schüttelte sich Anna vor Lachen.

»Nicht unsympathisch! So nennst du das? Das ist die Untertreibung des Jahrtausends. Du liebst ihn doch auch! Das hast du mir selbst gesagt. Erinnerst du dich?«

Anna schaute Martina eindringlich an.

»Ja, ich erinnere mich. Also gut, dann gestehe ich es dir. Ich mag Friedel auch.«

»Nein, Tina! Du magst Friedel nicht, du liebst ihn. Du liebst ihn auf eine ehrliche und anständige Art und Weise.«

»Stell mich nicht auf den Sockel, Anna. Das habe ich nicht verdient.«

»So! Dann will ich dir mal sagen, wie das auch noch anders hätte ablaufen können. Friedel hatte schon ein Auge auf dich geworfen, als er mit Martin und Leo auf der Hütte war und Toni beim Bau der Wand in unserem Schlafzimmer geholfen hat. Der stand voll in Flammen. Du konntest damals schon kaum die Augen von ihm lassen.«

Tina wollte etwas einwenden, doch Anna schnitt ihr das Wort ab.

»In dieser Nacht schon hättest du ihn verführen können. Dann wärst du mit ihm gegangen und hättest ihm nach zwei Wochen eröffnet, daß du von ihm ein Kind erwartest. Er hätte dich geheiratet. Sofort, denn der Friedel ist ein anständiger Bursche. Niemals hätte er erfahren müssen, daß das Kind nicht von ihm ist. Was glaubst du denn, wie oft so etwas gemacht wird?«

»Ja, so etwas soll vorkommen.«

»Du hast die Gelegenheit aber nicht ausgenutzt. Das weiß der Friedel auch. Friedel ist ein sehr feinfühliger Mensch. Er spürt, daß du ihn liebst. Nur das ist ihm wichtig. Daß du ihn wirklich liebst, das hast du ihm längst bewiesen, Tina. Du hast ihn nicht reingelegt. Du wolltest nicht einmal mit ihm spazierengehen. Du warst auf seinen Ruf bedacht. Ich bin mir sicher, daß Friedel das alles bedacht hat. Du kannst dir der Liebe von Friedel so sicher sein, wie ich der Liebe meines Tonis sicher bin.«

Martina schwieg.

»Weißt du, bald werde ich meinen Toni heiraten. Wir werden uns in der Kirche versprechen, daß wir zueinander halten in guten wie in schlechten Tagen. Dein Friedel sagt dir das nicht nur, er beweist es dir bereits. Warum zögerst du? Denkst du doch noch an Mark?«

»Nein! Ich muß immer nur an Friedel denken.«

»Dann heirate ihn, Tina! Stehe dazu, daß du ihn liebst. Er wird deinem Kind ein guter Vater sein, da bin ich mir sicher. Seine Mutter wird eine gute und liebevolle Großmutter sein, wie du dir keine bessere wünschen kannst. Sie mag dich jetzt schon, Tina.«

»Wenn ich mich darauf einlasse, dann werden Friedel und ich eines Tages wahrscheinlich weitere Kinder haben. Muß er nicht denen dann den Vorzug geben?«

»Tina, daß dein Erstgeborenes nicht das Kind deines Mannes ist, damit mußt du leben. Das ist die Wahrheit. Doch ist es nicht noch viel mehr, wenn ein Mann ein fremdes Kind als sein eigenes annimmt? Ist das nicht der größte Liebesbeweis, den er der Mutter geben kann und auch dem Kind? Wenn dein Kind groß ist und du es ihm sagen willst, dann kannst du es tun. Es fragt sich aber, ob das sinnvoll und nötig ist. Was in meinen Augen zählt, ist die Liebe und nur die Liebe.«

Martina atmete tief durch. Anna legte den Arm um sie.

»Tina, ich will dich nicht überreden. Du hast einmal gesagt, daß du immer das Gefühl hattest, daß man dir gesagt hat, was du tun solltest. Ich will nur deine Freundin sein. Wie immer du dich entscheidest, ich halte zu dir. Ich respektiere deine Entscheidung. Es geht ja schließlich um die Liebe und nur um die Liebe. Um die Liebe zu finden, dazu leben wir. Alle Menschen sind auf der Suche nach der einzigen und wahren Liebe. Du mußt prüfen, ob du sie gefunden hast. Nur du kannst entscheiden, ob Friedel deine einzige wahre Liebe ist.«

»Ich weiß, Anna!«

»So, jetzt sage ich dir noch etwas.«

Annas Stimme klang streng. Sie schaute Martina ernst an.

»Nicht Friedel ist das Problem. Auch das Kind ist nicht der Hinderungsgrund. Deine Unsicherheit und Ablehnung hat einen ganz anderen Grund. Du hast Angst.«

»Ja, so ist es.«

»Tina, warum hast du Angst vor deinen Gefühlen? Ich will dir die Frage gleich beantworten. Du sagst dir, daß du dich einmal geirrt hast. Die Sache mit Mark ging schief. Das war ein Fehlgriff.«

»Oh, ja, das war mehr als ein Fehlgriff, Anna!«

»Deshalb vertraust du dir selbst nicht mehr. Du willst keine Entscheidung treffen, weil du Angst hast, du könntest dich wieder falsch entscheiden. In deinen Augen hast du dich bereits einmal für den falschen Mann entschieden. Doch du hast auch andere Entscheidungen getroffen. Nämlich, daß du dein Kind bekommen willst und weiter, daß du Mark nichts sagen willst, ihn auch nicht heiraten willst. Das waren mutige und selbstsichere und kluge Entscheidungen.«

»Meinst du wirklich?« fragte Martina unsicher.

»Ja, davon bin ich überzeugt.«

Anna rückte ein Stück näher an Martina heran. Sie legte den Arm um ihre Schultern.

»Tina, du hast eine ganz wichtige Entscheidung getroffen, bevor du Friedel gekannt hast. Du hast entschieden, dein Unglück nicht noch schlimmer zu machen. Du hast dich gegen Mark und für die Liebe entschieden. Verstehst du, was ich dir damit sagen will? Du hast erkannt, daß es noch mehr geben muß – die Liebe eben. Eine Liebe, die trägt. Eine Liebe, die alles versteht, und auf die man bauen kann, gleich, was im Leben auch geschieht. Mark hat dir das nicht bieten können. Deshalb hast du dich gegen ihn entschieden. Eine Frau, die das Kind eines Mannes austrägt, die will wissen, daß sie geliebt wird und nicht nur Zuversicht ist, um es mit den Worten dieses Kerls zu umschreiben.«

Anna ließ Martina Zeit, über diese Worte nachzudenken. Sie saßen auf der Bank und schauten über Waldkogel. Zwischen den Dächern der Gehöfte ragten grüne Baumkronen hervor. Der goldene Wetterhahn auf der Kirchturmspitze glänzte in der Abendsonne. Martina saugte das friedvolle Bild in ihr Herz ein. Im Osten ballten sich Regenwolken über den Gipfeln.

»Es riecht bereits nach Regen, Tina. Kannst du es auch riechen? Ich hoffe, es regnet heute nacht ein wenig. Die Wiesen sind so trocken. Das Gras ist ganz ausgedörrt und kraftlos.«

»Ja, ich spüre es auch. Es wird regnen, wahrscheinlich in den frühen Morgenstunden.«

»Regen ist ein Segen für das Land und die Natur. Aller Staub und Schmutz wird abgewaschen. So erscheint es mir immer. Danach sieht alles neu und schön und glänzend aus. So rein! Tina, laß auch etwas Regen in dein Inneres fallen. Laß allen Zweifel, jede Verzagtheit, Unsicherheit und Angst herausspülen.«

»Du hast ja so recht, Anna. Ich liebe Friedel wirklich. Aber ich fühle mich unwürdig, seine Frau zu werden.«

»Das sollst du ganz schnell vergessen. Nicht du entscheidest darüber. Friedel hat sich für dich entschieden. Ich verstehe, wie schwer es sein kann, ein so großes Geschenk der Liebe anzunehmen. Doch überlege es dir gut, ob es wirklich dein Wunsch ist, es abzulehnen. Du liebst ihn wirklich, das weiß ich. Niemand denkt, daß du nur eine einfache und billige Lösung für deine Lage suchst. Du mußt es schaffen, daß du ja zu ihm sagst. Dein Herz sehnt sich doch nach ihm, oder?«

»Ja, Anna. Ich fühlte mich so geborgen in seinen Armen. Fast hätte ich ihm alles gesagt, als er mich geküßt hatte. Er ist so rührend um mich besorgt.«

Anna stand auf.

»So, Tina! Ich lasse dich jetzt allein. Ich habe dir als Freundin alles gesagt, was ich dir sagen konnte. Vieles davon, wahrscheinlich alles, hast du selbst bereits gewußt. Bleibe jetzt noch ein wenig hier sitzen und denke nach. Niemand wird dich stören. Es dauert noch eine Weile, bis die Sonne untergeht. Höre auf dein Herz! Höre solange hin, bis du eine klare Antwort gefunden hast. Lausche auf das Ja zu deiner Entscheidung. Es muß aber deine Entscheidung sein. Ein kompromißloses Ja. Ich wünsche dir viel Glück. Meta würde sagen: Gottes reichlichen Segen.«

Die Frauen umarmten sich. Tina bedankte sich leise bei Anna.

Dann sah sie ihr nach, wie sie mit schnellen Schritten den Weg hinunterlief.

*

Es war schon fast dunkel, als Martina auf den Sommerhalder Hof kam. Ihre Schritte hallten durch die Dunkelheit. Aus dem Küchenfenster fiel Licht auf die Steinplatten entlang des Hauses. Mohrle kam aus der Dunkelheit auf Martina zugelaufen. Er miaute erbärmlich. Martina hob ihn hoch und vergrub ihr Gesicht in sein Fell.

»Hast du mich gesucht, mein Kleiner? Ich bin ja wieder da.«

Friedel Sommerhalder trat aus dem Haus.

»Schön, daß du wieder da bist. Mutter hat sich Sorgen gemacht. I hab' mit ihr geredet. I hab' ihr erzählt, daß i dir einen Antrag gemacht hab'. Sie gibt uns ihren Segen. Des wollt i dir noch sagen.«

Langsam ging Martina über den Hof, noch immer den kleinen Kater fest an sich drückend. Sie setzte sich auf eine Kiste, die abseits des Scheunentores stand. Friedel folgte ihr und setzte sich neben sie. Es war Vollmond. Der Mond hing wie eine große Lampe über den Bergen, die sich als tiefschwarze Schatten gegen den Sternenhimmel abzeichneten.

»Anna meint, es wird Regen geben.«

»Ja, das denke ich auch. Das Vieh spürt es auch. Es ist dann anders als sonst. Wenn du länger hier sein wirst, wirst du die Anzeichen auch sehen.«

Mohrle lag jetzt auf Martinas Schoß und schnurrte. Sie streichelte sein Fell. Friedel reichte mit seiner Hand hinüber und streichelte ebenfalls den kleinen Kater. Dabei berührte er Martinas Hand. Er hielt sie fest und Martina zog sie nicht zurück. So saßen sie eine Weile da und schwiegen. Friedel dachte, wie schön sich ihre Haut anfühlt. So weich und zart. Martina genoß die rauhe, schwielige Männerhand.

»Friedel, ich habe nachgedacht. Ich möchte dir jetzt etwas sagen. Ich bitte dich, mich ganz ausreden zu lassen. Ich habe mir überlegt, daß es vielleicht eine Möglichkeit geben kann für uns.«

Friedels Herz klopfte. Er wagte kaum zu atmen. Er spürte an Tinas Hand, wie angespannt auch sie war.

Leise sprach Tina weiter:

»Wenn du willst, dann werde ich auf dem Papier deine Frau. Wir können sofort heiraten. Wir gehen auf das Standesamt. Deine Mutter kann mitkommen. Anna und Toni hätte ich auch gerne dabei. Ob der alte Alois mit runterkommt von der Berghütte, das muß man ihm überlassen. Es ist ein weiter Weg. Martin und Leo sollten wir auch einladen. Leo hat mich gerettet und Martin war mein Doktor. Ich stelle mir eine stille Heirat vor, ohne viel Getue. Wenn du willst, kann das noch diese Woche geschehen. Ich danke dir für deine selbstlose Zuneigung und Fürsorge. Ich werde mich bemühen, dir auch eine gute Frau zu sein. Ich will dir gestehen, daß ich auch etwas für dich empfinde. Sonst würde ich nicht einwilligen, deine Frau zu werden. Jemanden zu lieben ist kein Zeitvertreib. Doch ich wurde tief verletzt und weiß nicht, wann ich mich dir hingeben kann. Es wäre mir lieber, wir könnten mit der Hochzeit noch etwas warten. Doch du hast mich überzeugt, daß eine schnelle Lösung die beste ist. Das war es, was ich dir sagen wollte, Friedel.«

Friedel drückte fest ihre Hand, und sie erwiderte seinen Händedruck. Martina stand auf. In der Dunkelheit konnte er ihre Gesichtszüge mehr ahnen als sehen.

»Ich bin damit einverstanden, Tina. Eine kleine Hochzeit, das ist auch mein Wunsch. Ich werde dann mit dem Bürgermeister sprechen. Mutter wird es bedauern, daß wir nicht in der Kirche heiraten. Aber sie wird sich damit abfinden, da bin ich mir sicher.«

»An deine Mutter habe ich nicht gedacht.« Martina überlegte einen kleinen Augenblick. »Gut, dann können wir auch in der Kirche heiraten. Meinst du, du kannst mit dem Pfarrer reden, daß er uns abends traut? Es gibt oben am Berg eine kleine Kapelle. Vielleicht können wir da heiraten.«

»I denk schon. Ich werde gleich morgen mit ihm reden und mit dem Bürgermeister auch. Du mußt mitkommen, wenn das Aufgebot bestellt wird.«

»Morgen so gegen zehn Uhr?«

»Ja, das paßt. Da sind wir mit der Stallarbeit auf dem Hof fertig. Wäre dir die Trauung am Freitag recht?«

»Ja, das würde mir passen, Friedel.«

»Dann sollten wir jetzt mit meiner Mutter reden. Mei, wird die sich freuen.«

Sie gingen hinein. Friedel hielt Martina die Küchentür auf. Die Sommerhalder-Bäuerin saß am Tisch und nähte gerade den letzten Knopf an der Trachtenweste an, die sie gestrickt hatte.

»Fertig! Gefällt sie dir? Die ist für dich, Tina!«

»Für mich? Die ist ganz wunderbar, Bäuerin. Vielen, vielen Dank.«

»Tina! Des mit der Bäuerin läßt du jetzt, hörst du? Du bist meine Braut. Dann kannst zu meiner Mutter auch Mutter sagen. So ist des Brauch bei uns hier. Net wahr, Mutter?«

Das war so ganz typisch für Friedel. Wie er auch selten direkte Fragen stellte, so sagte er auch selten etwas direkt.

»Dann habt ihr endlich zueinander gefunden. Dem Himmel sei Dank! Willkommen, Tina!«

Die Sommerhalder-Bäuerin schloß Tina in ihre Arme.

Sie setzten sich an den Tisch und redeten. Das junge Paar würde nach der Hochzeit die unteren Räume im Bauernhaus beziehen und sich einrichten. Gertrud Sommerhalder würde oben in der zweiten Etage zwei Zimmer für sich behalten.

»Was ist mit deinen Eltern, Tina?« fragte Friedels Mutter schon zu vorgerückter Stunde.

Auf Martinas Gesicht fiel ein Schatten. Sie dachte nach.

»Ich will zuerst den Friedel heiraten. Dann können sie es erfahren, daß ich seine Frau bin. Daß mein Kind net vom Friedel ist, das brauchen sie nicht zu wissen. So will ich es haben.«

»Dann wird es so gemacht, Tina. Hast du sonst noch einen Wunsch? Mußt es nur sagen.«

Martina lächelte zaghaft.

»Vielleicht können wir dann ja morgen zum Forsthaus spazieren? Ich wäre so gern mit dir zum Forsthaus gegangen.«

Friedel strahlte über das ganze Gesicht. Er wußte, daß Tina ihm damit sagen wollte, daß sie ihn liebt.

Gertrud Sommerhalder zog sich dann bald zurück.

»Gute Nacht, mein Madl! Schlaf gut.«

»Gute Nacht, Bäuerin!« Dann fügte Tina leise hinzu: »Schlaf gut, Mutter Trudel.«

Die Bäuerin strich Tina liebevoll über das Haar.

Martina und Friedel hörten, wie die Bäuerin die Stufen hinaufging.

»Du hast mei Mutter sehr glücklich gemacht. Jetzt weiß sie, daß es weitergehen wird mit dem Hof.«

»Ja, das wird es.«

»Darfst net denken, daß i dich nur heirate wegen dem Hof und weil eine junge Frau endlich auf den Hof muß, Tina. Ich lieb' dich wirklich. Die Mutter mag dich auch.«

»Das weiß ich, Friedel. Jetzt bin ich aber müde und möchte zu Bett.« Friedel ging mit bis zur Tür der kleinen Kammer, in der Tina untergebracht war. Verlegen blieb er stehen.

»Du sollst wissen, daß ich dich jetzt gerne küssen würde. Das wäre das mindeste. Aber ich will dich nicht drängen. Sagen wollte ich es dir nur.«

»Bleib ganz ruhig, Friedel.«

Tina legte ihre Hand auf seine Schulter und hauchte ihm einen Kuß auf seine Wange.

»Gute Nacht, Friedel. Schlafe gut.«

»Du auch, Tina. Schlaf dich morgen früh aus. Ich versorg' das Vieh.«

Friedel nahm unbeholfen ihre Hand und küßte sie. Zu mehr hatte er keinen Mut. Es lag aber eine unendliche Zärtlichkeit in ihren Augen, als sie sich ansahen. Dann ging Tina in ihre Kammer und schloß die Tür.

Sie lehnte sich von innen dagegen und schloß die Augen. Ihr Herz klopfte. Ja, er würde ihr ein guter Mann sein.

*

Sie hielten es so, wie sie es besprochen hatten. Bürgermeister Fellbacher war überrascht, als die beiden zu ihm kamen. Martina ließ Friedel alles regeln. Die Formalitäten waren schnell erledigt.

»Ist ja eine richtige Blamage für mich als Bürgermeister. Da gibt es wohl schon seit längerem eine Liebschaft in Waldkogel und i hab' nix davon gewußt. Na, so was.«

»Wir haben uns auch große Mühe gegeben, die Sache geheimzuhalten. Das letzte Mal ging das ja schief. Da war ich der gehörnte Bräutigam. Jetzt bin i mir aber sicher. Meine Braut läuft net weg dieses Mal. Aber i bitt' dich, Fellbacher, häng's net an die große Glocke. Wir heiraten am Freitag. Erst nach vollendeten Tatsachen kann dann getratscht werden. Kein Wort vorher! Sonst lernst mich kennen, Fellbacher.«

»Was wirst dann machen, Friedel?«

»Ich ziehe mit meiner Tina fort und mach in unsere Scheune eine Disco«, grinste Friedel.

Er wußte, daß er damit den wunden Punkt des Bürgermeisters getroffen hatte.

»Um Gottes willen! Eine Disco in Waldkogel? In unserem schönen, ruhigen Waldkogel! Des wäre eine einzige Katastrophe. Mit der Ruhe wäre es vorbei.«

»Des liegt ganz bei dir, Fellbacher!«

Draußen auf der Straße mußte Martina herzlich lachen.

»Das war zu komisch mit der Disco! Der Bürgermeister wurde ganz blaß. Der hat deine Drohung ernstgenommen, Friedel.«

»Mir war es auch ernst damit. Des kannst mir glauben. Du willst doch eine Trauung im engsten Kreis. Bitte! Das habe ich dir versprochen und so soll es auch sein. Da schrecke ich vor nix zurück.«

Gleich anschließend besuchten sie Pfarrer Zandler. Friedel legte in der Gegenwart des Pfarrers den Arm um Martina. Dann holte er einen Briefumschlag aus der Innentasche seiner Lodenjacke und legte ihn auf den Tisch.

»Pfarrer Zandler! I will es kurz machen. I will die Tina am Freitag am späteren Nachmittag oben in der kleinen Kapelle am Pilgerweg heiraten. Da is was drin! Eine kleine Spende für die Kirche. I denk, des ist genug und erleichtert die Entscheidung. Fragen brauchst net stellen. Wir lieben uns und es muß schnell gehen. Also, wie is des? Am Freitag um sechzehn Uhr? Ah, und noch was, mußt es net bei der Abendmesse von der Kanzel verkündigen. Wir wollten erst Tatsachen schaffen. Kannst es dann der Gemeinde am Sonntag erzählen.«

Pfarrer Zandler schmunzelte.

»Na ja, lieber ein geheimes Aufgebot und eine wirkliche Trauung, als ein Aufgebot und keine Trauung. Letzteres gab es ja schon einmal. Ich werde nie vergessen, wie verloren du vor der Kirche auf deine Braut gewartet hast. Und Fragen soll ich keine stellen?«

»Nein! Wir sind uns einig. Wir lieben uns. Auf das Traugespräch können wir auch verzichten. Sie können uns ja in der Predigt alles sagen, was Sie uns sagen wollen.«

Pfarrer Zandler lachte. Das war ganz der Friedel, wie er ihn schon seit Jahren kannte. Er war damals ein kleiner Bub, als er Pfarrer in Waldkogel wurde. Damals war gerade sein Vater gestorben, und Friedel mußte sehr schnell erwachsen werden.

»Gut, dann mache ich mal eine Ausnahme. Also am Freitag um sechzehn Uhr in der kleinen Kapelle, der Petruskapelle. Ist aber schon schade, daß ihr nicht hier in Waldkogel in der Kirche heiratet, wenn die ganze Gemeinde dabei ist.«

»Es gibt bestimmt noch andere Gelegenheiten, zum Beispiel eine Taufe. Wenn man heiratet, dann will man ja auch Kinder.«

Pfarrer Zandler schmunzelte. Er betrachtete Martina, die bei dem letzten Satz von Friedel ganz rot geworden war.

»Hast dir ein fesches Madl ausgesucht, Friedel.«

»Ja, fesch ist sie, meine Martina. Die trägt den Namen des heiligen Martins zu Recht. Der hat doch auch die Hälfte seines Mantels fortgegeben. Lieber hatte er es net so warm, aber ein anderer wurde glücklich. Meine Martina, die ist genauso. Die würd' auf alles verzichten, nur schon auf Verdacht hin, daß jemand anders unglücklich sein könnte, Herr Pfarrer. Ja, so ist meine Tina.«

Martina verstand ganz genau, was Friedel ihr damit sagen wollte. Sie hätte auf ihn verzichtet, weil sie Angst hatte, daß sie ihm schaden könnte.

Auf dem Heimweg liefen sie nebeneinander her.

»Bist zufrieden, Tina?«

»Ja, Friedel! Es ist alles wunderschön.«

»Des freut mich.«

Am Nachmittag fuhr Martina in die Stadt und kaufte sich ein Dirndl. Sie hatte sich vorher bei Anna erkundigt, in welchem Geschäft sie ihre schönen Dirndl gekauft hatte. Anna hatte Martina in die Arme genommen und ihr von Herzen alles, alles Gute gewünscht, als sie gehört hatte, daß sich die Freundin für ein Leben an der Seite von Friedel entschieden hatte. Anna hätte Martina gern begleitet, aber ihre eigenen Hochzeitsvorbereitungen ließen ihr dazu keine Zeit.

Während Martina in der Stadt war, besuchte Friedel die Freunde. Leonhard und Martin waren total überrascht.

»Deswegen hat die Tina mich links liegen lassen, Friedel. Die war in dich verliebt. Na, da kann i dir nur gratulieren.«

*

Die Trauung beim Bürgermeister dauerte nur eine Viertelstunde.

Anschließend fuhren alle gemeinsam in den großen Geländewagen von Martin und Leonhard auf den Berg, bis ein Stück unterhalb der Petruskapelle. Die letzten fünfhundert Meter, die doch steil waren, mußten sie zu Fuß gehen. Friedel hielt Martina fest an der Hand. Pfarrer Zandler wartete schon in der Kapelle.

Es war eine kleine, aber sehr feierliche Trauung. Alle Gäste waren tief bewegt. Als der Pfarrer den Schlußsegen gesprochen hatte, sagte er wie immer:

»So! Jetzt dürft ihr euch küssen.«

Friedel schaute Martina in die Augen. Darin sah er so viel Glück und Zärtlichkeit. Er nahm sie in die Arme und sie küßten sich. Sie küßten sich lange und innig. Martin und Leo witzelten leise in den Kirchenbänken wegen dieses langen Kusses.

Friedel drehte sich nur kurz um und bemerkte:

»Ruhe da auf den hinteren Plätzen!«

Dann schloß er seine Braut wieder in die Arme.

Friedel schickte seine Mutter und die Gäste voraus zu den Autos. Er und Martina standen noch einen Augenblick alleine vor der Kapelle, die dort schon seit vielen, vielen Jahrhunderten stand. Sie stammte aus der Zeit, als die Pilger über die Berge nach Süden zogen.

Die Berge leuchteten in der Sonne, als hätten sie sich extra für das Ereignis herausgeputzt.

»Tina, ich liebe dich!«

»Friedel, ich liebe dich auch! Nimm mich bitte in den Arm und halte mich fest. Laß mich nie wieder los.«

»Ich werde immer bei dir sein, mein Liebling.«

Ihre Lippen fanden sich zu einem innigen Kuß.

»Wir müssen gehen, meine liebe Frau. Meine fesche Bäuerin.«

Hand in Hand gingen sie zu den wartenden Autos. Gertrud sah ihnen entgegen. Sie waren ein schönes Brautpaar. Martina sah so unschuldig aus in ihrem blaßrosa Dirndl und den rosa Blüten und grünen Berggräsern im Haar.

»Die nächste Hochzeit, das sind wir, Anna!«

»Ich weiß, Toni! Bald bin ich deine Frau.«

Toni nahm seine Anna in den Arm und küßte sie. Dann stiegen alle in die Autos und fuhren zum Sommerhalder Hof.

Aus der stillen Hochzeit wurde dann doch nichts. Irgendwie hatte es sich herumgesprochen und alle waren gekommen, dem Brautpaar Glück zu wünschen. Der Schützenverein, bei dem Friedel Mitglied war, hatte alles heimlich organisiert. Bierfässer und ein Festmahl für die vielen Gäste warteten auf dem festlich geschmückten Hof. Zuerst wurde das Bier angestochen und auf das Brautpaar angestoßen. Dann wurde gegessen. Anschließend wurde zum Tanz aufgespielt, bis weit in die Nacht. Als die letzten Gäste dann endlich gegangen waren, trug Friedel seine Tina über die Schwelle in ein gemeinsames Leben aus Liebe und Glück.

– ENDE –

Der kleine Ausreißer

Wenn sich Herzen wiederfinden

Die letzten Strahlen der Abendsonne tauchten die Berghütte in warmes Licht. Toni und Anna saßen vor der Hütte in bequemen Liegestühlen, eine Decke über den Beinen. Sie wärmten ihre Hände an den großen Bechern mit heißem Tee. Tonis Hund Bello, ein junger Neufundländer, lag bei Anna und hatte seinen riesigen Kopf auf ihren Schoß gelegt.

Toni lächelte.

»Ja, ja, wenn der Bello nicht gewesen wäre! Der hat dich schneller in die Berge gebracht, als ich es mir je erträumt hatte. Und schau ihn dir an, wie er daliegt. Seit du da bist, bin ich ganz abgeschrieben.«

Anna schaute ihrem Toni in die Augen und lachte laut.

»Klingt, als wärst du eifersüchtig auf deinen Hund. Sei nicht albern, Toni!«

»Ich frage mich, wie das sonst gelaufen wäre mit uns zweien, dem Gebirgler und der Flachlandindianerin. Immerhin hattest du den festen Entschluß, keinen Fuß in die Berge zu setzen. Doch es war deine Neugierde auf Bello, die deine Meinung geändert hatte. So war es doch?«

Anna schmunzelte verlegen. Sie warf ihrem Bräutigam einen lieben Blick zu.

»Toni, Toni! Du kennst die Frauen nicht. Ich hatte mich doch schon im Zug in dich verliebt. Doch ich konnte dir doch nicht so einfach nachlaufen. Wie hätte das ausgesehen? Da kam mir Bello gerade recht. Ich gebe ja zu, daß diese Hunderasse mich schon als Kind fasziniert hat. Aber es war doch einfacher für mich zu sagen, ich will Bello ansehen. Ich konnte damals doch nicht zugeben, daß ich jeder Minute mit dir entgegenfieberte.«

Toni beugte sich zu ihr hinüber und küßte sie. Dann streichelte er Bello.

»Hast gehört, Bello! Du warst nur Mittel zum Zweck! Bilde dir ja nicht so viel ein.«

Sie lachten. Es waren nur noch wenige Tage bis zu ihrer Hochzeit. Alle hatten mit angepackt, Tonis Eltern und seine Freunde ebenso, wie die Freundinnen, die Anna mittlerweile schon in Waldkogel hatte. Alles war fertig. Annas Brautkleid hing in einem abgeschlossenen Schrank in ihrer Kammer. Die Biervorräte und das Essen für die verschiedenen Feiern auf der Berghütte waren eingelagert oder bereits organisiert. In den nächsten beiden Tagen würden Annas Familie, Verwandte und Freunde anreisen. Tonis Eltern hatten dazu ihre Pension zur Verfügung gestellt. Es wurden keine anderen Gäste aufgenommen. Das Hotel ›Zum Ochsen‹ war ebenfalls mit Hochzeitsgästen ausgebucht. Darüber hinaus hatten Toni und Anna bei Freunden und Nachbarn in Waldkogel noch Zimmer belegt.

Anna nahm einen Schluck Tee und lächelte.

»Was denkst du, mein Schatz? Du siehst so glücklich aus. Darf ich an deinen Gedanken teilnehmen?«

»Ein bißchen, aber nicht an allen!«

»So, du hast Geheimnisse? Du, ich bin dein zukünftiger Ehemann, gibt es da etwas, was ich wissen sollte?«

»Vielleicht! Aber du mußt dich noch gedulden! Das andere erzähle ich dir gern. Ich bin froh, daß wir alles so gut vorbereitet haben. Ich freue mich auf die Feiern, auf das Fest mit allen jungen Leuten am Abend vor der standesamtlichen Trauung, auf die Trauung durch den Bürgermeister Fellbacher hier vor der Berghütte und auf die kirchliche Hochzeit drunten in Waldkogel. Vor allem freue ich mich auf ein paar wunderschöne ruhige Tage jetzt mit dir hier ganz allein auf der Berghütte. Wir machen schöne lange Bergwanderungen, sitzen abends vor der Berghütte, so wie jetzt, und schauen dem Sonnenuntergang zu.

Wer weiß, wann wir wieder so viel Zeit haben, Zeit nur für uns, wenn die Berghütte erst einmal ganz eröffnet ist?«

»Freust du dich nicht darauf?«

»Doch, Toni, ich freue mich darauf, auf unser gemeinsames Leben. Wir werden Mann und Frau sein und gemeinsam die Berghütte betreiben. Es wird wunderschön werden. Wir werden den ganzen Tag zusammen sein. Du wirst immer bei mir sein. Ich bedaure andere Ehefrauen. Da geht der Mann morgens zur Arbeit und kommt oft erst sehr spät abends heim. Bei uns wird das nicht so sein. Du und ich, wir werden zusammen sein, jeden Tag.«

»Ja, Anna, das werden wir! Ich bin sehr glücklich darüber, daß ich in dir eine Frau habe – eine Frau bekommen werde –, die meine Ideale, meine Lebensvorstellungen und Pläne zu ihren eigenen gemacht hat. Ich weiß wohl, daß das nicht überall so ist.«

Anna streichelte mit der Hand Tonis Wange.

»Bilde dir ja nicht so viel ein. Darfst nicht denken, daß ich das nur dir zuliebe mache. Ich habe die Berghütte gesehen und wußte, daß ich hierher gehöre. Ich wußte, daß es das ist, was ich auch machen wollte.«

Die Sonne war jetzt hinter den Bergen verschwunden. Es wurde kühler. Toni und Anna gingen in die Berghütte. Anna setzte sich an den Kamin. Toni legte Holz nach und holte seiner Braut noch einen Tee. Dann setzte er sich an den Tisch und spielte Zither. Anna lauschte und dachte daran, was sie in den letzten Wochen und Monaten erlebt hatte, seit dem Augenblick, da ihr Antonius Baumberger im Abteil des Zuges gegenübergesessen hatte.

*

Karsten Niederhauser betrat den großen Walmdachbungalow im noblen Vorort. Wie so oft war der erfolgreiche Unternehmensberater und Chef einer großen Beratungsfirma mit vielen Angestellten spät heimgekommen.

Er stutzte über die vielen Koffer, die, schön nach Größe geordnet, in der Halle standen.

»Renate?«

»Ich bin im Salon!«

Mit großen Schritten eilte Karsten zu Renate.

»Was sollen die Koffer? Verreist du?«

Renate Niederhauser, eine sehr schöne Frau mit langen schwarzen Haaren und auffallend schöner Figur, schüttelte den Kopf. »Setz dich, Karsten! Whisky oder Cognac?«

Sie trat zur Bar.

»Whisky.«

Renate füllte ein Glas mit Eis und gab uralten schottischen Whisky dazu. Sie reichte das Glas Karsten, der sich in einen der italienischen Ledersessel hatte fallen lassen. Sie selbst trank nur Orangensaft. Bewußt setzte sich Renate in den von ihm am weitesten entfernten Sessel.

»Nein, ich verreise nicht, Karsten. Ich bringe einige persönliche Dinge zu einer Freundin. Das meiste ist schon gepackt, Kleider und ein paar wenige Erinnerungen. Es war zwar sehr großzügig von dir, mir dieses Haus zu überlassen, quasi als Geschenk. Deine sehr gut bemessenen Unterhaltszahlungen würden es mir auch ermöglichen, dieses Haus zu unterhalten, Karsten. Aber ich will nicht!«

Karsten Niederhauser wollte etwas einwenden, doch Renate gebot ihm mit einer Handbewegung zu schweigen.

»Laß mich ausreden, Karsten! Ich weiß das sehr wohl zu schätzen. Aber ich will das nicht. Wir trennen uns zwar ohne Streit und ohne den üblichen Kleinkrieg, denke ich. Aber wenn wir uns schon trennen, dann will ich einen ganz neuen Anfang machen. Ich habe mir bereits eine Wohnung gemietet. Du kannst gerne hier wohnen bleiben oder sonstwie über das Haus verfügen.«

»Dir hat das Haus nie gefallen. Daraus hast du nie einen Hehl gemacht.«

»Stimmt! Mir hat das Haus nie gefallen. Ab dem Tag, an dem wir hier eingezogen waren, ging unser Leben entzwei. Es war kein Heim. Es war ein Aufbewahrungsort für kostbare Dinge, die Prestige und Ansehen bringen. Auch die Menschen waren hier nur Dekorationsstücke – ich – du – unser Sohn Dennis.«

»Ich habe es doch nur gut gemeint, Renate. Du hast es nie verstanden.«

»Darüber wollen wir jetzt nicht sprechen, Karsten. In der alten Villa mit den knarrenden Fußböden, den alten Fenstern, der mit Moos bewachsenen Treppe im Garten, den ausgetretenen Sandsteinstufen zur Vordertür, da fühlte ich mich wohl. Wenn es nach mir gegangen wäre, dann hätten wir diese alte Villa etwas renovieren und modernisieren können. Das wäre nicht so teuer gekommen wie dieser Palast mit dem Flair einer Eishöhle. Ich weiß, ich weiß! Du brauchtest das. Deine Klienten erwarteten das von dir. Ich brauchte das nie. Im gleichen Maße, wie du die Einrichtung und das Leben um dich herum verändert hast, hast du dich auch verändert, Karsten. Wir haben oft darüber gesprochen, und ich will mich nicht wiederholen. Wir haben zusammen ein Kind und wir haben deshalb beschlossen, daß wir alles so regeln, daß wir auch zukünftig noch miteinander reden können.«

»Ja, das haben wir! Gerade weil wir Dennis haben, dachte ich, daß du als Mutter hier bleiben sollst. Wenn Dennis in den Ferien heimkommt, dann sollte er alles so vorfinden wie immer.«

»Dennis ist jetzt zwölf Jahre. Die meiste Zeit des Jahres ist er im Internat. In den Ferien sind wir mit ihm, das heißt meistens bin nur ich mit ihm verreist, da du ja keine Zeit hattest in den letzten Jahren.«

»Jemand mußte das Geld verdienen!«

»Es war kein Vorwurf, Karsten! Nur eine Feststellung!

Machen wir es kurz! Ich bleibe nicht hier! Ich gehe erst einmal zu einer Freundin. Die unterschriebenen Dokumente habe ich auf deinen Schreibtisch im Arbeitszimmer gelegt. Die entsprechenden Passagen habe ich gestrichen. Ich muß noch ein paarmal ins Haus, um einige Kisten zu holen und Dennis' Sachen. Ich werde tagsüber kommen, wenn du in der Firma bist. Wenn ich damit fertig bin, lasse ich den Schlüssel hier. Ich habe mit dem Gärtner und der Haushälterin gesprochen. Es wird alles so weiterlaufen. Solltest du Fragen haben oder Rat brauchen, kannst du mich anrufen. Wir sind ja erwachsene Leute.«

Renate trank ihren Saft aus und stand auf.

»Ich werde jetzt ein Taxi rufen. Ich bekomme nicht alle Koffer in meinen Sportwagen.«

»Ich kann dir auch helfen!« Karsten war aufgestanden.

»Nein, danke! Sicherlich ist das gut gemeint, aber ich muß mich daran gewöhnen, daß ich jetzt alleine bin. Bleibe bitte sitzen.«

Renate Niederhauser wirkte nach außen kühl und sachlich. In Wirklichkeit war sie innerlich zerrissen. Ihr Herz war wund vom Leid, von der Enttäuschung über ein gemeinsames Leben mit dem Mann, den sie einmal geliebt hatte. Doch er hatte sich so verändert. Er war ein völlig anderer geworden. Deshalb hatten sie beschlossen, sich zu trennen.

Renate Niederhauser drehte sich um und ging hinaus. Karsten hörte, wie sie von der Halle aus nach einem Taxi telefonierte. Er blieb sitzen und lauschte mit geschlossenen Augen. Er fühlte sich müde, leer, erschöpft, wie jeden Tag nach einem so langen Arbeitstag.

Dazu kam, daß er Renate nicht verstand. Er hatte lange gedacht, daß er alles richtig machte. Er wollte seiner Familie alles bieten. Sein Sohn sollte es einmal besser haben. Dann mußte er feststellen, daß Renate ihn nicht verstand.

Karsten ging in sein Arbeitszimmer. Dort auf dem Schreibtisch lagen die Trennungspapiere, die Renate unterschrieben hatte. Die Abschnitte, die den Walmdachbungalow betrafen, hatte sie gestrichen. Darüber hinaus hatte sie eine Anmerkung gemacht, daß sie mit der Reduzierung ihrer Unterhaltszahlung einverstanden sei, da sie ohne die Immobilie weniger Ausgaben habe. Das ist ganz Renate, immer anständig und fair, dachte Karsten. Er beschloß, ihr dennoch die volle Summe zukommen zu lassen.

Jetzt fuhr das Taxi vor. Er hörte, wie der Taxifahrer die Koffer hinaustrug.

Das Telefon läutete. Karsten blickte zur Uhr. Es war kurz nach Mitternacht. Mißmutig nahm er den Hörer ab und meldete sich. Er lauschte.

»Warten Sie!« schrie er und rannte mit dem drahtlosen Telefon hinaus.

Renate stieg gerade in ihren Sportwagen und wollte abfahren.

Wortlos hielt er ihr den Hörer hin. Renate sah Karsten an und erkannte, daß etwas nicht stimmte. Trotz der Dunkelheit, die nur von den Lampen neben dem Eingang erhellt wurde, sah Renate, daß Karsten blaß war. Seine Hand zitterte, als er ihr den Hörer gab.

Für einen Augenblick hatte sie gedacht, daß es ein schwacher Versuch sei, sie zurückzuhalten. Aber das Aussehen des Mannes, mit dem sie über fünfzehn Jahre zusammen war, belehrte sie eines Besseren.

»Renate Niederhauser«, meldete sie sich.

Sie lauschte. Während des Gespräches mußte sie sich am Auto festhalten.

»Unternehmen Sie nichts! Wir kommen sofort! Erst einmal keine Polizei! Wir fahren sofort los!«

*

Dann ging alles sehr schnell. Ihr Gepäck wurde wieder ausgeladen. Karsten Niederhauser drückte dem Taxifahrer einen großen Schein in die Hand. Dieses Mal half Karsten Niederhauser, die großen Koffer ins Haus tragen. Renate eilte in das Ankleidezimmer ihres Noch-Ehemannes und warf das für ihn Notwendigste in eine Reisetasche.

Sie stürzten aus dem Haus. »Steig ein! Wir nehmen mein Auto.« Renate warf Karsten seine Reisetasche zu.

»Wollen wir nicht mit meinem Auto fahren?«

»Ich habe das Sorgerecht für Dennis! Wir nehmen meinen Wagen. Wenn du willst, kannst du hier bleiben. Außerdem bist du nicht im Stande zu fahren. Anschnallen!«

Sie fuhren los.

*

Nach zwei Stunden rasanter Fahrt über die nächtliche Autobahn kamen sie vor dem Internat an. Das Tor zu dem großen Park war offen. Das große alte Schloß lag in völliger Dunkelheit, bis auf die erleuchteten Fenster der Verwaltung im Erdgeschoß. Als sie hielten, kamen ihnen der Direktor, seine Frau, einige Lehrer und sogar der alte Hausmeister entgegen.

»Wo ist Dennis? Wie konnte das passieren? Ich werde Sie haftbar machen! Wenn meinem Jungen etwas passiert, dann hat das ein juristisches Nachspiel. Dann können Sie schließen!« brüllte Karsten Niederhauser.

»Karsten! Laß doch die Leute erst einmal erzählen!« versuchte Renate ihn zu beruhigen.

*

Sie gingen hinein. Den ganzen Weg bis zum Büro des Direktors schimpfte Karsten Niederhauser laut und stieß die wildesten Drohungen aus.

»Hier bitte, das haben wir gefunden. Er hatte es wohl in den Briefkasten geworfen, bevor er ging. Unser Hausmeister, Herr Höbel, hat es gefunden.«

Direktor Dr. Kallmann reichte Karsten Niederhauser ein Blatt. Das Papier war die Seite eines Schulheftes. Renate und Karsten erkannten sofort die Schrift ihres Sohnes.

Dennis hatte geschrieben, daß er in die Welt hinausgehen wolle. Es sei sinnlos, nach ihm zu suchen, da man ihn doch nicht finden werde. Außerdem sei es nicht schlimm, wenn er fort wäre, da es ja eine lange Warteliste für das Internat gebe und ihn niemand vermissen werde. Seine Bücher sollte Herr Höbel bekommen.

Die Eltern ließen das Blatt sinken und schauten in die Runde. Sie waren erschüttert. Die Frau des Direktors, ebenfalls Lehrerin am Internat, schenkte allen Kaffee ein.

Der junge Lehrer Herr Geible berichtete:

»Um neun Uhr müssen die Schüler im Bett sein und das Licht ausmachen. Die Zimmertüren bleiben offen. Ich hatte die Aufsicht heute nacht. Als ich um zehn Uhr schaute, waren alle im Bett und schliefen wohl auch. Dennis' Bett war leer. Ich dachte, er sei auf der Toilette, weil dort Licht brannte. Um elf Uhr machte ich dann meine letzte Runde, bevor ich mich auch schlafen lege, normalerweise. Da mache ich dann auch die Zimmertüren zu. Dennis war nicht im Bett. In der Toilette brannte immer noch Licht. Ich schaute nach. Dennis war nicht in den Sanitärräumen. Ich suchte überall. Dann machte ich Licht in seinem Zimmer und schaute in seinem Schrank nach. Sein Schrank kam mir irgendwie leer vor. Dann fiel mir auf, daß sein Rucksack nicht da war, aber alle Bücher fein säuberlich auf seinem Schreibtisch aufgestapelt waren. Ich weckte zuerst Herrn Höbel. Es kommt vor, daß Schüler sich nachts mal im Park herumtreiben. Wenn sie Kummer haben oder Heimweh, dann verkriechen sie sich manchmal. Wir suchten den ganzen Park ab. Dann fand Herr

Höbel den Zettel im großen Briefkasten neben dem Eingangstor.«

»Normalerweise wären wir erst am nächsten Morgen darauf gestoßen«, erklärte Direktor Dr. Kallmann.

»Sobald Sie den Brief gefunden hatten, riefen Sie uns an?« fragte Renate Niederhauser.

»Ja!«

»Wo kann er nur hin wollen? Er ist doch erst zwölf Jahre!« grübelte Karsten Niederhauser und rieb sich die Stirn.

»Darüber haben wir uns in der Zwischenzeit auch Gedanken gemacht«, bemerkte Frau Kallmann. »Dennis ist ja ein besonders stiller Junge. Man weiß nie, was in ihm vorgeht. Ich unterrichte ihn in Biologie und Geographie. Darin ist er sehr gut. Er ist Klassenbester. Die beiden Fächer interessieren ihn sehr.«

»Und Sport!« warf der junge Lehrer ein. »Doch das ist bei Jungs in diesem Alter nicht ungewöhnlich.«

»In allen anderen Fächern hat er in diesem Schuljahr enorm nachgelassen. Er hat fast jede Arbeit verhauen.«

»Das wissen wir. Ich habe lange und nachdrücklich mit ihm gesprochen, nach dem letzten Zeugnis«, bemerkte Karsten Niederhauser. »Das mußte ich ja wohl auch als Vater.«

»Das war auch das einzige, was du gemacht hast. Sonst bist und warst du als Vater ja nie zur Stelle.«

»Renate, wir waren uns doch einig, daß es für den Jungen am besten ist, wenn er eine gute Erziehung in einem Internat erhält. Außerdem dachten wir, daß er unsere Trennung nicht so mitbekommt.«

»Du wolltest das mit dem Internat, du! Nicht ich! Jetzt siehst du, was dabei herausgekommen ist. Es ist alles deine Schuld! Aber ein richtiger Vater bist du nie gewesen. Wann hast du früher schon einmal mit ihm gespielt? Als er noch ein Baby war, bist du frühmorgens ins Büro, da hat Dennis noch geschlafen. Abends, wenn du gekommen bist, hat er schon wieder geschlafen. Kein Wunder, wenn der Junge denkt, daß ihn niemand vermißt.«

Renate Niederhauser kämpfte jetzt mit den Tränen.

»Wir müssen die Polizei verständigen!« forderte Karsten Niederhauser.

»Die Polizei nimmt so früh noch keine Vermißtenanzeige auf, denke ich«, bemerkte Direktor Dr. Kallmann. »Herr Höbel hat allerdings eine Idee.«

Der Direktor schaute Herrn Höbel an.

»Dennis war oft bei mir. Ich mag den Jungen. Er hat sich von mir Bücher ausgeliehen, Bücher, die es in der Schulbibliothek nicht gibt. Bücher über die Berge, Berichte über Bergsteiger! Romane, die in den Bergen spielen! Ich wußte erst nicht, ob ich sie ihm ausleihen sollte und habe das dann mit dem Herrn Direktor abgesprochen.«

»Ich hatte keine Einwände. Natürlich haben wir eine Vorauswahl getroffen«, ergänzte der Schulleiter.

»Dennis hat auch all meine Bergzeitschriften gelesen. Als junger Mann war ich viel in den Bergen. Jetzt bin ich ja alt. Da ist es mit dem Klettern nichts mehr. Dennis war von den Bergen ganz fasziniert. So wie andere Jungen sich für Fußball oder für moderne Musik interessieren, konnte man sich mit Dennis stundenlang über die Bergwelt unterhalten. Er hat mir auch erzählt, daß er mal in den Ferien in den Bergen war.«

Überrascht schauten sich Dennis' Eltern an. Sie hatten nie Urlaub in den Bergen gemacht. Angestrengt dachten sie nach. Dann fiel ihnen etwas ein.

»Wir waren mit dem Auto unterwegs in den Süden. Meine Frau mag keine Tunnel, obwohl die Strecke dann erheblich kürzer ist. Also fuhren wir die alten Paßstraßen. Dabei haben wir uns einmal total verfahren, weil wir im Nebel falsch abgebogen sind. Dann hatten wir auch noch eine Autopanne und mußten einige Tage in den Bergen verbringen, weil die kleine Autowerkstatt auf die Ersatzteile warten mußte. Dennis spielte während der Zeit mit den Kindern im Dorf. Sie waren den ganzen Tag unterwegs.«

»Ich kann mich nicht einmal erinnern, wie das kleine Dorf hieß, Karsten. Damals war Dennis ...« Renate überlegte. »Dennis muß acht Jahre gewesen sein. Kannst du dich noch an den Namen des Ortes erinnern, Karsten? Das muß unser letzter gemeinsamer Urlaub gewesen sein.«

»Waldheim, Walden, Waldbach, Waldtann? Irgend so etwas in der Richtung! Hast du eine Autokarte im Wagen, Renate? Ich weiß noch, wie wir damals gefahren sind. Rechts oder links von unserer Route muß der Ort liegen.«

Herr Höbel räusperte sich.

»Der Ort heißt ›Waldkogel‹ und ist ein kleines Dorf am Ende eines Tales!«

Die Eltern schauten ihn überrascht an.

»Ja, Waldkogel! Jetzt erinnere ich mich auch wieder. Hat Ihnen das Dennis gesagt?«

»Ja! Er muß dort sehr glücklich gewesen sein. Wenn ich ihm von meinen Ausflügen und Wanderungen erzählt habe, dann hatte er mir von Waldkugel berichtet. Wilde Geschichten hat er erzählt. Dabei hat er wohl manches erfunden. Nur eines habe ich herausgehört: gefallen hat es ihm da sehr.«

»Was für Geschichten hat er denn erzählt?«

Herr Höbel lächelte und erzählte den völlig überraschten Eltern Geschichten von Berghütten, Lawinen, Wilderern, von Übernachtungen im Steilhang und anderes.

»Mir war klar, daß Dennis die Geschichten größtenteils erfunden hatte. Wahrscheinlich hat er das aus den Büchern und Zeitschriften. Aber schön waren die Geschichten schon. Der Bub liebt die Berge. Wenn es mein Bub wäre, dann würde ich da suchen.«

»Aber Waldkogel ist weit. Wie will er da hinkommen?«

Wieviel sie auch redeten, sie kamen nicht weiter. Direktor Dr. Kallmann wollte am Morgen mit den Klassenkameraden von Dennis sprechen. Er hatte die Schüler in der Nacht nicht geweckt. Vielleicht wußten ja seine Klassenkameraden etwas. Die Frau des Direktors gab Dennis' Eltern zwei Zimmer, damit sie sich etwas ausruhen konnten. Gleich um acht Uhr wollten sie dann doch die Polizei verständigen.

Als Frau Kallmann Renate Niederhauser um neun Uhr weckte, mußte sie ihr berichten, daß Dennis mit keinem seiner Klassenkameraden über seine Pläne gesprochen hatte. Der Direktor hatte die Polizei informiert und ihr auch ein Bild von Dennis gegeben.

Renate und Karsten Niederhauser machten sich direkt nach dem Frühstück auf den Weg nach Waldkogel.

*

Die erste Anlaufstelle in Waldkogel war die kleine Polizeistation unweit des Rathauses. Gewolf Irminger war bereits per Fax auf dem Dienstweg informiert worden.

»Also gefunden is der Bub noch net. Und mit der Suche, des is auch schwierig. Also, wenn er hier in Waldkugel auf der Straße rumläuft, da wird er auffallen und ein Bub alleine in den Bergen auch. Aber die Suche in den Bergen is schwierig, wenn net gar unmöglich. Was denken s' denn, wieviel Wege es hier gibt, rund um Waldkugel?«

»Sie müssen sofort einen Suchtrupp zusammenstellen!« forderte Karsten Niederhauser.

Der Polizist lachte.

»Also erstens, bin i da ganz alleine. Zweitens hab ich schon alle informiert, die i hab informieren können. Obwohl der Bub ja net unbedingt hier in Waldkogel sei muß. Des is ja nur eine Möglichkeit von vielen. Aber Sie können beruhigt sein. I hab die Bergwacht informiert. Die werden mal mit dem Hubschrauber suchen. Alle Almen und Berghütten in der ganzen Gegend, die sind schon informiert oder werden noch informiert. Machen

Sie sich net so viel Gedanken. I hab auch schon mit unserm Bürgermeister, dem Fellbacher Fritz, gesprochen. Der denkt auch, daß so ein kleiner Ausreißer über kurz oder lang doch einen mächtigen Hunger bekommt. Dann wird der sich schon melden.«

»Ihre Ruhe möchte ich haben, Herr Irminger!« brüllte Karsten Niederhauser.

»Sie brauchen gar net so rumschreien hier, mein Herr! Ich habe alles gemacht, was zu machen war. Wo kann ich Sie erreichen, wenn i was hören tue oder der Bub gefunden wird?«

»Wir werden uns hier Zimmer nehmen. Was gibt es hier an Pensionen oder Hotels?«

»Wir haben das Hotel ›Zum Ochsen‹. Das ist gegenüber und weiter oben, Richtung Dorfausgang ›Beim Baumberger‹, des ist eine nette kleine Pension. Dann gibt es auch noch Höfe, die Zimmer vermieten. Aber zur Zeit is es schlecht!«

»Wir wissen, es ist Sommer, Hochsaison!«

»Ja, des auch! Aber der Toni und die Anna heiraten. Der Toni is der Sohn vom Baumberger. Des gibt eine richtig große Hochzeit. Da sind alle Zimmer ausgebucht. I glaub, da haben Sie kein Glück! Höchstens können Sie es mal auf einer Alm probieren. Da können Sie Glück haben. Wenn es sein muß, dann müssen Sie im Heu schlafen. Nach der Hochzeit sind dann wieder mehr Zimmer frei.«

»Karsten, komm, wir suchen uns eine Unterkunft auf einer Alm.«

Renate gab dem Polizisten Irminger die Handy-Nummern von ihr selbst und ihrem Noch-Ehemann, wie sie Karsten bezeichnete.

Langsam fuhren sie durch den Ort.

»Erinnerst du dich, Karsten, wo wir damals übernachtet haben? ›Zum Ochsen‹ hieß das nicht. Vielleicht war das in dieser Pension, ›Beim Baumberger‹. Obgleich ich mich an den Namen nicht mehr erinnern kann. Namen waren noch nie meine Stärke. Ich kann mich aber an das Haus erinnern. Ich fahre mal dahin.«

Blaß und stumm saß ihr Mann neben ihr. Karsten Niederhauser ließ alles mit sich geschehen.

Renate hielt vor dem Haus der Familie Baumberger an.

»Du, Karsten, das war hier! Ich erinnere mich genau.«

Renate stieg aus dem Auto aus und ging zur Tür. Dort hing ein Zettel.

»Wegen Familienfeier geschlossen!«

Renate Niederhauser rüttelte an der Tür. Sie schlug mit Fäusten dagegen.

Dann hörte sie drinnen etwas. Der Schlüssel wurde umgedreht und zwei Riegel zurückgeschoben. Die Tür ging auf. Verlegen stand Renate Niederhauser vor Xaver Baumberger, der grimmig dreinschaute und wortlos auf den Zettel deutete.

»Unser Sohn ist weggelaufen aus dem Internat. Er ist erst zwölf Jahre alt. Wir haben Hoffnung, daß er hierher gekommen ist. Wir waren vor ein paar Jahren schon einmal hier in Waldkogel. Da haben wir bei Ihnen übernachtet. Ich weiß ja, daß Sie geschlossen haben, aber können Sie uns nicht doch helfen? Wir waren auf der Polizei. Herr Irminger, der Polizist, meint, wir kämen vielleicht auf einer Alm unter. Können Sie uns nicht helfen?Wir haben die Hoffnung, daß unser Sohn nach Waldkogel will«, sprudelte Renate hervor und ergänzte stockend, was sie wußte. Dabei schwankte ihre Stimme.

Xaver Baumberger musterte die Frau von oben bis unten. Renate Niederhauser trug einen hellblauen Hosenanzug aus Wildseide und teuerste italienische Schuhe mit dünnen Riemchen und sehr hohen Absätzen. Unter den Arm hatte sie eine kleine Tasche aus Krokodilleder geklemmt, die farblich und vom Material zu den Schuhen paßte. Sie trug Schmuck, eine Goldkette, einen Armreif und verschiedene Ringe, sowie Ohrringe mit kleinen Diamanten.

»Xaver, wer is des denn?« rief Meta Baumberger aus der Küche und kam gleich darauf zur Tür.

»Mein Name ist Renate Niederhauser! Hören Sie! Ich bin mir sicher, daß wir vor ein paar Jahren mal bei Ihnen übernachtet haben, zwei Nächte. Unser Auto war kaputt. Damals gab es eine Autowerkstatt neben der Post. Die gibt es wohl jetzt nicht mehr.«

»Die hat zugemacht! Die sind in die Stadt gezogen, des hat sich hier nimmer gelohnt. So viel Reparaturen gibt es hier net«, kommentierte Xaver. »Jetzt haben die eine Tankstelle und eine Autowerkstatt in der Stadt.«

Renate beachtete ihn nicht. Sie schaute Meta Baumberger fast beschwörend an.

»Wir hatten einen kleinen Jungen dabei, dem haben Sie ihre Hasen gezeigt. Er wollte einen mitnehmen. Erinnern Sie sich?«

»Der Junge ist ausgebüxt, abgehauen is der aus dem Internat. Die Frau meint, der könnte nach Waldkogel sein. Vielleicht wollt er ja nach den Hasen sehen?«

Karsten Niederhauser war jetzt neben seine Frau getreten. Die beiden taten Meta leid. Sie bat sie herein. Xaver schloß die Tür wieder sorgfältig hinter ihnen ab.

Dann saßen sie in der Küche. Meta stellte ihnen eine kleine Brotzeit hin. Während sie sich die Geschichte der Ehe und die Geschichte über den kleinen Dennis anhörte, kochte sie weitere Gerichte für die Hochzeit, die sie dann einfrieren wollte.

»Frau Baumberger, Sie können sich nicht mehr an uns oder unseren Dennis erinnern?«

Meta Baumberger überlegte. Dann schüttelte sie den Kopf.

»Des is schwer, wir haben viele Gäste. Da sind auch immer wieder Leute mit Kindern dabei. Denen zeige ich immer die Hasen. Die sind für die Kinder aus der Stadt eben was Besonderes. Wenn Ihr Bub mit den anderen Buben gespielt hat, dann müssen Sie hier bleiben und mal rumfragen. Wenn er wirklich nach Waldkogel kommt, dann wird er mit den anderen Buben spielen wollen. Nur mit einem Zimmer wird es schwierig werden. Der Toni, unser Bub, der heiratet die Anna. Der Anna ihre ganzen Verwandten und engsten Freunde wohnen bei uns in der Pension. ›Zum Ochsen‹, des is auch unmöglich. Es kommen ja so viele, die net von hier sind.«

Renate traten Tränen in die Augen. Karsten wollte den Arm um sie legen. Sie schob ihn fort und rückte mit dem Stuhl von ihm weg. Meta und Xaver warfen sich Blicke zu.

»Am besten wär's oben auf der Berghütte. Der Toni und die Anna, die haben keine Gäste. Da is Platz genug auf dem Hüttenboden. Und in den Bergen sind Sie dann auch. Meinst net auch Meta? Sie könnten mit dem Auto bis rauf zur Oberländer Alm fahren und dann müßten sie aufsteigen.«

»Ja, ich denk, daß des das Beste is. Hier ist kein Quartier zu bekommen und auf der Berghütte is es doch noch ein ganzes Stück besser als auf den Almen. Ich werde mir mal Gedanken machen, vielleicht fällt mir doch noch etwas ein. Außerdem, wenn der Bub damals mit seinen Eltern hier bei uns geschlafen hat und so vernarrt in die Hasen war, kommt er vielleicht her. Möglich wäre es schon. Wir müssen da ein bisserl aufpassen, Xaver.«

Wenig getröstet und voller Sorgen machten sich Renate und Karsten auf zur Berghütte.

*

Toni und Anna kamen am späten Nachmittag von einer Bergwanderung zum ›Paradiesgarten‹ zurück, als Renate und Karsten Niederhauser sich zur Berghütte schleppten. Beide trugen je zwei Koffer. Renate hatte ihre Schuhe ausgezogen und war barfuß. Völlig ermattet ließen sie ihre Gepäckstücke fallen und sanken auf die Bank neben der Hüttentür. Anna und Toni konnten ein Grinsen kaum unterdrücken. Anna holte sofort eine

Schüssel mit warmem Wasser und stellte sie Renate hin, damit sie ihre zerschundenen und wunden Füße baden konnte. Toni reichte ihnen mehrere Becher mit klarem Quellwasser, das sie wortlos austranken.

»Sie sind Toni Baumberger?« fragte Karsten Niederhauser noch immer atemlos.

»Ja, der bin i und des is mei Anna, mei Braut.«

»Ihre Eltern haben uns raufgeschickt.«

Dann berichtete Karsten, was alles geschehen war, seit letzter Nacht.

»Das ist ja schrecklich!« Anna war sofort voller Mitleid. »Gern bringen wir Sie unter. Sie können eine Kammer haben. Das Bett ist nicht besonders breit, aber besser als auf dem Hüttenboden ist so eine Kammer bestimmt. Sie sind dort ungestört. Im Augenblick ist noch niemand da. Aber in ein paar Tagen, nach unser Hochzeit, werden wir die Hütte offiziell eröffnen und dann kann es voll werden.«

»Du kannst die Kammer nehmen, Renate. Ich schlafe auf dem Hüttenboden.«

Toni und Anna schauten sich verwundert an.

»Wollen Sie sich die Kammer nicht erst mal ansehen? Wir können Ihnen auch noch ein Matratzenlager auf dem Boden machen, wenn Ihnen das Bett zu schmal ist.«

»Vielen Dank! Das ist nicht nötig!« sagte Renate leise. »Wir sind zwar noch verheiratet. Das ist aber rein juristisch. Die Trennung läuft schon. Die Scheidung wird folgen. Getrennte Schlafmöglichkeiten sind da wohl besser.«

Anna und Toni warfen sich erneut Blicke zu. Toni griff nach den Gepäckstücken, die im Weg standen.

»Die Reisetaschen gehören Karsten, die anderen drei Koffer mir.«

Toni nickte Renate Niederhauser zu und verschwand mit dem Gepäck in der Hütte.

»Ja, ja! Des gibt es auch«, sagte er leise.

Anna gab Renate erst einmal ein Paar frische, dicke Sokken, nachdem sie ihre Füße bepflastert hatte. Renate humpelte in die Kammer, gefolgt von Anna. Renate konnte kaum gehen.

»Frau Niederhauser, haben Sie denn etwas Warmes zum Anziehen? Es kann hier oben sehr kalt werden.«

Statt einer Antwort, bekam sie ein Kopfschütteln. Dicke Tränen liefen Renate Niederhauser über die Wangen.

Anna holte warme Kleidung.

»Das kann ich Ihnen leihen. Ich denke, wir haben die gleiche Größe. Ein paar Hüttenschuhe habe ich auch für Sie. Ihre Füße sind so geschwollen. In normale Schuhe kommen Sie nicht rein. Morgen wird es besser sein.«

»Vielen Dank Frau ...?«

»Anna! Einfach Anna! Bald werde ich Frau Baumberger sein. Aber hier in den Bergen sagt niemand Frau Zirner oder dann Frau Baumberger. Wir duzen hier alle. Sagen Sie einfach Anna und Toni!«

»Ich bin Renate!« Sie streckte die Hand entgegen. »Danke, Anna!« Anna ließ sie allein und ging hinunter in die Küche.

Toni hatte inzwischen Karsten den Hüttenboden gezeigt und ihm auch einen dicken Pullover von sich gegeben.

»Schlimm ist das mit denen! Und schlimm muß das für den Bub sein, Toni! Der arme Junge.«

»Ja, hoffentlich wird er bald gefunden.«

»Das hoffe ich auch. Was denkst, wo er sein könnte? Stell dir vor, daß du an seiner Stelle wärst. Toni, du bist in Waldkogel aufgewachsen. Du bist auch mal zwölf Jahre alt gewesen. Wo hättest du dich versteckt? Wo wärst du hingegangen?« Anna sah ihn fragend an.

»I weiß net. Außerdem wäre das etwas anderes gewesen. I kenn die Gegend ja. Der Bub is net von hier. Er war nur einmal kurz hier. I denk, wenn der es wirklich bis hierher schafft, dann kann er sich hier auch verstecken. Obst auf den Bäumen gibt es genug und Beeren und anderes Zeug auch. Es gibt eine Menge Schutzhütten in den Bergen. Da ist auch immer Proviant drin, für Notfälle. Da kann er schon eine Zeitlang sich rumtreiben, ohne Not zu leiden. Not leiden werden dann die, die danach wirklich Schutz in den Hütten suchen und dann keinen Proviant mehr finden. Wer auf einer Schutzhütte den Proviant aufgebraucht hat, der ist verpflichtet, dafür zu sorgen, daß wieder genügend Vorräte auf die Hütte kommen. Aber des wird der Bub nicht tun.«

»Hoffentlich wird ihm nichts passieren. Der arme Kerl. Wie unglücklich muß dieser Dennis sein!«

Toni nahm seine Anna fest in den Arm.

»Man wird ihn schon finden. Der Irminger wird sich schon etwas einfallen lassen. Und auf den Leonhard und die ganze Truppe von der Bergwacht da ist Verlaß. Die kennen auch alle Bergführer, die jetzt im Sommer die Touristen führen. Also wenn der Bub hier in der Gegend ist, dann wird er gefunden werden. Da bin i mir sicher.«

»Hoffentlich hast du recht, Toni!«

Anna kuschelte sich an Tonis Brust, und er drückte sie fest an sich.

»Ich wäre lieber die Tage mit dir noch hier alleine gewesen, Anna.«

»Ich auch! Aber was nicht zu ändern ist, das ist nicht zu ändern. Außerdem können wir doch unsere Wanderungen machen. Die Renate und der Karsten können doch mitkommen.«

»Lieber bin ich aber mit dir alleine! Da bin ich ganz egoistisch!«

Toni und Anna küßten sich lange und innig.

»Sie können ja alleine auf der Hütte bleiben. Außerdem wird der Alois ja auch bald kommen. Der wird sich dann gern um sie kümmern. Ich will jedenfalls die Tage noch genießen, mit dir hier in den Bergen. Ich will nur an Schönes denken und über Schönes sprechen und mich freuen, Anna. Die beiden leben in Scheidung. Das müssen sie alleine mit sich ausmachen. Da habe ich wenig Mitleid.

Weißt, da bin i ganz altmodisch. I denk, daß wenn man heiraten tut, dann soll man das tun, weil man ein ganzes Leben zusammenbleiben will.«

»Ja, Toni! So denke ich auch. Trotzdem habe ich Mitleid. Wir sind so glücklich. Wir sollten sie nicht verurteilen. Vielleicht lieben sie sich noch. Und nur die Umstände so kompliziert, daß ihre ganze Liebe darunter verschüttet wurde, wie unter einer Lawine. Jetzt haben sie auch noch den Kummer mit ihrem Jungen.«

»Anna, du bist eine mitfühlende Seele. Du bist so ein guter Mensch. Ja, des mit dem Bub ist schlimm. Wir werden auf unsere Kinder gut aufpassen, Anna.«

»Ja, das werden wir. Sie werden hier in den Bergen groß werden. Ich weiß, daß es glückliche Kinder sein werden.«

»Ja, Anna! Das werden sie. Sie werden glücklich sein, weil ihre Eltern auch glücklich sind.«

Toni nahm seine Anna fest in die Arme und küßte sie. Sie küßten sich lange voller Innigkeit und Zärtlichkeit. Sie nahmen die Welt um sich herum nicht mehr wahr. Alle ihre Sinne waren nur auf den anderen in den Armen ausgerichtet. Sie fühlten die warme Nähe. Anna fühlte sich geborgen in Tonis Armen. Ihr Herz sagte ihr, daß diese Geborgenheit und Nähe niemals enden würde. Sie atmete den Duft seiner Haut und genoß die süßen zärtlichen Küsse. Toni fühlte sich als der glücklichste Mann der Welt. Die Liebe hatte seine Anna zu ihm in die Berge geführt, in seine Heimat. Sie hatte diesen Flecken in den schönen Bergen als ihre neue Heimat gewählt. Toni wußte, daß dies nicht nur ein Zugeständnis war. Annas Augen spiegelten ihm auch die Liebe zu seinen Bergen wider. Diese gemeinsame Liebe zu diesem Platz inmitten der ursprünglichen Natur war ein unsichtbares Band zwischen ihren Herzen, ein solides Fundament für ihre Liebe. Darauf bauend, konnten sie den Stürmen des Lebens trotzen.

»Meine liebe Anna! Mein Schatz! Liebe meines Lebens! Glück meines Daseins!« flüsterte Toni ihr zärtlich ins Ohr und küßte sie liebevoll auf ihr Haar.

Er war stolz auf seine Anna. Sie, die als Fremde aus dem hohen Norden gekommen war, hatte sich binnen kürzester Zeit die Herzen der Waldkogler erobert. Wenn Toni beobachtete, wie anmutig sie sich in ihrem Dirndl bewegte, dann konnte er kaum glauben, daß sie jemals im Leben etwas anderes getragen hatte als die Tracht der Berge. Ja, seine Anna war ein Kind der Berge, auch wenn sie hier nicht aufgewachsen war. Vielleicht kam das daher, daß ihre Eltern die Berge auch so geliebt hatten.

*

Am nächsten Morgen saßen die vier auf der Berghütte beim Frühstück, Toni, Anna und das Noch-Ehepaar Niederhauser. Die Hüttentür ging auf und Alois trat ein. Toni ging ihm sofort entgegen und nahm ihm den Rucksack ab.

»Warum hast du dich so abgeschleppt, Alois? I hätt' dir gern den Rucksack raufgetragen.«

Der alte Mann lächelte Toni stolz an, und sein Gesicht strahlte. Die vielen Falten und Runzeln, stolze Narben eines bewegten und auch manchmal schweren Lebens, gaben ihm trotzdem ein fröhliches Aussehen.

»I hab langsam gemacht, Bub! Des war gut. I kann's immer noch. I bin doch noch net ganz unnütz. I komm immer noch rauf auf den Berg, auch mit Rucksack. Jetzt hab i aber alles oben, was i brauchen tue.«

Toni brachte den Rucksack in Alois Kammer, die unter der Stiege zum Hüttenboden lag. Dann legte er den Arm um den Alois.

»Des is der Lois! Er is mein bester Freund, ein väterlicher Freund, ein großväterlicher Freund. Früher hat er die Berghütte gemacht mit seiner lieben Frau. Jetzt lebt er meistens bei uns hier oben. Es ist gut, daß er mir und Anna ein bisserl auf die Finger schaut und hilft. Anna und i sind dem Alois dankbar für seine Erfahrung, die er an uns weitergibt. Alois gehört quasi zur Familie.«

»Des hast schön gesagt, Toni. Des is auch so. Du bist mir wie mein eigen Fleisch und Blut ans Herz gewachsen und deine Anna auch. Was bin i stolz auf dich, daß du so ein fesches Madl hast, wie die Anna.«

Toni bot Alois den Stuhl am Kopfende des Tisches an. Dann stellte er Renate und Karsten Niederhauser vor. Während Alois langsam und mit Bedacht sein Brot mit frischer Butter und selbstgekochter Marmelade aß und seinen Milchkaffee trank, lauschte er dem Bericht der Eltern.

»Du kennst dich doch hier aus, Alois? Wo könnt sich der Bub versteckt haben? Vorausgesetzt, daß er es bis Waldkogel geschafft hat«, fragte Toni.

Alois antwortete nicht sofort, das entsprach so ganz seiner ruhigen Art. Das Frühstück war beendet. Anna räumte den Tisch ab, bis auf den Kaffee. Dann saßen sie noch zusammen. Alois stopfte sich seine Pfeife. Das ging langsam und hatte fast rituelle Züge. Er zündete sie an und nahm ein paar Züge. Dann wandte er sich den Eltern zu.

»Da drüben der Berg heißt ›Höllentor‹. Es gibt da im unteren Teil des Waldes am Hang des ›Höllentors‹ eine alte, halbverfallene Holzfällerhütte. Sie wurde vor vielen Jahren aufgegeben. Doch sie steht noch immer. Das Dach ist bemoost, und die Hütte ist halb zugewachsen. Doch schon zur Zeit als Toni ein junger Mann war, haben sich die Buben dort oft getroffen.«

»Richtig, Alois! Ich erinnere mich!« warf Toni ein. »Die kleinen Buben spielen da noch immer.«

»Verboten war's, in den Wald am ›Höllentor‹ zu gehen. Aber

Kinder reizt das Verbotene immer. Des war schon so wie ich ein kleiner Bub war, des war so wie der Toni klein war und des wird auch noch so sein, wenn dem Toni und der Anna ihre Kinder klein sind.«

Der alte Alois zog wieder an seiner Pfeife. Rauchwolken stiegen zur Decke der Berghütte auf.

»Ihr habt erzählt, daß der Bub damals mit anderen Buben gespielt hat. I denk mir deshalb, daß die ihm die alte Holzfällerhütte gezeigt haben. Da sollte man mal suchen.«

»Wo ist diese Hütte genau?«

Alois lächelte.

»Des is schwer zu beschreiben. Einen Weg gibt's da net bis ganz hin. Da ist alles zugewachsen. Die Bäume im Wald am ›Höllentor‹, die haben kein gutes Holz. Der Hang ist zu steil. Und viele Unfälle hat es damals gegeben. Dort Holz zu schlagen, des war immer höllisch. Deshalb hat man des aufgegeben. Der Hang steht jetzt unter Naturschutz. Des heißt, die Bäum' und alles drumherum kann so wachsen, wie es der Laune der Natur entspricht. Da is richtiger Urwald. Des macht den Wald für die Buben so anziehend. Alle Wege sind mittlerweil zugewachsen. Des muß man schon wissen, wo des is. Auswärtige können des net finden. Am besten wird es sein, wenn jemand vom Dorf mitgeht. Der Wolfi kennt den Weg.« Alois schaute Toni an. »Was meinst du?«

»Wer ist Wolfi?« fragte Karsten Niederhauser in die Runde.

»Des ist der Polizist, der Gewolf Irminger. Aber gerufen bei uns wird der nur Wolfi«, sagte Alois, der ganz ruhig da saß und die Angelegenheit überdachte.

»Dann sollten wir uns gleich aufmachen und wieder hinuntergehen ins Tal, um dann mit Herrn Irminger zu suchen«, schlug Renate vor und stand auf.

»Renate, überlaß das deinem Mann!«

»Meinem Noch-Ehemann!« verbesserte Renate Anna sofort.

»Egal! Überlaß das Dennis' Vater. Du schaffst das nicht mit

deinen wunden Füßen. Es ist auch besser, wenn du hier bleibst, denke ich. Falls die Bergwacht den Bub findet, wird ihn der Leonhard mit dem Hubschrauber hier heraufbringen.«

Nach kurzer Absprache einigten sich Karsten und Renate, daß sie es so machen wollten.

Toni begleitete Karsten bis zur Oberländer Alm. Er wollte auch noch einige Lebensmittel von dort mitbringen. Alois war vom Aufstieg müde und legte sich etwas hin. Anna setzte sich mit Renate vor die Hütte.

Es war ein wunderschöner Tag. Die Berge leuchteten in der Sonne, daß man die Schneefelder und Gletscher glitzern sah. Darüber spannte sich ein blauer Himmel. Dann und wann wanderten kleine weiße Wolken vorüber. Sie sahen aus, als hätte sie ein Maler hingetupft. – »Wie still es hier ist«, bemerkte Renate.

»Ja, die Stille! Das ist immer das erste, was Besuchern auffällt, die zum ersten Mal hier oben sind. Doch wenn man länger hier ist, dann lernt man auch die Geräusche der Berge zu deuten. Die Berge sind nicht tot, sie sind kein totes Gestein. Die Berge leben. Da ist viel Leben drin. Sie verändern sich ständig. Wasser friert in den Spalten und sprengt den Stein. Dann können einzelne Gesteinsbrocken abgehen, bis hin zu heftigem Gesteinsschlag. Es gibt Tiere, die Geräusche machen. Am schönsten für mich ist das Murmeln der Gebirgsbäche, wie das Wasser über die Steine sprudelt und spritzt. Dann kommen auch Geräusche vom Tal herauf. Um die Mittagszeit ruft die Glocke vom Kirchturm, nur kurz. Das Abendläuten zur Vesper erfüllt das ganze Tal. Der Klang wandert an den Felswänden hinauf, als wollte er sie als Leiter zum Himmel benutzen. Dann kommt auch das Echo zurück. Die ganze Natur wird zum Konzertsaal oder zum Gotteshaus. Friede verbreitet sich. Dann kannst du hören, wie alles schweigt und dem Klang der Glocken lauscht. Wenn sie unten im Tal langsam verklingen, hängt ihr Klang noch etwas zwischen den Bergen, bis das Echo ganz verhallt.«

Renate lauschte interessiert und höchst erstaunt Annas Beschreibung.

»Du hast das beschrieben wie eine Dichterin.«

Anna lächelte.

»Ich habe dir nur erzählt, wie ich es erlebt habe und erlebe. Worte vermögen es nicht zu beschreiben, was du in deinem Herzen spürst. Du kannst nur mit dem Herzen hören, Renate.«

Renate schaute Anna seltsam an.

»Jetzt denkst du, die Anna spinnt.« Anna lachte herzlich. »Hätte mir das damals jemand gesagt, was ich dir jetzt sagte, dann hätte ich das auch gedacht. Renate, es gibt Dinge zwischen Himmel und Erde, die entziehen sich einfach jeder Beschreibung. Man kann sie höchstens andeuten. Fühlen muß sie jeder selbst und hören in seinem Innern. Der Klang der Natur und eine Stille, die nicht so still ist, wird dich viel erfahren lassen. Öffne einfach dein Herz! Vielleicht hat dein kleiner Dennis das damals schon erkannt. Kinder sollen ja dem Himmel und der Natur viel näher sein, weil sie so ein reines Herz haben. Vielleicht wollte euer Dennis deshalb in die Berge.«

Renate schwieg eine Weile, dann sagte sie leise:

»Vielleicht hast du recht. Das Leben von Karsten und mir war immer voller Hektik. Ein Termin jagte den nächsten. So war es nicht immer. Erst als Karsten den großen Erfolg hatte, da veränderte sich alles. Ich kam mir vor wie eine Marionette, die an Fäden hing und nach dem Takt anderer tanzen sollte. Karsten ging es wohl noch viel mehr so. Doch ihm machte und macht es Freude, im Gegensatz zu mir. Er wollte es ja so. Dabei hat er sich immer mehr entfremdet. Wir spielten zwar immer noch im gleichen Stück, dachten wir. Doch unsere Rollen paßten nicht zusammen. Zuerst betraf es nur Karstens Arbeit, dann stellte ich fest, daß auch in unserem Privatleben nichts mehr da war, kein Gefühl, keine Verbundenheit, keine Gemeinsamkeit. Wir funktionierten auf perfekte Art. Dabei entfernten wir uns immer weiter von uns selbst und auch vom anderen. Wir wollten trennen zwischen Geschäft und Familie. Karsten schaffte es nicht. So einigten wir uns, uns als Freunde zu trennen. Trotzdem tut es weh, sehr weh. Wir hatten nicht gedacht, daß Dennis so darunter leiden könnte. Wir hatten ihm nie etwas angemerkt.«

»Ich verstehe dich, Renate. Ich weiß, was du damit sagen willst.«

Anna sah die Trauer und Verzweiflung in Renates Augen.

»Es gibt einen Satz, der oft oberflächlich dahergesagt wird, Renate. Doch wenn man wirklich die Worte wirken läßt, dann steckt viel drin. Er lautet: Jede Krise ist auch eine Chance.«

»Ich kann keine Chance sehen.«

»Renate, fang doch mal bei der Tatsache an, daß Dennis weggelaufen ist. Ich finde das ganz schrecklich. Und ich hoffe, daß es da oben Schutzengel gibt, die ihn unter ihre Flügel nehmen. Wenn das nicht geschehen wäre, was wäre dann gewesen?«

»Ich verstehe dich nicht, Anna.«

»Renate, wenn ich dich richtig verstanden habe, dann hattet ihr, du und Karsten, die Trennung gerade vollzogen. Du hattest deine Koffer ins Taxi geladen und bist im Begriff gewesen fortzufahren. Das hast du gestern erzählt.«

Renate spielte mit den Fransen an dem großen Schultertuch, das ihr Anna ausgeliehen hatte.

»Ja, ich verstehe, was du meinst. Ich wäre gezwungen gewesen abzufahren.« Dann fügte sie leise hinzu: »Dabei war eine große Traurigkeit in meinem Herzen. Ich trauerte um das erträumte gemeinsame Leben voller Liebe und Harmonie. Glaube mir, im Grunde wollte ich mich gar nicht von Karsten trennen. Wie es mit ihm ist, weiß ich nicht. Aber die Trennung war einfach logisch, weil all meine Versuche gescheitert waren. Ich habe es nicht geschafft, wenigstens ein ganz kleines Stück Liebe, Geborgenheit einer Familie, ein wirkliches Heim zu schaffen.«

Renate seufzte.

»Dann kam Karsten mit dem Telefon angerannt. Statt abzufahren blieb ich, plötzlich zogen wir an einem Strang. Wir fuhren zusammen ins Internat. Wir sind jetzt gemeinsam auf der Suche nach Dennis. Zwar gibt es da immer noch einen großen Abstand, der sich über Jahre zwischen uns aufgebaut hat. Ja, so schlimm das auch ist mit Dennis, Anna, wenn es diese Krise nicht geben würde, dann wären wir nicht zusammen.«

Renate legte die Hand an die Stirn und schaute gegen die Sonne hinauf zu den Bergen.

»Plötzlich hat Karsten Zeit. Er hat ohne, daß ich etwas sagte, im Büro angerufen und alle Termine abgesagt. Das ist kein Problem gewesen. Er hat sehr gute und loyale Mitarbeiter, auf die er sich verlassen kann.«

Renate lachte bitter.

»Es ist schlimm, daß es soweit kommen mußte. Wie oft habe ich ihn gebeten, sich mehr Zeit für die Familie, für Dennis zu nehmen? Er hatte nie Zeit. Jetzt hat er plötzlich Zeit. Ja, Anna! Es steckt wirklich ein tieferer Sinn in der Krise. Karsten besinnt sich vielleicht auf das, was wirklich wichtig im Leben ist. Jetzt hoffe ich nur, daß Dennis gefunden wird.«

»Ja, das hoffe ich auch. Mehr als das, Renate! Dennis wird bestimmt gefunden werden. Das spüre ich. Du wirst ihn, ihr werdet ihn finden und in die Arme schließen. Spürst du das nicht?«

»Wie meinst du das?«

»Man sagt doch, daß eine Mutter spüren kann, ob es ihrem Kind gut geht oder schlecht. Was spürst du, wenn du an Dennis denkst?«

Anna legte sacht ihre Hand auf den Arm von Renate.

»Sprich es nicht aus – sage es mir nicht! Denke an deinen Sohn, an euer Kind. Dann wirst du es spüren. Es soll ein Band geben zwischen Menschen, die sich lieben. Dieses Band wird ihn zu dir, zu euch zurückbringen, davon bin ich überzeugt.

Die Liebe ist ein mächtiger Zauber voller Geheimnisse, die wir Menschen mit unserem kleinen bescheidenen Verstand oft nicht gleich verstehen. Wir denken viel zuviel! Wir alle, alle Menschen müssen einfach mehr lieben.«

»Du meinst, ich soll Karsten lieben?«

»Nicht nur ihn. Liebe das Leben selbst, Renate. Es ist schön und reich, auch wenn es oft auf- und abgeht. Liebe die Natur, die Tiere. Schaue dich um! Freust du dich nicht an der Schöpfung? Wie wunderbar ist doch dieser Ausblick. Da unten ist das Tal mit Waldkogel.«

Anna holte das Fernglas und reichte es Renate.

»Hier schaue durch! Dann steigen die Wiesen und Weiden zuerst sanft, dann steiler die Berge hinauf. Die Bäume werden mehr, bis rundum sich ein Gürtel aus Wald erstreckt, bis er sich in der Höhe der Baumgrenze lichtet. Jetzt laß deinen Blick auf den Bergen ruhen. Siehst du die schroffen und kantigen Felsen? Gleich daneben liegen weiße Schneefelder, deren Reinheit jetzt noch mehr in der Sonne glänzt. Sie wirken so weich und schön.«

Anna ließ Renate Zeit, sich das alles genau anzuschauen. Renate setzte nach einer Weile das Glas ab.

»Du liebst die Berge sehr, Anna?«

»Ja, das tue ich. Sie sind für mich wie große Freunde, denen ich mich anvertrauen kann. Sie sind so stark und mächtig. Sie sagen mir, wie unbedeutend vieles ist und rücken das, was wirklich bedeutend ist, in den Mittelpunkt. Sie schützen mich vor der Welt da draußen, voller Hektik und Geschäftigkeit.«

Anna lachte glücklich.

»Weißt du, ich war früher ein bißchen so, wie du mir deinen Mann geschildert hast. Ich jagte jeden Tag dem Erfolg nach. Dieser Erfolg gab mir kein Glücksgefühl von langer Dauer. Ich war wie im Rausch. Dann kam ich hierher und mußte mir meine Liebe zu diesem Antonius Baumberger eingestehen. Er hing einem Traum nach. Er wollte die nächsten Jahrzehnte diese

Berghütte bewirtschaften. Doch so einfach war das nicht. Ich wollte ihm helfen, seinen Traum zu verwirklichen. Doch wie? Da saß ich dann eines Tages alleine oberhalb von Waldkogel und schaute herunter auf das Tal. Bello war an meiner Seite. Ich hörte auf zu denken. Ich konnte auch gar nicht denken. Ich nahm nur noch die Schönheit der Berge, die Stille und Reinheit der Natur in mich auf. Ich atmete den Duft der Berge tief in mich ein. Dann fingen die Glocken der Kirche von Waldkogel an zu läuten. Mit jedem Schlag, der im Tal widerhallte, entstand tief in meinem Herzen die Lösung. Da wußte ich den Weg, den ich gehen mußte. Und ich fand Menschen, die mir dabei halfen. Toni bekam die Berghütte. Jetzt werde ich seine Frau. Wir werden hier gemeinsam leben und arbeiten. Das Leben wird dir vielleicht hart vorkommen, ohne fließendes Wasser aus dem Wasserhahn. Elektrischen Strom haben wir nur, wenn wir den Generator anstellen. Das macht Toni nur selten, weil er sehr laut ist und es auch so geht. Wir wollen die Hütte nach alter Tradition bewirtschaften.«

»Im Einklang mit der Natur und den Bergen.«

»Genau so, Renate. Viel Geld kann man damit nicht verdienen. Aber ich bin mir sicher, daß ich reichlicher belohnt werde, als jemals in meinem Leben zuvor.«

»Eigentlich bist du zu beneiden, Anna!«

»Neide mir nichts! Ich hoffe, daß du eines Tages vielleicht sogar froh bist, daß Dennis dich hier in die Berge gelockt hat. Hier finden du und auch dein Karsten all den Balsam, den ihr für eure wunden Seelen braucht. Wenn ihr offen seid und lernt zu lauschen, ohne zu denken, dann werdet ihr vielleicht auch eure verlorene Liebe wiederfinden.«

»Man spürt, wie glücklich ihr seid, du und dein Toni. Die Hütte ist erfüllt von eurem Glück. Gestern abend, als Toni musizierte und du beim Kamin gesessen bist, da betrachtete ich die Flammen. Ich dachte, daß sie leiser knistern, damit du die Liebeslieder deines Tonis besser hören kannst. Dann erinnerte ich mich an ein Gedicht von Friedrich Schiller. Da heißt es: Raum ist in der kleinsten Hütte für ein glücklich liebend Paar!«

Renate berührte Annas Schulter.

»Ich wollte dich nicht kränken, als ich sagte, ich beneide dich. Ich sehe nur, daß du das alles hast, von dem ich auch einmal geträumt habe und zum Teil auch hatte. Doch dann ging es verloren.«

»Dann suche es, Renate. Wenn man etwas verloren hat, gleich was es auch ist – dann sucht man doch oder?«

»Wo soll ich suchen?«

»Du suchst deinen Dennis hier in den Bergen. Suche auch dein Glück. Du wirst es finden. Schau dort! Diesen Berg nennen die Leute hier seit alters her ›Engelssteig‹. Es führt ein Pfad ziemlich hoch hinauf. Dort oben gibt es zwischen steilen Felswänden einen kleinen wunderschönen Ort. Dort blühen besonders viele Blumen. Blumen, die sonst in dieser Höhe nicht vorkommen. Es gibt einen kleinen Teich. Diesen Ort nennen wir den ›Paradiesgarten‹. Dort hinauf solltet ihr wandern. Ganz allein. Ich denke nicht, daß ihr dort Dennis finden werdet. Aber vielleicht werdet ihr Dennis und auch euch dann viel näher sein und ihr findet alle wieder zusammen.«

»Wenn ich Karsten dazu überreden kann.«

»Das wirst du schon schaffen. Ich richte euch zwei Rucksäkke mit Proviant. Verlaufen könnte ihr euch nicht. Ich bin ja hier auf der Hütte. Wenn etwas mit Dennis ist, dann verständige ich euch.«

»Ich werde versuchen, mit Karsten zu sprechen, Anna!«

Anna stand auf.

»Danke, daß du dir so viel Zeit für mich genommen hast. Du hast doch bestimmt anderes zu tun und Wichtigeres zu tun.«

»Das konnte warten.«

»Wenn ich dir etwas helfen kann, Anna, dann tue ich das gerne!«

»Danke, aber ich habe eine andere Aufgabe für dich! Bleibe hier draußen und betrachte die Berge. Betrachte sie, ohne zu denken. Schau sie so an, als wärest du ein Kind. Betrachte die Berge so, wie sie Dennis betrachtet.«

Dann ging Anna hinein in die Berghütte. Sie machte sich mit Ruhe und Sorgfalt an ihre Hausarbeit. Danach knetete sie den Brotteig für weitere Brote, die für die Bewirtung der Gäste bei ihrer Hochzeit gebraucht wurden.

*

Später kam Toni von der Oberländer Alm zurück. Bello zog zum ersten Mal den kleinen Aluminiumwagen, der nach Angaben von Anna gebaut worden war. Der Wagen war vollbeladen mit Eiern und Käse, sowie weiteren Dingen für das Fest, das Xaver im Auftrag von Meta zur Oberländer Alm gebracht hatte.

Die Oberländer Alm war noch gut mit dem Auto zu erreichen. Anna sagte oft im Scherz, die Alm sei der letzte Außenposten der Zivilisation vor der Bergwildnis.

»Wie hat es denn der Bello gemacht, Toni?«

»Großartig! Ganz famos! Du hast ihn wirklich gut trainiert, Anna! Er lief sogar ziemlich schnell mit dem vollen Wagen.«

»Das wundert mich nicht, Toni. Neufundländer Hunde sind wahre Kraftpakete. Sie sind ja ursprünglich zum Ziehen von kleinen Wagen und Schlitten gezüchtet worden. Deshalb hattest du dir Bello ja angeschafft.«

»Ja, das habe ich! Aber du hast ihn trainiert. Außerdem ist er dein Hund, seit er dich das erste Mal gesehen hat. Das macht mir aber nichts aus. In gewisser Weise kann ich das sogar verstehen. Du bist nämlich ein ganz tolles Madl.«

Toni küßte Anna.

»Was machen wir jetzt? Hast du noch viel Arbeit?«

»Nein! Toni! Der Brotteig muß noch gehen. Die Brote backe

ich heute abend. Dann sind sie frisch zur Feier, aber nicht mehr so frisch, daß sie sich nicht anschneiden lassen.«

Dann flüsterte Toni:

»Ich habe kurz mit meinem Vater sprechen können. Es muß ein Wilderer unterwegs sein.« Dabei blinzelte er Anna mit den Augen zu. »Jemand hat heute nacht die Hasen aus den Ställen gelassen. Als meine Mutter sie heute morgen füttern wollte, hoppelten sie friedlich in ihrem Gemüsegarten herum. Aber ein Hase fehlt. Es ist der Braune mit den hellen Flecken.«

»Meinst, daß es Dennis war?«

»Gut möglich! Die Mutter denkt, daß er es war. Er muß sich auch im Garten bedient haben, mit Karotten, Rettich, Radieschen und Beeren. Ich will aber der Renate noch nix sagen oder denkst, i muß es ihr erzählen?«

Anna überlegte.

»Wir warten! Der Karsten ist ja unterwegs und kommt auch durch das Dorf. Hat deine Mutter es dem Wolfi gemeldet?«

»Der Vater will das tun!«

»Gut so! Ich denke auch, daß es der Dennis war. Dann geht es ihm gut. Allein ist er auch nicht mehr. Er war ja damals vor Jahren schon ganz vernarrt in die Hasen. Jetzt hat er sich einen Reisebegleiter geholt. Er hat sich für sich und den Hasen aus dem Garten bedient. Das Wetter ist warm. Ich bin sicher, daß er bereits ein schönes Plätzchen gefunden hat. Wenn alles aufgegessen und verfüttert ist, wird er wiederkommen. Da bin ich mir sicher. Warten wir, bis Karsten vom Dorf kommt.«

Toni schaute Anna verwundert an. Anna schloß die Tür der Berghütte, daß sie besser reden konnten.

»Toni, der Dennis lebt ein Abenteuer. Seine Eltern finden dadurch vielleicht wieder zusammen. Auf ein paar Stunden kommt es nicht an. Ich denke mir, daß der Dennis jetzt vielleicht irgendwo an einem schönen Platz sitzt, an einem Bach, auf einer Lichtung im Wald, vielleicht auch irgendwo beim See. Er hält den Hasen in den Armen und gibt ihm all die Liebe, die er sonst niemandem geben konnte. Er füttert den Hasen. Dieser hoppelt ihm nach, wo immer er hingeht und schenkt ihm seine Zuneigung, weil er ihn aus dem engen Käfig befreit hat. Dennis fühlt sich glücklich. Glaube mir, Toni! Ich fühle es.«

Anna hauchte Toni einen Kuß auf die Wange.

»So und jetzt gehen wir beide ein Stück. Laß uns zum ›Erkerchen‹ laufen und die Aussicht genießen, Toni!«

»Wie du willst! I bin mir zwar etwas unsicher, aber magst recht haben. I bin als Bub auch oft ein paar Tage mit Freunden unterwegs gewesen. Da haben wir Wilderer gespielt. Schön is des gewesen. Der Leonhard und der Martin und i haben des oft gemacht. Wir waren vielleicht eine Bande! Beim ersten Mal hat uns der Förster gefunden. Der Vater hat mir den Hosenboden stramm gezogen, aber nur beim ersten Mal. Später dann hat sich Mutter eingeschaltet. Sie meinte, daß das sein müßte, das gehöre dazu, zum Großwerden. I mußte ihr nur versprechen, daß i net auf gefährliche Felsen rumklettern tu.«

»Na siehst du, Toni! Komm, laß uns jetzt gehen.«

Sie verabschiedeten sich von Renate und machten sich auf den Weg. Renate sah ihnen wehmütig nach, wie sie Hand in Hand davongingen. Sie erinnerte sich an die abendlichen und nächtlichen Spaziergänge mit Karsten im Park, als sie frisch verliebt waren. Renate seufzte. Sie ging in die Berghütte, in die Kammer und legte sich auf das Bett. Sie war müde und erschöpft, gleichzeitig aber erfüllt von einer tiefen inneren Ruhe. Sie schloß die Augen und schlief gleich ein.

Als sie Stunden später aufwachte, war es draußen dunkel. In ihrer Kammer brannte Licht. Karsten saß auf einem Stuhl.

»Hast du ihn gefunden?« Mit einem Ruck saß Renate auf der Bettkante.

Karsten setzte sich neben sie. Er saß so dicht neben ihr, daß sie sich berührten.

»Wir waren in der Hütte. Herr Irminger hat mich hingeführt. Unterwegs sind uns ein paar Buben begegnet. Die rannten davon, als sie uns sahen. Irminger kennt sie und will bei ihnen vorbeigehen. Er vermutet, daß sie etwas wissen. Dann waren wir in der alten Holzfällerhütte. Da war in letzter Zeit jemand dort. Es gab Abfall. Es lag Schokoladenpapier herum und eine leere Verpackung von Keksen, auch leere Flaschen und Dosen. Sie waren nicht staubig. Deshalb vermutet Irminger, daß sie noch nicht lange da sein konnten. In den Flaschen und Dosen waren noch Reste von Flüssigkeiten, die heraustropften.«

»Meinst du, daß es Dennis war?«

»Das kann ich nicht sagen, Renate.« Er rieb sich die Stirn. »Der Polizist hat mich gefragt, ob mein Sohn solche Kekse gern essen würde und so weiter. Renate, da wurde mir bewußt, wie wenig ich von Dennis weiß. Weißt du, was er gerne nascht?«

»Früher als er noch nicht im Internat war, da naschte er am liebsten die Eier mit dem Spielzeug drin.«

»Ja, solches Einwickelpapier lag auch herum. Und welche Kekse?«

»Diese runden Kekse mit Schokoladenfüllung. Dann mochte er Schokolade mit Erdbeergeschmack.«

Karsten packte Renate an den Schultern.

»Ja! Ja! Da lag die Verpackung einer Schokolade mit Erdbeerfüllung. Das muß unser Dennis gewesen sein.« Karsten Niederhauser sprang auf. »Ich werde Herrn Irminger gleich anrufen.«

Er griff nach seinem Handy und telefonierte. Aufrecht stand er in der Kammer und lauschte, was ihm der Polizist berichtete. Renate trat zu ihm. Er griff nach ihrer Hand, als suchte er einen Halt. Dann war das Gespräch zu Ende.

»Was ist, Karsten?«

»Bei den Baumbergers wurde heute nacht ein Hase gestohlen und der Garten geplündert. Das schaut ganz nach Dennis aus. Dann hat Herr Irminger die Buben befragt, die uns unterwegs begegnet sind. Er war bei vier Familien. Die Jungs haben alle ganz rote Köpfe bekommen, aber sie wissen angeblich von nichts. Der Polizist ist sicher, daß sie alle gelogen haben. Aber er kann es ja schlecht aus ihnen rausprügeln. Morgen will er weitermachen. Er ist davon überzeugt, daß Dennis Freunde im Dorf gefunden hat. Er ist sich sicher, daß er ein Dach für die Nacht hat und es ihm gut geht. Wir sollen uns beruhigen. Er meint, er findet ihn. Er hat auch eindringlich mit den Eltern der Jungen geredet. Vielleicht bekommt der Pfarrer etwas aus den Buben raus. Herr Irminger will noch heute mit Pfarrer Zandler sprechen. Er ruft morgen gleich an, wenn er etwas Neues weiß.«

Karsten hielt Renate das Handy hin.

»Der Akku ist leer. Hier auf der Hütte kann ich ihn nicht aufladen. Hat dein Handy noch Strom?«

»Ich habe kein Handy dabei. Das habe ich im Auto liegen lassen.«

»Daran hättest du wirklich denken können, Renate!« schimpfte Karsten.

»Sei still! Wenn du dich besser um Dennis und mich gekümmert hättest, dann wären wir nicht in dieser Situation. Aber dir war die Familie ja egal. Dir ging es immer nur um Erfolg, um die Karriere!«

Wütend rannte Karsten aus dem Zimmer. Renate folgte ihm.

»Ich muß noch mal runter ins Dorf.«

»Karsten, es ist dunkel draußen! Warum? Hat man etwas von Dennis gehört?« fragte Toni.

Karsten Niederhauser berichtete.

»Dann mache ich den Generator paar Stunden an. Dann kannst dein Handy aufladen. In Renates Kammer ist eine Steckdose.«

Toni ging hinaus. Bald drang das Motorengeräusch des Generators durch die Wände der Berghütte. Gegen Mitternacht war Karstens Handy aufgeladen. Zufrieden steckte er es in die Hosentasche.

»So, jetzt fühle ich mich nicht mehr so von der Welt abgeschnitten.«

Alois saß beim Kamin und lächelte. Karsten bemerkte, wie lächerlich er sich mit dieser gedankenlosen Bemerkung gemacht hatte. Es war ihm sehr peinlich.

*

Gewolf Irminger, der Polizist, hatte Pfarrer Zandler aufgesucht. Dieser rief die Eltern der vier Buben an und bat sie, ihre Kinder sofort zu ihm in die Kirche zu schicken. Wenn der Pfarrer rief, dann hatte man zu gehen.

Es verging keine halbe Stunde, dann standen die vier Buben im Gotteshaus von Waldkogel. Pfarrer Zandler bemühte sich, streng auszusehen, aber eigentlich hatte er Mitleid mit den kleinen Sündern. Die Hände in den Hosentaschen, die Köpfe gesenkt, mit hochroten Ohren standen sie vor dem Geistlichen. Pfarrer Zandler schloß die Kirchentür ab.

»Also meine Buben! Ich habe jetzt ein paar Fragen an euch. Ihr könnt schweigen, dann bleibt ihr die ganze Nacht da. Oder ihr redet, dann lasse ich euch gleich wieder heim. Es liegt ganz bei euch!«

Er schaute sie an. Sie steckten die Köpfe zusammen und tuschelten. Der Kleinste brummelte dann: »Dann müssen wir bleiben, Herr Pfarrer! Wir haben einen Eid geschworen, daß wir nix sagen, nix verraten!«

»So, so!«

»Ja, Herr Pfarrer! Sie haben uns doch im Katechismusunterricht gesagt, daß man einen heiligen Eid net brechen darf. Es is doch so oder?«

Die vier gingen zu einer Kirchenbank und setzten sich hin. Der Pfarrer betrachtete sie.

»Ihr gebt da ein schönes Bild ab, als die vier kleinen Märtyrer von Waldkogel. Doch ich muß euch sagen, daß ihr da einem

Irrtum unterliegen tut. Der Herrgott im Himmel weiß alles. I bin nun mal zuständig für seine Firma in Waldkogel. Ihr könnt mir des ruhig sagen. Da brecht ihr den Eid net. I darf des, was ihr mir sagen tut, auch net weitersagen. Das wißt ihr doch?«

Eifriges Kopfnicken. Die Buben steckten wieder die Köpfe zusammen und flüsterten.

»Also gut, Herr Pfarrer!« murmelte einer von ihnen. »Was wollen Sie wissen?«

»Des wißt ihr genau! Kennt ihr den Dennis Niederhauser?«

Sie nickten und schauten unter sich.

»Wo ist er?«

Sie warfen sich Blicke zu und schwiegen.

»Ihr wollt also net reden, ihr dummen Buben? Na ja, dann sage ich euch, was ich mir denke. Wenn es stimmt, dann braucht ihr ja nur mit dem Kopf zu nicken.«

»Habt ihr ihn in der alten Holzfällerhütte versteckt?«

Es dauerte einen Augenblick. Sie steckten wieder die Köpfe zusammen und tuschelten. Dann schauten sie ihn mit scheuen Augen an und nickten.

»Gut so, ihr Lümmel! Jetzt sage ich euch etwas. Ihr geht jetzt nicht mehr dahin. Ich kümmere mich jetzt um den Dennis. Wenn ich euch in seiner Nähe erwische, ohne daß ihr die ausdrückliche Erlaubnis von mir habt, dann setzt es was. Ist das klar?«

Die Buben glaubten dem Pfarrer aufs Wort. Es war sicherlich nicht gut, den Hirten von Waldkogel zu verärgern.

»Wir wollten dem Dennis doch nur helfen!« jammerte einer der Buben.

»Das weiß ich! Das war auch gut so und lieb von euch! Aber der Dennis ist ausgerissen, und seine Eltern und Lehrer sorgen sich. Ganz gleich wie. Ausreißen ist keine Lösung. Das war eine große Dummheit. Der Dennis wird das auch noch einsehen. Einfach wegzulaufen, das ist immer leicht. Weglaufen, wenn man Probleme hat, ist keine Lösung und war noch nie eine. Also, dann kommt morgen mittag mal wieder hier vorbei und dann reden wir weiter. Jetzt macht, daß ihr heimkommt und schlafen tut. Das nächste Mal, wenn ihr Probleme habt, dann kommt besser gleich zu mir.«

Sie nickten und gingen zur Tür. Pfarrer Zandler schloß auf. Die vier Buben gaben dem Geistlichen nacheinander die Hand und gingen dann heim.

*

Pfarrer Zandler packte einen Rucksack mit warmen Sachen. Er nahm einen Schlafsack mit, Blechgeschirr, wie man es bei einer Bergwanderung benutzt. Seine Haushälterin füllte ihm zwei Thermoskannen. In der einen war Kräutertee, der mit viel Tannenhonig gesüßt war, in die andere Kanne hatte sie eine kräftige Suppe gefüllt. Der Pfarrer nahm auch Brot mit und etwas Kuchen sowie Saft und Süßigkeiten. Dann machte er sich auf den Weg.

Als er in der Holzfällerhütte ankam, lag Dennis in der Ecke auf einem Haufen Blätter. Er schlief fest. In seinen Armen hielt er den Hasen fest an sich gedrückt.

Leise stellte der Pfarrer eine Lampe auf und packte die Sachen aus seinem Rucksack aus. Er hörte, wie in der Ecke hinter ihm die Blätter raschelten. Dennis war aufgewacht.

»Hast du gut geschlafen, Dennis? Ich bin Pfarrer Zandler, der Pfarrer in Waldkogel. Ich habe dir ein paar Sachen gebracht. Komm, setze dich her und iß erst einmal.«

Der Pfarrer goß Suppe in den Blechnapf und legte Brot und einen Löffel daneben.

»Nun, komm schon, die Suppe wird kalt. Es wäre schade darum. Sie schmeckt wirklich gut.«

Dennis stand auf, ohne den Hasen loszulassen.

»Komm, den Hasen halte ich so lange! Hat der auch Hunger?«

»Dem habe ich Mohrrüben gegeben und Zeug aus dem Garten.«

»Hast du schon einen Namen für den Hasen?«
Dennis gab dem Pfarrer das Tier.
»Ich nenne ihn Milky!«
Dennis streichelte liebevoll das Tier. Pfarrer Zandler beobachtete die Geste und sah, wieviel Zärtlichkeit und Fürsorge darin lag.
»Nun iß!«
Dennis löffelte die Suppe schnell leer.
»Die schmeckt wirklich gut. Besser als der Eintopf im Internat. Samstags gibt es da immer Eintopf.«
»Bist du nicht gern im Internat, wie?«
»Ach, so schlimm ist es das auch wieder nicht. Nur langweilig am Wochenende! Da bin ich oft alleine! Die anderen fahren fast alle am Freitag heim. Ich kann nur in den Ferien heim.«
Dennis zog die Nase hoch. Der Pfarrer sah, daß er mit den Tränen kämpfte und reichte ihm sein Taschentuch.
»Deine Eltern haben keine Zeit für dich, denkst du?«
Dennis zuckte nur mit den Schultern.
»Jetzt bist du weggelaufen?«
»Sie wissen das?«
»Die Polizei sucht schon nach dir!«
Dennis wurde blaß. Pfarrer Zandler lächelte.
»Mußt aber keine Angst haben, ich verrate dich nicht.«
»Wie haben Sie mich gefunden?«
»Das war nicht schwer. Alle Buben aus Waldkogel spielen hier. Aber sie haben dich nicht verraten.«
Dennis aß eine weitere Portion Suppe. Dann verdrückte er zwei Stück Apfelstrudel und einen Becher Tee.
»Satt?« fragte der Pfarrer.
»Ja, satt! Danke!«
Mit ängstlichen Augen schaute er den Geistlichen an.
»Bringen Sie mich jetzt wieder zurück ins Internat?«
»Nein! Aber du könntest selbst zu deinen Eltern gehen.«

»Das geht nicht! Die leben getrennt. Die lassen sich scheiden.«

»Deine Eltern sind hier in Waldkogel. Sie suchen dich!«

»Sie sind hier? Hier in Waldkogel?«

»Ja, oben auf der Berghütte. Wenn du willst, dann bringe ich dich hinauf.«

Dennis Niederhauser überlegte.

»Du willst nicht?« fragte der Pfarrer nach.

Der Junge zuckte mit den Schultern und steckte sich ein Karamelbonbon in den Mund.

»Ich mache dir einen Vorschlag. Du kannst hier in der Hütte bleiben. Ich habe dir auch einen Schlafsack mitgebracht und andere Dinge.«

Der Geistliche packte den Rucksack aus.

»Oh, Bücher!«

»Ja, ich dachte, daß es dir vielleicht langweilig ist.«

»Ein bißchen schon, aber ich habe ja Milky!«

Dennis nahm den Hasen wieder auf den Arm. Der Junge vergrub sein Gesicht in das Fell des Hasen.

Pfarrer Zandler sprach behutsam weiter.

»Du mußt mir aber versprechen, nicht wegzulaufen. Dann darfst du bleiben, und ich helfe dir. Ich bringe dir jeden Tag etwas zu essen und mit der Polizei rede ich auch.«

»Und mit meinen Eltern …?«

»Auch mit denen! Aber das geht nur, wenn du mir wirklich versprichst, keine Dummheiten zu machen. Du bleibst hier in der Holzfällerhütte oder ganz in der Nähe. Du kletterst nicht auf Bäume und machst auch sonst nichts Gefährliches.«

Der Pfarrer hielt Dennis die Hand hin. Der Junge ergriff sie. Er versprach es dem Geistlichen in die Hand.

Dann half Pfarrer Zandler Dennis, ein gutes Lager zu richten. Er hatte ihm auch eine Luftmatratze mitgebracht. Dennis schlüpfte in den Schlafsack. Neben seinem Lager stand die Lampe und lagen die Bücher.

»So, jetzt kannst du noch etwas lesen, Dennis. Ich muß wieder gehen. Morgen komme ich wieder. Mach die Lampe aus, wenn du schlafen tust, wegen der Batterie.«

Dann griff der Geistliche in seine Tasche.

»Hier hast du ein Handy für Notfälle! Meine Nummer ist eingespeichert auf der Eins. Wenn du Hilfe brauchst, rufe an, egal wann! Ja!«

»Danke! Sie sind lieb!« flüsterte Dennis.

Er kuschelte sich in den Schlafsack und deckte auch den Hasen zu. Der Pfarrer streichelte Dennis über das Haar und sprach einen Segen aus. Dann ging er hinaus.

Den Rückweg zum Pfarrhaus nahm er ohne den schweren Rucksack im schnellen Schritt.

Er wechselte ein paar Worte mit seiner Haushälterin und legte sich dann für wenige Stunden schlafen.

*

Beim ersten Hahnenschrei machte sich der Pfarrer auf den Weg zur Berghütte. Vorher hatte er an der Kirchentür einen Zettel angebracht. Darauf stand, daß an diesem Tag die Frühmesse ausfallen würde, wegen eines dringenden seelsorgerischen Hausbesuchs. Die neugierigen Waldkogeler, die regelmäßig zur Frühmesse kamen, klingelten alle am Pfarrhaus. Doch die Haushälterin sagte nichts.

Pfarrer Zandler war mit seinem Auto bis zur Oberländer Alm gefahren. Dort war er kurz bei Hilda und Wenzel eingekehrt. Die beiden freuten sich sehr, den Pfarrer zu sehen, kamen sie doch den Sommer über nicht ins Tal, um in die Messe zu gehen.

Dann machte er sich an den Aufstieg zur Berghütte. Pfarrer Zandler ließ sich Zeit. Er genoß den Aufstieg, blieb oft stehen und bewunderte Gottes schöne Natur.

Toni, Anna und der alte Alois waren sehr überrascht, als es plötzlich an der Hüttentür klopfte und der Pfarrer eintrat.

»Das ist ja eine echte Überraschung! Was führt dich denn hier herauf?« fragte der alte Alois, der den Pfarrer fast als einziger in Waldkogel duzte, jedenfalls gelegentlich. Denn Alois war schon ein verheirateter Familienvater, als der jetzige Pfarrer als junger Bub in Waldkogel aufwuchs.

»Gilt der Besuch dem Toni und der Anna, wegen der Hochzeit? Gibt es da noch etwas zu bereden?«

»Nein, deswegen bin ich nicht da, Alois. Es sind doch Gäste auf der Berghütte, soviel wie ich gehört habe, die Eltern von dem Dennis. Renate und Karsten Niederhauser sind doch einquartiert, wie?«

»Ah, dann is was mit dem Dennis!« folgerte Alois. »Is es was Schlimmes? Geht es dem Bub net gut?«

Der Pfarrer schmunzelte.

»Dem Bub geht's gut. Ich denke sogar, daß es dem Bub schon lange nicht mehr so gut gegangen ist. Deswegen will ich mit den Eltern reden.«

»Ah, dann is er gefunden worden. Wo is er denn jetzt?«

»Alois, des geht nur mich was an. Ich habe den Bub unter meinen Schutz genommen. Den Rest, den möchte ich erst einmal mit den Eltern bereden. Wo sind die?«

»Die schlafen noch. Die Renate in der Kammer und ihr Noch-Ehemann, wie sie immer betont, der liegt oben auf dem Hüttenboden.«

Der alte Alois ging zur Tür von Renates Kammer und klopfte mit seinem Stock daran.

»Rauskommen! Besuch ist da! Der Herr Pfarrer!«

Dann rief Alois die Stiege zum Hüttenboden hinauf.

»Karsten, komm runter! Der Pfarrer is da und hat gute Neuigkeiten vom Dennis.«

Kurz darauf kamen die beiden. Anna stellte ihnen Kaffee hin. »Sie haben unseren Sohn gefunden?Wo ist er? Warum haben Sie ihn nicht mitgebracht?«

»Frau und Herr Niederhauser, so einfach geht das nicht. Ich

habe den Dennis in meinen Schutz genommen. Es geht ihm gut, besonders gut sogar. Ich darf Ihnen sagen, daß der Dennis ein ganz lieber und braver Bub ist. Manche Eltern wären froh, wenn sie so einen braven Jungen hätten, auch wenn er aus dem Internat fortgelaufen ist. Darüber muß man mit Dennis bestimmt noch sprechen. Aber zuerst will ich mit Ihnen beiden sprechen und zwar unter vier, beziehungsweise unter sechs Augen.«

»Komm, Anna! Komm, Alois! Wir gehen mal raus und lassen den Herrn Pfarrer mit Dennis' Eltern alleine.«

»Es ist schon gut, Toni! Ihr müßt nicht gehen. Ich dachte mir, ich mache mit den Eltern einen kleinen Spaziergang. Das kann warten bis nach dem Frühstück.«

*

So geschah es dann auch. Zwar versuchte Karsten Niederhauser dem guten Herrn Pfarrer durch geschickte Fragestellungen, Einzelheiten zu entlocken, aber er bekam keine Antwort.

Dann gingen die drei fort. Der Geistliche ging in der Mitte, rechts von ihm lief Renate und links ihr Noch-Ehemann Karsten.

»Ja, meine lieben Eltern. Dem Dennis geht es gut. Ich weiß, wo er ist und habe ihn mit Essen und Sonstigem versorgt. Das werde ich auch die nächsten Tage tun. Vielleicht kommt Dennis auch ein paar Tage mit mir ins Pfarrhaus.«

Karsten Niederhauser brauste auf. »Sie enthalten uns unser Kind vor. Das dürfen Sie nicht. Ich verlange von Ihnen, daß Sie mir sofort den Aufenthaltsort nennen, damit ich meinen Sohn holen kann!« brüllte er so laut, daß sich seine Stimme überschlug und er hustete. »Das kann ich Ihnen als Kindesentführung auslegen.«

Pfarrer Zandler beeindruckte das nicht. Er lächelte gütig. »Sie leben in Scheidung, wie man sagt. Wer von Ihnen hat das Sorgerecht, oder ist das noch nicht geregelt?«

»Doch, Herr Pfarrer, das ist geregelt. Wir haben uns über viele Punkte außergerichtlich geeinigt. Ich habe als Mutter das Sorgerecht. Mein Ma...« Sie verbesserte sich sofort. »Mein Noch-Ehemann hat keine Zeit, sich um Dennis zu kümmern.«

»Aha! Werden Sie den Jungen im Internat lassen?«

Sofort schaltete sich Karsten Niederhauser ein.

»Wir waren uns einig, daß das für den Jungen am besten ist. Das ist ein erstklassiges Internat. Ich habe für meinen Sohn natürlich nur das beste gewählt. Ich bestand darauf, daß Dennis auch nach unserer Trennung dort bleibt, zumindest bis er einen ersten Schulabschluß hat. Später wird er mir dankbar dafür sein. Ich hatte als Kind nicht solche Möglichkeiten. Da hat er gleich die richtigen Kameraden. Da werden Seilschaften für das Leben geschlossen. Die werden ihm später nützlich sein.«

Pfarrer Zandler wurde jetzt leicht ärgerlich.

»Jetzt halten Sie bitte mal den Mund, Herr Niederhauser.«

»Ich wollte das nur klarstellen. Sie benötigen doch Fakten.«

Jetzt riß dem Pfarrer der Geduldsfaden. Er hatte sich wegen des Sohnes dieses Mannes die halbe Nacht um die Ohren geschlagen, seine Frühmesse ausfallen lassen, was kaum jemals vorgekommen war, höchstens, daß sie einmal später angefangen hatte. Die paar Male, die sie ausgefallen war, lag der Pfarrer mit Grippe und Fieber im Bett.

»Du aufgeblasener Gockel! Du überdrehter Affe! Du dummer Ochse, so dumm, daß du an sich schon eine Beleidigung für jedes Rindvieh bist. Ich brauche keine Fakten. Und dein Dennis, der braucht auch keine Fakten, was seine Zukunft betrifft. Der Dennis ist kein Posten in einer Bilanz, den man so frisieren kann, daß er automatisch immer auf der Habenseite steht. Um in deiner Sprache zu sprechen, du bescheuerter Größenwahnsinniger im Höhenrausch. Der Dennis braucht etwas ganz anderes. Der braucht Liebe von seinem Vater. Der braucht

Zuneigung, Zärtlichkeit, Geborgenheit. Der Junge will angenommen werden.«

Renate Niederhauser brach in schallendes Gelächter aus. Sie lachte, bis ihr die Tränen über das Gesicht liefen. Sie setzte sich auf einen Felsen am Wegesrand und lachte nur. Sie lachte, wie sie es die letzten Jahre ihres Lebens nicht mehr getan hatte. Jedesmal, wenn sie Karsten anschaute, der stumm dastand mit einem unbeschreiblich überraschten Gesichtsausdruck, mußte sie erneut lachen. In wenigen, aber höchst drastischen Sätzen, hatte der Pfarrer Karsten das an den Kopf geworfen, was sie jahrelang versucht hatte, ihm verständlich zu machen.

Und Karsten Niederhauser schwieg! Es hatte ihm die Sprache verschlagen!

Pfarrer Zandler wandte sich an Renate. Er lächelte sie an. Das war das Signal, daß sie ihm auf seine Frage antworten sollte.

»Herr Pfarrer, ich war nie berufstätig, seit Dennis auf der Welt ist. Mein Ma… Ich meine, Karsten hat immer gut verdient, immer mehr und mehr. Ich übernahm die Rolle einer Frau, an der Seite eines erfolgreichen Mannes. Sein Lebensentwurf überdeckte alles. Alles hatte sich dem unterzuordnen, auch Dennis. Deshalb hat er Dennis ins Internat gegeben. Ich denke, daß es genügen würde, wenn Dennis in eine gute Schule geht, daheim. Dann könnte er nach dem Unterricht nach Hause kommen. Ich wäre da, und er hätte ein Heim, auch wenn wir geschieden sind. Besser nur eine Mutter, als gar keine Eltern! Ich hatte mir vorgenommen, bis zum Ende des Schuljahres mir ein Zimmer in der Nähe des Internats zu nehmen. Dann hätte mich Dennis so oft sehen können, wie er wollte. Im nächsten Jahr hätte ich ihn dann aus dem Internat genommen. Das wollte ich mit Dennis besprechen. Ich hätte ihn jetzt am Wochenende besucht.«

»Davon weiß ich nichts! Das hast du mir verschwiegen. Das will ich nicht. Das kommt überhaupt nicht in Frage.«

»Ruhe!« brüllte der Pfarrer, dabei stampfte er mit dem Fuß auf und drohte mit dem Wanderstock.

»Sehen Sie, Herr Pfarrer, so ist Karsten! Er hat sich etwas vorgenommen, das will er dann unter allen Umständen durchsetzen. Es gilt nur, was er einmal für richtig hielt. Auch wenn es sich später herausstellte, daß es nicht so gut war. Er kann von einem einmal eingeschlagenen Weg nicht abgehen. Er kann keine Kompromisse eingehen. Er kann nicht zuhören«, klagte Renate.

»Jetzt wird er zuhören! Kommen Sie, Herr Niederhauser, gehen wir weiter. Also! Ich habe Dennis gefunden. Dazu habe ich einen Tip bekommen. Es geht ihm gut. Sagen wir, er macht Urlaub. Er genießt die Natur. Ich habe ihm Bücher gegeben. Er wird lesen. Hauptsächlich spielt er mit dem Hasen. Sie müßten sehen, wie liebevoll und fürsorglich er mit dem Tier umgeht. Ich habe Dennis erst einmal gesprochen. Dabei wollte ich, daß er Vertrauen zu mir aufbaut. Er ist wegglaufen. Ich denke, daß es gut wäre, wenn er aus eigenem Antrieb zurückkehrt. Es macht in meinen Augen wenig Sinn, ihn mit Gewalt zu holen, um ihn vielleicht noch zu bestrafen. Ich bin mir sicher, daß er sich bald langweilt. Ich habe ihm auch gesagt, daß Sie hier in Waldkogel sind. Ich bitte Sie also, mir zu vertrauen und Ihren Dennis in meine Obhut zu geben.«

Dann wandte sich der Pfarrer an Karsten Niederhauser.

»Ich habe bis zu einem gewissen Grad Verständnis für Ihr Streben und Ihre Planung für eine bessere Zukunft für Dennis. Doch ein Mensch braucht ein stabiles Fundament. Kinder brauchen eine Basis, die sie ein ganzes Leben trägt, was immer auch für Stürme kommen mögen. Dazu gehören Liebe, Geborgenheit und ein sicherer Zufluchtsort, ein Heim – besser eine Familie. Ich will zu Ihren Scheidungsplänen nichts sagen. Dazu weiß ich auch zu wenig. Nur ein Wort. Manchmal kommt es mir vor, als würden die Erwachsenen auch vor etwas weglaufen. Das erscheint ihnen einfacher, als die Suche nach einem verschüttetem Fundament. Ich rate den Betroffenen immer, gemeinsam ein bißchen Archäologie zu betreiben, zu graben in der eigenen gemeinsamen Vergangenheit. Oft muß man tief graben, weit zurückgehen, um auf die verschütteten, schönen und glücklichen Epochen zu stoßen. Aber es lohnt sich. Auf dem Weg dahin muß man oft ganze Scherbenfelder forträumen. Mit dieser Tätigkeit sollen sich die Paare nicht aufhalten. Das kostet nur unnötig Zeit. Es gilt ja, Erinnerungen an glückliche Zeiten zu finden. Jedes Paar hatte solche glückliche Zeiten und gemeinsame Erinnerungen.«

»Wie kann man das machen?« fragte Renate. Ihre Stimme klang wirklich interessiert.

»Das geht einfach, denke ich. Man muß nur wollen. Es gibt da einen wirklich schlimmen Satz: Schlechte Nachrichten sind gute Nachrichten. Sie kennen ihn bestimmt.«

Renate und Karsten nickten. Der Pfarrer seufzte.

»Auch im täglichen Leben ist es so geworden, daß sich die Menschen gegenseitig übertrumpfen wollen mit schlechten Erfahrungen, Erlebnissen. Früher war das anders. Wenn Leute zusammen waren, dann begann ein Satz mit den Worten: Weißt du noch, damals ... Dann folgten aber schöne Erinnerungen. Das rate ich den Paaren. Weißt du noch damals, als wir uns das erste Mal begegneten? Weißt du noch damals, unser erster Kuß? Weißt du noch damals, als wir im Mondschein spazierengingen und du meine Hand gehalten hast? Weißt du noch, was für Träume wir hatten? Dann führt das zu den Fragen, die jeder nur ganz für sich beantworten soll. Weißt du noch, warum wir diese Träume dann doch nicht umgesetzt haben? Kannst du mir sagen, warum wir unsere Träume aufgegeben haben? Vielleicht kommt dann die Erkenntnis, daß man Fehler gemacht hat. Daß man auf der Straße des Lebens an einer Kreuzung falsch abgebogen ist und in einer Sackgasse steht. Was kann man tun, am Ende einer Sackgasse? Das Auto stehen lassen und weglaufen. Also Fahrerflucht begehen.

Langsam zurückfahren und sich dann neu orientieren. Man kann auch auf der Stelle wenden, was oft einer großen Kraftanstrengung bedarf.«

Pfarrer Zandler räusperte sich.

»Ich wollte Ihnen keine Predigt halten. Bleiben wir bei Dennis. Also ich würde mich gerne um Dennis kümmern. Er ist, um bei dem Bild zu bleiben, falsch abgebogen und in einer Sackgasse gelandet. Jetzt sollte man ihm Gelegenheit geben, das selbst zu erkennen. Es ist besser, er fährt selbst langsam zurück, als daß man ihn mit Gewalt auf den richtigen Weg zwingt. Läßt man ihm Zeit, so hoffe ich, daß er sich nicht mehr so leichtsinnig verfährt. Verstehen Sie, was ich meine?«

Karsten Niederhauser war stehengeblieben und hatte sich auf einen Felsen gesetzt. Die Hände tief in den Hosentaschen, den Kopf etwas gesenkt, dachte er nach.

»Einverstanden, Herr Pfarrer!« sagte er leise. »Wie steht es mit dir, Renate?«

»Auch einverstanden! Sie unterrichten uns aber, wie es ihm geht und was er macht?«

»Selbstverständlich! Ich komme dann rauf zu Ihnen auf die Berghütte. Sie können mich auch gern im Pfarrhaus besuchen. Außerdem heiraten Anna und Toni. Ich nehme an, Sie kommen auch in die Kirche?«

Pfarrer Zandler schaute auf die Uhr.

»Schon spät! Ich muß schnellstens wieder hinunter ins Dorf. Deshalb möchte ich mich gern hier von Ihnen verabschieden. Den Weg zurück zur Berghütte können sie nicht verfehlen. Er ist ja auch ausgeschildert. Der Toni hat neue Schilder aufgestellt. Sie haben ja nichts vor. Da schlage ich Ihnen vor, die Zeit zu nutzen und sich an der Schönheit der Berge zu erfreuen.«

Er gab beiden die Hand, wünschte ihnen Gottes Segen und eilte davon. Daß er sie so plötzlich alleine ließ, war ein Teil seines Planes.

Renate und Karsten schwiegen erst eine Weile und vermieden es, sich anzuschauen.

»Wir haben gerade eine Lektion erteilt bekommen, Renate«, sagte Karsten schließlich.

»Ja, Karsten! Aber es geschah auf eine nette Art und Weise und zeigt uns vielleicht einen Weg.«

»Ja, so ist es.«

Sie schwiegen wieder eine Weile.

»Renate!«

»Ja, Karsten!«

»Ich denke, vielleicht wäre es einen Versuch wert, sich gemeinsam an alte schöne Zeiten zu erinnern. Vielleicht schaffen wir es dadurch, daß wir weniger streiten. Denn reden müssen wir ja dann und wann miteinander, alleine schon, weil es um Dennis geht.«

»Daran habe ich auch gedacht, Karsten. Ich versuchte mich gerade zu erinnern. Laß uns die Sache langsam angehen. Wir haben ja ein paar Tage Zeit, bis Dennis wiederkommt. Fahren wir langsam rückwärts aus der Sackgasse?«

»Ich bin zwar immer für Power und Schnelligkeit, aber wir können gerne die Sache langsam angehen. Wahrscheinlich schaffen wir das auch nicht anders.«

Renate war überrascht über Karstens Antwort. Früher hätte sie jetzt gesagt, das hätte ich nicht für möglich gehalten, daß du so einen Vorschlag machst. Doch jetzt schwieg sie. Eine Stimme in ihrem Herzen gab ihr diesen Rat. War das die Stimme der Berge, von der Anna gesprochen hatte?

So antwortete Renate leise:

»Ja, so sollten wir es machen. Wir hatten schon lange keinen Urlaub mehr gemeinsam verbracht. Würde es dir etwas ausmachen, wenn wir einfach noch etwas hier sitzen bleiben und die Berge betrachten?«

»Nein! Mir gefällt die Aussicht auch. Wir sind immer nur durchgefahren. Wenn wir die Tunnel in den Süden genommen haben, haben wir noch weniger von den Bergen gesehen als auf den Paßstraßen. Dennis muß damals viel mehr gesehen haben als ich oder soll ich wir sagen?«

»Als wir beide! Es stimmt schon. Wir hatten damals einige Tage in Waldkogel verbracht. Ich erinnere mich nicht an die Berge, die wunderschöne Landschaft. Diese Ruhe und die gute Luft, das gab es doch schon vor Jahren. Wir waren mittendrin. Warum haben wir es nicht bemerkt? Dennis hatte es bemerkt.«

»Darauf weiß ich keine Antwort, Renate. Meistens weiß ich auf alles eine Antwort. Doch darauf weiß ich keine. Dabei waren wir mittendrin, damals, genauso wie wir heute mitten drin sind. Willst du dich zu mir setzen? Wenn wir zusammenrücken, können wir beide auf dem Felsen sitzen.«

Karsten zog seinen Pullover aus. Er faltete ihn zusammen, daß er ein kleines Kissen bildete. Er rutschte zur Seite und legte das Kleidungsstück neben sich auf den Stein. Renate setzte sich. Sie saßen dicht nebeneinander. Sie fühlte seine warme Haut durch die Kleidung. Wir sind uns doch nicht so fremd, wie wir annehmen oder vorgeben zu sein, dachte sie. So saßen sie schweigend über eine Stunde.

»Wollen wir zurück zur Berghütte gehen, Renate?«

Renate stand auf.

»Was machen deine Füße? Tun sie noch weh?«

»Anna hat mir dicke Socken gegeben und die Schuhe. Die Blasen und Schrammen heilen ab. Es ist manchmal noch etwas beschwerlich beim Laufen, aber es geht.«

»Sag mir, wenn wir zu schnell gehen und du eine Pause machen willst, Renate.«

So fürsorglich war Karsten schon lange nicht mehr, dachte Renate. Langsam gingen sie zurück und kamen dabei von Zeit zu Zeit ins Gespräch. Sie sprachen miteinander, ohne zu streiten. Sie redeten über die Blumen, die sie am Wegesrand sahen, über die Eidechse, die über den Pfad huschte und hinter einem

Stein verschwand. Sie sahen die Adler hoch in den Lüften kreisen.

*

Als sie zurück zur Berghütte kamen, waren eine Menge Leute da.

Toni stellte mit den jungen Männern viele Tische und Bänke auf. Anna breitete darüber Tischdecken aus blauweißer Plastikfolie. Andere junge Männer stellten nebeneinander mehrere Bierfässer auf, und drei junge Frauen schleppten Bierkrüge herbei.

»Wo kommt das ganze Zeug her? Das sind ja Hunderte von Bierkrügen?« fragte Renate.

»All die Sachen haben Freunde in den letzten Wochen Stück für Stück hierher auf die Berghütte getragen. Das Bier und die Getränke haben Leonhard und seine Kameraden von der Bergwacht mit dem Hubschrauber abgesetzt.«

»Wozu? Findet ein Fest statt?«

Toni kam gerade vorbei und hatte die Frage gehört. Er griff nach Anna, hob sie hoch und drehte sich mit ihr im Kreis.

»Und was für ein Fest hier stattfindet! Wir heiraten! Heute abend feiern wir unseren Abschied vom Junggesellendasein. Eigentlich feiern das die jungen Männer unter sich. Aber das haben wir etwas geändert. Auch die jungen Frauen feiern mit.«

»Toni, laß mich runter! Wir haben noch viel Arbeit.«

»Können wir irgendwie helfen?« fragte Karsten etwas hilflos. »Ich habe zwar gewöhnlich zwei linke Hände. Aber vielleicht könntest du mir eine leichte Aufgabe geben?«

»Linke Hände können wir nicht gebrauchen! Aber wenn du dich nicht genieren tust, dann kannst den Madln helfen. Später muß der Schuppen noch ausgeräumt werden. Da kommt Stroh und Heu auf den Boden. Das gibt ein Nachtlager, ein zusätzliches. Die Madl schlafen alle oben auf dem Hüttenboden, die

Burschen im Schuppen und auf dem Fußboden in der Berghütte. Wir werden heute abend ein paar hundert Gäste haben. Es bleiben nicht alle. Aber viele! Kannst es dir aussuchen, wo du nächtigen willst, Karsten, im Schuppen oder auf dem Fußboden. Auf dem Hüttenboden kannst net bleiben, da schlafen die Frauen.«

Karsten warf Renate ein Blick zu, darin lag eine Frage.

»Karsten kann auch bei mir schlafen, auf dem Boden in meiner Kammer. Es ist ja ein Notfall, sozusagen.«

»Ein Notfall! Ja, das kann man sagen!« grinste Toni. »Da müßt sogar ihr mal enger zusammenrücken! So schlimm kann des ja net sein?«

»Renate kann auch zu mir in die Kammer«, warf Anna ein. »Du weißt doch, daß die beiden in Scheidung leben.«

»Darauf kann jetzt keine Rücksicht genommen werden. Dann sollen sie diese Scheidungsangelegenheit für eine Nacht unterbrechen. Sie können ja die Kammertür auflassen«, sagte Toni und musterte die beiden kritisch.

Renate und Karsten halfen bei den Vorbereitungen. Dabei kamen sie auch ins Gespräch. Es fiel auch ein paarmal der Satzanfang, weißt du damals, bei uns ...! Ohne daß sie es beabsichtigten, stiegen glückliche Erinnerungen auf an ihre eigene Hochzeit. Doch sie konnten noch nicht darüber sprechen.

Nach und nach trafen immer mehr Gäste ein. Als erste kam Sue, Annas Freundin aus Frankfurt mit ihrem Mann Sven und dem Baby. Der kleine Peter fand sofort Gefallen an Bello. Dieser übernahm die Rolle als Babybewacher und wich nicht von Peters Seite.

Martin kam. Als Arzt in Waldkogel hatte er sich extra für die Hochzeit eine Praxisvertretung genommen.

Leonhard und die Kameraden von der Bergwacht kamen mit dem Hubschrauber. Ihr Funkgerät blieb eingeschaltet, damit sie jederzeit für einen Einsatz bereit waren. Es war klar, daß sie sich beim Bier mäßigen mußten.

Der Schützenverein kam, der Musikverein und der Trachtenverein. Dazu alle jungen Burschen und Madl, ab dem Alter, in dem man zum Tanzen ging. Nach oben gab es keine Beschränkung.

Auf den Grills drehten sich Spanferkel, auf Rosten brutzelten Würste. Es gab ein großes Büffet mit gutem Kartoffelsalat, viele Wurstsorten und Schwartenmagen sowie verschiedene Käsesorten von allen benachbarten Almen. Da stand Kuchen und selbstgebackenes Brot. Die beiden großen Körbe mit frischen Kaisersemmeln und Brezeln standen auf dem Boden. In einem großen Kessel siedeten die Leberknödel vor sich hin.

Die Kameraden von der Bergwacht hatten sich nicht nur ums Bier gekümmert, es gab auch nichtalkoholische Getränke. Martin hatte mit anderen jungen Männern einen Tanzboden aufgebaut und einen riesigen Holzstapel aufgeschichtet, der neben den vielen Lampions die Nacht erhellen würde.

Irgendwann trat der alte Alois auf die Terrasse vor der Berghütte. Er läutete eine Kuhglocke. Es wurde still. Alle schauten Alois an.

»Also! I will's kurz machen. I freu mich, daß ihr kommen seid, um heut' abend mit dem Toni und der Anna zu feiern. Der Leo hat ja schon angezapft. I hoff, ihr habt alle a schöne Maß Bier! Trinken wir auf die beiden! Prosit auf die beiden, den Toni und seine Braut, die Anna!«

Toni und Anna traten aus der Berghütte. Alois reichte ihnen zwei volle Maßkrüge. Sie hoben sie hoch und prosteten in die Menge. Dann tranken sie.

Toni legte seinen Arm um Anna.

»Freunde! I will euch danken, daß ihr gekommen seid. I will euch danken, daß ihr die Anna so in eurer Mitte aufgenommen habt. Ich werde bestimmt glücklich mit ihr und sie mit mir. Also trinkt mit mir auf meine Braut, meine Anna, meine Flachlandindianerin. Prosit!«

Sie tranken.

»So, dann schlagt euch die Bäuche voll! Es ist genug da! Danke noch mal, daß ihr alle geholfen habt, daß wir hier oben auf der Berghütte feiern können. Bier ist auch genug da – und wie der Alois schon gesagt hat, angezapft is.«

Die Musikkapelle spielte einen Tusch. Dann wurde gefeiert. Erst wurde gegessen und getrunken, dann getanzt. Das Feuer loderte in den dunklen Nachthimmel und war weithin sichtbar.

Karsten schaute Renate scheu an.

»Ich würde gerne mit dir tanzen! Wie der Toni schon anregte, sollten wir unsere Scheidungspläne für heute vergessen. Was meinst du dazu, Renate?«

Statt einer Antwort stand Renate auf und reichte Karsten die Hand, damit er sie zum Tanzboden führen konnte. Bei dem einen Tanz blieb es nicht. Renate und Karsten gehörten zu den eifrigsten Tänzern in dieser Nacht. Irgendwann, weit nach Mitternacht, hörten die Musiker auf zu spielen.

Renate zog ihre Schuhe aus.

»Oh, entschuldige, deine wunden Füße! Da habe ich gar nicht daran gedacht, Renate. Ich bin auch so gedankenlos.«

Renate legte ihren Zeigefinger über Karsten's Lippen.

»Psst! Ich habe doch nichts gesagt. Es war schön. Doch jetzt bin ich froh, daß die Musiker aufgehört haben. Ich hätte nicht aufgehört, mit dir zu tanzen.«

»Wollen wir reingehen?«

»Ja, die meisten haben sich schon verzogen. Morgen, das wird bestimmt auch noch einmal ein langer Tag.«

Wie selbstverständlich schob Renate ihren Arm unter den Arm von Karsten, und sie gingen hinein.

*

Geräusche, die draußen vor der Berghütte erklangen, weckten Renate und Karsten. Schnell zogen sie sich an und gingen hinaus. Vom wilden und langen Fest war nichts mehr zu erahnen. Alles war aufgeräumt. Auf dem Tanzboden stand ein Tisch mit einer weißen Tischdecke, davor zwei Stühle. Der Weg von der Tür der Berghütte bis zum Tanzboden war mit Tannengrün und Blumen markiert. Um den Tanzboden standen die meisten Gäste des vergangenen Abends. Renate und Karsten stellten sich dazu.

Die Musiker spielten einen Tusch. Dann traten Anna und Toni aus der Hütte. Toni trug einen dunkelgrünen Lodenanzug und einen Hut mit einem prächtigen Gamsbart. Anna an seiner Seite sah aus, wie man sich eine Braut in den Bergen vorstellt, nur noch viel schöner und lieblicher. Ihr knöchellanges Brautdirndl, das sie sich extra hatte nähen lassen, entsprach im Schnitt ganz der alten Tradition. Nur war es aus hellblauer Seide. Die Seide war in sich gemustert und hatte kleine Figuren. Später erkannte Renate, daß es kleine Schiffe waren. Eine Erinnerung an ihre alte Heimat, an das Meer, von dem Anna hierher in die Berge gekommen war. Die Schürze war in dunklerem Blau gehalten. Auf ihrem Haar trug Anna eine Brautkrone in den Grundfarben Weiß und verschiedenen Blautönen. Ein Band in den Farben des Regenbogens, wie er so oft über den Bergen stand, wand sich um die Krone.

Gemessenen Schrittes gingen die beiden zu dem Tisch und nahmen auf den Stühlen Platz. Der Bürgermeister Fritz Fellbacher hob zu seiner Rede an.

»Lieber Antonius Baumberger, von uns allen Toni genannt und liebe Dorothea Annabelle Zirner, Anna genannt! Noch nie habe ich eine Trauung mit so viel Freude vorgenommen. Bekommen wir mit dir, liebe Anna, nicht nur eine weitere Bürgerin in Waldkogel, sondern auch gleichzeitig eine fesche Hüttenwirtin. Eine tüchtige Berghüttenwirtin voller Tatkraft und Energie, die sogar mir gestandenem Bürgermeister Nachhilfe erteilt hat. Da kann ich nur sagen, lieber Toni, du bist ein Glückspilz! Als die Anna und der Toni zu mir ins Amt kamen, um das Aufgebot zu bestellen, da staunte ich nicht schlecht, als die Anna verkündete, ich sollte dann mit dem Stammbuch und der Tinte auf den Berg kommen. Sie wolle hier oben unterschreiben. Die Erklärung gab das tüchtige Madl gleich mit. Sie sagte, daß man in ihrer Heimat auf Leuchttürmen heiraten könnte. I weiß, daß es auch in Schlössern Standesämter gibt. Von einer Trauung auf dem Berg, vor einer Berghütte, davon habe ich allerdings noch nie etwas gehört. Das war für die Anna kein Hinderungsgrund. Dann gibt es eben in Zukunft Trauungen auf der Berghütte für besondere Brautpaare. Warum nicht?, sagte ich mir. Dem Toni war es fast egal, er wollte nur endlich das Jawort seiner Anna haben. Dem Toni hat es schon viel zu lange gedauert. Aber die Anna wollte die Eröffnung der Berghütte und ihre Heirat zusammenlegen. Das kann man verstehen. Ist es doch auch ein bißchen die Liebe zu der Berghütte hier in den schönen Bergen, die Anna hier glücklich werden läßt. Jetzt will ich aber aufhören, noch länger zu reden und werde amtlich.«

Dann fragte der Bürgermeister zuerst Toni, ob er Anna heiraten wollte.

»Ja!« sagte Toni mit fester Stimme.

Dann fragte der Bürgermeister Anna.

»Ja!« sagte Anna und schaute Toni dabei an.

»Dann erkläre ich euch als Bürgermeister der Gemeinde Waldkogel für Mann und Frau. Jetzt müßt ihr hier noch unterschreiben.«

Toni setzte mit Schwung seinen Namen auf das Dokument:

Antonius Baumberger

Dann schrieb Anna zum ersten Mal ihren Namen:

Dorothea Annabelle Baumberger

»Frau Baumberger, liebe Anna! Herr Baumberger, lieber Toni! Meine allerherzlichsten Glückwünsche!«

Der Bürgermeister überreichte den beiden das Stammbuch.

»Da ist eine Menge Platz drin! Viele Seiten für Geburtsurkunden!« flüsterte Fritz Fellbacher leise und zwinkerte den beiden zu.

Toni nahm seine Anna glücklich in die Arme und küßte sie.

Der Schützenverein schoß ein paarmal in die Luft. Der Sängerverein jodelte, daß die Berge widerhallten.

Toni bot Anna seinen Arm und führte sie zur Hüttentür. Der alte Alois hatte Tränen in den Augen. Er trat hinter ihnen ein und schloß die Tür.

»Hier, des ist für dich, Toni, und für deine Anna!«

Mit zitternden Händen gab er den beiden einen Umschlag. Sie öffneten ihn und lasen.

»Alois, du bist verrückt! Du schenkst uns die Berghütte. Net, daß wir die net wollten. Aber du hast doch da noch Schulden drauf, die du mit der Pacht, die ich – i meine – die wir dir bezahlen, abtragen mußt. Du hast doch nur eine kleine Rente, Alois! Des ist gut gemeint, Alois! I glaub, ich sprech auch im Namen der Anna, meiner Frau!« fügte er stolz hinzu. »Das Geschenk is so groß, daß können wir net annehmen.«

»Toni! Du und die Anna, ihr habt jetzt die Berghütte. Fertig! Mit dem Pfarrer Zandler ist alles geregelt. Der weiß davon, und er hat gesagt, daß des richtig so is. Des war damals sowieso merkwürdig, daß auf dem Kirchenkonto Geld war, daß i die Berghütte von der Gemeinde zurückkaufen konnte. Wo das herkam? Der Herr Pfarrer hat gesagt, daß das in Ordnung gehen würde. I soll das ruhig so machen und euch die Berghütte überschreiben.«

Toni schaute seine Anna an.

»Was sagst du dazu, Anna? Wir sind jetzt verheiratet. Ich hab net denkt, daß wir gleich so ein großes Problem regeln müssen. Der Alois kann doch mit seiner kleinen Rente die Schulden gar net abtragen.«

Anna schob Toni einen Stuhl hin.

»Alois, setz dich bitte auch hin!«

Anna schaute Toni in die Augen.

»Toni erinnerst du dich an unser Gespräch vor einigen Tagen. Da sprachen wir von Geheimnissen.«

Toni nickte nur. Alois grinste. Anna setzte sich auf Tonis Schoß.

»Toni! Mein guter Toni! Es hat eigentlich nie Schulden gegeben. Das Geld für den Rückkauf der Berghütte, das habe ich dem Pfarrer gegeben. Das war meine Mitgift.«

Es war ganz still im Raum. Nur das Knistern des Holzes im Kamin war zu hören. Antonius Baumberger benötigte einige Sekunden, um das Gesprochene wirklich zu begreifen.

»Das Geld war von dir?« fragte er noch einmal ungläubig.

»Ja, Toni! Hast du vergessen, daß ich eine gelernte Bankerin bin? Ich konnte gut mit Aktien jonglieren. Erinnerst du dich an den Tag, als ich in die Stadt fuhr und mir die vielen Dirndl kaufte und Wanderhosen und Pullover und Bergschuhe und so weiter und so weiter! Da war ich auf der Bank. Da habe ich einen großen Teil meiner Aktien verkauft. Das Geld habe ich dann auf ein Konto getan. Das war alles mit Pfarrer Zandler so abgesprochen. Letzte Woche dann mußte der Pfarrer dem Alois sagen, wo das Geld herkam. Dir wollte ich es erst nach der Hochzeit sagen.«

»Warum?« fragte Toni.

Anna küßte ihn. Sie schlang die Arme um seinen Hals.

»Mein guter Toni! Ich wollte deine Männlichkeit nicht untergraben. Ich hatte Sorge, daß du damit nicht einverstanden wärst. Geld hätte vielleicht zwischen uns gestanden. Ich wollte einfach, daß es niemand erfährt. Ich wußte, daß du mich liebst. Niemand sollte sagen, daß du mich geheiratet hast, weil ich die Berghütte zum größten Teil gekauft habe. Du und deine Eltern, ihr habt ja auch schon was gegeben. Aber das Geld ist noch auf dem Konto. Du mußt dir also um unsere Zukunft keine Sorgen machen.«

Anna griff zur Urkunde und wedelte damit Toni vor der Nase herum.

»Da steht es drin! Die Berghütte gehört dir und mir zu gleichen Anteilen. Und eines Tages werden sie an unsere Kinder weitergehen, wenn sie die Berghütte weiterführen wollen. Ich wollte das so. Ich kann nur hoffen, daß du mich verstehst.«

Toni küßte Anna lange und zärtlich. Plötzlich hielt er inne:

»Anna, als du dem Pfarrer das Geld gegeben hast, da hatte ich dir doch noch gar nicht gesagt, daß ich dich liebe und mir wünsche, daß du meine Frau wirst.«

Anna schaute ihn voller Zärtlichkeit an.

»Ich weiß, Toni! Gesagt mit Worten hattest du es nicht und geküßt hattest du mich auch noch nicht. Aber deine Augen haben es mir gesagt. Ich wußte es tief in meinem Herzen, daß es so kommen würde. Dein Glück waren ich und die Berghütte. Da habe ich eben ein bißchen nachgeholfen, damit es schneller geht. Ich hatte mich in dich verliebt und wollte nur, daß du glücklich wirst. Hättest du an meiner Stelle nicht auch so gehandelt?«

Statt einer Antwort küßte er Anna.

»Alois, was sagst du zu meiner Frau? Führt die mich vor der Ehe schon so hinter das Licht!«

Alois blinzelte Toni zu.

»Ein besseres Madl hättest nicht bekommen können!«

Dann erzählte Anna ihrem Toni, wie ihr damals beim Anblick der Berge die Idee dazu kam, als die Glocken der Kirche läuteten. Toni mußte mehrmals lachen, als Anna die Geschichte erzählte, wie Pfarrer Zandler den armen Bürgermeister im Beichtstuhl unter Druck gesetzt hatte.

»Das muß unser Geheimnis bleiben«, sagte Anna.

»Das wird es! Aber eines Tages werden wir es unseren Kindern erzählen, vielleicht in zwanzig oder dreißig Jahren.«

Toni lachte laut.

»Wenn ich mir das Gesicht von Rupert Schwarzer vorstelle, wie der dreinschauen tät, wenn er wüßte, wie du ihm seine Pläne vermasselt hast. Das ist wirklich ein Ding! Er würde rot anlaufen vor Wut.«

»Er wird es nie erfahren, Toni! Nicht von mir, nicht von dir, nicht vom Alois!«

Draußen landete der Hubschrauber der Bergwacht. Leonhard Gasser betrat die Berghütte.

»Es ist Zeit! Sie warten schon alle auf der Oberländer Alm.«

Leo verfrachtete den alten Alois und das Brautpaar in den Hubschrauber. Die Hochzeitsgäste waren inzwischen hinuntergeeilt bis zur Oberländer Alm. Dort warteten sie auf das Brautpaar und Alois.

Auf dem Milchweg hinter der Alm standen aufgereiht viele Kutschen. Sie waren alle mit Blumen und Tannengrün geschmückt. Die meisten wurden von Kühen gezogen, einige auch von Ackerpferden. Anna und Toni stiegen in die erste Kutsche. Der Schützenverein führte den Zug an. Dann folgten die Musiker des Waldkogeler Blasmusikvereins. Vor der Kutsche mit Toni und Anna lief Bello und zog den kleinen Aluminiumwagen hinter sich her. Alois saß in der nächsten Kutsche. Dann folgten die anderen mit den Gästen. Wer keinen Platz mehr auf einem der Wagen bekommen hatte, ging in Gruppen dazwischen zu Fuß.

So kamen sie vor der Kirche in Waldkogel an. Dort warteten auch Annas Familie, Großmutter Zirner, ihr Onkel mit seiner gesamten Familie, die Verwandten ihrer Mutter, darunter Annas Großeltern, die Eltern ihrer Mutter.

Der Schützenverein bildete ein Spalier. Orgelklang drang durch die offene Kirchentür. Toni und Anna schritten zum Altar. Die beiden Kinder von Tonis Schwester Maria, Roman und Elke, streuten Blumen.

Die Kirche war bis auf den letzten Platz gefüllt, und viele standen entlang der Wände. Alle wollten dabeisein. Toni und Anna schauten sich um.

»Es sind alle da, ganz Waldkogel, Anna! Alle bis auf Franz Huber. Rupert Schwarzer hat es ihm bestimmt verboten.«

»Vielleicht kommt er noch?« flüsterte Anna.

»Kommen kann er schon! Er kommt nur nicht in die Kirche. Schau mal zur Tür!«

Anna wandte sich um und brach in Lachen aus. Alle blickten zur Kirchentür. Die beiden Flügel standen weit offen. Die Sonne fiel herein in den Mittelgang. Und mitten im Sonnenschein lag groß und breit Bello!

Annas Lachen steckte an und fröhliches Lachen drang durch das Gotteshaus. Bello erkannte sofort, daß er Mittelpunkt war. Er erhob sich langsam, wie es so seine Art war als Neufundländer und ging gemessenen Schrittes durch den Mittelgang auf Toni und Anna zu. Dann ließ er sich an der Seite neben Anna auf dem Boden nieder. Da lag er nun, seinen Kopf zwischen den Pfoten.

»Bello! Komm!« flüsterte Annas Großvater, der sich mit Neufundländern gut auskannte.

Doch Bello rührte sich nicht. Pfarrer Zandler hatte alles gesehen. Er schmunzelte.

»Liebe Gemeinde! Die Tiere sind ebenso Geschöpfe Gottes wie wir Menschen. Der heilige Franziskus predigte den Tieren. Sollen wir da kleinlicher sein? Bello weiß sich zu benehmen in einem Gotteshaus. Er ist nicht zum ersten Mal hier drin. Außerdem spielt im Leben unseres lieben Brautpaares Bello eine wichtige Rolle.«

Ein Raunen ging durch die Reihen. Anna und Toni blinzelten sich zu. Toni wußte ja inzwischen von Anna, daß damals, als sie mit Pfarrer Zandler das Komplott schmiedete, Bello mit in der Kirche war.

Der Pfarrer gab das Zeichen. Die Orgel stimmte ein Kirchenlied an. Die Gemeinde sang mit. Dann nahm die kirchliche Trauung ihren Verlauf.

Pfarrer Zandler setzte zur Predigt an:

»Liebes Brautpaar! Liebe Gemeinde!

Viele von euch habe ich hier getraut. Doch selten war das

Gotteshaus so voll wie heute. Ich sehe daran, daß ihr alle, liebe Waldkogeler, eure guten Wünsche und Gebete unserem Brautpaar mit auf seinen Weg geben wollt. Das freut mich besonders. Es ist auch eine ganz besondere Trauung.

Da fanden in der stillen Einsamkeit einer seit Jahren leerstehenden Berghütte zwei Herzen zusammen. Es war die Liebe zueinander und die Liebe zu den Bergen, die sie zusammenbrachte.

Antonius Baumberger hatte einen Traum. Er wollte die Berghütte bewirtschaften. Das ist an sich nichts Ungewöhnliches. Ungewöhnlich in der heutigen hochtechnologischen Zeit ist es nur, daß er es so tun wollte, wie es heute kaum noch einer macht, mit dem Respekt vor der Natur und den Bergen im Herzen. Die Erde wird uns nur für die Zeit unseres kurzen Lebens überlassen. Toni hat erkannt, daß es für ihn nur einen Weg gibt. Nämlich voller Ehrfurcht mit der uns anvertrauten Natur umzugehen. Das bedeutet, auf viele Bequemlichkeiten zu verzichten. Es ist mühsamer und arbeitsreicher. Alleine wäre das noch härter gewesen. Um seinem Traum näherzukommen, fuhr er bis nach Norwegen, um dort etwas zu lernen. Toni wollte bei seinen Freunden lernen, wie man einen Hund vor einen Wagen spannt, damit dieser ihn dann zieht. Das wollte er mit diesem Hund, dem Bello, so machen. Bello ist ein Neufundländer und kein Husky. Toni hätte schon noch festgestellt, daß das nicht so einfach geht.

Da trug es sich zu, daß er sich auf der Heimreise in eine junge Frau verliebte, die ihm im Zug gegenüber saß. Es war Liebe auf den ersten Blick. Das erste Wunder der Liebe. Aber unsere liebe Anna hier, war damals in Frankfurt und dachte gar nicht daran, in die Berge zu fahren. Doch es wurde von der Macht der Liebe, die ja bekanntlich eine Gottesgabe ist, beschlossen, daß es dringend weiterer Wunder bedurfte. Also wurde Anna einfach in die Berge gebracht, gegen ihren Willen.«

Pfarrer Zandler schmunzelte.

»Was Anna nicht wußte, war, daß Toni einen Neufundländer hatte, eben diesen großen Zottelhund, der da neben der Braut liegt. Toni wußte nicht, daß Annas Großeltern Neufundländer gezüchtet hatten und Anna total vernarrt in diese Hunderasse war.

Liebe Gemeinde, wer zweifelt da noch, daß da eine höhere Macht die Hand im Spiel hatte?

Und nur weil Bello oben auf dem Berg war, erklärte sich Anna, die Toni scherzhaft und liebevoll als Flachlandindianerin bezeichnete, überhaupt bereit, einen Berg zu besteigen.

Die Engel auf dem ›Engelssteig‹ müssen an diesem Tag mit besonderem Glanz unser schönes Tal und die Berge gesegnet haben, denn Anna verliebte sich nicht nur in dieses dicke, langhaarige Kraftpaket mit Namen Bello.

Nein, es geschah ein weiteres Wunder.

Anna verliebte sich in die Berge, das Tal, in Waldkogel, in die Berghütte – und sie gestand sich ein, daß sie Toni liebte.

Sie wollte nur wenige Tage bleiben, doch daraus wurden gleich ein paar Wochen. Gemeinsam vom Wunder der Liebe getragen, die zwei Herzen über tausend Kilometer zusammengeführt hatte, bauten sie an ihrem Traum von einem gemeinsamen Leben auf der Berghütte.

Anna hat die Berge zu ihrer neuen Heimat gemacht. Und ich sehe, daß ihr sie herzlich aufgenommen habt in eurer Mitte.

Jeder Mensch trägt die Sehnsucht nach Liebe im Herzen. Oft wird krampfhaft nach einem Partner gesucht. Es wird abgewogen, eingeschätzt, berechnet und überlegt.

So kann man die Liebe niemals erfahren!

Die Liebe passiert einfach, irgendwo, im Zug wie bei Anna und Toni – auf der Straße – im Café – am Arbeitsplatz.

Es genügt ein einziger Blick!

Dann ist sie da und ergreift zwei Herzen, die sie zusammenbringt.

Die Liebe ist eine mächtige Himmelsmacht. Sie überbrückt Entfernungen und Gegensätze. Sie verändert das Leben von Menschen und ihre persönlichen Zukunftsplanungen. Unter dem Glanz und der Wärme der Liebe werden neue Anfänge gemacht. Schiefes wird gerade gerückt. Kummer und Verzweiflung verlieren die Schärfe und wandeln sich. Auch fast aussichtslose Träume werden Wirklichkeit, wie bei Toni, der die Berghütte bekam, weil Alois sie von der Gemeinde wieder zurückkaufen konnte, weil da oben jemand das so wollte. Die Berghütte war für Toni und Anna bestimmt.«

Pfarrer Zandler schaute in die Gemeinde und suchte ein bestimmtes Paar, das er anschaute.

»Die Liebe vergeht niemals, wenn sie einmal die Herzen zweier Menschen gepackt hat. Es kommt nur manchmal vor, daß diese beiden vergessen, der Stimme der Liebe in ihren Herzen zu lauschen.

Bei unserem Brautpaar habe ich keine Bedenken. Anna und Toni hatten ein feines Gehör. Sie hörten den Ruf der Liebe und folgten ihm. So wird es auch bleiben. Es werden sicher Unwetter kommen. Doch gerade im schlimmsten Unwetter rücken liebende Herzen enger zusammen und vermögen inmitten des brausenden Sturms auf die tröstende Stimme der Liebe in ihren Herzen zu hören. Diese stärkt und stützt, auch wenn der Wind noch so stark ins Gesicht bläst.

Liebe Gemeinde! Es ist gut, wenn jeder von euch sich von Zeit zu Zeit daran erinnert. So gebe ich euch allen diese Ermahnung. Es ist nicht nur ein Rat für unser liebes Brautpaar.«

Die Ansprache war zu Ende. Die Orgel spielte wieder. Die Gemeinde sang ein Lied. Pfarrer Zandler sah, wie Hände von Männern und Frauen sich still fanden.

Danach erhob sich die Gemeinde. Pfarrer Zandler fragte Toni und Anna, ob sie gewillt seien, ein Leben gemeinsam in gegenseitiger Liebe, Achtung und Fürsorge zu führen, bis daß der Tod sie scheide. Beide antworteten mit Ja.

Toni steckte seiner Anna den Ehering an den Finger. Anna tat das gleiche. Dann knieten sie nieder. Die Glocken der Kirche fingen an zu läuten. Der Geistliche sprach den Segen.

»So, Toni! Jetzt küsse deine Frau!«

Sie nahmen sich fest in die Arme und besiegelten ihr Versprechen mit einem Kuß.

»Ich liebe dich!« flüsterte Toni.

»Ich liebe dich!« hauchte Anna.

Der Pfarrer sprach den Schlußsegen.

Es war kaum ein Auge trocken geblieben. Selbst gestandene Männer wischten sich verlegen die Nässe aus den Augenwinkeln.

Die Blumenkinder gingen voraus. Bello war in ihrer Mitte.

*

Den Weg zum großen Gemeindehaus in Waldkogel legten alle zu Fuß zurück. Der Schützenverein und die anderen Vereine reihten sich in den Zug ein.

Das Gemeindehaus war ein einstöckiges Gebäude am Sportplatz.

Albert Weißgerber hatte einen besonders dicken und kräftigen Baumstamm quer zum Eingang aufgebaut. Es entsprach dem Brauch, daß das Brautpaar gemeinsam diesen Stamm durchsägte. Eine erste und symbolische Arbeit. So wie sie diese Arbeit gemeinsam machten, so wollten sie auch gemeinsam alles bewältigen.

Gleichmäßig und in Ruhe zogen sie an der Baumsäge. Langsam fraß sich diese durch den Stamm. Als es vollbracht war, wurde Beifall geklatscht. Die Musiker spielten einen Tusch und es wurde gejodelt.

Im Gemeindehaus wurde dann die nächsten Stunden gefeiert. Es wurde gegessen und getanzt. So ging es bis zum späten Nachmittag. Dann senkte sich auf dem Sportplatz vor der Halle ein riesiger Heißluftballon. Die Ballonfahrt in die Flitterwochen war ein Geschenk von Martin und Leonhard.

Die Flitterwochen würden nur eine Nacht und einen Tag dauern. Denn dann wollten Toni und Anna die Berghütte in Betrieb nehmen.

So entschwebten sie in den blauen Himmel über Waldkogel. Der Ballon würde sie hinauf zur Berghütte bringen.

»So, jetzt werfe ich meinen Brautstrauß, Toni! Ich bin gespannt, wer ihn fängt.«

Anna holte weit aus und schleuderte den Strauß mit aller Kraft in die Weite. Getragen von einer plötzlich aufkommenden Windböe wurde er etwas abgetrieben und landete abseits vor den Füßen von Karsten und Renate Niederhauser. Sie schauten sich an. Karsten bückte sich und hob den Strauß aus Bergblumen und Gräsern auf. Er hielt ihn stumm Renate hin. Sie schauten sich in die Augen. Renate nahm den Strauß. Lange betrachtete sie das Gebinde. Dabei erinnerte sie sich erneut an ihre eigene Hochzeit. Alle Gedanken in ihrem Herzen begannen mit dem Satzteil: Weißt du noch damals …

Karsten und Renate standen noch lange nebeneinander und sahen nach oben, wie der Heißluftballon entschwebte und das glückliche Brautpaar dem siebten Himmel entgegentrug.

»Wollen wir hineingehen?« fragte Karsten.

»Ich möchte lieber einen Spaziergang machen.«

Er nickte ihr zu.

Karsten und Renate gingen durch Waldkogel. Es war still, da die meisten Leute auf der Hochzeitsfeier waren. Zwischendrin waren nur einige kurz heimgegangen, weil das Vieh auf den Höfen versorgt werden mußte.

Eine kleine Katze führte ihre Jungen über die Straße. Da und dort bellte ein Hund.

»Vielleicht würde Dennis ein Hund Freude machen. Damit kann er mehr anfangen als mit einem Hasen«, versuchte Karsten ein Gespräch zu beginnen.

»Ein Hund ist sicher ein guter Gefährte für so einen Jungen wie Dennis, besser als ein Hase. Doch die Voraussetzungen müßten dazu stimmen«, antwortete Renate leise.

Sie drückte den Brautstrauß an ihren Busen und streichelte die zarten Blüten der Bergblumen. Anna hatte sich ausdrücklich einen Brautstrauß aus Bergblumen gewünscht. Wann Toni die Blumen gepflückt hatte und wo, wußte Renate nicht. Der Strauß war wunderschön.

Das Gebinde bestand aus zartrosa Mehlprimeln, blaßlila Leberblümchen, rostfarbenen Alpenrosen und Küchenschellen. Toni hatte auch Pyramidengünsel mit den schönen braunroten Blütenblättern gesucht, die sich sehr schön neben dem weißen Hahnenfuß machten. Zwischen kleinen hellgrünen Tannenzweigen steckten rote Weideröschen und Wildgräser.

Renate war von dem Strauß gerührt. Jede einzelne Blume war von Toni liebevoll ausgewählt und gepflückt worden. Jedesmal hatte er dabei bestimmt voller Liebe an seine Anna gedacht.

Sicherlich war der Strauß nicht so gebunden, wie das eine Gärtnerei getan hätte. Doch gerade darin lag die Besonderheit dieses Brautstraußes.

Karsten bemerkte, wie Renate die Blumen immer und immer wieder betrachtete.

»Schon sonderbar, daß uns der Strauß vor die Füße gefallen ist. Findest du nicht auch, Renate?«

Renate lächelte, ohne Karsten dabei anzusehen. Nach einer ganzen Weile sagte sie ganz leise:

»Ja, das ist schon sonderbar, daß der Wind ihn zu uns geweht hat. Es war eigentlich windstill den ganzen Tag. Nur in dem Augenblick, als Anna ihren Brautstrauß warf, fegte eine einzige warme Windböe über das Tal und wirbelte die Blumen noch einmal in die Höhe. Dann landeten sie genau bei uns. Die jungen Frauen, die ihre Hände nach ihm ausgestreckt hatten, tun mir leid.«

»Vielleicht liegt darin eine tiefere Bedeutung«, tastete sich Karsten langsam vor.

»Wir sind kein Brautpaar!«

In Renates Stimme lag Trauer und Sehnsucht nach Vergangenem. »Es war eine schöne Hochzeit. Interessant, das zu erleben.«

Karsten schaute Renate von der Seite aus an. Noch immer betrachtete sie die Blumen. Dabei sah sie träumerisch aus.

»Ich wünsche den beiden alles Glück der Erde.Anna und Toni sind so liebe Menschen.«

»Ja, Renate, das sind sie und das wünsche ich den beiden auch. Ich hoffe, daß sie es schaffen, sich ihre Liebe im Alltag zu erhalten. Es wird nicht einfach sein.«

Sie waren am Ende der Straße angekommen und bogen in den Weg ein, der zum See führte, an dem auch das Sägewerk lag.

Renate äußerte sich nicht zur letzten Bemerkung von Karsten. So sprach dieser vorsichtig weiter.

»Uns ist das ja weniger gut gelungen!«

»Ja, leider! Uns ist es nicht gelungen.«

Langsam gingen sie nebeneinander her.

»Manchmal frage ich mich, wie das alles so kommen konnte. Wir waren doch einmal glücklich.«

»Ja, das waren wir, genauso glücklich wie Toni und Anna. Doch das sagt sich so leicht, Karsten. Ich frage mich, ob wir wirklich so glücklich waren oder ob jeder von uns doch noch ein anderes Glück anstrebte.«

Karsten atmete tief durch.

»Ich hatte Ziele, große Pläne und dachte, das bräuchte ich, das wäre ein Teil unseres Glücks, das ich schaffen wollte. Nun, ich habe viel erreicht. Doch ich frage mich, ob das alles so nötig war. Vielleicht wäre weniger mehr gewesen. Ja, ich habe viel erreicht. Aber ich habe noch mehr verloren. Das ist mir jetzt klargeworden.«

Karsten hob einen Tannenzapfen auf, der auf dem Weg lag und betrachtete ihn. Er befühlte ihn und roch daran.

»Die Tage hier in den Bergen tun mir gut. Ich hatte überhaupt keinen Bezug mehr zur Natur. Ja, dieser Zwangsurlaub, der tut sehr, sehr gut. Ich werde wohl manches in Zukunft anders machen.«

»Dann wünsche ich dir viel Erfolg dabei, Karsten.«

Sie gingen weiter und setzten sich ans Ufer des Waldsees.

»Interessiert es dich gar nicht, was ich ändern möchte?«

Natürlich war Renate daran interessiert. Doch sie wollte ihre Neugierde nicht so offen zeigen. Sie hatte die ganzen Tage schon gespürt, daß in Karsten eine Veränderung vorging. Sie hob ein paar Steine auf und warf sie ins Wasser. Es spritzte. Sie schauten zu, wie die kreisförmigen Wellen langsam ausrollten.

Ohne eine Antwort Renates abzuwarten, fing Karsten an zu erzählen.

»Ich habe die letzten Tage viel nachgedacht. Es war schwer für mich, nichts tun zu können. Da war die Sorge um Dennis, die ich immer noch habe. Ich erkannte, daß es Dinge gibt, die selbst ich nicht so einfach regeln kann. Es war meine feste Überzeugung, daß mir für jedes Problem sofort eine Lösung einfällt.«

»Das hat dich ja in deinem Beruf so erfolgreich gemacht. Du hast immer an dich geglaubt. Daß du alles lösen kannst, wurde dir zu deiner zweiten Natur, wie man sagt.«

Karsten riß ein paar Binsen aus und spielte damit.

»Es war mehr als meine zweite Natur. Es durchdrang mein ganzes Wesen. Es wurde mir zur ersten Natur. Ich hatte auf alles eine Antwort, einen Plan. Ich wußte immer die perfekte Lösung.«

Karsten ließ die grünen Binsen durch seine Finger gleiten.

»Ich hatte mir da eine Welt zurechtgezimmert, in der alles seine Ordnung hatte – eine Ordnung, wie ich sie wollte, geschaffen hatte.«

Er seufzte.

»Dann stehe ich da in einer alten Holzfällerhütte. Vor mir steht Gewolf Irminger, der Polizist, und hält mir Schokoladenpapier hin. Er zeigt mir die leere Verpackung der Kekse. Er stellte mir nur eine ganz einfache Frage. Ich konnte sie ihm nicht beantworten. Ich wußte nicht, welche Schokolade Dennis gerne aß oder welche Kekse.«

Karsten schluckte. Renate spürte, daß er sehr bewegt war.

»Ich schämte mich so, Renate. Ich kam mir wie ein Versager vor. Ich war sprachlos, wortlos. Ich konnte Irminger nur stumm ansehen und mit den Schultern zucken. Er stellte mir noch mehr Fragen über Dennis. Ich konnte sie nicht beantworten.«

Karsten spielte weiter mit den Binsen. Er stand auf und riß weitere Binsen aus. Er band Büschel von Binsen zusammen und dann mehrere Büschel zu einem Floß. Er setzte das Binsengeflecht ins Wasser.

»Als Kind hab ich mit meinen Freunden oft am Fluß gespielt. Damals war die Presse voll mit Berichten über die Kon Tiki, dem Boot aus Binsen mit dem Thor Heyerdahl übers Meer gefahren ist. Das spielten wir nach. Was spielt eigentlich Dennis?«

Karsten schaute Renate an. Sie lächelte. Es war aber kein verächtliches Lächeln. »Dennis wird in ein paar Tagen bei uns sein. Dann gehe doch mit ihm zum Fluß und spiele mit ihm. Rede mit ihm. Frage ihn selbst. Das ist viel besser, als wenn ich dir etwas erzähle, Karsten.«

»Ja, das stimmt. Ich habe viel versäumt. Dir gegenüber und auch Dennis gegenüber. Das ist mir klargeworden. Ich habe viel vergessen, verdrängt.«

»Willst du mir jetzt eine Lebensbeichte ablegen, Karsten?«

»Klingt das so?«

»Ja!«

»Ich habe niemandem zum Reden. Ich kann zwar mit Leuten sprechen. Da sind meine Mitarbeiter, meine Kunden, viele davon sind auch Freunde. Aber es gab eine Zeit, da waren wir uns nah, Renate.«

»Jetzt muß der nächste Satz beginnen mit den Worten: Weißt du noch, damals ...!«

»Ja, Renate! So hat es Pfarrer Zandler gesagt. Weißt du noch damals! Ich hatte vieles vergessen. Vielleicht bleibt Männern auch nicht so viel in Erinnerung.«

»Männer erinnern sich auch gut, aber sie setzen andere Schwerpunkte in ihrer Erinnerung.«

»Ja, das stimmt wohl, Renate.«

»Ich finde, daß das nicht verwerflich ist. Eigentlich ist es doch gut eingerichtet von der Natur, daß Männer und Frauen verschieden denken und handeln. Es ist eine Art Arbeitsteilung.«

»Daraus könnte ich folgern, daß beide Arten der Erinnerung wichtig sind und zusammen als Ergänzung perfekt sein können.«

»So sehe ich das! Es kommt nur selten zu dieser perfekten Ergänzung, weil jeder Frau und jeder Mann oft darauf beharren, daß nur ihre Erinnerung richtig ist.«

»War es bei uns auch so?«

»Willst du das wirklich wissen, Karsten?«

»Ja, das will ich.«

»Gut, dann gebe ich dir ein Beispiel. Du darfst aber nicht gleich wieder wütend werden!«

»Versprochen!«

»Nehmen wir als Beispiel die alte Villa, die wir als erstes Heim gekauft haben. Ich habe davon ein ganz anderes Bild im Kopf als du. Für dich war sie alt, heruntergekommen, voller Mängel, sanierungsbedürftig bis zum letzten Dachziegel.«

Renate schaute Karsten träumerisch an. »Das war sie zweifellos. Aber ich erinnere mich an das Knarren des Fußbodens, als Dennis die ersten Schritte machte. Ich habe das Geräusch der alten Rolläden im Ohr, wie sie ratterten beim Herunterlassen. Jeder Rolladen hatte einen anderen Klang, so wie auch jede

Tür anders quietschte. Das alte Treppengeländer mit seinem breiten Handlauf benutzte Dennis als Rutsche. Er spielte mit den Nachbarskindern an Regentagen Verstecken in den Abstellkammern und Wandschränken, die es dort so zahlreich gab. Die alten bunten Glasscheiben in den oberen Teilen der Türen warfen auch an trüben Tagen ein freundliches buntes Licht in den Flur. Das dunkelbraune Holz an den Wänden glänzte dann kostbar. Das Haus atmete. Es lebte. Dort fühlte ich mich nie alleine.«

Karsten hörte zum ersten Mal Renate aufmerksam zu.

»Die Regentonnen im Garten füllten sich mit dem Wasser aus der Dachrinne. Ich goß gern damit den Garten. Im Sommer war das Wasser mild und warm und weich. Ich goß oft Wasser davon in eine Wanne und Dennis planschte darin und ließ Schiffe schwimmen aus Zeitungspapier. Die Schiffe gingen unter. Das Papier löste sich auf, das Wasser wurde trüb. Er schüttete so viel Sand hinein, bis er Matsch hatte. Dann rieb er sich und seinen Freund ein und sie spielten ›Schwarzfuß-Indianer‹, wie sie es nannten.«

Renate atmete tief durch.

»Jetzt haben wir eine unterirdische Bewässerungsanlage, die automatisch gesteuert wird. Das Klicken der Sprinkler macht mich nervös. Der Garten ist perfekt angelegt. Aber er ist steril. Im Swimmingpool konnte Dennis keine Papierschiffe mehr schwimmen lassen. Das hätte das Wasser zu sehr verdreckt. Matsch anrühren, was er so gerne getan hatte, das war auch nicht mehr in dem Maße möglich. Der dicke Teppichboden schluckt jedes Geräusch. Früher hörte ich, wenn Dennis oben in seinem Zimmer auf dem Boden spielte und seine Autos hin und her schob. Wenn ich in der Küche bügelte, dann hörte ich dich, wie du in deinem Arbeitszimmer auf und ab gegangen bist.«

»So hast du mir das nie erzählt, Renate. Ich wußte nicht, daß du so an dem alten Kasten hängst. Ich dachte, daß dir das alles auf die Nerven geht, die alten maroden Leitungen, die Rolladenbänder, die oft rissen. Du hast es doch immer gesagt.«

»Sicherlich habe ich mich geärgert, wenn wieder einmal etwas nicht funktionierte. Das bedeutete doch nicht, daß es mir da nicht gefallen hat. Weißt du noch ...«

»Weißt du noch ...«, wiederholte Karsten den Satzanfang, und beide lächelten.

»Weißt du noch ...«, erzählte Renate weiter, »der Tag, als du einfach abends gekommen bist und verkündet hast, daß du den Bungalow kaufen und umbauen willst. Denke zurück, Karsten! An was kannst du dich erinnern?«

Karsten dachte nach.

»Ich war beim Architekten gewesen und hatte bereits erste Skizzen. Ich zeigte sie dir. Ich hatte mich auch schon nach den Kosten für den Umzug erkundigt.«

»An sonst nichts?«

»Wir haben dann wohl lange geredet. An was erinnerst du dich?«

»An deine leuchtenden Augen, mit denen du mich immer wieder angesehen hast. Du kamst mir vor wie ein Feldherr, der ein neues Gebiet erobert. Ich war nicht begeistert. Ich wollte bleiben. Doch du fegtest all meine Argumente vom Tisch, rechnetest mir alles vor. Es klang alles so logisch. Aber ich wollte das alles nicht. Ich kam aber gegen dich nicht an. Alle Argumente fegtest du vom Tisch. Erinnerst du dich nicht daran?«

Mit großen Augen schaute Karsten Renate an.

»Nein! Ich dachte, es macht dich glücklich.«

»Ich weiß, daß du das gedacht hast.«

»Was ist falsch daran gewesen?«

»Wir haben nicht geredet. Schau, Anna und Toni. Hast du sie beobachtet? Wieviel sie reden? Sie reden über alles. Sie haben die letzten Handgriffe gemacht. Jetzt ist ihre Berghütte fertig. Ab übermorgen ist sie eröffnet. Ich habe sie beobachtet, wie sie sich darüber absprachen, wo sie das Bild mit dem Wasserfall hinhängen. Toni hing auch noch ein paar Hirschgeweihe auf, alles Geschenke, die sie zur Hochzeit bekommen haben. Da war so viel Liebe drin, in den Gesprächen zwischen den beiden. Anna fand diesen Platz gut, Toni meinte, daß es dort besser aussehen würde. Dann redeten sie darüber. Einer hörte dem anderen zu und dann fanden sie eine Lösung, mit der beide ganz zufrieden waren. Das war doch bei uns auch einmal so, Karsten. Weißt du noch, damals ganz am Anfang?«

»Ja!« sagte Karsten leise. »Damals waren wir uns nah.«

»Wir hatten oft die gleichen Gedanken und begannen gleichzeitig einen Satz mit denselben Worten.«

Karsten legte sich ins Gras. Die Hände verschränkte er unter dem Kopf. Er schaute hinauf zu den Berggipfeln.

»Ja, ich erinnere mich. Schön war es!«

Er schloß für einen Augenblick die Augen. Er hörte, wie sich Renate neben ihn ebenfalls ins Gras legte.

»Ich hatte dir vorhin gesagt, daß ich verschiedenes ändern will. Ich will weniger arbeiten, früher Feierabend machen. Ich will öfters in die Natur fahren, spazierengehen. Weißt du noch, wie wir als junges verliebtes Paar Fahrradtouren gemacht haben?«

Sie fingen gemeinsam an zu lachen.

»Lachst du auch wegen der Radtour, als beide Fahrräder einen Platten hatten?«

Renate nickte und lachte weiter.

»Kein Flickzeug dabei. Aber wir wußten uns zu helfen.«

»Ja, das wußten wir. Nach allerlei vergeblichen Versuchen gelang es uns, die Schrauben an meinem Vorderrad und an deinem Hinterrad zu lösen. Wir bauten dein Hinterrad vorne bei meinem Rad ein. Es hing zwar schief drin und die Radmutter auf der Achse lockerte sich immer wieder. Ich weiß nicht mehr, wie oft sie abgefallen ist.«

»Ich weiß es auch nicht mehr, Karsten. Ich erinnere mich,

wie wir auf den Knien über den sandigen Waldboden gerutscht sind und in Bergen von Tannennadeln die Schraube gesucht haben.«

»Aber wir haben sie immer wieder gefunden. Und wir haben es geschafft, mit einem Fahrrad bis in den nächsten Ort zu kommen. Du hattest damals noch die Haare länger und zum Glück Gummis und Haarnadeln dabei. Daraus haben wir dann eine ›Schraubenfesthaltewicklung‹ gebastelt.«

»Du warst von der Idee und dem Erfolg dieser genialen technischen Neuerung so begeistert, daß du noch abends im Bett davon gesprochen hattest. Du dachtest daran, diese Technik zu verfeinern und sie als Patent anzumelden.«

Sie brachen beide wieder in Gelächter aus.

»Ich erinnere mich, Renate. Das war schön damals, wenn ich heute daran denke. Warum sind wir von unserem Weg abgekommen? Jetzt sind wir hier in Waldkogel. Wir haben einen Sohn, der Kummer hat und uns Kummer macht. Wir haben die Trennung beschlossen und die unterzeichneten Papiere liegen daheim auf meinem Schreibtisch. Renate, bitte glaube mir, das wollte ich alles nicht.«

»Ich wollte das auch nicht. Es hat sich eben so entwickelt.«

»Wie soll es jetzt weitergehen?«

»Das fragst du mich, Karsten? Sage du es mir!«

»Wir sollten Dennis aus dem Internat nehmen. Wir könnten es gleich tun, nicht erst am Ende des Schuljahres. Wie denkst du darüber?«

»Wie bist du zu dieser Erkenntnis gekommen?«

»Ich muß dir gestehen, aus ganz egoistischen Gründen. Ich will mehr mit Dennis zusammen sein. Das geht nicht, wenn er weit fort im Internat ist. Auch wenn wir ihn jedes Wochenende holen, ist das zu wenig. Dann auch noch die Fahrerei. Du hast doch gesagt, daß du sogar in seine Nähe ziehen wolltest, damit du mehr bei ihm sein kannst.«

»Ja! Das war der Grund. So werde ich das auch machen. Ich

habe mir Gedanken darüber gemacht. Es ist nicht mehr lange bis zum Schuljahresende. Dann hätte ich ihn ohnehin aus dem Internat genommen. Wir sollten mit Dennis sprechen. Wir sollten ihm sagen, daß es vorteilhafter ist, wenn er bis zum Ende in dieser Klassengemeinschaft bleibt. Wenn er gar nicht will, dann hole ich ihn heim. Du kannst ihn besuchen, so oft du willst.«

Karsten setzte sich auf. Er schaute Renate in die Augen.

»Wir könnten auch alle drei etwas zusammen unternehmen an den Wochenenden, wenn du willst.«

Renate schaute in seine Augen.

»Eine Fahrradtour zum Beispiel!«

»Was immer du willst!«

Karsten wurde verlegen.

»Kann ich dich noch etwas fragen, Renate?«

»Sicher! Das ist doch die Stunde der Wahrheit.«

»Kann ich dich auch ab und zu sehen, alleine ohne Dennis? Ich meine dich ausführen. Wir könnten zum Italiener gehen, ins Kino. Früher sind wir auch ins Konzert gegangen.«

»Wir waren sogar zusammen in Kunstausstellungen, obwohl du mit Malerei wenig anfangen kannst.«

»Malst du eigentlich noch?«

»Ich will wieder anfangen.«

»Das ist eine gute Idee. Tu das auf alle Fälle!«

»Und du? Du hast doch früher musiziert. Was ist eigentlich aus deinen alten Freunden geworden? Ihr hattet doch mal eine Band?«

»Man hat sich irgendwie aus den Augen verloren. Man hat so vieles aus den Augen verloren.«

»Wenn man etwas verloren hat, dann soll man suchen. Man muß dafür auch schon mal sehr tief graben.«

»Ja, Renate! Das muß man. Ich denke, daß wir schon mittendrin sind.«

»Denkst du es oder fühlst du es?«

»Ich hoffe, daß unsere Ausgrabungen erfolgreich verlaufen werden. Wie steht es mit dir?«

»Mit den bisherigen Ausgrabungen bin ich sehr zufrieden. Was haben wir nicht alles gefunden? Fahrräder, meinen Skizzenblock, deine Gitarre, einen Kalender mit Eintragungen für gemeinsame Ausflüge, Kinobesuche. Du hast Erinnerungen aus der Kindheit gefunden.«

Karsten griff vorsichtig nach Renates Hand.

»Wir haben auch einen Teil von uns wiedergefunden. Wir haben miteinander gesprochen, wie wir es in den letzten Jahren niemals getan haben.«

Renate schaute Karsten glücklich an.

»Ja, das haben wir auch gefunden. Hatten wir denn danach gesucht?«

»Ich hatte danach gesucht, Renate. Ich habe mehr gefunden, als ich zu hoffen gewagt hatte.«

Ganz langsam und ziemlich unsicher, aus Angst sie könnte ihre Hand zurückziehen, führte er diese zu seinen Lippen und küßte sie.

»Renate, ich habe niemals aufgehört, dich zu lieben.«

Er schaute ihr in die Augen.

»Ich muß ein ziemliches Ekel gewesen sein in den letzten Jahren. Ich kann verstehen, daß du mich nicht mehr lieben kannst.«

»Ich habe nie gesagt, daß ich dich nicht mehr liebe, Karsten.«

»Warum willst du dann gehen? Warum willst du dann die Trennung?«

»Karsten, ich bin immer noch verliebt in den Mann, der du einmal gewesen bist. Du warst der Mann meiner Träume, mein Märchenprinz.«

»Ich habe mich sehr verändert, das weiß ich«, sagte Karsten schuldbewußt.

»Jeder Mensch verändert sich. Auch ich habe mich verändert. Ich bin nicht mehr ein junges Mädchen. Wir sind beide fünfzehn Jahre älter geworden. Das ist nicht schlimm. Ich möchte diese Jahre nicht missen, für nichts auf der Welt. Ich vermisse nur unsere Liebe von damals. Es ist uns nicht gelungen, sie in den Alltag der Jahre hinüberzuretten.«

»Vielleicht müssen wir noch mehr graben? Soll ich für morgen große Schaufeln organisieren? Damit geht es vielleicht schneller?«

Renate schaute ihn liebevoll an.

»Das bist du! Typisch, Karsten! Du hast dir ein Ziel gesteckt und willst es mit aller Macht erreichen. Es muß schnell und sofort geschehen.«

Renate stand auf und wischte sich das Gras von der Kleidung.

»Ich bin sehr zufrieden mit unserer bisherigen Suche. Laß uns bitte behutsam weitermachen. Anna hat gesagt, daß man in Dingen der Liebe nicht denken soll. Man soll fühlen, lauschen auf die Stimme des Herzens.«

»Ganz wie du willst. Was sagt dir die Stimme deines Herzens?«

»Da ist ein warmes, hoffnungsvolles Gefühl in meinem Herzen. Es ist wie eine kleine zarte Pflanze, wie eine dieser kleinen Bergblumen, die zwischen Felsen sprießen.«

»Mit denen muß man respektvoll umgehen. Einige davon stehen sogar unter Naturschutz.«

»Richtig! Trotzdem ist unsere Sorte vom Aussterben bedroht.«

»Dann bleibt uns nur übrig, sie zu beschützen, zu hegen und zu pflegen, daß sie wieder eine große starke Blume wird.«

Karsten lächelte.

»Renate, du weißt, daß ich von Pflanzen und Gartenarbeit nie viel verstanden habe. Ich wäre dir dankbar, wenn du mir da einige Tips geben könntest, damit ich keinen Fehler mache.«

»Gern! Ich fange gleich damit an!«

Renate griff nach dem Brautstrauß.

»Wir sollten zurückgehen. Es wird bestimmt noch getanzt. Es war schön, mit dir gestern abend mal wieder zu tanzen. Ich möchte das gerne heute noch fortsetzen.«

Karstens Augen leuchteten vor Glück. »Darf ich dir meinen Arm anbieten?«

»Gern!«

Langsam gingen sie zurück. Unterwegs begegnete ihnen Pfarrer Zandler. Er sah, daß die beiden sich untergehakt hatten.

»Machen Sie auch noch einen Abendspaziergang, Hochwürden?«

»Ja, ja! Ich habe noch nach meinem Schützling Dennis gesehen und ihn in seine selbst gewählte Einsiedelei gebracht. Es geht ihm gut. Er war übrigens in der Kirche bei der Trauung dabei. Ich hatte ihn oben beim Organisten versteckt. Er hat Sie gesehen und meinte, daß Sie ganz nett ausgesehen hätten. Sie hätten auch nicht so ausgesehen, als ob Sie streiten würden.«

Pfarrer Zandler schmunzelte.

»Wenn ich mir Sie beide so betrachte, dann möchte ich Dennis zustimmen. Was haben Sie denn gemacht? Ich habe gesehen, daß der Brautstrauß Ihnen vor die Füße geweht wurde. Da hat Ihnen der da oben«, Pfarrer Zandler warf einen Blick zum Himmel, »wohl einen deutlichen Wink gegeben.«

»Mm!« sagte Karsten verlegen. »Wir haben Ausgrabungen gemacht.«

»Gut so, weitermachen! Nicht nachlassen!«

»Hat sich Dennis geäußert, wann er … ich meine, wie lange braucht er noch … wann …?«

»Ich denke, es ist bald soweit. Er ist ein kluger Junge. Er fragte mich, wo Sie beide heute nacht schlafen würden. Er hat herausgefunden, daß Sie nicht auf der Berghütte übernachten heute nacht.«

Renate und Karsten schauten sich erstaunt an.

»Ich sagte ihm, daß Sie beim Doktor schlafen. Da meinte er, daß in seinem Versteck viel Platz ist, auch für Sie. Er schliefe da gut und Sie müßten dann nur Schlafsäcke und Luftmatratzen oder Isomatten mitbringen.«

Pfarrer Zandler schmunzelte erneut.

»In meinen Augen war das eine Einladung zum Biwakieren. Vielleicht sollten Sie darüber nachdenken, für die nächsten Nächte, zum Beispiel.«

»Danke, Herr Pfarrer!« sagten Renate und Karsten wie aus einem Mund.

»Ich wünsche Ihnen einen schönen Abend. Gehen Sie noch mal zum Fest?«

»Ja, wir wollen noch tanzen gehen!«

»Dann will ich Sie nicht aufhalten. Das wird eine lange und schöne Nacht werden. Getanzt wird bestimmt bis zum Morgen.«

Beschwingten Schrittes gingen Renate und Karsten weiter.

*

Nach einem wunderschönen Rundflug über das Tal, die Nachbartäler und die Berge, war der Heißluftballon punktgenau vor der Berghütte gelandet. Der Ballonpilot half Toni und Anna beim Aussteigen. Dann zog er am Gasventil. Eine große Flamme schoß zischend nach oben, erhitzte die Luft im Ballon. Langsam hob er ab und schwebte davon. Anna und Toni schauten ihm nach.

Toni nahm Anna in seine Arme. Er hielt sie ganz fest.

»Das ist doch etwas ganz anderes, nicht mehr die Braut in den Armen zu halten, sondern die eigene Frau!«

Anna kicherte.

»Ja, das kann ich dir bestätigen. Ich fühle mich auch viel geborgener.«

»Meine liebe Frau! Liebste Anna! Frau Baumberger!«

»Ja, Herr Baumberger! Lieber Mann! Liebster Toni! Mein Hüttenwirt!«

Sie küßten sich lange und leidenschaftlich. Die Berge wurden Zeuge ihrer innigen Liebe.

»Heute endlich beginnt das Leben, von dem ich immer geträumt habe, seit ich dich gesehen habe, meine Anna!«

»Es wird ein schönes Leben werden, Toni!«

»Ja, das wird es! Möge der Herr im Himmel es lange dauern lassen.«

»Unsere Liebe wird ewig sein, Toni! Sie dauert nicht nur ein Leben lang, bis daß der Tod uns scheidet. Sie dauert ewig.«

»Ja, das wird sie. In Tausenden von Jahren werden die Berge sich noch daran erinnern, an die Anna und den Toni, das glückliche Paar auf der Berghütte.«

Arm in Arm gingen sie auf die Berghütte zu. Dann nahm Toni seine Anna auf den Arm und trug sie über die Schwelle, durch den großen Hüttenraum bis ins Schlafzimmer.

Der romantische Augenblick wurde durch näherkommendes Hundegebell unterbrochen.

»Bello!« sagten sie beide wie aus einem Mund und liefen hinaus.

Da kam Bello, der Neufundländer, angerannt und begrüßte sie überschwenglich. Er legte Anna gleich die Vorderpfoten auf die Schultern und hätte sie vor Begeisterung mit seinen vielen Kilo fast umgeworfen, wenn Toni sie nicht festgehalten hätte.

»Wo kommt der denn her? Ich dachte, der würde diese Nacht unten bei deinen Eltern bleiben,Toni.«

»Ja, so war es gedacht. Schau, da hängt ein Zettel am Halsband.« Toni löste den zusammengerollten Zettel. Sie lasen. Da stand:

Liebe Anna! Lieber Toni!

Nachdem Ihr mit dem Heißluftballon abgehoben hattet, machte Bello einen Aufstand. Es war unmöglich, ihn im Tal bei uns zu halten. Hilda und Wenzel mußten wieder auf die Alm, weil sie ja die Kühe melken mußten. Der Martin hat sie raufgefahren und Bello mitgenommen. Er wird den Weg zur Berghütte alleine finden, denken wir. Ich hoffe, er stört heute nacht nicht zu sehr …

Die Baumbergereltern.

Toni legte den Arm um Anna. Sie gingen bis zur Schwelle des Schlafzimmers.

»Bello!« sagte Toni streng. »In der Kirche habe ich nichts gesagt. Aber für heute nacht ist hier für dich Schluß. Du wirst keine Pfote über diese Schwelle setzen. Platz, Bello! Platz!«

Dann hob Toni seine Anna ein zweites Mal über die Schwelle zum Schlafzimmer und schloß die Tür. Bello sah eine Weile die geschlossene Tür an. Dann legte er sich quer davor. Hinein kam da niemand. Heraus auch niemand mehr in dieser Nacht. Aber dafür bestand ja auch kein Anlaß.

*

Renate und Karsten hatten noch bis lange nach Mitternacht getanzt. Dann gingen sie mit Dr. Martin Engler heim. Er hatte ihnen Quartier gegeben.

Karsten war zuerst aufgewacht. Er brachte Renate eine Tasse Kaffee ans Bett.

»Danke!« murmelte Renate und schlürfte den Kaffee. »Gut! Sehr gut! Du weißt noch genau, wieviel Milch und Zucker ich nehme.«

Sie lächelte Karsten an. Karsten betrachtete Renate und dachte, wie begehrenswert sie war. Ihr mittellanges schwarzes Haar fiel ihr lockig über die Schultern. Renate drückte die Bettdecke zur Seite.

»Setz dich doch, Karsten!«

Karsten Niederhauser setzte sich auf die Bettkante und

schlürfte seinen Kaffee. Er liebte ihn stark und schwarz und ohne Zucker.

»Ich dachte, wir gehen bei Pfarrer Zandler vorbei. Dann könnten wir unseren kleinen Ausreißer besuchen.«

Noch bevor Renate sich äußern konnte, läutete Karstens Handy. Sein Telefon lag auf dem Nachttisch auf der anderen Seite des Doppelbettes. Es klingelte und klingelte. Karsten ging um das Bett herum und schaute auf das Display.

»Das ist das Büro!«

»Willst du nicht abnehmen?«

»Die können später noch einmal anrufen. Ich bin im Urlaub. Außerdem war ich gerade in einem Gespräch mit dir.«

Es klingelte weiter.

»Nimm ab, Karsten, bitte! Das ist ja nervig!«

Karsten drückte auf den grünen Knopf und hielt sich das Handy ans Ohr.

»Was gibt es denn so Wichtiges, daß du das nicht entscheiden kannst?« Seiner Stimme war anzuhören, daß er sich sehr gestört fühlte.

Er lauschte. Renate versuchte, seinen Gesichtsausdruck zu deuten. Zuerst zeigten sich Falten auf seiner Stirn. Dann schmunzelte er. Schließlich grinste er.

»Ich habe da eine Idee! Das läßt sich alles sehr einfach regeln. Ich rufe dich gleich zurück.«

Karsten beendete das Gespräch. Er stellte seinen Becher auf dem Nachttisch neben Renates Bett ab. Freudig rieb er sich die Hände.

In seinem Übermut drückte er Renate einfach einen Kuß auf ihr Haar. Dann rannte er aus dem Zimmer.

Verblüfft sah sie ihm nach. Sie kannte ihren Noch-Ehemann genau. Er wirkte auf eine geheimnisvolle Art fröhlich und übermütig. So war er am Anfang ihrer Beziehung gewesen. Renate dachte nach. Was steckte wohl dahinter? Sollte sie ihn fragen? Sie entschied sich dagegen. Wenn er ihr etwas zu sagen hatte, dann war es besser zu warten, bis Karsten von sich aus berichten würde. Außerdem hatte sie ja die Trennungspapiere unterzeichnet.

Renate grübelte trotzdem ... Sie hatten sich in den letzten Tagen angenähert. Sie hatten ganz vernünftig gesprochen. Warum erst jetzt? Vielleicht wäre alles ganz anders gekommen, wenn sie schon früher auf diese Art und Weise miteinander hätten sprechen können.

Martin hatte ein Frühstück gemacht, obwohl es schon später Nachmittag war. Er hatte auch lange geschlafen. Die junge Ärztin, die er als Praxisvertretung angeheuert hatte, hatte wenig zu tun. Am Tag nach Tonis und Annas Hochzeit war die Praxis leer.

Während des Frühstücks beobachtete Renate Karsten. Er hatte einen guten Appetit und sah sehr heiter aus.

Nach dem Essen besuchten Renate und Karsten Pfarrer Zandler. Der Geistliche hatte schon auf sie gewartet. Im Flur des Pfarrhauses standen hinter der Tür zwei große, prallgefüllte Rucksäcke. Einen schulterte der Pfarrer. Den anderen gab er Karsten Niederhauser.

»Kommt! Reden wir unterwegs!«

Sie gingen los. Unterwegs durch Waldkogel wurde der Geistliche öfters angehalten. Alle waren von seiner gestrigen Hochzeitspredigt sehr angetan und brachten dies noch einmal zum Ausdruck.

Endlich erreichten sie den Wald.

»Ich hatte heute morgen Dennis besucht. Ich denke, der Bub freut sich darauf, Sie zu sehen. Ein bisserl bang ist ihm auch, weil er ja aus dem Internat fortgelaufen ist. Er weiß schon, daß das dumm war und gefährlich obendrein. Ich habe ihm im voraus versichert, daß Sie beide glücklich sind, daß nichts passiert ist, Sie ihm nicht den Kopf abreißen, wie man hier so sagt. Er weiß, daß ich Sie vielleicht mitbringe. Ich denke, es ist gut, wenn Sie unten am Weg warten. Ich werde mich dann durchs

Gebüsch schlagen zur alten Holzfällerhütte. Dann soll der Dennis selbst zu Ihnen kommen. Das muß er schon machen. Ihnen gegenüberzutreten, davor hat er wirklich mächtigen Bammel. Doch da muß er durch. Das habe ich ihm schon verständlich gemacht. Ich zeige ihm, wo Sie auf ihn warten und werde mich dann zurückziehen. Ich hoffe, Sie machen das Beste daraus.«

»Ja, das werden wir. Renate und ich haben gestern lange geredet.«

»Na, dann ist es ja gut.«

Renate und Karsten waren ziemlich nervös, als sie auf Dennis warteten. Unruhig gingen sie auf und ab. Dann hörten sie das Knacken des Unterholzes. Kurz darauf sahen sie den Geistlichen. Hinter ihm ging Dennis. Er hatte einen hochroten Kopf und hielt den Hasen eng an sich gedrückt.

»So, da ist er! Dann werde ich mal gehen. Ich wünsche Ihnen Gottes Segen!«

Der Pfarrer streichelte Dennis' Haar und ging danach schnell davon, ohne sich umzudrehen.

*

Scheu stand der Junge mitten auf dem Weg. Renate ging zu ihm und lächelte ihn an.

»Ich bin ja so froh, daß dir nichts passiert ist.«

Sie nahm ihn in den Arm, drückte und küßte ihn. Dabei kämpfte sie einen Augenblick mit den Tränen. Es waren aber Freudentränen. Karsten Niederhauser trat hinzu und gab seinem Sohn einen kleinen kameradschaftlichen Knuff an den Arm.

»Du bist mir vielleicht ein Held! Tue das bitte nie wieder! Warum hast du denn nicht mit uns gesprochen?«

Dennis zuckte mit den Schultern.

»Wer ist denn das?« fragte Karsten und deutete auf den Hasen.

»Das ist Milky!« Dann fügte er leise hinzu. »Den habe ich mir ausgeliehen.«

»Na, so kann man es auch sagen.« Karsten blinzelte seinem Sohn zu. »Darf ich ihn einmal halten?«

»Der ist nicht an dich gewöhnt«, wehrte Dennis ab. »Vielleicht später.«

»Willst du uns dein Versteck zeigen?« fragte Renate.

»Wollt ihr denn?«

»Wie kannst du nur so fragen?«

Statt einer Antwort wandte sich Dennis um und ging in Richtung Wald. Renate und Karsten folgten ihm.

Nach einigen Minuten auf einem schmalen Trampelpfad durch dichtes Unterholz erreichten sie eine Lichtung.

»Da ist die Hütte.«

»Sieht ja richtig abenteuerlich aus«, bemerkte Karsten. »Einen Kamin hat sie auch.«

»Ja! Brennholz gibt es auch. Aber die Buben haben gesagt, daß ich kein Feuer machen soll. Das wäre zu auffällig.«

Sie betraten die Hütte. Sie bestand aus einem einzigen großen Raum. Durch zwei Fenster, deren Glasscheiben zerbrochen waren, fiel Licht in das Innere. An der Wand gegenüber der Eingangstür befand sich ein Kamin mit einer kleinen offenen Feuerstelle. In der einen Ecke war Holz aufgestapelt. Der Tisch hatte eine Unterkonstruktion aus Birkenholz. Die weiße Rinde war an einigen Stellen noch zu sehen. Es gab einige dreibeinige Schemel. In einer anderen Ecke lag eine Luftmatratze mit einem Schlafsack.

»Richtig schön, dein Versteck!« bemerkte Karsten und besah sich die Feuerstelle.

Mit wenigen Handgriffen schichtete er Späne und Holzscheite auf. Dennis reichte ihm Papier. Er hatte alles Abfallpapier der Kekse und Schokoladentafelverpackungen gesammelt. Die Flammen züngelten sich am Papier entlang, ergriffen dann die feinen Späne und danach fraßen sie sich in das Brennholz.

»Toll!« strahlte Dennis.

Renate hatte inzwischen die Rucksäcke ausgepackt. Sie spießten die Würste auf lange Stecken und hielten sie zum Braten über die Flammen.

»Das gefällt dir, Dennis, wie?«

»Ja, das ist toll. Daheim im Garten kann man so etwas nicht machen. Die Würste schmecken auch besser, als wenn man sie auf den Lavasteinen grillt.«

»Das werden wir daheim jetzt auch öfters machen.«

»Aber Papa, das geht doch nicht.«

»Warum sollte das nicht gehen? Wir machen das einfach. Ein kleines Feuerchen und dann werfen wir Kartoffeln in die Glut und braten Würstchen.«

»Wirklich, Papa? Wann? Du wirst das wirklich machen? Oder sagst du das nur so – und dann hast du doch keine Zeit.«

Dennis Miene nahm traurige Züge an.

»Versprochen!« Karsten hob die Hand zum Schwur. »Beim großen Manitu, ich gebe dir mein großes Indianerehrenwort.«

Dennis schien noch nicht überzeugt.

»Dennis«, sagte sein Vater ernst, »es wird sich in Zukunft viel ändern. Deine Mutter und ich haben viel geredet in den letzten Tagen.«

Dennis sah seinen Vater nicht an, als dieser weitersprach:

»Ich werde mir viel mehr Zeit nehmen. Ich komme abends früher heim. Wir können zusammen am Wochenende Fahrradausflüge machen, wenn du willst. Wir können gemeinsam andere Dinge machen, die dir Spaß machen.«

Dennis blickte kurz auf. Er warf seinem Vater einen prüfenden Blick zu.

»Bis jetzt hast du es ja noch nicht einmal geschafft, daß ich einmal im Monat am Wochenende heimkommen kann, aus dem Internat.«

Verlegen rieb sich Karsten Niederhauser das Ohrläppchen.

»Stimmt, Dennis! Das war falsch. Das habe ich eingesehen.«

Karsten warf Renate einen hilfesuchenden Blick zu.

»Dennis, dein Vater hat wirklich die Absicht. Wir haben ausführlich über dich gesprochen. Dir gefällt es im Internat nicht?«

»Ganz so schlecht ist es nicht«, sagte Dennis leise. Es klang sehr traurig und resigniert.

»Aber du würdest lieber daheim sein und in eine Schule in der Stadt gehen?«

»Das geht doch nicht! Ihr trennt euch doch, da muß ich im Internat bleiben. Viele Eltern von Schülern leben getrennt oder sind geschieden. Es wird schon gehen. Ich laufe auch nicht mehr fort.«

»Du könntest auch das Internat verlassen, sofort oder am Ende des Schuljahres, in einigen Wochen.«

Dennis sah seine Eltern überrascht an.

»Wirklich?«

»Ja, wenn du willst!«

Dennis brachte kein Wort heraus. Behutsam sagte sein Vater:

»Deine Mutter und ich haben alles beredet. Es gibt verschiedene Möglichkeiten. Deine Mutter nimmt sich bis zum Ende des Schuljahres eine kleine Wohnung in der Nähe des Internats. Du wirst dann Tagesschüler und gehst nach dem Unterricht zu ihr. Du machst das Schuljahr noch zu Ende. Dann verläßt du die Schule. Ich werde euch an den Wochenenden besuchen kommen oder ihr besucht mich. Die andere Möglichkeit ist, daß du gleich die Schule wechselst und nicht bis zum Ende des Schuljahres wartest. Denke darüber nach.«

Dennis wischte sich die Hände an seinen Hosen ab. Er ging zu seinem Kaninchen und nahm es wieder auf den Arm.

»Die Klassenarbeiten sind schon alle geschrieben. Ich will nicht mehr in das Internat zurück. Könnt ihr mich nicht befreien lassen? Dann bleiben wir hier und machen Urlaub. Meine beiden besten Freunde sind auch schon vom Unterricht befreit. Die sind zu ihren Eltern nach Australien und Südamerika geflogen. Herr Direktor Kallmann hat das erlaubt.«

Karsten und Renate schauten sich an.

»Dein Vater und ich werden darüber nachdenken. Du willst hier Urlaub machen?«

»Ja, es ist ganz toll in den Bergen. Ich war noch nicht oben auf den Bergen, aber da muß es noch schöner sein. Euch gefallen die Berge nicht?«

»Doch, Dennis, uns gefallen die Berge auch. Wir wußten nicht, daß du so für die Berge schwärmst. Warum hast du uns nichts erzählt?«

»Das habe ich doch! Ihr habt ja nie zugehört.«

»Dennis! Das wird sich jetzt alles ändern«, bekräftigte sein Vater noch einmal.

»Dennis, hör einmal! Ich denke, es ist besser, wenn du die kurze Zeit noch ins Internat gehst. Du mußt ja nicht mehr dort schlafen, sondern kommst jeden Tag zu mir. In den Ferien fahren wir dann länger hierher in die Berge, wenn du willst.«

»Ja, das machen wir! Dann bleiben wir oben auf der Berghütte.«

»Bei der Anna und dem Toni. Die haben geheiratet.«

»Wir wissen, daß du auch in der Kirche gewesen bist, Dennis!« Dennis bekam einen roten Kopf. Er schwieg eine Weile.

»Können wir jetzt nicht gleich rauf zur Berghütte?«

Sein Vater schaute auf die Uhr und schüttelte den Kopf.

»Dafür ist es heute zu spät. Wenn du willst, gehen wir gleich morgen früh los.«

»Vorher müssen wir aber Milky noch zurückbringen.«

»Ja, das machen wir. Würdest du den Milky gerne behalten?«

»Ja! Geht das? Doch wo soll er hin?«

»Du läßt den Milky erst einmal bei den Baumbergers. Ich kümmere mich um einen großen Hasenstall. Dann nehmen wir ihn nach den Ferien mit nach Hause.«

Dennis strahlte und streichelte liebevoll den Hasen.

»Du hast nichts dagegen, wenn wir hier bei dir übernachten, Dennis?«

»Platz ist genug!« Seine Augen leuchteten. »Das ist dann fast wie zelten.«

Gemeinsam richteten sie das Lager ein. Die Freude stand Dennis im Gesicht, als er mit der Fußpumpe die Luftmatratzen aufpumpte.

Anschließend zeigte Dennis seinen Eltern die Gegend. Die Buben des Dorfes hatten sich Höhlen gegraben und Baumhäuser gebaut.

Als es dunkel wurde, legten sie sich hin. Dennis erzählte von der Schule und seinen Freunden. Karsten machte Pläne, was sie in Zukunft alles unternehmen wollten. Irgendwann stellten Renate und Karsten fest, daß Dennis eingeschlafen war. Karsten drehte die Lampe aus. Dann lagen Renate und Karsten in der Dunkelheit der Holzfällerhütte. Sie lauschten den gleichmäßigen Atemzügen ihres Sohnes. Durch die zerbrochenen Fenster kroch die Nachtluft.

*

»Milky! Milky!« Dennis' Schrei weckte Renate und Karsten. Sie waren sofort hellwach.

»Milky ist fort!«

Renate und Karsten schauten sich um. Der Hase war verschwunden. Die Tür stand einen Spalt offen. Tröstend strich Renate Dennis über das Haar.

»Die Tür ist wohl aufgegangen. Man konnte sie ja nicht mehr richtig zumachen. Jetzt hat er seine Freiheit. Vielleicht findet er eine schöne Häsin. Dann tun sie sich zusammen und bekommen viele Hasenkinder.«

Dennis war einen Augenblick traurig. Dann sagte er:

»Vielleicht wäre Milky in einem Hasenstall genauso unglücklich wie ich im Internat. Dann ist es so schon besser!«

Dennis legte alle Karotten, und was er sonst noch für den Hasen an Futter hatte, vor die Holzfällertür. Dann packten sie alles zusammen und machten sich auf den Weg ins Dorf.

Karsten brachte die geliehenen Sachen ins Pfarrhaus. Renate und Dennis besuchten die Baumbergers. Dort entschuldigte sich Dennis artig, daß er sich Milky ausgeliehen hatte. Renate bezahlte den Hasen und das Obst und Gemüse, das sich Dennis genommen hatte.

Anschließend fuhren sie mit dem Auto hinauf zur Oberländer Alm. Wenzel zeigte Dennis die Kühe, Ziegen und Schafe. Er versprach ihm, daß er in den Ferien einige Tag bei ihm und Hilda auf der Oberländer Alm verbringen durfte. Dann könnte er zuschauen, wie Käse gemacht wird. Dennis war begeistert und stürmte vor seinen Eltern den schmalen Fußweg hinauf zur Berghütte. Sie folgten ihm langsam. An steilen Stellen bot Karsten Renate seine Hand.

»Es ist hier wirklich sehr schön!« sagte Karsten immer wieder und schaute hinauf zu den Bergen.

Sein Handy klingelte.

»Entschuldige, Renate, ich warte auf einen wichtigen Anruf aus dem Büro.«

Er meldete sich. Karsten drehte Renate den Rücken zu und ging einige Schritte den Pfad zurück. Das war für Renate das Zeichen, daß Karsten ungestört telefonieren wollte. Langsam stieg sie alleine den Weg hinauf.

Es dauerte eine ganze Weile, bis Karsten nachkam. Atemlos stand er vor ihr.

»Setz dich erst einmal hin, Karsten! Keine Hektik! Hier in den Bergen macht man alles mit viel Ruhe. Das hast du doch auch bei Toni, Anna und dem Alois gesehen.«

Karsten lehnte sich gegen einen Baum, der windschief neben dem Pfad aus der Erde wuchs.

»Renate, ich muß mit dir reden! Es ist etwas ganz Tolles passiert. Vorgestern hatte ich mir so gewünscht, daß ich die Zeit zurückdrehen könnte. Weißt du, als wir über unsere alte Villa sprachen. Ich hätte so gern alles ungeschehen gemacht.«

Er schaute sie mit strahlenden Augen an.

»Renate, du wirst es nicht glauben. Es ist verrückt! Es ist unglaublich! Ob das ein Zufall ist? Eigentlich kann es kein Zufall sein. Einfach phantastisch. Ich hätte mir nie vorstellen können, daß ...«

Renate Niederhauser lachte laut.

»Karsten! Was ist? Sage es schon!«

Karsten rang nach Atem. Das kam wahrscheinlich weniger von seinem schnellen Aufstieg, als von dem Ereignis, das ihn so aufwühlte.

»Also, du erinnerst dich, daß wir über die alte Villa gesprochen hatten?«

Renate nickte. »Ist etwas damit?«

»Ja! Stell dir vor. Sie wurde in der Zwischenzeit mehrmals verkauft. Aber keiner der Besitzer hat sie wirklich saniert. Durch die Pläne der Stadtverwaltung, in der Nähe ein neues Zentrum mit Hotel und Einkaufsmeile für Luxusläden zu machen, war immer ein guter Preis erzielt worden. Zufällig war die Villa vor einigen Wochen in den Besitz eines meiner Mandanten gekommen. Er hatte auf einen noch weiter steigenden Preis spekuliert und hohe Hypotheken aufgenommen. Jetzt wurde bekannt, daß das Hotel und das Shoppingzentrum doch nicht gebaut werden. Sofort wurde die Bank aktiv.«

»Die Grundstücke und Immobilien sind jetzt wesentlich weniger wert.«

»Richtig, Renate. Der Mandant kam in Schwierigkeiten. Wir beraten sein Unternehmen.«

Karsten strahlte Renate an.

»Renate, damals habe ich allein über deinen Kopf hin entschieden. Dieser Fehler soll mir nicht noch einmal unterlaufen. Ich würde das gerne mit dir besprechen. Du hast doch gesagt, wenn ich Fragen hätte, dann könnte ich auf dich zukommen.«

»Rede!«

»Also, ich habe mein Büro beauftragt, mir, uns, die Vorkaufsrechte zu sichern. Der Preis ist günstig. Alleine will ich das nicht entscheiden. Ich dachte, vielleicht kaufe ich die alte Villa und zieh selbst ein. Ich vermiete oder verkaufe den Bungalow. Eine andere Möglichkeit wäre, daß du dort einziehst. Verstehst du?«

Renate schaute ihn mit großen Augen an.

»Renate, bitte glaube mir. Es ist einfach ein Zufall. Ich habe da nicht meine Hände im Spiel gehabt. Ich kann es noch gar nicht glauben. Was hältst du davon? Ich denke, daß Dennis das auch gefällt.«

Renate schwieg einen Augenblick.

»Komm, laß uns weitergehen! Wir können unterwegs reden.«

Ihr Herz klopfte bis zum Hals. Wie sollte sie entscheiden? Die Trennungspapiere waren unterschrieben. Sie hatte eine Wohnung gemietet.

Sollte sie in das Haus zurück, wo sie damals so glücklich war mit Karsten? Oder war es besser, nicht an einen Ort zurückzukehren, der so voller Erinnerungen war. Sie würde Karsten noch mehr vermissen, wenn sie dort leben würde. Das wußte sie.

Karsten sah Renate an, daß sie ganz in Gedanken war. Wortlos ging er neben ihr her, bis sie bei der Berghütte angekommen waren.

Dennis stand vor der Hütte und plauderte mit Alois.

»Ich sehe, ihr habt einen ganz prächtigen Bub. Er wartet schon ganz ungeduldig auf euch. Er will gleich mit euch wandern gehen. Hat mich schon ausgefragt und mit dem Fernglas sich die Gegend angeschaut. I hab ihm schon gesagt, daß er nimmer weit gehen kann heute. Höchsten bis zum ›Erkerchen‹ und zurück. Des ist noch bequem zu schaffen. Mußt deinen Eltern aber erst ein bisserl Ruhe gönnen, Dennis. Die sind ganz schön abgekämpft vom Aufstieg.«

Renate nickte Alois dankbar zu für seine letzte Bemerkung. Dennis ließ sich aber in seiner Begeisterung nicht bremsen.

»Dann können wir beide doch gehen, Alois?«

»Des is a gute Idee, Bub! I mache den Wanderführer für dich. I hab das ›Erkerchen‹ auch schon lang nimmer besucht. Komm, wir packen uns eine Brotzeit ein und ein paar Flaschen Quellwasser.«

Dann wandte sich der alte Alois an Renate und Karsten Niederhauser.

»Die Anna und der Toni sind auch im Gebirge. Die haben eine Wanderung unternommen, rauf zum ›Paradiesgarten‹. Bis zum Abend werden sie wieder da sein. Des ist aber net schlimm. Gäste sind noch keine da. Und wenn welche kommen, dann kannst ihnen sagen, daß i oder die beiden am Abend wieder da sind. Du kennst di ja ein bisserl aus in der Küche, Renate, wenn die hungrig sein sollten.«

Dennis zog mit Alois los. Renate und Karsten machten sich frisch und zogen sich um. Dann kochte Renate einen Tee. Sie setzten sich auf die Terrasse vor die Hütte.

»Das ist wirklich ein schöner Flecken. Man möchte ihn mitnehmen, wenn man fortgehen muß.«

»Du kannst ihn mitnehmen, Karsten. Schau dir die Berge an und bewahre das Bild in deinem Herzen.«

»Du redest schon fast so gut wie die Anna.«

»Das ist eben das Flair der Berge. Die Berge machen aus uns allen andere Menschen, Karsten.«

»Ja, das tun sie. Ich kann den Toni und die Anna immer besser verstehen, daß sie hier glücklich sind.« Karsten seufzte. »Wir haben unser Glück nicht gehütet.«

»Ich hatte den Eindruck, daß wir uns die Tage darauf verständigt hatten, daß es nur verschüttet ist.«

Renate schaute Karsten dabei nicht an und fügte leise hinzu:

»Die Ausgrabungsarbeiten waren bisher doch sehr hoffnungsvoll, Karsten. Das denke ich jedenfalls. Wie siehst du es?«

»Ja, ich sehe es auch so. Obgleich ...«

Karsten brach den Satz ab.

»Sprich weiter!«

Karsten Niederhauser nahm all seinen Mut zusammen. Seine Stimme bebte, als er fragte:

»Renate! Ich hoffe, daß wir ganz unten, am Ende unserer Ausgrabungen, doch wieder unser gemeinsames Glück finden. Doch ich habe auch Angst, es könnte nicht so sein.«

Renate richtete den Blick hinauf zur Spitze des ›Engelsstiegs‹. Sie hatte alle Gedanken aus ihrem Kopf verbannt. Sie wollte nicht denken, nur fühlen. Anna hatte davon gesprochen, daß die Berge ihr den Weg gezeigt hatten. Würden die Berge auch ihr den Weg zeigen?

*

Ein Steinadler kreiste hoch oben und flog seinen Horst am Felsen an. Renate griff nach dem Fernglas und schaute hinauf. Im Horst saßen junge Adler, umsorgt von ihren Eltern. Einer fütterte die Jungen. Der andere Vogel hielt Wache. Es war ein schönes Bild.

Renate reichte Karsten das Fernglas.

»Schau da oben!«

»Eine ganze Adlerfamilie! Sie sind alle zusammen«, sagte Karsten, ohne das Glas abzusetzen. »Eine glücklich vereinte Adlerfamilie!«

Er ließ das Fernglas sinken und schaute Renate an. Er wollte kein zweites Mal fragen, seine Hoffnungen aussprechen. Aber in seinen Augen sah Renate die Trauer über das bisher geführte Leben, die guten Vorsätze, die er umsetzen wollte. Sie glaubte seinem Blick, daß er diesmal die Absicht hatte, alles besser zu machen. Sie las darin die Sehnsucht nach Zweisamkeit mit ihr und die Hoffnung, daß sie wieder eine Familie werden würden.

Renate konnte nicht anders. Sie streichelte Karsten die Wange. Ihr Herz klopfte. Ihr Puls pochte. Sie zitterte leicht.

»Renate«, flüsterte Karsten leise. »Renate, ich liebe dich so!«

»Ich dich auch, Karsten! Ich dich doch auch!«

»Wie geht es jetzt weiter mit uns?«

»Nimm den großen Bagger und grabe schnell bis ganz unten hin, Karsten. Bringe unsere Liebe herauf. Grabe sie aus!«

Da riß Karsten Renate in die Arme und zog sie an sich. Ihre Lippen fanden sich zu vielen, vielen Küssen.

»Oh, Renate! Wie sehr habe ich dich vermißt!« hauchte Karsten zwischendurch.

»Psst! Nicht reden! Küß mich! Halte mich fest! Laß mich nie mehr los.«

»Heißt das, alles wird gut? Ist das deine Antwort? Wollen wir es noch einmal probieren? Wagen wir einen neuen Anfang?«

Renate lachte und fuhr Karsten mit der Hand über den Kopf, wie sie es sonst nur bei Dennis tat. Aber in diesem Augenblick war der Vater dem Sohn so ähnlich. Auch Dennis fragte immer noch einmal nach, auch wenn sie ihm schon lange etwas erlaubt hatte.

»Fühlst du das nicht, Karsten? Spürst du das nicht an meinen Küssen? Was sagt dir dein Herz?«

Karsten schaute Renate tief in die Augen.

»Du willst es noch einmal mit mir probieren?«

»Sind wir nicht verpflichtet dazu?«

»Verpflichtet? Ich verstehe nicht, Renate.«

»Ach, Karsten! Mir war das in dem Augenblick schon klar, als uns Annas Brautstrauß vor die Füße fiel.«

»Du meinst, es war ein Wink des Schicksals?«

Renate lächelte.

Karsten griff in ihr Haar und löste die große Spange, mit der sie ihr Haar hochgesteckt hatte. Er fuhr mit beiden Händen durch ihre Locken und breitete das Haar über ihren Schultern aus.

»Warum trägst du dein Haar nicht mehr offen? Du siehst so hart aus, so streng. Früher waren deine Haare noch länger!«

Renate genoß die Zärtlichkeit.

»Es war kein Wink des Schicksals. Es war ein Wink der Liebe, Karsten.«

»Wo hast du den Strauß?«

»Ich habe ihn beim Doktor gelassen. Ich habe ihn aufgehängt zum Trocknen. Ich werde ihn mit heimnehmen und aufheben, als Erinnerung.«

»Du bist immer noch die Romantikerin, Renate, die du einmal gewesen bist. Früher hast du auch alles aufgehoben.«

»Das tue ich noch immer. Ich habe auch nichts fortgeworfen. Alle deine Liebesbriefe, die Gedichte, die du mir geschrieben hast, ich habe sie aufgehoben. Ich habe die Kinokarten aufgehoben, die Eintrittskarten zu den Kunstmuseen, sogar die Rechnungen der Fahrradreparaturen. Die Blumensträuße konnte ich nicht alle aufbewahren. Aus jedem Blumenstrauß habe ich eine Blüte gepreßt und getrocknet.« Karsten sah sie staunend an.

»Warum? Nicht, daß ich das nicht schön finde. Ich finde das wirklich romantisch. Du hast mir auch Briefe geschrieben und kleine Geschenke gemacht.«

»Karsten! Das sind eben meine archäologischen Schätze.«

Renate legte ihren Kopf an Karstens Schulter.

»Weißt du, es gab Zeiten, da war ich mir nicht mehr sicher, ob du mich noch liebst. Ich war mir auch nicht mehr sicher, ob ich dich noch liebe. Da habe ich die alten Erinnerungen angesehen und an damals gedacht. Es war eine Brücke. Ich hatte etwas zum Festhalten. Beweise, daß sie es wirklich gegeben hat – die große Liebe zwischen uns.«

Karsten nahm Renate fest in die Arme und küßte sie.

»Warum hast du mich nicht einfach gefragt: Karsten liebst du mich?«

Renate lachte herzlich. Sie küßte Karsten auf die Wange.

»Aber, Karsten! Eine Frau kann doch nicht fragen, ob ihr Mann sie noch liebt. Der Mann würde immer ja sagen, es sei denn er hätte eine andere Frau. Aber du hattest ja keine andere, wenn ich davon absehe, daß du mit deinem Büro verheiratet gewesen bist.«

Renate zog die Stirn hoch. »Übrigens, ein Mann sollte eine Frau auch nie fragen, ob sie ihn liebt. Entweder man weiß es oder man weiß es nicht. Man sagt es oder sagt es nicht.«

Karsten schaute Renate tief in die Augen. Er kam ihr mit seinem Gesicht ganz nah, bis sich ihre Nasenspitzen berührten.

»Du hast immer noch eine kalte Nasenspitze, Renate, wie damals.«

Er gab ihr einen Kuß darauf.

»Es ist gut, daß wir reden. Dabei wird mir vieles klar. Ich denke ... Nein! Falsch gesagt! Ich denke nicht, ich fühle. Wir haben irgendwann die Romantik verloren. Jetzt frage ich mich, warum ich dir nicht weiterhin Blumen geschenkt oder kleine Geschenke gemacht habe.«

»Du mußt dir keinen Vorwurf machen. Mir erging es doch genauso. Erinnerst du dich, daß ich dir kleine Miniaturbilder gemalt habe? Ich kann dir auch nicht sagen, warum ich damit aufhörte.«

Karsten küßte sie wieder.

»Meistens hast du mir das Bild in der Serviette versteckt. Als du schwanger warst, fand ich dort eine Zeichnung von einem Babyschnuller.«

»Das weißt du noch?« rief Renate begeistert aus.

»Aber sicher! Ich hatte nur nicht mehr daran gedacht. Ich erinnere mich noch genau. Zur Hälfte hattest du ihn blau gezeichnet und die andere Hälfte war rosafarben. Oben hattest du ein Fragezeichen angebracht. Darunter stand: Dennis oder Doris?«

Sie schauten sich glücklich an.

»Dennis oder Doris, das waren die Namen, die wir ausgesucht hatten, schon lange bevor ich schwanger wurde.«

Karsten rieb sich die Stirn.

»Ich muß die kleinen Bilder von dir noch irgendwo haben. Als wir noch in der alten Villa wohnten, hatte ich sie in einer Mappe in meinem Schreibtisch. Ich kann mich nicht erinnern, daß ich sie fortgeworfen habe. Sie müssen doch irgendwo sein, doch wo?« Sein Blick verriet ihr, daß es ihm sehr peinlich war und schmerzte.

»Ich werde suchen. Sobald wir daheim sind, werde ich suchen.« Dann hielt er inne.

»Du kommst doch mit heim, Renate.«

»Sicher!«

»Dann machen wir ein Feuer im Kamin und verbrennen die Trennungspapiere! Einverstanden?«

Renate streckte sich und flüsterte Karsten ganz leise ins Ohr:

»Ich möchte die Trennungspapiere in der uralten Heizungsanlage unserer alten Villa verbrennen. Meinst du, daß es die noch gibt?«

Karsten hob Renate hoch und drehte sich mit ihr im Kreis.

»Ich weiß es nicht. Wenn es sie nicht mehr gibt, dann machen wir daraus Papierschiffe und versenken sie. Oder wir zünden damit ein Feuer an und braten Würstchen.«

Sie küßten sich wieder.

»Die Idee mit dem Feuer für die Würstchen, die finde ich noch besser. Da kann Dennis auch dabeisein. Es wird ihn freuen.«

»Ja, Dennis! Er wird glücklich sein.«

Karsten und Renate fühlten sich endlich wieder glücklich.

»Wir werden uns regelmäßig Zeit nehmen für mehr Romantik. Ich meine damit Zeit, nur für uns beide. Da darf uns niemand stören. Wir sollten auch öfters zusammen verreisen. Nur du und ich! Wo willst du hin, Paris, London, Rom, Athen, Rio, New York, Tokio?«

»Warum in die Ferne schweifen, sieh das Gute liegt so nah.« Renate machte eine weitausholende Geste.

»Schau die Berge! Wir fahren öfters in die Berge. Das tut uns allen drei gut. Du könntest gleich mit Toni und Anna sprechen, damit sie uns zwei Kammern reservieren für die Ferien.«

»Das werde ich! Und bis dorthin? Was machen wir mit Dennis? Es ist mir ein unerträglicher Gedanke, daß ich dich in den paar Wochen bis zum Schuljahresende nur am Wochenende sehe, Renate. Ich meine, wenn du bei Dennis bist.«

»Eine ganz kleine Strafe für dein gedankenloses und egoistisches Verhalten in den letzten Jahren muß schon sein. Aber nimm es nicht allzu persönlich. Sieh es als Arbeitsteilung. Ich kümmere mich um Dennis, und du organisierst den Umzug in die alte Villa.«

»Du meinst wirklich?«

»Ja, Karsten! Verkaufe unseren Bungalow nicht. Wir gehen zurück, weil die Liebe uns eine zweite Chance gegeben hat und fangen neu an. Wer weiß, was die Zukunft bringt. Vielleicht sehe ich im Rückblick den alten Kasten zu verklärt und halte es da nicht aus.«

Sie lachten.

Dann saßen sie noch eng umschlungen auf der Bank vor der Berghütte, und ihre Herzen kamen sich immer näher. Sie redeten und fast jeder Satz begann mit: Weißt du noch, damals als …

*

»Mama! Papa! Wir sind zurück!« Dennis rannte den Weg herunter. Sie standen auf und liefen ihm entgegen. Dann lagen sich die drei in den Armen.

»Wir ziehen wieder in die alte Villa, Dennis. Erinnerst du dich noch daran?«

»Klar! Da war es prima! Große Klasse! Wann?«

»In den Ferien, Dennis! Bis dorthin gehst du noch ins Internat, als Tagesschüler. Ich nehme mir eine kleine Wohnung und am Wochenende fahren wir heim und helfen beim Umzug.«

»Super! Dann seid ihr mir nicht mehr böse?«

»Verdient hättest du es ja! Aber wir wollen Gnade vor Recht ergehen lassen. Weißt du, Dennis, wir haben auch Fehler gemacht.«

Dennis schaute sie an.

»Heißt das, ihr bleibt zusammen?«

»Ja, Dennis! Wir nehmen die Trennungspapiere und zünden damit ein Feuer an, darüber grillen wir dann Würstchen.«

»Im Garten?«

»Ja, im Garten der alten Villa!«

»Super!«

Anna und Toni kamen auch von ihrer Wanderung zurück.

»Mir scheint, außer uns gibt es noch ein glückliches Paar, Toni!«

»Möglich, Anna! Aber so glücklich wie wir sind, kann niemand sein.«

»Anna, es tut uns leid, daß wir euch in den Flitterwochen stören«, begrüßte sie Renate.

»Flittertage! Ab morgen ist die Hütte auf. Das gilt natürlich nicht für euch, Renate und Karsten. Ihr könnt selbstverständlich jetzt schon bleiben«, warf Toni ein und schaute Dennis an.

»So, du bist also der Ausreißer! Bist mir ja ein Bengel. Hast deinen Eltern ganz schön Kummer gemacht.«

»Ich weiß! Kommt auch nicht mehr vor! Wer ist das?«

Dennis deutete auf den Hund, der neben Anna stand.

»Das ist Bello! Wenn du magst, kannst du mit ihm spielen. Wir Leute sind ganz schön geschafft von der langen Tour. Aber der Bello scheint noch Kräfte zu haben, wie der gerannt ist.«

Dennis suchte sich ein kleines Stöckchen und spielte Apportieren mit Bello. Renate und Karsten gingen mit Toni, Anna und Alois in die Berghütte.

Nach der Abendmahlzeit zog sich Familie Niederhauser zurück. Sie wollten Toni und Anna noch einen ungestörten gemeinsamen Abend gönnen. Alois war auch schon schlafen gegangen.

Anna saß beim Kamin und Toni spielte leise Zither.

»Bist du glücklich, Anna? Ist alles so, wie du es dir vorgestellt hast?«

»Ja! Ich bin sehr glücklich, Toni! Wir werden ein schönes gemeinsames Leben haben, erfüllt von Liebe. Wir werden gut auf unsere Liebe achten, damit wir uns nicht entfremden, wie es Renate und Karsten passiert ist.«

»Die beiden hingen ja schwer in den Seilen. Gut, daß die Haken gehalten haben. Sonst wären sie abgestürzt. Uns kann so etwas nicht passieren!«

Toni legte die Zither zur Seite und trat zu seiner Anna. Er zog sie vom Schaukelstuhl hoch an sich.

»Weißt du noch, wie wir zum ersten Mal hier standen und uns küßten, Anna?«

»Toni, wie könnte ich das jemals in meinem ganzen Leben vergessen!«

»Wir werden einen neuen Brauch einführen, Anna. Jeden Abend wollen wir uns mit einem Kuß an dieser Stelle an unsere Liebe erinnern.«

»Das ist ein schöner neuer Brauch, Toni! So machen wir es!«

Anna schloß die Augen.

»Küß mich, Toni!«

Dann fanden sich ihre Lippen zum Kuß. Es war nicht der letzte Kuß in dieser Nacht.

– ENDE –

Wo meine Wurzeln sind

... da lass ich mich nieder?

Es war ein schöner Tag, ein Tag wie aus dem Bilderbuch. Die Gipfel der Berge hoben sich gegen einen wolkenlosen, strahlend blauen Himmel ab. Es wehte ein warmer leichter Wind.

Die Gäste, die auf der Berghütte übernachtet hatten, waren alle schon aufgebrochen. Bis zum späten Nachmittag würde Ruhe einkehren.

Toni hackte Holz hinter der Berghütte. Anna hatte ihre morgendliche Arbeit auch schon zum größten Teil erledigt. Sie schenkte zwei Becher voll mit süßem Milchkaffee und ging hinaus auf die Terrasse vor der Berghütte.

Da saß der alte Alois in der Sonne. Anna reichte ihm einen Becher und setzte sich neben ihn.

»Danke, Anna, bist ein gutes Madl.«

Sie tranken.

»Des is heut wieder a Wetter, da geht mir richtig das Herz auf. Da wünsch i mir noch mal richtig jung zu sein. Da hätt ich mei' Zeug genommen und wär in die Berge hinauf. Des is genau das Wetter, des gut ist für so eine Gipfelbesteigung. Ach, Anna, des ist vielleicht eine Aussicht von dort oben, des is mit nix vergleichbar. Ich würde alles darum geben, noch einmal von da oben die Aussicht und den ganzen Rundblick zu genießen.«

Wehmütig schaute Alois Anna an. Die junge Frau legte sacht ihre Hand auf die seine.

»Hier oben auf der Berghütte ist es doch auch sehr schön, Alois. Die Aussicht ist doch ganz famos, viel besser als unten in Waldkogel.«

»Des stimmt, Anna! I bin auch froh, daß ich hier oben bei euch sein kann. I hab' immer denkt, daß die Berghütte mal wieder meine Heimat sein würd. Du und der Toni, ihr seid mei Familie.«

Der alte Mann strich Anna mit seiner rauhen Hand vorsichtig über die Wange.

»Mußt dir net alles so zu Herzen nehmen, was ich sag', Anna. So ein bisserl Wehmut, die kommt eben ab und zu. Des war halt gestern morgen ein bisserl viel. Wenn man so jemand zu Grabe trägt, den man so lange kennt, dann kommen Erinnerungen hoch. Wie der Zacharias Voglmeier ein junger Mann war, ist er oft auf die Hütte gekommen. Des is lang her. I hab' ihn dann mitgenommen und ihm das Bergsteigen beigebracht. Der Zacharias war ein guter Kletterer. Daß der mal abstürzen tut, des hätt i net denkt.«

Alois schüttelte den Kopf.

»Dein Schwiegervater, der Baumberger Xaver, war auch ganz erschüttert. Die beiden haben zusammen die Schulbank drückt.«

»Toni hat es mir erzählt. Ich finde es großartig, daß Vater Xaver und Mutter Meta den Leichenschmaus ausgerichtet haben.«

»Ja, es hat sich ja niemand mehr um den Zacharias gekümmert. Des kam aber nur daher, daß er sich auch um nix gekümmert hat. Der Xaver hat des alles organisiert, mit der Trauerfeier. Als sich des rumgesprochen hat, da haben ihn doch noch ein paar Leut auf seinem letzten Weg begleitet.«

»Was wird jetzt aus dem Vogelmeier Hof?«

»Des is ein großes Rätsel! Vieh hat er keins mehr gehabt, net einmal ein Huhn. Der Xaver hat den Schlüssel. Des hat der Fellbacher, der Bürgermeister, so gewollt. Es muß dann und wann ja jemand nach dem Hof sehen, bis was damit geschieht. Ein Testament soll's geben, erzählt man sich. Doch wer den Hof erbt, ja, des weiß keiner. Familie hat er ja net mehr gehabt. Der Zacharias war zwar verheiratet, aber schon nach ein paar Wochen is ihm die Frau weggelaufen. Später wurde er dann geschieden. Geredet hat er net darüber, damals net und später auch net. Geschwister hat er keine, auch sonst keine Verwandte. Na ja, da heißt es eben abwarten. Sein Tod gibt viele Rätsel auf. Das der abgestürzt is, des kann i net verstehen. Sicher, er war net mehr der Jüngste. Doch es war letzte Woche so ein Wetter wie heut. Er hat sich net angeseilt. Warum er des net gemacht hat, des versteh i net.«

Anna hatte inzwischen ihren Kaffee ausgetrunken.

»Ich hole mir noch einen Becher. Willst auch noch Kaffee, Alois?«

Statt einer Antwort reichte Alois Anna seinen leeren Becher.

Bald kam sie mit einem kleinen Tablett zurück, auf dem drei Becher standen. Sie gab Alois seinen Becher, stellte ihren ab und brachte den dritten hinters Haus zu Toni.

»Das ist lieb von dir. Danke!«

Bevor Toni trank, gab er Anna einen Kuß auf die Wange.

»Hast ja schon viel Holz gehackt, Toni.«

»An so einem Tag wie heute geht einem die Arbeit gut von der Hand. Ich will den ganzen Stapel bis zum Nachmittag fertig haben. Dann werden wohl schon wieder die ersten Hüttengäste eintrudeln. Wie weit bist du mit deiner Arbeit, Anna?«

»Mit der Morgenarbeit bin ich schon fast fertig. Die Kartoffeln stehen auf dem Herd und müssen kochen. Den Teig für das Brot und die Kaisersemmeln habe ich auch schon angesetzt. Jetzt kümmere ich mich ein bisserl um den Alois. Der nimmt das sehr schwer, daß der Vogelmeier abgestürzt ist.«

»Der Alois hat den Vogelmeier schon als Bub gekannt. Der Zacharias ist ja so alt wie mein Vater. Der Alois hat ihm das Klettern beigebracht. Drunten im Dorf wird viel geredet und spekuliert. Wenn erst mal raus ist, wer den Vogelmeier Hof erbt, dann gibt es auch wieder Ruhe.«

»Toni, ich glaub, der Alois würde gern mal wieder auf den Berg gehen. Bis zum Gipfel hinaufklettern, das kann er nicht mehr. Ich denke, daß es ihm vielleicht Freude machen würde, bis zum ›Paradiesgarten‹ zu wandern. Allein sollte er aber nicht gehen.«

»Ich verstehe Anna. Wenn's die Tage mal ruhig auf der Berghütte ist, dann gehe ich mit dem Alois wandern. Allein sollte er aber nicht gehen. Mitten in der Woch' kommen immer weniger Gäste. Vielleicht am nächsten Mittwoch. Ich werd' mal mit dem Alois reden.«

»Danke, Toni! Da wird er sich freuen. Der alte Alois hat so viel für uns getan.«

»Ja, das hat er. Wir sind ja schließlich so etwas wie die Erben seiner Berghütte, auch wenn er noch lebt. Ich hoffe, daß er noch lange lebt und Freude daran hat, uns zuzusehen, wie wir beide die Berghütte weiter bewirtschaften. Das machen wir ganz so, wie er es getan hat.«

Antonius Baumberger hatte seine junge Frau fest in den Arm genommen. Er war so glücklich. Sein Jugendtraum, die Berghütte zu bewirtschaften, war in Erfüllung gegangen. Die Liebe hatte ihm Anna an seine Seite geführt. Sie sahen einem glücklichen Leben entgegen.

»Dann gehe ich und setze mich noch ein bißchen zu ihm.«

»Ja, Anna, mach das!«

Toni und Anna küßten sich. Dann ging Anna und setzte sich zu Alois. Sie forderte ihn auf, ihr alte Geschichten zu erzählen. Da war der alte Mann ganz in seinem Element. Anna lauschte ihm gebannt. Jede Erzählung brachte sie ihrer neuen Heimat ein Stück näher.

*

Mit klopfendem Herzen stand Petra im Treppenhaus des vornehmen Jugendstilgebäudes. Das Tageslicht fiel durch die bunten Bleiglasfenster mit seinen Ornamenten und verbreitete im Treppenhaus gedämpftes Licht. Ein roter Teppich führte von der Eingangstür durch die Halle und schwang sich dann die

Treppe hinauf, von goldfarbenen Messingstäben auf jeder Treppenstufe gehalten. Meterhohe Palmen und andere Grünpflanzen in Übertöpfen, die zum Stil des Hauses paßten, vollendeten die Atmosphäre. Es war, als sei die Zeit stehengeblieben.

In ihren Jeans und dem bunten Oberteil fand sich Petra irgendwie fehl am Platz.

»In welchen Film bin ich da geraten?« murmelte sie vor sich hin. Dann verglich sie den Briefkopf des Schreibens mit dem Messingtürschild. Darauf stand:

Dr. Ludwig Leuthold
– Notar und Rechtsanwalt –
Fachanwalt für Familienrecht & Eherecht

Petra atmete tief durch und klingelte. Kurz darauf hörte sie Schritte. Dann wurde die Tür geöffnet. Eine freundliche ältere Dame schaute Petra an.

»Frau Pfleider, nehme ich an!«

Statt einer Antwort reichte ihr Petra das Schreiben.

»Bitte, treten Sie ein!«

Die ältere Dame im dunkelgrauen Kleid führte Petra durch die Kanzlei. Am Ende des Flurs klopfte sie kurz und öffnete dann eine Tür.

»Herr Doktor, die junge Frau Pfleider ist hier!«

Petra drückte ihren Plastikrucksack enger an ihren Körper, so als könnte er ihr Schutz bieten vor dem, was jetzt auf sie zukam.

Ein kleiner freundlicher, älterer Herr kam auf Petra zu. Er flößte ihr sofort Vertrauen ein. Er hatte dichtes weißes Haar. Blaue Augen zwinkerten sie durch die runden Brillengläser fröhlich an.

»So, das ist also die Petra! Groß geworden ist das Madl! Na ja, ist ja auch mehr als zwanzig Jahre her, daß ich dich gesehen hab'. Setz dich!«

Er gab Petra die Hand und zeigte auf die lederne Sitzgruppe in der Ecke. Der Tisch war gedeckt für zwei Personen. Auf einer Kuchenplatte türmten sich Leckereien. Die Sekretärin schenkte Petra und ihrem Chef Kaffee ein, dann verließ sie den Raum und schloß leise, fast geräuschlos die Tür.

»Als Kind hattest du gerne Schokoladentorte gegessen. Ich weiß nicht, ob das immer noch so ist. Deshalb habe ich Verschiedenes besorgen lassen, auch Plundertaschen mit Äpfeln und Blätterteigbrezeln mit Mandeln. Ich hoffe, dir schmeckt etwas davon. Greif zu!«

Petra schaute Doktor Ludwig Leuthold nur mit großen Augen an. »Sie kennen mich?«

Statt einer Antwort stand er auf und holte einen Umschlag. Er öffnete ihn und gab Petra die Photos.

»Das bin ich – und da ist auch Mutter.«

Nacheinander betrachtete Petra die Bilder.

»An das Schaukelpferd erinnere ich mich, aber ich weiß nicht mehr, wo es gestanden hat.«

Der Notar lachte freundlich.

»Das gehörte meinem Sohn. Der war aber damals schon einige Jahre älter und spielte nicht mehr damit. Wenn deine Mutter mich besuchte, dann hast du immer damit gespielt.«

»Es tut mir leid. Ich erinnere mich an das Schaukelpferd, aber nicht an Sie.«

»Nun mit dem Sie, das kannst du gern lassen. Damals war ich der Onkel Ludwig für dich. Ich würde mich freuen, wenn du mich auch heute so nennen würdest.«

Petras Augen wurden noch größer.

»Sie – du – Sie! Ich bin ganz verwirrt. Ich esse vielleicht erst einmal ein Stück Schokoladentorte. Süßigkeiten und Zucker sollen die Nerven beruhigen, sagt man.«

»Das ist sehr vernünftig, meine gute Petra! Nerven, die wirst du jetzt brauchen.«

»So schlimm?« fragte Petra ängstlich.

»Das weiß ich nicht genau. Ich vermute aber, daß ich dir Dinge sage, die du vielleicht nicht weißt. Es liegt dann bei dir, zu entscheiden, ob sie schlimm sind. Doch ich gestehe, daß ich auch etwas aufgeregt bin. Ich habe schon viele Erbschaftsangelegenheiten geregelt, doch diese ist eine besondere Angelegenheit, ja, ganz besonders auch für mich. Doch schön der Reihe nach.«

Er griff nach einem Stück Käsesahnetorte: Sie aßen, genossen und warfen sich Blicke zu.

»Ich nehme an, du hast deiner Mutter, der guten Vera, nichts von meinem Schreiben erzählt?«

»Was führt Sie – ehm – was führt dich zu dieser Annahme?«

»Ganz einfach, dann wäre sie doch mitgekommen! Sie hätte dir vielleicht von früher erzählt. Dann hättest du gewußt, wer ich bin und wo das Schaukelpferd gestanden hat.«

»Ich rede nicht mehr mit ihr.«

»Streit?«

»Streit kann man das nicht nennen. Wir reden ja nicht miteinander, also streiten wir auch nicht.«

Petra Pfleiders Stimme klang hart und kalt. Doch schwang auf einer anderen, tieferen Tonlage Enttäuschung und Einsamkeit mit.

»Ihr hattet aber einen Streit? Wann?«

»An meinem achtzehnten Geburtstag! Ein richtiger Streit war das auch nicht. Sie sagte mir etwas. Ich war geschockt und enttäuscht, packte wortlos meine Sachen und ging! Seither herrscht absolute Funkstille!«

»Verständlich! Du fühlst dich verraten! Hinters Licht geführt! Nichts war mehr so, wie es einen Tag, eine Stunde, eine Minute vorher noch war. Es war, als würde man dir den Boden unter den Füßen wegziehen. Nicht wahr?«

Jetzt kam Petra ins Stottern: »Du, du, du weißt!«

»Ja! Und vielleicht mehr als du. Wie du mir das eben geschildert hast, kam es nicht zu einer Aussprache zwischen dir und deiner Mutter.«

»Nein! Was ich gehört hatte, reichte mir. Mehr wollte ich

nicht wissen. Vielleicht wären dann weitere Lügen gekommen, erlogene Entschuldigungen!« Petra trank einen Schluck Kaffee. Sie spürte einen Kloß im Hals.

»Wenn du mehr wissen willst, dann kannst du fragen. Ich dränge mich dir nicht auf. Wie ich in meinem Schreiben darlegte, hast du geerbt. Wir können jetzt einfach die Testamentseröffnung vornehmen.« Er schaute sie an. »Oder wir können zuerst reden.«

Petra holte tief Luft.

»Gut! Irgendwann muß ich mich den alten Geschichten stellen. Ich denke, daß du als Rechtsanwalt und Notar sachlicher und ehrlicher bist als Mutter.«

»Ich bin das schon von Berufs wegen. Aber natürlich bin ich auch nur Mensch.«

»Fang schon an!« sagte Petra zornig und schaute ihn dabei mit großen Augen an.

»Also! Deine Mutter war schon einmal verheiratet. Sie lebte nach der Hochzeit nur knappe vier Wochen mit dem Mann zusammen. Er hieß Zacharias Vogelmeier.«

»Ist das mein Vater?« fragte Petra mit scheuem Augenaufschlag.

Er nickte und sah, daß ihre Hand leicht zitterte.

»Zacharias Vogelmeier entpuppte sich in der Ehe als krankhaft eifersüchtiger Ehemann. Damals lebten dessen Eltern noch, also deine Großeltern. Sie vermieteten Zimmer an Gäste. Deine Mutter half im Haus, wie das eben so ist in einem Familienbetrieb. Da war auch ein Gast – Ingbert Pfleider.«

»Den Mutter dann geheiratet hat und von dem ich dachte, daß er mein Vater ist.«

Er nickte wieder und schaute sie ernst an.

»Es muß dann eines Tages zu einer heftigen Auseinandersetzung zwischen deiner Mutter und Zacharias Vogelmeier, ihrem damaligen Ehemann, gekommen sein. Es war nicht die erste schlimme Auseinandersetzung in der kurzen Ehe. Ingbert Pfleider ging dazwischen und beschützte deine Mutter. Sie war unschuldig. Die Anschuldigungen entsprangen dieser krankhaften Eifersucht, existierten nur in der Vorstellung von Zacharias Vogelmeier.«

Petra hob die Hand.

»Heißt das, daß er handgreiflich gegenüber Mutter war?«

»Was sich damals abgespielt hat, daß soll dir deine Mutter selbst erzählen. Jedenfalls reiste Ingbert Pfleider sofort ab und nahm deine Mutter mit. Er war damals mein Klient. Wir waren außerdem befreundet. So brachte er deine Mutter zu mir. Sie hatte wirklich nichts mitnehmen können, als die Kleider, die sie trug. Wir berieten uns. Meine liebe Frau lieh ihr erst einmal Kleider und Dinge, die eine Frau nun einmal braucht.«

Er trank einen Schluck Kaffee und ließ die Worte auf Petra wirken.

»Dann half Ingbert deiner Mutter, eine kleine Wohnung zu finden und Arbeit. Deine Mutter stellte dann fest, daß sie schwanger war. Ingbert hatte sich inzwischen in deine Mutter verliebt. Er bot ihr an, sie zu heiraten und dich als sein Kind auszugeben. Die Ehe deiner Mutter wurde annulliert. Ich ließ ein paar Beziehungen spielen, und die Sache ging recht schnell. Deine Mutter war schon hochschwanger, als sie heirateten. Dann wurdest du geboren.«

»So war das also«, sagte Petra leise. »Ingbert war immer ein guter Vater. Ich hatte nie gedacht, daß er nicht mein leiblicher Vater sein könnte. Ganz genau wußte ich das auch nicht. Mutter sagte damals an meinem achtzehnten Geburtstag, daß es sein könnte, daß er nicht mein Vater ist, da sie noch eine andere Beziehung hatte, die aber nur kurz gedauert habe. Ich brüllte sie an, daß sie doch wissen müsse, wer mein Vater ist.«

»Was sagte sie dazu?«

»Sie sagte, daß es doch gar nicht darauf ankäme, wer mein leiblicher Vater sei. Ingbert liebe mich wie seine eigene Tochter. Dann bin ich weggelaufen. Ich war fertig mit der Ausbildung und hatte mir eine kleine Wohnung genommen. Ich rannte aus dem Haus. Ich erinnere mich noch genau. Es regnete. Ich rannte durch die Stadt. Ich war völlig durchnäßt. Abends hatte ich Freunde und Arbeitskollegen eingeladen. Sie feierten. Ich lag mit Fieber im Bett und heulte. Kein guter Start ins Dasein als Erwachsene oder?«

Doktor Ludwig Leuthold beobachtete Petra. In Gedanken durchlebte die junge Frau diese Stunden noch einmal. Langsam kehrte wieder Farbe in ihr Gesicht zurück.

»Der Start in dein Leben als erwachsene Frau war wirklich nicht sehr gelungen, Petra! Doch ich will dir etwas sagen. Deine Mutter und Ingbert waren sehr glücklich. Das wirst du sicherlich besser beurteilen können als ich. Ich stehe natürlich noch mit ihnen in Kontakt. Nicht mehr so eng wie damals, als du ein Kind warst. Da habt ihr ja hier in der Stadt gewohnt. Als du drei Jahre alt wurdest, seid ihr weggezogen. In den ersten Jahren habt ihr mich noch ein paarmal besucht. Doch dann schlief die Freundschaft etwas ein.«

Petra beobachtete, wie er sich eine Zigarre anzündete.

»Gleich nach deinem achtzehnten Geburtstag kamen sie zu mir. Wir unterhielten uns lange. Es war in erster Linie ein menschliches Problem und erst in zweiter Linie eine juristische Angelegenheit. So denke ich auch noch heute. Wir kamen überein, daß Zacharias Vogelmeier informiert werden sollte, daß er Vater einer Tochter ist. Was auch dann geschah. Er bekam Informationen über dich. Dazu gehörte dein Geburtsdatum. Deine Mutter und Ingbert stellten Photos zusammen. Sie gaben ihm auch deine Adresse. Ingbert und deine Mutter versicherten schriftlich, daß du die Tochter von Zacharias Vogelmeier bist. Dann teilte ich ihm im Auftrag mit, daß er mit keinerlei finanziellen Verpflichtungen zu rechnen hätte. Er hätte sich also bei dir melden können, wenn er gewollt hätte.«

»Ich habe nie etwas von ihm gehört.«

»Ich weiß! Ich habe deinen leiblichen Vater kennengelernt, vor einigen Wochen. Er kam unangemeldet her. Er machte sein Testament und setzte dich als Alleinerbin ein. Er unterschrieb auch ein Dokument, darin erkannte er dich als seine Tochter an.«

»Und jetzt ist er ...«, Petra hatte Mühe, es auszusprechen.

»Ja, dein leiblicher Vater ist tot. Er starb bei einem Unfall. Er ist beim Klettern im Gebirge abgestürzt.«

»Wie schrecklich!«

Petra empfand Mitleid für einen Mann, den sie nicht kannte.

»Jetzt kann ich ihn nie mehr kennenlernen.«

Sie lehnte sich auf dem Sessel zurück und schloß für einen Augenblick die Augen.

»Ich nehme an, die Beerdigung war schon? Dein Brief hat mich ja erst spät erreicht. Ich war im Urlaub.«

»Ja! Die Beerdigung fand vorletzte Woche in Waldkogel statt. Ich war dort.«

»Waldkogel! Nie davon gehört. Wo ist das?«

Der Notar hatte sich gut vorbereitet. Er legte ihr eine Landkarte hin und einige Prospekte, die er aus Waldkogel mitgebracht hatte.

»Was habe ich geerbt?«

»Dein Vater hatte einen Bauernhof. Er gehörte seit vielen, vielen Generationen der Familie.«

Dann wurde der Notar offiziell und nahm die Testamentseröffnung vor. Nachdem er den Text vorgelesen hatte, lehnte er sich zurück und sah Petra an.

»So, Petra! So steht es! Bargeld ist keines mehr da. Im Gegenteil, der Hof ist belastet. Er ist auch nicht sehr gepflegt. Wie das alles kam, das kann ich dir nicht sagen. In Waldkogel erzählt man viel. Dein Vater hatte einen Jugendfreund, Xaver Baumberger. Zusammen mit seiner Frau Meta haben sie einen kleinen Bauernhof, mehr zur Eigenversorgung, und eine Gaststätte mit Pension. Er hatte nach der Beerdigung dort zum Leichenschmaus eingeladen. Wende dich an diesen Xaver Baumberger Er wird dir viel von deinem Vater erzählen können.«

Petra stand auf und ging einige Schritte in dem großen Büro

auf und ab. Dabei spielte sie mit ihren langen Haaren. Unsicher setzte sie sich wieder hin.

»Wissen meine Mutter und mein Vater, ich meine Ingbert, daß er gestorben ist?«

»Das weiß ich nicht. Ich habe es ihnen nicht gesagt. Meine Aufgabe als Testamentsvollstrecker war es, mit dir zu sprechen. Vielleicht hat es ihnen jemand gesagt. Die Zeitung aus der Region um Waldkogel lesen sie bestimmt nicht. Xaver Baumberger hat dort eine kleine Anzeige aufgegeben.«

»Was soll ich jetzt machen? Ein Bauernhof, sanierungsbedürftig, verschuldet! Ich habe gespart, aber so viel habe ich nicht. Natürlich möchte ich dem Wunsch des Verstorbenen nachkommen. Man soll doch den letzten Wunsch erfüllen. Egal wie er war, mein Vater hat an mich gedacht. Was immer er damit auch bezwecken wollte! Was soll ich nur machen?«

»Vielleicht solltest du mit deiner Mutter sprechen und mit Ingbert.«

»Das geht nicht! Unmöglich!« platzte Petra heftig heraus.

Doktor Ludwig Leuthold versuchte, Petra zu beruhigen.

»Es ist ja auch keine Eile geboten. Du hast ja eine Frist. Das Gesetz sieht das so vor. Innerhalb dieser Frist kannst du entscheiden, ob du das Erbe antrittst oder es ausschlägst. Dann fällt das Erbe an den Staat. Erst wird geforscht, ob es nicht noch weitere Verwandte gibt. Da gibt es spezielle Leute, die solche Nachforschungen anstellen. Vielleicht gibt es eine weitläufig verwandte Seitenlinie. Dann erben diese Nachkommen. Sollte es die auch nicht geben, erbt der Staat. Ich nehme an, daß dann der Hof verkauft wird. Das Geld fließt dann der Staatskasse zu.«

Petra schwieg. Sie rührte in Gedanken versunken den kalten Kaffee in ihrer Tasse um.

Behutsam sprach sie der Notar an:

»Petra, darf ich dir einen Rat geben?«

»Ich soll ablehnen! Das Ganze ist zuviel für mich!«

»Nein, Petra!« Er lächelte sie gütig an. »Schau, bis jetzt ist das nur ein Stück Papier. Fahr hin und schau dir alles an! Es ist nicht nur, daß du wissen mußt, was du erbst. Es geht noch viel mehr darum, daß du wissen mußt, was du vielleicht fortgibst. Da sind deine Wurzeln! Auch wenn du bisher nichts davon gewußt hast. Geh auf die Spurensuche. Sicherlich gibt es Photos deiner Großeltern, deines Vaters. Ich habe mit Bürgermeister Fritz Fellbacher gesprochen und mit Xaver Baumberger. Sie wissen, daß es eine Erbin gibt. Xaver Baumberger hat den Schlüssel zum Gebäude. Ich vertraue ihm.«

»Du meinst, ich sollte da hinfahren und mir alles ansehen?«

»Ja, Petra! Schau dir alles an! Dort findest du vielleicht Antworten. Es gibt Fragen, die du jetzt noch nicht hast. Aber sie werden kommen. Du wirst älter werden, heiraten, Kinder haben. Dann werden sich dir die Fragen aufdrängen. Ich weiß das aus Erfahrung.«

»Wenn er von mir gewußt hat, warum hat er nicht mit mir gesprochen? Warum hat er sich nicht gemeldet?«

»Diese Fragen kann ich dir nicht beantworten, Petra. Vielleicht wirst du niemals die Antworten darauf finden. Aber ich wünsche dir von Herzen, daß du darauf eine Antwort findest.«

Petra schaute den Notar an.

»Die Zeit könnte ich mir nehmen. Ich habe viele Überstunden und könnte mir Urlaub nehmen. Jetzt im Sommer ist es im Geschäft sowieso ruhig.«

Petra griff nach den Prospekten von Waldkogel. Sie faltete sie auseinander. Auf der Innenseite war auch eine kleine Skizze des Ortes. Eine Stelle war mit Kugelschreiber markiert.

»Ist an dieser Stelle der Hof?«

»Ja! Es gehören noch Wiesen dazu, Äcker und ein Stück Wald. Der Hof war einmal ein Schmuckstück und könnte es wieder werden. Das Ganze ist ein zusammenhängendes Grundstück, das bis an den Waldsee reicht.«

»Und wie ist er innen? Bist du drin gewesen?«

»Ja, kurz. Dein Vater, ich meine Vogelmeier …«

»Laß nur! Er ist ja mein Vater. Nennen wir ihn zur Unterscheidung Vater Vogelmeier.«

»Gut! Vater Vogelmeier hat wohl in den letzten Jahren alleine gewirtschaftet. Er hat nur die Küche und sein Schlafzimmer benutzt. In den anderen Räumen sind die Möbel mit Tüchern verhängt. Er hat sich bemüht, das Haus sauberzuhalten, der Garten ist verwildert. Schaue es dir einfach an, Petra!«

»Ja, das wird das beste sein!«

»Wann willst du fahren?«

»Morgen! Ich nehme mir heute nacht hier ein Zimmer und fahre morgen früh los, ganz früh. Es ist zwar nicht weit, aber ich möchte nicht in den Berufsverkehr kommen. Heute möchte ich nicht fahren. In meinem Kopf dreht sich alles.«

Petra fuhr sich durch die Haare und rieb sich die Stirn.

»Du kannst auch gerne bei uns übernachten, Petra! Meine Frau wird sich sicherlich freuen, dich zu sehen. Sie kennt dich noch als du so klein gewesen bist.«

Er hielt seine Hand ungefähr auf der Höhe der Tischplatte.

»Danke, das ist sehr lieb. Aber ich möchte gerne alleine sein.«

»Das kann ich verstehen. Wenn du jemanden zum Reden brauchst, dann bin ich immer für dich da.«

Er gab Petra eine Visitenkarte mit seiner privaten Telefonnummer. »Hast du keine Freundin oder einen Freund, den du mitnehmen kannst?«

»Einen Freund habe ich nicht. Ich habe einige Freundinnen. Die anstehende Entscheidung muß ich ganz allein treffen. Dann muß ich mir später nicht den Vorwurf machen, ich hätte mich beeinflussen lassen.«

»Ja, das mußt du! Du bist die Erbin des Vogelmeier Hofes. Überlege es dir genau. Schau dir dein Erbe an. Vielleicht gibt es ja auch die Möglichkeit, den Hof zu verpachten oder Wiesen oder das Waldstück zu verkaufen. Da müßte man Käufer finden. Xaver Baumberger ist vertrauenswürdig. Er kennt vielleicht jemanden in Waldkogel, der von dir pachten oder kaufen würde. Dann könntest du damit die Schulden abtragen. Du könntest auch Zimmer vermieten, wenn du das Erbe annimmst und selbst auf den Hof ziehen. Bei den Bankverhandlungen würde ich dir helfen.«

Petra seufzte.

»Mich trifft das alles so unvorbereitet. Wenn mir meine Mutter schon früher etwas erzählt hätte ... Wenn ich Vater Vogelmeier gekannt hätte ... Ach, was sage ich, wenn, wenn, wenn!«

»Petra, bitte überlege dir auch, ob du nicht doch mit deiner Mutter sprechen willst und mit deinem Vater. Ich denke, gerade deine Mutter sollte es wissen. Daß er dir den Hof vermacht hat, ist vielleicht auch eine Art Wiedergutmachung.«

»Das ist alles so kompliziert. Ich habe es gern schön einfach. Ich mache meine Arbeit. Ich verdiene nicht sehr gut, aber ich bin zufrieden. Ich bewohne eine kleine Dachwohnung. Ich habe ein kleines gebrauchtes Auto. Ich gehe mal ins Kino, in Ausstellungen und ins Theater. Ich lese gerne. Treffe mich mit Freunden. Mein Leben war so schön geordnet. Jetzt ist da plötzlich der Vogelmeier Hof, ein verunglückter Vater und eine Hypothek. Das Ganze erscheint mir wie ein Alptraum.«

»Im Leben geht es gelegentlich mal etwas turbulent zu. Du bist noch jung, Petra. Es gibt immer Situationen im Leben, die plötzlich und unerwartet hereinbrechen. Meistens ist man nicht darauf vorbereitet. Das geht jedem so, früher oder später. Damit muß man fertig werden. Man kann nicht davonlaufen oder man sollte nicht davonlaufen, auch wenn man es kann. Das ist keine Lösung. Die berühmte Vogelstraußpolitik, einfach den Kopf in den Sand zu stecken, bringt auch nichts. Deine Mutter und Ingbert haben jahrelang den Kopf in den Sand gesteckt. Sie hätten viel früher mit dir darüber sprechen müssen. Jetzt wurde dir eine große Last aufgebürdet. Doch wenn ich dich so anschaue, dann sehe ich eine starke junge Frau. Du wirst das schaffen! Wie immer auch deine Entscheidung ausfällt, du wirst dich richtig entscheiden. Das weiß ich.«

Er nickte ihr zu. »Wie immer du dich auch entscheidest, ich hoffe, daß du deine Wurzeln findest.«

»Ja, vielleicht werde ich sie in Waldkogel finden. Seit Mutter mir das gesagt hat, war ich ohne Ruhe – ohne Heimat. Ich wußte nicht mehr, wo ich hingehöre.«

Nachdenklich sagte sie:

»Ich habe die letzten Jahre oft darüber nachgedacht, was Heimat eigentlich ist, was Heimat bedeutet.«

»Bist du zu einem Ergebnis gekommen?«

»Heimat, dieser Begriff hat so viele Schichten. Ich dachte, ich hätte eine Heimat. Doch die ist zerbrochen. Weißt du, was Heimat ist?«

»Heimat kann man bei einem geliebten Menschen finden. Dann ist Heimat ein Ort, an dem man mit ihm glücklich ist. Andere sagen, daß Heimat nur dort ist, wo man geboren wurde, wo man aufgewachsen ist. Ort, Plätze können zur Heimat werden. Manche Menschen sagen, daß der Boden ihrer Heimat einen ganz besonderen Geruch hat. Das Gleiche gilt für Essen. Das Gefühl Heimat kann auch durch eine bestimmte Speise hervorgerufen werden. Musik kann ein Heimatgefühl auslösen.«

Petra hörte ihm aufmerksam zu.

»Dann, Petra, gibt es noch etwas. Ein Mensch kommt irgendwohin. An diesem Ort war er noch niemals zuvor. Der Ort müßte ihm fremd sein. Aber er ist es nicht. Er fühlt sich dort sehr wohl. Sein Herz schlägt ruhiger. Er ist zufrieden und glücklich. Dieser Mensch ruht in sich an diesem Ort. Er weiß, daß er dahin gehört. Dann ist dieser Ort seine Heimat. Eine Heimat, die er selbst wählte, weil er spürte, da gehöre ich hin.«

»Deshalb soll ich mir den Hof anschauen?«

»Nicht nur den Hof! Die Berge! Das Tal! Den Waldsee! Die Almen! Gehe wandern! Bleibe eine Weile in Waldkogel.«

Petra packte die Unterlagen in ihren Rucksack. Sie stand auf. »Ich werde dann gehen.«

Doktor Ludwig Leuthold überredete Petra, daß sie ihm ihren

Autoschlüssel gab. Er sah, wie aufgewühlt sie war. Er fuhr sie mit ihrem Wagen in ein schönes Hotel. Erst als er wußte, daß sie gut untergebracht war, nahm er ein Taxi und fuhr zurück in seine Kanzlei.

*

Obwohl es erst später Nachmittag war, hatte sich Petra gleich hingelegt. Die Gedanken jagten durch ihren Kopf. Sie fühlte sich so allein. Sie sehnte sich nach jemanden, dem sie vertrauen konnte. Nach irgend jemanden, der sie fest in die Arme nehmen würde. Aber da war niemand. Mit dieser Sehnsucht im Herzen war sie eingeschlafen.

Um fünf Uhr wurde ihr das Frühstück auf dem Zimmer serviert. Sie trank nur den Orangensaft und eine Tasse Kaffee. Sie belegte sich Brötchen mit der Wurst und dem Käse. So früh am Morgen konnte Petra nichts essen. Später unterwegs bekomme ich sicherlich Hunger, dachte sie.

Als sie am Empfang die Rechnung zahlen wollte, erfuhr sie, daß das bereits erledigt war. Doktor Ludwig Leuthold hatte das Zimmer bezahlt.

Der Empfangschef gab ihr einen Umschlag. Petra öffnete ihn.

Auf einem Briefbogen aus zartgelben Papier stand:

Liebe Petra!

Ich wünsche dir von Herzen viel Glück. Mögest du das finden, was du suchst, eine Heimat für dein ruheloses, heimatloses Herz.

Dein Onkel Ludwig.

Petra fuhr mit dem Aufzug hinunter in die Tiefgarage des Hotels. Sie stieg in ihr kleines Auto und fuhr los. Vorher hatte sie sich die Streckenführung genau angesehen. Es war kurz nach halb sechs und noch ruhig auf der Landstraße. Sie kam zügig voran. Nach jeder Abzweigung wurde die Straße schmaler und führte immer weiter hinein in die Berge.

An der letzten Abzweigung hielt sie an. Es war nicht mehr weit. In der klaren Morgenluft konnte sie in der Ferne die Häuser sehen. Der Kirchturm überragte die Dächer. Es glitzerte etwas in der Morgensonne. Petra vermutete, daß es ein Wetterhahn auf der Turmspitze sein könnte.

Petra öffnete das Schiebedach, stellte sich auf den Autositz und drängte sich mit ihrem schlanken, mädchenhaften Körper durch die Öffnung. So stand sie lange da und betrachtete Waldkogel in der Ferne. Es lag friedlich am Ende des Hochtals zwischen den Bergen. An den Hängen der Gipfel hoben sich weiße Schneefelder vom nackten grauen Gestein ab.

Welch ein Anblick! Petra konnte ihre Augen nicht abwenden.

So hörte sie auch nicht, wie sie angesprochen wurde. Sie war ganz versunken in diesen Anblick. Die Luft machte sie fast betrunken, so rein war sie. Es duftete nach Tannenwald. Wenn der sanfte Sommerwind wie mit zarter Hand das Tal streichelte, dann wehte er den Geruch von Wiesen und Klee zu ihr.

Erst ein Knall ließ sie aufschrecken. Sie fuhr herum. Direkt neben dem Auto stand ein junger Mann. Er hatte mit der Hand auf die Motorhaube geschlagen. Das hatte das Geräusch gegeben.

»Ah! Gut, daß sie reagieren! Ich dachte schon, sie wären taub, befänden sich in Trance oder schliefen mit offenen Augen.« Petra schaute in seine Augen. Noch nie hatte sie so große blaue Augen bei einem Mann gesehen. Er sah sie intensiv an.

Petra wurde sehr verlegen. Sie kletterte aus ihrem Auto.

»Ich habe wohl mit offenen Augen geträumt. Ich bin das erste Mal hier. Dieser Ausblick! Grandios!«

Er lachte.

»Ich komme jedes Jahr ein paar Wochen her. Wenn du den Ausblick schon grandios findest, was wirst du dann erst sagen, wenn du oben in den Bergen stehst?«

»Da rauf? Von dort oben?« stammelte Petra.

»Ja, ich denke schon. Im allgemeinen fahren Menschen in die Berge, um das Tal von oben zu sehen. So will ich es einmal vereinfacht ausdrücken. Daß jemand von dem Anblick hier unten schon so fasziniert ist, daß er alles um sich vergißt, überrascht mich doch.«

»Ich komme aus der Stadt!« sagte Petra schnell, denn sie fand seine Bemerkung fast beleidigend. Gleichzeitig war sie glücklich, daß er ein Gespräch mit ihr begonnen hatte.

Möge dieser Augenblick doch nie enden! Was für ein Mann! Ihr Herz klopfte so, daß sie jeden Schlag in ihrer Brust fühlte. Sie spürte, daß er sie wie magisch anzog. Es bemächtigte sich ihrer ein Gefühl, das sie noch niemals zuvor empfunden hatte. Es war ein Empfinden, das neu war und unbekannt. Gleichzeitig spürte sie mit jeder Zelle ihres Körpers und jeder Pore ihrer Haut, daß da etwas von ihr Besitz ergriffen hatte, wofür jeder Mensch auf Erden lebte.

Sie wünschte sich, frei zu sein, um dieses Gefühl näher zu ergründen. Aber gerade jetzt hatte sie schon genug Probleme zu lösen. Warum mußte er ihr in diesem so ungünstigen Augenblick begegnen? Warum jetzt? Petra wehrte sich auf einer Seite gegen dieses Gefühl und auf der anderen Seite konnte sie von seiner Nähe nicht genug bekommen.

Mit aller Kraft versuchte sie, ihn auf Abstand zu halten, denn seine Augen zogen sie noch mehr an, als der Ausblick auf Waldkogel und die Berge.

»Was geht Sie das an? Gehört es hier zum Volkssport, Reisende aus ihren Träumen zu reißen?Was wollen Sie?«

Verlegen steckte er seine Hände in die Taschen seiner ledernen Kniebundhose. Er wagte nicht, sie anzusehen, als er sagte:

»Du wirst jetzt gleich lachen. Aber lach mich ruhig aus. Was mir passiert ist, das sagt man eigentlich Frauen nach. Ich brauche Benzin. Ich habe vergessen zu tanken.«

Petra lachte ihn nicht aus.

»Dann soll ich Sie wohl retten?« Sie schaute sich um, sah aber kein Auto.« Wo steht denn ihr Auto? Ich sehe keines. Ist das eine Art Anmache hier in den Bergen?«

»Anmachen will ich dich nicht! Mein Auto steht auf einem Waldweg.«

Er zeigte in die Richtung, aus der Petra gekommen war.

»Es ist fünfzig Meter von hier, rechts rein. Dann nach etwa zwanzig Metern, da steht mein altes kleines Vehikel.«

Er gab gleich eine Erklärung dazu ab.

»Ich wollte nach Waldkogel laufen. Da habe ich dich hier gesehen und dachte, da frage ich einfach mal. Ein Versuch kann ja nichts schaden. Mehr als ein Nein kann ich mir ja nicht einhandeln. Also hast du einen Reservekanister mit Benzin dabei?«

Wortlos ging Petra zum Kofferraum und öffnete ihn. Sie hob den Benzinkanister heraus.

»Voll!«

Er wollte danach greifen. Petra hielt ihn fest. Verwundert schaute er sie an.

»Em! Entschuldige, ich habe mich noch nicht vorgestellt, Christoph Unterlercher! Alle rufen mich Chris! Und du? Wie heißt du?«

»Pfleider!«

»Das ist aber ein sonderbarer Vorname«, grinste er sie herausfordernd an.

»Petra Pfleider!« ergänzte sie.

Er lächelte spitzbübisch. In seinen Wangen zeichneten sich rechts und links Grübchen ab. Sie machten ihn in Petras Augen noch attraktiver.

»Ich freue mich, dich kennenzulernen, Petra! Danke, daß du mir helfen willst. Ich werde dir das Benzin natürlich bezahlen und den Kanister bekommst du auch wieder. Kannst ja hier so lange warten und noch die Aussicht genießen.«

Petra gab ihm den Kanister immer noch nicht. Das lag nicht daran, daß sie ihn ihm nicht geben wollte, sondern daran, daß sie nur seine leuchtenden Augen sah.

»Petra, das Benzin!«

»Herr Unterlercher, sicherlich! Hier, bitte! Es sind zehn Liter Normalbenzin. Wenn Ihr Auto damit fährt, einverstanden. Ich warte dann!«

»Nicht Herr Unterlercher! Hier in den Bergen duzt man sich, besonders unter jungen Leuten. Ich bin Chris oder Christoph! Kannst es dir aussuchen.«

Sie gab ihm den kleinen schwarzen Benzinkanister mit dem Schraubverschluß und dem grünen Abfüllstutzen. Er bedankte sich. Dann sah ihm Petra nach, wie er die Straße zurückging.

Petra lehnte sich an ihr Auto und wartete. Sie wollte weiter die Landschaft genießen, aber ihre Gedanken schweiften immer wieder ab. Statt Berge, Wiesen und Waldkogel zu sehen, drängte sich sein Bild vor ihre Augen. Er war groß und hatte breite Schultern. Sein längeres blondes, etwas welliges Haar hatte er im Nacken zusammengebunden. Er hatte große strahlend blaue Augen. Die Sonne hatte seine Haut gebräunt, soweit Petra das an Gesicht, Hals und Unterarmen sehen konnte. Unwillkürlich fragte sie sich, ob er unter seinem karierten Baumwollhemd auch so braun war.

So träumte Petra und wartete. Es dauerte. Er kam nicht zurück. Stattdessen ertönte nach einer ganzen Weile eine Autohupe. Es hörte sich an wie das SOS bei der Seefahrt, kurze und lange Töne in einem bestimmten Wechsel.

»Das kann nur er sein«, sagte Petra vor sich hin.

Sie stieg in ihr Auto und fuhr rückwärts bis zum Waldweg. Dort sah sie ihn auch schon stehen.

Ohne weiter zu fragen; fuhr Petra rückwärts in den Waldweg und blieb vor dem alten Jeep stehen.

»Autopanne!« rief er ihr zu.

»Er springt nicht an! Vielleicht kannst du mich anschleppen oder abschleppen? Wenn er läuft, dann läuft er!«

Er ging nach hinten und wollte Äste und Wurzeln ausladen.

»Was machen Sie da?«

Er warf ihr einen tadelnden Blick zu.

»Okay!« Petra gab sich geschlagen und seufzte aus tiefem Herzen. »Was machst du da?«

»Schon besser!« Er lächelte sie an. »Ganz unten unter der Ladung habe ich eine Kiste. Da ist das Abschleppseil drin.«

»Laß das Zeug drauf! Ich habe auch ein Abschleppseil. Ich habe auch ein Überbrückungskabel. Ich schlage vor, ich schleppe dich bis zur Straße. Hier kann ich nicht wenden. Das Überbrückungskabel ist nicht lang genug. Es reicht nur, wenn Autos so stehen, daß die Motoren nebeneinander sind.«

Er stand staunend neben ihr, als sie den Inhalt einer riesigen Stofftasche in ihren Kofferraum kippte.

»Donnerwetter! Das ist ja eine halbe Autowerkstatt!« bemerkte er anerkennend und half ihr, das Abschleppseil zu entwirren.

»Du hast ja alles! Schraubenschlüssel, Zündkerzen, Schmirgelpapier, Kontaktspray, Überbrückungskabel, Ersatzscheibenwischer, Sicherungen, Ersatzbirnen ...«

Petra unterbrach ihn.

»Was ist daran verwunderlich? Wunderst du dich, weil ich eine Frau bin? Das ist der ›Erste-Hilfe-Kasten‹ für mein Auto! Es ist auch schon so altersschwach. Das nächste Mal wird uns der TÜV wohl scheiden. Ich kann ja viel machen, aber er ist an verschiedenen Stellen durchgerostet. Schade! War mein erstes Auto! Daran hänge ich besonders.«

»Oh, das verstehe ich. Durchgerostet sagst du? Eigentlich sieht es ja noch gut aus.«

»Es ist der Unterboden, hauptsächlich der Übergang von den Radkappen zum Unterblech des Motors.«

Er legte sich neben das Auto auf den Waldboden, steckte den Kopf unter das Auto und klopfte an einigen Stellen mit den Fingern gegen das Unterbodenblech.

»So schlimm ist das nicht. Das kann man schweißen.«

»Stell dir vor, das weiß ich auch!«

Petra hielt ihm ein Ende des Abschleppseiles hin. Das andere knotete sie an die Anhängerkupplung ihres Autos.

Petra fuhr langsam an und schleppte das Fahrzeug bis zur Straße. Christophs Auto sprang an. Petra packte ihr Seil wieder ein. Christoph Unterlercher überholte sie und fuhr vor ihr her. Sie hielt Abstand. Dann geschah es.

Er hatte vergessen die Heckklappe zu schließen und das ganze Holz- und Wurzelzeug fiel nach einer Bremsung vor einer Kurve herunter. Im letzten Augenblick konnte Petra ihr Auto noch zum Stehen bringen.

Jetzt reichte es ihr aber. Sie scherte aus und fuhr an ihm vorbei. So schnell es die kurvenreiche Straße erlaubte, steuerte sie auf Waldkogel zu. Nur weg von ihm, weg aus seiner Nähe! Fort aus dem Bann seiner blauen Augen! Weit weg von seinem Lächeln! Dabei zog ihr Herz sie zu ihm. Sie hätte am liebsten gebremst, statt Gas zu geben. Wie durch einen Nebel sah sie die Landschaft, weil sein Gesicht immer noch vor ihren Augen stand.

Kurz vor dem Ortseingang orientierte sich Petra im Prospekt, den ihr Onkel Ludwig gegeben hatte. Dann fuhr sie weiter und hielt.

Über dem Eingang der Gaststätte und Pension hing ein schönes schmiedeeisernes Schild, darauf stand: Beim Baumberger.

Petra packte ihre kleine Tasche und ging hinein. Sie setzte sich an einen der Tische und beobachtete, wie sich die Gäste von dem Wirt und der Wirtin verabschiedeten. Sie lauschte den Gesprächen. Es drehte sich alles um Wanderwege, Bergrouten, Aufstiege.

Dann trat Meta Baumberger an den Tisch.

»Grüß Gott! Was darf es sein? Frühstück?«

»Nur ein Kännchen Kaffee! Kann ich hier meine mitgebrachten Brote dazu essen? Sonst werden sie trocken, und Essen soll man nicht fortwerfen.«

»Aber ja! Da hab' i nix dagegen. Es wird viel zuviel fortgeworfen. Das ist eine Sünd', was da immer fortgeworfen wird.«

Kurze Zeit später brachte Meta den Kaffee.

»Sind Sie Frau Baumberger?«

»Ja! Warum fragst du?« Meta Baumberger musterte Petra genauer. Obwohl sie alleine in der Wirtsstube waren, schaute sich Petra um und flüsterte:

»Ich möchte gern mit Ihrem Mann sprechen. Herr Doktor Ludwig Leuthold hat mich geschickt.«

»Mein Gott! Des is des Madl. Mein Gott! I hätt's gleich sehen müssen. Die Ähnlichkeit! So eine Ähnlichkeit mit dem Zacharias! Ich hätt's mir denken sollen.«

Meta schlug die Hände zusammen. Dann rief sie so laut sie konnte: »Xaver! Komm doch mal!«

Statt Xaver kam eine junge Frau aus der Küche. Petra gefiel sie gleich. Sie trug ein dunkelgrünes Dirndl mit einer hellgrünen Dirndlbluse. Der Baumwollstoff war mit Tannenbäumen gemustert in helleren Tönen, grün und braun. Die Schürze, mit ihren quergesteppten Biesen im unteren Teil über dem Saum, war einfarbig in einem anderen Grünton.

»Mutter Meta, Vater Xaver ist mal kurz raus, in den Stall. Er wird gleich kommen.«

»Anna, schau! Des Madl is' dem Zacharias sei Tochter! Der Doktor Leuthold hat sie geschickt.«

Anna schaute Petra an und sah Angst in ihren Augen. Freundlich reichte sie ihr die Hand.

»Guten Tag oder grüß Gott, wie wir hier sagen! Ich bin die Anna. Ich bin die Schwiegertochter vom Xaver Baumberger. Du bist also die Petra!«

»Ja, die bin ich. Woher …?«

Meta Baumberger schaltete sich in das Gespräch ein.

»Der gute Doktor Leuthold hat angerufen und dich angekündigt, Madl. Wir haben schon auf dich gewartet. Die Anna is' deswegen extra hiergeblieben. Unser Sohn, der Toni, der is' in die Stadt gefahren. Der Doktor Leuthold hat denkt, daß es vielleicht gut wär, wenn die Anna da is'. Weil doch die Anna in deinem Alter is. I geh jetzt mal den Xaver suchen. Derweil kümmert sich die Anna um dich. Was der wieder so lang machen tut? Na ja, der Xaver is eben ein richtiges Mannsbild. Wenn man ihn brauchen tut, dann is' er net da und läßt sich Zeit. So is' das eben mit den Mannsbildern, Madl. Aber lieb haben wir sie trotzdem.«

Petra lächelte.

Anna holte sich auch einen Kaffee und setzte sich an den Tisch.

»Du hast ein wunderschönes Dirndl an, Anna. Dirndl waren bisher nicht so meine Sache. Ich fand die immer etwas altmodisch. Aber dein Dirndl wirkt irgendwie modern.«

»Danke! Da gibt es einen Laden in der Stadt, der hat solche Sachen, Dirndl und Landhausmoden. Wenn du magst, dann zeige ich ihn dir.« Anna lachte. »Als ich hier ankam, trug ich Schuhe mit hohen Absätzen und kannte Dirndl nur dem Namen nach. Wenn ich heute daran denke, muß ich lachen.«

»Du bist nicht von hier?«

»Nein, ich komme aus dem hohen Norden. Zuletzt habe ich in Hamburg gewohnt.« Augenzwinkernd fügte sie leise hinzu. »Dann verschlug mich die Liebe nach Waldkogel.«

Xaver Baumberger kam herein, dicht gefolgt von Meta. Er begrüßte Petra und zapfte sich dann ein Bier.

Xaver und Meta setzten sich an den Tisch. Xaver trank erst einen kräftigen Schluck. Dann wischte er sich den Schaum von den Lippen.

»So, Madl! Des is' er!«

Xaver Baumberger griff in die Hosentasche seiner Lederhose und legte Petra einen Schlüssel hin.

»Des is' der Schlüssel von der Haustür vom Vogelmeier Hof. Die Schlüssel vom Kuhstall und den anderen Türen hab' ich auf den Küchentisch gelegt.«

Petra sah den großen Schlüssel an. Er war über zehn Zentimeter lang und hatte einen großen Schlüsselbart. Sie spürte plötzlich, wie ihr Herz klopfte. Diesen Schlüssel hatte ihr leiblicher Vater in Händen gehabt. Zum ersten Mal würde sie etwas berühren, was er berührt hatte, was ihm gehört hatte.

Zuerst fuhr Petra mit dem Zeigefinger auf dem Schlüssel auf und ab. Dann zog sie ihn zu sich und schließlich barg sie ihn zwischen ihren beiden Händen. Er fühlte sich glatt an und irgendwie vertraut.

»Willst dir den Hof gleich ansehen? I kann dich hinbringen. I kann mitgehen, wenn d' magst. Die Anna kann auch mit dir gehen. Wir haben dir schon was zusammengestellt. Wird ja nix oder net viel da sein in der Küche.«

Fragend schaute Petra in die Runde.

»Vater Xaver und wir alle gingen davon aus, daß du dort übernachtest, solange du in Waldkogel bist«, sagte Anna.

»Ich weiß nicht recht.« Petra Pfleider überlegte. Sie wirkte verlegen. »Praktisch und preiswert wäre es schon, statt sich ein Zimmer zu nehmen. Aber ich kann den Hof vielleicht nicht behalten, wegen der Schulden. Sehr heruntergekommen soll er auch sein. Vielleicht trete ich mein Erbe erst gar nicht an. Dann wäre es schlecht, wenn ich da schlafen würde, denke ich.«

»Also, wenn du den Hof behalten willst, dann findet sich auch ein Weg. Den Zacharias würde es freuen, wenn er so aus dem Himmel runterschaut und dich auf dem Hof sehen würde. Da bin i mir gewiß. Doch alles zu seiner Zeit«, bemerkte Xaver.

»Sie kannten ihn gut?«

»Ja, wir waren befreundet, seit wir ganz klein waren. Da waren wir noch net in der Schul'. Erstkommunion und Firmung haben wir auch zusammen gehabt. Wenn du willst, dann kann i dir auch von deinem Vater erzählen. Der Doktor Leuthold meint, es wäre besser, wenn du dir erstmal alles ansehen tust. Sicher wirst du auch Papiere finden und Photos. Dann können wir uns zusammensetzen und i kann dir dann sagen, wer des alles war.«

Petra trank ihren Kaffee aus. »Ja, dann muß ich wohl!« Sie stand auf. »Ich danke Ihnen für die Fürsorg', die sie ...«, Petra zögerte einen Augenblick, »Vater Vogelmeier angedeihen lassen. Ich habe ihm den Namen Vater Vogelmeier gegeben. Ich weiß nicht, wie ich ihn sonst nennen soll.«

»Des is' a gute Idee. Des paßt. Hier sagt man ja auch einfach Baumberger oder Bauer. In der Familie sagen die Schwiegerkinder oft auch Vater oder Mutter und dann hängen s' den Familiennamen dran. Vater Trachsel und Mutter Trachsel zum Beispiel. Zu uns kannst einfach Baumberger sagen oder Xaver und Meta. Dein Vater war mein bester und ältester Freund.«

Petra nickte nur.

»Soll ich nicht doch mit dir gehen?« fragte Anna und legte ihre Hand auf Petras Hand, mit der diese den Schlüssel umklammerte.

»Nein! Danke für dein Angebot! Aber es wäre schön, wenn du später vielleicht vorbeikommen würdest.«

Anna warf einen Blick zur Uhr.

»Gut! Dann bin ich zu Mittag, wenn's läutet, bei dir.«

Sie brachten Petra zu ihrem Auto und erklärten ihr den Weg.

Anna, Meta und Xaver schauten Petra nach, als sie davonfuhr.

»Ja, ja! Des is' ein schwerer Gang für das Madl!« bemerkte Xaver voller Mitgefühl. »Da fragt man sich, warum der Herrgott des alles zugelassen hat.«

»Darauf weiß nur er selbst da oben im Himmel eine Antwort. Er wird schon wissen warum.«

»Wir müssen auf das Madl ein bisserl aufpassen, Meta.«

»Des tun wir, Xaver! Das bist du deinem Freund auch schuldig.«

*

Petra Pfleider steuerte ihr Auto langsam durch Waldkogel. Sie fuhr bewußt langsam und schaute sich dabei um. An der Haltestelle vor der Kirche stand ein Bus. Petra mußte anhalten, weil sie wegen eines langsam fahrenden Fuhrwerks auf der Gegenseite nicht überholen konnte. Sie schaute sich um. An der Mauer hing ein Schild, darauf standen die Öffnungszeiten des Friedhofs, der hinter der Kirche lag.

Petra stellte ihr Auto auf dem kleinen freien Platz vor der Kirche ab. Das schmiedeeiserne Tor quietschte, als sie eintrat. Der Friedhof war nicht groß. Auf den Kieswegen mit den hellen kleinen Kieseln lag kein Blatt. Einige große Kastanienbäume spendeten Schatten. Auf den meisten Grabstätten standen Holzkreuze. Wind und Wetter hatten das Holz dunkelbraun, fast schwarz gefärbt. Es stand in großem Kontrast zu den weißen Emailschildern, auf denen die Namen, das Geburtsdatum und das Datum des Todestages standen. Alle Gräber waren sehr gepflegt, mit Blumen bepflanzt oder es standen frische Schnittblumen darauf.

Wo war das Grab von Zacharias Vogelmeier?

Petra ging durch die Reihen und las die Namen. Ganz hinten fand sie eine Grabstätte, auf dessen Grabkreuz der Familienname Vogelmeier stand. Das war auch ein frisches Grab, wie Petra an den aufgehäuften Blumen sehen konnte. Ich werde mich darum kümmern müssen, wenn es das Grab ist, dachte sie und blieb unschlüssig stehen.

Petra hörte Schritte. Der feine Kies knirschte bei jedem Schritt. Sie drehte sich um.

»Grüß Gott! Heiner Zandler, ich bin hier der Pfarrer. Ich habe dich vom Fenster aus gesehen. Suchst du ein bestimmtes Grab, meine Tochter?«

Petra nickte, dann zeigte sie mit dem Finger auf das Grab. »Ist das das Grab von Zacharias Vogelmeier?«

»Ja! Da haben wir den Zacharias zur letzten Ruhe gebettet, bei seinen lieben Eltern.«

Petra schaute wieder auf die verwelkten Blumen. Verloren und verlegen stand sie da

»Du bist seine Tochter, nicht wahr?«

Petra fuhr herum.

»Sie wissen?«

»Ja, dein Vater hat mit mir über dich gesprochen. Ich hatte dich eigentlich zur Beerdigung erwartet.«

»Ich war im Urlaub. Ich hatte bis gestern nicht einmal gewußt, daß er mein Vater ist. Jetzt habe ich einen toten leiblichen Vater, bin Erbin und weiß überhaupt nichts mehr.«

Petra kämpfte mit den Tränen. Es waren aber in erster Linie Tränen der Wut und des Zorns, weniger der Trauer.

»Wie konnte er mir das antun? Er hat von mir gewußt. Mit Doktor Leuthold hat er über mich gesprochen. Mit Ihnen, Herr Pfarrer, hat er über mich gesprochen. Wer weiß, mit wem er noch alles über mich gesprochen hat! Nur mit mir hat er nicht gesprochen! Warum? Bitte sagen Sie es mir? Warum?«

»Diese Frage kann ich dir nicht beantworten. Was wirklich in seinem Inneren vorging, das weiß allein nur er und der Herrgott da oben im Himmel. Bist schon auf dem Hof gewesen, Petra? Du heißt doch Petra?«

»Ja, mein Name ist Petra Pfleider. Ich war gerade auf dem Weg dorthin. Ich war bei Familie Baumberger. Sie haben mir den Schlüssel gegeben. Eigentlich muß ich mich schämen. Ich hatte nicht daran gedacht, auf den Friedhof zu gehen. Da habe ich das Schild gelesen.«

»Da hat eine höhere Macht seine Hand im Spiel gehabt, Petra. Sie hat dich zuerst hierher zum Grab deines Vaters geführt, damit du Frieden mit ihm schließen kannst. Er war ein lieber Mensch, das kannst du mir glauben. In jungen Jahren war er ein Hitzkopf. Dafür hat er schwer gebüßt.«

»Wie meinen Sie das, Herr Pfarrer?«

»Er litt ein Leben lang darunter, daß er deiner Mutter unrecht getan hatte. Sie hatte ihn daraufhin verlassen. Die Ehe wurde annulliert. Er hatte immer gehofft, daß sie wieder zurückkommt. Er hatte deine Mutter geliebt und nach ihr niemals mehr eine andere Frau angeschaut. Er tanzte auf keinem Schützenfest. In einer besonderen Art und Weise hat er ihr die Treue gehalten und gehofft, daß sie wieder zu ihm zurückkommt.«

»Aber Mutter hat kurz vor meiner Geburt geheiratet!«

»Das wußte er nicht. Er erfuhr es erst, als Doktor Leuthold ihm schrieb. Das war nach deinem achtzehnten Geburtstag. Dann brach für ihn eine Welt zusammen. Wie lange ist das jetzt her? Das muß vor fünf oder sechs Jahren gewesen sein.«

»Ich werde bald vierundzwanzig.«

»Ja, dann stimmt es! Danach war er ein gebrochener Mann. Er alterte sehr schnell. Er kümmerte sich immer weniger um den Hof, verkaufte nach und nach alles Vieh. Am Schluß hatte er nur noch seinen alten Hofhund. Den mußte er vor einigen Wochen einschläfern.«

Petra nahm allen Mut zusammen. Sie mußte die Frage stellen.

»Man hat mir erzählt, er sei beim Klettern abgestürzt. Hat er sich umbringen wollen?«

»Nein! Ganz bestimmt nicht! Dein Vater war sehr herzkrank. Er hatte immer wieder schwere Herzanfälle. Dann ging es ihm wieder besser, für Wochen. Klettern, Bergsteigen war das einzige, was er noch machte. Wir ermahnten ihn immer wieder, es sein zu lassen wegen seines kranken Herzens. Aber da hat er sich nichts sagen lassen. Die Berge gaben ihm Kraft und Zuversicht. Immer wieder ging er in die Berge. Nach einer Bergtour kam er dann auch immer gefestigt und voller Lebensmut zurück. Der Elan hielt nur nicht lange an. Ich denke, daß er einen schweren Herzanfall hatte und in Folge dessen abgestürzt ist. Mußt dir keine Gedanken machen, Petra! Dein Vater war ein gottesfürchtiger Mensch und hätte niemals sein Leben weggeworfen.«

Petra atmete erleichtert auf.

»Ich denke auch«, fuhr der Geistliche fort, »daß er sich bald bei dir gemeldet hätte. Wir haben oft darüber gesprochen. Er sah ein, daß er Kontakt zu dir aufnehmen mußte. Ich bin mir sicher, daß er das auch getan hätte. Er wollte dir einen Brief schreiben.«

»Danke, Herr Pfarrer, daß Sie mir das gesagt haben.«

»Du sollst Frieden schließen mit ihm, Petra!«

»Ich werde es versuchen!«

»Dann werde ich dich jetzt noch etwas allein lassen. Ich denke, daß du ein paar Tage bleibst. Wenn du Fragen hast oder jemanden zum Reden brauchst, ich bin für dich da.«

»Ja, ich werde eine Weile bleiben. Wie lange, weiß ich noch nicht. Jetzt, nachdem Sie mir das alles erzählt haben, werde ich wohl auf dem Vogelmeier Hof wohnen. Ich würde mich freuen, wenn Sie vorbeikämen, Herr Pfarrer.«

»Danke für die Einladung! Ich werde dich so oft besuchen, wie es mir möglich ist. Ich weiß, daß das alles nicht leicht für dich ist.«

Sie nickten sich zu und schüttelten sich die Hände.

Der Pfarrer gab Petra seinen Segen. Dann ließ er sie allein am Grab ihres Vaters zurück.

Er ging in die Kirche und stellte eine besonders große Kerze auf. Er kniete vor der Statue der Heiligen Maria, der Mutter Gottes. In einem inbrünstigen Gebet erflehte er ihren Segen für die junge Frau. Sie brauchte eine Fürsprecherin, und wer war dafür wohl besser geeignet als die Mutter Gottes selbst?

*

Petra blieb noch eine kleine Weile beim Grab. Dann ging sie zurück zu ihrem Auto und fuhr zum Vogelmeier Hof. Der Weg dahin fiel ihr jetzt schon nicht mehr ganz so schwer.

Sie parkte das Auto mitten auf dem Hof. Sie stieg aus und betrachtete das große Haus. Das Erdgeschoß war aus Bruchsteinen gebaut. Das nächste Stockwerk und das Dachgeschoß waren aus Holz. Vor beiden erstreckten sich Balkone über die ganze Front. Das weit ausladende Dach bot Schutz vor Wind, Regen und Schnee im Winter. Daneben gab es noch Nebengebäude in ähnlicher Bauweise aus Bruchsteinen und Holz.

Petra beschloß, sich erst einmal alles von außen anzusehen. Sie umrundete das Haus. Dabei mußte sie über die Wiese gehen, deren Gras sicherlich schon lange nicht mehr gemäht worden war. Sie war froh, daß sie lange Hosen und feste, geschlossene Schuhe trug. Zwischen den Gräsern standen auch viele Brennnesseln.

Der Garten war ein Urwald voller Unkraut. Da die Pfleiders auch einen Garten hatten, war Petra mit Gartenarbeit vertraut. Sie erkannte die Struktur und entdeckte zwischen dem vielen Unkraut Beerensträucher. In dem vorderen Teil wuchsen Blumen. Petra pflückte einen großen Strauß.

Dann ging sie zurück zum Auto. Der Schlüssel lag immer noch auf dem Beifahrersitz. Mit klopfendem Herzen ergriff sie ihn und ging zur Haustür. Ihre Hand zitterte so, daß sie nur mühsam den Schlüsselbart ins Schlüsselloch bekam. Das Schloß ließ sich gut öffnen. Sie drückte die Tür auf und trat ein.

Langsam schritt sie durch die große Diele. Die Türen zu den Zimmern standen offen. Es roch nach abgestandener Luft. Petra betrat zuerst die Küche. Sie legte die Blumen auf den Küchentisch und öffnete als erstes die beiden Küchenfenster. Dann ging sie von Raum zu Raum und öffnete überall schnell die Fenster. So durchwanderte sie alle Räume von unten bis oben. Die warme Sommerluft strömte herein. Weil Petra keine Vase fand, stellte sie die Blumen erst einmal in einen großen Kochtopf. Dann betrachtete sie die Küchenmöbel. Es waren alte Möbel, sehr alte. Die Türen waren bemalt. Petra öffnete Schranktür für Schranktür und zog Schubladen auf. Jedes Fach war ordentlich eingeräumt. In der Speisekammer fand sie viele Gläser mit Marmelade und Eingemachten. An der Decke hingen Schinken und Trockenwürste. Im Regal lag ein großer runder Käse und daneben ein Käsemesser. Petra schnitt sich ein Stück ab und aß den Käse. Er schmeckte ihr so gut, daß sie sich sofort noch ein weiteres großes Stück abschnitt.

Mit dem Käse in der Hand, wanderte sie danach von Raum

zu Raum. Sah sich alles an. In vielen Zimmern waren die Möbel mit weißen Tüchern verhängt. Es gab neben der Küche zwei Wohnzimmer, viele Schlafzimmer und unter dem Dach einen großen Trockenspeicher und möblierte kleine Zimmer. Petra erinnerte sich, was ihr Onkel Ludwig erzählt hatte. Die Vogelmeiers hatten früher Zimmer vermietet. Das Haus hatte drei Badezimmer. Sie waren nicht sehr modern, aber sauber und groß.

Zum Schluß ging Petra in das Zimmer mit dem Einzelbett. Das war wohl das Schlafzimmer von Zacharias. Dann entdeckte sie auf dem Nachttisch einen Bilderrahmen. Das große Photo war schon sehr alt. Petra trat ans Fenster, um es genauer zu sehen. Ihr Herz klopfte. Es war ein Bild ihrer Mutter, als sie eine junge Frau war.

»Er hat dich doch geliebt!« sagte Petra laut.

Unten rechts in der Ecke hatte Zacharias Vogelmeier ein kleines Photo außen zwischen Rahmen und Glas gesteckt. Es war ein Bild von Petra.

Sie stellte den Bilderrahmen zurück. Sie öffnete den Kleiderschrank. Sachte strich sie über die Herrenkleidung, die darin hing.

In der oberen Schublade einer Kommode lag eine alte Ledermappe. Petra schlug sie auf. Petras Hände zitterten, als sie die Briefe darin nacheinander betrachtete. Sie waren alle an ihre Mutter adressiert und ungeöffnet zurückgeschickt worden. Petra entschied, sie jetzt nicht zu öffnen und zu lesen. Das wollte sie sich für einen der nächsten Abende aufheben.

Petra ging wieder hinunter in die Küche. Es war bald Mittag. Anna würde kommen. Petra deckte den Tisch. Sie holte Käse und Schinken aus der Speisekammer. Sie fand auch Gewürzgurken und Senf. Nur Brot gab es nicht. Vielleicht würde Anna Brot mitbringen. Das Teewasser kochte noch nicht, als es vom Kirchenturm zur Mittagszeit läutete.

Da kam auch schon Anna mit dem Fahrrad angefahren. Sie klingelte laut mit der Fahrradglocke.

»Komm rein! Ich bin in der Küche!« rief Petra durch das Küchenfenster.

»Willkommen auf dem Vogelmeier Hof!« begrüßte Petra Anna.

»Oh, sieht ganz so aus, als hättest du dich mit dem Hof schon angefreundet«, sagte Anna und betrachtete den liebevoll gedeckten Tisch.

Sie stellte den Korb ab.

»Das schickt dir Meta. Brot ist auch drin.«

»Danke!« Petra machte sich sofort ans Auspacken. »Setz dich!«

Dann brühte Petra Tee auf.

Sie aßen.

»Dir gefällt es hier, Petra, richtig?«

Petra schaute Anna mit leuchtenden Augen an.

»Ich weiß nicht, wie ich es sagen soll. Ich kann es selbst kaum fassen. Das Haus hat mich so freundlich aufgenommen. Ich fühle mich gut hier, Anna. Es ist mir irgendwie nicht fremd.«

»Das freut mich so für dich, Petra! Dann wirst du also hier wohnen?«

»So lange es irgendwie geht. Ich habe ja ein paar Wochen Zeit. Wenn ich den Hof nicht halten kann, dann will ich die Zeit hier genießen. Onkel Ludwig sagte, ich sollte nach meinen Wurzeln suchen. Ich mußte nicht lange suchen.« Petra breitete die Arme aus. »Die sind hier!«

»Wunderbar! Ich kann dir gar nicht sagen, wie ich mich für dich freue. Xaver und Meta werden sich auch freuen. Die beiden haben sich solche Sorgen um dich gemacht. Wenn es dir hier so gut gefällt und du das Gefühl hast, daß du hierher gehörst, dann bleibe doch. Nimm dein Erbe an! Verlaß dich auf dein Bauchgefühl.«

Petra lächelte wehmütig.

»Das würde ich, gerne tun. Ich bin noch nicht einmal einen Tag hier. Noch nicht einmal einen halben Tag! Es ist gerade etwas mehr als zwei Stunden und schon wünsche ich mir, nie mehr von hier fort zu müssen.«

»Dann wirst du das auch nicht müssen. Es wird sicherlich einen Weg geben, daß du bleiben kannst. Das weiß ich. Da bin ich mir sicher. Die Engel auf dem ›Engelssteig‹, die schützend ihre Flügel über Waldkogel ausbreiten, wie die Leute sagen, werden ihren Schutz dem Vogelmeier Hof nicht entziehen. Ich bin mir ganz sicher, daß sie über dich und den Hof ganz besonders ihre Flügel breiten.«

»Was ist der ›Engelssteig‹?«

Anna nahm Petra bei der Hand und führte sie vor das Haus. »Dieser Gipfel heißt ›Engelssteig‹.«

»Und der Gipfel dort? Wie heißt der?«

»›Höllentor‹!«

»Anna, weißt du, wo er abgestürzt ist? Da oder dort? Wer hat ihn gefunden und wo genau war das? Kann ich da hin?«

»Das sind viele Fragen, Petra! Ich kann sie dir nicht alle beantworten. Er ist nicht hier abgestürzt. Ich werde dich mit dem Leonhard Gasser bekannt machen. Er ist der Leiter der Bergwacht. Er kann dir alle Einzelheiten sagen. Der Leo ist ein guter Freund von meinem Toni. Toni wird ihn bitten, dich dahin zu bringen. Ich kann verstehen, daß dir das wichtig ist.«

»Danke, Anna«, sagte Petra ganz leise.

Anna sah, wie bewegt sie war.

»Komm, laß uns wieder reingehen und essen. Ich habe Hunger. Ich bin schon im Morgengrauen von der Berghütte runtergelaufen.«

Sie aßen.

Petra fing an zu erzählen.

»In den Nebengebäuden und Ställen war ich noch nicht. Aber so heruntergekommen finde ich das Anwesen nicht. Sicherlich ist einiges kaputt. Sehr modern ist die Einrichtung auch nicht. Aber liegt darin nicht gerade der Reiz? Die Zeit scheint hier stillzustehen.«

»Da stimme ich dir zu. Es kommt immer darauf an, wie man etwas sieht, Petra!«

»Nach dem Essen zeige ich dir alles.«

Petra biß in den Käse.

»Der schmeckt so gut! Weißt du, wo der herkommt?«

»Der ist sicherlich von der Oberländer Alm. Ich erkenne den Käse an dem Geschmack. Die Hilda und der Wenzel machen ganz prima Käse. Sie beliefern die Gaststätte und Pension meiner Schwiegereltern und auch die Berghütte, die Toni und ich betreiben.«

»Ihr habt da oben eine Berghütte?«

»Ja! Ich habe mich sofort in diese Berghütte verliebt, als Toni sie mir gezeigt hatte. Es war Liebe auf den ersten Blick. Nicht nur bei Toni, auch die Berghütte hatte es mir mächtig angetan. Deswegen kann ich dich so gut verstehen, daß du dich hier auf Anhieb wohl fühlst. Du mußt uns bald besuchen. Du mußt Toni kennenlernen. Wir haben erst kürzlich geheiratet. Toni kannte deinen Vater auch. Aber das meiste kann dir wohl der alte Alois erzählen. Ihm gehörte früher die Berghütte. Er hatte deinem Vater das Klettern und Bergsteigen beigebracht als junger Bub. Alois lebt jetzt meistens bei uns auf der Hütte. Er gehört zur Familie.«

»Danke für die Einladung, Anna! Ich komme gern mal rauf.«

Nach dem Essen zeigte Petra Anna das ganze Haus.

»Einfach, aber sauber und gediegen, Petra. Die vielen Zimmer schreien direkt danach, wieder vermietet zu werden. Es gibt nie genug Zimmer in Waldkogel. Die Leute fragen immer nach Zimmern. Bei meinen Schwiegereltern. Meta schickt dir dann die Gäste, für die bei ihnen kein Platz mehr ist.«

»Ich muß erst über alles nachdenken. Aber vielen Dank für dein Angebot. Übrigens, ich war auf dem Friedhof.«

»Hast du das Grab von deinem Vater besucht?«

»Ja! Ich habe den Pfarrer Zandler kennengelernt. Er ist sehr nett.«

»Ja, das ist er.«

»Er will mich auch besuchen und mir helfen.«

»Wunderbar! Da sind meine Schwiegereltern, Toni und ich, der alte Alois, der Pfarrer und der Bürgermeister Fritz Fellbacher hilft dir auch. Weißt du, hier in Waldkogel ist alles familiär. Da halten die Leute noch zusammen. Es wird auch mal gestritten. Aber danach läßt man Fünfe gerade sein und ist gut Freund. Ich bin nicht von hier, Petra! Ich kann dir nur sagen, daß ich hier mit offenen Armen aufgenommen wurde.«

Zwinkernd fügte Anna hinzu: »Nicht nur von meinem lieben Toni!«

»Du machst mir richtig Mut. Aber wie gesagt, ich will und darf mich von deiner Begeisterung für Waldkogel nicht anstekken lassen, Anna. Ich muß ganz sachlich entscheiden.«

»Das verstehe ich doch! Aber dein Herz sagt dir doch jetzt schon, daß du hierher gehörst. Laß dein Herz sprechen! Es zeigt dir deinen Weg. Dann wirst du für alle Probleme eine Lösung finden. Das mußt du mir einfach glauben, Petra. Ich habe es erfahren. Ich werde es dir erzählen, wie es mir gegangen ist, wenn du uns besuchen kommst.«

Anna verabschiedete sich von Petra.

Sie mußte gehen. Toni war in die Stadt gefahren, zum Fremdenverkehrsamt. Sie wollten gemeinsam wieder hinauf auf die Berghütte gehen.

*

Gerade als Anna mit dem Fahrrad vom Hof fahren wollte, bog ein Jeep von der Straße ab und hielt neben den beiden Frauen.

»Was willst du hier?« stieß Petra hervor.

Anna sah, daß Petra ziemlich erschrocken war.

»Verfolgst du mich? Lauerst du mir auf? Wie hast du mich gefunden?«

Der junge Mann stieg aus. Er lächelte.

»Das sind viele Fragen! Du scheinst ja nicht gerade begeistert zu sein?«

Petra errötete.

»Ah, du wirst rot! Sieh an, sieh an!« grinste der junge Mann.

»Und wenn? Was geht es dich an? Ich bin höchstens rot vor Wut. Erst bittest du mich um Benzin, dann schleppe ich dich ab. Vorher muß ich mir noch Ratschläge über Schweißmöglichkeiten an meinem Auto anhören. Dann schüttest du dein Wurzelzeug vor mir auf die Landstraße, daß ich fast einen Unfall gebaut hätte. Jetzt parkst du dein altes Vehikel ungefragt auf meinem Hof! Runter!«

»Dein Hof?« Christoph schaute sich um. Er ging weiter und besah sich das Gebäude.

Anna und Petra schauten ihm nach.

»Wer ist das?« flüsterte Anna ganz leise Petra zu.

»Christoph Unterlercher!«

»Das ist Christoph Unterlercher?« fragte Anna verwundert und anerkennend nach.

Jetzt verstand Petra nichts mehr.

»Diesen Namen hat er mir gesagt. Warum? Stimmt was mit ihm nicht?«

Weiter kamen die beiden in ihrem Gespräch nicht. Christoph Unterlercher kam auf sie zu.

»Das ist dein Hof?«

»Sozusagen ja! Deshalb steigst du jetzt in deinen Karren und fährst rückwärts wieder hinaus, wie du vorwärts reingefahren bist.«

»Ich wollte dir nur ...«

»Zuerst runter vom Hof. Dort auf dem Weg ist genug Platz zum Parken.«

Christoph sah Petra mit seinen wunderschönen blauen Augen an, daß es ihr wieder so seltsam ums Herz wurde. Sie wurde von Gefühlen gepackt, daß sie nach Annas Hand griff und sich bei ihr festhalten mußte. Sie hatte plötzlich das Gefühl, als sackten ihr die Beine weg.

»Nun mach schon, was dir die Bäuerin gesagt hat!« ermahnte ihn Anna.

»Welche Bäuerin?«

»Petra, er scheint sehr begriffsstutzig zu sein. Er hat immer noch nicht begriffen, daß es dein Hof ist, und du folglich die Bäuerin bist.«

Christoph Unterlercher lächelte.

»Ihr könnt mich nicht verschaukeln. Die Petra ist nie und nimmer die Bäuerin. Sie ist aus der Stadt und hat die Berge zum ersten Mal gesehen. Außerdem, so sieht keine Bäuerin aus. Da glaube ich eher, daß du da, in deinem Dirndl, die Bäuerin bist. Du würdest eher auf den Hof passen!«

Anna und Petra mußten lachen.

»Dort ist die Straße!« sagte Anna.

Kopfschüttelnd setzte sich Christoph Unterlercher in sein Auto und fuhr rückwärts vom Hof herunter. Nachdem er sein Auto abgestellt hatte, kam er zurück. Petra war inzwischen ins Haus gegangen.

»Was willst du?« fragte Anna forsch. »Du kannst das mit mir regeln.«

»Ich wollte Petra das Benzingeld geben.«

Er hielt Anna einen Schein hin. Sie nahm ihn.

»Ich werde ihn ihr geben. Danke!«

Unschlüssig blieb er vor Anna stehen.

»Is' noch etwas?« fragte Anna.

»Ja! Doch, ich weiß nicht recht, wie ich es sagen soll.«

Er dachte nach. Anna betrachtete ihn. Er sah wirklich gut aus.

»Egal! Man hat mir gesagt, daß das hier der Vogelmeier Hof ist und ich hier für die nächsten Wochen ein Zimmer bekommen könnte und vielleicht auch die Scheune mieten könnte.«

»Wer hat das gesagt?«

»Der Fritz Fellbacher, der Bürgermeister.«

Anna überlegte kurz.

»Ich werde das regeln. Es ist ja erst Mittag. Kannst du abends noch mal vorbeikommen?«

»Das kann ich schon machen.«

»Warum willst die Scheune mieten?«

Christoph Unterlercher deutete auf sein Auto.

»Ich brauche einen Raum für meine Wurzeln. Ich habe im Sägewerk auch noch Holz bestellt. Ich muß das Auto abladen.«

»Warte einen Augenblick beim Auto.«

Anna ging ins Haus. Petra hatte von der Küche aus zugehört.

»Der soll sofort wieder gehen«, flüsterte Petra eindringlich Anna an.

»Petra, gib mir den Schlüssel vom Scheunentor!« sagte Anna energisch. – »Ich will nicht!«

Anna fing an zu lachen. Sie lachte, bis ihr fast die Tränen kamen.

»Wenn ich das Sue erzähle, wird sie auch lachen. Diese Situation erinnert mich an ein Erlebnis mit meiner Freundin Susanne vor einigen Monaten. Da habe ich mich genauso gewehrt wie du. Ich weiß genau, was du empfindest. Meine Freundin Sue hat mich damals überrumpelt. Wenn sie nicht gewesen wäre, dann wäre ich heute nicht so glücklich mit meinem Toni verheiratet. Sie hat mir damals etwas auf den Kopf zugesagt. Ich sage es dir jetzt. Du hast dich in Christoph Unterlercher verliebt!«

»Du bist verrückt! Nie und nimmer! Wie kommst du darauf?«

»Keine Ausflüchte! Ich bin mittlerweile Expertin in Sachen Liebe. Man sagt, wenn der Prophet nicht zum Berg kommt, dann muß der Berg zum Propheten gehen. Hier ist es einfacher. Du bist der Berg und draußen steht jemand, den du jetzt hier festhältst. Basta! Ich vermiete ihm jetzt die Scheune.«

Anna griff den Schlüssel. Sie ging hinaus und über den Hof zur Scheune. Sie winkte Christoph heran.

»Kannst die Scheune haben! Billig ist es nicht! Dafür kannst du schalten und walten wie du willst. Niemand wird dich stören.«

Sie wurden sich schnell einig. Anna legte kurz darauf Petra mehrere hundert Euroscheine auf den Küchentisch.

»Hier, Bäuerin des Vogelmeier Hofes, oder ist es der Pfleider Hof? Das mußt du wissen!«

»So viel Geld?« Petra bekam große Augen.

»Ja, das ist nur für einen Monat! Er bleibt vielleicht sogar länger. Ich habe ihm auch ein Zimmer vermietet.«

»Du bist verrückt, Anna! Ich bleibe keine Nacht mit ihm unter einem Dach. Mach das sofort rückgängig! Hörst du!«

»Er wird dich nicht umbringen. Kannst ja deine Zimmertür abschließen. Toni kommt aus der Stadt. Er hat Bello dabei. Das ist unser Hund, ein riesiger Neufundländer. Ich lasse ihn dir hier. Er wird dich beschützen. Ich garantiere dir, wenn der vor deiner Tür liegt, wagt sich kein Mann über die Schwelle deines Schlafzimmers.«

Petra sank auf die Eckbank und stützte den Kopf in die Hände.

»Wenn ich den Hof behalten will, dann muß es wohl sein«, flüsterte sie leise.

»Ja, es muß sein! Nicht nur wegen des Hofes. Der Hof kommt erst an zweiter Stelle. Das andere ist, daß du ihn liebst – und er liebt dich auch. Ich habe ihm gesagt, er soll bei meinen Schwiegereltern die Abendmahlzeit einnehmen. Du würdest ihn so gegen neun Uhr erwarten.«

Petra seufzte. Sie sah verzweifelt aus. »Ich muß ja noch so viel vorbereiten! Dabei kenne ich mich noch überhaupt nicht aus.«

»Keine Sorge! Ich komme später noch einmal vorbei. Dann kommt mein Toni auch mit. Wir bringen dir Bello, dann helfen wir dir.«

Petra konnte nur nicken, denn Anna hatte sie einfach überrumpelt.

»Auf Wiedersehen, Bäuerin!« sagte Anna fröhlich und ging hinaus.

In der nächsten halbe Stunde kämpfte Petra mit ihren Gefühlen. Sie zählte immer wieder die Geldscheine. Wenn sie noch mehr Gäste aufnehmen würde, dann könnte sie ihr Erbe vielleicht doch antreten. Sie gestand sich ein, daß sie das gerne tun würde. Sie fühlte sich so ruhig und gefestigt in diesen alten Mauern.

Gleichzeitig hatte sie Angst vor dem nächsten Zusammentreffen mit Christoph Unterlercher. Ja, Anna hatte recht. Ich habe mich in Chris verliebt, gestand sie sich ein. Sie dachte wieder an seine großen blauen Augen, sein Lachen, seine ganze Ausstrahlung, die ihr Herz gefangen hatte.

Petra ging zum Telefon. Es war nicht abgeschaltet. Sie rief Doktor Ludwig Leuthold an.

*

Wie versprochen war am Nachmittag Anna mit Toni gekommen. Sie hatten auch Bello mitgebracht. Etwas später war auch Annas Schwiegermutter gekommen. Die drei Frauen arbeiteten bis zum Abend, um das Haus zu säubern, wie es sich für eine Pension gehörte. Alle Betten wurden frisch bezogen und eines der Wohnzimmer als Aufenthaltsraum hergerichtet. Im großen Flur stellte Toni einen Tisch auf. Das war der Empfang. An der Wand brachte er das Schlüsselbrett an, das sie auf dem Speicher gefunden hatten. Daran hingen die Schlüssel für die Zimmer.

Anna und Meta hatten Petra einen Koffer voller Kleidungsstücke mitgebracht. Petra wählte mit ihrer Hilfe ein braunes Dirndl aus, das in der Farbe gut zu ihrem langen Haar paßte. Meta Baumberger zeigte Petra, wie sie ihr hüftlanges braunes

Haar flechten und die dicken Zöpfe wie eine Krone auf dem Kopf feststecken konnte.

»Schaust jetzt aus wie eine von uns, Madl«, sagte Meta und fügte gleich hinzu. »Des is' ja auch kein Wunder, bist ja auch eigentlich von hier. Deine Wurzeln sind hier auf dem Vogelmeier Hof.«

»Wie fühlst du dich?« fragte Anna.

Petra betrachtete sich im Spiegel des Schlafzimmers, das vorher von ihrem Vater genutzt worden war. Anna und Meta hatten Petra überredet, den Raum zu nutzen wie es der Tradition entsprach. Sie hatte als nächste Generation dort einzuziehen. Toni hatte im Zimmer einen zweiten Schrank aufgestellt, in dem jetzt die Trachtenkleidung von Petra hing. Es waren viele schöne Dirndl dabei, die Meta ihr geschenkt hatte, auch Strickjacken und wärmere Sachen für den Winter. Die Kleidung war sauber und zeigte keine oder nur geringfügige Gebrauchsspuren. Meta hatte im Laufe der Jahre an Gewicht zugenommen und deshalb paßten ihr die Sachen nicht mehr. Auch die Frau des Bürgermeisters Fellbacher, Irene, hatte Anziehsachen gespendet. Dabei waren auch wertvolle handbestickte Blusen und Spitzen.

»Nun rede schon! Wie fühlst du dich, Petra?« bohrte Anna nach.

»Soll ich ehrlich sein?«

»Das bitten wir uns aus!«

»Gut, Anna, dann muß ich wohl Farbe bekennen. Ich fühle mich wohl! Ich fühle mich in diesem Kleid beschützt. Ich kann es schlecht beschreiben. Alle Hektik ist von mir abgefallen. Mein Herz ist nicht mehr so ruhelos, wie all die letzten Jahre. Ich fühle mich stärker.«

Sie schaute Anna und Meta durch den Spiegel an. Dann füllten sich ihre Augen mit Tränen.

»Ich bin nicht mehr ganz die Petra Pfleider. Ich fühle mich immer mehr wie die Petra Vogelmeier«, sagte sie mit dünner Stimme.

Anna und Meta traten zu Petra. Sie nahmen sie in ihre Mitte und hielten sie tröstend fest.

»Alles wird gut werden, Petra«, flüsterte Anna. »Mußt nur auf dein Herz hören.«

Sie gingen hinunter. Toni saß vor dem Haus auf der Bank und rauchte eine Pfeife. Zu seinen Füßen lag der riesige Hund.

»Siehst richtig fesch aus, Petra! Mei, Anna, schau dir das an! Die Petra ist a richtig fesches Madl. Die wird den Burschen hier in Waldkogel ganz schön den Kopf verdrehen. Des wird einen richtigen Aufstand geben. Die werden sich gegenseitig überbieten, dir den Hof zu machen. I bin gespannt, wem du dein Herz schenkst, wenn du hier bleibst. Du wirst doch hier bleiben, Petra?«

Petra wurde verlegen.

»Mußt dir nicht so zu Herzen nehmen, was der Toni sagt, Petra«, beschwichtigte sie Anna und tadelte ihren Mann. »Toni, sei vorsichtig mit dem, was du sagst. Ich weiß schon, was in deinem Kopf vorgeht. Dein Freund Martin sucht eine Braut und der Leo auch. Doch ich denke, daß Petras Herz schon vergeben ist. Sie will es zwar noch nicht so richtig wahrhaben, aber es ist genauso, wie damals bei mir und dir.«

»Mei, dann nehm i alles zurück! I will nix gesagt haben, außer daß die Petra fesch ausschaut.«

»Wir müssen jetzt gehen, Petra. Toni und ich wollen heute noch rauf zur Berghütte. Wir fahren bis zur Oberländer Alm, dann haben wir immer noch ein gutes Stück Aufstieg vor uns. Meine Handynummer habe ich dir ja gegeben. Wenn du Hilfe brauchst, ruf mich an. In ein paar Stunden bin ich dann bei dir. Das verspreche ich dir, Petra. Außerdem kannst du dich jederzeit an meine Schwiegermutter wenden. Die Meta wird sich um dich kümmern.«

»Des mach i!« bekräftigte die Baumbergerin.

»Sollen wir dir den Bello dalassen, ein paar Tage?« fragte Toni.

»Vielen Dank. Das wird nicht nötig sein. Danke, Anna und

Toni, für euer Angebot. Auch noch einmal ein ganz herzliches Danke für eure Hilfe und die schönen Sachen – dir auch Baumbergerin.«

»Das haben wir doch gerne gemacht!«

Anna umarmte Petra und flüsterte ihr ins Ohr.

»Mußt keine Angst haben! Der Christoph tut dir nichts.«

»Wer ist dieser Christoph Unterlercher eigentlich, Anna? Du warst doch so erstaunt, als ich dir den Namen nannte.«

»Das soll er dir selbst erzählen, Petra! Wir müssen jetzt wirklich gehen.«

Als Dankeschön überreichte Petra Anna und Meta einen großen Blumenstrauß, den sie im Garten gepflückt hatte.

Dann stand sie am Weg und schaute nach, bis die drei im Auto verschwunden waren.

Nachdenklich ging sie zurück in die Küche. Etwas unschlüssig stand sie vor dem Herrgottswinkel in der Ecke. Meta Baumberger hatte sie am Nachmittag beiseite genommen und ihr einen Rat gegeben. Petra sollte dort eine Kerze anzünden und all ihre Sorgen und Ängste dem Heiland erzählen. Sie wollte auch ihre Träume und Wünsche der himmlischen Macht anvertrauen.

Petra war kein sehr religiöser Mensch, jedenfalls bisher. Doch jetzt im Dirndl war sie eine andere geworden. Schaden kann es ja nicht, dachte sie. Sie holte eine kleine Kerze aus der Vorratskammer. Dort gab es eine ganze Kiste davon. Sie zündete sie an und stellte sie auf. Die Flamme brannte ruhig und hell. Petra empfand das ruhige Brennen der Flamme als sehr tröstlich. Sie faltete die Hände vor ihrer Brust und versuchte, Worte zu finden. Womit sollte sie anfangen? Es gelang ihr nicht richtig. Selbst in diesem Augenblick drängte sich immer wieder das Bild von Christoph Unterlercher in den Vordergrund. So stand sie einfach da und ließ die Gedanken ziehen. Irgendwann wurde sie ganz ruhig.

Danach ging Petra durch das ganze Haus und besah sich alles

noch einmal. Sie streichelte die bemalten Schränke und Kommoden in den Zimmern. Sie rückte die Blumen auf dem Empfangstisch ein weiteres Mal zurecht. Sie schlug das dicke alte Buch auf, in dem ihre Großeltern und ihr Vater die Namen und die Anschriften der Pensionsgäste notiert hatten.

Auf die freie Doppelseite schrieb sie.

»Pension Petra Vogelmeier«, und daneben das Datum.

Sie hatte die Wörter in Gänsefüßchen gesetzt. Denn es war ja noch nicht wirklich ihr Hof, auch wenn ihr Herz schon lange davon Besitz ergriffen hatte. Einen Augenblick blieb sie auf dem Stuhl hinter dem Empfangstisch sitzen und ließ den Tag an sich vorbeiziehen. Er war sehr ereignisreich gewesen. Sie war Christoph Unterlercher begegnet und hatte die ersten Spuren ihrer Wurzeln gefunden.

Petra aß zu Abend. Nachdem sie das Geschirr abgewaschen hatte, ging sie hinauf und holte die alte Ledermappe aus der Kommode im Schlafzimmer. Draußen setzte die Dämmerung ein. Das Tal lag schon ganz im Schatten. Es wurde kühl. Die letzten Sonnenstrahlen tauchten den Gipfel des ›Engelssteig‹ in rötliches Abendlicht.

Nachdem Petra auf der Bank vor dem Haus gesessen hatte, bis die Sonne untergegangen war, ging sie hinein. Sie machte Licht in der Küche und setzte sich an den Tisch.

Mit zitternden Händen hielt sie die Bündel Briefe in Händen, die ihr leiblicher Vater, Zacharias Vogelmeier, an ihre Mutter geschrieben hatte, viele, viele Jahre lang. Sicherlich waren es zu Beginn mehr gewesen. Doch dann schrieb er immer im Juli, zum Geburtstag ihrer Mutter, zu Ostern und zu Weihnachten. Alle Briefe waren ungeöffnet zurückgekommen, mit dem Vermerk: Annahme verweigert.

Petra löste einen Knoten der Kordel, mit dem ihr Vater die Briefe der einzelnen Jahre zusammengebunden hatte. Sie begann die Briefe zu lesen aus dem Jahr ihrer Geburt.

Sorgfältig, als öffnete sie einen wertvollen Schatz, steckte sie die Klinge eines schmalen Küchenmessers in die Kante des Umschlages und schnitt ihn auf. Sie nahm das Stück gefaltetes Briefpapier heraus und begann zu lesen.

Danach legte sie es zur Seite. So arbeitete sie sich von Brief zu Brief und von Jahrgang zu Jahrgang. Dabei kam ihr Herz ihrem verstorbenen Vater immer näher, und ihre Mutter wurde ihr immer fremder.

Wie mußte ihr Vater gelitten haben!

Wie einsam mußte er gewesen sein!

Er hatte Petras Mutter geliebt, so sehr geliebt. Er hatte sie in diesen Briefen an seinem Leben teilnehmen lassen. Alles hatte er ihr geschrieben, was auf dem Hof geschah, wenn eine Kuh kalbte, ein Pferd eine Kolik hatte, wenn das Wetter gut oder schlecht war. Die kleinste Kleinigkeit hatte er ihr geschrieben. Die Briefe waren viele Seiten lang.

Für Petra war es ein komplettes Tagebuch ihres Vaters. Dies war sein Vermächtnis, mehr als der Hof. Durch all die Briefe erzählte er ihr, wie sie den Hof zu führen hatte, was zu machen war, im Laufe der Jahreszeiten. Er vermittelte ihr die Geschichte des Hofes in den letzten fündundzwanzig Jahren.

Immer wieder wischte sich Petra beim Lesen die Tränen aus den Augen. Sie empfand großes Mitleid mit dem Mann, der so einsam gewesen sein mußte. Der seiner einzigen Liebe, auf seine Art und Weise, ein Leben lang die Treue gehalten hatte. In den letzten Briefen sprach er auch von ihr, von Petra. Er bat Vera, Petras Mutter, um Vermittlung zwischen ihm und Petra. Er machte ihr keine Vorwürfe, daß sie Petra so lange vor ihm verborgen gehalten hatte. Im Gegenteil, er dankte ihr für das Geschenk der Geburt einer so schönen und lieben Tochter. Er hatte in den Jahren, seit er gewußt hatte, daß er Vater war, Vera immer zum Tage von Petras Geburt eine Karte mit Blumen geschickt.

Die Turmuhr schlug Mitternacht, als Petra alles gelesen hatte. Sie ließ die Briefe nach Jahrgängen geordnet auf dem Tisch liegen. Schnell zog sie eine dicke Strickjacke an und ging hinaus zu ihrem Auto.

Dabei wäre sie fast mit Christoph Unterlercher zusammengestoßen, der sie seit Stunden unbemerkt durch das Fenster beobachtet hatte. Im letzten Augenblick konnte er sich hinter einem Holzstapel verstecken. Gut, daß ich mein Auto ›Beim Baumberger‹ habe stehen lassen, dachte er.

Er sah ihr nach, wie sie davonfuhr, bis die Rücklichter ihres Autos ganz von der Dunkelheit verschluckt wurden. Dann rannte er hinterher.

Wo wollte sie hin?

Was konnte mitten in der Nacht ihr Ziel sein?

Christoph Unterlercher sah, daß Petra ihren Wagen bei der Kirche geparkt hatte. Die umliegenden Häuser lagen alle im Dunkel.

War sie in der Kirche?

Christoph drückte die Klinke an der Kirchentür herunter. Die Tür war abgeschlossen. Unschlüssig blieb er vor dem Gotteshaus stehen. Er hörte Schritte und erkannte in der Dunkelheit eine Männergestalt.

»Soll ich dir aufschließen, Christoph?«

Christoph erkannte den Pfarrer. Sie wechselten wenige Worte.

»Ich nehme an, daß Petra auf dem Friedhof ist. Ich habe gehört, wie ein Auto abgestellt wurde. Das geschieht selten mitten in der Nacht hier in Waldkogel. Ich saß noch über meiner Predigt für den kommenden Sonntag. Da löschte ich schnell das Licht und schaute hinaus. Eine Frauengestalt ging auf das Friedhofstürchen zu. Ich kenne auch Petras Auto. Doch die Frau sah nicht wie Petra aus, soweit ich es in der Dunkelheit erkennen konnte, Christoph.«

Christoph Unterlercher packte den Pfarrer an beiden Schultern.

»Doch, das war Petra! Danke, Hochwürden! Sie trägt jetzt ein Dirndl, sieht aus wie eine Hiesige.«

Dann eilte er davon.

Der Pfarrer sah ihm nach. Er fühlte, daß Petra in guten Händen war und zog sich zurück. Sein Gebet war offensichtlich erhört worden. Es sah so aus, als hätte der Himmel einen irdischen Beschützer für die junge Frau abgestellt. Da wollte sich der Pfarrer nicht einmischen und alles seinen Lauf nehmen lassen, ganz so wie es die himmlischen Heerscharen vorhergesehen hatten.

Pfarrer Zandler ging in die Kirche und zündete vor der Mutter Gottes eine Kerze an. Danach arbeitete er weiter an seiner Predigt.

*

Petra stand in der Dunkelheit vor dem Grab ihres Vaters. Sie zog die Strickjacke enger um den Körper.

»Ich bin gekommen, um mit dir zu reden. Ich denk', du kannst mich da oben hören.«

Petra sah hinauf in den wolkenlosen Nachthimmel mit seinen glitzernden Sternen.

»Du warst in deinem Leid nicht alleine, jedenfalls nicht die letzten Jahre. Auch ich war einsam und fühlte mich leer. Ich weiß, daß das für dich genauso ein Schock war, zu hören, daß es mich gibt, wie für mich, daß ich einen Vater habe, den ich nicht kenne. Ich habe mich oft gefragt, wie du wohl sein wirst. Dann stand ich vor dem Spiegel und suchte nach Merkmalen in meinem Gesicht, die mir Mutter nicht vererbt hat. Jetzt weiß ich, daß ich meine großen, rehbraunen Augen und mein dichtes und kräftiges Haar von dir geerbt habe. Ich habe auch meinen Stolz von dir. Ich brause gerne auf und handle, bevor ich nachdenke. Hinterher tut es mir dann leid. Du kannst mich sicherlich verstehen. Wenn ich damals an meinem Geburtstag nicht einfach so davongelaufen wäre, dann hätte ich vielleicht deine Adresse erfahren. Wenn ich nicht so stur gewesen wäre, hätte ich mich nach dir erkundigt. Ich war es aber. So habe ich mir selbst die Chance genommen, dich kennenzulernen. Daß du Scheu hattest auf mich zuzugehen, das verstehe ich. Und ich will dir sagen, daß ich dir deswegen nicht böse bin. Wir haben beide Fehler gemacht. Die Strafe dafür ist, daß wir uns niemals in die Augen sehen konnten.«

Petra schwieg einen Augenblick. Dann fuhr sie fort:

»Jedenfalls nicht hier auf Erden. Vielleicht begegnen wir uns irgendwann da oben, wo es weder Raum noch Zeit gibt. An diese Hoffnung will ich mich klammern. Ich weiß, wenn du länger gelebt hättest, dann wären wir uns sicherlich begegnet. Du hättest mich in die Arme genommen.«

Petra mußte schlucken. Ihr Herz war schwer und ihre Seele wund.

»Ich habe all deine Briefe gelesen. Du bist mir dadurch nah. Ich werde deine Zeilen immer in Ehren halten, als dein Vermächtnis. Hab' Dank dafür, daß du sie aufbewahrt hast. Hab' Dank für den Hof. Ich hatte das Gefühl, als warte er auf mich. Er hat mich aufgenommen. Schon in den wenigen Stunden ist er mir zur Heimat geworden. Nachdem ich deine Briefe gelesen habe, ist mir, als wäre ich schon lange dort. Ich will dir versprechen, daß ich alles tun werde, damit ich dein mir zugedachtes Erbe erhalten kann. Ich hoffe, daß es mir gelingt. Sollte es unmöglich sein, dann verurteile mich nicht für meine Unfähigkeit. Vater, nimm meine Liebe entgegen, die ich dir zu Lebzeiten nicht geben konnte. Ja, du bist mein Vater. Wir sind uns doch so nah.«

Da fiel das Mondlicht auf das Grab. In der Dunkelheit leuchtete eine weiße Lilie inmitten der verwelkten Blumen. Petra griff nach ihr und drückte sie an ihre Brust.

»Ich weiß nicht, wie es genau weitergehen soll. Ich werde wohl oft hierher zu dir kommen und mit dir reden. Ich habe viele Fragen. Doch heute ist nicht der Tag oder die Nacht, Fragen zu stellen nach praktischen Dingen. Heute nacht wollte ich dir nur sagen, daß ich mich jetzt wirklich als deine Tochter fühle und dich als meinen Vater empfinde. Gute Nacht, Papa!«

Petra stand noch einen Augenblick mit gesenktem Kopf vor dem Grab. Als sie die Lider wieder aufschlug, hörte sie ein Rascheln ganz in der Nähe. Sie erschrak und lauschte in die Dunkelheit.

Christoph Unterlercher trat hinter dem Stamm des Baumes hervor. Er ging auf sie zu und legte ihr seine Jacke um. Petra konnte nichts sagen. Er legte seine starken Arme um sie.

»Komm, Petra! Ich bringe dich heim zum Vogelmeier Hof!«

In der Dunkelheit konnte sie seine Augen nicht sehen. Sie spürte nur die Wärme seiner Nähe.

»Bist du schon lange hier?«

»Pst! Keine Fragen!«

Er hielt sie ganz fest und küßte sie zärtlich. Zuerst auf ihr Haar, dann auf ihre Stirn. Petra wehrte sich nicht. So drückte er ihr sanft einen Kuß auf ihre weichen Lippen.

Dann führte er sie, seine starken Arme um ihre Schultern gelegt, zum Auto. Er hielt ihr die Beifahrertür auf und ließ sie einsteigen. Wortlos gab sie ihm den Schlüssel. Auf der kurzen Strecke bis zum Vogelmeier Hof warf er ihr immer wieder liebevolle und besorgte Blicke zu. Sie sah sie nicht. Mit geschlossenen Augen saß sie erschöpft auf dem Beifahrersitz.

Christoph Unterlercher hielt vor der Haustür. Er half ihr beim Aussteigen und brachte sie ins Haus. Willenlos ließ sie alles mit sich geschehen.

»Wo ist dein Zimmer?«

Petra wies mit der Hand auf die Treppe.

»Die Tür am Ende des Ganges!«

Christoph nahm sie einfach auf seine starken Arme und trug sie die Treppe hinauf. Er setzte sie auf dem Bettrand ab.

»Leg dich hin! Ich gehe hinunter und mache dir eine warme Milch mit Honig. Bin bald wieder da! Nicht weglaufen!«

»Es ist keine Milch da! Danke für deine Fürsorge!«

»Pst!«

Er ging hinaus und schloß die Tür. Petra sah, daß an der Stelle, die die offene Tür bis jetzt verdeckt hatte, ein großes Photo in einem alten mit Schnitzereien verzierten Rahmen hing. Es war das Hochzeitsfoto von Zacharias und Vera. Petra zog ein langes Nachthemd an. Dann trat sie vor das Bild. Einem Instinkt oder einer inneren Stimme folgend nahm sie es ab und drehte es um. Auf der Rückseite stand das Hochzeitsdatum, geschrieben mit schwarzer Tinte. Darunter hatte ihr Vater ein weiteres Datum geschrieben. Es war das Datum, an dem die Ehe annulliert worden war. Der von ihm geschriebene Kommentar lautete:

»Ehen werden für ein Leben geschlossen und dürfen dauern bis in die Ewigkeit. Auch wenn dies hier nicht so sein kann, so will ich das Treueversprechen doch halten.«

Liebevoll strich Petra mit den Fingern darüber. Dann legte sie das Bild auf die Kommode und huschte schnell ins Bett. Sie hörte nämlich Christoph die Treppe heraufkommen.

»So, Petra! Hier ist warme Milch mit Honig! Ist nur aus haltbarer Beutelmilch. Aber bald wird wieder eine Kuh im Stall stehen, dann hast du frische Milch. Trink!«

Petra trank die Milch in kleinen Schlucken. Zwischendrin schaute sie ihn immer wieder fragend an.

»Ich hatte ein Gespräch mit Anna und Toni. Auch Tonis Eltern haben mir einiges erzählt. Ich weiß also Bescheid. Das wollte ich dir heute nacht nur noch sagen. Über alles andere reden wir morgen.«

Petra stellte den großen Becher aus blauem Email mit den kleinen weißen Punkten auf dem Nachttisch ab. Sie machte eine Bewegung, als wollte sie das Bett verlassen.

»Ich muß noch einmal hinunter in die Küche.«

Sanft drückte er sie in die Kissen zurück.

»Ich habe die Haustür abgeschlossen. Die Briefe auf dem Küchentisch habe ich nicht angerührt und werde sie auch nicht lesen. Das verspreche ich dir. Du kannst sie morgen früh wegräumen.«

Er zog die Decke hoch und steckte sie an ihren Schultern fest. Dann knipste er die Deckenlampe aus. Jetzt fiel nur noch der Schein der Nachttischlampe auf Petras Profil.

»Schlaf jetzt! Ich bleibe hier sitzen, bis du eingeschlafen bist. Dann nehme ich mir das Zimmer gegenüber. Schlaf dich morgen früh aus. Gute Nacht, liebste Petra!«

Er küßte ihr wieder zärtlich die Stirn. Petra schloß die Augen und spürte dann seine weichen Lippen auf den ihren. Sie erwiderte seinen Kuß.

Mit geschlossenen Augen lag sie da. Ihr Herz klopfte. Christoph, war das letzte, was sie dachte. Dann fiel sie in einen tiefen Schlaf.

*

Es war schon früher Mittag, als Petra am nächsten Tag aufwachte. Sie blieb erst noch eine Weile liegen. Sie mußte nachdenken. Christoph hatte sie geküßt und sie zu Bett gebracht. Liebevoll hatte er sie umsorgt, ohne viele Worte zu machen. Wie sollte sie ihm gegenübertreten? Sie hatte sich nicht dagegen gewehrt. Doch da war es Nacht gewesen und sie in einem gefühlsmäßigen Ausnahmezustand. Doch jetzt war heller Tag. Draußen schien die Sonne.

Nachdem Petra geduscht und sich angezogen hatte, ging sie hinunter. Auf dem Küchentisch, neben den Briefen, stand ein hölzernes Kästchen. Der Deckel war mit Schnitzereien verziert. Auf den ersten Blick erkannte Petra, daß das dargestellte Motiv der Vogelmeier Hof war. Sie öffnete die kleine Truhe.

Darin lag ein Zettel:

Liebe Petra! Darin kannst du die Briefe aufbewahren.

Dein Christoph

Immer wieder strich Petra mit der Hand über das kunstvolle Relief. Dann bündelte sie die Briefe wieder nach Jahrgängen und legte sie sorgfältig hinein. Sie trug sie hinauf und stellte sie unten in ihren Kleiderschrank.

Dann aß sie etwas. Christoph hatte ihr das Frühstück schon hergerichtet.

Wie lieb, dachte Petra. Dabei ist er doch Gast hier, und ich hätte das machen müssen.

Sie überlegte.

Wo konnte er sein?

Die Zimmertür des Zimmers gegenüber ihrem Schlafzimmer war verschlossen. Petra schaute aus dem Fenster. Das große Scheunentor stand offen.

Nach dem Frühstück ging Petra hinüber. Da saß Christoph auf einem dreibeinigen Melkschemel und schnitzte.

»Guten Morgen! Ausgeschlafen? Fühlst du dich besser?«

Er stand auf und ging auf sie zu. Er wollte sie wieder küssen. Petra drehte den Kopf zur Seite und drückte ihn mit ihrer Hand sanft von sich.

»Christoph, es war schön heute nacht, doch jetzt ist Tag! Du warst sehr fürsorglich, dafür danke ich dir. Doch mir geht das alles viel zu schnell.«

»Dann liebst du mich nicht, Petra? Das kann doch nicht sein!«

»Ich habe nur gesagt, daß mir das alles viel zu schnell geht, Chris.«

Petra schaute sich um.

»Du schnitzt?«

»Ja, wie du siehst. Hat dir der kleine Kasten gefallen?«

»Den hast du gemacht?«

»Ja, den habe ich gemacht, extra für dich, Petra!«

»Vielen Dank! Das war bestimmt viel Arbeit. Da bist du ja früh aufgestanden.«

»Nein, ich habe das Relief vom Vogelmeier Hof heute nacht geschnitzt. Es ist keine besonders gute Arbeit. Ich werde es in den nächsten Tagen noch mehr ausarbeiten.«

»Oh, das ist nicht nötig! Es ist wunderschön!«

»Das mußt du schon mir überlassen. Immerhin ist das Kunstwerk ein echter Unterlercher. Ich habe einen Ruf zu verlieren.«

Petra sah ihn mit großen Augen an.

»Ah! Jetzt weißt du nicht, was du sagen sollst«, er grinste. »Nun, dann helfe ich dir. Ich bin Holzschnitzer von Beruf. Ich schnitze meistens religiöse Statuen, Heilige, Kruzifixe. Das mache ich im Winter. Im Sommer bin ich in den Bergen und sammle Holz für kleinere Figuren. In vielen Kirchen, hier in der Umgebung, stehen Heiligenstatuen von mir. Ich mache auch Marterln, dafür bin ich ziemlich bekannt. In vielen Kirchen hängen Kreuze von mir, fast in jedem europäischen Land. Ich habe auch schon nach Übersee geliefert, sogar nach Fernost. Ich habe auch schon Buddhas geschnitzt.«

Petra erinnerte sich jetzt wieder an Annas Reaktion, als sie ihr seinen Namen sagte.

»Weißt du was Marterln sind?« fragte Christoph.

Petra schüttelte den Kopf.

»Dann will ich es dir erklären. Das sind hölzerne Gedenktafeln oder auch Kreuze mit einer Inschrift. Sie werden in Erinnerung an einen Verunglückten in den Bergen aufgestellt.«

»Ah, jetzt verstehe ich, warum du die Scheune haben wolltest.«

»Ja, ich habe zwar in der Stadt ein Studio und eine Werkstatt. Aber ich bin lieber in den Bergen. Das Holz für größere Arbeiten kaufe ich immer beim Albert.« Erklärend fügte er hinzu. »Albert Weißgerber hat ein Sägewerk hier in Waldkogel am Waldsee. Ich habe einen größeren Auftrag für ein hölzernes Wandbild. Das will ich die nächsten Wochen anfertigen.«

»Was schnitzt du da? Sieht mir nicht aus wie ein Wandbild.«

Christoph Unterlercher schaute Petra an.

»Das ist für deinen Vater. Das wird das Marterl, das wir aufstellen. Ich dachte, das gefällt dir. Ich habe gehört, wie du mit deinem Vater gestern geredet hast, an seinem Grab. Da dachte ich mir, ich mache ein Marterl. Das stellen wir dann zusammen auf. Wenn ich damit fertig bin, dann bekommt dein Vater auch noch ein schönes Grabkreuz. Beides ist hier Tradition. Du kannst das doch nicht so wissen. Da es aber so gemacht wird, habe ich schon einmal damit angefangen.«

»Du bist jemand, der immer gleich auf sein Ziel losgeht und gleich Tatsachen schafft, wie?«

»Ja! Wenn ich weiß, was ich will, dann ist das der beste Weg. Wie heißt es so schön: Gesagt – getan!«

Christoph lächelte. Dabei zeigten sich wieder diese verführerischen Grübchen auf seinen Wangen.

»Gut, das mit dem Grabkreuz und dem Marterl verstehe ich, Christoph. Doch du mußt mir vorher sagen, was es kostet. Ich wünsche, daß es einfach gehalten wird. Ich habe kein Geld für Schnörkeleien und Kunst. Ich muß das Geld zusammenhalten. Was soll es kosten?«

Christoph lachte laut.

»Petra! Petra! Jetzt bist du wieder so wie gestern, als wir uns auf der Landstraße trafen. Hast du mich denn gar nicht verstanden heute nacht?«

Petra errötete. Ihr Herz schlug, als wollte es zerspringen.

»Darum geht es nicht! Das eine ist das eine und das andere ist das andere.«

»Soso! Das eine ist das eine und das andere ist das andere!« wiederholte Christoph Unterlercher bissig. »Ich sehe das ganz anders. Jetzt wird nicht mehr darüber geredet. Dein Vater bekommt sein Grabkreuz und sein Marterl. Basta!«

Petra lehnte sich an die Scheunentür und verschränkte die Arme.

»Christoph! Das Leben ist schon kompliziert genug für mich. Ich habe ein Erbe, das verschuldet ist. Mein Vater war die letzten Jahre sehr herzkrank. Er konnte wenig machen und Verschiedenes ging kaputt. Da hat er eine Hypothek auf den Hof aufgenommen. Das fiel ihm sehr schwer. Die Raten hat er immer bezahlen können. Doch ob ich das auch schaffe, steht noch in den Sternen. Ich würde so gern den Hof weiterführen. Doch ich muß auch klar sehen, was möglich ist und was unmöglich ist. Wenn es nur bei den Raten bliebe, dann würde ich es vielleicht schaffen. Aber auch Onkel Ludwig meint, daß ich den Hof renovieren und modernisieren müßte.«

»Schwachsinn!« stieß Christoph hervor. »So ein hirnrissiges Geschwätz eines Städters.«

Er griff Petra bei der Hand und zog sie mitten auf den Hof. Er stellte sich hinter sie und legte seine Arme von hinten um sie. Petra wollte das nicht zulassen, brachte aber nicht die Kraft auf, ihm Widerstand zu leisten. Es war schön, seine Nähe zu spüren. Sie fühlte sich beschützt und glücklich.

»So! Schau dir das Haus an! Das Dach ist dicht. Auch innen ist der Hof in einem guten Zustand. Gut, die Stromleitungen müßten erneuert werden, auch sonst gibt es Kleinigkeiten. Aber im Grunde ist das ein Kleinod, Petra. Ich sage dir, was du machen sollst! Du bepflanzt all die leeren Blumenkästen vor den Fenstern und längs der Balkone. Dann sieht der Hof genauso aus, wie alle die anderen alten Höfe. Innen würde ich alles so lassen, erst einmal. Du schaffst dir wieder Vieh an. Ich denke an ein bis zwei Kühe und ein paar Ziegen. Dann hast du frische Milch und Rahm. Du kannst dann auch deine eigene Butter machen. Dazu nimmst du noch ein paar Hühner für die Eier. Der Schweinestall füllt sich schneller, als du denkst. Mußt nur eine Sau kaufen, die bereits gedeckt ist. Eine kleine Schafherde mit ein paar weiblichen Tieren und einem Bock können einen Teil der Wiesen zusammen mit den Ziegen abweiden. Dann vermietest du die Zimmer an Familien mit Kindern.

Familienferien auf dem Bauernhof, mit Tieren zum Anfassen, verstehst du?«

»Das klingt alles so einfach aus deinem Mund, Christoph.«

»Es ist einfach! Ich mache meine Schnitzereien, richte mir hier in der Scheune meine Werkstatt ein. Du kümmerst dich ums Haus, die Gäste und den Garten. Ich mähe die Wiesen und kümmere mich um die Felder. Wir werden einen großen Teil der Äcker verpachten.«

Petra löste sich aus seinen Armen und schaute ihn mit großen Augen an.

»Das klingt ja so, als wolltest du dich für immer hier einquartieren?«

»Ja! Das habe ich beschlossen – und das werde ich machen!«

»Aha! Ganz so, wie du es mir vorhin beschrieben hast. Du gehst einfach auf dein Ziel los.«

»Genau!«

»Zu diesen deinen Plänen gehören aber zwei! Ich muß da mitspielen! Noch ist das mein Hof!«

»Falsch! Es wird erst dein Hof! Daß du dein Erbe antreten wirst, da bin ich mir sicher. Also habe ich mir schon einmal Gedanken gemacht. So ein großer Hof ist schwer zu bewirtschaften für eine Frau alleine. Das ist mehr ein Familienbetrieb. Auch wenn es dein Hof ist, dein Eigentum. Verstehst?«

»Was soll ich da verstehen?«

»Wir tun uns zusammen! Aus den Vogelmeier Hof wird dann der Unterlercher Hof, weil du dann die Unterlercher Bäuerin bist. Dabei ist mir klar, daß es einige Jahre dauern wird, bis sich hier die Leute in Waldkogel an den Namen gewöhnt haben. Da müssen wir eben Geduld haben.«

Petra traute ihren Ohren nicht. Sie starrte ihn an. In ihren großen braunen Augen sah er die Freude, aber auch die Fragen und die Angst. Ihr fehlte der Mut, diesen Schritt zu tun. Das sah er deutlich. Christoph wäre nicht der Christoph Unterlercher gewesen, wenn er sich davon hätte entmutigen lassen.

»Was siehst du mich so an wie der ungläubige Thomas?«

»Ich? Ich die Unterlercher Bäuerin? Was soll das heißen?«

»Na, genau das! Bist du einverstanden?«

Petra lief zur Hauswand und lehnte sich dagegen. Sie brauchte einen Halt. Ihr Herz klopfte. Sie hatte Angst, daß ihr gleich die Sinne schwinden würden.

Christoph Unterlercher trat auf Petra zu. Er stemmte die Hände rechts und links von ihr gegen die Mauer. Sie schlug die Hände vor das Gesicht.

»Christoph! Nein!«

»Das heißt, du lehnst meinen Antrag ab?«

»Nein!«

»Dann hast du ihn also angenommen?«

»Nein!«

»Nein? Bei allen Heiligen! Da versteh einer die Weiber. Willst jetzt oder willst jetzt nicht?«

Petra schaute in seine blauen Augen. In ihrem Blick lag inniges Verstehen, Liebe, Zuneigung aber auch Verzweiflung, Angst vor der Zukunft.

»Bitte verstehe doch, Christoph! Das ist alles ein bißchen viel. Vorgestern erfahre ich, wer mein Vater ist. Gestern komme ich hier auf den Hof, eigentlich nur zum Ansehen. Dann verliebe ich mich in mein Erbe. Du läufst mir über den Weg. Ich finde und lese die Briefe meines Vaters. Das ist alles zuviel. Vor allen dein …«

Petra brach den Satz ab und schaute zu Boden.

»… Heiratsantrag!« ergänzte Christoph Unterlercher und hob ihr Kinn mit seinem Zeigefinger hoch. Sie mußte ihm wieder in die Augen schauen.

»Aber wir kennen uns doch kaum! Bitte verstehe mich doch!« jammerte und flehte sie.

»Das mit dem langen Kennen ist doch ein richtiger Schmarren! Entweder liebt man oder man liebt nicht. Ich liebe dich! Und ich denke, daß ich dir auch nicht ganz unsympathisch bin.

Also habe ich dir gesagt, wie ich darüber denke. Basta! Was sollen wir da noch lange rumreden, Petra? Es hat gefunkt zwischen uns. Das weißt du und das weiß ich.«

Petra konnte darauf keine Antwort geben. Er näherte sich ihrem Gesicht. Dann riß er sie an sich und küßte sie leidenschaftlich. Petra schwanden fast die Sinne. Fast willenlos lag sie in seinen Armen. Nach einem endlosen Kuß ließ er sie los.

»Nun, was ist jetzt? War das ein Ja?«

Petra riß sich los und rannte davon. Christoph stemmte die Arme in die Seite und schaute ihr nach.

»Ich habe es ja immer gewußt. Die Frauen sind schwer zu verstehen.«

Petra holte ihre Handtasche und sprang in ihr altes Auto. Der Motor heulte auf, da sie viel zuviel Gas gab. Mit durchdrehenden Reifen fegte sie vom Hof, als wäre der Teufel hinter ihr her.

Sie raste durch Waldkogel und hielt bei den Baumbergers. Sie stieg nicht aus. Sie hupte laut. Xaver und Meta kamen bei so viel Lärm heraus.

»Ja, um Gottes willen, Madl! Wie siehst du denn aus? Bist ja weiß wie eine frischgekalkte Wand. Was ist denn geschehen?«

»Ich will rauf zur Berghütte. Ich muß mit der Anna reden. Wie komm ich rauf auf die Oberländer Alm?«

Meta und ihr Mann schauten sich an. Beide hatten erkannt, daß weiteres Fragen zwecklos war. Xaver erklärte Petra den Weg. Meta versprach, Anna und Toni anzurufen und anzukündigen, daß sie auf dem Weg zu ihnen sei.

»Danke«, sagte Petra kurz.

»Was ist denn mit dem Christoph?« fragte Xaver Baumberger dann doch.

»Der schnitzt in der Scheune an einem Stück Holz herum, gerade wie es ihm paßt. Dabei denkt er, er könnte sich die ganze Welt nach seinen Entwürfen zurechtschnitzen.«

Petra sagte nichts weiter. Sie fuhr davon.

»Du, Meta, ich glaub, wir haben da einen Fehler gemacht.

Des hat net funktioniert, was der Fritz Fellbacher und ich ausgeheckt haben. Des is' gründlich daneben gegangen. Mei, ja des kommt davon, wenn man Schicksal spielen will.«

»Des seh i net so, Xaver. Eher im Gegenteil. Die Anna hat mir schon erzählt, daß sich die Petra in den Unterlercher verliebt hat. Als du und der Fellbacher ihn dann da bei der Petra einquartiert habt, da habt ihr ja net gewußt, daß bei den beiden schon der Blitz eingeschlagen hat.«

»Mei, natürlich haben wir des net gewußt. Aber jetzt schaut's bös aus. Da muß was passiert sein, was ganz Böses. Meinst, i soll den Fritz mal anrufen, daß der mal zum Vogelmeier Hof geht und nach dem Christoph schauen tut?«

»So ein Schmarren! Nix wird gemacht, Xaver! Des mit den beiden is auf einem guten Weg. Des spüre ich intuitiv.«

»So! Was du net sagst, Meta! Intuitiv?«

»Die Petra ist net vor dem Christoph davongelaufen, sondern vor sich selbst. Sie will mit Anna reden. Die Anna wird mir schon alles erzählen. Da mußt dich gedulden, Xaver.«

»Ja, wenn d' meinst, Meta!«

»Ja, mein i! Und jetzt, wird nimmer daran denkt. I telefonier' die Anna an. Dann müssen wir uns beeilen. Der Reisebus mit den Bergwanderern wird bald da sein.«

*

Anna war nach dem Anruf ihrer Schwiegermutter sofort hinunter in Richtung zur Oberländer Alm geeilt. Sie hatte Bello mitgenommen. Unterwegs kam ihr schon Petra entgegen. Hilda und Wenzel hatten ihr den Weg beschrieben. Petra fiel Anna in die Arme.

»Was ist denn, Petra? Was ist passiert?«

Während sie aufstiegen, berichtete Petra, was vorgefallen war. Anna ließ sie ausreden, ohne sie zu unterbrechen.

»Nun, Anna, was sagst du dazu?«

»Christoph Unterlercher hat dir einen Heiratsantrag gemacht.« Anna schmunzelte. »Ich muß zugeben, daß er das nicht ganz so gemacht hat, wie man es üblicherweise erwartet. Der Christoph ist ein berühmter Bildhauer und kommt in der ganzen Welt herum. Er sieht phantastisch aus. Die Frauen laufen ihm reihenweise nach, erzählt man. Das nervt ihn. Deshalb ist er wohl bisher jedem Rock aus dem Weg gegangen. Man erzählt sich so mancherlei. Jetzt hat's ihn erwischt. Er hat sich in dich verliebt. Er hat dich umsorgt. Das ist seine Art und Weise zu sagen, daß es ihm ernst ist. Christoph Unterlercher ist ein ganz stiller Typ. Am liebsten sitzt er irgendwo allein und schnitzt. Er malt auch sehr schön. Er hat an der Kunstakademie studiert und viele Preise gewonnen. Dort hat er auch einen Lehrstuhl. Da kannst du dir vorstellen, wie die jungen Studentinnen ihn umlagern. Jetzt hat er dich gefunden! Jetzt will er dich haben.«

Anna warf Petra einen Seitenblick zu. Petra errötete.

»Na siehst du! Du liebst ihn doch auch! Gib es zu!«

»Er hat mich nur geküßt. Gut, ich habe ihn auch geküßt. Aber gesagt, daß er mich liebt, das hat er nicht.«

»Mmm. Ganz so ist es nicht, Petra. Er sagte dir ›Gute Nacht, liebste Petra‹.«

»Das ist etwas anderes. Gut, ich gebe zu, daß er lieb ist. Aber ich habe mir alles ganz anders vorgestellt, wenn mich einmal ein Mann liebt und um mich wirbt. Ich dachte, er schickt mir Blumen und Süßigkeiten. Wir gehen zusammen essen, machen Spaziergänge im Mondschein. Wir schreiben uns Liebesbriefe und murmeln uns zärtliche Worte zu.«

Petra blieb stehen. »Statt dessen redet er von Kühen, Ziegen, Schafen, Schweinen, Hühnern! Will meine Äcker verpachten! Hat bereits mein ganzes Leben verplant und geregelt. – Ah, noch was! Er will, daß ich die Blumenkästen bepflanze!«

»Gute Idee!«

»Die Bepflanzung der Blumenkästen oder seine Pläne?«

»Alles! Das ist doch alles eine einzige riesige Liebeserklärung, Petra. Verstehst du das denn nicht?«

Petra schwieg eine kleine Weile. Der Weg wurde schmal. Sie gingen hintereinander. Bello lief immer ein Stück voraus und blieb dann stehen und wartete auf die beiden jungen Frauen.

»Magst ja recht haben, Anna. Trotzdem ist mir das alles zu sachlich.«

Die Berghütte lag jetzt schon in Sichtweite. Anna und Petra setzten sich auf einen großen Stein.

»Komm, laß uns hier reden. Die Berghütte ist voller Gäste. Da habe ich wenig Zeit für dich, erst spät heute abend, wenn alle zusammen auf dem Hüttenboden schlafen.«

Entsetzt schaute Petra Anna an. Diese lachte.

»Keine Sorge. Wir haben auch ein paar Kammern. Du bekommst meine Kammer, in der ich übernachtet habe, bevor ich die Frau von meinem Antonius Baumberger wurde. Da schläft es sich herrlich. Schöne Träume von deinem Liebsten hast du dort bestimmt auch.«

»Ich weiß nicht, ob ich von ihm träumen will.«

»Oh! Du kannst wirklich dickköpfig sein, Petra!«

»Entschuldige, das ist wahrscheinlich das Erbe meines Papas.«

»Verziehen! Doch jetzt hörst du mir einmal zu. Ich verstehe dich ja. Du hast da eine Menge romantischer Erwartungen aufgezählt. Doch die meisten davon hast du schon bekommen.«

»Nein!« protestierte Petra.

Anna ließ sich davon nicht beeindrucken und begann nun ihrerseits mit der Aufzählung.

»Es kommt dabei nur auf den Blickwinkel an. Oder anders ausgedrückt: Du mußt das übersetzen. Also! Ich übersetze dir das jetzt einmal. Er hat dich mitten in der Nacht auf dem Friedhof unter dem Sternenhimmel geküßt. Das geschah vor dem Grab deines Papas, wie du ihn jetzt nennst. Damit hat er quasi um deine Hand angehalten. Er hat dir dieses kleine Kästchen geschnitzt. Das war ein Geschenk, so wie Blumen oder Süßigkeiten oder Schmuck, wie du dir das so wünschst. Darin lag ein Zettel, was wiederum vergleichbar ist mit einem Liebesbrief. Dann schnitzt er für deinen Papa ein Marterl und ein Grabkreuz. Das alles zusammen ist seine Art dir zu sagen, daß er dich liebt. Er nimmt großen Anteil an deinem Leben.«

Anna ließ diese Worte auf Petra wirken. Dann sprach sie weiter:

»Seine Gedanken über deinen Hof, damit will er dir sagen, daß es ihm wirklich ernst ist. Die meisten Männer sind nicht so sprachgewandt wie wir Frauen. Außerdem haben sie nicht gelernt, ihre Gefühle zu zeigen. Reden über Gefühle, das fällt ihnen schwer. Sie genieren sich einfach, die Worte auszusprechen. Aber sie sind erziehbar. Männer sind die Eroberer und Kämpfer. Sie schaffen Tatsachen und denken, daß sie damit alles klargemacht haben. Das imponiert uns Frauen ja auch. Aber wir müssen ihnen beibringen, daß sie es auch sagen müssen.«

Anna lachte laut.

»Mein Toni, oh, wenn ich daran denke! Der schaute mich immer so verliebt an. Bis er mich dann endlich einmal küßte, das war ein schwerer Weg. Da mußte ich viel Geduld aufbringen. Da hast du es einfacher. Dein Christoph scheint ja ein wirklicher Draufgänger zu sein.«

Petra seufzte tief.

»Aber gerade, wenn er mich liebt, dann müßte er mich doch verstehen. Das war alles so viel in den letzten Tagen. Warum läßt er mir nicht Zeit?«

»Weil er dich liebt und sieht, wie du leidest. Er will an deiner Seite sein, dir nahe sein. Er will dir einen großen Teil deiner Bürde abnehmen. Er bietet dir seine Liebe an, seinen Schutz, seine Fürsorge. Diese Gefühle stecken in jedem Mann! Ich wußte, daß Toni mir erst einen Antrag machen würde, wenn das mit der Berghütte geregelt ist. Da habe ich dann durch weibliche List etwas nachgeholfen. Ich habe ihm auch meine

Tat erst nach der Trauung gebeichtet. Das ist eine lange Geschichte. Ich werde sie dir die Tage einmal erzählen. Also, ich kann dir nur raten, zu deinen Gefühlen zu stehen. Höre auf dein Herz, Petra!«

»Ach, wenn das nur so leicht wäre. Ich will nicht scheitern.«

»Das wirst du nicht. Was sagt dir dein Herz?«

»Mein Herz sagt ja! Es rät mir, ja zu sagen zum Vogelmeier Hof. Es bestürmt mich, mein Erbe anzutreten. Ich habe in meinem Herzen das Gefühl, daß ich nach Waldkogel gehöre. Gleich als ich von weitem die Dächer sah, das liebliche Tal, da veränderte sich in mir etwas. Ich wußte, daß ich hierher gehöre. Seit ich den Vogelmeier Hof betreten habe, weiß ich, daß dieser Ort meine Heimat ist. Da will ich bleiben. Dort will ich leben. Ich will dort alt werden.«

»Was sagt dir dein Herz zu Christoph Unterlercher?«

»Es sagt, nimm ihn dir! Vertraue dich ihm an! Flüchte dich in seine starken Arme. Er wird dich nicht enttäuschen.«

»Dann ist doch alles klar! Warum denkst du so viel? Laß dich einfach fallen – in seine starken Arme. Ich kann es dir nur noch einmal sagen: Höre auf dein Herz!«

Anna stand auf.

»Ich nerve dich, Anna. Wie?«

»Nein, meine gute Petra. Du nervst mich nicht. Ich habe dir nur alles gesagt, was ich dir sagen kann. Jetzt mußt du entscheiden. Ich rate dir einfach, ein paar Tage hier oben auf der Berghütte zu bleiben. Die Ruhe wird dir guttun. Du wirst neue Kräfte schöpfen und dein Leben besser ordnen können. Die Berge sind groß und stark. Seit Ewigkeiten stehen sie am selben Ort. Du wirst ihre Stärke spüren. Sie geben dir von ihrer Ruhe und Gelassenheit eine ganze Portion ab. Glaube mir. Ich habe es erfahren. Die Berge werden dich lehren, das Leben mit anderen Augen zu sehen. Alles, was dir jetzt so verwirrend erscheint und unüberwindlich, wird sich wie in Luft auflösen, in Luft wie die schöne und klare Bergluft.«

Anna warf einen Blick zur Berghütte.

»Schau, der alte Alois sitzt auf der Terrasse. Er hat deinen Papa gut gekannt. Trotz seines hohen Alters war er hinunter nach Waldkogel gewandert und gab deinem Vater das letzte Geleit. Er kann dir sicherlich viel über ihn erzählen. Dann fühlst du dich vielleicht besser.«

Gütig und verständnisvoll lächelte Anna Petra an.

»Ich verstehe, daß du erst einmal ein sicheres Fundament brauchst für dein Leben. Dir fehlt ein Stück. Du wirst es dir aneignen. Sicherlich wird es schwierig werden, denn du kannst nur auf die Briefe bauen und auf das, was dir mein Schwiegervater, Alois, Pfarrer Zandler und Fritz Fellbacher erzählen.«

»Und Onkel Ludwig, als Testamentsvollstrecker und Kenner der Verhältnisse der Familie Pfleider!«

»Richtig! Du wirst das schon schaffen. Jetzt bleibst du einige Tage hier und genießt die Berge. Lausche auf ihre Stimme. Sie vertreiben alle Gedanken aus deinem Kopf. Dann kannst du die Stimme deines Herzens hören, Petra.«

»Das verstehe ich nicht. Wie meinst du das, mit Stimme der Berge?«

»Es ist schwer zu erklären. Du wirst es erleben. Es ist nur durch Erfahrung zu vermitteln.«

Anna blinzelte Petra geheimnisvoll zu.

Sie legten die letzten Schritte zur Berghütte zurück. Anna zeigte Petra gleich ihre Kammer. Sie lieh ihr warme Kleidung, denn abends wurde es in den Bergen merklich kühl. Dann stellte sie Anna Alois vor. Die beiden saßen draußen auf der Terrasse. Alois erzählte Petra von Zacharias Vogelmeier und von dessen Eltern, also von Petras Großeltern väterlicherseits.

*

Die Hüttengäste ruhten schon auf dem Matratzenlager auf dem Dachboden der Berghütte. Der alte Alois war früh schlafen gegangen. Petra war auch bereits in ihrer Kammer. Toni und Anna räumten den Gastraum der Berghütte auf und erledigten die Vorbereitungen für das Frühstück am nächsten Morgen.

Da klopfte es an der Tür.

Toni und Anna warfen einen Blick zur alten Wanduhr mit ihrem mechanischen Aufzug. Dann schauten sie sich kurz an.

»Um diese Uhrzeit? Wer des wohl ist?« fragte Toni.

»Christoph! Christoph Unterlercher auf der Suche nach Petra, seiner Liebsten«, mutmaßte Anna.

Antonius Baumberger schüttelte den Kopf, ging zur Tür und öffnete.

»Bist wohl ganz narrisch! Bei der Dunkelheit den Aufstieg zu wagen! Dich müßt man übers Knie legen und den Hosenboden deiner Lederhose strammziehen und des net so knapp!« begrüßte Toni Christoph mit ungewohnten Tönen.

»Die Petra ist doch hier?« platzte Christoph heraus.

»Grüß Gott, Christoph«, rief Anna ihm zu. »Petra schläft schon.« Verlegen stand Christoph mitten im Raum. Er nahm seinen Rucksack ab und stellte ihn auf einen Stuhl.

»Setz dich ans Feuer!«

Toni legte mehrere Holzscheite in die Glut des Kamins. Die Flammen loderten auf. Christoph Unterlercher wärmte sich die Hände.

Toni holte ihm erst einmal einen Klaren. Es war ein Enzianschnaps, der nicht den Gästen ausgeschenkt wurde, sondern der Toni für besondere private Anlässe verwahrte.

»Also, dich treibt der Gedanke an die Petra bei Nacht und Nebel rauf. Dem Himmel sei Dank, daß nix passiert ist. Leichtsinnig war des schon. Des weißt du auch, du liebeskranker Bock!«

Sie grinsten sich an, prosteten sich zu und tranken. Anna brachte einen großen Teller Eintopf und ein paar dicke Kanten Brot. Dankbar löffelte Christoph die heiße Suppe. Dann verabschiedete sich Anna und zog sich zurück. Hier würden bald Männergespräche geführt und da würde sie nur stören.

»Du, Toni, sag! Verstehst du die Weiber? Des Madl is so schwierig.«

»Ob ich die Frauen versteh, des is' schwer zu sagen. I verstehe mei Anna gut. Des is' genug.«

»Du kannst dich glücklich schätzen, daß du deine Anna hast, Toni.«

»Das bin i auch! Die Anna is' ein richtiger Schatz.«

»I denk, die Petra liebt mich. I bin ganz vernarrt in des Madl, Toni. I hätt' schon viele haben können. Aber noch nie bin i so einer begegnet wie der Petra.«

Christoph starrte in die Glut.

»Petra ist heute nachmittag fortgerannt, als wäre sie auf der Flucht vor mir. Dabei hatte ich ihr einen Antrag gemacht.«

Antonius Baumberger schmunzelte.

»I weiß! Ich kenn die Geschichte. Die Petra hat's der Anna erzählt und die Anna hat es mir gesagt. Ja, ja. Des ist wirklich net so glücklich gelaufen mit euch beiden.«

»Toni, du hast doch da Erfahrung. Was soll i denn jetzt machen? Ich liebe die Petra!«

»Du mußt erst mal Geduld haben. Dann mußt du um sie werben. So ein Madl ist kein Stück Wams, des man aussucht, reinschlüpft und feststellt, daß es paßt. Da mußt schon ein bisserl um sie werben.«

»Aber des hab' ich doch getan, Toni! Was soll ich denn noch machen?«

»Warte es doch erst mal ab! Mußt Verständnis für die Petra haben. Erst die Sache mit dem Hof und dem Zacharias, der ihr Vater war, den sie nie kennenlernen durfte. Des ist alles sehr schlimm. Die Petra is' jemand, die macht den zweiten Schritt nicht vor dem ersten.«

»Wie meinst des jetzt?«

»Die kümmert sich erst mal um ihr Erbe. Wenn sie da endgültig eine Entscheidung gefällt hat, dann kommst du dran. Es war bestimmt ein bisserl sehr voreilig, gleich vom Unterlercher Hof zu sprechen.«

»Magst damit recht haben, Toni. Ich wollte ihr aber nur sagen, daß ich sie lieb und heiraten will.«

»I weiß doch, Christoph!«

»Vielleicht soll ich noch mal mit ihr reden?«

»Des bringt nichts. Die Petra wird ein paar Tage hier oben bleiben und ihre Seele baumeln lassen, wie man so sagt. I denk des wird das Beste sein, wenn du ihr aus dem Weg gehst. Was anderes bleibt dir auch net übrig. Sie ist ja vor dir fortgelaufen.«

Toni drückte mit dem Pfeifenstopfer die Asche in seiner Pfeife zusammen und zündete die Pfeife neu an.

»Am besten wird es sein, wenn du gleich im Morgengrauen aufbrichst und wieder runtergehst. Bleib unten und kümmere dich um den Hof!«

»Ja, einer muß sich kümmern. Heute nachmittag hat ein Rechtsanwalt und Notar angerufen, ein Doktor Ludwig Leuthold. Er will morgen kommen. Das soll ich der Petra sagen.«

»Des is' der Notar, bei dem der Vogelmeier das Testament hinterlegt hatte. Ich werde es der Petra ausrichten. Dir hol ich jetzt ein Matratzenlager. Das legst du dir hier vor den Kamin. Oben auf dem Hüttenboden is' alles voll. Alle Kammern sind belegt. Morgen früh kannst du dir in der Küche etwas zu essen nehmen. Dann gehst früh los. Die Petra wird net erfahren, daß du hier oben auf der Berghütte gewesen bist. Wenn ihr Onkel Ludwig kommt, dann wird sie bald wieder runterkommen. Dafür werden wir sorgen.«

»Dann bleibt mir nur übrig zu warten. Des habe ich mir net so vorgestellt. Des zerrt an meinen Nerven.«

»Nun jammer net. I denk, daß du viel Arbeit hast. Erstens mußt du dein Wandbild schnitzen. Dann gibt es ja noch andere Aufgaben, Blumenkästen bepflanzen, die Tiere anschaffen und versorgen, Gäste bewirten. Du, meine Eltern können die Leut gar net all' unterbringen. Die Zimmer auf dem Vogelmeier Hof werden binnen zwei Tagen alle belegt sein.«

»Alleine geht des doch gar net!«

»Dann mußt dir eben Hilfe holen. Rede doch mal mit dem Fellbacher. Der soll beim Hoegger Huber ein gutes Wort für dich einlegen. Die Thea, sei Tochter, geht net arbeiten. Die ist nur daheim. Der Hoegger ist ein vermögender Bauer. Die Thea ist aber noch immer ledig. Sie hat sich eine Zeitlang gedacht, daß sie und ich, na, du weißt schon. Aber ich war eben net in sie verliebt. Es wird für die Thea langsam Zeit, daß sie einen Mann findet. Die wird sich ein Bein rausreißen, dir zu helfen. Um dir zu gefallen, tut die alles. Der Hof ist ihr egal. Ihr Vater hat viel, und sie erbt mal alles. Aber die ist hinter jedem Junggesellen her, wie der Teufel hinter einer armen Seele. Des mußt du wissen.«

Vergnügt schlug sich Christoph Unterlercher auf die Oberschenkel, daß das Leder seiner Hose nur so krachte.

»Ja, dann mach ich die Petra doch ein wenig eifersüchtig. Vielleicht hilft des?« Er grinste.

»Mußt nur aufpassen, Christoph. Es heißt doch: Wer mit dem Feuer spielt, der kann sich verbrennen.«

»Ich spiele doch gar nicht mit dem Feuer. Die Petra soll nur denken, daß ich es mach.«

»Paß auf, i hab' dich gewarnt.« Toni gab noch ein paar Schnäpse aus, dann gingen beide schlafen. Am nächsten Morgen erwähnte Anna beiläufig zu Petra:

»Du, im Dorf will jemand gehört haben, daß sich der Doktor Ludwig Leuthold auf dem Hof einquartiert hat. Er wartet auf dich.«

»O Gott! Den habe ich ganz vergessen, Anna! Ich hatte ihn angerufen und gesagt, daß er mich mal besuchen soll. Daß er so schnell kommt, das hätte ich nicht gedacht. Woher weißt du das?«

»Ach, irgend jemand hat es vorhin dem Toni erzählt. Es kann sein, daß das einer der Bergführer gewesen ist, der hier mit seiner Gruppe vorbeikam.«

»Dann muß ich schnellstens hinunter ins Tal.«

»Schade, ich habe gedacht, daß du noch bleibst, vielleicht auch mal hinaufsteigst, zum ›Paradiesgarten‹ oder zumindest zum ›Erkerchen‹ wanderst.«

»Das würde ich ja gerne. Das muß ich aber auf ein anderes Mal verschieben.«

Mit lautem Knall fiel ein Fenster zu. Anna trat vor die Hütte und betrachtete sich den Himmel. Toni kam herbeigerannt.

»Wir müssen schnell die Sachen reinbringen. Da braut sich ein gewaltigs Unwetter zusammen. Bitte, Petra, pack mit an!«

»Petra wollte gerade wieder ins Tal, Toni!«

»Des kann sie vergessen. Da wird nix draus.«

Der Wind wurde immer stärker. Er rüttelte mit großer Gewalt an den Fensterläden der Berghütte. Draußen wurde es immer düsterer. Alois stand vor dem Barometer an der Wand und betrachtete den Zeiger.

»Des läßt nix Gutes vermuten«, sagte er besorgt. »Hoffentlich können sich alle, die unterwegs sind, in Sicherheit bringen!«

Als gläubiger Mensch zündete er im Herrgottswinkel der Berghütte ein Licht an und sprach ein Gebet.

Dann brach der Sturm los. Regen und Hagel peitschten heftig gegen die Hütte. Es war, als ginge die Welt unter.

Erstaunt und auch ängstlich saß Petra beim Feuer.

»Habt ihr öfter so einen Sturm hier oben?«

»Ja, es gibt hier in den Bergen öfter einen Wettersturz. Aber so arg war es schon lange nicht mehr. Es schaut auch nicht so aus, als wäre das bald vorbei. Hoffentlich gibt es keinen Erdrutsch.«

Immer wieder legte Alois Holz ins Kaminfeuer, das unruhig flackerte, weil der Sturm auch im Kaminabzug heulte. Bello der

Neufundländerrüde lag vor dem Kamin und rührte sich nicht. So ging das über Stunden. Es blitzte und donnerte. Das Echo zwischen den Bergwänden verstärkte den Schall, so daß es niemals still wurde.

Endlich, es war schon früher Abend, ließ das Gewitter etwas nach. Jetzt regnete es nur noch heftig. Toni öffnete kurz die Tür und schaute hinaus. Eine schier undurchdringliche Regenwand stand wie eine Mauer und nahm jede Sicht.

In den nächsten Stunden trafen vereinzelt Wanderer ein, die es geschafft hatten, sich in Sicherheit zu bringen. Das heißt, sie waren, als das Wetter aufzog, sofort umgekehrt und hatten sich auf den Rückweg zur Hütte gemacht. Sie waren durchnäßt bis auf die Haut. Bald hingen auf allen Leinen unter der Decke im Gastraum der Berghütte nasse Kleidungsstücke zum Trocknen. Anna hatte alle Hände voll zu tun. Sie verteilte Eintopf, kochte Kaffee und Tee, machte ganze Pfannen mit Rösti.

»Wie lange wird das noch andauern, Anna?«

»Des weiß nur der heilige Petrus alleine, sagen hier die Leute in Waldkogel, bei so einem Wetter. Es kann in einer halben Stunde vorbei sein. Dann leuchtet das Tal in der Sonne. Es kann aber auch noch dauern, Stunden oder Tage.«

»Dann komme ich nicht runter. Was soll ich nur machen?«

Anna lachte.

»Nichts kannst du machen, Petra. Du mußt warten!« Sie schmunzelte. »Du wolltest doch ein paar Tage bleiben, weil du nachdenken wolltest. Nun wirst du vielleicht gezwungen zu bleiben. Die Berge und die Natur haben ihre eigenen Gesetze. Sieh es als Chance. Jetzt hast du mehr Zeit zum Nachdenken. Über den Doktor Leuthold würde ich mir keine Gedanken machen. Der wartet oder er fährt ab und kommt noch einmal wieder.«

»Meinst du, der Sturm richtet im Tal Schäden an?«

»Das muß nicht sein, Petra. Es kommt auch vor, daß sich so ein Wettersturz nur hier oben entleert. Dann regnet es im Tal auch, aber es ist lange nicht so schlimm wie hier oben. Das Wetter kam herüber über das ›Höllentor‹. Ich vermute, es hat schon drüben auf der anderen Seite des Berges das meiste abgeladen.«

»Ich hatte noch nie viel Geduld, Anna!«

»Wenn du länger hier bist, wirst du das lernen. Hier in den Bergen gehen die Uhren anders. Ich trage überhaupt keine Uhr mehr, seit ich hier bin. Die habe ich am zweiten Tag schon abgelegt. Meinen Tagesablauf bestimmt der Sonnenstand. Zum Mittag und zum Abend dringen die Glocken aus dem Tal herauf. Das genügt als Orientierung. Draußen im Gastraum hängt zwar eine Wanduhr, aber Toni, Alois und ich vergessen oft sie aufzuziehen.«

»Wirklich, so ohne Uhrzeit, so kannst du leben?«

Anna lachte fröhlich.

»Ja, es ist schöner. Du wirst die Vorteile auch noch entdekken. Ich mache meine Arbeit in Ruhe ohne Hetze. Das ist wunderbar. Ich genieße sogar dieses Unwetter. Es ist sicherlich schlimm, und ich hoffe und bete, daß es in den Bergen keine Verletzten oder Schlimmers gibt. Doch solch ruhigere Tage hier auf der Berghütte gefallen mir. Ich habe mehr Zeit, weil der Berghüttenbetrieb dann fast zum Erliegen kommt.«

Anna lächelte Petra an.

»Du wirst solche Regentage auch noch schätzen lernen, Petra. Wirst sehen, wenn du auf dem Vogelmeier Hof Gäste hast, dann bleibt oft was liegen. Da gibt es Schreibarbeiten, für die keine Zeit ist. Mein Bügelkorb ist voller Wäsche, die dringend gebügelt werden muß und Knöpfe muß ich auch noch annähen. Dir wird es ähnlich gehen.«

Nachdenklich zog sich Petra in ihr Zimmer zurück.

*

Das Regenwetter hielt mehrere Tage an. Mit dem ersten Sonnenstrahl machte sich Petra auf ins Tal. Dort, wo der Weg nicht steinig war, war er aufgeweicht und sie versank bis zu den Knöcheln im Matsch.

Etwas ratlos stand sie vor ihrem Auto auf der Oberländer Alm. Die Räder steckten im Schlamm, den das Wasser aus den Bergen heruntergespült hatte.

»Da wirst laufen müssen, Madl«, sagte der alte Wenzel. »Des war ein schweres Wetter. So eins haben wir schon lang net mehr erlebt. Der Milchwagen konnte die Milch die Tage auch net abholen. Na ja, so schlimm war des auch net. Da gibt es eben mehr Käs. Ja mei, des war ein Wetter. Die Kühe mußt i in den Stall holen. Da war's denen ein bisserl eng. Jetzt sind sie froh, daß sie wieder draußen sein können. Schau, wie sie sich am frischen saftigen Gras freuen.«

Petra ergab sich in ihr Schicksal. Sie ließ ihr Auto stehen und ging zu Fuß den aufgeweichten Weg hinunter nach Waldkogel. Immer wieder blieb sie stehen und genoß die Landschaft. Alles war so saftig grün und frisch. Die Erde duftete. Die Wiesenblumen leuchteten in bunten Farben, als müßten sie die drei Tage des Regens nachholen.

*

Schmutzig und erschöpft kam sie nach Stunden beim Vogelmeier Hof an. Viele Autos parkten auf dem Hof. Sie besah sich die Nummernschilder. Die Fahrzeuge waren allesamt nicht aus Waldkogel. Dann betrachtete sich Petra das Haus. Rote Hängegeranien leuchteten in den Blumenkästen vor den Fenstern und an den Balkonen.

»Christoph! Na warte!« sagte Petra leise vor sich hin.

Sie streifte gründlich ihre Schuhe ab. Doch sie waren zu schmutzig. So zog sie die von Anna geliehenen Wanderschuhe aus und betrat den Hausflur. Am Schlüsselbrett an der Wand konnte sie erkennen, daß alle Zimmer vermietet waren, sogar die kleinen Dachkammern.

Petra drehte das Empfangsbuch um und las die Einträge. Sie schaute sich die Schrift an. Das war nicht Christophs Schrift, so weit konnte sich Petra erinnern. Dies war die zierliche Schrift einer Frau. Petras Herz wurde unruhig. Was war hier los?

Sie hörte Schritte. Eine Frau kam die Treppe herunter. Auf dem Arm trug sie Bettwäsche. Petra musterte sie von Kopf bis Fuß. Sie trug ein Seidendirndl in Dunkelgrün, die schwarzen Haare hatte sie mit einer silbernen Spange hochgesteckt. Lange silberne Ohrringe baumelten an ihren Ohrläppchen. Sie hatte schwarze Augen.

Wer war sie?

Was hatte sie hier auf dem Hof zu tun?

»Grüß Gott! Wenn Sie hier ein Zimmer haben wollen, dann haben S' Pech. Is' alles belegt. Nix mehr frei! Hätten sich halt anmelden müssen.«

Dann zeigte sie auf Petras Schuhe voller Schlamm.

»Passen S' auf, daß da kein Dreck abfällt.«

»Guten Tag!« grüßte Petra. »Kann ich bitte die Eigentümer sprechen – oder sind Sie das?«

»Wenn S' was wollen, dann müssen Sie es schon mir sagen. Mein Name ist Thea Hoegger und ich habe hier die Schlüsselgewalt.«

Aus dem Profil der Wanderschuhe fiel ein Erdbrocken auf den Boden.

»So eine Sauerei!« schimpfte die Frau im Seidendirndl.

Thea Hoegger nahm Petra die Schuhe einfach aus der Hand. Sie trug sie mit gestrecktem Arm weit von sich haltend durch den Hausflur und ließ sie da draußen auf den Hof fallen.

Petra blieb vor dem Empfangstisch stehen.

»Was wollen Sie noch? Ich sagte Ihnen doch, daß keine Zimmer mehr frei sind.«

»Für mich war immer ein Zimmer frei, Frau Thea Hoegger.« Petras Stimme klang sehr scharf. »Ich verfügte nämlich über allerbeste Beziehungen zum Eigentümer.«

»Das mag ja so gewesen sein. Doch jetzt ist das anders. Die Eigentumsverhältnisse sind noch ungeklärt.«

»Soso! Ungeklärt! Das wird ja immer schöner. Wer hat sie denn angestellt?«

»Ich denke nicht, daß Sie das etwas angeht, junge Frau.«

»So, meinen Sie? Da sind sie gründlich im Irrtum!« giftete Petra zurück. Wut stieg in ihr auf.

»Der Notar hat einen Interimsmanager eingesetzt, bis die Verhältnisse mit den Erben geklärt sind.«

»Interessant! Lassen Sie mich raten! Der Interimsmanager ist Herr Christoph Unterlercher, stimmt es?«

Ihr Gegenüber bekam große Augen.

»Sie scheinen ja bestens informiert zu sein. Dabei sind Sie nicht von hier!«

»Sie unterliegen schon wieder einem Irrtum!«

Petra holte tief Luft und bemühte sich um eine ruhige Stimme:

»Frau Hoegger! Ich habe noch einige Sachen hier untergestellt. Sie haben doch sicherlich den Schlüsselbund.«

Instinktiv griff Thea Hoegger in ihre Schürzentasche und nahm den Schlüsselbund heraus. Blitzschnell griff Petra danach und riß ihr ihn aus der Hand.

»Was soll das? Sind Sie verrückt geworden?« schrie Thea.

Petra beachtete sie nicht. Sie ging hinaus auf den Hof und griff sich die Wanderschuhe, die dort auf dem Boden lagen.

Petra grinste Thea Hoegger an, die ihr gefolgt war. Sie hob die Schuhe auf und marschierte wieder hinein.

Thea überholte sie und stellte sich ihr in den Weg.

»Ach, gestatten Sie, daß ich mich vorstelle. Mein Name ist Petra Pfleider, ich bin die Tochter und Erbin des Zacharias Vogelmeier und ich kann hier tun und lassen, was ich will.«

Während Thea Petra ungläubig anstarrte, ließ diese ihre schlammigen Schuhe wieder fallen, daß der Dreck nur so spritzte.

»Sie sind entlassen! Fristlos gekündigt! Wegen Beleidigung der Gäste.«

»Meine Sachen sind noch oben in dem Zimmer, gleich neben der Treppe«, kreischte Thea, die sofort bemerkt hatte, daß sie sich selbst alles verdorben hatte. Nach einem Blick in Petras Gesicht, setzte sich Thea eiligst in Bewegung.

»Ich gebe Ihnen eine Minute!« brüllte Petra hinterher.

Während Thea mit hochrotem Kopf ihre Sachen einsammelte, zählte Petra laut die Sekunden.

Die Tasche unter dem Arm eilte Thea davon.

»Puh!« stöhnte Petra.

Sie löste das Gummiband ihres Pferdeschwanzes. Ihr braunes Haar fiel weich über ihre Schultern und den Rücken hinab.

Dann setzte sie sich an den Empfangstisch. Sie studierte das Gästebuch.

»Aha! Onkel Ludwig scheint noch nicht abgereist zu sein.«

Petra suchte die Visitenkarte und rief ihn über Handy an.

»Leuthold!«

»Ich bin's, Onkel Ludwig! Tut mir leid, daß du auf mich warten mußtest. Jetzt bin ich aber auf dem Vogelmeier Hof. Hast du die Erbschaftspapiere vorbereitet?«

»Ja, die sind fertig.«

»Wo bist du, Onkel Ludwig?« Noch während Petra sprach, wurde die Tür zum Aufenthaltsraum aufgemacht, die vorher nur angelehnt war. Da stand Onkel Ludwig.

»Nun, mein Mädchen! Da hast du dir gleich Respekt verschafft. Ich habe alles mitgehört.«

Er breitete die Arme aus. Petra ließ sich seine väterliche Begrüßung gern gefallen.

»Ach, Onkel Ludwig. Das ist alles so kompliziert!«

»Es wird alles werden!«

Sie gingen hinüber in das Wohnzimmer, zu dem die Gäste keinen Zutritt hatten.

»Also, ich habe mir das alles überlegt. Ich will versuchen, den

Hof zu erhalten. Als ich dich angerufen hatte, da war es noch nicht so ganz hundertprozentig. Doch jetzt ist es mein fester Wille. Kannst du mir helfen, mit der Bank zu verhandeln? Ich will die monatlichen Raten verringern. Außerdem müßte das mit der Erbschaftssteuer geregelt werden. Wird das viel sein? Kannst du mir vielleicht ein Darlehen geben? Du bekommst es bestimmt zurück.«

Doktor Ludwig Leuthold schmunzelte.

»Willst du jetzt Bäuerin werden?«

»Wie heißt das so schön? Nebenerwerbslandwirtin!«

»Wie kommst du denn darauf?«

Petra wurde tiefrot.

»Es war nicht meine Idee. Christoph Unterlercher hat mir das vorgeschlagen. Ich nehme an, du kennst ihn inzwischen?«

»Ja, ich kenne Christoph gut. Er ist ja ein berühmter Künstler. Ich war schon auf Ausstellungen von ihm. Daß ich ihn allerdings hier auf dem Hof treffe, das war dann doch eine Überraschung. Wie denkst du über ihn?«

»Davon wollen wir jetzt nicht sprechen. Wir wollten über Geld reden.«

Doktor Ludwig Leuthold zündete sich eine Zigarre an.

»Gut, reden wir übers Geld.«

Er stand auf.

»Ziehe dir ein paar Schuhe an, Petra. Dann machen wir eine Stallbesichtigung.«

Auf dem Weg zum Stall legte Onkel Ludwig den Arm um Petras Schultern.

»So, liebe Petra! Jetzt wirst du mir mal schön zuhören. Du hattest mir am Telefon gesagt, daß du den Hof gern übernehmen würdest. Du sagtest, daß du sehr glücklich wärst und du gern dein Leben hier verbringen würdest. Ich sollte kommen. Nun leider – oder vielleicht auch Gott sei Dank – kam dieses Unwetter dazwischen. Jedenfalls habe ich schon mit der Bank gesprochen.«

»Was haben sie gesagt?«

»Du sollst mich doch nicht unterbrechen! Die waren wenig entgegenkommend. Was die bei der Bank denken, das kann sogar ich manchmal nicht nachvollziehen. Aber ich habe sie ausgetrickst. Ich habe jemanden gefunden, der dir das Geld geben will, als Darlehen oder sogar als Geschenk.«

»Das kann doch nur …«

»Petra! Erst zuhören, dann kannst du später sagen, was du dazu zu sagen hast.«

»Entschuldige!«

»Also! Da ich mir dachte, daß du damit vielleicht nicht einverstanden bist, habe ich Folgendes gemacht. Ich habe dir das Geld vorgestreckt. Der, nun, sagen wir mal Investor, hat darauf bestanden, daß er mich mit einer Bürgschaft absichert.«

Sie waren beim Stall angekommen. Im Kuhstall standen zwei braune Milchkühe. Im Schweinestall lag eine dicke Muttersau auf der Seite und ein Haufen kleiner Ferkel drängelte sich um ihre Zitzen. Im Ziegenstall standen drei schwarzweiße Ziegen und ein Ziegenbock. Die kleine Schafherde war schon auf der Weide; es gab Hühner und Gänse, Ställe mit Kaninchen.

»Das haben wir alles vorfinanziert. Du kannst mir und ihm jeden Monat einen Betrag geben. Die Höhe kannst du bestimmen. Wenn du viele Gäste hast, dann wird es mehr sein. Es wird aber auch Monate geben, da geht es nicht so gut. Es wurde auch noch Geld einkalkuliert für die Erbschaftssteuer.«

Petra schaute ihn mit großen Augen an.

»Erst einmal danke, Onkel Ludwig! Du bekommst das Geld wieder. Bestimmt! Ich werde hart arbeiten und mir keine Pause gönnen.«

»Ach, Petra! Du bist wirklich herzig! Aber um mein Geld mache ich mir keine Sorgen.«

»Das klingt, als wenn du dir über etwas anderes Sorgen machen würdest.«

»Sorgen, das ist vielleicht zuviel gesagt. Ich mache mir eben so meine Gedanken über dich. Aber das wird sich alles regeln. Ich habe dir schon in meiner Kanzlei gesagt, daß diese Testamentsvollstreckung etwas Besonderes ist, auch für mich. Ich hoffe, daß ich alles richtig gemacht habe. Dein Vater wollte dich glücklich machen.«

»Sag mir bitte, ist der Investor Christoph? Es kann nur er sein.«

»Ja, ist es! Ich wußte ja nicht, wie lange du da oben auf der Berghütte festgehalten wirst, durch das Wetter. Deshalb habe ich ihn in der Zwischenzeit beauftragt, sich etwas um den Hof zu kümmern. Allein konnte er nicht alles machen. Da hat ihm Bürgermeister Fellbacher diese Thea vermittelt.«

»Das war vielleicht eine rabiate Person! So besitzergreifend! Na ja, der habe ich es ja gezeigt. Wo ist Christoph jetzt?«

»Er ist in die Stadt gefahren. Er wollte etwas besorgen, was er hier in Waldkogel nicht bekommt. Du bist doch mit allem einverstanden, so wie ich es gemacht habe? Das war auch nur möglich, weil mich Zacharias Vogelmeier als Treuhänder eingesetzt hatte.«

»Du brauchst dir keine Sorgen machen. Ich werde damit zurechtkommen. Ich hatte auf der Berghütte viel Zeit zum Nachdenken. Wie lange kannst du noch bleiben?«

»Ich muß heute noch zurück. Laß uns hineingehen. Du mußt den Erbschein noch unterschreiben. Ich regle dann alles für dich!«

»Danke, Onkel Ludwig! Vielen Dank!«

Doktor Ludwig Leuthold legte Petra am Küchentisch die Erbdokumente vor. Petra wollte sie hier an diesem Tisch unterschreiben, hier, wo sie auch die Briefe ihres Papas gelesen hatte.

Sie brachte den Notar zum Auto.

»Dann auf Wiedersehen! Ich hoffe, du kommst bald wieder.«

»Sicherlich!«

Er schaute Petra in die Augen.

»Darf ich dich etwas fragen, etwas sehr Privates?«

»Bitte.«

»Christoph Unterlercher liebt dich. Liebst du ihn auch?«

Petra hielt sich mit beiden Händen am Auto fest. Ihr Herz klopfte.

Das Blut schoß ihr in die Wangen.

»Ja, Christoph hat mir gleich vom ersten Augenblick an gefallen. Wenn es die Liebe auf den ersten Blick gibt, dann war das Liebe auf den ersten Blick.«

»Liebe auf den ersten Blick, meine gute Petra, die gibt es. Zwei Augenpaare begegnen sich, und tief im Herzen wissen beide, daß sie zusammengehören. Das ist ein Urgesetz der Liebe und der Natur. Wie sollten sonst die richtigen Herzen zueinanderfinden? Sie müssen sich doch erkennen.«

»Anna hat mir erzählt, wie sie sich in Toni verliebt hatte. Sie war auch ganz durcheinander. Mir ging es auch so.«

»Das klingt, als wüßtest du, was du willst?«

»Ja, ich kann mir ein Leben mit Christoph auf dem Vogelmeier Hof vorstellen. Hoffentlich gibt er mir eine zweite Chance. Ich bin einfach davongelaufen.«

Doktor Ludwig Leuthold streichelte Petras Hand.

»Wenn du ihm davongelaufen kannst, dann kannst du ihm auch nachlaufen.«

»Meinst du?«

»Ja! Christoph ist ein ganz wunderbarer Mensch. Du kannst ihm vertrauen, dich ihm anvertrauen. Ich wünsche dir alles Glück der Erde.«

»Alles Glück der Erde liegt auf dem Rücken der Pferde.«

»Oh, Petra! Das habe ich vergessen. Heute abend werden noch zwei Haflinger gebracht. Der Pferdezüchter bringt sie selbst vorbei. Christoph hat sie ausgesucht.«

»Er ist wirklich rührend. Was hat er noch nicht gemacht?«

»Nun, es gibt noch keinen Hund auf dem Hof. Er wußte

nicht, welche Rasse dir gefällt. Er hat dir aber ein Hundebuch gekauft. Das Nachschlagewerk habe ich in dein Schlafzimmer gelegt.«

»Weißt du welche Hunderasse Christoph gefällt?«

»Weiß ich!« Er blinzelte ihr zu und flüsterte den Namen der Hunderasse.

»Danke!«

Dann fuhr Doktor Ludwig Leuthold ab. Petra winkte ihm nach. Danach ging sie ins Haus. Sie duschte und zog sich ein bodenlanges nachtblaues Dirndl an mit hellblauer, hochgeschlossener Bluse und hellblauer Schürze. Sie flochte ihr Haar zu Zöpfen und steckte es auf, wie es die jungen unverheirateten Frauen in Waldkogel früher getragen hatten. Die Frisur stand ihr gut.

Dann setzte sie sich an den Empfang und wartete auf ihre Pensionsgäste, die alle nacheinander eintrafen.

Es war noch nicht ganz dunkel draußen. Die Gäste waren alle auf ihren Zimmern oder schliefen schon müde von anstrengenden Wanderungen. Petra schaute noch einmal nach den Tieren. Sie schloß die Stalltüren und ließ die Klappe am Hühnerstall herunter. Das mußte so sein, damit das Federvieh nachts gegen Räuber geschützt war.

Dann ging sie zur Koppel. Die beiden Haflinger Pferde kamen gleich zu ihr ans Gatter. Sie fütterte sie mit Äpfeln, redete mit ihnen und streichelte sie.

Mittlerweile war es dunkel. Petra richtete den Blick hinauf zu den Sternen am Nachthimmel.

»Vater, schau herab auf deinen Hof. Ich habe heute ganz offiziell mein Erbe angetreten. In den Ställen steht Vieh, nicht so viel Vieh, wie es damals auf dem Hof gegeben hat, als du nur wenig älter als ich gewesen bist. So viel Vieh will ich auch nicht. Mir gefallen die Tiere. Jetzt ist der Hof noch lebendiger. Wenn ich an den Stallungen vorbeigehe, höre ich die Tiere. Der Hof ist so lebendig geworden. Es duftet nach Dung und Leben. Alle Zimmer sind vermietet. Ich stehe hier bei der Koppel und erfreue mich an der Zuneigung der beiden Pferde. Das alles hat Christoph gemacht. Er hat es für mich getan. Er liebt mich. Ich liebe ihn auch. Ich wußte nicht, was ich machen sollte. Da bin ich hinauf in die Berge zu Toni und Anna in die Berghütte. Abgeschnitten durch ein Unwetter hatte ich tagelang Zeit, über alles nachzudenken. Zuerst war ich wütend, weil das Wetter mich auf der Berghütte festgehalten hatte. Doch als ich aufhörte, mich darüber zu ärgern, entdeckte ich die Schönheit des Regens. Als es tagelang gleichmäßig regnete, wurde ich immer ruhiger und gelassener. Ich nahm es hin, weil ich es nicht ändern kann. Anna meinte, ich sollte es als Chance sehen, die Zeit nutzen, um über mein Leben nachzudenken. Papa, ich dachte dabei noch einmal nach, was Christoph zu mir gesagt hatte und sah ein, daß seine Idee gut war. Nun ist alles schon so gekommen. Zusammen mit Onkel Ludwig hat er alles so geregelt. Es ist gut, daß es so gekommen ist. Es ist gut, daß er vollendete Tatsachen geschaffen hat. Er hat es gut gemeint und das Richtige getan. Alles ist jetzt so, wie er es sich vorgestellt hat.«

Petra lachte.

»Fast alles! Er möchte aus dem Vogelmeier Hof den Unterlercher Hof machen. Er hat mir einen Antrag gemacht. Keinen richtigen Antrag. Aber vielleicht macht er mir ihn ja noch, dann werde ich ›Ja‹ sagen, Vater. Ich hoffe, daß du mir, daß du uns deinen Segen dazu gibst.«

Petra lauschte in sich hinein. Sie lauschte in die Nacht hinein. Es war, als dränge ein sanftes Rauschen an ihr Ohr aus dem Wald, der zum Vogelmeier Hof gehörte.

Sie verfütterte noch die beiden letzten Äpfel an die Pferde. Dann ging sie ins Haus.

*

Sie holte die Kassette mit den Briefen ihres Vaters hervor und setzte sich damit an den Küchentisch. Sie las sie noch einmal.

Draußen fuhr ein Auto vor. Petra kannte das Geräusch. Ihr Herz klopfte. Sie stand auf und trat an den Küchenherd, so daß sie mit dem Rücken zur offenen Küchentür stand.

Die Angeln der Haustür quietschten leise. Dann hörte sie seine Schritte im Flur.

»Guten Abend, Petra! Ich freue mich, daß du wieder da bist. Ich hatte mir Sorgen gemacht.«

Petra drehte sich um. Christoph stand in der Küchentür.

»Guten Abend! Ich freue mich auch, dich zu sehen. Bitte, setz dich! Ich wollte mir gerade einen schönen Kräutertee machen. Trinkst du eine Tasse mit?«

»Störe ich dich auch nicht?«

»Nein! Im Gegenteil! Jetzt haben wir ein bißchen Zeit füreinander. Die Gäste schlafen alle. Die Tiere auch.«

»Klingt, als würdest du dich freuen, mich zu sehen, Petra!«

»Ich habe mich albern benommen. Zu meiner Entschuldigung kann ich nur sagen, daß es einfach der falsche Zeitpunkt war.«

»Und jetzt? Ist es jetzt der richtige Zeitpunkt?«

Petra ging nicht auf seine Frage ein. Sie holte Tassen aus dem Schrank und Löffel. Sie stellte den Zucker auf den Tisch.

»Honig ist besser!«

Christoph holte das große Honigglas aus der Vorratskammer.

»Du liest die Briefe deines Vaters noch einmal?«

»Ja, ich habe sie noch einmal überflogen. Er schreibt darin viel über den Hof und seine Arbeit auf dem Hof. Das habe ich noch einmal nachgelesen.«

Petra trat an den Tisch und schaute ihm in die Augen.

»Ich habe den Erbschein unterzeichnet. Der Vogelmeier Hof gehört jetzt mir. Onkel Ludwig habe ich schon gedankt. Dir möchte ich auch danken, für deine Hilfe und Fürsorge. Es ist alles ganz wunderbar.«

Christoph seufzte erleichtert.

»Dann bist du mir nicht böse, daß ich mit dem alten Leuthold so ein Komplott geschmiedet habe?«

»Nein, es ist alles in Ordnung!«

Christoph strahlte.

»Wenn ich noch etwas für dich tun kann, dann sage es mir, bitte.«

Petra übergoß die Kräuterteeblätter in der Teekanne mit kochendem Wasser.

»Hast du das Kreuz schon fertig und das Marterl?«

»Ja«, er zögerte. »Du, Petra, ich muß dir da was sagen. Es ist Tradition, daß eine Woche nach der Beerdigung das Grab von den verwelkten Blumen gesäubert wird. Da du nicht dagewesen bist, habe ich das für dich übernommen. Da ich nicht wußte, welche Blumen du magst, habe ich das Grab vorläufig mit Tannengrün abgedeckt. Bei dieser Gelegenheit habe ich auch zusammen mit Pfarrer Zandler das Kreuz aufgestellt. Außerdem habe ich ein ewiges Licht aufgestellt.«

»Danke, Christoph!«

Petra schenkte Tee ein. Sie nahmen sich beide Honig und rührten lange den Tee um.

»Toni und Anna haben Leonhard Gasser gebeten, mich zu der Stelle zu bringen, wo mein Vater gefunden wurde. Dort in der Nähe will ich das Marterl aufstellen.«

»Es ist fertig. Es muß nur noch beschriftet werden. Was soll darauf stehen?«

»In Erinnerung an meinen lieben Papa von seinem einzigen Kind Petra, die nicht Vogelmeier heißen durfte.«

Christoph schaute Petra an.

»Das klingt bitter und wehmütig.«

Petra zeigte auf die Briefe.

»Ich möchte, daß du sie liest, Christoph. Du hast gesagt, daß du und ich – nun, daß aus dem Vogelmeier Hof der Unterlercher Hof werden könnte«, umschrieb Petra den Sachverhalt des Heiratsantrages, den Christoph ihr gemacht hatte. »Bitte lies die Briefe. Dann wirst du mich besser verstehen.«

»Ich danke dir für dein Vertrauen.«

Petra nickte ihm zu.

»Wenn du willst und Zeit hast, kannst du auch das Relief auf dem Deckel noch bearbeiten. Ich hab' nichts dagegen.«

Christoph schenkte ihr ein Lächeln.

Sie tranken einen Schluck Tee.

»Wann will der Leo mit dir raufgehen zur Unglücksstelle?«

»Er gibt mir Bescheid.« Scheu blickte sie ihn an. »Kannst du bitte mit mir kommen, Christoph.«

Er griff nach ihrer Hand.

»Aber sicher, Petra! Ich weiß, daß das ein schwerer Gang für dich ist. Vorher lassen wir das Marterl vom Pfarrer noch segnen. Ich kenne den Pfarrer Zandler gut. Wir werden wohl einen ganzen Tag unterwegs sein. Vielleicht kann sich die Haushälterin des Pfarrers um den Vogelmeier Hof kümmern, wenn wir beide fort sind. Das regele ich für dich.«

»Jeder ist mir angenehm, solange es nicht diese Thea Hoegger ist. Die habe ich rausgeworfen. Spielte sich hier auf, als wäre das ihr Hof!«

Christoph lachte.

»Ich weiß! Ich war noch kurz beim Fellbacher. Dort hatte sie sich beschwert. Doch geholfen hat es ihr nichts. Sie wurde nur ausgelacht. Die Thea ist ein seltsames Madl. Sie ist das einzige Kind und immer verwöhnt worden. Da ist sie halt so geworden wie sie ist. Kein Wunder, daß sie niemand zur Frau will, trotz all dem Geld, das ihr Vater hat.«

»Weil wir gerade von Geld sprechen, Christoph. Wir sollten auch das mit den Auslagen regeln.«

Er schaute sie streng an.

»Das hat Zeit, Petra! Wenn ich das geregelt haben will, sage ich es dir.«

»Gut, Christoph, ganz wie du willst.«

Sie tranken ihren Tee aus, Petra stellte die Tassen in den alten Spülstein.

»Ich gehe dann schlafen, Christoph. Wenn du willst, kannst du hier sitzen bleiben und die Briefe lesen. Du kannst sie auch mit auf dein Zimmer nehmen. Gute Nacht, Christoph! Danke für alles!«

Petra blieb einen Augenblick stehen. Er stand nicht auf, um ihr einen Gutenachtkuß zu geben. Petra war darüber enttäuscht. Gleichzeitig mußte sie sich eingestehen, daß sie es ihm ja nicht gerade leicht gemacht hatte. Wie mußte er sich gefühlt haben, als sie nach seinem Antrag einfach weggelaufen war?

Sie sahen sich lange in die Augen. Christoph nickte ihr zu. Petra ging hinauf in ihr Zimmer. Sie lag noch wach, bis sie Christoph hörte, wie er heraufkam und die Tür seines Zimmers gegenüber dem ihren ins Schloß fiel.

*

Die nächsten Tage verliefen harmonisch. Petra kümmerte sich um die Pensionsgäste, das Haus und den Garten. Christoph versorgte das Vieh und schnitzte oder malte. Er fuhr jeden Tag in die Stadt und brachte Kisten und Kästen mit, die er in der Scheune lagerte.

Dann kam der Tag, an dem sie mit Leo ins Gebirge gingen. Des Pfarrers Haushälterin hatte für diesen Tag die Stallwache auf dem Vogelmeier Hof übernommen. Pfarrer Zandler kam mit ins Gebirge. Für Petra war es der erste richtige Aufstieg. Der Weg war viel steiler und hatte einen höheren Schwierigkeitsgrad als der Weg von der Oberländer Alm hinauf zur Berghütte. Die Männer nahmen Rücksicht auf Petra. Christoph trug das Marterl auf der Schulter und hielt es mit der einen Hand fest. An besonders gefährlichen Stellen reichte er Petra die andere freie Hand. Nach fast vier Stunden Aufstieg waren sie an der Stelle angekommen, an der man Zacharias Vogelmeier gefunden hatte.

»So, Petra, hier ist es! Dein Vater wollte hier den schrägen Steinhang rauf. Dabei ist er wohl abgerutscht. Er war nicht angeseilt. Der Doktor hat gesagt, daß er wohl in Folge der Anstrengung einen schweren Herzanfall hatte. Dann konnte er sich nicht mehr halten und ist abgerutscht.«

Petra sah nach oben.

»Das ist also die Stelle.Wo können wir das Marterl aufstellen?«

Die drei Männer, der Leonhard Gasser von der Bergwacht, der Pfarrer und Christoph waren sich schnell einig. Sie rammten das Marterl, in den Boden und schichteten viele Steine darum herum auf, so daß es einen festen Stand hatte.

Dann segnete Pfarrer Zandler das Marterl und sprach ein Gebet. Danach ließen die drei Petra ein wenig alleine. Sie kniete sich hin und faltete die Hände.

Auf dem Rückweg sprachen die vier wenig. Christoph hielt Petra bei der Hand.

In Waldkogel bei der Kirche verabschiedeten sich Leo und der Pfarrer von Petra und Christoph.

»Willst du noch mal zum Grab?«

»Nein, Christoph! Bring mich heim! Ich werde in den nächsten Tagen Blumen kaufen und dann das Grab bepflanzen.«

Sie stiegen in Christophs Auto, das er bei der Kirche geparkt hatte und fuhren zum Vogelmeier Hof. Petra ging nicht hinein. Sie ging zu den Pferden auf die Koppel.

*

Petra wußte nicht, wie lange sie dort gestanden hatte. Ihr Blick war immer wieder hinauf zu den Berggipfeln gewandert. Der

Tag war anstrengend gewesen. Aber auch durch diese Anstrengung war sie ihrem Papa ein Stück näher gekommen, denn er hatte die Berge über alles geliebt. Der alte Alois hatte Petra viel von ihrem Vater erzählt.

»Ach, hier bist du?« Christoph trat zu ihr.

»Ich habe die Zeit vergessen.«

»Laß dir Zeit! Die Gäste sind zum Teil schon zurück. Andere sind noch beim ›Baumberger‹ und essen dort. Willst du nicht auch etwas essen, Petra? Es war ein anstrengender Tag. Hast dich aber tapfer gehalten in den Bergen, das muß ich schon sagen. Der Leo ist voller Bewunderung!«

»So? Ich habe das nicht bemerkt.«

»Doch das ist er. Hast du seine Blicke nicht gespürt? Er hat dich fast mit den Augen vernascht. Sogar dem Pfarrer ist es nicht entgangen.«

»Nein! Dafür hatte ich keine Augen und auch keinen Sinn. Es war sehr anstrengend. Ich hatte mir vorgenommen, das Marterl aufzustellen. Es war der letzte Punkt auf meiner Liste. Ich denke, daß ich jetzt alles getan habe, was ich als Tochter tun mußte. Ich werde noch das Grab bepflanzen und dann werde ich wieder an mich denken können.«

»Das ist schön. Ich freue mich für dich, Petra. Mir war gar nicht klar, wie schwierig das alles für dich war. Das ist mir erst bewußt geworden, als ich die Briefe gelesen hatte. Dann habe ich dich auch noch bedrängt. Es tut mir leid!«

Petra wandte sich ihm zu. Sie lehnte sich gegen seine Brust und flüsterte leise. »Halte mich fest, Christoph! Bitte, halte mich fest und laß mich nie mehr los.«

Christoph Unterlercher legte seine beiden starken Arme um sie und drückte sie fest an sich. Er bedeckte ihr Haar mit Küssen. Dann flüsterte er ihr ins Ohr:

»Petra, ich liebe dich! Ich kann und will ohne dich nicht mehr leben!«

»Oh, mein lieber, lieber Christoph! Mir geht es doch genauso! Ich liebe dich! Ich liebe dich so! Seit dem ersten Augenblick, als ich dich gesehen habe. Doch es war doch alles so kompliziert. Ich mußte doch erst mein Leben in Ordnung bringen!«

Sie schlang ihre Arme um seinen Hals.

Ihre Lippen fanden sich zum Kuß. Es waren süße zärtliche Küsse. Es waren Küsse voller Innigkeit und Hingabe. Sie flüsterten sich Zärtlichkeiten zu und tauschten Küsse voller Leidenschaft und gegenseitigem Begehren.

Sie schauten sich in die Augen. »Petra Pfleider, Tochter von Zacharias Vogelmeier, Bäuerin des Vogelmeier Hofes, ich frage dich, willst du meine Frau werden? Petra, ich bitte um deine Hand. Die Berge sind mein Zeuge. Ich liebe dich! Ich will dich immer lieben, ein Leben lang und noch länger, genau wie dein Vater seine Vera, deine Mutter, geliebt hat.«

»Ja, Christoph! Ja, ich will deine Frau werden! Wir machen zusammen aus dem Vogelmeier Hof den Unterlercher Hof. Ich denke, Papa gefällt es.«

Christoph küßte sie. Dann griff er in seine Hosentasche und holte ein kleines Kästchen heraus.

»Die Verpackung ist schon etwas zerdrückt, aber ich trage das Schächtelchen schon seit einigen Tagen in meiner Hosentasche mit mir herum.«

Er öffnete es. Darin lagen zwei Ringe.

Petra reichte ihm die linke Hand. Er steckte ihr den Ring als Zeichen der Verlobung an den Finger.

»Paßt er? Ich mußte die Größe schätzen.«

»Perfekt! Wie alles, was du anpackst, Christoph.«

Dann steckte Petra ihrem Christoph den Verlobungsring an.

Sie küßten sich wieder.

»Wann wollen wir heiraten, Petra?«

Sie schaute ihm in die Augen. »Wann immer du willst, Christoph.«

»Oh, meine liebe Petra! Jetzt überraschst du mich doch. Man

sagt, die Verlobungszeit wäre eine Zeit, in der sich die Liebenden prüfen, ob sie auch wirklich zusammenpassen.«

»So sagt man das? Ich erinnere mich dunkel, auch schon einmal davon gehört zu haben. Doch das gilt nicht für uns.« Sie lächelte ihn an, und ihre Lippen fanden sich wieder.

Christoph strahlte sie an: »Dann heiraten wir morgen! Es gibt da ein neues Gesetz. Da muß einem der Bürgermeister sofort trauen. Dann sind wir morgen abend gleich Mann und Frau. Warum noch lange warten?«

Petra lachte glücklich.

»Ach, zu gern würde ich sagen, sofort, mein guter, lieber Christoph. Aber ein paar Leute müssen wir doch einladen: Toni und Anna. Dann will ich Tonis Eltern dabei haben, Meta und Xaver Baumberger. Xaver war der beste Freund meines Vaters. Der alte Alois muß auch dabei sein und natürlich Onkel Ludwig. Der wird sicherlich mit seiner Frau kommen. Und du? Hast du nicht auch Freunde, Verwandte?«

»Doch, die habe ich! Aber ich will, daß du ganz schnell meine Frau wirst. Feiern mit meinen Eltern und Geschwistern, das können wir immer noch.«

»So, meinst du?«

»Ja, warum nicht? Es geht doch um uns, unsere Liebe, unser Leben. Nur das zählt oder?«

»Sicherlich! Wir lieben uns auch schon so lange. Fast zwei Wochen! Welch endlose Zeitspanne! Höchste Zeit, daß du mich zum Altar führst, Christoph Unterlercher!«

Sie lachten.

»Christoph Unterlercher, du wirst der Unterlercher Bauer sein. Wir werden hier unser Leben verbringen. Unsere Kinder werden hier aufwachsen. Da müssen wir schon eine richtige Hochzeit feiern. Das wird in Waldkogel so erwartet. Die Leute wollen mich auch kennenlernen. Sie müssen doch wissen, daß ich die Tochter des Zacharias Vogelmeier bin. Dazu ist eine Hochzeit ganz gut geeignet.«

»Stimmt! Wir sollten nicht gegen die ungeschriebenen Gesetze der Tradition verstoßen. Ich möchte nur keine Nacht mehr ohne dich sein, Petra!«

Petra küßte ihn.

»Ich kenne mich mit der Tradition noch nicht ganz so gut aus. Aber es soll da einen ganz romantischen Brauch geben. Davon hast du sicher auch schon gehört.«

»Ein romantischer Brauch?« Christoph dachte nach.

»Ja, ein ganz romantischer Brauch. Hast du schon einmal etwas von Fensterln gehört?«

»Du meinst, ich soll über eine Leiter in dein Zimmer einsteigen?«

»Darauf muß ich sogar bestehen! Das steht mir als dein Madl sogar zu. Das fordere ich von dir ein! Als deine Verlobte habe ich sogar eine Art Recht darauf, das zu fordern. Hinten bei der Scheune steht eine große Leiter. Sie ist stabil. Die reicht bis in den ersten Stock.«

Christoph lachte.

»Du meinst das wirklich ernst?«

»Ganz ernst! Ich könnte dich auch gleich mit auf mein Zimmer nehmen. Aber das entspricht so gar nicht der romantischen Tradition.«

»Du stehst auf Romantik?«

»Aber ja! Während du ja eher der praktische, sachliche Typ bist. Da werde ich dich mir schon ein bißchen erziehen, Christoph Unterlercher. Aber das ist das Einzige, was ich an dir auszusetzen habe. Du bist wenig romantisch! Also, wie ist es?«

Christoph ließ Petra noch etwas zappeln.

»Ich könne herunterfallen und mir ein Bein brechen.«

»Das lasse ich nicht gelten. Du kannst ja eine Gebirgsausrüstung mitnehmen und dich anseilen. Außerdem schleppe ich dich sogar mit Gipsbein zum Altar.« Petra lachte. »Ich schiebe dich sogar im Rollstuhl, wenn es sein muß.«

»Du bist ein verrücktes Huhn, Petra! Meine liebe Petra, meine Romantikerin.«

»Bitte! Etwas mehr Respekt mein Herr! Ich bin die Vogelmeier Bäuerin und Romantik wird auf diesem Hof groß geschrieben. Also! Wie steht es? Wenn du nicht willst oder kannst, dann laß dir's vom Leo zeigen. Der hat bestimmt keine Probleme damit.«

»Jetzt willst du mich eifersüchtig machen!«

»Möglich! Wie war das denn mit dir und dieser Thea? Es war nicht nötig, daß die ein Zimmer hatte. Die hätte nicht auf den Hof übernachten müssen.«

»Du bist eifersüchtig gewesen?« Christoph lachte.

»Einen kleinen Stich hat es mir schon gegeben.«

Christoph schloß Petra wieder ganz fest in die Arme.

»Ich liebe nur dich! Ich hatte mich noch nie verliebt. Aber als ich dich gesehen habe, da wußte ich, du bist es! Du bist die Frau, die ich immer gesucht habe! Es war Liebe auf den ersten Blick.«

»O ja! Das war es!«

Petra drückte sich ganz fest an ihn. »Nun, wie ist es? Wir sollten reingehen. Es wird kühl. Die letzten Gäste werden inzwischen auch eingetroffen sein.«

Christoph hatte seinen Arm um Petras Schulter gelegt, als sie von der Koppel in Richtung Haus gingen.

Vor der Haustür gab Christoph Petra noch einmal einen Kuß und flüsterte ihr ins Ohr:

»Ich werde schon mal die Leiter bereitstellen!«

»Tu das, mein Lieber! Tu das! Die Tradition will es so!«

Petra blinzelte ihm zu.

*

Am nächsten Morgen rief Petra Onkel Ludwig an und erzählte ihm von ihrer Verlobung. Er war nicht überrascht.

»Ihr wollt so schnell heiraten? Schon übermorgen?«

»Fensterln ist auf die Dauer doch etwas umständlich«, bemerkte Petra lachend.

»Das verstehe ich natürlich!« Er machte eine kleine Pause. »Hast du deine Mutter und ihren Mann schon verständigt?«

»Nein! Ich weiß nicht, ob ich das tun soll.«

»Überlege es dir, Petra! Du hast Frieden mit deiner Vergangenheit geschlossen. Es wäre gut, wenn Vera das auch tun würde.«

»Wie soll ich das machen?«

»Dir wird schon etwas einfallen! Es ist schon einmal sinnlos Zeit verstrichen. Das sollte nicht noch einmal geschehen. Wenn du nicht weißt, wie du es machen sollst, dann berede dich mit Christoph.«

»Ich werde sehen! Vielleicht könntest du meine Mutter darüber informieren, daß Zacharias Vogelmeier tot ist. Vielleicht wäre alles nicht so weit gekommen, wenn sie seine Briefe gelesen hätte. Dann wäre es nicht zur Annullierung der Ehe gekommen, und ich wäre hier aufgewachsen.«

»Du kannst sie zum Lesen der Briefe nicht zwingen. Sie hat sie alle zurückgehen lassen.«

»Ich weiß! Rede du mit ihr! Sage ihr, daß ich meine Wurzeln gefunden habe. Sage ihr, daß ich ihr und ihrem Mann für die schöne Kindheit danke. Sage ihr, daß ich glücklich bin. Sie kann gerne zu meiner Hochzeit kommen.«

»Ich werde mein Möglichstes tun, Petra. Grüße mir Christoph.«

*

Für Petra stellte sich natürlich die Frage des Brautkleides. Anna war sofort von der Berghütte heruntergekommen und unterstützte sie bei den Vorbereitungen. Auch Meta half.

Petra wollte sich in der Stadt ein Kleid kaufen. Sie dachte

daran, ein schönes Dirndl zu tragen und einen Kranz aus Bergblumen im Haar.

»Auf dem Vogelmeier Hof muß es ein Hochzeitsdirndl geben und eine Hochzeitskrone, des weiß i bestimmt. Die hat deine Mutter getragen, als sie den Zacharias geheiratet hat. Die Vera, die kam ja aus der Stadt und hat so was net gehabt. Da hat ihr die Mutter vom Zacharias ihr Brautdirndl und Krone geben. I tue mich ganz genau erinnern. Der Xaver war ja Trauzeuge damals, als bester Freund von deinem Papa!«

»Die ganze Brautausstattung muß doch noch irgendwo sein. Ich kann mir nicht denken, daß deine Mutter sie hat, Petra«, Anna klatschte vor Begeisterung in die Hände. »Wo könnte dein Vater diese Sachen aufbewahrt haben?«

»Mmm! Vielleicht ganz oben auf dem kleinen Spitzdachboden über der Etage mit den kleinen Dachkammern.«

Die drei Frauen, Meta, Anna und Petra, schauten sich an. Dann erstiegen sie den Dachboden. Er stand voll mit großen Holztruhen. Alle hatten große Beschläge aus Metall und waren reichlich mit Schnitzereien und Malereien verziert. Nach dem ersten Blick war ihnen klar, daß darin Schätze lagerten. Petra rief nach Christoph.

Gemeinsam schleppten sie alle Truhen nach unten in die Küche und das Wohnzimmer. Dann mußte Christoph wieder verschwinden. Bei dieser Frauenarbeit konnten sie ihn nicht gebrauchen.

Die Truhen enthielten Wäsche und Stickereien und Frauenkleidung. Alles war sehr gepflegt und sauber. Es roch nur etwas abgelagert.

»Nach einem Tag in der guten Bergluft auf der Wiese, sind's wieder frisch«, sagte Meta.

»Das ist alles wunderschön! Von wem sind die Sachen?«

»Das wird die Aussteuer von deiner Mutter sein. Auch werden Sachen von deiner Großmutter dabei sein«, erläuterte Anna und öffnete die nächste Truhe.

Dort lag eine zerfetzte Hochzeitskrone. Anna reichte sie Petra.

»Schade, daß sie zerfetzt ist.« Petra seufzte. »Vielleicht hat sie Papa in seinem Schmerz und seiner Enttäuschung über sein zerstörtes Leben zerrissen.«

Darunter lag ein Hochzeitsdirndl und kostbarer Schmuck, wie sie Bäuerinnen trugen, ein Halsband, Ohrringe und Haarschmuck.

»Also, da ist es ja! Mei, des ist genau deine Größe, Petra!«

Meta war begeistert.

»Darin wirst gut ausschaun, Madl. Wie eine richtige Braut aus Waldkogel.«

Petra befühlte liebevoll den Stoff und zählte die vielen Unterröcke mit den Spitzen.

»So, das wäre dann schon einmal geregelt. Dazu trage ich einen Blumenkranz aus Bergblumen. Das paßt gut zu meinem Brautstrauß. Der ist aus Bergblumen. Den habe ich mir von Christoph gewünscht.«

Sie verschlossen die Truhen wieder. Jetzt so kurz vor der Hochzeit war keine Zeit, sich um die Wäsche und Kleidung in den Truhen zu kümmern. Dieser Sachen würde sich Petra nach der Hochzeit annehmen. Meta nahm das Brautdirndl mit, um es daheim zu lüften und zu bügeln. Christoph sollte es ja nicht sehen.

Dann war es soweit. Nach der kurzen Zeremonie auf dem Bürgermeisteramt in Waldkogel waren sie juristisch Frau und Herr Unterlercher. Bürgermeister Fellbacher versagte fast die Stimme, während der kurzen Ansprache. So gerührt war er von dem Glück der Petra Pfleider, die ja eigentlich Petra Vogelmeier war.

Dann spazierte Petra in ihrem Hochzeitsdirndl am Arm von ihrem Christoph zur Kirche. Er trug einen schönen Lodenanzug, dazu einen Hut mit Gamsbart.

Die Kirche in Waldkogel war voll. Es hatte sich schnell

herumgesprochen. Alle wollten die Tochter des Zacharias Vogelmeier in Augenschein nehmen. Viele waren nur aus Neugierde gekommen, andere zeigten echte Anteilnahme. Pfarrer Zandler erzählte in seiner Ansprache die Lebensgeschichte Petras und ihres Papas. Er sprach von Liebe und von Eifersucht. Er ermahnte alle, nicht voreilig zu urteilen. Nach der Trauung gingen Petra und Christoph zum Grab von Petras Papa.

»Hallo, Papa! Schau, das ist mein Mann, der Christoph. Er wird mir sicher ein guter Mann sein. Dir war ein glückliches Leben nicht gegeben. Ich hoffe, daß es dir ein Trost ist, daß ich glücklich bin. Wir werden dein Erbe in Ehren halten.«

Petra legte ihren Brautstrauß auf das Grab. Das Brautpaar stand noch eine Weile am Grab. Dann gingen sie zurück.

Ein neues Leben begann auf dem Vogelmeier Hof. Damit sich die Waldkogler schneller daran gewöhnen konnten, hatte Christoph ein Schild geschnitzt, das er neben der Haustür angebracht hatte.

Darauf stand:

Unterlercher Hof

Petra und Christoph Unterlercher

Sie feierten bis tief in die Nacht. Leider waren Veras Mutter und ihr Stiefvater, wie sie Ingbert Pfleider jetzt bezeichnete, nicht gekommen. Onkel Ludwig und seine Frau vertraten an ihrer Stelle die Verwandtschaft der Braut.

Nach der Hochzeit zahlte Christoph Unterlercher, der als berühmter Künstler vermögend war, an Doktor Ludwig Leuthold das Darlehen, das er für den Hof zur Verfügung gestellt hatte. Das war Christophs Geschenk an Petra.

Petra hatte sich auch ein Geschenk ausgedacht. Sie waren zwei Wochen verheiratet, da brachte ein Züchter zwei kleine braune Hunde auf den Unterlercher Hof. Sie waren acht Wochen alt. Es waren Boxer, ein Rüde für Christoph und eine Hündin für Petra.

In diesem Sommer nahmen sie noch Gäste auf. Doch es sollte der letzte Sommer sein, an dem Zimmer vermietet wurden. Christoph verdiente genug, um sich und Petra ein sorgenfreies Leben zu ermöglichen. Er wollte nicht, daß seine liebe Petra so hart arbeiten mußte. Sie sollte viel Zeit haben für sich und ihn und für ihre Kinder.

Schon bald nach der Hochzeit stellte sich heraus, daß Petra schwanger war. Die beiden rechneten nach und kamen zu dem Ergebnis, daß es in den Nächten des Fensterlns passiert sein mußte.

»Ich wußte schon, wie segensreich ein solcher romantischer Brauch ist«, sagte Petra zum zukünftigen Vater.

Über Onkel Ludwig erhielt Petra einen Brief von ihrer Mutter. Danach telefonierten sie öfter miteinander. Das Verhältnis besserte sich immer mehr.

Endlich, Petra war schon hochschwanger, besuchten Vera und Ingbert den Unterlercher Hof. Es war der geschickten Diplomatie von Ludwig zu verdanken, daß die beiden die alten Briefe lasen. Jetzt fand auch Vera Frieden. Was geschehen war, konnte niemand ungeschehen machen. Aber sie war auf ihre Weise mit Ingbert glücklich geworden. Sie freute sich, daß Petra auf dem Hof ihres Papas ihr Glück gefunden hatte.

Petra und Christoph bekamen einen strammen Jungen. Sofort waren sie sich einig, daß er auch den Vornamen Zacharias bekommen sollte. Gerufen wurde er Zacher.

– ENDE –